10 MORO
1 MARRUECOS Cto
PROTECTORADO ESPAÑOL
WATERLOW & SONS LTD. LONDRES
M. BERTUCHI

Gracias por acompañarme
en esta aventura

María Dueñas

El tiempo entre costuras

Biografía

María Dueñas (Puertollano, Ciudad Real, 1964) es doctora en Filología Inglesa. Tras dos décadas dedicada a la vida académica, irrumpe en el mundo de la literatura en 2009 con *El tiempo entre costuras*, la novela que se convirtió en un fenómeno editorial y cuya adaptación televisiva de la mano de Antena 3 logró numerosos galardones y un espectacular éxito de audiencia. Sus obras posteriores, *Misión Olvido* (2012), *La Templanza* (2015), *Las hijas del Capitán* (2018) y *Sira* (2021), continuaron cautivando por igual a lectores y crítica. Traducida a más de treinta y cinco lenguas y con millones de ejemplares vendidos en todo el mundo, María Dueñas se ha convertido en una de las autoras más estimadas tanto en nuestro país como en América Latina. *Por si un día volvemos* es su sexta novela.

www.mariaduenas.es

@Maria.Duenas.Oficial

@mduenasoficial

María Dueñas

El tiempo entre costuras

Planeta

PEFC Certificado

Este libro procede de
bosques gestionados
de forma sostenible

PEFC

PEFC/14-38-00305 www.pefc.es

Avda. Diagonal, 662-664, 08034 Barcelona (España)
www.planetadelibros.com

Adaptación de la cubierta: Booket / Área Editorial Grupo Planeta
Ilustración de la cubierta: © Jack Vettriano
Primera edición en Colección Booket: junio de 2012
Primera edición en esta presentación: noviembre de 2025

Depósito legal: B. 17.920-2025
ISBN: 978-84-08-30893-5
Impreso en España

A mi madre, Ana Vinuesa

A las familias Vinuesa Lope y Álvarez Moreno, por los años de Tetuán
y la nostalgia con que siempre los recordaron

A todos los antiguos residentes del Protectorado español en Marruecos
y a los marroquíes que con ellos convivieron

PRIMERA PARTE

I

Una máquina de escribir reventó mi destino. Fue una Hispano-Olivetti y de ella me separó durante semanas el cristal de un escaparate. Visto desde hoy, desde el parapeto de los años transcurridos, cuesta creer que un simple objeto mecánico pudiera tener el potencial suficiente como para quebrar el rumbo de una vida y dinamitar en cuatro días todos los planes trazados para sostenerla. Así fue, sin embargo, y nada pude hacer para impedirlo.

No eran en realidad grandes proyectos los que yo atesoraba por entonces. Se trataba tan sólo de aspiraciones cercanas, casi domésticas, coherentes con las coordenadas del sitio y el tiempo que me correspondió vivir; planes de futuro asequibles a poco que estirara las puntas de los dedos. En aquellos días mi mundo giraba lentamente alrededor de unas cuantas presencias que yo creía firmes e imperecederas. Mi madre había configurado siempre la más sólida de todas ellas. Era modista, trabajaba como oficiala en un taller de noble clientela. Tenía experiencia y buen criterio, pero nunca fue más que una simple costurera asalariada; una trabajadora como tantas otras que, durante diez horas diarias, se dejaba las uñas y las pupilas cortando y cosiendo, probando y rectificando prendas destinadas a cuerpos que no eran el suyo y a miradas que raramente tendrían por destino a su persona. De mi padre sabía poco entonces. Nada, apenas. Nunca lo tuve cerca; tampoco me afectó su ausencia. Jamás sentí excesiva curiosidad por saber de él hasta que mi madre, a mis ocho o nueve años, se aventuró a proporcionarme algunas migas de información. Que él tenía otra familia, que era imposible que viviera con nosotras. Engullí aquellos datos con la misma prisa y escasa apetencia con las que rematé las últimas cucharadas del potaje de Cuaresma que tenía frente a mí: la vida de aquel ser ajeno me interesaba bastante menos que bajar con premura a jugar a la plaza.

Había nacido en el verano de 1911, el mismo año en el que Pastora Imperio se casó con el Gallo, vio la luz en México Jorge Negrete, y en Europa decaía la estrella de un tiempo al que llamaron la *Belle époque*. A lo lejos comenzaban a oírse los tambores de lo que sería la primera gran guerra y en los cafés de Madrid se leía por entonces *El Debate* y *El Heraldo* mientras la Chelito, desde los escenarios, enfebrecía a los hombres moviendo con descaro las caderas a ritmo de cuplé. El rey Alfonso XIII, entre amante y amante, logró arreglárselas para engendrar en aquellos meses a su quinta hija legítima. Al mando de su gobierno estaba entretanto el liberal Canalejas, incapaz de presagiar que tan sólo un año más tarde un excéntrico anarquista iba a acabar con su vida descerrajándole dos tiros en la cabeza mientras observaba las novedades de la librería San Martín.

Crecí en un entorno moderadamente feliz, con más apreturas que excesos pero sin grandes carencias ni frustraciones. Me crié en una calle estrecha de un barrio castizo de Madrid, junto a la plaza de la Paja, a dos pasos del Palacio Real. A tiro de piedra del bullicio imparable del corazón de la ciudad, en un ambiente de ropa tendida, olor a lejía, voces de vecinas y gatos al sol. Asistí a una rudimentaria escuela en una entreplanta cercana: en sus bancos, previstos para dos cuerpos, nos acomodábamos de cuatro en cuatro los chavales, sin concierto y a empujones para recitar a voz en grito *La canción del pirata* y las tablas de multiplicar. Aprendí allí a leer y escribir, a manejar las cuatro reglas y el nombre de los ríos que surcaban el mapa amarillento colgado de la pared. A los doce años acabé mi formación y me incorporé en calidad de aprendiza al taller en el que trabajaba mi madre. Mi suerte natural.

Del negocio de doña Manuela Godina, su dueña, llevaban décadas saliendo prendas primorosas, excelentemente cortadas y cosidas, reputadas en todo Madrid. Trajes de día, vestidos de cóctel, abrigos y capas que después serían lucidos por señoras distinguidas en sus paseos por la Castellana, en el Hipódromo y el polo de Puerta de Hierro, al tomar té en Sakuska y cuando acudían a las iglesias de relumbrón. Transcurrió algún tiempo, sin embargo, hasta que comencé a adentrarme en los secretos de la costura. Antes fui la chica para todo del taller: la que removía el picón de los braseros y barría del suelo los recortes, la que calentaba las planchas en la lumbre y corría sin resuello a comprar hilos y botones a la plaza de Pontejos. La encargada de hacer llegar a las selectas residencias los modelos recién terminados envueltos en grandes sacos de lienzo moreno: mi tarea favorita, el mejor entretenimiento en aquella carrera incipiente. Conocí así a los porteros y chóferes de las mejores fincas, a las doncellas, amas y mayordomos de las familias más adineradas. Contemplé sin apenas ser vista a las señoras más refinadas, a sus hijas y maridos. Y como un testigo mudo, me adentré en sus casas burguesas, en palacetes aristocráticos y en los pisos suntuosos de los edificios con solera. En algunas ocasiones no llegaba a traspasar las zonas de servicio y alguien del cuerpo de casa se ocupaba de recibir el traje que yo portaba; en otras, sin embargo, me animaban a adentrarme hasta los vestidores y para ello recorría los pasillos y atisbaba los salones, y me comía con los ojos las alfombras, las lámparas de araña, las cortinas de terciopelo y los pianos de cola que a veces alguien tocaba y a veces no, pensando en lo extraña que sería la vida en un universo como aquél.

Mis días transcurrían sin tensión en esos dos mundos, casi ajena a la incongruencia que entre ambos existía. Con la misma naturalidad transitaba por aquellas anchas vías jalonadas de pasos de carruajes y grandes portalones que recorría el entramado enloquecido de las calles tortuosas de mi barrio, repletas siempre de charcos, desperdicios, griterío de vendedores y ladridos punzantes de perros con hambre; aquellas calles por las que los cuerpos siempre andaban con prisa y en las que, a la voz de agua va, más valía ponerse a cobijo para evitar llenarse de salpicaduras de orín. Artesanos, pequeños comerciantes, empleados y jornaleros recién llegados a la capital llenaban las casas de alquiler y dotaban a mi barrio de su alma de pueblo. Muchos de ellos apenas traspasaban sus confines a no ser por causa de fuerza mayor; mi madre y yo, en cambio, lo hacíamos temprano cada mañana, juntas y apresuradas, para trasladarnos a la calle Zurbano y acoplarnos sin demora a nuestro cotidiano quehacer en el taller de doña Manuela.

Al cumplirse un par de años de mi entrada en el negocio, decidieron entre ambas que había llegado el momento de que aprendiera a coser. A los catorce comencé con lo más simple: presillas, sobrehilados, hilvanes flojos. Después vinieron los ojales, los pespuntes y dobladillos. Trabajábamos sentadas en pequeñas sillas de enea, encorvadas sobre tablones de madera sostenidos encima de las rodillas; en ellos apoyábamos nuestro quehacer. Doña Manuela trataba con las clientas, cortaba, probaba y corregía. Mi madre tomaba las medidas y se encargaba del resto: cosía lo más delicado y distribuía las demás tareas, supervisaba su ejecución e imponía el ritmo y la disciplina a un pequeño batallón formado por media docena de modistas maduras, cuatro o cinco mujeres jóvenes y unas cuantas aprendizas parlanchinas, siempre con más ganas de risa y chisme que de puro faenar. Algunas cuajaron como buenas costureras, otras no fueron capaces y quedaron para siempre encargadas de las funciones menos agradecidas. Cuando una se iba, otra nueva la sustituía en aquella estancia embarullada, incongruente con la serena opulencia de la fachada y la sobriedad del salón luminoso al que sólo tenían acceso las clientas. Ellas, doña Manuela y mi madre, eran las únicas que podían disfrutar de sus paredes enteladas color azafrán; las únicas que podían acercarse a los muebles de caoba y pisar el suelo de roble que las más jóvenes nos encargábamos de abrillantar con trapos de algodón. Sólo ellas recibían de tanto en tanto los rayos de sol que entraban a través de los cuatro altos balcones volcados a la calle. El resto de la tropa permanecíamos siempre en la retaguardia: en aquel gineceo helador en invierno e infernal en verano que era nuestro taller, ese espacio trasero y gris que se abría con apenas dos ventanucos a un oscuro patio interior, y en el que las horas transcurrían como soplos de aire entre tarareo de coplas y el ruido de tijeras.

Aprendí rápido. Tenía dedos ágiles que pronto se adaptaron al contorno de las agujas y al tacto de los tejidos. A las medidas, las piezas y los volúmenes. Talle delantero, contorno de pecho, largo de pierna. Sisa, bocamanga, bies. A los dieciséis aprendí a distinguir las telas, a los diecisiete, a apreciar sus calidades y calibrar su potencial. Crespón de China, muselina de seda, georgette, chantilly. Pasaban los meses como en una noria: los otoños haciendo abrigos de buenos paños y trajes de entretiempo, las primaveras cosiendo vestidos volátiles destinados a las vacaciones cantábricas, largas y ajenas, de La Concha y El Sardinero. Cumplí los dieciocho, los diecinueve. Me inicié poco a poco en el manejo del corte y en la confección de las partes más delicadas. Aprendí a montar cuellos y solapas, a prever caídas y anticipar acabados. Me gustaba mi trabajo, disfrutaba con él. Doña Manuela y mi madre me pedían a veces opinión, empezaban a confiar en mí. «La niña tiene mano y ojo, Dolores —decía doña Manuela—. Es buena, y mejor que va a ser si no se nos desvía. Mejor que tú, como te descuides.» Y mi madre seguía a lo suyo, como si no la oyera. Yo tampoco levantaba la cabeza de mi tabla, fingía no haber escuchado nada. Pero con disimulo la miraba de reojo y veía que en su boca cuajada de alfileres se apuntaba una levísima sonrisa.

Pasaban los años, pasaba la vida. Cambiaba también la moda y a su dictado se acomodaba el quehacer del taller. Después de la guerra europea habían llegado las líneas rectas, se arrumbaron los corsés y las piernas comenzaron a enseñarse sin pizca de rubor. Sin embargo, cuando los felices veinte alcanzaron su fin, las cinturas de los vestidos regresaron a su sitio natural, las faldas se alargaron y el recato volvió a imponerse en mangas, escotes y voluntad. Saltamos entonces a una nueva década y llegaron más cambios. Todos juntos, imprevistos, casi al montón. Cumplí los veinte, vino la República y conocí a Ignacio. Un domingo de septiembre en la Bombilla; en un baile bullanguero abarrotado de muchachas de talleres, malos estudiantes y soldados de permiso. Me sacó a bailar, me hizo reír. Dos semanas después empezamos a trazar planes para casarnos.

¿Quién era Ignacio, qué supuso para mí? El hombre de mi vida, pensé entonces. El muchacho tranquilo que intuí destinado a ser el buen padre de mis hijos. Había ya alcanzado la edad en la que, para las muchachas como yo, sin apenas oficio ni beneficio, no quedaban demasiadas opciones más allá del matrimonio. El ejemplo de mi madre, criándome sola y trabajando para ello de sol a sol, jamás se me había antojado un destino apetecible. Y en Ignacio encontré a un candidato idóneo para no seguir sus pasos: alguien con quien recorrer el resto de mi vida adulta sin tener que despertar cada mañana con la boca llena de sabor a soledad. No me llevó a él una pasión turbadora, pero sí un afecto intenso y la certeza de que mis días, a su lado, transcurrirían sin pesares ni estridencias, con la dulce suavidad de una almohada.

Ignacio Montes, creí, iba a ser el dueño del brazo al que me agarraría en uno y mil paseos, la presencia cercana que me proporcionaría seguridad y cobijo para siempre. Dos años mayor que yo, flaco, afable, tan fácil como tierno. Tenía buena estatura y pocas carnes, maneras educadas y un corazón en el que la capacidad para quererme parecía multiplicarse con las horas. Hijo de viuda castellana con los duros bien contados debajo del colchón; residente con intermitencias en pensiones de poca monta; aspirante ilusionado a profesional de la burocracia y eterno candidato a todo ministerio capaz de prometerle un sueldo de por vida. Guerra, Gobernación, Hacienda. El sueño de tres mil pesetas al año, doscientas cuarenta y una al mes: un salario fijo para siempre jamás a cambio de dedicar el resto de sus días al mundo manso de los negociados y antedespachos, de los secantes, el papel de barba, los timbres y los tinteros. Sobre ello planificamos nuestro futuro: a lomos de la calma chicha de un funcionariado que, convocatoria a convocatoria, se negaba con cabezonería a incorporar a mi Ignacio en su nómina. Y él insistía sin desaliento. Y en febrero probaba con Justicia y en junio con Agricultura, y vuelta a empezar.

Y entretanto, incapaz de permitirse distracciones costosas pero dispuesto hasta la muerte a hacerme feliz, Ignacio me agasajaba con las humildes posibilidades que su paupérrimo bolsillo le permitía: una caja de cartón llena de gusanos de seda y hojas de morera, cucuruchos de castañas asadas y promesas de amor eterno sobre la hierba bajo el viaducto. Juntos escuchábamos a la banda de música del quiosco del parque del Oeste y remábamos en las barcas del Retiro en las mañanas de domingo que hacía sol. No había verbena con columpios y organillo a la que no acudiéramos, ni chotis que no bailáramos con precisión de reloj. Cuántas tardes pasamos en las Vistillas, cuántas películas vimos en cines de barrio de a una cincuenta. Una horchata valenciana era para nosotros un lujo y un taxi, un espejismo. La ternura de Ignacio, por no ser gravosa, carecía sin embargo de fin. Yo era su cielo y las estrellas, la más guapa, la mejor. Mi pelo, mi cara, mis ojos. Mis manos, mi boca, mi voz. Toda yo configuraba para él lo insuperable, la fuente de su alegría. Y yo le escuchaba, le decía tonto y me dejaba querer.

La vida en el taller por aquellos tiempos marcaba, no obstante, un ritmo distinto. Se hacía difícil, incierta. La Segunda República había infundido un soplo de agitación sobre la confortable prosperidad del entorno de nuestras clientas. Madrid andaba convulso y frenético, la tensión política impregnaba todas las esquinas. Las buenas familias prolongaban hasta el infinito sus veraneos en el norte, deseosas de permanecer al margen de la capital inquieta y rebelde en cuyas plazas se anunciaba a voces el *Mundo Obrero* mientras los proletarios descamisados del extrarradio se adentraban sin retraimiento hasta la misma Puerta del Sol. Los grandes coches privados empezaban a escasear por las calles, las fiestas opulentas menudeaban. Las viejas damas enlutadas rezaban novenas para que Azaña cayera pronto y el ruido de las balas se hacía cotidiano a la hora en que encendían las farolas de gas. Los anarquistas quemaban iglesias, los falangistas desenfundaban pistolas con porte bravucón. Con frecuencia creciente, los aristócratas y altos burgueses cubrían con sábanas los muebles, despedían al servicio, apestillaban las contraventanas y partían con urgencia hacia el extranjero, sacando a mansalva joyas, miedos y billetes por las fronteras, añorando al rey exiliado y una España obediente que aún tardaría en llegar.

Y en el taller de doña Manuela cada vez entraban menos señoras, salían menos pedidos y había menos quehacer. En un penoso cuentagotas se fueron despidiendo primero las aprendizas y después el resto de las costureras, hasta que al final sólo quedamos la dueña, mi madre y yo. Y cuando terminamos el último vestido de la marquesa de Entrelagos y pasamos los seis días siguientes oyendo la radio, mano sobre mano sin que a la puerta llamara un alma, doña Manuela nos anunció entre suspiros que no tenía más remedio que cerrar el negocio.

En medio de la convulsión de aquellos tiempos en los que las broncas políticas hacían temblar las plateas de los teatros y los gobiernos duraban tres padrenuestros, apenas tuvimos sin embargo oportunidad de llorar lo que perdimos. A las tres semanas del advenimiento de nuestra obligada inactividad, Ignacio apareció con un ramo de violetas y la noticia de que por fin había aprobado su oposición. El proyecto de nuestra pequeña boda taponó la incertidumbre y sobre la mesa camilla planificamos el evento. Aunque entre los aires nuevos traídos por la República ondeaba la moda de los matrimonios civiles, mi madre, en cuya alma convivían sin la menor incomodidad su condición de madre soltera, un férreo espíritu católico y una nostálgica lealtad a la monarquía depuesta, nos alentó a celebrar una boda religiosa en la vecina iglesia de San Andrés. Ignacio y yo aceptamos, cómo podríamos no hacerlo sin trastornar aquella jerarquía de voluntades en la que él cumplía todos mis deseos y yo acataba los de mi madre sin discusión. No tenía, además, razón de peso alguna para negarme: la ilusión que yo sentía por la celebración de aquel matrimonio era modesta, y lo mismo me daba un altar con cura y sotana que un salón presidido por una bandera de tres colores.

Nos dispusimos así a fijar la fecha con el mismo párroco que veinticuatro años atrás, un 8 de junio y al dictado del santoral, me había impuesto el nombre de Sira. Sabiniana, Victorina, Gaudencia, Heraclia y Fortunata fueron otras opciones en consonancia con los santos del día. «Sira, padre, póngale usted Sira mismamente, que por lo menos es corto.» Tal fue la decisión de mi madre en su solitaria maternidad. Y Sira fui.

Celebraríamos el casamiento con la familia y unos cuantos amigos. Con mi abuelo sin piernas ni luces, mutilado de cuerpo y ánimo en la guerra de Filipinas, permanente presencia muda en su mecedora junto al balcón de nuestro comedor. Con la madre y hermanas de Ignacio que vendrían desde el pueblo. Con nuestros vecinos Engracia y Norberto y sus tres hijos, socialistas y entrañables, tan cercanos a nuestros afectos desde la puerta de enfrente como si la misma sangre nos corriera por el descansillo. Con doña Manuela, que volvería a coger los hilos para regalarme su última obra en forma de traje de novia. Agasajaríamos a nuestros invitados con pasteles de merengue, vino de Málaga y vermut, tal vez pudiéramos contratar a un músico del barrio para que subiera a tocar un pasodoble, y algún retratista callejero nos sacaría una placa que adornaría nuestro hogar, ese que aún no teníamos y de momento sería el de mi madre.

Fue entonces, en medio de aquel revoltijo de planes y apaños, cuando a Ignacio se le ocurrió la idea de que preparara unas oposiciones para hacerme funcionaria como él. Su flamante puesto en un negociado administrativo le había abierto los ojos a un mundo nuevo: el de la administración en la República, un ambiente en el que para las mujeres se perfilaban algunos destinos profesionales más allá del fogón, el lavadero y las labores; en el que el género femenino podía abrirse camino codo con codo con los hombres en igualdad de condiciones y con la ilusión puesta en los mismos objetivos. Las primeras mujeres se sentaban ya como diputadas en el Congreso, se declaró la igualdad de sexos para la vida pública, se nos reconoció la capacidad jurídica, el derecho al trabajo y el sufragio universal. Aun así, yo habría preferido mil veces volver a la costura, pero a Ignacio no le llevó más de tres tardes convencerme. El viejo mundo de las telas y los pespuntes se había derrumbado y un nuevo universo abría sus puertas ante nosotros: habría que adaptarse a él. El mismo Ignacio podría encargarse de mi preparación; tenía todos los temarios y le sobraba experiencia en el arte de presentarse y suspender montones de veces sin sucumbir jamás a la desesperanza. Yo, por mi parte, aportaría a tal proyecto la clara conciencia de que había que arrimar el hombro para sacar adelante al pequeño pelotón que a partir de nuestra boda formaríamos nosotros dos con mi madre, mi abuelo y la prole que viniera. Accedí, pues. Una vez dispuestos, sólo nos faltaba un elemento: una máquina de escribir en la que yo pudiera aprender a teclear y preparar la inexcusable prueba de mecanografía. Ignacio había pasado años practicando con máquinas ajenas, transitando un vía crucis de tristes academias con olor a grasa, tinta y sudor reconcentrado: no quiso que yo me viera obligada a repetir aquellos trances y de ahí su empeño en hacernos con nuestro propio equipamiento. A su búsqueda nos lanzamos en las semanas siguientes, como si de la gran inversión de nuestra vida se tratara.

Estudiamos todas las opciones e hicimos cálculos sin fin. Yo no entendía de prestaciones, pero me parecía que algo de formato pequeño y ligero sería lo más conveniente para nosotros. A Ignacio el tamaño le era indiferente pero, en cambio, se fijaba con minuciosidad extrema en precios, plazos y mecanismos. Localizamos todos los sitios de venta en Madrid, pasamos horas enteras frente a sus escaparates y aprendimos a pronunciar nombres forasteros que evocaban geografías lejanas y artistas de cine: Remington, Royal, Underwood. Igual podríamos habernos decidido por una marca que por otra; lo mismo podríamos haber terminado comprando en una casa americana que en otra alemana, pero la elegida fue, finalmente, la italiana Hispano-Olivetti de la calle Pi y Margall. Cómo podríamos ser conscientes de que con aquel acto tan simple, con el mero hecho de avanzar dos o tres pasos y traspasar un umbral, estábamos firmando la sentencia de muerte de nuestro futuro en común y torciendo las líneas del porvenir de forma irremediable.

2

—No voy a casarme con Ignacio, madre.

Estaba intentando enhebrar una aguja y mis palabras la dejaron inmóvil, con el hilo sostenido entre dos dedos.

—¿Qué estás diciendo, muchacha? —susurró. La voz pareció salirle rota de la garganta, cargada de desconcierto e incredulidad.

—Que le dejo, madre. Que me he enamorado de otro hombre.

Me reprendió con los reproches más contundentes que alcanzó a traer a la boca, clamó al cielo suplicando la intercesión en pleno del santoral, y con docenas de argumentos intentó convencerme para que diera marcha atrás en mis propósitos. Cuando comprobó que todo aquello de nada servía, se sentó en la mecedora pareja a la de mi abuelo, se tapó la cara y se puso a llorar.

Aguanté el momento con falsa entereza, intentando esconder el nerviosismo tras la contundencia de mis palabras. Temía la reacción de mi madre: Ignacio para ella había llegado a ser el hijo que nunca tuvo, la presencia que suplantó el vacío masculino de nuestra pequeña familia. Hablaban entre ellos, congeniaban, se entendían. Mi madre le hacía los guisos que a él le gustaban, le abrillantaba los zapatos y daba la vuelta a sus chaquetas cuando el roce del tiempo comenzaba a robarles la prestancia. Él, a cambio, la piropeaba al verla esmerarse en su atuendo para la misa dominical, le traía dulces de yema y, medio en broma medio en serio, a veces le decía que era más guapa que yo.

Era consciente de que con mi osadía iba a hundir toda aquella confortable convivencia, sabía que iba a tumbar los andamios de más vidas que la mía, pero nada pude hacer por evitarlo. Mi decisión era firme como un poste: no habría boda ni oposiciones, no iba a aprender a teclear sobre la mesa camilla y nunca compartiría con Ignacio hijos, cama ni alegrías. Iba a dejarle y ni toda la fuerza de un vendaval podría ya truncar mi resolución.

La casa Hispano-Olivetti tenía dos grandes escaparates que mostraban a los transeúntes sus productos con orgulloso esplendor. Entre ambos se encontraba la puerta acristalada, con una barra de bronce bruñido atravesándola en diagonal. Ignacio la empujó y entramos. El tintineo de una campanilla anunció nuestra llegada, pero nadie salió a recibirnos de inmediato. Permanecimos cohibidos un par de minutos, observando todo lo expuesto con respeto reverencial, sin atrevernos siquiera a rozar los muebles de madera pulida sobre los que descansaban aquellos portentos de la mecanografía entre los cuales íbamos a elegir el más conveniente para nuestros planes. Al fondo de la amplia estancia dedicada a la exposición se percibía una oficina. De ella salían voces de hombre.

No tuvimos que esperar mucho más, las voces sabían que había clientes y a nuestro encuentro acudió una de ellas contenida en un cuerpo orondo vestido de oscuro. Nos saludó el dependiente afable, preguntó por nuestros intereses. Ignacio comenzó a hablar, a describir lo que quería, a pedir datos y sugerencias. El empleado desplegó con esmero toda su profesionalidad y procedió a desgranarnos las características de cada una de las máquinas expuestas. Con detalle, con rigor y tecnicismos; con tal precisión y monotonía que al cabo de veinte minutos a punto estuve de caer dormida por el aburrimiento. Ignacio, entretanto, absorbía la información con sus cinco sentidos, ajeno a mí y a todo lo que no fuera calibrar lo que le estaba siendo ofrecido. Decidí separarme de ellos, aquello no me interesaba lo más mínimo. Lo que Ignacio eligiera bien elegido estaría. Qué más me daba a mí todo eso de las pulsaciones, la palanca de retorno o el timbre marginal.

Me dediqué entonces a recorrer otros tramos de la exposición en busca de algo con lo que matar el tedio. Me fijé en los grandes carteles publicitarios que desde las paredes anunciaban los productos de la casa con dibujos coloreados y palabras en lenguas que yo no entendía, me acerqué después a los escaparates y observé a los viandantes transitar acelerados por la calle. Al cabo de un rato volví con desgana al fondo del establecimiento.

Un gran armario con puertas de cristal recorría parte de una de las paredes. Contemplé en él mi reflejo, observé que un par de mechones se me habían escapado del moño, los coloqué en su sitio; aproveché para pellizcarme las mejillas y dar al rostro aburrido un poco de color. Examiné después mi atuendo sin prisa: me había esforzado en arreglarme con mi mejor traje; al fin y al cabo, aquella compra suponía para nosotros una ocasión especial. Me estiré las medias repasándolas desde los tobillos en movimiento ascendente; me ajusté de manera pausada la falda a las caderas, el talle al tronco, la solapa al cuello. Volví a retocarme el pelo, me miré de frente y de lado, observando con calma la copia de mí misma que la luna de cristal me devolvía. Ensayé posturas, di un par de pasos de baile y me reí. Cuando me cansé de mi propia visión, continué deambulando por la sala, matando el tiempo mientras desplazaba la mano lentamente sobre las superficies y serpenteaba entre los muebles con languidez. Apenas presté atención a lo que en realidad nos había llevado allí: para mí todas aquellas máquinas tan sólo diferían en su tamaño. Las había grandes y robustas, más pequeñas también; algunas parecían ligeras, otras pesadas, pero a mis ojos no eran más que una masa de oscuros armatostes incapaces de generar la menor seducción. Me coloqué sin ganas frente a uno de ellos, acerqué el índice al teclado y con él simulé pulsar las letras más cercanas a mi persona. La *s,* la *i,* la *r,* la *a.* Si-ra repetí en un susurro.

—Precioso nombre.

La voz masculina sonó plena a mi espalda, tan cercana que casi pude sentir el aliento de su dueño sobre la piel. Una especie de estremecimiento me recorrió la columna vertebral e hizo que me volviera sobresaltada.

—Ramiro Arribas —dijo tendiendo la mano. Tardé en reaccionar: tal vez porque no estaba acostumbrada a que nadie me saludara de una manera tan formal; tal vez porque aún no había conseguido asimilar el impacto que aquella presencia inesperada me había provocado.

Quién era aquel hombre, de dónde había salido. Él mismo lo aclaró con sus pupilas aún clavadas en las mías.

—Soy el gerente de la casa. Disculpe que no les haya atendido antes, estaba intentando poner una conferencia.

Y observándola a través de la persiana que separaba la oficina de la sala de exposición, le faltó decir. No lo hizo, pero lo dejó entrever. Lo intuí en la profundidad de su mirada, en su voz rotunda; en el hecho de que se hubiera acercado a mí antes que a Ignacio y en el tiempo prolongado en que mantuvo mi mano retenida en la suya. Supe que había estado observándome, contemplando mi deambular errático por su establecimiento. Me había visto arreglarme frente al armario acristalado: recomponer el peinado, acomodar las costuras del traje a mi perfil y ajustarme las medias deslizando las manos por las piernas. Parapetado desde el refugio de su oficina, había absorbido el contoneo de mi cuerpo y la cadencia lenta de cada uno de mis movimientos. Me había tasado, había calibrado las formas de mi silueta y las líneas de mi rostro. Me había estudiado con el ojo certero de quien conoce con exactitud lo que le gusta y está acostumbrado a alcanzar sus objetivos con la inmediatez que dicta su deseo. Y resolvió demostrármelo. Nunca había percibido yo algo así en ningún otro hombre, nunca me creí capaz de despertar en nadie una atracción tan carnal. Pero de la misma manera que los animales huelen la comida o el peligro, con el mismo instinto primario supieron mis entrañas que Ramiro Arribas, como un lobo, había decidido venir a por mí.

—¿Es su esposo? —dijo señalando a Ignacio.

—Mi novio —acerté a decir.

Tal vez no fue más que mi imaginación, pero en la comisura de sus labios me pareció intuir el apunte de una sonrisa de complacencia.

—Perfecto. Acompáñeme, por favor.

Me cedió el paso y, al hacerlo, el hueco de su mano se acomodó en mi cintura como si la llevara esperando la vida entera. Saludó con simpatía, envió al dependiente a la oficina y tomó las riendas del asunto con la facilidad de quien da una palmada al aire y hace que vuelen las palomas; como un prestidigitador peinado con brillantina, con los rasgos de la cara marcados en líneas angulosas, la sonrisa amplia, el cuello poderoso y un porte tan imponente, tan varonil y resolutivo que a mi pobre Ignacio, a su lado, parecían faltarle cien años para llegar a la hombría.

Se enteró después de que la máquina que pretendíamos comprar iba a ser para que yo aprendiera mecanografía y alabó la idea como si se tratara de una gran genialidad. Para Ignacio resultó un profesional competente que expuso detalles técnicos y habló de ventajosas opciones de pago. Para mí fue algo más: una sacudida, un imán, una certeza.

Tardamos aún un rato hasta dar por finalizada la gestión. A lo largo del mismo, las señales de Ramiro Arribas no cesaron ni un segundo. Un roce inesperado, una broma, una sonrisa; palabras de doble sentido y miradas que se hundían como lanzas hasta el fondo de mi ser. Ignacio, absorto en lo suyo y desconocedor de lo que ocurría ante sus ojos, se decidió finalmente por la Lettera 35 portátil, una máquina de teclas blancas y redondas en las que se encajaban las letras del alfabeto con tanta elegancia que parecían grabadas con un cincel.

—Magnífica decisión —concluyó el gerente alabando la sensatez de Ignacio. Como si éste hubiese sido dueño de su voluntad y él no le hubiera manipulado con mañas de gran vendedor para que optara por ese modelo—. La mejor elección para unos dedos estilizados como los de su prometida. Permítame verlos, señorita, por favor.

Tendí la mano tímidamente. Antes busqué con rapidez la mirada de Ignacio para pedir su consentimiento, pero no la encontré: había vuelto a concentrar su atención en el mecanismo de la máquina. Me acarició Ramiro Arribas con lentitud y descaro ante la inocente pasividad de mi novio, dedo a dedo, con una sensualidad que me puso la carne de gallina e hizo que las piernas me temblaran como hojas mecidas por el aire del verano. Sólo me soltó cuando Ignacio desprendió su vista de la Lettera 35 y pidió instrucciones sobre la manera de continuar con la compra. Entre ambos concertaron dejar aquella tarde un depósito del cincuenta por ciento del precio y hacer efectivo el resto del pago al día siguiente.

—¿Cuándo nos la podemos llevar? —preguntó entonces Ignacio.

Consultó Ramiro Arribas el reloj.

—El chico del almacén está haciendo unos recados y ya no regresará esta tarde. Me temo que no va a ser posible traer otra hasta mañana.

—¿Y esta misma? ¿No podemos quedarnos esta misma máquina? —insistió Ignacio dispuesto a cerrar la gestión cuanto antes. Una vez tomada la decisión del modelo, todo lo demás le parecían trámites engorrosos que deseaba liquidar con rapidez.

—Ni hablar, por favor. No puedo consentir que la señorita Sira utilice una máquina que ya ha sido trasteada por otros clientes. Mañana por la mañana, a primera hora, tendré lista una nueva, con su funda y su embalaje. Si me da su dirección —dijo dirigiéndose a mí—, me encargaré personalmente de que la tengan en casa antes del mediodía.

—Vendremos nosotros a recogerla —atajé. Intuía que aquel hombre era capaz de cualquier cosa y una oleada de terror me sacudió al pensar que pudiera personarse ante mi madre preguntando por mí.

—Yo no puedo acercarme hasta la tarde, tengo que trabajar —señaló Ignacio. A medida que hablaba, una soga invisible pareció anudarse lentamente a su cuello, a punto de ahorcarle. Ramiro apenas tuvo que molestarse en tirar de ella un poquito.

—¿Y usted, señorita?

—Yo no trabajo —dije evitando mirarle a los ojos.

—Hágase usted cargo del pago entonces —sugirió en tono casual.

No encontré palabras para negarme e Ignacio ni siquiera intuyó a lo que aquella propuesta de apariencia tan simple nos estaba abocando. Ramiro Arribas nos acompañó hasta la puerta y nos despidió con afecto, como si fuéramos los mejores clientes que aquel establecimiento había tenido en su historia. Con la mano izquierda palmeó vigoroso la espalda de mi novio, con la derecha estrechó otra vez la mía. Y tuvo palabras para los dos.

—Ha hecho usted una elección magnífica viniendo a la casa Hispano-Olivetti, créame, Ignacio. Le aseguro que no va a olvidar este día en mucho tiempo.

—Y usted, Sira, venga, por favor, sobre las once. La estaré esperando.

Pasé la noche dando vueltas en la cama, incapaz de dormir. Aquello era una locura y aún estaba a tiempo de escapar de ella. Sólo tenía que decidir no volver a la tienda. Podría quedarme en casa con mi madre, ayudarla a sacudir los colchones y a fregar el suelo con aceite de linaza; charlar con las vecinas en la plaza, acercarme después al mercado de la Cebada a por un cuarterón de garbanzos o un pedazo de bacalao. Podría esperar a que Ignacio regresara del ministerio y justificar el incumplimiento de mi cometido con cualquier simple mentira: que me dolía la cabeza, que creí que iba a llover. Podría echarme un rato tras la comida, seguir fingiendo a lo largo de las horas un difuso malestar. Ignacio iría entonces solo, cerraría el pago con el gerente, recogería la máquina y allí acabaría todo. No volveríamos a saber más de Ramiro Arribas, jamás se cruzaría de nuevo en nuestro camino. Su nombre iría cayendo poco a poco en el olvido y nosotros seguiríamos adelante con nuestra pequeña vida de todos los días. Como si él nunca me hubiese acariciado los dedos con el deseo a flor de piel; como si nunca me hubiese comido con los ojos desde detrás de una persiana. Era así de fácil, así de simple. Y yo lo sabía.

Lo sabía, sí, pero fingí no saberlo. Al día siguiente esperé a que mi madre saliera a sus recados, no quería que viera cómo me arreglaba: habría sospechado que algo raro me traía entre manos al verme compuesta tan de mañana. En cuanto oí la puerta cerrarse tras ella, comencé a prepararme apresurada. Llené una palangana para lavarme, me rocié con agua de lavanda, calenté en el fogón las tenacillas, planché mi única blusa de seda y descolgué las medias del alambre donde habían pasado la noche secándose al relente. Eran las mismas del día anterior: no tenía otras. Me obligué a sosegarme y me las puse con cuidado, no fuera con las prisas a hacerles una carrera. Y cada uno de aquellos movimientos mecánicos mil veces repetidos en el pasado tuvo aquel día, por primera vez, un destinatario definido, un objetivo y un fin: Ramiro Arribas. Para él me vestí y me perfumé, para que me viera, para que me oliera, para que volviera a rozarme y se volcara en mis ojos otra vez. Para él decidí dejarme el pelo suelto, la melena lustrosa a media espalda. Para él estreché mi cintura apretando con fuerza el cinturón sobre la falda hasta casi no poder respirar. Para él: todo sólo para él.

Recorrí las calles con determinación, escabullendo miradas ansiosas y halagos procaces. Me obligué a no pensar: evité calcular la envergadura de mis actos y no quise pararme a adivinar si aquel trayecto me estaba llevando al umbral del paraíso o directamente al matadero. Recorrí la Costanilla de San Andrés, atravesé la plaza de los Carros y, por la Cava Baja, me dirigí a la Plaza Mayor. En veinte minutos estaba en la Puerta del Sol; en menos de media hora alcancé mi destino.

Ramiro me esperaba. Tan pronto intuyó mi silueta en la puerta, zanjó la conversación que mantenía con otro empleado y se dirigió a la salida cogiendo al vuelo el sombrero y una gabardina. Cuando lo tuve a mi lado quise decirle que en el bolso llevaba el dinero, que Ignacio le mandaba sus saludos, que tal vez aquella misma tarde empezaría a aprender a teclear. No me dejó. No me saludó siquiera. Sólo sonrió mientras mantenía un cigarrillo en la boca, rozó el final de mi espalda y dijo vamos. Y con él fui.

El lugar elegido no pudo ser más inocente: me llevó al café Suizo. Al comprobar aliviada que el entorno era seguro, creí que quizá aún estaba a tiempo de lograr la salvación. Pensé incluso, mientras él buscaba una mesa y me invitaba a sentarme, que tal vez ese encuentro no tenía más doblez que la simple muestra de atención hacia una clienta. Hasta comencé a sospechar que todo aquel descarado galanteo podría no haber sido más que un exceso de fantasía por mi parte. Pero no fue así. A pesar de la inofensividad del ambiente, nuestro segundo encuentro volvió a colocarme en el borde del abismo.

—No he podido dejar de pensar en ti ni un solo minuto desde que te fuiste ayer —me susurró al oído apenas nos acomodamos.

Me sentí incapaz de replicar, las palabras no llegaron a mi boca: como azúcar en el agua, se diluyeron en algún lugar incierto del cerebro. Volvió a tomarme una mano y la acarició al igual que la tarde anterior, sin dejar de observarla.

—Tienes asperezas, dime, ¿qué han estado haciendo estos dedos antes de llegar a mí?

Su voz seguía sonando próxima y sensual, ajena a los ruidos de nuestro alrededor: al entrechocar del cristal y la loza contra el mármol de las mesas, al runrún de las conversaciones mañaneras y a las voces de los camareros pidiendo en la barra las comandas.

—Coser —susurré sin levantar los ojos del regazo.

—Así que eres modista.

—Lo era. Ya no. —Alcé por fin la mirada—. No hay mucho trabajo últimamente —añadí.

—Por eso ahora quieres aprender a usar una máquina de escribir.

Hablaba con complicidad, con cercanía, como si me conociera: como si su alma y la mía llevaran esperándose desde el principio de los tiempos.

—Mi novio ha pensado que prepare unas oposiciones para hacerme funcionaria como él —dije con un punto de vergüenza.

La llegada de las consumiciones frenó la conversación. Para mí, una taza de chocolate. Para Ramiro, café negro como la noche. Aproveché la pausa para contemplarle mientras él intercambiaba unas frases con el camarero. Llevaba un traje distinto al del día anterior, otra camisa impecable. Sus maneras eran elegantes y, a la vez, dentro de aquel refinamiento tan ajeno a los hombres de mi entorno, su persona rezumaba masculinidad por todos los poros del cuerpo: al fumar, al ajustarse el nudo de la corbata, al sacar la cartera del bolsillo o llevarse la taza a la boca.

—Y ¿para qué quiere una mujer como tú pasarse la vida en un ministerio, si no es indiscreción? —preguntó tras el primer trago de café.

Me encogí de hombros.

—Para que podamos vivir mejor, imagino.

Volvió a acercarse lentamente a mí, volvió a volcar su voz caliente en mi oído.

—¿De verdad quieres empezar a vivir mejor, Sira?

Me refugié en un sorbo de chocolate para no contestar.

—Te has manchado, deja que te limpie —dijo.

Acercó entonces su mano a mi rostro y la expandió abierta sobre el contorno de la mandíbula, ajustándola a mis huesos como si fuera ése y no otro el molde que un día me configuró. Puso después el dedo pulgar en el sitio donde supuestamente estaba la mancha, cercano a la comisura de la boca. Me acarició con suavidad, sin prisa. Le dejé hacer: una mezcla de pavor y placer me impidió realizar cualquier movimiento.

—También te has manchado aquí —murmuró con voz ronca cambiando el dedo de posición.

El destino fue un extremo de mi labio inferior. Repitió la caricia. Más lenta, más tierna. Un estremecimiento me recorrió la espalda, clavé los dedos en el terciopelo del asiento.

—Y aquí también —volvió a decir. Me acarició entonces la boca entera, milímetro a milímetro, de una esquina a otra, cadencioso, despacio, más despacio. A punto estuve de hundirme en un pozo de algo blando que no supe definir. Igual me daba que todo fuera una mentira y en mis labios no hubiera rastro alguno de chocolate. Igual me daba que en la mesa vecina tres venerables ancianos dejaran suspendida la tertulia para contemplar la escena enardecidos, deseando con furia tener treinta años menos en su haber.

Un grupo ruidoso de estudiantes entró entonces en tropel en el café y, con su bullanga y sus carcajadas, destrozó la magia del momento como quien revienta una pompa de jabón. Y de pronto, como si hubiera despertado de un sueño, me percaté atropelladamente de varias cosas a la vez: de que el suelo no se había derretido y se mantenía sólido bajo mis pies, de que en mi boca estaba a punto de entrar el dedo de un desconocido, de que por el muslo izquierdo me reptaba una mano ansiosa y de que yo estaba a un palmo de lanzarme de cabeza por un despeñadero. La lucidez recobrada me impulsó a levantarme de un salto y, al coger el bolso de forma precipitada, tumbé el vaso de agua que el camarero había traído junto con mi chocolate.

—Aquí tiene el dinero de la máquina. Esta tarde a última hora irá mi novio a recogerla —dije dejando el fajo de billetes sobre el mármol.

Me agarró por la muñeca.

—No te vayas, Sira; no te enfades conmigo.

Me solté de un tirón. Ni le miré ni me despedí; tan sólo me giré y emprendí con forzada dignidad el camino hacia la puerta. Únicamente entonces me di cuenta de que me había derramado el agua encima y llevaba el pie izquierdo chorreando.

Él no me siguió: probablemente intuyó que de nada serviría. Tan sólo permaneció sentado y, cuando me empecé a alejar, lanzó a mi espalda su última saeta.

—Vuelve otro día. Ya sabes dónde estoy.

Fingí no oírle, apreté el paso entre la marabunta de estudiantes y me diluí en el tumulto de la calle.

Ocho días me acosté con la esperanza de que el amanecer siguiente fuera distinto y las ocho mañanas posteriores desperté con la misma obsesión en la cabeza: Ramiro Arribas. Su recuerdo me asaltaba en cualquier quiebro del día y ni un solo minuto conseguí apartarlo de mi pensamiento: al hacer la cama, al sonarme la nariz, mientras pelaba una naranja o cuando bajaba los escalones uno a uno con su memoria grabada en la retina.

Ignacio y mi madre se afanaban entretanto con los planes de la boda, pero eran incapaces de hacerme compartir su ilusión. Nada me resultaba grato, nada conseguía causarme el menor interés. Serán los nervios, pensaban. Yo, entretanto, me esforzaba por sacarme a Ramiro de la cabeza, por no volver a recordar su voz en mi oído, su dedo acariciando mi boca, la mano recorriéndome el muslo y aquellas últimas palabras que me clavó en los tímpanos cuando le di la espalda en el café convencida de que con mi marcha pondría fin a la locura. Vuelve otro día, Sira. Vuelve.

Peleé con todas mis fuerzas para resistir. Peleé y perdí. Nada pude hacer para imponer un mínimo de racionalidad en la atracción desbocada que aquel hombre me había hecho sentir. Por mucho que busqué alrededor, incapaz fui de encontrar recursos, fuerzas o asideros a los que agarrarme para evitar que me arrastrara. Ni el proyecto de marido con el que tenía previsto casarme en menos de un mes, ni la madre íntegra que tanto se había esforzado para sacarme adelante hecha una mujer decente y responsable. Ni siquiera me frenó la incertidumbre de no saber apenas quién era aquel extraño y qué me guardaba el destino a su lado.

Nueve días después de la primera visita a la casa Hispano-Olivetti, regresé. Como en las veces anteriores, volvió a saludarme el tintineo de la campanilla sobre la puerta. Ningún vendedor gordo acudió a mi encuentro, ningún mozo de almacén, ningún otro empleado. Tan sólo me recibió Ramiro.

Me acerqué intentando que mi paso sonara firme, llevaba las palabras preparadas. No se las pude decir. No me dejó. En cuanto me tuvo a su alcance, me rodeó la nuca con la mano y plasmó en mi boca un beso tan intenso, tan carnoso y prolongado que mi cuerpo quedó sobrecogido, a punto de derretirse y convertirse en un charco de melaza.

Ramiro Arribas tenía treinta y cuatro años, un pasado de idas y venidas, y una capacidad de seducción tan poderosa que ni un muro de hormigón habría podido contenerla. Atracción, duda y angustia primero. Abismo y pasión después. Bebía el aire que él respiraba y a su lado caminaba a dos palmos por encima de los adoquines. Podrían desbordarse los ríos, desplomarse los edificios y borrarse las calles de los mapas; podría juntarse el cielo con la tierra y el universo entero hundirse a mi pies que yo lo soportaría si Ramiro estaba allí.

Ignacio y mi madre comenzaron a sospechar que algo anormal me pasaba, algo que iba más allá de la simple tensión producida por la inminencia del matrimonio. No fueron, sin embargo, capaces de averiguar las razones de mi excitación ni hallaron causa alguna que justificara el secretismo con que me movía a todas horas, mis salidas desordenadas y la risa histérica que a ratos no podía contener. Logré mantener el equilibrio de aquella doble vida apenas unos días, los justos para percibir cómo la balanza se descompensaba por minutos, cómo el platillo de Ignacio caía y el de Ramiro se alzaba. En menos de una semana supe que debía cortar con todo y lanzarme al vacío. Había llegado el momento de pasar la guadaña por mi pasado. De dejarlo al ras.

Ignacio llegó a casa por la tarde.

—Espérame en la plaza —susurré entreabriendo la puerta apenas unos centímetros.

Mi madre se había enterado a la hora de comer; él ya no podía seguir sin saberlo. Bajé cinco minutos después, con los labios pintados, mi bolso nuevo en una mano y la Lettera 35 en la otra. Él me esperaba en el mismo banco de siempre, en aquel pedazo de fría piedra donde tantas horas habíamos pasado planeando un porvenir común que ya nunca llegaría.

—Vas a irte con otro, ¿verdad? —preguntó cuando me senté a su lado. No me miró: tan sólo mantuvo la vista concentrada en el suelo, en la tierra polvorienta que la punta de su zapato se encargaba de remover.

Asentí sólo con un gesto. Un sí rotundo sin palabras. Quién es, preguntó. Se lo dije. A nuestro alrededor continuaban los ruidos de siempre: los niños, los perros y los timbres de las bicicletas; las campanas de San Andrés llamando a la última misa, las ruedas de los carros girando sobre los adoquines, los mulos cansados camino del fin del día. Ignacio tardó en volver a hablar. Tal determinación, tanta seguridad debió de intuir en mi decisión que ni siquiera dejó entrever su desconcierto. No dramatizó ni exigió explicaciones. No me increpó ni me pidió que reconsiderara mis sentimientos. Sólo pronunció una frase más, lentamente, como dejándola escurrir.

—Nunca va a quererte tanto como yo.

Y después se puso en pie, agarró la máquina de escribir y echó a andar con ella hacia el vacío. Le vi alejarse de espaldas, caminando bajo la luz turbia de las farolas, conteniendo tal vez las ganas de estrellarla contra el suelo.

Mantuve la mirada fija en él, contemplé cómo salía de mi plaza hasta que su cuerpo se desvaneció en la distancia, hasta que dejó de percibirse en la noche temprana de otoño. Y yo habría querido quedarme llorando su ausencia, lamentando aquella despedida tan breve y tan triste, inculpándome por haber puesto fin a nuestro proyecto ilusionado de futuro. Pero no pude. No derramé una lágrima ni descargué sobre mí misma el menor de los reproches. Apenas un minuto después de desvanecerse su presencia, yo también me levanté del banco y me marché. Atrás dejé para siempre mi barrio, mi gente, mi pequeño mundo. Allí quedó todo mi pasado mientras yo emprendía un nuevo tramo de mi vida; una vida que intuía luminosa y en cuyo presente inmediato no concebía más gloria que la de los brazos de Ramiro al cobijarme.

3

Con él conocí otra forma de vida. Aprendí a ser una persona independiente de mi madre, a convivir con un hombre y a tener una criada. A intentar complacerle en cada momento y a no tener más objetivo que hacerle feliz. Y conocí también otro Madrid: el de los locales sofisticados y los sitios de moda; el de los espectáculos, los restaurantes y la vida nocturna. Los cócteles en Negresco, la Granja del Henar, Bakanik. Las películas de estreno en el Real Cinema con órgano orquestal, Mary Pickford en la pantalla, Ramiro metiendo bombones en mi boca y yo rozando con mis labios la punta de sus dedos, a punto de derretirme de amor. Carmen Amaya en el teatro Fontalba, Raquel Meller en el Maravillas. Flamenco en Villa Rosa, el cabaret del Palacio del Hielo. Un Madrid hirviente y bullicioso, por el que Ramiro y yo transitábamos como si no hubiera un ayer ni un mañana. Como si tuviéramos que consumir el mundo entero a cada instante por si acaso el futuro nunca quisiera llegar.

¿Qué tenía Ramiro, qué me dio para poner mi vida patas arriba en apenas un par de semanas? Aún hoy, tantos años después, puedo componer con los ojos cerrados un catálogo de todo lo que de él me sedujo, y estoy convencida de que si cien veces hubiera nacido, cien veces habría vuelto a enamorarme como entonces lo hice. Ramiro Arribas, irresistible, mundano, guapo a rabiar. Con su pelo castaño repeinado hacia atrás, su porte deslumbrante de puro varonil, irradiando optimismo y seguridad las veinticuatro horas del día los siete días de la semana. Ocurrente y sensual, indiferente a la acritud política de aquellos tiempos, como si su reino no fuera de este mundo. Amigo de unos y otros sin tomar nunca en serio a ninguno, constructor de planes soberbios, siempre con la palabra justa, el gesto exacto para cada momento. Dinámico, espléndido, contrario al acomodamiento. Hoy gerente de una firma italiana de máquinas de escribir, ayer representante de automóviles alemanes; anteayer qué más daba y el mes que viene sabría Dios.

¿Qué vio Ramiro en mí, por qué se encaprichó de una humilde modista a punto de casarse con un funcionario sin aspiraciones? El amor verdadero por primera vez en su vida, me juró mil veces. Había habido otras mujeres antes, claro. ¿Cuántas?, preguntaba yo. Algunas, pero ninguna como tú. Y entonces me besaba y yo creía bailar al filo del desmayo. Tampoco me sería hoy difícil confeccionar otra lista con sus impresiones sobre mí, las recuerdo todas. La aleación explosiva de una ingenuidad casi pueril con el porte de una diosa, decía. Un diamante sin tallar, decía. A ratos me trataba como una niña y los diez años que nos separaban parecían entonces siglos. Anticipaba mis caprichos, colmaba mi capacidad de sorpresa con los ingenios más inesperados. Me compraba medias en las Sederías Lyon, cremas y perfumes, helados de Cuba, de chirimoya, de mango y coco. Me instruía: me enseñaba a manejar los cubiertos, a conducir su Morris, a descifrar las cartas de los restaurantes y a tragarme el humo al fumar. Me hablaba de presencias del pasado y artistas que algún día conoció; rememoraba a viejos amigos y anticipaba las espléndidas oportunidades que podrían estarnos esperando en alguna esquina remota del globo. Dibujaba mapas del mundo y me hacía crecer. A ratos, sin embargo, aquella niña desaparecía y entonces yo me erguía como mujer de una pieza, y nada le importaba mi déficit de conocimientos y vivencias: me deseaba, me veneraba tal cual era y se aferraba a mí como si mi cuerpo fuera el único amarre en el vaivén tumultuoso de su existir.

Me instalé desde el principio con él en su piso masculino junto a la plaza de las Salesas. Apenas llevé nada conmigo, como si mi vida empezara de nuevo; como si yo fuera otra y hubiera vuelto a nacer. Mi corazón arrebatado y un par de cosas que ponerme encima fueron las únicas pertenencias que trasladé a su domicilio. De vez en cuando volvía a visitar a mi madre; por aquel entonces ella cosía en casa por encargo, muy poca cosa con la que obtenía apenas lo justo para poder sobrevivir. No apreciaba a Ramiro, desaprobaba su forma de actuar conmigo. Le acusaba de haberme arrastrado de una manera impulsiva, de utilizar su edad y posición para embaucarme, de forzarme a prescindir de todos mis anclajes. No le gustaba que viviera con él sin casarme, que hubiera dejado a Ignacio y ya no fuera la misma de siempre. Por mucho que lo intenté, nunca conseguí convencerla de que no era él quien me presionaba para actuar así; de que era el simple amor incontenible lo que me llevaba a ello. Nuestras discusiones eran cada día más duras: nos cruzábamos reproches atroces y nos arañábamos una a otra las entrañas. A cada envite suyo replicaba yo con un desplante, a cada reprobación con un desprecio aún más feroz. Raro fue el encuentro que no acabó con lágrimas, gritos y portazos, y las visitas se hicieron cada vez más breves, más distanciadas. Y mi madre y yo, cada día más ajenas.

Hasta que llegó por su parte un acercamiento. Tan sólo lo provocó en calidad de persona interpuesta, cierto, pero aquel gesto suyo —cómo podríamos haberlo previsto— derivó en nuevo giro en el rumbo de nuestros caminos. Apareció un día en casa de Ramiro, era media mañana. Él ya no estaba y yo seguía durmiendo. Habíamos salido la noche anterior, vimos a Margarita Xirgú en el teatro de la Comedia, fuimos después a Le Cock. Debían de ser casi las cuatro de la mañana cuando nos acostamos, yo exhausta, tanto que ni tuve fuerzas para limpiarme el maquillaje que en los últimos tiempos usaba. Entre sueños oí marchar a Ramiro sobre las diez, entre sueños oí llegar a Prudencia, la muchacha de servicio que se encargaba de poner orden en nuestro desbarajuste doméstico. Entre sueños la oí salir a por la leche y el pan y entre sueños oí poco después que llamaban a la puerta. Primero suavemente, después con rotundidad. Creí que Prudencia había vuelto a dejarse la llave, ya lo había hecho otras veces. Me levanté aturullada y con humor pésimo acudí al reclamo insistente de la puerta gritando ¡ya voy! Ni siquiera me molesté en ponerme algo encima: la torpe de Prudencia no merecía el esfuerzo. Abrí adormilada y no encontré a Prudencia, sino a mi madre. No supe qué decir. Ella tampoco, en principio. Se limitó a mirarme de arriba abajo, deteniendo su atención sucesivamente en mi pelo revuelto, en los trazos negros de máscara de pestañas corrida bajo los ojos, en los restos de carmín alrededor de la boca y en el camisón procaz que dejaba a la vista más carne desnuda de la que su sentido de la decencia podía admitir. No fui capaz de aguantarle la mirada, no pude hacerle frente. Tal vez porque aún estaba demasiado aturdida por el trasnoche. Tal vez porque la serena severidad de su actitud me dejó desarmada.

—Pasa, no te quedes en la puerta —dije intentando disimular el desconcierto que su llegada imprevista me había causado.

—No, no quiero entrar, voy con prisa. Tan sólo me he acercado para darte un recado.

La situación era tan tensa y extravagante que jamás habría podido creer que pudiera ser cierta de no haberla vivido aquella mañana en primera persona. Mi madre y yo, que tanto habíamos compartido y tan iguales éramos en muchas cosas, parecíamos habernos convertido de pronto en dos extrañas que recelaban una de otra como perras callejeras midiéndose suspicaces en la distancia.

Permaneció frente a la puerta, seria, erguida, peinada con un moño tirante en el que empezaban a vislumbrarse las primeras hebras grises. Digna y alta, sus cejas angulosas enmarcando la reprobación de su mirada. Elegante en cierto modo a pesar de la sencillez de su indumentaria. Cuando por fin acabó de examinarme a conciencia, habló. Sin embargo, y pese a lo que yo temía, sus palabras no tuvieron la intención de criticarme.

—Vengo a traerte un mensaje. Una petición que no es mía. Puedes aceptarla o no, tú verás. Pero yo creo que deberías decir que sí. Piénsatelo; más vale tarde que nunca.

No llegó a cruzar el umbral y la visita duró apenas un minuto más: el que necesitó para darme una dirección, una hora de aquella misma tarde y la espalda sin el menor ceremonial de despedida. Me extrañó no recibir algo más en el lote, pero no tuve que esperar demasiado para que me lo hiciera llegar. Apenas lo que tardó en empezar a bajar la escalera.

—Y lávate esa cara, péinate y ponte algo encima, que pareces una fulana.

Compartí con Ramiro mi estupor a la hora de la comida. No veía sentido a aquello, desconocía qué podría haber tras un encargo tan inesperado, desconfiaba. Le supliqué que me acompañara. ¿Adónde? A conocer a mi padre. ¿Por qué? Porque él así lo había pedido. ¿Para qué? Ni en diez años de cavilaciones habría logrado yo anticipar la más remota de las causas.

Había quedado en reunirme con mi madre a primera hora de la tarde en la dirección fijada: Hermosilla 19. Muy buena calle, muy buena finca; una como tantas aquellas que en otros tiempos visité cargando prendas recién cosidas. Me había esmerado en componer mi apariencia para el encuentro: había elegido un vestido de lana azul, un abrigo a juego y un pequeño sombrero con tres plumas ladeado con gracia sobre la oreja izquierda. Todo lo había pagado Ramiro, naturalmente: eran las primeras prendas que tocaban mi cuerpo y que no había cosido mi madre o yo misma. Llevaba zapatos de tacón alto y el pelo suelto sobre la espalda; apenas me maquillé, no quería reproches esa tarde. Me miré en el espejo antes de salir. De cuerpo entero. La imagen de Ramiro se reflejaba detrás de mí, sonriendo, admirando con las manos en los bolsillos.

—Estás fantástica. Le vas a dejar impresionado.

Intenté sonreír agradecida por el comentario, pero no lo logré del todo. Estaba hermosa, cierto; hermosa y distinta, como una persona ajena a la que había sido tan sólo unos meses atrás. Hermosa, distinta y asustada como un ratón, muerta de miedo, lamentando haber aceptado aquella petición insólita. Por la mirada de mi madre al llegar, deduje que el hecho de que Ramiro apareciera a mi lado no le resultaba en absoluto grato. Al entrever nuestra intención de entrar juntos, atajó sin miramientos.

—Esto es un asunto de familia; si no le importa, usted se queda aquí.

Y sin pararse a recibir respuesta, se giró y atravesó el portón imponente de hierro negro y cristal. Yo habría querido que él estuviera a mi lado, necesitaba su apoyo y su fuerza, pero no me atreví a encararla. Me limité a susurrar a Ramiro que era mejor que se marchara y la seguí.

—Venimos a ver al señor Alvarado. Nos espera —anunció al portero. Asintió éste y sin mediar palabra se dispuso a acompañarnos hasta el ascensor.

—No hace falta, gracias.

Recorrimos el amplio portal y empezamos a subir la escalera, mi madre delante con paso firme, sin rozar apenas la madera pulida del pasamanos, embutida en un traje de chaqueta que no le conocía. Yo detrás, acobardada, agarrándome a la baranda como a un salvavidas en una noche de tempestad. Las dos mudas cual tumbas. Los pensamientos se me acumulaban en la cabeza a medida que ascendíamos uno a uno los escalones. Primer rellano. Por qué se desenvolvía mi madre con tanta familiaridad en aquel lugar ajeno. Entreplanta. Cómo sería el hombre al que íbamos a ver, por qué ese repentino empeño en conocerme después de tantos años. Principal. El resto de los pensamientos quedaron agolpados en el limbo de mi mente: no había tiempo para ellos, habíamos llegado. Gran puerta a la derecha, el dedo de mi madre sobre el timbre apretando seguro, sin la menor señal de intimidación. Puerta abierta con inmediatez, criada veterana y encogida dentro de un uniforme negro y cofia impoluta.

—Buenas tardes, Servanda. Venimos a ver al señor. Supongo que estará en la biblioteca.

La boca de Servanda quedó entreabierta con el saludo colgando, como si hubiera recibido la visita de un par de espectros. Cuando consiguió reaccionar y parecía que por fin iba a ser capaz de decir algo, una voz sin rostro se superpuso a la suya. Voz de hombre, ronca, fuerte, desde el fondo.

—Que pasen.

La criada se hizo a un lado, aún presa de un nervioso desconcierto. No necesitó indicarnos el camino: mi madre parecía conocerlo de sobra. Avanzamos por un pasillo amplio, evitando salones con paredes enteladas, tapices y retratos de familia. Al llegar a una puerta doble, abierta a la izquierda, mi madre giró hacia ella. Percibimos entonces la figura de un hombre grande esperándonos en el centro de la estancia. Y otra vez la voz potente.

—Adelante.

Despacho grande para el hombre grande. Escritorio grande cubierto de papeles, librería grande llena de libros, hombre grande mirándome, primero a los ojos, después hacia abajo, otra vez hacia arriba. Descubriéndome. Tragó saliva él, tragué saliva yo. Dio unos pasos hacia nosotras, posó su mano en mi brazo y me apretó sin forzar, como queriendo cerciorarse de que en verdad existía. Sonrió levemente con un lado de la boca, como con un poso de melancolía.

—Eres igual que tu madre hace veinticinco años.

Retuvo su mirada en la mía mientras me presionaba un segundo, dos, tres, diez. Después, aún sin soltarme, desvió la vista y la concentró en mi madre. Volvió a su rostro la débil sonrisa amarga.

—Cuánto tiempo, Dolores.

No contestó, tampoco esquivó sus ojos. Despegó entonces él su mano de mi brazo y la extendió en dirección a ella; no parecía buscar un saludo, sólo un contacto, un roce, como si esperara que sus dedos le salieran al encuentro. Pero ella se mantuvo inmóvil, sin responder al reclamo, hasta que él pareció despertar del encantamiento, carraspeó y, en un tono tan atento como forzadamente neutro, nos ofreció asiento.

En vez de dirigirse a la gran mesa de trabajo donde se acumulaban los papeles, nos invitó a acercarnos a otro ángulo de la biblioteca. Se acomodó mi madre en un sillón y él enfrente. Y yo sola en un sofá, en medio, entre ambos. Tensos, incómodos los tres. Él se entretuvo en encender un habano. Ella se mantenía erguida, con las rodillas juntas y la espalda recta. Yo, mientras tanto, arañaba con el dedo índice la tapicería de damasco color vino del sofá con la atención concentrada en la labor, como si quisiera hacer un agujero en la urdimbre del tejido y escapar por él como una lagartija. El ambiente se llenó de humo y volvió el carraspeo como anticipando una intervención, pero antes de que ésta pudiera ser vertida al aire, mi madre tomó la palabra. Se dirigía a mí, pero sus ojos se concentraban en él. Su voz me obligó a levantar por fin la vista hacia los dos.

—Bueno, Sira, éste es tu padre, por fin le conoces. Se llama Gonzalo Alvarado, es ingeniero, dueño de una fundición y ha vivido en esta casa desde siempre. Antes era el hijo y ahora el señor, cómo pasa la vida. Hace mucho tiempo yo venía aquí a coser para su madre, nos conocimos entonces y, en fin, tres años después naciste tú. No imagines un folletín en el que el señorito sin escrúpulos engaña a la pobre modistilla ni nada por el estilo. Cuando empezó nuestra relación, yo tenía veintidós años y él, veinticuatro: los dos sabíamos perfectamente quiénes éramos, dónde estábamos y a qué nos enfrentábamos. No hubo engaño por su parte ni más ilusiones que las justas por la mía. Fue una relación que terminó porque no podía llegar a ningún sitio; porque nunca tendría que haber empezado. Yo fui quien decidió acabar con ella, no fue él quien nos abandonó a ti y a mí. Y he sido yo la que siempre se ha empeñado en que no tuvierais ningún contacto. Tu padre intentó no perdernos, con insistencia al principio; después, poco a poco, fue haciéndose a la situación. Se casó y tuvo otros hijos, dos varones. Hacía mucho tiempo que no sabía nada de él, hasta que anteayer recibí un recado suyo. No me ha dicho por qué quiere conocerte a estas alturas, ahora lo sabremos.

Mientras ella hablaba, él la contemplaba con atención, con serio aprecio. Cuando calló, esperó unos segundos antes de tomar el relevo. Como si estuviera pensando, midiendo sus palabras para que éstas expresaran con exactitud lo que quería decir. Aproveché esos momentos para observarle y lo primero que me vino a la cabeza fue la idea de que jamás podría haberme figurado un padre así. Yo era morena, mi madre era morena, y en las muy escasas evocaciones imaginarias que en mi vida hubiera podido tener de mi progenitor, siempre lo había pintado como nosotras, uno más, con la tez tostada, el pelo oscuro y el cuerpo ligero. Siempre, también, había asociado la figura de un padre con las estampas de la gente de mi entorno: nuestro vecino Norberto, los padres de mis amigas, los hombres que llenaban las tabernas y las calles de mi barrio. Padres normales de gente normal: empleados de correos, dependientes, oficinistas, camareros de cafés o dueños como mucho de un estanco, una mercería o un puesto de hortalizas en el mercado de la

Cebada. Los señores que veía en mis idas y venidas por las calles prósperas de Madrid al repartir los encargos del taller de doña Manuela eran para mí como seres de otro mundo, entes de otra especie que en absoluto encajaban en el molde que en mi mente existía para la categoría de presencia paterna. Delante, sin embargo, tenía a uno de aquellos ejemplares. Un hombre aún apuesto a pesar de su corpulencia un tanto excesiva, con pelo ya canoso que en su día debió de haber sido claro y ojos color miel algo enrojecidos, vestido de gris oscuro, propietario de un gran hogar y una familia ausente. Un padre distinto a los demás padres que por fin arrancó a hablar, dirigiéndose a mi madre y a mí alternativamente, a veces a las dos, a veces a ninguna.

—Vamos a ver, esto no es fácil —dijo a modo de anuncio.

Inhalación profunda, calada al puro, humo fuera. Vista alzada, a mis ojos por fin. A los de mi madre, luego. A los míos otra vez. Y entonces recuperó la palabra, y ya apenas se detuvo en un rato tan largo e intenso que cuando me quise dar cuenta nos habíamos quedado casi a oscuras, nuestros cuerpos se habían convertido en sombras y por toda luz sólo nos acompañaba el reflejo alejado y débil de una lámpara de tulipa verde sobre el escritorio.

—Os he buscado porque me temo que cualquier día de éstos me van a matar. O voy a acabar yo matando a alguien y me van a encarcelar, que será como una muerte en vida, lo mismo da. La situación política está a punto de reventar y, cuando lo haga, sólo Dios sabe qué va a ser de todos nosotros.

Miré de reojo a mi madre en busca de alguna reacción, pero su rostro no transmitía el más mínimo gesto de inquietud: como si en vez del presagio de una muerte inminente, le hubieran anunciado la hora o el pronóstico de un día nublado. Él, entretanto, prosiguió desmenuzando premoniciones y exudando chorros de amargura.

—Y como sé que tengo los días contados, me he puesto a hacer el inventario de mi vida y ¿qué es lo que he descubierto que poseo entre mis haberes? Dinero, sí. Propiedades, también. Y una empresa con doscientos trabajadores en la que me he dejado la piel durante tres décadas y en la que el día que no me organizan una huelga, me humillan y me escupen a la cara. Y una mujer que en cuanto vio que quemaban un par de iglesias se marchó con su madre y sus hermanas a rezar rosarios a San Juan de Luz. Y dos hijos a quienes no entiendo, un par de vagos que se han vuelto unos fanáticos y se pasan el día pegando tiros por los tejados y adorando al iluminado del hijo de Primo de Rivera, que tiene el seso sorbido a todos los señoritos de Madrid con sus majaderías románticas de reafirmación del espíritu nacional. A la fundición me los llevaba yo a todos ellos, a trabajar doce horas diarias, a ver si el espíritu nacional se les recomponía a golpe de yunque y martillo.

»El mundo ha cambiado mucho, Dolores, ¿no lo ves tú? Los obreros ya no se conforman con ir a la verbena de San Cayetano y a los toros de Carabanchel como canta la zarzuela. Ahora cambian la burra por la bicicleta, se afilian a un sindicato y, a la primera que se les retuerce el colmillo, amenazan al patrón con meterle un tiro entre las cejas. Probablemente no les falte razón, que llevar una vida llena de carencias y trabajar de sol a sol desde que le salen a uno los dientes no es del gusto de nadie. Pero aquí hace falta mucho más que eso: con levantar el puño, odiar al que tienen por encima y cantar *La Internacional* van a arreglar poco; a ritmo de himnos no se cambia un país. Razones para rebelarse, desde luego, tienen de sobra, que aquí hay hambre de siglos y mucha injusticia también, pero eso no se arregla mordiendo la mano de quien te da de comer. Para eso, para modernizar este país, necesitaríamos emprendedores valientes y trabajadores cualificados, una educación en condiciones, y gobiernos serios que duraran en su puesto lo suficiente. Pero aquí todo es un desastre, cada uno va a lo suyo y nadie se ocupa de trabajar en serio para acabar con tanta sinrazón. Los políticos, de un lado y del otro, se pasan el día perdidos en sus diatribas y sus filigranas oratorias en el Parlamento. El rey bien está donde está; mucho antes tendría que haberse marchado. Los socialistas, los anarquistas y los comunistas pelean por los suyos como tiene que ser, pero deberían hacerlo con sensatez y orden, sin rencores ni ánimos desatados. Los pudientes y los monárquicos, entretanto, van escapando acobardados al extranjero. Y entre unos y otros, al final vamos a conseguir que cualquier día se acaben levantando los militares, nos monten un estado cuartelero, y entonces sí que lo vamos a lamentar. O nos metemos en una guerra civil, nos liamos a tiros unos contra otros, y terminamos matándonos entre hermanos.

Hablaba rotundo, sin pausa. Hasta que de pronto pareció descender a la realidad y apreciar que tanto mi madre como yo, a pesar de mantener intacta la compostura, permanecíamos totalmente desconcertadas, sin saber adónde quería llegar con su alegato descorazonador ni qué teníamos que ver nosotras en aquella cruda vomitona verbal.

—Perdonad que os cuente todas estas cosas de una manera tan impulsiva, pero llevo mucho tiempo pensando sobre ello y creo que ha llegado el momento de empezar a actuar. Este país se hunde. Esto es una locura, un sinsentido y a mí, como os he dicho, cualquier día de éstos me van a matar. Las tornas del mundo están cambiando y cuesta ajustarse a ellas. Me he pasado más de treinta años trabajando como un animal, desvelándome por mi negocio e intentando cumplir con mi deber. Pero, o los tiempos no me vienen de cara, o en algo serio he debido de equivocarme porque, al final, todo me ha dado la espalda y la vida parece escupirme de pronto su venganza. Mis hijos se me han ido de las manos, mi mujer me ha abandonado y el día a día en mi empresa se ha convertido en un infierno. Me he quedado solo, no encuentro apoyo en nadie, y estoy convencido de que la situación ya sólo puede ir a peor. Por eso estoy preparándome, ordenando mis asuntos, los papeles, las cuentas. Disponiendo mis últimas voluntades e intentando que todo quede organizado por si acaso un día no vuelvo. Y, a la par que en los negocios, también estoy poniendo orden en mis recuerdos y en mis sentimientos, que alguno me queda aunque sean escasos. Cuanto más negro lo veo todo a mi alrededor, más escarbo entre mis afectos y rescato la memoria de lo bueno que la vida me ha dado; y ahora que se agotan mis días, he caído en la cuenta de que una de las pocas cosas que realmente ha valido la pena, ¿sabes qué es, Dolores? Tú. Tú y esta hija nuestra que es tu viva estampa en los años que estuvimos juntos. Por eso he querido veros.

Gonzalo Alvarado, ese padre mío que al fin tenía rostro y nombre, hablaba ya con más tranquilidad. A mitad de su intervención empezó a vislumbrarse como el hombre que debería ser todos los días que no eran aquél: seguro de sí mismo, contundente en sus gestos y palabras, acostumbrado a mandar y a llevar la razón. Le había costado trabajo arrancar; no debía de resultar grato encararse a un amor perdido y una hija desconocida tras un cuarto de siglo de ausencia. Pero en aquel momento del encuentro se hallaba ya del todo aposentado en el aplomo, dueño y señor de la situación. Firme en su discurso, sincero y descarnado como sólo puede serlo quien ya nada tiene que perder.

—¿Sabes una cosa, Sira? Yo quise de verdad a tu madre; la quise mucho, muchísimo, y ojalá todo hubiera sido de otra manera para haberla podido tener siempre a mi lado. Pero, lamentablemente, no fue así.

Se desprendió de mi mirada y volvió la vista hacia ella. Hacia sus grandes ojos color avellana hartos de coser. Hacia su hermosa madurez sin afeites ni aderezos.

—Luché poco por ti, ¿verdad, Dolores? Fui incapaz de hacer frente a los míos y no estuve a la altura contigo. Después, ya lo sabes: me acomodé a la vida que se esperaba de mí, me acostumbré a otra mujer y otra familia.

Mi madre escuchaba en silencio, impasible en apariencia. No sabría decir si estaba ocultando sus emociones o si aquellas palabras tampoco le provocaban ni frío ni calor. Se mantenía, sin más, hierática en su postura; indescifrables sus pensamientos, erguida dentro del traje de confección excelente que yo nunca le había visto, seguramente hecho con cualquier recorte sobrante de otra mujer con más telas y más suerte que ella en la vida. Él, lejos de frenarse ante su pasividad, continuó hablando.

—No sé si me creeréis o no, pero lo cierto es que, ahora que veo que me llega el final, lamento de corazón que hayan pasado tantos años sin ocuparme de vosotras y sin haber llegado siquiera a conocerte, Sira. Debería haber insistido más, no haber cejado en mi empeño por manteneros cercanas, pero las cosas eran como eran y tú, demasiado digna, Dolores: no ibas a consentir que os dedicara sólo las migajas de mi vida. Si no podía ser todo, entonces no sería nada. Tu madre es muy dura, muchacha, muy dura y muy firme. Y yo, probablemente, fui un débil y un cretino, pero, en fin, no es momento ya de lamentaciones.

Guardó silencio unos segundos, pensando, sin mirarnos. Después tomó aire por la nariz, lo expelió con fuerza y cambió de postura: despegó la espalda del respaldo del sillón y echó el cuerpo hacia delante, como queriendo ser más directo, como si ya se hubiera decidido a abordar de pleno lo que se suponía que tenía que decirnos. Parecía finalmente dispuesto a descolgarse de la amarga nostalgia que lo mantenía sobrevolando por encima del pasado, listo ya para centrarse en las demandas terrenales del presente.

—No quiero entreteneros más de la cuenta con mis melancolías, disculpadme. Vamos a centrarnos. Os he llamado para transmitiros mis últimas voluntades. Y os pido a las dos que me entendáis bien y no interpretéis esto de forma equivocada. Mi intención no es compensaros por los años que no os he dedicado, ni demostraros con prebendas mi arrepentimiento, ni mucho menos intentar comprar vuestra estima a estas alturas. Lo único que yo quiero es dejar bien amarrados los cabos que legítimamente creo que tienen que quedar atados para cuando me llegue la hora.

Por primera vez desde que nos acomodamos se levantó del sillón y se dirigió al escritorio. Le seguí con la mirada: observé la espalda ancha, el buen corte de su chaqueta, el andar ágil a pesar de su corpulencia. Me fijé después en el retrato colgado en la pared del fondo hacia la que él se dirigía, imposible no hacerlo por su tamaño. Una dama elegante vestida a la moda de principios de siglo, ni hermosa ni lo contrario, con una tiara sobre el pelo corto y ondulado, el gesto adusto en un óleo con marco de pan de oro. Al volverse lo señaló con un movimiento de la barbilla.

—Mi madre, la gran doña Carlota, tu abuela. ¿La recuerdas, Dolores? Falleció hace siete años; si lo hubiera hecho hace veinticinco, probablemente tú, Sira, habrías nacido en esta casa. En fin, dejemos a los muertos descansar en paz.

Hablaba ya sin mirarnos, ocupado en sus quehaceres tras la mesa. Abrió cajones, sacó objetos, revolvió papeles y volvió a nosotras con las manos cargadas. Mientras caminaba no despegó la vista de mi madre.

—Sigues guapa, Dolores —apuntó al sentarse. Ya no estaba tenso, su incomodidad inicial apenas era un recuerdo—. Disculpad, no os he ofrecido nada, ¿queréis tomar algo? Voy a llamar a Servanda... —Hizo un gesto como de levantarse de nuevo, pero mi madre le interrumpió.

—No queremos nada, Gonzalo, gracias. Vamos a terminar con esto, por favor.

—¿Te acuerdas de Servanda, Dolores? Cómo nos espiaba, cómo nos seguía para después ir con el cuento a mi madre. —Soltó de pronto una carcajada, ronca, breve, amarga—. ¿Recuerdas cuando nos pilló encerrados en el cuarto de la plancha? Y fíjate tú ahora, qué ironía al cabo de los años: mi madre pudriéndose en el cementerio, y yo aquí con Servanda, la única que se ocupa de mí, qué destino más patético. Debería haberla despedido cuando ella murió, pero adónde iba a ir ya entonces la pobre mujer, vieja, sorda y sin familia. Y además, probablemente no tuviera más remedio que hacer lo que mi madre le mandaba: no era cosa de perder un trabajo así como así, aunque doña Carlota tuviese un carácter insoportable y llevara al servicio por la calle de la amargura. En fin, si no queréis tomar nada, yo tampoco. Prosigamos entonces.

Permanecía sentado en el borde del sillón, sin reclinarse, con sus manos grandes apoyadas sobre el montón de cosas que había traído desde el escritorio. Papeles, paquetes, estuches. Del bolsillo interior de la chaqueta sacó entonces unas gafas de montura de metal y las ajustó ante sus ojos.

—Bueno, vayamos a los asuntos prácticos. A ver, por partes.

Cogió primero un paquete que en realidad eran dos sobres grandes, abultados y unidos por una banda elástica atravesada en su parte central.

—Esto es para ti, Sira, para que te abras camino en la vida. No es la tercera parte de mi capital como en justicia debería corresponderte por ser una de mis tres descendientes, pero es todo lo que ahora mismo puedo darte en efectivo. Apenas he conseguido vender nada, corren malos tiempos para las transacciones de cualquier tipo. Tampoco estoy en disposición de dejarte propiedades: no estás legalmente reconocida como hija mía y los derechos reales te comerían, además de tenerte que enzarzar en pleitos eternos con mis otros hijos. Pero, en fin, aquí tienes casi ciento cincuenta mil pesetas. Pareces lista como tu madre; seguro que sabrás invertirlas bien. Con este dinero quiero también que te ocupes de ella, que te encargues de que no le falte nada y la mantengas si algún día lo llegara a necesitar. En realidad habría preferido repartir el dinero en dos partes, una para cada una de vosotras, pero como sé que Dolores nunca lo aceptaría, te dejo a ti a cargo de todo.

Sostenía el paquete tendido; antes de recogerlo, miré a mi madre desconcertada sin saber qué hacer. Con un gesto afirmativo, breve y conciso, ella me transmitió su consentimiento. Sólo entonces extendí las manos.

—Muchas gracias —musité a mi padre.

Antepuso a su réplica una sonrisa adusta.

—No hay de qué, hija, no hay de qué. Bien, prosigamos.

Tomó después un estuche forrado de terciopelo azul y lo abrió. Cogió otro, esta vez color granate, más pequeño. Hizo lo mismo. Así sucesivamente hasta cinco. Los dejó expuestos sobre la mesa. Las joyas del interior no refulgían, había poca luz, pero no por ello dejaba de intuirse su valor.

—Esto era de mi madre. Hay más, pero María Luisa, mi mujer, se las ha llevado a su piadoso destierro. Ha dejado, sin embargo, lo más valioso, probablemente por ser lo menos discreto. Son para ti, Sira; lo más seguro es que nunca llegues a lucirlas: como ves, son un tanto ostentosas. Pero podrás venderlas o empeñarlas si alguna vez te hace falta y obtener por ellas una suma más que respetable.

No supe qué replicar; mi madre sí.

—De ninguna manera, Gonzalo. Todo esto pertenece a tu mujer.

—Nada de eso —atajó él—. Todo esto, mi querida Dolores, no es propiedad de mi mujer: todo esto es mío y mi voluntad es que, de mí, pase a mi hija.

—No puede ser, Gonzalo, no puede ser.

—Sí puede ser.

—No.

—Sí.

Allí murió la discusión. Silencio por parte de Dolores, batalla perdida. Cerró él las cajas una a una. Las apiló después en una ordenada pirámide, la más grande abajo, la más pequeña arriba. Desplazó el montón hacia mí haciéndolo resbalar sobre la superficie encerada de la mesa y cuando lo tuve enfrente, volvió su atención a unos pliegos de papel. Los desdobló y me los mostró.

—Esto son unos certificados de las joyas, con su descripción, tasación y todas estas cosas. Y hay también un documento notarial en el que se da fe de que son de mi propiedad y que yo te las cedo por mi propia voluntad. Te vendrá bien por si alguna vez tuvieras que justificar que son tuyas; espero que no precises demostrar nada ante nadie, pero por si acaso.

Plegó los papeles, los metió en una especie de carpeta, ató con habilidad una cinta roja a su alrededor y la colocó frente a mí también. Tomó entonces un sobre y extrajo un par de folios de papel apergaminado, con timbres, firmas y otras formalidades.

—Y ahora, una cosa más, casi la última. Vamos a ver cómo te explico esto. —Pausa, inhalación, exhalación. Reinicio—. Este documento lo hemos redactado entre mi abogado y yo, y un notario ha dado fe de su contenido. Lo que viene a decir en resumidas cuentas es que yo soy tu padre y tú eres mi hija. ¿Para qué va a servirte? Para nada posiblemente, porque si algún día quisieras reclamar mi patrimonio, encontrarías que lo legué en vida a tus medio hermanos, con lo que nunca podrás obtener de esta familia más réditos que los que te lleves hoy contigo cuando salgas de esta casa. Pero para mí sí tiene valor: significa dar reconocimiento público a algo que debería haber hecho hace muchos años. Aquí consta lo que a ti y a mí nos une y, ahora, con él puedes hacer lo que quieras: enseñarlo a medio mundo o rasgarlo en mil pedazos y echarlos a la lumbre; eso ya sólo dependerá de ti.

Dobló el documento, lo guardó, me tendió el sobre que lo contenía y de la mesa tomó otro, el último. El anterior era grande, de buen papel, con caligrafía elegante y membrete de notario. Este segundo pequeño, parduzco, vulgar, con aspecto de haber sido sobado por un millón de manos antes de llegar a las nuestras.

—Esto es ya el final —dijo sin alzar la cabeza.

Lo abrió, sacó su contenido y lo examinó brevemente. Después, sin una palabra, saltándome esta vez a mí, se lo dio a mi madre. Se levantó entonces y se dirigió hacia uno de los balcones. Allí permaneció en silencio, de espaldas, con las manos en los bolsillos del pantalón, contemplando la tarde o la nada, no sé. Lo que mi madre había recibido era un pequeño montón de fotografías. Antiguas, marrones y de mala calidad, tomadas por un retratista minutero por tres perras gordas cualquier mañana de primavera más de dos décadas atrás. Un par de jóvenes, apuestos, sonrientes. Cómplices y cercanos, atrapados en las redes frágiles de un amor tan grande como inconveniente, ignorantes de que al cabo de los años separados, cuando volvieran a enfrentarse juntos a aquel testimonio del ayer, él se volvería hacia un balcón para no mirarla a la cara y ella apretaría las muelas para no llorar frente a él.

Dolores repasó las fotografías una a una, lentamente. Después me las entregó sin mirarme. Las contemplé despacio y las devolví a su sobre. Él regresó a nosotras, volvió a sentarse y retomó la conversación.

—Con esto hemos terminado con las cuestiones materiales. Ahora vienen los consejos. No es que a estas alturas intente yo dejarte, hija, un legado moral; no soy quién para inspirar confianza ni predicar con el ejemplo pero, por concederme unos minutos más después de tantos años, no creo que pase nada, ¿verdad?

Asentí con un movimiento de cabeza.

—Bueno, pues mi consejo es el siguiente: marchaos de aquí lo antes posible. Las dos, lejos, tenéis que iros cuanto más lejos de Madrid, mejor. Fuera de España a ser posible. A Europa no, que tampoco allí tiene buena cara la situación. Marchaos a América o, si se os hace demasiado lejano, a África. A Marruecos; iros al Protectorado, es un buen sitio para vivir. Un sitio tranquilo donde, desde el final de la guerra con los moros, nunca pasa nada. Empezad una vida nueva lejos de este país enloquecido, porque el día menos pensado va a estallar algo tremendo y aquí no va a quedar nadie vivo.

No pude contenerme.

—¿Y por qué no se va usted?

Sonrió con amargura una vez más. Tendió entonces su mano grande hacia la mía y la agarró con fuerza. Estaba caliente. Habló sin soltarme.

—Porque yo ya no necesito un futuro, hija; yo ya he quemado todas mis naves. Y no me hables de usted, hazme el favor. Yo ya he cumplido mi ciclo, tal vez un poco antes de tiempo, ciertamente, pero ya no tengo ni ganas ni fuerzas para pelear por una vida nueva. Cuando uno emprende un cambio así, debe hacerlo con sueños y esperanzas, con ilusiones. Irse sin ellos es sólo escapar, y yo no tengo intención de huir a ningún sitio; prefiero quedarme aquí y enfrentarme de cara a lo que venga. Pero tú sí, Sira, tú eres joven, tendrás que formar una familia, sacarla adelante. Y España se está volviendo un mal sitio. Así que ésta es mi recomendación de padre y de amigo: márchate. Llévate a tu madre contigo, que vea crecer a sus nietos. Y cuídala como yo no fui capaz de hacerlo, prométemelo.

Mantuvo los ojos fijos en los míos hasta que percibió un movimiento afirmativo. No sabía en qué manera esperaba él que yo cuidara de mi madre, pero no me atreví a hacer otra cosa más que asentir.

—Bueno, pues con esto creo que hemos terminado —anunció.

Se levantó entonces y nosotras le imitamos.

—Recoge tus cosas —dijo. Obedecí. Todo cupo en mi bolso excepto el estuche de mayor tamaño y los sobres del dinero.

—Y ahora déjame que te abrace por primera y seguramente última vez. Dudo mucho que volvamos a vernos.

Envolvió mi cuerpo delgado en su corpulencia y me estrechó con fuerza; después tomó mi cara entre sus manos grandes y me besó en la frente.

—Eres igual de preciosa que tu madre. Suerte en la vida, hija mía. Que Dios te bendiga.

Quise decir algo como respuesta, pero no pude. Los sonidos quedaron atascados en un barullo de flemas y palabras a la altura de la garganta; las lágrimas se me amontonaron en los ojos, y sólo fui capaz de darme la vuelta y salir al pasillo en busca de la salida, a trompicones, con la vista nublada y un pellizco de pena negra agarrado a las tripas.

Esperé a mi madre en el rellano de la escalera. La puerta de la calle había quedado entreabierta y la vi salir observada por la figura siniestra de Servanda en la distancia. Tenía las mejillas encendidas y los ojos vidriosos, su rostro por fin transpiraba emoción. No presencié lo que mis padres hicieron y se dijeron en aquellos escasos cinco minutos, pero siempre creí que se abrazaron también y se dijeron para siempre adiós.

Descendimos tal como habíamos emprendido el ascenso: mi madre delante, yo detrás. En silencio. Con las joyas, los documentos y las fotografías en el bolso, los treinta mil duros aferrados bajo el brazo y el ruido de los tacones martilleando sobre el mármol de los escalones. Al llegar a la entreplanta no pude contenerme: la agarré por el brazo y la obligué a detenerse y a girarse. Mi cara quedó frente a su cara, mi voz fue apenas un susurro aterrorizado.

—¿De verdad van a matarle, madre?

—Yo qué sé, hija, yo qué sé...

4

Salimos a la calle y emprendimos el regreso sin cruzar una palabra. Ella apretó el paso y yo me esforcé en mantenerme a su lado, aunque la incomodidad y la altura de mis zapatos recién estrenados me impedían a veces seguir el ritmo de sus zancadas. Al cabo de unos minutos me atreví a hablar, consternada aún, como conspirando.

—¿Qué hago yo ahora con todo esto, madre?

No se detuvo para contestarme.

—Guardarlo a buen recaudo —fue tan sólo su respuesta.

—¿Todo? ¿Y tú no te quedas con nada?

—No, todo es tuyo; tú eres la heredera y además, eres ya una mujer adulta y yo no puedo intervenir en lo que tú dispongas a partir de ahora con los bienes que tu padre ha decidido darte.

—¿Seguro, madre?

—Seguro, hija, seguro. Dame, si acaso, una fotografía; cualquiera de ellas, no quiero más que un recuerdo. Lo demás es sólo tuyo pero, por Dios te lo pido, Sira, por Dios y por María Santísima, óyeme bien, muchacha.

Paró por fin y me miró a los ojos bajo la luz turbia de una farola. A nuestro lado caminaban en mil sentidos los viandantes, ajenos al desconcierto que aquel encuentro había causado en las dos.

—Ten cuidado, Sira. Ten cuidado y sé responsable —dijo en voz baja, formulando las palabras con rapidez—. No hagas ninguna locura, que lo que tienes ahora es mucho, mucho; muchísimo más de lo que en tu vida habrías soñado con tener, así que, por Dios, hija mía, sé prudente; sé prudente y sensata.

Continuamos andando en silencio hasta que nos separamos. Ella volvió al vacío de su casa sin mí; a la muda compañía de mi abuelo, el que nunca supo quién engendró a su nieta porque Dolores, tozuda y orgullosa, siempre se negó a dar el nombre. Y yo regresé junto a Ramiro. Me esperaba en casa fumando mientras oía a media luz la radio en el salón, ansioso por saber cómo me había ido y listo para salir a cenar.

Le conté la visita con detalle: lo que allí vi, lo que de mi padre oí, cómo me sentí y lo que él me aconsejó. Y le enseñé también lo que conmigo traje de aquella casa a la que probablemente nunca volvería.

—Esto vale mucho dinero, nena —susurró al contemplar las joyas.

—Y aún hay más —dije tendiéndole los sobres con los billetes.

Como réplica, tan sólo dejó escapar un silbido.

—¿Qué vamos a hacer ahora con todo esto, Ramiro? —pregunté con un nudo de preocupación.

—Querrás decir qué vas a hacer tú, mi amor: todo esto es sólo tuyo. Yo puedo, si tú quieres, encargarme de estudiar la mejor forma de guardarlo. Quizá sea una buena idea depositarlo todo en la caja fuerte de mi oficina.

—¿Y por qué no lo llevamos a un banco? —pregunté.

—No creo que sea lo mejor con los tiempos que corren.

La caída de la bolsa de Nueva York unos años atrás, la inestabilidad política y un montón de cosas más que a mí no me interesaban en absoluto fueron las explicaciones con las que respaldó su propuesta. Apenas le hice caso: cualquier decisión suya me parecía correcta, tan sólo quería que encontrara cuanto antes un refugio para aquella fortuna que ya me estaba quemando los dedos.

Regresó del trabajo al día siguiente cargado de pliegos y cuadernillos.

—Llevo dándole vueltas a lo tuyo sin parar y creo que he encontrado la solución. Lo mejor es que constituyas una empresa mercantil —anunció nada más entrar.

No había salido de casa desde que me levanté. Pasé toda la mañana tensa y nerviosa, recordando la tarde anterior, conmocionada aún por la extraña sensación que me provocaba el saber que tenía un padre con nombre, apellidos, fortuna y sentimientos. Aquella proposición inesperada no hizo más que incrementar mi desconcierto.

—¿Para qué quiero yo una empresa? —pregunté alarmada.

—Porque así tu dinero estará más seguro. Y por otra razón más.

Me habló entonces de problemas en su compañía, de tensiones con sus jefes italianos y de la incertidumbre de las empresas extranjeras en la España convulsa de aquellos días. Y de ideas, también me habló de ideas, desplegando ante mí un catálogo de proyectos de los cuales hasta entonces nunca me había hecho partícipe. Todos innovadores, brillantes, destinados a modernizar el país con ingenios forasteros y abrir así camino hacia la modernidad. Importación de cosechadoras mecánicas inglesas para los campos de Castilla, aspiradoras norteamericanas que prometían dejar los hogares urbanos limpios como patenas y un cabaret al estilo berlinés para el cual ya tenía un local previsto en la calle Valverde. Entre todos ellos, sin embargo, un proyecto emergía con más luz que ningún otro: Academias Pitman.

—Llevo meses dando vueltas a la idea, desde que recibimos un folleto en la empresa a través de unos antiguos clientes pero, desde mi posición de gerente, no me había parecido oportuno dirigirme personalmente a ellos. Si constituimos una empresa a tu nombre, todo será mucho más sencillo —aclaró—. Las academias Pitman funcionan en la Argentina a todo gas: tienen más de veinte sucursales, miles de alumnos a los que preparan para puestos en empresas, en banca y en la administración. Les enseñan mecanografía, taquigrafía y contabilidad con métodos revolucionarios, y a los once meses salen con un título bajo el brazo, listos para comerse el mundo. Y la empresa no para de crecer, de abrir nuevos locales, contratar personal y generar ingresos. Nosotros podríamos hacer lo mismo, montar Academias Pitman a este lado del charco. Y si proponemos a los argentinos la idea diciendo que tenemos una empresa legalmente constituida y respaldada con capital suficiente, es probable que nuestras posibilidades sean mucho mejores que si nos dirigimos a ellos como simples particulares.

No tenía la menor idea de si aquello era un proyecto sensato o el más descabellado de los planes, pero Ramiro hablaba con tanta seguridad, con tal dominio y conocimiento que ni por un momento dudé de que se tratara de una gran idea. Continuó con los detalles sin dejar, sílaba a sílaba, de asombrarme.

—Creo, además, que convendría tener en cuenta la sugerencia de tu padre de dejar España. Tiene razón: aquí está todo demasiado tenso, cualquier día puede estallar algo fuerte y no es un buen momento para emprender nuevos negocios. Por eso, lo que yo creo que tendríamos que hacer es seguir su consejo e irnos a África. Si todo va bien, una vez que la situación se tranquilice, podremos dar el salto a la Península y expandirnos por toda España. Dame un tiempo para que contacte en tu nombre con los dueños de Pitman en Buenos Aires y les convenza de nuestro proyecto de abrir una gran sucursal en Marruecos, ya veremos si en Tánger o en el Protectorado. Un mes, como mucho, tardaremos en recibir respuesta. Y en cuanto la tengamos, *arrivederci* Hispano-Olivetti: nos marchamos y empezamos a funcionar.

—Pero ¿para qué van a querer los moros aprender a escribir a máquina?

Una sonora carcajada fue la primera reacción de Ramiro. Después aclaró mi ignorancia.

—Pero qué cosas tienes, mi amor. Nuestra academia estará destinada a la población europea que vive en Marruecos: Tánger es una ciudad internacional, un puerto franco con ciudadanos llegados de toda Europa. Hay muchas empresas extranjeras, legaciones diplomáticas, bancos y negocios financieros de todo tipo; las opciones de trabajo son inmensas y en todas partes necesitan a un personal cualificado con conocimientos de mecanografía, taquigrafía y contabilidad. En Tetuán la situación es distinta pero igualmente llena de posibilidades: la población es menos internacional porque la ciudad es la capital del Protectorado español, pero está llena de funcionarios y de aspirantes a serlo, y todos ellos, como bien sabes tú, mi vida, necesitan la preparación que una Academia Pitman puede proporcionarles.

—¿Y si no te autorizan los argentinos?

—Lo dudo mucho. Tengo amigos en Buenos Aires con excelentes contactos. Lo conseguiremos, ya verás. Nos cederán su método y sus conocimientos, y mandarán representantes para enseñar a los empleados.

—¿Y tú qué harás?

—Yo solo, nada. Nosotros, mucho. Nosotros dirigiremos la empresa. Tú y yo, juntos.

Anticipé mi réplica con una risa nerviosa. La estampa que Ramiro me ofrecía no podía ser más inverosímil: la pobre modistilla sin trabajo que apenas unos meses atrás pensaba aprender a teclear porque no tenía dónde caerse muerta estaba a punto de convertirse por arte de birlibirloque en dueña de un negocio con fascinantes perspectivas de futuro.

—¿Quieres que yo dirija una empresa? Yo no tengo la menor idea de nada, Ramiro.

—¿Cómo que no? ¿Cómo tengo que decirte todo lo que vales? El único problema es que no has tenido nunca ocasión de demostrarlo: has desperdiciado tu juventud encerrada en una madriguera, cosiendo trapos para otras y sin oportunidad de dedicarte a nada mejor. Tu momento, tu gran momento, está aún por llegar.

—¿Y qué van a decir los de Hispano-Olivetti cuando sepan que te vas?

Sonrió socarrón y me besó la punta de la nariz.

—A Hispano-Olivetti, mi amor, que le den morcilla.

Academias Pitman o un castillo flotando en el aire, lo mismo me daba si la idea provenía de la boca de Ramiro: si desgranaba sus planes con entusiasmo febril mientras sostenía mis manos y sus ojos se vertían en el fondo de los míos, si me repetía lo mucho que yo valía y lo bien que todo iría si apostábamos juntos por el futuro. Con Academias Pitman o con las calderas del infierno: lo que él propusiera era ley para mí.

Al día siguiente trajo a casa el folleto informativo que había prendido su imaginación. Párrafos enteros describían la historia de la empresa: funcionando desde 1919, creada por tres socios, Allúa, Schmiegelon y Jan. Basada en el sistema de taquigrafía ideado por el inglés Isaac Pitman. Método infalible, profesores rigurosos, absoluta responsabilidad, trato personalizado, esplendoroso futuro tras la consecución del título. Las fotografías de jóvenes sonrientes paladeando casi su brillante proyección profesional anticipaban la veracidad de las promesas. El panfleto irradiaba un aire de triunfalismo capaz de remover las tripas al más descreído: «Larga y escarpada es la senda de la vida. No todos llegan hasta el ansiado final, allí donde esperan el éxito y la fortuna. Muchos quedan en el camino: los inconstantes, los débiles de carácter, los negligentes, los ignorantes, los que confían sólo en la suerte, olvidando que los triunfos más resonantes y ejemplares fueron forjados a fuerza de estudio, perseverancia y voluntad. Y cada hombre puede elegir su destino. ¡Decídalo!».

Aquella tarde fui a ver a mi madre. Hizo café de puchero y mientras lo bebíamos con la presencia ciega y callada de mi abuelo al lado, la hice partícipe de nuestro proyecto y le sugerí que, una vez instalados en África, quizá pudiera unirse a nosotros. Tal como yo ya intuía, ni le gustó una pizca la idea, ni accedió a acompañarnos.

—No tienes por qué obedecer a tu padre ni creer todo lo que nos contó. El hecho de que él tenga problemas en su negocio no significa que nos vaya a pasar nada a nosotras. Cuanto más lo pienso, más creo que exageró.

—Si él está tan acobardado, madre, por algo será; no se lo va a inventar...

—Tiene miedo porque está acostumbrado a mandar sin que nadie le replique, y ahora le desconcierta que los trabajadores, por primera vez, empiecen a alzar la voz y a reclamar derechos. La verdad es que no dejo de preguntarme si aceptar ese dineral y, sobre todo, las joyas, no ha sido una locura.

Locura o no, el hecho fue que, a partir de entonces, los dineros, las joyas y los planes se acoplaron en nuestro día a día con toda comodidad, sin estridencia, pero siempre presentes en el pensamiento y las conversaciones. Según habíamos previsto, Ramiro se encargó de los trámites para crear la empresa y yo me limité a firmar los papeles que él me puso delante. Y, a partir de ahí, mi vida continuó como siempre:

agitada, divertida, enamorada y cargada hasta los bordes de insensata ingenuidad.

El encuentro con Gonzalo Alvarado sirvió para que mi madre y yo limáramos un tanto las asperezas de nuestra relación, pero nuestros caminos prosiguieron, irremediablemente, por derroteros distintos. Dolores se mantenía estirando hasta el límite los últimos retales traídos de casa de doña Manuela, cosiendo a ratos para alguna vecina, inactiva la mayor parte del tiempo. Mi mundo, en cambio, era ya otro: un universo en el que no tenían cabida los patrones ni las entretelas; en el que apenas nada quedaba ya de la joven modista que un día fui.

El traslado a Marruecos aún se demoró unos meses. A lo largo de ellos, Ramiro y yo salimos y entramos, reímos, fumamos, hicimos como locos el amor y bailamos hasta el alba la carioca. A nuestro alrededor el ambiente político seguía echando fuego y las huelgas, los conflictos laborales y la violencia callejera conformaban el escenario habitual. En febrero ganó las elecciones la coalición de izquierdas del Frente Popular; la Falange, como reacción, se volvió más agresiva. Las pistolas y los puños reemplazaron a las palabras en los debates políticos, la tensión llegó a hacerse extrema. Sin embargo, qué más nos daba a nosotros todo aquello, si ya estábamos apenas a dos pasos de una nueva etapa.

5

Dejamos Madrid a finales de marzo de 1936. Salí una mañana a comprar unas medias y al regresar encontré la casa revuelta y a Ramiro rodeado de maletas y baúles.

—Nos vamos. Esta tarde.

—¿Ya han contestado los de Pitman? —pregunté con un nudo de nervios agarrado a los intestinos. Respondió sin mirarme, descolgando del armario pantalones y camisas a toda velocidad.

—No directamente, pero he sabido que están estudiando con toda seriedad la propuesta. Así que creo que es el momento de empezar a desplegar alas.

—¿Y tu trabajo?

—Me he despedido. Hoy mismo. Me tenían más que harto, sabían que era cuestión de días que me fuera. Así que adiós, hasta nunca, Hispano-Olivetti. Otro mundo nos espera, mi amor; la fortuna es de los valientes, así que empieza a recoger porque nos marchamos.

No respondí y mi silencio le obligó a interrumpir su frenética actividad. Paró, me miró y sonrió al percibir mi aturdimiento. Se acercó entonces, me agarró por la cintura y con un beso arrancó de cuajo mis miedos y me practicó una transfusión de energía capaz de hacerme volar hasta Marruecos.

Las prisas apenas me concedieron unos minutos para despedirme de mi madre; poco más que un abrazo rápido casi en la puerta y un no te preocupes, que te escribiré. Agradecí no tener tiempo para prolongar el adiós: habría sido demasiado doloroso. Ni siquiera volví la mirada mientras descendía trotando por las escaleras: a pesar de su fortaleza, sabía que ella estaba a punto de echarse a llorar y no era momento para sentimentalismos. En mi absoluta inconsciencia, presentía que nuestra separación no duraría demasiado: como si África estuviera al alcance con tan sólo cruzar un par de calles y nuestra marcha no fuera a durar más allá de unas cuantas semanas.

Desembarcamos en Tánger un mediodía ventoso del principio de la primavera. Abandonamos un Madrid gris y bronco y nos instalamos en una ciudad extraña, deslumbrante, llena de color y contraste, donde los rostros oscuros de los árabes con sus chilabas y turbantes se mezclaban con europeos establecidos y otros que huían de su pasado en tránsito hacia mil destinos, con las maletas siempre a medio hacer llenas de sueños inciertos. Tánger, con su mar, sus doce banderas internacionales y aquella vegetación intensa de palmeras y eucaliptos; con callejuelas morunas y nuevas avenidas recorridas por suntuosos automóviles significados con las letras CD: *corps diplomatique*. Tánger, donde los minaretes de las mezquitas y el olor de las especias convivían sin tensión con los consulados, los bancos, las frívolas extranjeras en descapotables, el aroma a tabaco rubio y los perfumes parisinos libres de impuestos. Las terrazas de los balnearios del puerto nos recibieron con los toldos aleteando por la fuerza del aire marino, el cabo Malabata y las costas españolas en la distancia. Los europeos, ataviados con ropa clara y liviana, protegidos por gafas de sol y sombreros flexibles, tomaban aperitivos ojeando la prensa internacional con las piernas cruzadas en indolente desidia. Dedicados unos a los negocios, otros a la administración, y muchos de ellos a una vida ociosa y falsamente despreocupada: el preludio de algo incierto que aún estaba por venir y ni los más audaces podían presagiar.

A la espera de recibir noticias concretas de los dueños de las Academias Pitman, nos hospedamos en el hotel Continental, sobre el puerto y al borde de la medina. Ramiro cablegrafió a la empresa argentina para anunciarles nuestro cambio de dirección y yo me encargaba a diario de preguntar a los conserjes por la llegada de aquella carta que habría de marcar el principio de nuestro porvenir. Una vez obtuviéramos la respuesta, decidiríamos si nos quedábamos en Tánger o nos instalábamos en el Protectorado. Y entretanto, mientras la comunicación se demoraba en su travesía del Atlántico, empezamos a movernos por la ciudad entre expatriados como nosotros, aunados con aquella masa de seres de pasado difuso y futuro imprevisible dedicada en alma y cuerpo a la agotadora tarea de charlar, beber, bailar, asistir a espectáculos en el teatro Cervantes y jugarse a las cartas el mañana; incapaces de averiguar si lo que la vida les depararía era un destino rutilante o un siniestro final en algún agujero sobre el que aún no tenían pistas siquiera.

Empezamos a ser como ellos y nos adentramos en un tiempo en el que hubo de todo excepto sosiego. Hubo horas de amor amontonado en la habitación del Continental mientras las cortinas blancas ondeaban con la brisa del mar; pasión furiosa bajo el ruido monótono de las aspas del ventilador mezclado con el ritmo entrecortado de nuestros alientos, sudor con sabor a salitre resbalando sobre la piel y las sábanas arrugadas desbordando la cama y derramándose por el suelo. Hubo también salidas constantes, vida en la calle de noche y de día. Al principio andábamos solos los dos, no conocíamos a nadie. Algunos días en que el levante no soplaba con fuerza, íbamos a la playa del Bosque Diplomático; por las tardes paseábamos por el recién construido boulevard Pasteur, o veíamos películas americanas en el Florida Kursaal o el Capitol, o nos sentábamos en cualquier café del Zoco Chico, el centro palpitante de la ciudad, donde lo árabe y lo europeo se imbricaban con gracia y comodidad.

Nuestro aislamiento duró, sin embargo, apenas unas semanas: Tánger era pequeño, Ramiro sociable hasta el extremo, y todo el mundo parecía en aquellos días tener una inmensa urgencia por tratar con unos y con otros. En breve fuimos empezando a saludar rostros, a conocer nombres y unirnos a grupos al entrar en los locales. Comíamos y cenábamos en el Bretagne, el Roma Park o en la Brasserie de la Plage y por las noches íbamos al Bar Russo, o al Chatham, o al Detroit en la plaza de Francia, o al Central con su grupo de animadoras húngaras, o a ver los espectáculos del *music hall* M'salah en su gran pabellón acristalado, lleno a rebosar de franceses, ingleses y españoles, judíos de nacionalidad diversa, marroquíes, alemanes y rusos que danzaban, bebían y discutían sobre política de aquí y de allá en un revoltijo de lenguas al son de una orquesta espectacular. A veces terminábamos en el Haffa, junto al mar, bajo carpas hasta el amanecer. Con colchonetas en el suelo, con gente recostada fumando kif y bebiendo té. Árabes ricos, europeos de fortuna incierta que en algún momento del pasado quizá también lo fueron o quizá no. Rara vez nos acostábamos antes del alba en aquel tiempo difuso, a caballo entre la expectación por la llegada de noticias desde la Argentina y la ociosidad impuesta ante su demora. Nos fuimos adaptando a circular por la nueva parte europea y a callejear por la moruna; a convivir con la presencia amalgamada de los trasterrados y los locales. Con las damas de tez de cera paseando sus caniches tocadas de pamela y perlas, y los barberos renegridos trabajando al aire libre con sus vetustas herramientas. Con los vendedores callejeros de pomadas y ungüentos, los atuendos impecables de los diplomáticos, los rebaños de cabras y las siluetas rápidas, huidizas y casi sin rostro de las mujeres musulmanas en sus jaiques y caftanes.

A diario llegaban noticias de Madrid. A veces las leíamos en los periódicos locales en español, *Democracia, El Diario de África* o el republicano *El Porvenir.* A veces simplemente las oíamos de boca de los vendedores de prensa que en el Zoco Chico gritaban titulares en un revoltijo de lenguas: *La Vedetta di Tangeri* en italiano, *Le Journal de Tangier* en francés. En ocasiones me llegaban cartas de mi madre, breves, simples, distanciadas. Supe así que mi abuelo había muerto callado y quieto en su mecedora, y entre líneas intuí lo difícil que, día a día, se estaba volviendo para ella el mero sobrevivir.

Fue también un tiempo de descubrimientos. Aprendí algunas frases en árabe, pocas pero útiles. Mi oído se acostumbró al sonido de otras lenguas —el francés, el inglés— y a otros acentos de mi propio idioma como la haketía, aquel dialecto de los judíos sefardíes marroquíes con fondo de viejo español que incorporaba también palabras del árabe y el hebreo. Averigüé que hay sustancias que se fuman o se inyectan o se meten por la nariz y trastornan los sentidos; que hay quien es capaz de jugarse a su madre en una mesa de bacarrá y que existen pasiones de la carne que admiten muchas más combinaciones que las de un hombre y una mujer sobre la horizontalidad de un colchón. Me enteré también de algunas cosas que pasaban por el mundo y de las que mi formación subterránea nunca había tenido conocimiento: supe que años atrás había habido en Europa una gran guerra, que en Alemania gobernaba un tal Hitler al que unos admiraban y otros temían, y que quien estaba un día en un sitio con aparente sentido de la permanencia, podía al siguiente volatilizarse para salvar sus huesos, para que no se los partieran a golpes, o para evitar terminar con ellos en un lugar peor que la más siniestra de sus pesadillas.

Y descubrí también, con la más inmensa desazón, que en cualquier momento y sin causa aparente, todo aquello que creemos estable puede desajustarse, desviarse, torcer su rumbo y empezar a cambiar. Contrariamente a los conocimientos sobre las aficiones de unos y otros, sobre política europea e historia de las patrias de los seres que nos rodeaban, aquella enseñanza no la adquirí porque nadie me la contara, sino porque me tocó vivirla en primera persona. No recuerdo el momento exacto ni qué fue en concreto lo que pasó pero, en algún punto indeterminado, las cosas entre Ramiro y yo comenzaron a cambiar.

Al principio no hubo más que una mera alteración en las rutinas. Nuestra implicación con otra gente fue aumentando y empezó el interés definido por ir a este sitio o a aquél; ya no vagabundeábamos sin prisas por las calles, no nos dejábamos llevar por la inercia como hacíamos los primeros días. Yo prefería nuestra etapa anterior, solos, sin más nadie que el uno y el otro y el mundo ajeno alrededor, pero entendía que Ramiro, con su personalidad arrolladora, había empezado a ganar simpatías por todas partes. Y lo que él hiciera para mí bien hecho estaba, así que aguanté sin replicar todas las horas interminables que pasamos entre extraños a pesar de que en la mayoría de las ocasiones yo apenas entendía lo que hablaban, a veces porque lo hacían en lenguas que no eran la mía, a veces porque discutían sobre lugares y asuntos que yo aún desconocía: concesiones, nazismo, Polonia, bolcheviques, visados, extradiciones. Ramiro se desenvolvía medianamente en francés e italiano, chapurreaba algo de inglés y conocía algunas expresiones en alemán. Había trabajado para empresas internacionales y mantenido contactos con extranjeros, y a donde no llegaba con las palabras exactas, lo hacía con gestos, circunloquios y sobrentendidos. La comunicación no presentaba para él ningún problema y en poco tiempo se hizo una figura popular en los círculos de expatriados. Nos resultaba difícil entrar a un restaurante y no saludar en más de dos o tres mesas, llegar a la barra del hotel El Minzah o a la terraza del café Tingis y no ser requeridos para acoplarnos a la charla animada de algún grupo. Y Ramiro se acomodaba a ellos como si los conociera de toda la vida, y yo me dejaba arrastrar, convertida en su sombra, en una presencia casi siempre muda, indiferente a todo lo que no fuera sentirle a mi lado y ser su apéndice, una extensión siempre complaciente de su persona.

Hubo un tiempo, el que duró la primavera más o menos, en el que combinamos ambas facetas y logramos el equilibrio. Manteníamos nuestros ratos de intimidad, nuestras horas exclusivas. Manteníamos la llama de los días de Madrid y, a la vez, nos abríamos a los nuevos amigos y avanzábamos en los vaivenes de la vida local. En algún momento, sin embargo, la balanza empezó a descompensarse. Lentamente, muy poquito a poco, pero de manera irreversible. Las horas públicas empezaron a filtrarse en el espacio de nuestros momentos privados. Las caras conocidas dejaron de ser simples fuentes de conversación y anécdotas, y empezaron a configurarse como personas con pasado, planes de futuro y capacidad de intervención. Sus personalidades salieron del anonimato y comenzaron a perfilarse con rotundidad, a resultar interesantes, atrayentes. Aún recuerdo algunos de sus nombres y apellidos; aún conservo en mi memoria el recuerdo de sus rostros que ya serán calaveras y de sus procedencias lejanas que yo entonces era incapaz de ubicar en el mapa. Iván, el ruso elegante y silencioso, estilizado como un junco, con mirada huidiza y un pañuelo saliendo siempre del bolsillo de su chaqueta como una flor de seda fuera de temporada. Aquel barón polaco cuyo nombre hoy se me escapa que pregonaba su supuesta fortuna a los cuatro vientos y sólo tenía un bastón con el puño de plata y dos camisas desgastadas en el cuello por el roce de la piel contra los años. Isaac

Springer, el judío austríaco con su gran nariz y su pitillera de oro. La pareja de croatas, los Jovovic, tan bellos ambos, tan parecidos y ambiguos que a veces pasaban por amantes y a veces por hermanos. El italiano sudoroso que siempre me miraba con ojos turbios, Mario se llamaba, tal vez Mauricio, no sé ya. Y Ramiro comenzó a intimar cada vez más con ellos, a hacerse partícipe de sus anhelos y preocupaciones, parte activa en sus proyectos. Y yo veía cómo día a día, suave, suavemente, él iba acercándose más a ellos y alejándose de mí.

Las noticias de los dueños de las Academias Pitman parecían no llegar nunca y, para mi sorpresa, a Ramiro tal demora no daba la impresión de causarle la menor inquietud. Cada vez pasábamos menos tiempo solos en la habitación del Continental. Cada vez había menos susurros, menos alusiones a todo lo que hasta entonces le había encantado de mí. Apenas mencionaba lo que antes le enloquecía y nunca se cansaba de nombrar: el lustre de mi piel, mis caderas de diosa, la seda de mi pelo. Apenas dedicaba piropos a la gracia de mi risa, a la frescura de mi juventud. Casi nunca se reía ya con lo que antes llamaba mi bendita inocencia, y yo notaba cómo cada vez generaba en él menos interés, menos complicidad, menos ternura. Fue entonces, en medio de aquellos tristes días en los que la incertidumbre amenazaba dándome tirones en la conciencia, cuando comencé a sentirme mal. No sólo mal de espíritu, sino también mal de cuerpo. Mal, mal, fatal, peor. Quizá mi estómago no acababa de acostumbrarse a las nuevas comidas, tan distintas a los pucheros de mi madre y a los platos simples de los restaurantes de Madrid. Tal vez aquel calor tan denso y húmedo de principios de verano tenía algo que ver en mi creciente debilidad. La luz del día se me hacía demasiado violenta, los olores de la calle me causaban asco y ganas de vomitar. A duras penas conseguía juntar fuerzas para levantarme de la cama, las arcadas se repetían en los momentos más insospechados y el sueño se apoderaba de mí a todas horas. A veces —las menos— Ramiro parecía preocuparse: se sentaba a mi lado, me ponía la mano en la frente y me decía palabras dulces. A veces —las más— se distraía, se me perdía. No me hacía caso, se me iba yendo.

Dejé de acompañarle en las salidas nocturnas: apenas tenía energía y ánimo para sostenerme en pie. Empecé a quedarme sola en el hotel, horas largas, espesas, asfixiantes; horas de calima pegajosa, sin brizna de aire, como sin vida. Imaginaba que él se dedicaba a lo mismo que en los últimos tiempos y con las mismas compañías: copas, billar, conversación y más conversación; cuentas y mapas trazados en cualquier trozo de papel sobre el mármol blanco de las mesas de los cafés. Creía que hacía lo mismo que conmigo pero sin mí y no fui capaz de adivinar que había avanzado hacia otra fase, que había más; que ya había traspasado las fronteras de la mera vida social entre amigos para adentrarse en un territorio nuevo que no le era del todo desconocido. Hubo más planes, sí. Y también timbas, partidas feroces de póquer, fiestas hasta las claras del día. Apuestas, alardes, oscuras transacciones y proyectos desorbitados. Mentiras, brindis al sol y la emergencia de un flanco de su personalidad que durante meses había permanecido oculta. Ramiro Arribas, el hombre de las mil caras, me había enseñado hasta entonces sólo una. Las demás tardaría poco en conocerlas.

Cada noche volvía más tarde y en un estado peor. El faldón de la camisa medio sacado por encima de la cintura del pantalón, el nudo de la corbata casi a la altura del pecho, sobreexcitado, oliendo a tabaco y whisky, tartamudeando excusas con voz pastosa si me encontraba despierta. Algunas veces ni siquiera me rozaba, caía en la cama como un peso muerto y quedaba dormido al instante, respirando con ruidos que me impedían conciliar el sueño en las escasas horas que restaban hasta que entrara del todo la mañana. Otras me abrazaba torpemente, babeaba su aliento en mi cuello, apartaba la ropa que le estorbaba y se descargaba en mí. Y yo le dejaba hacer sin un reproche, sin entender del todo qué era lo que nos estaba pasando, incapaz de poner nombre a aquel despego.

Algunas noches nunca llegó. Ésas fueron las peores: madrugadas de desvelo frente a las luces amarillentas de los muelles reflejadas sobre el agua negra de la bahía, amaneceres apartando a manotazos las lágrimas y la amarga sospecha de que tal vez todo hubiera sido una equivocación, una inmensa equivocación para la que ya no había marcha atrás.

El final tardó poco en acercarse. Dispuesta a confirmar de una vez por todas la causa de mi malestar pero sin querer preocupar a Ramiro, me encaminé una mañana temprano hasta la consulta de un médico en la calle Estatuto. Doctor Bevilacqua, medicina general, trastornos y enfermedades, rezaba la placa dorada en su puerta. Me escuchó, me examinó, preguntó. Y no necesitó ni prueba de la rana ni ningún otro procedimiento para asegurar lo que yo ya presentía y Ramiro, después supe, también. Regresé al hotel con una mezcla de sentimientos aturullados. Ilusión, ansiedad, alegría, pavor. Esperaba encontrarle aún acostado, despertarle a besos para comunicarle la noticia. Pero nunca pude hacerlo. Jamás hubo ocasión de decirle que íbamos a tener un hijo porque cuando yo llegué él ya no estaba, y junto a su ausencia sólo encontré el cuarto revuelto, las puertas de los armarios de par en par, los cajones sacados de sus guías y las maletas dispersas por el suelo.

Nos han robado, fue lo primero que pensé.

Me faltó entonces el aire y tuve que sentarme en la cama. Cerré los ojos y respiré hondo, una, dos, tres veces. Cuando los abrí de nuevo, recorrí con la vista la habitación. Un solo pensamiento se repetía en mi mente: Ramiro, Ramiro, ¿dónde está Ramiro? Y entonces, en el paseo descarriado de mis pupilas por la estancia, éstas se toparon con un sobre en la mesilla de noche de mi lado de la cama. Apoyado contra el pie de la lámpara, con mi nombre en mayúsculas escrito con el trazo vigoroso de aquella letra que habría sido capaz de reconocer en el mismo fin del mundo.

Sira, mi amor:

Antes de que sigas leyendo quiero que sepas que te adoro y que tu recuerdo vivirá en mí hasta el fin de los días. Cuando leas estas líneas yo ya no estaré cerca, habré emprendido un nuevo rumbo y, aunque lo deseo con toda mi alma, me temo que no es posible que tú y la criatura que intuyo que esperas tengáis, de momento, cabida en él.

Quiero pedirte disculpas por mi comportamiento contigo en los últimos tiempos, por mi falta de dedicación a ti; confío en que entiendas que la incertidumbre generada por la ausencia de noticias de las Academias

Pitman me impulsó a buscar otros caminos por los que poder emprender el tránsito al futuro. Fueron varias las propuestas estudiadas y una sola la elegida; se trata de una aventura tan fascinante como prometedora, pero exige mi dedicación en cuerpo y alma y, por eso, no es posible contemplar a día de hoy tu presencia en ella.

No me cabe la menor duda de que el proyecto que hoy emprendo resultará un éxito absoluto pero, de momento, en sus estadios iniciales, necesita una cuantiosa inversión que supera mis capacidades financieras, por lo que me he tomado la libertad de coger prestado el dinero y las joyas de tu padre para hacer frente a los gastos iniciales. Espero poder algún día devolverte todo lo que hoy adquiero en calidad de préstamo para que, con los años, puedas cederlo a tus descendientes igual que tu padre hizo contigo. Confío también en que el recuerdo de tu madre en su abnegación y fortaleza al criarte te sirva de inspiración en las etapas sucesivas de tu vida.

Adiós, vida mía. Tuyo siempre,

RAMIRO

PD. Te aconsejo que abandones Tánger lo antes posible; no es un buen lugar para una mujer sola y, menos aún, en tu actual condición. Me temo que puede haber quien tenga cierto interés en encontrarme y, si no dan conmigo, puede que intenten buscarte a ti. Al dejar el hotel, trata de hacerlo discretamente y con poco equipaje: aunque voy a procurarlo por todos los medios, con la urgencia de mi partida no sé si voy a tener oportunidad de liquidar la factura de los últimos meses y jamás podría perdonarme que ello te trastornara en manera alguna.

No recuerdo qué pensé. En mi memoria conservo intacta la imagen del escenario: la habitación revuelta, el armario vacío, la luz cegadora entrando por la ventana abierta y mi presencia sobre la cama deshecha, sosteniendo la carta con una mano, agarrando el embarazo recién confirmado con la otra mientras por las sienes me resbalaban gotas espesas de sudor. Los pensamientos que en aquel momento pasaron por mi mente, sin embargo, o nunca existieron o no dejaron huella porque jamás pude rememorarlos. De lo que sí tengo certeza es de que me puse manos a la obra como una máquina recién conectada, con movimientos llenos de prisa pero sin capacidad para la reflexión o la expresión de sentimientos. A pesar del contenido de la carta y aun en la distancia, Ramiro seguía marcando el ritmo de mis actos y yo, simplemente, me limité a obedecer. Abrí una maleta y la llené a dos manos con lo primero que cogí, sin pararme a pensar sobre lo que me convenía llevar y lo que podría quedarse atrás. Unos cuantos vestidos, un cepillo del pelo, algunas blusas y un par de revistas atrasadas, un puñado de ropa interior, zapatos desparejados, dos chaquetas sin sus faldas y tres faldas sin chaqueta, papeles sueltos que habían quedado sobre el escritorio, botes del cuarto de baño, una toalla. Cuando aquel barullo de prendas y enseres alcanzó el límite de la maleta, la cerré y, con un portazo, me fui.

En el alboroto del mediodía, con los clientes entrando y saliendo del comedor y el ruido de los camareros, los pasos cruzados y las voces en idiomas que yo no entendía, apenas nadie pareció percatarse de mi marcha. Tan sólo Hamid, el pequeño botones con aspecto de niño que ya no lo era, se acercó solícito para ayudarme a llevar el equipaje. Le rechacé sin palabras y salí. Eché a andar con un paso que no era ni firme ni flojo ni lo contrario, sin tener la menor idea de adónde dirigirme ni preocuparme por ello. Recuerdo haber recorrido la pendiente de la rue de Portugal, mantengo algunas imágenes dispersas del Zoco de Afuera como un hervidero de puestos, animales, voces y chilabas. Callejeé sin rumbo y varias veces tuve que apartarme contra una pared al oír detrás de mí el claxon de un automóvil o los gritos de *balak, balak* de algún marroquí que transportaba con prisa su mercancía. En mi deambular alborotado pasé en algún momento por el cementerio inglés, por la iglesia católica y la calle Siagin, por la calle de la Marina y la Gran Mezquita. Caminé un rato eterno e impreciso, sin notar cansancio ni sensaciones, movida por una fuerza ajena que impulsaba mis piernas como si pertenecieran a un cuerpo que no era el mío. Podría haber seguido andando mucho más tiempo: horas, noches, tal vez semanas, años y años hasta el fin de los días. Pero no lo hice porque en la Cuesta de la Playa, cuando pasaba como un fantasma frente a las Escuelas Españolas, un taxi paró a mi lado.

—¿Necesita que la lleve a algún sitio, mademoiselle? —preguntó el conductor en una mezcla de español y francés.

Creo que asentí con la cabeza. Por la maleta debió de suponer que tenía intención de viajar.

—¿Al puerto, a la estación, o va a coger un autobús?

—Sí.

—Sí, ¿qué?

—Sí.

—¿Sí al autobús?

Afirmé de nuevo con un gesto: igual me daba un autobús que un tren, un barco o el fondo de un precipicio. Ramiro me había dejado y yo no tenía adónde ir, así que cualquier sitio era tan malo como cualquier otro. O peor.

6

Una voz suave intentó despertarme y con un esfuerzo inmenso logré entreabrir los ojos. A mi lado percibí dos figuras: borrosas primero, más nítidas después. Una de ellas pertenecía a un hombre de pelo canoso cuyo rostro aún difuso me resultó remotamente familiar. En la otra silueta se perfilaba una monja con impoluta toca blanca. Intenté ubicarme y sólo distinguí techos altos sobre la cabeza, camas a los lados, olor a medicamentos y sol a raudales entrando por las ventanas. Me di cuenta entonces de que estaba en un hospital. Las primeras palabras que musité aún las mantengo en la memoria.

—Quiero volver a mi casa.

—¿Y dónde está tu casa, hija mía?

—En Madrid.

Me pareció que las figuras cruzaban una mirada rápida. La monja me cogió la mano y la apretó con suavidad.

—Creo que de momento no va a poder ser.

—¿Por qué? —pregunté.

Respondió el hombre:

—El tránsito en el Estrecho está interrumpido. Han declarado el estado de guerra.

No logré entender lo que aquello significaba porque, apenas entraron las palabras en mis oídos, volví a caer en un pozo de debilidad y sueño infinito del que tardé días en despertar. Cuando lo hice, aún permanecí un tiempo ingresada. Aquellas semanas inmovilizada en el Hospital Civil de Tetuán sirvieron para poner algo parecido al orden en mis sentimientos y para sopesar el alcance de lo que los últimos meses habían supuesto. Pero eso fue al final, en las últimas jornadas, porque en las primeras, en sus mañanas y sus tardes, en las madrugadas, a la hora de las visitas que nunca tuve y en los momentos en los que me trajeron la comida que fui incapaz de probar, lo único que hice fue llorar. No pensé, no reflexioné, ni siquiera recordé. Sólo lloré.

Al cabo de los días, cuando se me secaron los ojos porque ya no quedaba más capacidad de llanto dentro de mí, como en un desfile de ritmo milimétrico empezaron a llegar a mi cama los recuerdos. Casi podía verlos acosarme, entrando en fila por la puerta del fondo del pabellón, aquella nave grande y llena de luz. Recuerdos vivos, autónomos, grandes y pequeños, que se acercaban uno tras otro y de un salto se encaramaban sobre el colchón y me ascendían por el cuerpo hasta que, por una oreja, o por debajo de las uñas, o por los poros de la piel, se me adentraban en el cerebro y lo machacaban sin atisbo de piedad con imágenes y momentos que mi voluntad habría querido no haber rememorado nunca más. Y después, cuando la tribu de memorias aún continuaba llegando pero su presencia era cada vez menos ruidosa, con frialdad atroz empezó a invadirme como un sarpullido la necesidad de analizarlo todo, de encontrar una causa y una razón para cada uno de los acontecimientos que en los últimos ocho meses habían sucedido en mi vida. Aquella fase fue la peor: la más agresiva, la más tormentosa. La que más dolió. Y aunque no podría calcular cuánto duró, sí sé con plena seguridad que fue una llegada inesperada la que logró ponerle fin.

Hasta entonces todas las jornadas habían transcurrido entre parturientas, hijas de la Caridad y camas metálicas pintadas de blanco. De vez en cuando aparecía la bata de un médico y a ciertas horas llegaban las familias de las otras ingresadas hablando en murmullos, haciendo arrumacos a los bebés recién nacidos y consolando entre suspiros a aquellas que, como yo, se habían quedado en mitad del camino. Estaba en una ciudad en la que no conocía a un alma: nunca nadie había ido a verme, ni esperaba que lo hicieran. Ni siquiera tenía del todo claro qué hacía yo misma en aquella población ajena: sólo fui capaz de rescatar un recuerdo embarullado de las circunstancias de mi llegada. Una laguna de espesa incertidumbre ocupaba en mi memoria el lugar en el que deberían haber estado las razones lógicas que me impulsaron a ello. A lo largo de aquellos días tan sólo me acompañaron los recuerdos mezclados con la turbiedad de mis pensamientos, las presencias discretas de las monjas y el deseo —mitad anhelante, mitad temeroso— de regresar a Madrid lo antes posible.

Sin embargo, mi soledad se quebró de forma imprevista una mañana. Precedido por la figura blanca y oronda de la hermana Virtudes, reapareció entonces aquel rostro masculino que días atrás había enunciado unas cuantas palabras borrosas relativas a una guerra.

—Te traigo una visita, hija —anunció la monja. En su tono cantarín me pareció distinguir un ligero poso de preocupación. Cuando el recién llegado se identificó, entendí por qué.

—Comisario Claudio Vázquez, señora —dijo el desconocido a modo de saludo—. ¿O es señorita?

Tenía el pelo casi blanco, empaque flexible, traje claro de verano y un rostro tostado por el sol en el que brillaban dos ojos oscuros y sagaces. Entre la flojedad que aún me invadía, no pude distinguir si se trataba de un hombre maduro con porte juvenil o un hombre joven prematuramente encanecido. En cualquier caso, poco importaba aquello en aquel momento: mayor urgencia me corría saber qué era lo que quería de mí. La hermana Virtudes le señaló una silla junto a una pared cercana; él la acercó en volandas hasta el flanco derecho de mi cama. Dejó el sombrero a los pies y se sentó. Con una sonrisa tan gentil como autoritaria indicó a la religiosa que preferiría que se retirara.

La luz entraba a raudales por las amplias ventanas del pabellón. Tras ellas, el viento mecía levemente las palmeras y los eucaliptos del jardín sobre un deslumbrante cielo azul, testimoniando un magnífico día de verano para cualquiera que no tuviera que pasarlo postrado en la cama de un hospital con un comisario de policía como acompañante. Con las sábanas blancas impolutas y estiradas hasta el extremo, las camas a ambos lados de la mía, como casi todas las demás, estaban desocupadas. Cuando la religiosa se marchó disimulando su contrariedad por no poder ser testigo de aquel encuentro, quedamos en el pabellón el comisario y yo en la sola compañía de dos o tres presencias encamadas y lejanas, y de una joven monja que fregaba silenciosa el suelo en la distancia. Yo estaba apenas incorporada, con la sábana cubriéndome hasta el pecho, dejando sólo emerger unos brazos desnudos cada vez más enflaquecidos, los hombros huesudos y la cabeza. Con el pelo recogido en una oscura trenza a un lado y la cara, delgada y cenicienta, agotada por el derrumbe.

—Me ha dicho la hermana que ya está usted algo más recuperada, así que tenemos que hablar, ¿de acuerdo?

Accedí moviendo tan sólo la cabeza, sin acertar a intuir siquiera qué querría tratar aquel hombre conmigo; desconocía que el desgarro y el desconcierto atentaran contra ley alguna. Sacó entonces el comisario un pequeño cuaderno del bolsillo interior de su chaqueta y consultó unas notas. Debía de haberlas estado revisando poco antes porque no necesitó pasar hojas para buscarlas: simplemente dirigió la vista a la página que tenía delante y allí estaban, ante sus ojos, los apuntes que parecía necesitar.

—Bien, voy a empezar haciéndole unas preguntas; diga simplemente sí o no. Usted es Sira Quiroga Martín, nacida en Madrid el 25 de junio de 1911, ¿cierto?

Hablaba con un tono cortés que no por ello dejaba de ser directo e inquisitivo. Una cierta deferencia hacia mi condición rebajaba el tono profesional del encuentro, pero no lo ocultaba del todo. Corroboré la veracidad de mis datos personales con un gesto afirmativo.

—Y llegó usted a Tetuán el pasado día 15 de julio procedente de Tánger.

Asentí una vez más.

—En Tánger estuvo hospedada desde el día 23 de marzo en el hotel Continental.

Nueva afirmación.

—En compañía de... —consultó su cuaderno— Ramiro Arribas Querol, natural de Vitoria, nacido el 23 de octubre de 1901.

Volví a asentir, esta vez bajando la mirada. Era la primera vez que oía su nombre después de todo aquel tiempo. El comisario Vázquez no pareció apreciar que me empezaba a faltar aplomo, o tal vez sí lo hizo y no quiso que yo lo notara; el caso es que prosiguió con su interrogatorio haciendo caso omiso a mi reacción.

—Y en el hotel Continental dejaron ambos una factura pendiente de tres mil setecientos ochenta y nueve francos franceses.

No repliqué. Simplemente volví la cabeza hacia un lado para evitar el contacto con sus ojos.

—Míreme —dijo.

No hice caso.

—Míreme —repitió. Su tono se mantenía neutro: no era más insistente la segunda vez que la anterior, ni más amable, ni tampoco más exigente. Era, simplemente, el mismo. Esperó paciente unos momentos, hasta que obedecí y le dirigí la mirada. Pero no respondí. Él reformuló su pregunta sin perder el temple.

—¿Es usted consciente de que en el hotel Continental dejaron una factura pendiente de tres mil setecientos ochenta y nueve francos?

—Creo que sí —respondí al fin con un hilo de voz. Y volví a despegar mi mirada de la suya, y volví a girar la cabeza hacia un lado. Y empecé a llorar.

—Míreme —requirió por tercera vez.

Esperó un tiempo, hasta que fue consciente de que en aquella ocasión yo ya no tenía la intención, o las fuerzas, o el valor suficiente para hacerle frente. Entonces oí cómo se levantaba de su silla, bordeaba mis pies y se acercaba al otro lado. Se sentó en la cama vecina sobre la que yo tenía depositada mi mirada; destrozó con su cuerpo la lisura de las sábanas y clavó sus ojos en los míos.

—Estoy intentando ayudarla, señora. O señorita, igual me da —aclaró con firmeza—. Está usted metida en un lío tremendo, aunque me consta que no es por voluntad propia. Creo que conozco cómo ha ocurrido todo, pero necesito que usted colabore conmigo. Si usted no me ayuda a mí, yo no voy a poder ayudarla a usted, ¿entiende?

Dije que sí con esfuerzo.

—Bien, pues deje de llorar y vamos a ello.

Me sequé las lágrimas con el embozo de la sábana. El comisario me concedió un breve minuto. Apenas intuyó que el llanto había remitido, volvió concienzudo a su tarea.

—¿Lista?

—Lista —murmuré.

—Mire, está usted acusada por la dirección del hotel Continental de haber dejado impagada una factura bastante abultada, pero eso no es todo. La cuestión, por desgracia, es mucho más compleja. Hemos sabido que también hay sobre usted una denuncia de la casa Hispano-Olivetti por estafa de veinticuatro mil ochocientas noventa pesetas.

—Pero yo, pero...

Un gesto de su mano me impidió proseguir con mi exculpación: aún tenía más noticias que ofrecerme.

—Y una orden de búsqueda por la sustracción de unas joyas de considerable valor en un domicilio particular en Madrid.

—Yo, no, pero...

El impacto de lo escuchado me anulaba la capacidad de pensar e impedía a las palabras salir ordenadas. El comisario, consciente de mi aturdimiento, intentó tranquilizarme.

—Ya lo sé, ya lo sé. Cálmese, no se esfuerce. He leído todos los papeles que traía en su maleta y con ellos he podido recomponer de manera aproximada los acontecimientos. He encontrado el escrito que dejó su marido, o su novio, o su amante, o lo que sea el tal Arribas, y también un certificado de la donación de las joyas a su favor, y un documento que expone que el anterior propietario de tales joyas es en realidad su padre.

No recordaba haber llevado aquellos papeles conmigo; no sabía qué había sido de ellos desde que Ramiro los guardó pero, si estaban entre mis cosas, seguramente era porque yo misma los había cogido de la habitación del hotel de manera inconsciente en el momento de mi marcha. Suspiré con cierto alivio al entender que tal vez en ellos podría estar la clave de mi redención.

—Hable con él, por favor, hable con mi padre —supliqué—. Está en Madrid, se llama Gonzalo Alvarado, vive en la calle Hermosilla 19.

—No hay forma de que podamos localizarle. Las comunicaciones con Madrid son pésimas. La capital está convulsionada, hay mucha gente desubicada: retenidos, huidos, o saliendo, o escondidos, o muertos. Además, la cosa para usted es más complicada aún porque la denuncia partió del propio hijo de Alvarado, Enrique, creo recordar que es su nombre, su medio hermano, ¿no? Enrique Alvarado, sí —corroboró tras consultar sus notas—. Al parecer, una criada le informó hace unos meses de que usted había estado en la casa y salió de ella bastante alterada portando unos paquetes: presuponen que en ellos estaban las joyas, creen que Alvarado padre pudo haber sido víctima de un chantaje o sometido a algún tipo de extorsión. En fin, un asunto bastante feo, aunque estos documentos parecen eximirla de culpa.

Sacó entonces de uno de los bolsillos exteriores de la chaqueta los papeles que mi padre me había entregado en nuestro encuentro de meses atrás.

—Por fortuna para usted, Arribas no se los llevó junto con las joyas y el dinero, posiblemente porque podrían haberle resultado comprometedores. Debería haberlos destruido para salvaguardarse las espaldas pero, en su prisa por volatilizarse, no lo hizo. Quédele agradecida porque esto es, de momento, lo que va a salvarla de la cárcel —apuntó con ironía. Acto seguido, cerró los ojos brevemente, como intentando tragarse sus últimas palabras—. Perdone, no he querido ofenderla; imagino que en su ánimo no estará agradecer nada a un tipo que se ha portado con usted como lo ha hecho él.

No repliqué a su disculpa, sólo formulé débilmente otra pregunta.

—¿Dónde está ahora?

—¿Arribas? No lo sabemos con certeza. Puede que en Brasil, quizá en Buenos Aires. En Montevideo tal vez. Embarcó en un transatlántico de pabellón argentino, pero puede haber desembarcado en varios puertos. Iba acompañado al parecer de otros tres individuos: un ruso, un polaco y un italiano.

—¿Y no van a buscarle? ¿No van a hacer nada por seguir su rastro y detenerle?

—Me temo que no. Tenemos poco contra él: simplemente una factura impagada a medias con usted. A no ser que quiera usted denunciarle por las joyas y el dinero que le ha quitado, aunque, con sinceridad, no creo que valga la pena. Es cierto que todo era suyo, pero la procedencia es un tanto turbia y usted está denunciada justo por lo mismo. En fin, creo que es difícil que volvamos a saber de su paradero; estos tipos suelen ser listos, tienen mucho mundo y saben cómo hacer para evaporarse y reinventarse a los cuatro días en cualquier punto del globo de la forma más insospechada.

—Pero íbamos a emprender una vida nueva, íbamos a abrir un negocio; estábamos esperando la confirmación —balbuceé.

—¿Se refiere a lo de las máquinas de escribir? —preguntó sacando un nuevo sobre del bolsillo—. No habrían podido: carecían de autorización. Los dueños de las academias en la Argentina no tenían el menor interés en expandir su negocio al otro lado del Atlántico y así se lo hicieron saber en el mes de abril. —Percibió el desconcierto en mi cara—. Arribas nunca se lo dijo, ¿verdad?

Recordé mis consultas diarias al mostrador de recepción, ilusionada, anhelante por el recibo de aquella carta que yo creía que iba a cambiar nuestras vidas y que ya llevaba meses en poder de Ramiro sin que jamás me lo hubiera comunicado. Mis agarraderas para defenderle iban disolviéndose, haciéndose humo. Me aferré con escasas fuerzas al último resquicio de esperanza que me quedaba.

—Pero él me quería...

Sonrió el comisario con un punto de amargura mezclada con algo parecido a la compasión.

—Eso dicen todos los de su calaña. Mire, señorita, no se engañe: los tipos como Arribas sólo se quieren a sí mismos. Pueden ser afectivos y parecer generosos; suelen ser encantadores, pero a la hora de la verdad sólo les interesa su propio pellejo y, a la primera que las cosas se ponen un poco oscuras, salen escopeteados y saltan por encima de lo que haga falta con tal de no ser cogidos en un renuncio. Esta vez la gran perjudicada ha sido usted; mala suerte, ciertamente. Yo no dudo que él la estimara, pero un buen día le surgió otro proyecto mejor y usted se transformó para él en una carga que no le interesaba arrastrar. Por eso la dejó, no le dé más vueltas. Usted no tiene la culpa de nada, pero poco podemos hacer ya nosotros por enmendar lo irreversible.

No quise ahondar más en aquella reflexión sobre la sinceridad del amor de Ramiro; era demasiado doloroso para mí. Preferí retomar los asuntos prácticos.

—¿Y lo de Hispano-Olivetti? ¿Qué se supone que tengo yo que ver en eso?

Inspiró y expulsó aire con fuerza, como preparándose para abordar algo que no le resultaba grato.

—Ese asunto está más embrollado aún. De momento, ahí no hay pruebas fehacientes que la exculpen, aunque yo, personalmente, intuyo que se trata de otra jugarreta en la que la ha implicado su marido, o su novio, o lo que sea el tal Arribas. La versión oficial de los hechos es que usted figura como dueña de un negocio que ha recibido una cantidad de máquinas de escribir que nunca han sido pagadas.

—A él se le ocurrió constituir una empresa a mi nombre, pero yo no sabía... yo no conocía... yo no...

—Eso es lo que yo creo, que usted no tenía idea de todo lo que él hizo usándola como tapadera. Le voy a contar lo que yo intuyo que ocurrió en realidad; la versión oficial ya la sabe. Corríjame si me equivoco: usted recibió de su padre un dinero y unas joyas, ¿cierto?

Asentí.

—Y, después, Arribas se ofreció a registrar una empresa a su nombre y a guardar todo el dinero y las joyas en la caja fuerte de la compañía para la que trabajaba, ¿cierto?

Asentí otra vez.

—Bien, pues no lo hizo. O mejor dicho, sí lo hizo, pero no en calidad de simple depósito a su nombre. Con su dinero realizó una compra a su propia empresa simulando que se trataba de un encargo de la casa de importación y exportación que le menciono, Mecanográficas Quiroga, en la cual figuraba usted como propietaria. Pagó puntualmente con su dinero e Hispano-Olivetti no sospechó nada en absoluto: un pedido más, grande y bien gestionado, y punto. Arribas, por su parte, revendió aquellas máquinas, ignoro a quién o cómo. Hasta ahí todo correcto para Hispano-Olivetti en términos contables, y satisfactorio para Arribas que, sin haber invertido un céntimo de su propio capital, había hecho un estupendo negocio a su favor. Bien, a las pocas semanas, volvió a tramitar otro gran pedido a su nombre, el cual fue una vez más oportunamente servido. El importe de este pedido no fue satisfecho en el acto; sólo se ingresó un primer plazo pero, habida cuenta de que usted ya figuraba como buena pagadora, nadie sospechó: imaginaron que el resto del montante sería satisfecho de manera conveniente en los términos establecidos. El problema es que tal pago nunca se realizó: Arribas revendió una vez más la mercancía, recogió de nuevo beneficios y se quitó de en medio, con usted y con todo su capital prácticamente intacto, además de unas buenas tajadas conseguidas con la reventa y la compra que nunca pagó. Un buen golpe, sí, señor, aunque alguien debió de sospechar algo porque, según tengo entendido, su salida de Madrid fue un poco precipitada, ¿verdad?

Recordé como en un fogonazo mi llegada a nuestra casa de la plaza de las Salesas aquella mañana de marzo, el ímpetu nervioso de Ramiro sacando la ropa del armario y llenando maletas de forma atropellada, la urgencia que me infundió para que yo hiciera lo mismo sin perder apenas un segundo. Con esas imágenes en la mente, corroboré la presuposición del comisario. Él prosiguió.

—Así que, a la postre, Arribas no sólo se ha quedado con su dinero, sino que además lo utilizó para conseguir mayores beneficios para sí mismo. Un tipo muy espabilado, sin duda alguna.

Las lágrimas volvieron a asomárseme a los ojos.

—Pare. Guárdese el llanto, haga el favor: no vale la pena llorar sobre la leche derramada. Mire, realmente, todo ha ocurrido en el momento menos oportuno y más complicado.

Tragué saliva, logré contenerme y conseguí acomodarme de nuevo al diálogo.

—¿Por lo de la guerra que mencionó el otro día?

—Aún no se sabe en qué acabará todo esto pero, de momento, la situación es extremadamente compleja. Media España está en manos de los sublevados y la otra media permanece leal al gobierno. Hay un caos tremendo, desinformación y falta de noticias; en fin, un absoluto desastre.

—¿Y aquí? ¿Cómo están aquí las cosas?

—Ahora, moderadamente tranquilas; en las semanas de atrás todo ha estado mucho más revuelto. Aquí es donde empezó todo, ¿no lo sabe? De aquí surgió el alzamiento; de aquí, de Marruecos, salió el general Franco y aquí se inició el movimiento de tropas. Hubo bombardeos en los primeros días; la aviación de la República atacó la Alta Comisaría en respuesta a la sublevación, pero la mala suerte hizo que erraran su objetivo y uno de los Fokkers causó bastantes heridos civiles, la muerte de unos cuantos niños moros y la destrucción de una mezquita, con lo que los musulmanes han considerado tal acto como un ataque hacia ellos y se han puesto automáticamente del lado de los sublevados. Ha habido también, por la otra parte, numerosos arrestos y fusilamientos de defensores de la República contrarios al alzamiento: la cárcel europea está hasta arriba y han levantado una especie de campo de reclusión en El Mogote. Finalmente, con la caída del aeródromo de Sania Ramel aquí, muy cerca de este hospital, se acabaron los bastiones del gobierno en el Protectorado, así que ahora todo el norte de África está ya controlado por los militares sublevados y la situación más o menos calmada. Lo fuerte, ahora, está en la Península.

Se frotó entonces los ojos con el pulgar y el índice de la mano izquierda; desplazó después su palma lentamente hacia arriba, por las cejas, la frente y el nacimiento del pelo, por la coronilla y la nuca hasta llegar al cuello. Habló en tono bajo, como para sí mismo.

—A ver si acaba todo esto de una puñetera vez...

Le saqué de su reflexión; no pude contener la incertidumbre un segundo más.

—Pero ¿voy a poder marcharme o no?

Mi pregunta inoportuna le hizo volver a la realidad. Tajante.

—No. De ninguna manera. No va a poder ir usted a ningún sitio, y mucho menos a Madrid. Allí se mantiene de momento el gobierno de la República: el pueblo lo apoya y se está preparando para resistir lo que haga falta.

—Pero yo tengo que regresar —insistí con flojedad—. Allí está mi madre, mi casa...

Habló de nuevo esforzándose por mantener su paciencia a raya. Mi insistencia le estaba resultando cada vez más molesta, aunque intentaba no contrariarme, habida cuenta de mi condición clínica. En otras circunstancias posiblemente me habría tratado con muchas menos contemplaciones.

—Mire, yo no sé de qué pie cojea usted, si estará con el gobierno o a favor del alzamiento. —Su voz era de nuevo templada; había recuperado todo su vigor tras un breve instante de decaimiento; probablemente el cansancio y la tensión de los días convulsos le hubiera pasado una momentánea factura—. Si le soy sincero, después de todo lo que he tenido que ver en estas últimas semanas, su posición me importa más bien poco; es más, prefiero no enterarme. Yo me limito a seguir con mi trabajo intentando mantener las cuestiones políticas al margen; ya hay gente de sobra ocupándose, por desgracia, de ellas. Pero irónicamente la suerte, por una vez y aunque le cueste creerlo, ha caído de su lado. Aquí, en Tetuán, centro de la sublevación, estará del todo segura porque nadie excepto yo se va a preocupar de sus asuntos con la ley y, créame, son bastante turbios. Lo suficiente como para, en condiciones normales, mantenerla una buena temporada encarcelada.

Traté de protestar, alarmada y llena de pánico. No me dejó; frenó mis intenciones alzando una mano y prosiguió hablando.

—Imagino que en Madrid se pararán la mayoría de los trámites policiales y todos los procesos judiciales que no sean políticos o de envergadura mayor: con lo que allí les ha caído, no creo que nadie tenga interés en andar persiguiendo por Marruecos a una presunta estafadora de una firma de máquinas de escribir y supuesta ladrona del patrimonio de su padre denunciada por su propio hermano. Hace unas semanas se trataría de asuntos medianamente serios pero, a día de hoy, son sólo una cuestión insignificante en comparación con lo que en la capital se les viene encima.

—¿Entonces? —pregunté indecisa.

—Entonces lo que usted va a hacer es no moverse; no realizar el menor intento para salir de Tetuán y poner todo de su parte para no causarme el más mínimo problema. Mi cometido es velar por la vigilancia y seguridad de la zona del Protectorado y no creo que usted sea una grave amenaza para la misma. Pero, por si acaso, no quiero perderla de vista. Así que va a quedarse aquí una temporada y se va a mantener al margen de cualquier tipo de líos. Y no entienda esto como un consejo o una sugerencia, sino como una orden en toda regla. Será como una detención un tanto particular: no la meto en el calabozo ni la confino a un arresto domiciliario, así que gozará de una relativa libertad de movimientos. Pero queda terminantemente desautorizada para abandonar la ciudad sin mi previo consentimiento, ¿está claro?

—¿Hasta cuándo? —pregunté sin corroborar lo que me pedía. La idea de quedarme sola de forma indefinida en aquella ciudad desconocida se me presentaba ante los ojos como la peor de las opciones.

—Hasta que la situación se calme en España y veamos cómo se resuelven las cosas. Entonces decidiré qué hacer con usted; ahora mismo no tengo ni tiempo ni manera de encargarme de sus asuntos. Con inmediatez, sólo tendrá que hacer frente a un problema: la deuda con el hotel de Tánger.

—Pero yo no tengo con qué pagar esa cantidad... —aclaré de nuevo al borde de las lágrimas.

—Ya lo sé: he revisado de arriba abajo su equipaje y, aparte de ropa revuelta y algunos papeles, he comprobado que no lleva nada más. Pero, de momento, usted es la única responsable que tenemos y en ese asunto está igual de implicada que Arribas. Así que, ante la ausencia de él, será usted quien haya de responder a la demanda. Y, de ésta, me temo que no la voy a poder librar porque en Tánger saben que la tengo aquí, perfectamente localizada.

—Pero él se llevó mi dinero... —insistí con la voz rota de nuevo por el llanto.

—También lo sé, y deje de llorar de una maldita vez, haga el favor. En su escrito el mismo Arribas lo aclara todo: con sus propias palabras expresa abiertamente lo sinvergüenza que es y su intención de dejarla en la estacada y sin un céntimo, llevándose todos sus bienes. Y con un embarazo a rastras que acabó perdiendo nada más pisar Tetuán, apenas bajó del autobús.

El desconcierto de mi rostro, mezclado con las lágrimas, mezclado con el dolor y la frustración, le obligó a enunciar una pregunta.

—¿No se acuerda? Fui yo quien la estaba esperando allí. Habíamos recibido un aviso de la gendarmería de Tánger alertando sobre su llegada. Al parecer, un botones del hotel comentó algo con el gerente sobre su marcha precipitada, le pareció que iba en un estado bastante alterado y saltó la alarma. Descubrieron entonces que habían abandonado la habitación con intención de no volver más. Como el importe que debían era considerable, alertaron a la policía, localizaron al taxista que la llevó hasta La Valenciana y averiguaron que se dirigía hacia aquí. En condiciones normales habría mandado a alguno de mis hombres en su busca, pero, según están las cosas de convulsas en los últimos tiempos, ahora prefiero supervisarlo todo directamente para evitar sorpresas desagradables, así que decidí acudir yo mismo en su busca. Apenas bajó del autobús se desmayó en mis brazos; yo mismo la traje hasta aquí.

En mi memoria empezaron entonces a cobrar forma algunos recuerdos borrosos. El calor asfixiante de aquel autobús al que todo el mundo, efectivamente, llamaba La Valenciana. El griterío en su interior, las cestas con pollos vivos, el sudor y los olores que desprendían los cuerpos y los bultos que los pasajeros, moros y españoles, acarreaban con ellos. La sensación de una humedad viscosa entre los muslos. La debilidad extrema al descender una vez llegados a Tetuán, el espanto al notar que una sustancia caliente me chorreaba por las piernas. El reguero negro y espeso que iba dejando a mi paso y, nada más tocar el asfalto de la nueva ciudad, una voz de hombre proveniente de una cara medio tapada por la sombra del ala de un sombrero. «¿Sira Quiroga? Policía. Acompáñeme, por favor.» En aquel momento me sobrevino una flojedad infinita y noté cómo la mente se me nublaba y las piernas dejaban de sostenerme. Perdí la consciencia y ahora, semanas después, volvía a tener frente a mí aquel rostro que aún no sabía si pertenecía a mi verdugo o mi redentor.

—La hermana Virtudes se ha encargado de irme transmitiendo informes de su evolución. Llevo días intentando hablar con usted, pero me han negado el acceso hasta ahora. Me han dicho que tiene anemia perniciosa y unas cuantas cosas más. Pero, en fin, parece que ya se encuentra mejor, por eso me han autorizado a verla hoy y van a darle el alta en los próximos días.

—Y ¿adónde voy a ir? —Mi angustia era tan inmensa como mi temor. Me sentía incapaz de enfrentarme por mí misma a una realidad desconocida. Nunca había hecho nada sin ayuda, siempre había tenido a alguien que marcara mis pasos: mi madre, Ignacio, Ramiro. Me sentía inútil, inepta para enfrentarme sola a la vida y sus envites. Incapaz de sobrevivir sin una mano que me llevara agarrada con fuerza, sin una cabeza decidiendo por mí. Sin una presencia cercana en la que confiar y de la que depender.

—En eso ando —dijo—, buscándole un sitio, no crea que es fácil encontrarlo tal como están las cosas. De todas maneras, me gustaría conocer algunos datos sobre su historia que aún se me escapan, así que, si se siente con fuerzas, quisiera volver a verla mañana para que usted misma me resuma todo lo que pasó, por si hubiera algún detalle que nos ayudara a resolver los problemas en los que la ha metido su marido, su novio...

—... o lo que quiera que sea ese hijo de mala madre —completé con una mueca irónica tan débil como amarga.

—¿Estaban casados? —preguntó.

Negué con la cabeza.

—Mejor para usted —concluyó tajante. Consultó entonces el reloj—. Bien, no quiero cansarla más —dijo levantándose—, creo que por hoy es suficiente. Volveré mañana, no sé a qué hora; cuando tenga un hueco, estamos hasta arriba.

Lo contemplé mientras se dirigía hacia la salida del pabellón, andando con prisa, con el paso elástico y determinado de quien no está acostumbrado a perder el tiempo. Antes o después, cuando me recuperara, debería averiguar si en verdad aquel hombre confiaba en mi inocencia o si simplemente deseaba librarse de la pesada carga que conmigo le había caído como del cielo en el momento más inoportuno. No pude pensarlo entonces: estaba exhausta y acobardada, y lo único que ansiaba era dormir un sueño profundo y olvidarme de todo.

El comisario Vázquez regresó la tarde siguiente, a las siete, tal vez a las ocho, cuando el calor era ya menos intenso y la luz más tamizada. Nada más verle atravesar la puerta en el otro extremo del pabellón, me apoyé sobre los codos y, con gran esfuerzo, arrastrándome casi, me incorporé. Cuando llegó hasta mí, se sentó en la misma silla del día anterior. Ni siquiera le saludé. Sólo carraspeé, preparé la voz y me dispuse a narrar todo lo que él quería oír.

7

Aquel segundo encuentro con don Claudio transcurrió un viernes de finales de agosto. El lunes a media mañana regresó para recogerme: había encontrado un sitio donde alojarme y se iba a encargar de acompañarme a emprender mi nueva mudanza. En distintas circunstancias, un comportamiento tan aparentemente caballeroso podría haberse interpretado de alguna otra manera; en aquel momento, ni él ni yo teníamos duda de que su interés por mí no era más que el de un simple producto profesional al que convenía tener a buen recaudo para evitar mayores complicaciones.

A su llegada me encontró vestida. Con ropa descoordinada que se me había quedado grande, peinada con un moño desabrido, sentada apenas en el extremo de la cama ya hecha. Con la maleta repleta de los miserables restos del naufragio a mis pies y los dedos huesudos entrelazados sobre el regazo, esforzándome sin suerte por hacer acopio de fuerzas. Al verle llegar intenté levantarme; con un gesto, sin embargo, él me indicó que permaneciera sentada. Se acomodó en el borde de la cama frente a la mía y tan sólo dijo:

—Espere. Tenemos que hablar.

Me miró unos segundos con aquellos ojos oscuros capaces de taladrar una pared. Ya había yo descubierto por entonces que no era ni un joven canoso ni un viejo juvenil: era un hombre a caballo entre los cuarenta y los cincuenta, educado en las maneras pero curtido en su trabajo, con buena planta y el alma baqueteada a fuerza de tratar con golfos de toda ralea. Un hombre, pensé, con el que bajo ningún concepto me convenía tener el más mínimo problema.

—Mire, éstos no son los procedimientos que acostumbramos a seguir en mi comisaría; con usted, debido a las circunstancias del momento, estoy haciendo una excepción, pero quiero que le quede bien claro cuál es su situación real. Aunque personalmente creo que usted no es más que la incauta víctima de un canalla, esos asuntos los tiene que dirimir un juez, no yo. Sin embargo, tal como están ahora mismo las cosas en la confusión de estos días, me temo que un juicio es algo impensable. Y tampoco ganaríamos nada teniéndola detenida en una celda hasta sabe Dios cuándo. Así que, como le dije el otro día, la voy a dejar en libertad, pero, ojo, controlada y con movimientos limitados. Y para evitar tentaciones, no voy a devolverle su pasaporte. Además, queda libre bajo la condición de que, en cuanto se restablezca del todo, busque una manera decente de ganarse la vida y ahorre para liquidar su deuda con el Continental. Les he pedido en su nombre el plazo de un año para saldar la cuenta pendiente y han aceptado, así que ya puede usted espabilarse y hacer lo posible por sacar ese dinero de debajo de las piedras si hace falta, pero de forma limpia y sin escaramuzas, ¿está claro?

—Sí, señor —musité.

—Y no me vaya a fallar; no me intente hacer ninguna jugarreta y no me fuerce a ir a por usted en serio porque como me busque las cosquillas, pongo en marcha la maquinaria, la embarco para España a la primera que pueda y le caen siete años en la cárcel de mujeres de Quiñones antes de que quiera darse cuenta, ¿estamos?

Ante tan funesta amenaza fui incapaz de decir nada coherente; sólo asentí. Se levantó entonces; yo, un par de segundos después. Él lo hizo con rapidez y flexibilidad; yo tuve que imponer a mi cuerpo un esfuerzo inmenso para poder seguir su movimiento.

—Pues andando —concluyó—. Deje, ya le llevo yo la maleta, que usted no está para tirar ni de su sombra. Tengo el auto en la puerta; despídase de las monjas, deles las gracias por lo bien que la han tratado y vámonos.

Recorrimos Tetuán en su vehículo y, por primera vez, pude apreciar parcialmente aquella ciudad que durante un tiempo aún indeterminado habría de convertirse en la mía. El Hospital Civil estaba en las afueras; poco a poco fuimos adentrándonos en ella. A medida que lo hacíamos crecía el volumen de cuerpos que la transitaban. Las calles estaban repletas en aquella hora cercana al mediodía. Apenas circulaban automóviles y el comisario tenía que hacer sonar constantemente la bocina para abrirse paso entre los cuerpos que se movían sin prisa en mil direcciones. Había hombres con trajes claros de lino y sombreros de panamá, niños en pantalón corto dando carreras y mujeres españolas con el cesto de la compra cargado de verdura. Había musulmanes con turbantes y chilabas rayadas, y moras cubiertas con ropajes voluminosos que sólo les permitían mostrar los ojos y los pies. Había soldados de uniforme y muchachas con vestidos floreados de verano, niños nativos descalzos jugando entre gallinas. Se oían voces, frases y palabras sueltas en árabe y español, saludos constantes al comisario cada vez que alguien reconocía su coche. Resultaba difícil creer que de aquel ambiente hubiera surgido apenas unas semanas atrás lo que ya se intuía como una guerra civil.

No entablamos ninguna conversación a lo largo del trayecto; aquel desplazamiento no tenía el objetivo de ser un grato paseo, sino el escrupuloso cumplimiento de un trámite que acarreaba la necesidad de trasladarme de un sitio a otro. Ocasionalmente, sin embargo, cuando el comisario intuía que algo de lo que aparecía ante nuestros ojos podría resultarme ajeno o novedoso, lo señalaba con la mandíbula y, sin despegar la vista del frente, pronunciaba unas escuetas palabras para nombrarlo. «Las rifeñas», recuerdo que dijo señalando un grupo de mujeres marroquíes ataviadas con faldones a rayas y grandes gorros de paja de los que colgaban borlones colorados. Los escasos diez o quince minutos que duró el trayecto me fueron suficientes para absorber las formas, descubrir los olores y aprender los nombres de algunas de las presencias con las que a diario habría de convivir en aquella nueva etapa de mi vida. La Alta Comisaría, los higos chumbos, el palacio del jalifa, los aguadores en sus burros, el barrio moro, el Dersa y el Gorgues, los *bakalitos,* la hierbabuena.

Descendimos del coche en la plaza de España; un par de moritos se acercaron volando a cargar con mi equipaje y el comisario les dejó hacer. Entramos entonces en La Luneta, junto a la judería, junto a la medina. La Luneta, mi primera calle en Tetuán: estrecha, ruidosa, irregular y bullanguera, llena de gente, tabernas, cafés y bazares alborotados en los que todo se compraba y todo se vendía. Llegamos a un portal, entramos, ascendimos una escalera. Tocó el comisario un timbre en el primer piso.

—Buenos días, Candelaria. Aquí le traigo el encargo que estaba esperando. —Ante la mirada de la rotunda mujer de rojo que acababa de abrir la puerta, mi acompañante me señaló con un breve movimiento de cabeza.

—Pero ¿qué encargo es éste, mi comisario? —replicó poniéndose en jarras y soltando una potente risotada. Acto seguido, se hizo a un lado y nos dejó pasar. Tenía una casa soleada, reluciente en su modestia y de estética un tanto dudosa. Tenía también un desparpajo de apariencia natural bajo el que se intuía la sensación de que aquella visita del policía no dejaba de generarle un potente desasosiego.

—Un encargo especial que yo le hago —aclaró él dejando la maleta en la pequeña entrada a los pies de un almanaque con la imagen de un Sagrado Corazón—. Tiene que hospedar a esta señorita por un tiempo y, de momento, sin cobrarle un céntimo; ya ajustarán cuentas entre ustedes cuando ella empiece a ganarse la vida.

—¡Pero si tengo la casa hasta arriba, por los clavos de Cristo! ¡Si me llega lo menos media docena de cuerpos al día a los que no tengo manera de dar cobijo!

Mentía, obviamente. La mujerona morena mentía y él lo sabía.

—No me cuente sus penas, Candelaria; ya le he dicho que tiene que acomodarla como sea.

—¡Si desde lo del alzamiento no ha parado de venir gente en busca de hospedaje, don Claudio! ¡Si tengo hasta colchones por los suelos!

—Déjese de milongas, que el tránsito del Estrecho lleva semanas cortado y por allí no cruzan estos días ni las gaviotas. Le guste o no, habrá de hacerse cargo de lo que le pido; apúntelo a la cuenta de todas las que me debe. Y además, no sólo tiene que darle alojamiento: también que ayudarla. No conoce a nadie en Tetuán y trae a rastras una historia bastante fea, así que hágale un hueco en donde pueda porque aquí va a instalarse a partir de ahora mismo, ¿está claro?

Ella contestó sin el menor entusiasmo:

—Como el agua, señor mío; clarito como el agua.

—La dejo a su recaudo entonces. Si hay algún problema, ya sabe dónde encontrarme. No me hace ninguna gracia que se quede aquí: ya viene maleada y poco bueno va a aprender de usted, pero en fin...

Interrumpió entonces la patrona con un punto de sorna bajo pose de aparente inocencia.

—¿No sospechará usted de mí ahora, don Claudio?

No se dejó embaucar el comisario por la cadencia zumbona de la andaluza.

—Yo siempre sospecho de todo el mundo, Candelaria; para eso me pagan.

—Y si tan mala cree que soy, ¿a santo de qué me trae esta prenda a mi vera, mi comisario?

—Porque, como ya le he dicho, tal como están las cosas, no tengo otro sitio a donde llevarla, no se vaya a creer que lo hago por gusto. En cualquier caso, la dejo responsable de ella, vaya imaginando alguna manera de que se busque la vida: no creo que pueda regresar a España en una buena temporada y necesita conseguir dinero porque tiene por ahí un asunto pendiente que arreglar. A ver si consigue que la contraten de dependienta en algún comercio, o en una peluquería; en cualquier sitio decente, usted verá. Y haga el favor de dejar de llamarme «mi comisario», se lo he dicho ya quinientas veces.

Me observó ella entonces, prestándome atención por primera vez. De arriba abajo, con rapidez y sin curiosidad; como si simplemente estuviera tasando el volumen de la losa que acababa de caerle encima. Volvió después la vista a mi acompañante y, con resignación burlona, aceptó el cometido.

—Descuide, don Claudio, que la Candelaria se hace cargo. Ya veré en dónde la meto, pero quédese tranquilo, que ya sabe usted que conmigo va a estar en la gloria bendita.

Las promesas celestiales de la dueña de la pensión no parecieron sonar del todo convincentes al policía porque aún necesitó apretar un poco más la tuerca para terminar de negociar los términos de mi estancia. Con voz modulada y el dedo índice erguido en vertical a la altura de la nariz, formuló un último aviso que ya no admitió broma alguna por respuesta.

—Ándese con ojo, Candelaria, con ojo y con cuidado, que la cosa está muy revuelta y no quiero más problemas de los estrictamente necesarios. Y a ver si se le va a ocurrir meterla en ninguno de sus líos. No me fío un pelo de ninguna de las dos, así que voy a tenerlas vigiladas de cerca. Y como yo me entere de algún movimiento extraño, me las llevo a comisaría y de allí no las saca ni el sursum corda, ¿estamos?

Musitamos ambas un sentido «sí, señor».

—Pues lo dicho, a recuperarse y, en cuanto pueda, a empezar a trabajar.

Me miró a los ojos para despedirse y pareció dudar un instante entre tenderme o no la mano como despedida. Finalmente optó por no hacerlo y zanjó el encuentro con una recomendación y un pronóstico condensados en tres escuetas palabras: «Cuídese, ya hablaremos». Salió entonces de la vivienda y comenzó a descender los escalones con trote ágil mientras se ajustaba el sombrero agarrándolo con la mano abierta por la corona. Lo observamos en silencio desde la puerta hasta que desapareció de nuestra vista, y a punto estábamos de adentrarnos de nuevo en la vivienda cuando oímos sus pasos terminar el descenso y su voz retronar en el hueco de la escalera.

—¡Me las llevo a las dos al calabozo y de allí no las saca ni el Santo Niño del Remedio!

—Tus muertos, cabrón —fue lo primero que Candelaria dijo tras cerrar la puerta con un empujón propulsado por su voluminoso trasero. Después me miró y sonrió sin ganas, intentando apaciguar mi desconcierto—. Demonio de hombre, me lleva loca perdida; no sé cómo lo hace, pero no se le escapa una y lo tengo el día entero pegado a la chepa.

Suspiró entonces con tanta fuerza que su abultada pechera se hinchó y deshinchó como si tuviera un par de globos contenidos en las apreturas del vestido de percal.

—Anda, mi alma, pasa para adentro, que te voy a instalar en uno de los cuartos del fondo. ¡Ay, maldito alzamiento, que nos ha puesto todo patas arriba y está llenando de broncas las calles y de sangre los cuarteles! ¡A ver si acaba pronto este jaleo y volvemos a la vida de siempre! Ahora voy a salir, que tengo unos asuntillos de los que encargarme; tú te quedas aquí acomodándote y luego, cuando yo vuelva a la hora de comer, me lo cuentas todo despacito.

Y a gritos en árabe requirió la presencia de una muchachita mora de apenas quince años que llegó desde la cocina secándose las manos en un trapo. Ambas se dispusieron a despejar trastos y cambiar sábanas en el cuartucho diminuto y sin ventilación que a partir de aquella noche pasaría a convertirse en mi dormitorio. Y allí me instalé, sin tener la menor idea del tiempo que mi estancia duraría ni el cauce por el que avanzarían los derroteros de mi porvenir.

Candelaria Ballesteros, más conocida en Tetuán por Candelaria la matutera, tenía cuarenta y siete años y, como ella misma apuntaba, más tiros pegados que el cuartel de Regulares. Pasaba por viuda, pero ni siquiera ella sabía si su marido en verdad había muerto en una de sus múltiples visitas a España, o si la carta que siete años atrás había recibido desde Málaga anunciando el deceso por neumonía no era más que la patraña de un sinvergüenza para quitarse de en medio y que nadie le buscara. Huyendo de las miserias de los jornaleros en los olivares del campo andaluz, la pareja se instaló en el Protectorado tras la guerra del Rif, en el año 26. A partir de entonces, ambos dedicaron sus esfuerzos a los negocios más diversos, todos con una estrella más bien famélica cuyos parcos réditos había invertido él convenientemente en jarana, burdeles y copazos de Fundador. No habían tenido hijos y cuando su Francisco se evaporó y la dejó sola y sin los contactos con España para seguir trapicheando de matute con todo lo que caía en sus manos, decidió Candelaria alquilar una casa y montar en ella una modesta pensión. No por ello, sin embargo, cesó de esforzarse por comprar, vender, recomprar, revender, intercambiar, porfiar y canjear todo lo que caía en su mano. Monedas, pitilleras, sellos, estilográficas, medias, relojes, encendedores: todo de origen borroso, todo con destino incierto.

En su casa de la calle de La Luneta, entre la medina moruna y el ensanche español, alojaba sin distinción a todo aquel que llamaba a su puerta solicitando una cama, gente en general de pocos haberes y menos aspiraciones. Con ellos y con todo aquel que se le pusiera por delante intentaba ella hacer trato: te vendo, te compro, te ajusto; me debes, te debo, ajústame tú. Pero con cuidado; siempre con cierto cuidado porque Candelaria la matutera, con su porte de hembraza, sus negocios turbios y aquel desparpajo capaz en apariencia de tumbar al más bragado, no tenía un pelo de necia y sabía que con el comisario Vázquez, tonterías, las mínimas. Si acaso, una bromita aquí y una ironía allá, pero sin que él le echara la mano encima pasándose de la raya de lo legalmente admisible porque entonces no sólo le requisaba todo lo que tuviera cerca, sino que, además, según sus propias palabras, «como me pille guarreando con el pescado, me lleva al cuartelillo y me cruje el hato».

La dulce muchacha mora me ayudó a instalarme. Desempaquetamos juntas mis escasas pertenencias y las colgamos en perchas de alambre dentro de aquella tentativa de armario que no era más que una especie de cajón de madera tapado por un retal a modo de cortinilla. Tal mueble, una bombilla pelada y una cama vieja con colchón de borra componían el mobiliario de la estancia. Un calendario atrasado con una estampa de ruiseñores, cortesía de la barbería El Siglo, aportaba la única nota de color a las paredes encaladas en las que se marcaban los restos de un mar de goteras. En una esquina, sobre un baúl, se acumulaban unos cuantos enseres de uso escaso: un canasto de paja, una palangana desportillada, dos o tres orinales llenos de desconchones y un par de jaulas de alambre oxidado. El confort era austero rayando en la penuria, pero el cuarto estaba limpio y la chica de ojos negros, mientras me ayudaba a organizar aquel barullo de prendas arrugadas que componían la totalidad de mis pertenencias, repetía con voz suave

—Siñorita, tú no preocupar; Jamila lava, Jamila plancha la ropa de siñorita.

Mis fuerzas seguían siendo escasas y el pequeño exceso realizado al trasladar la maleta y vaciar su contenido fue suficiente como para obligarme a buscar apoyo y evitar un nuevo mareo. Me senté a los pies de la cama, cerré los ojos y los tapé con las manos, apoyando los codos en las rodillas. El equilibrio regresó en un par de minutos; volví entonces al presente y descubrí que junto a mí seguía la joven Jamila observándome con preocupación. Miré alrededor. Allí estaba todavía aquella habitación oscura y pobre como una ratonera, y mi ropa arrugada colgando de las perchas, y la maleta destripada en el suelo. Y a pesar de la incertidumbre que a partir de aquel día se abría como un despeñadero, con cierto alivio pensé que, por muy mal que siguieran yendo las cosas, al menos ya tenía un agujero donde cobijarme.

Candelaria regresó apenas una hora más tarde. Poco antes y poco después fue llegando el menguado catálogo de huéspedes a los que la casa proporcionaba refugio y manutención. Componían la parroquia un representante de productos de peluquería, un funcionario de Correos y Telégrafos, un maestro jubilado, un par de hermanas entradas en años y secas como mojamas, y una viuda oronda con un hijo al que llamaba Paquito a pesar del vozarrón y el poblado bozo que el muchacho ya gastaba. Todos me saludaron con cortesía cuando la patrona me presentó, todos se acomodaron después en silencio alrededor de la mesa en los sitios asignados para cada cual: Candelaria presidiendo, el resto distribuido en los flancos laterales. Las mujeres y Paquito a un lado, los hombres enfrente. «Tú en la otra punta», ordenó. Empezó a servir el estofado hablando sin tregua sobre cuánto había subido la carne y lo buenos que estaban saliendo aquel año los melones. No dirigía sus comentarios a nadie en concreto y, aun así, parecía tener un inmenso afán en no cejar en su parloteo por triviales que fueran los asuntos y escasa la atención de los comensales. Sin una palabra de por medio, todos se dispusieron a comenzar el almuerzo trasladando rítmicamente los cubiertos de los platos a las bocas. No se oía más sonido que la voz de la patrona, el ruido de las cucharas al chocar contra la loza y el de las gargantas al engullir el guiso. Sin embargo, un descuido de Candelaria me hizo comprender la razón de su incesante charla: el primer resquicio dejado en su perorata al requerir la presencia de Jamila en el comedor fue aprovechado por una de las hermanas para meter su cuña, y entonces entendí el porqué de su voluntad por llevar ella misma el mando de la conversación con firme mano de timonel.

—Dicen que ya ha caído Badajoz. —Las palabras de la más joven de las maduras hermanas tampoco parecían dirigirse a nadie en concreto; a la jarra del agua tal vez, puede que al salero, a las vinagreras o al cuadro de la Santa Cena que levemente torcido presidía la pared. Su tono pretendía también ser indiferente, como si comentara la temperatura del día o el sabor de los guisantes. De inmediato supe, no obstante, que aquella intervención tenía la misma inocencia que una navaja recién afilada.

—Qué lástima; tantos buenos muchachos como se habrán sacrificado defendiendo al legítimo gobierno de la República; tantas vidas jóvenes y vigorosas desperdiciadas, con la de alegrías que habrían podido darle a una mujer tan apetitosa como usted, Sagrario.

La réplica cargada de acidez corrió a cuenta del viajante y encontró eco en forma de carcajada en el resto de la población masculina. Tan pronto notó doña Herminia que a su Paquito también le había hecho gracia la intervención del vendedor de crecepelo, asestó al muchacho un pescozón que le dejó el cogote enrojecido. En supuesta ayuda del chico intervino entonces el viejo maestro con voz juiciosa. Sin levantar la cabeza de su plato, sentenció.

—No te rías, Paquito, que dicen que reírse seca las entendederas.

Apenas pudo terminar la frase antes de que mediara la madre de la criatura.

—Por eso ha tenido que levantarse el ejército, para acabar con tantas risas, tanta alegría y tanto libertinaje que estaban llevando a España a la ruina...

Y entonces pareció haberse declarado abierta la veda. Los tres hombres en un flanco y las tres mujeres en el otro alzaron sus seis voces de manera casi simultánea en un gallinero en el que nadie escuchaba a nadie y todos se desgañitaban soltando por sus bocas improperios y atrocidades. Rojo vicioso, vieja meapilas, hijo de Lucifer, tía vinagre, ateo, degenerado y otras decenas de epítetos destinados a vilipendiar al comensal de enfrente saltaron por los aires en un fuego cruzado de gritos coléricos. Los únicos callados éramos Paquito y yo misma: yo, porque era nueva y no tenía conocimiento ni opinión sobre el devenir de la contienda y Paquito, probablemente por miedo a los mandobles de su furibunda madre, que en ese mismo momento acusaba al maestro de masón asqueroso y adorador de Satanás con la boca llena de patatas a medio masticar y un hilo aceitoso cayéndole por la barbilla. En el otro extremo de la mesa, Candelaria, entretanto, iba transmutando segundo a segundo su ser: la ira amplificaba su volumen de jaca y su semblante, poco antes amable, empezó a enrojecer hasta que, incapaz de contenerse más, propinó un puñetazo sobre la mesa con tal potencia que el vino saltó de los vasos, los platos chocaron entre sí y por el mantel se derramó a borbotones la salsa del estofado. Como un trueno, su voz se alzó por encima de la otra media docena.

—¡Como vuelva a hablarse de la puta guerra en esta santa casa, los pongo a todos en lo ancho de la calle y les tiro las maletas por el balcón!

De mala gana y lanzándose miradas asesinas, replegaron todos velas y se dispusieron a terminar el primer plato conteniendo a duras penas sus furores. Los jureles del segundo transcurrieron casi en silencio; la sandía del postre amagó peligro por aquello de lo encarnado de su color, pero la tensión no llegó a estallar. El almuerzo terminó sin mayores incidentes; para encontrarlos de nuevo, hubo sólo que esperar a la cena. Volvieron entonces como aperitivo las ironías y las bromas de doble sentido; después los dardos cargados de veneno y el intercambio de blasfemias y persignaciones y, finalmente, los insultos sin parapeto y el lanzamiento de curruscos de pan con el ojo del contrario como objetivo. Y como colofón, de nuevo los gritos de Candelaria advirtiendo del inminente desahucio de todos los huéspedes si persistían en su afán de replicar los dos bandos sobre el mantel. Descubrí entonces que aquél era el natural discurrir de las tres comidas de la pensión un día sí y otro también. Nunca, sin embargo, llegó la patrona a desprenderse de uno solo de aquellos hospedados a pesar de que todos ellos mantuvieron siempre alerta el nervio bélico y afiladas la lengua y la puntería para cargar sin piedad contra el flanco contrario. No estaban las cosas en la vida de la matutera en aquellos momentos de menguadas transacciones como para deshacerse voluntariamente de lo que cada uno de aquellos pobres diablos sin casa ni amarre pagaba por manutención, pernocta y derecho a baño semanal. Así que, a pesar de las amenazas, rara fue la jornada en la que de un lado al otro de la mesa no volaron oprobios, huesos de aceituna, proclamas políticas, pieles de plátano y, en los momentos más calientes, algún que otro salivazo y más de un tenedor. La vida misma a escala de batalla doméstica.

8

Y así fueron pasando mis primeros tiempos en la pensión de La Luneta, entre aquella gente de la que nunca supe mucho más que sus nombres de pila y —muy por encima— las razones por las que allí se alojaban. El maestro y el funcionario, solteros y añosos, eran residentes longevos; las hermanas viajaron desde Soria a mediados de julio para enterrar a un pariente y se vieron con el Estrecho cerrado al tráfico marítimo antes de poder regresar a su tierra; algo similar ocurrió al comercial de productos de peluquería, retenido involuntariamente en el Protectorado por el alzamiento. Más oscuras eran las razones de la madre y el hijo, aunque todos suponían que andaban a la búsqueda de un marido y padre un tanto huidizo que una buena mañana salió a comprar tabaco a la toledana plaza de Zocodover y decidió no volver más a su domicilio. Con conatos de bronca casi a diario, con la guerra real avanzando sin piedad a través del verano y aquel contubernio de seres descolocados, iracundos y asustados siguiendo al milímetro su desarrollo, así fui yo acomodándome a esa casa y su submundo, y así fue también estrechándose mi relación con la dueña de aquel negocio en el que, por la naturaleza de la clientela, poco rendimiento presuponía yo que alcanzaría ella a recoger.

Salí poco aquellos días: no tenía sitio alguno adonde ir ni nadie a quien ver. Solía quedarme sola, o con Jamila, o con Candelaria cuando por allí paraba, que no era mucho. A veces, cuando no andaba con sus prisas y tejemanejes, insistía en sacarme con ella para que buscáramos juntas alguna ocupación para mí, que se te va a quedar la cara de pergamino, muchacha, que no te da ni miajita la luz del sol, decía. A veces me sentía incapaz de aceptar la propuesta, aún me faltaban las fuerzas, pero en otras ocasiones accedía, y entonces me llevaba por aquí y por allá, recorriendo el laberinto endemoniado de callejas de la morería y las vías cuadriculadas y modernas del ensanche español con sus casas hermosas y su gente bien arreglada. En cada establecimiento a cuyo dueño conocía preguntaba ella si podían colocarme, si sabían de alguien que tuviera un empleo para esa chica tan aplicada y dispuesta a trabajar de día y de noche que se suponía que era yo. Pero corrían tiempos difíciles y aunque los tiros sonaban lejos, todo el mundo parecía consternado por el incierto transcurrir de la contienda, preocupados por los suyos en su tierra, por el paradero de unos y otros, los avances de las tropas en el frente, los vivos, los muertos y lo que quedaba por venir. En aquellas circunstancias apenas nadie tenía interés en expandir negocios ni contratar nuevo personal. Y a pesar de que solíamos culminar aquellas salidas con un vaso de té moruno y una bandeja de pinchitos en algún cafetín de la plaza de España, cada intentona frustrada suponía para mí otra paletada más de angustia sobre mi angustia y para Candelaria, aunque no lo dijera, un mordisco nuevo de preocupación.

Mi estado de salud mejoraba al mismo ritmo que el de mi ánimo, con paso de caracol. Seguía en los huesos y el tono mortecino de mi tez contrastaba con los rostros tostados por el sol del verano de mi alrededor. Mantenía agarrotados los sentidos y fatigada el alma; aún sentía casi como el primer día el desgarro causado por el abandono de Ramiro. Continuaba añorando al hijo de cuya existencia prenatal sólo tuve constancia durante unas horas y me recomía la preocupación por el devenir de mi madre en el Madrid sitiado. Seguía asustada por las denuncias que sobre mí existían y por las advertencias de don Claudio, atemorizada ante la idea de no poder hacer frente a la deuda pendiente y la posibilidad de acabar en la cárcel. Aún tenía el pánico por compañero y me seguían escociendo con rabia las heridas.

Uno de los efectos del enamoramiento loco y obcecado es que anula los sentidos para percibir lo que acontece a tu alrededor. Corta al ras la sensibilidad, la capacidad para la percepción. Te obliga a concentrar tanto la atención en un ser único que te aísla del resto del universo, te aprisiona dentro de una coraza y te mantiene al margen de otras realidades aunque éstas transcurran a dos palmos de tu cara. Cuando todo saltó por los aires, me di cuenta de que aquellos ocho meses que había pasado junto a Ramiro habían sido de tal intensidad que apenas había tenido contacto cercano con nadie más. Sólo entonces fui consciente de la magnitud de mi soledad. En Tánger no me molesté en establecer relaciones con nadie: no me interesaba ningún ser más allá de Ramiro y lo que con él tuviera que ver. En Tetuán, sin embargo, él ya no estaba, y consigo se habían marchado mi asidero y mis referencias; hube por ello de aprender a vivir sola, a pensar en mí y a pelear para que el peso de su ausencia fuera poco a poco haciéndose menos desolador. Como decía el folleto de las Academias Pitman, larga y escarpada es la senda de la vida.

Terminó agosto y llegó septiembre con sus tardes menos largas y las mañanas más frescas. Los días transcurrían lentos sobre el ajetreo de La Luneta. La gente entraba y salía de las tiendas, los cafés y los bazares, cruzaba la calle, se detenía en los escaparates y charlaba con conocidos en las esquinas. Mientras contemplaba desde mi atalaya el cambio de luz y aquel dinamismo imparable, era plenamente consciente de que yo también necesitaba cada vez con más urgencia ponerme en movimiento, iniciar una actividad productiva para dejar de vivir de la caridad de Candelaria y comenzar a juntar los duros destinados a solventar mi deuda. No daba, sin embargo, con la manera de hacerlo y, para compensar mi inactividad y mi nula contribución a la economía de la casa, me esforzaba al menos en colaborar en lo posible para aligerar las tareas domésticas y no ser sólo un bulto tan improductivo como un mueble arrumbado. Pelaba patatas, ponía la mesa y tendía la ropa en la azotea. Ayudaba a Jamila a pasar el polvo y a limpiar cristales, aprendía de ella algunas palabras en árabe y me dejaba obsequiar por sus eternas sonrisas. Regaba las macetas, sacudía las alfombras y anticipaba pequeñas necesidades de las que antes o después alguien tendría que encargarse. En sintonía con los cambios de temperatura, la pensión se fue también preparando para la llegada del otoño y yo cooperé en ello. Cambiamos las camas de todos los cuartos; mudamos sábanas, retiramos las colchas de verano y bajamos los cobertores de invierno de los altillos. Me di cuenta entonces de que gran parte de aquella lencería necesitaba un repaso urgente, así que dispuse un gran cesto de ropa blanca junto al balcón y me senté a enmendar desgarrones, reafirmar dobladillos y rematar flecos sueltos.

Y entonces sucedió lo inesperado. Nunca habría podido imaginar que la sensación de volver a tener una aguja entre los dedos llegara a resultar tan gratificante. Aquellas colchas ásperas y aquellas sábanas de basto lienzo nada tenían que ver con las sedas y muselinas del taller de doña Manuela, y los remiendos de sus desperfectos distaban un mundo de los pespuntes delicados que en otro tiempo me dediqué a hacer para componer las prendas de las grandes señoras de Madrid. Tampoco el humilde comedor de Candelaria se asemejaba al taller de doña Manuela, ni la presencia de la muchachita mora y el trasiego incesante del resto de los belicosos huéspedes se correspondían con las figuras de mis antiguas compañeras de faena y la exquisitez de nuestras clientas. Pero el movimiento de la muñeca era el mismo, y la aguja volvía a correr veloz ante los ojos, y mis dedos se afanaban por dar con la puntada certera igual que durante años lo había hecho, día a día, en otro sitio y con otros destinos. La satisfacción de coser de nuevo fue tan grata que durante un par de horas me devolvió a tiempos más felices y logró disolver temporalmente el peso de plomo de mis propias miserias. Era como estar de vuelta en casa.

La tarde caía y apenas quedaba luz cuando regresó Candelaria de una de sus constantes salidas. Me encontró rodeada de pilas de ropa recién remendada y con la penúltima toalla entre las manos.

—No me digas, niña, que sabes coser.

Mi réplica a tal saludo fue, por primera vez en mucho tiempo, una sonrisa afirmativa, casi triunfal. Y entonces la patrona, aliviada por haber encontrado al fin alguna utilidad en aquel lastre en que mi presencia se estaba convirtiendo, me llevó hasta su dormitorio y se dispuso a volcar sobre la cama el contenido entero de su armario.

—A este vestido le bajas la bastilla, a este abrigo le vuelves el cuello. A esta blusa le arreglas las costuras y a esta falda le sacas un par de dedos de cadera, que últimamente me he echado unos kilillos encima y no hay manera de que me entre en el cuerpo.

Y así hasta un montón enorme de viejas prendas que apenas me cabían entre los brazos. Sólo me llevó una mañana resolver los desperfectos de su ajado vestuario. Satisfecha con mi eficacia y decidida a calibrar en pleno el potencial de mi productividad, Candelaria volvió aquella tarde con un corte de cheviot para un chaquetón.

—Lana inglesa, de la mejor. La traíamos de Gibraltar antes de que empezara el jaleo, ahora se está poniendo muy dificilísimo dar con ella. ¿Te atreves?

—Consígame un buen par de tijeras, dos metros de forro, media docena de botones de carey y un carrete de hilo marrón. Ahora mismo le tomo medidas y mañana por la mañana se lo tengo listo.

Con aquellos parcos medios y la mesa de comedor como base de operaciones, a la hora de la cena tenía el encargo preparado para prueba. Antes del desayuno estaba terminado. Apenas abrió el ojo, con las legañas aún pegadas y el pelo cogido bajo una redecilla, Candelaria se ajustó la prenda sobre el camisón y examinó con incredulidad su efecto ante el espejo. Las hombreras se asentaban impecables sobre su osamenta y las solapas se abrían a los lados en perfecta simetría, disimulando lo excesivo de su perímetro pectoral. El talle se marcaba grácil con un amplio cinturón, el corte acertado de la caída disimulaba la opulencia de sus caderas de yegua. Las vueltas anchas y elegantes de las mangas remataban mi obra y sus brazos. El resultado no podía ser más satisfactorio. Se contempló de frente y perfil, de espalda y medio lado. Una vez, otra; ahora abrochado, ahora abierto, el cuello subido, el cuello bajado. Con su locuacidad contenida, concentrada en valorar con precisión el producto. Otra vez de frente, otra vez de lado. Y, al final, el juicio.

—La madre que te parió. Pero ¿cómo no me has avisado antes de la mano que tienes, mi alma?

Dos nuevas faldas, tres blusas, un vestido camisero, un par de trajes de chaqueta, un abrigo y una bata de invierno fueron acomodándose en las perchas de su armario a medida que ella se las iba arreglando para traer de la calle nuevos trozos de tela invirtiendo en ellos lo mínimo posible.

—Seda china, toca, toca; dos mecheros americanos me ha sacado por ella el indio del bazar de abajo, me cago en sus muelas. Menos mal que me quedaban un par de ellos del año pasado, porque ya sólo quiere duros hassani el muy cabrón; andan diciendo que van a retirar el dinero de la República y a cambiarlo por billetes de los nacionales, qué locura, muchacha —me decía acalorada a la vez que abría un paquete y ponía ante mis ojos un par de metros de tejido color fuego.

Una nueva salida trajo consigo media pieza de gabardina —de la buena, chiquilla, de la buena—. Un retazo de raso nacarado llegó al día siguiente acompañado por el correspondiente relato de los avatares de su consecución y menciones poco honrosas a la madre del hebreo que se lo había proporcionado. Un retal de lanilla color caramelo, un corte de alpaca, siete cuartas de satén estampado y así, entre canjes y cambalaches, alcanzamos casi la docena de tejidos que yo corté y cosí y ella se probó y alabó. Hasta que sus ingenios para obtener género se agotaron, o hasta que pensó que su nuevo guardarropa estaba por fin bien surtido, o hasta que decidió que ya iba siendo hora de concentrar la atención en otros menesteres.

—Con todo lo que me has hecho está saldada tu deuda conmigo hasta el día de hoy —anunció. Y sin darme tiempo siquiera para paladear mi alivio, prosiguió—: Ahora vamos a hablar del futuro. Tú tienes mucho talento, niña, y eso no se puede desperdiciar y menos ahora con la faltita que te hacen a ti unas buenas perras para salir de los follones en los que andas metida. Ya has visto que lo de encontrar una colocación está muy complicadísimo, así que a mí me parece que lo mejor que puedes hacer es dedicarte a coser para la calle. Pero tal como están las cosas, me temo que te va a ser difícil que la gente te abra las puertas de sus casas de par en par. Tendrás que tener tu sitio, montar tu propio taller y, aun así, no te va a ser fácil encontrar clientela. Tenemos que pensarlo bien.

Candelaria la matutera conocía a todo bicho viviente en Tetuán, pero para cerciorarse del estado de la costura y enfocar el asunto en su justo sitio, hubo de hacer unas cuantas salidas, unos contactos por aquí y por allá, y un estudio sesudo de la situación a pie de obra. Un par de días después del nacimiento de la idea ya teníamos una estampa cien por cien fiable del panorama. Supe entonces que había dos o tres creadoras de solera y prestigio a las que solían frecuentar las esposas e hijas de los jefes militares, de algunos médicos reputados y de los empresarios con solvencia. Un escalón por debajo, se encontraban cuatro o cinco modistas decentes para los trajes de calle y los abrigos de los domingos de las madres de familia del personal mejor acomodado de la administración. Y había finalmente varios puñados de costureras de poco fuste que hacían rondas por las casas, lo mismo cortando batas de percal que reconvirtiendo vestidos heredados, cogiendo bajos o remendando los tomates de los calcetines. El paisaje no se presentaba óptimo: la competencia era considerable, pero de alguna manera tendría que ingeniármelas para conseguir un resquicio por el que colarme. Aunque, según mi patrona, ninguna de aquellas profesionales de la costura era del todo deslumbrante y la mayor parte componía un elenco de figuras domésticas y casi familiares, no por ello habían de ser desestimadas: cuando trabajan bien, las modistas son capaces de ganar lealtades hasta la muerte.

La idea de volver a estar activa me provocó sentimientos encontrados. Por un lado consiguió generar un pálpito de ilusión que hacía un tiempo eterno que no percibía. Poder ganar dinero para mantenerme y saldar mis deudas dedicándome a algo que me gustaba y para lo que sabía que era buena era lo mejor que en aquellos momentos podría pasarme. Por otro lado, sin embargo, al calibrar la cruz de la moneda, la inquietud y la incertidumbre se me extendían sobre el ánimo como una noche de lobos. Para abrir mi propio negocio por humilde y diminuto que fuera, necesitaba un capital inicial del que no disponía, unos contactos de los que carecía y mucha más suerte de la que en los últimos tiempos me andaba ofreciendo la vida. No iba a resultar fácil hacerme un hueco siendo una simple modista más: para arrebatar fidelidades y captar clientas tendría que buscar ingenio, salirme de lo normal, ser capaz de ofrecer algo diferente.

Mientras Candelaria y yo nos esforzábamos por dar con una vía por la que encauzarme, varias amigas y conocidas suyas comenzaron a subir a la pensión para hacerme algunos encargos: que si una blusita, niña, hazme el favor; que si unos abrigos para los chiquillos antes de que se nos meta el frío. Eran por lo general mujeres modestas y su poderío económico andaba en consonancia. Llegaban acarreando muchos hijos y escasos retales, y se sentaban a hablar con Candelaria mientras yo cosía. Suspiraban por la guerra, lloraban por la suerte de los suyos en España secándose las lágrimas con una punta del pañuelo que guardaban arrebujado en la manga. Se quejaban dc la carestía de los tiempos y se preguntaban con angustia qué iban a hacer para sacar adelante a sus proles si el conflicto seguía avanzando o un tiro enemigo les mataba al marido. Pagaban poco y tarde, a veces nunca, como buenamente podían. Con todo, a pesar de las estrecheces de la clientela y la humildad de sus encargos, el mero hecho de haber vuelto a la costura había conseguido mitigar la aspereza de mi desolación y abrir un resquicio por el que ya se filtraba un tenue rayo de luz.

9

A finales de mes empezó a llover, una tarde, otra, otra. El sol apenas salió en tres días; hubo truenos, relámpagos, viento de locos y hojas de árboles sobre el suelo mojado. Seguía trabajando en las prendas que las mujeres cercanas me iban encargando; ropa sin gracia y sin clase, confecciones en telas burdas destinadas a proteger los cuerpos de las inclemencias de la intemperie con poca atención a la estética. Hasta que, entre una chaqueta para el nieto de una vecina y una falda tableada encargada por la hija de la portera, llegó Candelaria envuelta en uno de sus arrebatos.

—¡Ya lo tengo, niña, ya está, ya está todo arreglado!

Volvía de la calle con su chaquetón nuevo de cheviot amarrado con fuerza a la cintura, un pañuelo a la cabeza y sus viejos zapatos con los tacones torcidos llenos de barro. Sin dejar de hablar de forma atropellada se dispuso a quitarse prendas de encima a la vez que iba narrando los pormenores del gran descubrimiento. Su potente busto subía y bajaba acompasadamente mientras, con la respiración entrecortada, desgranaba sus noticias y se despojaba de capas como una cebolla.

—Vengo de la peluquería donde trabaja mi comadre la Remedios, que tenía unos asuntillos que arreglar yo con ella, y en esto que está la Reme haciéndole la ondulación permanente a una gabacha...

—¿Una qué? —interrumpí.

—Una gabacha: una franchute, una melindres —aclaró acelerada antes de proseguir—. En realidad eso es lo que me pareció a mí, que era una gabacha, porque luego descubrí que no era una francesa, sino una alemana a la que yo no conocía, porque a las demás, a la mujer del cónsul, y a las de Gumpert y Bernhardt, y a la de Langenheim, que no es germana, sino italiana, a ésas sí que las conozco yo más que de sobra, que algunas cosillas hemos tenido. Bueno, a lo que iba, que mientras le andaba dando al peine, la Reme me ha preguntado que dónde me he mercado yo este chaquetón tan estupendísimo que llevo puesto. Y yo, claro está, le he dicho que me lo ha hecho una amiga, y entonces la gabacha que luego, como te digo, ha resultado que no era gabacha sino alemana, me ha mirado y me ha remirado y se ha metido en la conversación, y con ese acento suyo que en vez de contarte algo parece que te va a meter un bocado en el pescuezo, pues me ha dicho la paya que ella necesita a alguien que le cosa, pero que le cosa bien, que a ver si sabe de alguna casa de modas de calidad, pero de calidad de la requetebuena, que llevaba poco tiempo en Tetuán y que se iba a quedar aquí una temporada, y que en fin, que necesitaba a alguien. Y yo le he dicho...

—Que venga aquí para que le cosa yo —adelanté.

—¡Pero qué dices, muchacha, tú estás majareta! Aquí no puedo yo meter a una gachí así, que esas señoronas se juntan con las generalas y las coronelas, y están acostumbradas a otras cosas y otros sitios, no sabes qué estilo se gastaba la alemana y el parné que debe de tener.

—¿Entonces?

—Pues entonces, no sé qué pájara me ha dado, que de pronto le he dicho que me he enterado de que van a abrir una casa de alta costura.

Tragué saliva con fuerza.

—¿Y se supone que de eso me voy a encargar yo?

—Pues claro, mi alma, ¿quién si no?

Volví a intentar tragar, pero esta vez no lo conseguí del todo. La garganta se me había quedado de pronto seca como el asperón.

—Y ¿cómo voy yo a montar una casa de alta costura, Candelaria? —pregunté acobardada.

La primera respuesta fue una carcajada. La segunda, tres palabras pronunciadas con tal desparpajo que no dejó lugar a la más diminuta de las dudas.

—Conmigo, chiquilla, conmigo.

Aguanté la cena con una tropa de nervios bailándome entre los intestinos. Antes de ésta, la patrona no pudo aclararme nada más porque, apenas formuló su anuncio, llegaron al comedor las hermanas comentando exultantes la liberación del Alcázar de Toledo. Al poco se sumaron el resto de los huéspedes, rebosando satisfacción un bando y rumiando su disgusto el otro. Jamila empezó entonces a poner la mesa y Candelaria no tuvo más remedio que dirigirse a la cocina para ir organizando la cena: coliflor rehogada y tortillas de un huevo; todo económico, todo blandito no fuera a darles a los hospedados por reduplicar la gesta del día en el frente lanzándose con furia a la cabeza los huesos de las chuletas.

Acabó la cena bien salpimentada con sus correspondientes tiranteces, y unos y otros se retiraron del comedor con prisa. Las mujeres y el cachalote de Paquito se dirigieron al cuarto de las hermanas para escuchar la arenga nocturna de Queipo de Llano desde Radio Sevilla. Los hombres marcharon a la Unión Mercantil para tomar el último café del día y charlar con unos y otros sobre el avance de la guerra. Jamila recogía la mesa y yo me disponía a ayudarla a fregar los platos en la pila cuando Candelaria, con un gesto imperioso de su cara morena, me indicó el pasillo.

—Vete para tu cuarto y espérame, que ahora mismo voy yo para allá.

No necesitó más de un par de minutos para reunirse conmigo; los que tardó en ponerse presurosa el camisón y la bata, comprobar desde el balcón que los tres hombres andaban ya alejados a la altura del callejón de Intendencia y asegurarse de que las mujeres estaban convenientemente abducidas por la alocada verborrea radiofónica del general sublevado —¡Buenas noches, señores! ¡Arriba los corazones!—. Yo la esperaba apenas instalada en el filo de la cama, con la luz apagada, inquieta, nerviosa. Oírla llegar fue un alivio.

—Tenemos que hablar, niña. Tú y yo tenemos que hablar muy en serio —dijo en voz baja sentándose a mi lado—. Vamos a ver: ¿tú estás dispuesta a montar un taller? ¿Tú estás dispuesta a ser la mejor modista de Tetuán, a coser la ropa que aquí nunca nadie ha cosido?

—Dispuesta claro que estoy, Candelaria, pero...

—No hay peros que valgan. Ahora escúchame bien y no me interrumpas. Verás tú: después del encuentro con la alemana en la peluquería de mi comadre, me he estado informando por ahí y resulta que en los últimos tiempos contamos en Tetuán con gente que antes no vivía aquí. Igual que te ha pasado a ti, o a las raspas de las hermanas, a Paquito y la gorda de su madre, y a Matías el de los crecepelos: que con lo del alzamiento os habéis quedado todos aquí, atrapados como ratas, sin poder cruzar el Estrecho para volver a vuestras casas. Bien, pues hay otras personas a las que les ha pasado más o menos lo mismo, pero en vez de ser un hatajo de muertos de hambre como los que a mí me habéis caído en suerte, resulta que son gentes de posibles que antes no estaban y ahora sí están, ¿entiendes lo que te digo, niña? Hay una actriz muy famosa que vino con su compañía y se tuvo que quedar. Hay un buen puñado de extranjeras, sobre todo alemanas de las que, según dicen por ahí, algo han tenido que ver con sus maridos en ayudar al ejército a sacar las tropas de Franco para la Península. Y así, unas cuantas: no muchas, la verdad, pero sí las suficientes como para poderte dar trabajo una buena temporada si las consigues como clientas, porque ten en cuenta que ellas no le guardan fidelidad a ninguna modista porque no son de aquí. Y, además, y esto es lo más importante, tienen buenos duros y, al ser extranjeras, esta guerra les trae al pairo, o sea, que tienen cuerpo de jarana y no van a pasarse lo que dure el follón vistiendo de trapillo y atormentándose por quién gana cada batalla, ¿me sigues, mi alma?

—La sigo, Candelaria, claro que la sigo, pero...

—¡Sssssssshhhh! ¡Que he dicho que no quiero peros hasta que yo termine de hablar! Vamos a ver: lo que tú ahora necesitas, ahora mismito, ya, de hoy a mañana, es un local de campanillas donde ofrecer a la clientela lo mejor de lo mejor. Por mis muertos te juro que no he visto a nadie coser como tú en toda mi vida, así que hay que ponerse manos a la obra inmediatamente. Y sí, ya sé que no tienes ni un real, pero para eso está la Candelaria.

—Pero si usted no tiene una perra tampoco; si está todo el día quejándose de que no le llega ni para darnos de comer.

—Ando canina, talmente: las cosas han estado muy dificilísimas en los últimos tiempos para conseguir mercancía. En los puestos fronterizos han colocado destacamentos con soldados armados hasta las cejas, y no hay manera humana de traspasarlos para llegar a Tánger en busca de género si no es con cincuenta mil salvoconductos que a mi menda nadie le va a dar. Y alcanzar Gibraltar está aún más complicado, con el tráfico del Estrecho cerrado y los aviones de guerra en vuelo raso dispuestos a bombardear todo lo que por allí se mueva. Pero tengo algo con lo que podemos conseguir los cuartos que necesitamos para montar el negocio; algo que, por primera vez en toda mi puñetera vida, ha venido a mí sin que yo lo buscara y para lo que no he necesitado salir de mi casa siquiera. Ven para acá que te lo enseñe.

Se dirigió entonces a la esquina de la habitación donde se acumulaba el montón de trastos inútiles.

—Date antes un garbeo por el pasillo y comprueba que las hermanas siguen con la radio puesta —ordenó en un susurro.

Cuando volví con la confirmación de que así era, ya había retirado de su sitio las jaulas, el canasto, los orinales y las palanganas. Delante de ella sólo quedaba el baúl.

—Cierra bien la puerta, echa el pestillo, enciende la luz y acércate —requirió imperiosa sin levantar la voz más de lo justo.

La bombilla pelada del techo llenó de pronto la estancia de luminosidad mortecina. Llegué a su lado cuando acababa de levantar la tapa. En el fondo del baúl sólo había un trozo de manta arrugado y mugriento. Lo alzó con cuidado, casi con esmero.

—Asómate bien.

Lo que vi me dejó sin habla; casi sin pulso, casi sin vida. Un montón de pistolas oscuras, diez, doce, tal vez quince, quizá veinte, ocupaban la base de madera en desorden, cada cañón apuntando a un lado, como un pelotón dormido de asesinos.

—¿Las has visto? —bisbisó—. Pues cierro. Dame los trastos, que los ponga encima, y vuelve a apagar la luz.

La voz de Candelaria, aun queda, era la de siempre; la mía nunca lo supe porque el impacto de lo que acababa de contemplar me impidió formular palabra alguna en un buen rato. Volvimos a la cama y ella al cuchicheo.

—Habrá quien aún piense que lo del alzamiento se hizo por sorpresa, pero eso es mentira cochina. Quien más y quien menos sabía que algo fuerte se estaba cociendo. La cosa llevaba ya un tiempo preparándose, y no sólo en los cuarteles y en el Llano Amarillo. Cuentan que hasta en el Casino Español había un arsenal entero escondido detrás de la barra, vete tú a saber si es verdad o no. En las primeras semanas de julio tuve alojado en este cuarto a un agente de aduanas pendiente de destino, o eso al menos decía él. La cosa me olía rara, para qué te voy a engañar, porque para mí que aquel hombre ni era agente de aduanas ni nada que se le parezca pero, en fin, como yo nunca pregunto porque a mí tampoco me gusta que nadie se meta en mis chalaneos, le arreglé su cuarto, le puse un plato caliente en la mesa y santas pascuas. A partir del 18 de julio no le volví a ver más. Igual se unió al alzamiento, que salió por piernas por las cabilas hacia la zona francesa, que se lo llevaron para el Monte Hacho y lo fusilaron al amanecer: ni tengo la menor idea de lo que fue de él, ni he querido hacer averiguaciones. El caso es que, a los cuatro o cinco días, me mandaron a un tenientillo a por sus pertenencias. Yo le entregué sin preguntar lo poco que había en su armario, le dije vaya usted con Dios y di el asunto del agente por terminado. Pero al limpiar la Jamila el cuarto para el siguiente huésped y ponerse a barrer debajo de la cama, la oí de pronto pegar un grito como si hubiera visto al mismísimo demonio con el pincho en la mano o lo que lleve el demonio de los musulmanes, que a saber qué será. El caso es que ahí, en la esquina, al fondo, le había arreado un escobazo al montón de pistolas.

—¿Y usted entonces las descubrió y se las quedó? —pregunté con un hilo de voz.

—¿Y qué iba a hacer si no? ¿Me iba a ir en busca del teniente a su tabor, con la que está cayendo?

—Se las podía haber entregado al comisario.

—¿A don Claudio? ¡Tú estás trastornada, muchacha!

Esta vez fui yo quien con un sonoro «sssssssshhhhhh» requerí silencio y discreción.

—¿Cómo le voy a dar yo a don Claudio las pistolas? ¿Qué quieres, que me encierre de por vida, con lo enfilada que me tiene? Me las quedé porque en mi casa estaban y, además, el agente de aduanas se quitó de en medio dejándome a deber quince días, de manera que las armas eran más o menos su pago en especies. Esto vale un dineral, niña, y más ahora, con los tiempos que corren, así que las pistolas son mías y con ellas puedo hacer lo que se me antoje.

—¿Y piensa venderlas? Puede ser muy peligroso.

—Nos ha jodido, claro que es peligroso, pero necesitamos el parné para montar tu negocio.

—No me diga, Candelaria, que se va a meter en ese lío sólo por mí...

—No, hija, no —interrumpió—. Vamos a ver si me explico. En el lío no me voy a meter yo sola: nos vamos a meter las dos. Yo me ocupo de buscar quien compre la mercancía y con lo que saque por ella, montamos tu taller y vamos a medias.

—¿Y por qué no las vende para usted misma y va tirando con lo que consiga sin abrirme a mí un negocio?

—Porque eso es pan para hoy y hambre para mañana, y a mí me interesa más algo que me dé un rendimiento a largo plazo. Si vendo el género y en dos o tres meses voy echando al puchero lo que por él consiga, ¿de qué voy a vivir luego si la guerra se alarga?

—¿Y si la pillan intentando comerciar con las pistolas?

—Pues le digo a don Claudio que es cosa de las dos y nos vamos juntitas a donde nos mande.

—¿A la cárcel?

—O al cementerio civil, a ver por dónde nos sale el payo.

A pesar de que había anunciado esta última funesta premonición con un guiño lleno de burla, la sensación de pánico me aumentaba por segundos. La mirada de acero del comisario Vázquez y sus serias advertencias aún permanecían frescas en mi memoria. Manténgase al margen de cualquier asunto feo, no me haga ninguna jugada, compórtese decentemente. Las palabras que de su boca habían salido componían todo un catálogo de cosas indeseables. Comisaría, cárcel de mujeres. Robo, estafa, deuda, denuncia, tribunal. Y ahora, por si faltaba algo, venta de armas.

—No se meta en ese lío, Candelaria, que es muy peligroso —rogué muerta de miedo.

—¿Y qué hacemos entonces? —inquirió en un susurro atropellado—. ¿Vivimos del aire? ¿Nos comemos los mocos? Tú has llegado sin un céntimo y a mí ya no me queda de dónde sacar. Del resto de los huéspedes sólo me pagan la madre, el maestro y el telegrafista, y ya veremos hasta cuándo son capaces de estirar lo poco que tienen. Los otros tres desgraciados y tú os habéis quedado con lo puesto, pero no puedo largaros a la calle, a ellos por caridad y a ti porque lo único que me faltaba ya es tener detrás de mí a don Claudio pidiendo explicaciones. Así que tú me dirás cómo me las ingenio.

—Yo puedo seguir cosiendo para las mismas mujeres; trabajaré más, me quedaré despierta la noche entera si hace falta. Repartiremos entre las dos todo lo que gane...

—¿Cuánto es eso? ¿Cuánto te crees que puedes conseguir haciendo pingos para las vecinas? ¿Cuatro perras mal contadas? ¿Se te ha olvidado ya lo que debes en Tánger? ¿Piensas quedarte a vivir en este cuartucho para los restos? —Las palabras le salían a borbotones de la boca en una catarata de siseos aturullados—. Mira, chiquilla, tú con tus manos tienes un tesoro que no se lo salta un gitano, y pecado mortal es que no lo aproveches como Dios manda. Ya sé que la vida te ha dado palos fuertes, que tu novio se portó contigo muy malamente, que estás en una ciudad en la que no quieres estar, lejos de tu tierra y de tu familia, pero esto es lo que hay, que lo pasado pasado está, y el tiempo jamás recula. Tienes que tirar para adelante, Sira. Tienes que ser valiente, arriesgarte y pelear por ti. Con la malaventura que llevas a rastras ningún señorito va a venir a tocarte a la puerta para ponerte un piso y, además, después de tu experiencia, tampoco creo que tengas interés en volver a depender de un hombre en una buena temporada. Eres muy joven y a tu edad aún puedes aspirar a rehacer la vida por ti misma; a algo más que marchitar tus mejores años haciendo dobladillos y suspirando por lo que has perdido.

—Pero lo de las pistolas, Candelaria, lo de vender las pistolas... —musité acobardada.

—Eso es lo que hay, criatura; eso es lo que tenemos y por mis muertos te juro que voy a arrancarle todo el beneficio que pueda. ¿Qué te crees tú, que a mí no me gustaría que fuera algo más curiosito, que en vez de pistolas me hubieran dejado un cargamento de relojes suizos o de medias de cristal? Pues claro que sí. Pero resulta que lo único que tenemos son armas, y resulta que estamos en guerra, y resulta que hay gente que puede estar interesada en comprarlas.

—Pero ¿y si la pillan? —volví a preguntar con incertidumbre.

—¡Y vuelta la burra al trigo! Pues si me trincan, rezamos al Cristo de Medinaceli para que don Claudio tenga un poco de misericordia, nos comemos una temporadita en la trena, y aquí paz y después gloria. Además, te recuerdo que ya sólo te quedan menos de diez meses para pagar tu deuda y, al paso que llevas, no vas a poderte hacer cargo de ella ni en veinte años cosiendo para las mujeres de la calle. Así que, por muy honrada que quieras ser, como sigas en tus trece, de la cárcel al final no te va a salvar ni el Santo Custodio. De la cárcel o de acabar abriéndote de piernas en cualquier burdel de medio pelo para que se desahoguen contigo los soldados que vuelvan machacados del frente, que también es una salida a considerar en tus circunstancias.

—No sé, Candelaria, no sé. Me da mucho miedo...

—A mí también me entran las cagaleras de la muerte, a ver si te crees tú que yo soy de yeso. No es lo mismo trapichear con mis apaños que intentar colocar docena y media de revólveres en tiempos de contienda. Pero no tenemos otra salida, criatura.

—¿Y cómo lo haría?

—Tú de eso no te preocupes, que ya me buscaré yo mis contactos. No creo que tarde más de unos cuantos días en traspasar la mercancía. Y entonces buscamos un local en el mejor sitio de Tetuán, lo montamos todo y empiezas.

—¿Cómo que empiezas? ¿Y usted? ¿Usted no va a estar conmigo en el taller?

Rió calladamente y movió la cabeza con gesto negativo.

—No, hija, no. Yo me voy a encargar de conseguirte el dinero para pagar los primeros meses de un buen alquiler y comprar lo que necesites. Y después, cuando todo esté listo, tú te vas a poner a trabajar y yo me voy a quedar aquí, en mi casa, esperando el fin de mes para que compartamos los beneficios. Además, no es bueno que te asocien conmigo: yo tengo una fama nada más que regular y no pertenezco a la clase de las señoras que necesitamos como clientas. Así que yo me encargo de poner los dineros iniciales y tú las manos. Y después repartimos. Eso se llama invertir.

Un ligero aroma a Academias Pitman y a los planes de Ramiro invadió de pronto la oscuridad de la habitación y a punto estuvo de trasladarme a una antigua etapa que no tenía el menor interés en revivir. Espanté la sensación con manotazos invisibles y retorné a la realidad en busca de más aclaraciones.

—¿Y si no gano nada? ¿Y si no consigo clientela?

—Pues la hemos jiñado. Pero no me seas ceniza antes de tiempo, alma de cántaro. No hay que ponerse en lo peor: tenemos que ser positivas y echarle un par de narices al asunto. Nadie va a venir a solucionarnos a ti y a mí la vida con todas las miserias que llevamos a rastras, así que, o luchamos por nosotras, o no nos va a quedar más salida que quitarnos el hambre a guantazos.

—Pero yo le di mi palabra al comisario de que no iba a meterme en ningún problema.

Candelaria hubo de hacer un esfuerzo para no carcajearse.

—También me prometió a mí mi Francisco delante del cura de mi pueblo que me iba a respetar hasta el fin de los días, y el hijo de mala madre me daba más palos que a una estera, maldita sea su estampa. Parece mentira, muchacha, lo inocente que sigues siendo con la de mandobles que te ha propinado la suerte últimamente. Piensa en ti, Sira, piensa en ti y olvídate del resto, que en estos malos tiempos que nos ha tocado vivir, aquel que no come se deja comer. Además, la cosa tampoco es tan grave: nosotras no vamos a liarnos a pegar tiros contra nadie, simplemente vamos a poner en movimiento una mercancía que nos sobra, y a quien Dios se la dé, San Pedro se la bendiga. Si todo resulta bien, don Claudio va a encontrarse con tu negocio montado, limpito y reluciente, y si te pregunta algún día de dónde has sacado los cuartos, le dices que te los he prestado yo de mis ahorros, y si no se lo cree o no le gusta la idea, que te hubiera dejado en el hospital a cargo de las hermanas de la Caridad en vez de traerte a mi casa y ponerte a mi recaudo. Él anda siempre liado con un montón de follones y no quiere problemas, así que, si se lo damos todo hecho sin hacer ruido, no va a molestarse en andar con investigaciones; te lo digo yo, que lo conozco bien, que son ya muchos años los que llevamos midiéndonos las fuerzas, tú por eso quédate tranquila.

Con su desparpajo y su particular filosofía vital, sabía que Candelaria llevaba razón. Por más vueltas que diéramos a aquel asunto, por mucho que lo pusiéramos boca arriba, boca abajo, del derecho y del revés, en resumidas cuentas aquel triste plan no era más que una solución sensata para remediar las miserias de dos mujeres pobres, solas y desarraigadas que arrastraban en tiempos turbulentos un pasado tan negro como el betún. La rectitud y la honradez eran conceptos hermosos, pero no daban de comer, ni pagaban las deudas, ni quitaban el frío en las noches de invierno. Los principios morales y la intachabilidad de la conducta habían quedado para otro tipo de seres, no para un par de infelices con el alma desportillada como éramos nosotras por aquellos días. Mi falta de palabras fue interpretada por Candelaria como prueba de asentimiento.

—Entonces, ¿qué? ¿Empiezo mañana a mover el género?

Me sentí bailando a ciegas en el filo de un precipicio. En la distancia, las ondas radiofónicas seguían transmitiendo entre interferencias la charla bronca de Queipo desde Sevilla. Suspiré con fuerza. Mi voz sonó por fin, baja y segura. O casi.

—Vamos a ello.

Satisfecha mi futura socia, me dio un pellizco cariñoso en la mejilla, sonrió y se dispuso a marcharse. Se recompuso la bata e irguió su corpulencia sobre las desvencijadas zapatillas de paño que probablemente llevaban acompañándola la mitad de su existencia de malabarista del sobrevivir. Candelaria la matutera, oportunista, peleona, desvergonzada y entrañable, ya estaba en la puerta rumbo al pasillo cuando, aún a media voz, lancé mi última pregunta. En realidad, apenas tenía que ver con todo lo que habíamos hablado aquella noche, pero sentía una cierta curiosidad por conocer su respuesta.

—Candelaria, ¿usted con quién está en esta guerra?

Se volvió sorprendida, pero no dudó un segundo en responder con un potente susurro.

—¿Yo? A muerte con quien la gane, mi alma.

10

Los días que siguieron a la noche en que me mostró las pistolas fueron terribles. Candelaria entraba, salía y se movía incesante como una culebra ruidosa y corpulenta. Iba sin mediar palabra de su cuarto al mío, del comedor a la calle, de la calle a la cocina, siempre con prisa, concentrada, murmurando una confusa letanía de gruñidos y ronroneos cuyo sentido nadie era capaz de descifrar. No interferí en sus vaivenes ni le consulté sobre la marcha de las negociaciones: sabía que cuando todo estuviera listo, ella misma se encargaría de ponerme al corriente.

Pasó casi una semana hasta que, por fin, tuvo algo que anunciar. Regresó aquel día a casa pasadas las nueve de la noche, cuando ya estábamos todos sentados frente a los platos vacíos esperando su llegada. La cena transcurrió como siempre, agitada y combativa. A su término, mientras los huéspedes se esparcían por la pensión con rumbo a sus últimos quehaceres, nosotras comenzamos a recoger juntas la mesa. Y en el camino, entre el traslado de cubiertos, loza sucia y servilletas, ella, como con cuentagotas, me fue desgranando entre susurros el remate de sus planes: esta noche se resuelve por fin el asuntillo, chiquilla; ya está todo el pescado vendido; mañana por la mañana comenzamos a mover lo tuyo; qué ganitas que tengo, alma mía, de acabar con este jaleo de una maldita vez.

Apenas cumplimos con la faena, cada una se encerró en su cuarto sin cruzar una palabra más entre nosotras. El resto de la tropa, entretanto, liquidaba la jornada con sus rutinas nocturnas: las gárgaras de eucalipto y la radio, los bigudíes frente al espejo o el tránsito hacia el café. Intentando simular normalidad, lancé al aire las buenas noches y me acosté. Permanecí despierta un rato, hasta que los trajines se fueron poco a poco acallando. Lo último que oí fue a Candelaria salir de su cuarto y cerrar después, sin apenas ruido, la puerta de la calle.

Caí dormida a los pocos minutos de su marcha. Por primera vez en varios días, no di vueltas infinitas en la cama ni se metieron conmigo bajo la manta los oscuros presagios de las noches anteriores: cárcel, comisario, arrestos, muertos. Parecía como si el nerviosismo hubiera decidido por fin darme una tregua al saber que aquel siniestro negocio estaba a punto de terminar. Me sumergí en el sueño acurrucada junto al dulce presentimiento de que, a la mañana siguiente, empezaríamos a planificar el futuro sin la sombra negra de las pistolas sobrevolando nuestras cabezas.

Pero duró poco el descanso. No supe qué hora era, las dos, las tres quizá, cuando una mano me agarró el hombro y me sacudió enérgica.

—Despierta, niña, despierta.

Me incorporé a medias, desorientada, adormecida aún.

—¿Qué pasa, Candelaria? ¿Qué hace aquí? ¿Ya está de vuelta? —logré decir a trompicones.

—Un desastre, criatura, un desastre como la copa de un pino —respondió la matutera entre susurros.

Estaba de pie junto a mi cama y, entre las brumas de mi somnolencia, su figura voluminosa se me antojó más rotunda que nunca. Llevaba puesto un gabán que no le conocía, ancho y largo, cerrado hasta el cuello. Comenzó a desabotonarlo con prisa mientras lanzaba explicaciones aturulladas.

—El ejército tiene vigilados todos los accesos a Tetuán por carretera y los hombres que venían desde Larache a recoger la mercancía no se han atrevido a llegar hasta aquí. He estado esperando casi hasta las tres de la mañana sin que nadie apareciera y, al final, me han mandado a un morito de las cabilas para decirme que los accesos están mucho más controlados de lo que creían, que temen no poder salir vivos si se deciden a entrar.

—¿Dónde tenía que verles? —pregunté esforzándome por emplazar en su sitio todo lo que ella iba contando.

—En la Suica baja, en las traseras de una carbonería.

Desconocía a qué sitio se estaba refiriendo, pero no intenté averiguarlo. En mi cabeza aún adormecida se perfiló con trazos gruesos el alcance de nuestro fracaso: adiós al negocio, adiós al taller de costura. Bienvenido otra vez el desasosiego de no saber qué iba a ser de mí en los tiempos venideros.

—Todo ha terminado entonces —dije mientras me frotaba los ojos para intentar arrancarles los últimos restos del sueño.

—De eso nada, chiquilla —atajó la patrona terminando de despojarse del gabán—. Los planes se han torcido, pero por la gloria de mi madre yo te juro que esta noche salen zumbando de mi casa las pistolas. Así que arreando, morena: levántate de la cama, que no hay tiempo que perder.

Tardé en entender lo que me decía; tenía la atención fija en otro asunto: en la imagen de Candelaria desabrochándose el sayón informe que la cubría bajo el gabán, una especie de bata suelta de basta lana que apenas dejaba intuir las formas generosas de su cuerpo. Contemplé atónita cómo se desvestía, sin comprender el sentido de tal acto e incapaz de averiguar a qué se debía aquel desnudo precipitado a los pies de mi cama. Hasta que, desprovista de la saya, empezó a sacar objetos de entre sus carnes densas como la manteca. Y entonces lo entendí. Cuatro pistolas llevaba sujetas en las ligas, seis en la faja, dos en los tirantes del sostén y otro par de ellas debajo de las axilas. Las cinco restantes iban en el bolso, liadas en un trozo de paño. Diecinueve en total. Diecinueve culatas con sus diecinueve cañones a punto de abandonar el calor de aquel cuerpo robusto para trasladarse a un destino que en ese mismo momento comencé a sospechar.

—Y ¿qué es lo que quiere que haga? —pregunté atemorizada.

—Llevar las armas a la estación del tren, entregarlas antes de las seis de la mañana y traerte de vuelta para acá los mil novecientos duros en los que tenía apalabrada la mercancía. Sabes dónde está la estación, ¿no? Cruzando la carretera de Ceuta, a los pies del Gorgues. Allí podrán recogerla los hombres sin tener que entrar en Tetuán. Bajarán desde el monte e irán a por ella directamente antes de que amanezca, sin necesidad de pisar la ciudad.

—Pero ¿por qué tengo que llevarla yo? —Me notaba de pronto despierta como un búho, el susto había conseguido cortar la somnolencia de raíz.

—Porque al volver de la Suica dando un rodeo y pergeñando la manera de arreglar lo de la estación, el hijo de puta del Palomares, que salía del bar El Andaluz cuando ya estaban cerrando, me ha echado el alto junto al portón de Intendencia y me ha dicho que igual le cuadra esta noche pasarse por la pensión a hacerme un registro.

—¿Quién es Palomares?

—El policía con más mala sangre de todo el Marruecos español.

—¿De los de don Claudio?

—Trabaja a sus órdenes, sí. Cuando lo tiene delante, le hace la rosca al jefe pero, en cuanto campa a sus anchas, saca el cabrón una chulería y una mala baba que tiene acobardado con echarle la perpetua a medio Tetuán.

—Y ¿por qué la ha parado a usted esta noche?

—Porque le ha dado la gana, porque es así de desgraciado y le gusta repartir estopa y asustar a la gente, sobre todo a las mujeres; lleva años haciéndolo y en estos tiempos, más todavía.

—Pero ¿ha sospechado algo de las pistolas?

—No, hija, no; por suerte no me ha pedido que le abra el bolso ni se ha atrevido a tocarme. Tan sólo me ha dicho con su voz asquerosa, dónde vas tan de noche, matutera, no estarás metida en alguno de tus chalaneos, cacho perra, y yo le he contestado, vengo de hacerle una visita a una comadre, don Alfredo, que anda mala de unas piedras en el riñón. No me fío de ti, matutera, que eres muy guarra y muy fullera, me ha dicho luego el verraco, y yo me he mordido la lengua para no contestarle, aunque a punto he estado de cagarme en todos sus muertos, así que, con el bolso bien firme debajo del sobaco, he apretado el paso encomendándome a María Santísima para que no se me movieran las pistolas del cuerpo, y cuando ya lo había dejado atrás, oigo otra vez su voz cochina a mi espalda, lo mismo me paso luego por la pensión y te hago un registro, zorra, a ver qué encuentro.

—¿Y usted cree que de verdad va a venir?

—Lo mismo sí y lo mismo no —respondió encogiéndose de hombros—. Si consigue por ahí a alguna pobre golfa que le haga un apaño y lo deje bien aliviado, igual se olvida de mí. Pero, como no se le enderece la noche, no me extrañaría que tocara a la puerta dentro de un rato, sacara a los huéspedes a la escalera y me pusiera la casa patas arriba sin miramientos. No sería la primera vez.

—Entonces, usted ya no puede moverse de la pensión en toda la madrugada, por si acaso —susurré con lentitud.

—Talmente, mi alma —corroboró.

—Y las pistolas tienen que desaparecer inmediatamente para que no las encuentre aquí Palomares —añadí.

—Ahí estamos, sí, señor.

—Y la entrega tiene que hacerse hoy a la fuerza porque los compradores están esperando las armas y se juegan la vida si tienen que entrar a por ellas a Tetuán.

—Más clarito no lo has podido decir, reina mía.

Nos quedamos unos segundos en silencio, mirándonos a los ojos, tensas y patéticas. Ella de pie medio desnuda, con las lorzas de carne saliéndole a borbotones por los confines de la faja y el sostén; yo sentada con las piernas dobladas, aún entre las sábanas, en camisón, con el pelo revuelto y el corazón en un puño. Y acompañándonos, las negras pistolas desparramadas.

Habló la patrona finalmente, poniendo palabras firmes a la certeza.

—Tienes que encargarte tú, Sira. No nos queda otra salida.

—Yo no puedo, yo no, yo no... —tartamudeé.

—Tienes que hacerlo, chiquilla —repitió con voz oscura—. Si no, lo perdemos todo.

—Pero acuérdese de lo que yo ya tengo encima, Candelaria: la deuda del hotel, las denuncias de la empresa y de mi medio hermano. Como me pillen en ésta, para mí va a ser el fin.

—El fin bueno lo vamos a tener si llega esta noche el Palomares y nos agarra con todo esto en casa —replicó volviendo la mirada hacia las armas.

—Pero Candelaria, escúcheme... —insistí.

—No, escúchame tú a mí, muchacha, escúchame bien tú a mí ahora —dijo imperiosa. Hablaba con un siseo potente y los ojos abiertos como platos. Se agachó hasta ponerse a mi altura, aún estaba yo en la cama. Me agarró los brazos con fuerza y me obligó a mirarla de frente—. Yo lo he intentado todo, me he dejado el pellejo en esto y la cosa no ha salido —dijo entonces—. Así de perra es la suerte: a veces te deja que ganes y otras veces te escupe en la cara y te obliga a perder. Y esta noche a mí me ha dicho ahí te pudras, matutera. Ya no me queda ningún cartucho, Sira, yo ya estoy quemada en esta historia. Pero tú no. Tú eres ahora la única que aún puede lograr que no nos hundamos, la única que puede sacar la mercancía y recoger el dinero. Si no fuera necesario, no te lo estaría pidiendo, bien lo sabe Dios. Pero no nos queda otra, criatura: tienes que empezar a moverte. Tú estás metida en esto igual que yo; es asunto de las dos y en ello nos va mucho. Nos va el futuro, niña, el futuro entero. Como no consigamos ese dinero, no levantamos cabeza. Y ahora todo está en tus manos. Y tienes que hacerlo. Por ti y por mí, Sira. Por las dos.

Quería seguir negándome; sabía que tenía motivos poderosos para decir no, ni hablar, de ninguna manera. Pero, a la vez, era consciente de que Candelaria tenía razón. Yo misma había aceptado entrar en aquel juego sombrío, nadie me había obligado. Formábamos un equipo en el que cada una tenía inicialmente un papel. El de Candelaria era negociar primero; el mío, trabajar después. Pero ambas éramos conscientes de que, a veces, los límites de las cosas son elásticos e imprecisos, que pueden moverse, desdibujarse o diluirse hasta desaparecer como la tinta en el agua. Ella había cumplido con su parte del trato y lo había intentado. La suerte le había dado la espalda y no lo había conseguido, pero aún no estaban reventadas todas las posibilidades. De justicia era que ahora me arriesgara yo.

Tardé unos segundos en hablar; antes necesité espantar de mi cabeza algunas imágenes que amenazaban con saltarme a la yugular: el comisario, su calabozo, el rostro desconocido del tal Palomares.

—¿Ha pensado cómo tendría que hacerlo? —pregunté por fin con un hilo de voz.

Resopló con estrépito Candelaria, recuperando aliviada el ánimo perdido.

—Muy facilísimamente, prenda. Espérate un momentillo, que ahora mismito te lo voy a contar.

Salió de la habitación aún medio desnuda y retornó en menos de un minuto con los brazos llenos de lo que me pareció un trozo enorme de lienzo blanco.

—Vas a vestirte de morita con un jaique —dijo mientras cerraba la puerta a su espalda—. Dentro de ellos cabe el universo entero.

Así era, sin duda. A diario veía a las mujeres árabes arrebujadas dentro de aquellas prendas anchas sin forma, esa especie de capas amplísimas que cubrían la cabeza, los brazos y el cuerpo entero por delante y por detrás. Debajo de ellas, efectivamente, podría alguien ocultar lo que quisiera. Un trozo de tela solía cubrirles la boca y la nariz, y la cubierta les llegaba hasta las cejas. Tan sólo los ojos, los tobillos y los pies quedaban a la vista. Jamás se me habría ocurrido una manera mejor de andar por la calle cobijando un pequeño arsenal de pistolas.

—Pero antes tenemos que hacer otra cosa. Sal de la piltra de una vez, chiquilla, que hay que ponerse a trabajar.

Obedecí sin palabras, dejando que ella manejara la situación. Arrancó sin miramientos la sábana superior de mi cama y se la llevó a la boca. De un mordisco feroz desgarró el embozo y a partir de ahí empezó a rajar la tela, arrancando una banda longitudinal de un par de cuartas de ancho.

—Haz lo mismo con la bajera —ordenó. Entre dientes y tirones, apenas unos minutos tardamos entre las dos en reducir las sábanas de mi cama a un par de docenas de tiras largas de algodón—. Y ahora, lo que vamos a hacer es atarte estas bandas al cuerpo para sujetar con ellas las pistolas. Alza los brazos, que voy con la primera.

Y así, sin despojarme siquiera del camisón, los diecinueve revólveres fueron quedando adheridos a mi contorno, fajados con fuerza con los trozos de sábana. Cada tira se destinó a una pistola: primero envolvía

Candelaria el arma en un doblez del tejido, después me la ponía contra el cuerpo y daba con la banda dos o tres vueltas alrededor. Al final anudaba con fuerza los extremos.

—Estás en los huesos, muchacha, no te quedan ya chichas donde amarrar la próxima —dijo tras cubrir por completo el frente y la espalda.

—En los muslos —sugerí.

Así lo hizo, hasta que por fin el cargamento en pleno encontró acomodo esparcido bajo el pecho, sobre las costillas, los riñones y las paletillas, en los costados, los brazos, las caderas y la parte superior de las piernas. Y yo quedé como una momia, cubierta de vendas blancas bajo las que se escondía una armadura tétrica y pesada que dificultaba todos mis movimientos, pero con la que tendría que aprender a moverme de inmediato.

—Ponte estas babuchas, son de la Jamila —dijo dejando a mis pies unas ajadas zapatillas de piel color parduzco—. Y ahora, el jaique —añadió sosteniendo la gran capa de lienzo blanco—. Eso es, envuélvete hasta la cabeza, que te vea yo cómo te queda.

Me contempló con una media sonrisa.

—Perfecta, una morita más. Antes de salir, que no se te olvide, tienes que ajustarte también a la cara el velo para que te tape la boca y la nariz. Hala, vamos para afuera, que ahora tengo que explicarte rapidito por dónde vas a salir.

Empecé a caminar con dificultad, consiguiendo a duras penas mover el cuerpo a un ritmo normal. Las pistolas pesaban como plomos y me obligaban a llevar las piernas entreabiertas y los brazos separados de los costados. Salimos al pasillo, Candelaria delante y yo detrás desplazándome torpemente; un gran bulto blanco que chocaba contra las paredes, los muebles y los quicios de las puertas. Hasta que, sin darme cuenta, golpeé una repisa y tiré al suelo todo lo que en ella había: un plato de Talavera, un quinqué apagado y el retrato color sepia de algún pariente de la patrona. La cerámica, el cristal del retrato y la pantalla del quinqué se hicieron añicos tan pronto chocaron contra las baldosas, y el estrépito provocó que, en los cuartos vecinos, los somieres comenzaran a crujir al romperse el sueño de los huéspedes.

—¿Qué ha pasado? —gritó la madre gorda desde la cama.

—Nada, que se me ha caído un vaso de agua al suelo. A dormir todo el mundo —respondió Candelaria con autoridad.

Intenté agacharme para recoger el estropicio, pero no pude doblar el cuerpo.

—Deja, deja, niña, que ya lo arreglo yo luego —dijo apartando con el pie unos cuantos cristales.

Y entonces, inesperadamente, una puerta se abrió apenas a tres metros de nosotras. Al encuentro nos salió la cabeza llena de rulillos de Fernanda, la más joven de las añosas hermanas. Antes de que tuviera ocasión de preguntarse qué había pasado y qué hacía una mora con un jaique tumbando los muebles del pasillo a esas horas de la madrugada, Candelaria le lanzó un dardo que la dejó muda y sin capacidad de reacción.

—Como no se meta en la cama ahora mismo, mañana en cuanto me levante le cuento a la Sagrario que anda usted viéndose con el practicante del dispensario los viernes en la cornisa.

El pánico a que la pía hermana se enterara de sus amoríos pudo más que la curiosidad y, sin mediar palabra, Fernanda volvió a escurrirse como una anguila dentro de su habitación.

—Tira para adelante, chiquilla, que se nos está haciendo tarde —dispuso entonces la matutera en un susurro imperioso—. Es mejor que nadie vea que sales de esta casa, a ver si va a andar por aquí cerca el Palomares y la cagamos antes de empezar. Así que vamos para afuera.

Salimos al pequeño patio en la parte trasera del edificio. Nos recibieron la noche negra, una parra retorcida, un puñado de enredos y la vieja bicicleta del telegrafista. Nos cobijamos en una esquina y comenzamos de nuevo a hablar en voz baja.

—Y ahora, ¿qué hago? —musité.

Parecía tenerlo ella todo bien pensado y habló con determinación en tono quedo.

—Te vas a subir a ese poyete y vas a saltar la tapia, pero tienes que hacerlo con mucho cuidado, no se te vaya a enredar el jaique entre las piernas y te dejes el morro contra el suelo.

Observé la tapia de unos dos metros de altura y el murete adosado al que tendría que encaramarme para llegar a su parte más alta y poder pasar al lado contrario. Preferí no preguntarme si sería capaz de lograrlo lastrada por el peso de las pistolas y envuelta en todos aquellos metros de tela, así que me limité a pedir más instrucciones.

—Y ¿desde allí?

—Cuando hayas saltado, estarás en el patio del colmado de don Leandro; desde ahí, subiéndote en las cajas y los toneles que tiene arrumbados, podrás pasar sin problemas al patio siguiente, que es el de la pastelería del hebreo Menahen. Allí, al fondo, encontrarás una puertecilla de madera que te sacará a una callejuela transversal, que es por donde él entra los sacos de harina para el obrador. Una vez fuera, olvídate de quién eres: tápate bien, encógete, y echa a andar hacia el barrio judío y, desde allí, entras después en la morería. Pero ten mucho cuidadito, niña: ve sin prisas y cerca de las paredes, arrastrando un poco los pies, como si fueras una vieja, que nadie te vaya a ver caminando garbosa, a ver si algún indeseable va a intentar algo contigo, que hay mucho españolito que anda medio chiflado por el embrujo de las musulmanas.

—¿Y luego?

—Cuando llegues al barrio moro, date unas cuantas vueltas por sus calles y asegúrate de que nadie se fija en ti o te sigue los pasos. Si te cruzas con alguien, cambia de rumbo con disimulo o aléjate todo lo posible. Al cabo de un rato, vuelve a salir a la Puerta de La Luneta y baja hasta el parque, sabes por dónde te digo, ¿verdad?

—Creo que sí —dije esforzándome por trazar a ciegas el recorrido.

—Una vez allí, te vas a dar de frente con la estación: cruza la carretera de Ceuta y métete en ella por donde pilles abierto, despacito y bien tapada. Lo más probable es que no haya por allí más que un par de soldados medio dormidos que no te harán ni puñetero caso; seguramente te encuentres a algún marroquí esperando el tren para Ceuta; los cristianos no empezarán a llegar hasta más tarde.

—¿A qué hora sale el tren?

—A las siete y media. Pero los moros, ya sabes, llevan otro ritmo con los horarios, así que a nadie extrañará que andes por allí antes de las seis de la mañana.

—¿Y yo también debo subirme, o qué es lo que tengo que hacer?

Se tomó Candelaria unos segundos antes de responder e intuí que a su plan apenas le quedaba ya camino por el que avanzar.

—No; tú en principio no tienes que coger el tren. Cuando llegues a la estación, siéntate un ratillo en el banco que está debajo del tablón de los horarios, deja que te vean allí y así sabrán que eres tú quien lleva la mercancía.

—¿Quién tiene que verme?

—Eso da lo mismo: quien tenga que verte, te verá. A los veinte minutos, levántate del banco, vete para la cantina y arréglatelas como puedas para que el cantinero te diga dónde tienes que dejar las pistolas.

—¿Así, sin más? —pregunté alarmada—. Y si el cantinero no está, o si no me hace caso, o si no puedo hablarle, entonces ¿qué hago?

—Ssssshhhhh. No alces la voz, a ver si van a oírnos. Tú no te preocupes, que de alguna manera te enterarás de lo que hay que hacer —dijo impaciente, incapaz de imponer a sus palabras una seguridad de la que a todas luces carecía. Decidió entonces sincerarse—. Mira, niña, todo ha salido esta noche tan malísimamente que no han sabido decirme más que eso: que las pistolas tienen que estar en la estación a las seis de la mañana, que la persona que las lleve tiene que sentarse veinte minutos debajo del tablón de los horarios, y que el cantinero será quien le diga cómo hay que hacer la entrega. Más no sé, hija mía, y mira que lo lamento. Pero tú no sufras, prenda, que ya verás como una vez allí todo se endereza.

Quise decirle que lo dudaba mucho, pero la preocupación de su cara me aconsejó no hacerlo. Por primera vez desde que la conocía, la capacidad de resolución de la matutera y aquella tenacidad suya para solventar con ingenio los trances más turbios parecían haber tocado fondo. Pero yo sabía que si ella hubiera estado en disposición de actuar, no se habría amedrentado: habría logrado llegar a la estación y cumplir el cometido usando cualquiera de sus argucias. El problema era que aquella vez mi patrona estaba atada de pies y manos, inmovilizada en su casa por la amenaza de un registro policial que tal vez llegara aquella noche o tal vez no. Y yo sabía que, si no era capaz de reaccionar y agarrar firme las riendas, aquello sería el final para las dos. Así que saqué fuerzas de donde no existían y me armé de valor.

—Tiene razón, Candelaria: ya encontraré yo la manera, pierda cuidado. Pero antes, dígame una cosa.

—Lo que tú quieras, criatura, pero date prisa, que quedan ya menos de dos horas para las seis —añadió intentando disimular su alivio al verme dispuesta a seguir peleando.

—¿Adónde van a ir a parar las armas? ¿Quiénes son esos hombres de Larache?

—Eso a ti lo mismo te da, muchacha. Lo importante es que lleguen a su destino a la hora prevista; que las dejes donde te digan y que recojas los dineros que te tienen que dar: mil novecientos duros, acuérdate bien y cuenta los billetes uno a uno. Y, luego, te vuelves para acá echando las muelas, que yo te estaré esperando con los ojos como candiles.

—Nos estamos exponiendo mucho, Candelaria —insistí—. Déjeme por lo menos saber con quién nos estamos jugando los cuartos.

Suspiró con fuerza y el busto, apenas medio tapado por la bata ajada que se había echado encima en el último minuto, volvió a subir y bajar como impulsado por un inflador.

—Son masones —me dijo entonces al oído, como con miedo a pronunciar una palabra maldita—. Estaba previsto que llegaran esta noche en una camioneta desde Larache, lo más seguro es que ya anden escondidos por las fuentes de Buselmal o en alguna huerta de la vega del Martín. Vienen por las cabilas, no se atreven a andar por la carretera. Probablemente recojan las armas en donde tú las dejes y ni siquiera las suban al tren. Desde la misma estación, digo yo que volverán a su ciudad atravesando de nuevo las cabilas y esquivando Tetuán, si es que no los pillan antes, Dios no lo quiera. Pero en fin, eso no es nada más que un suponer, porque la verdad es que no tengo ni pajolera idea de lo que esos hombres se traen entre manos.

Suspiró con fuerza mirando al vacío y prosiguió en un murmullo.

—Lo que sí sé, criatura, porque todo el mundo lo sabe también, es que los sublevados se han ensañado a conciencia con todos los que tenían algo que ver con la masonería. A algunos les metieron un tiro en la cabeza entre las mismas paredes del local en donde se reunían; los más afortunados huyeron a todo correr a Tánger o a la zona francesa. A otros se los llevaron para el Mogote y cualquier día los fusilan y a tomar viento. Y probablemente unos cuantos anden escondidos en sótanos, buhardillas y zaguanes, temiendo que cualquier día alguien dé un chivatazo y los saquen de sus refugios a culatazo limpio. Por esa razón no he encontrado a nadie que se haya atrevido a comprar la mercancía pero, a través de unos y otros, conseguí el contacto de Larache y por eso sé que será allí a donde irán a parar las pistolas.

Me miró entonces a los ojos, seria y oscura como nunca antes la había visto.

—La cosa está muy fea, niña, muy requetefeísima —dijo entre dientes—. Aquí no hay piedad ni miramientos y, en cuantito alguien se significa una miajita, se lo llevan por delante antes de decir amén. Ya han muerto muchos pobres desgraciados, gente decente que nunca mató una mosca ni a nadie jamás hizo el menor mal. Ten mucho cuidado, chiquilla, no vayas a ser tú la próxima.

Volví a sacar de la nada una pizca de ánimo para que ambas nos convenciéramos de algo en lo que ni yo misma creía.

—No se preocupe usted, Candelaria; ya verá como salimos de ésta de alguna manera.

Y sin una palabra más, me dirigí al poyete y me dispuse a trepar con el más siniestro de los cargamentos bien amarrado a la piel. Atrás dejé a la matutera, observándome desde debajo de la parra mientras se santiguaba entre susurros y sarmientos. En el nombre del Padre, del Hijo y del Espíritu Santo, que la Virgen de los Milagros te acompañe, alma mía. Lo último que oí fue el sonoro beso que dio a sus dedos en cruz al final de la persignación. Un segundo después desaparecí tras la tapia y caí como un fardo en el patio del colmado.

II

Alcancé la salida del pastelero Menahen en menos de cinco minutos. En el camino me enganché varias veces en clavos y astillas que la oscuridad me impidió ver. Me arañé una muñeca, me pisé el jaique, resbalé, y a punto estuve de perder el equilibrio y caer de espaldas al trepar por un montón de cajas de género acumuladas sin orden contra una pared. Una vez junto a la puerta, lo primero que hice fue acomodarme bien la ropa para que en la cara tan sólo se me vieran los ojos. Después descorrí el cerrojo herrumbroso, respiré hondo y salí.

No había nadie en el callejón, ni una sombra, ni un ruido. Por toda compañía encontré una luna que se movía a capricho entre las nubes. Eché a andar despacio y pegada a la orilla izquierda, llegué en seguida a La Luneta. Antes de volcarme en ella, me detuve en la esquina a estudiar el escenario. De los cables que atravesaban la calle colgaban luces amarillentas a modo de farolas callejeras. Miré a derecha e izquierda e identifiqué, dormidos, algunos de los establecimientos por los que durante el día deambulaba la vida alborotada. El hotel Victoria, la farmacia Zurita, el bar Levante donde a menudo cantaban flamenco, el estanco Galindo y un almacén de sal. El teatro Nacional, los bazares de los indios, cuatro o cinco tabernas de las que no conocía el nombre, la joyería La Perla de los hermanos Cohen y La Espiga de Oro donde cada mañana comprábamos el pan. Todos parados, cerrados. Silenciosos y quietos como los muertos.

Me adentré en La Luneta esforzándome por adaptar el ritmo al peso de la carga. Recorrí un tramo y giré hacia el mellah, el barrio hebreo. El trazado lineal de sus calles estrechísimas me reconfortó: sabía que no tenían pérdida, que la judería conformaba una cuadrícula exacta en la que era imposible desorientarse. Accedí después a la medina y, en principio, todo fue bien. Callejeé y pasé por sitios que me resultaron familiares: el Zoco del Pan, el de la Carne. Nadie se cruzó a mi paso: ni un perro, ni un alma, ni un mendigo ciego suplicando una limosna. A mi alrededor tan sólo se oía el ruido quedo de mis propias babuchas al arrastrarse sobre el empedrado y el runrún de alguna fuente perdida en la distancia. Notaba que cada vez me resultaba menos pesado andar cargando con las pistolas, que el cuerpo se me iba acostumbrando a sus nuevas dimensiones. De vez en cuando me tanteaba alguna parte para cerciorarme de que todo seguía en su sitio: ahora los costados, después los brazos, luego las caderas. No llegué a relajarme, seguía en tensión, pero al menos caminaba moderadamente tranquila por las calles oscuras y sinuosas, entre las paredes enjalbegadas y las puertas de madera tachonadas con clavos de gruesas cabezas.

Para apartar de mi cabeza la preocupación, me esforcé en imaginar cómo serían aquellas casas árabes por dentro. Había oído que hermosas y frescas, con patios, con fuentes y galerías de mosaicos y azulejos, con techos de madera repujada y el sol acariciando las azoteas. Imposible intuir todo aquello desde las calles a las que sólo asomaban sus muros encalados. Deambulé acompañada por aquellos pensamientos hasta que, al cabo de un rato impreciso, cuando creí haber andado lo suficiente y estar al cien por cien segura de no haber levantado la menor sospecha, decidí encaminarme hacia la Puerta de La Luneta. Y fue entonces, exactamente entonces, cuando al fondo del callejón por el que andaba percibí un par de figuras avanzando hacia mí. Dos militares, dos oficiales con breeches, fajines a la cintura y las gorras rojas de los Regulares; cuatro piernas que caminaban briosas, haciendo sonar las botas sobre los adoquines mientras hablaban entre ellos en voz baja y nerviosa. Contuve la respiración a la vez que mil imágenes funestas torpedearon mi mente como fogonazos contra un paredón. Creí, de pronto, que a su paso todas las pistolas iban a desprenderse de sus ataduras y a esparcirse con estrépito por el suelo, imaginé que a uno de ellos se le podría ocurrir tirarme de la capucha hacia atrás para descubrirme el rostro, que me harían hablar, que descubrían que era una compatriota española trampeando con armas con quien no debía, y no una nativa cualquiera camino de ningún sitio.

Pasaron los dos hombres a mi lado; me pegué todo lo posible a la pared, pero la callejuela era tan estrecha que casi nos rozamos. No me hicieron el menor caso, sin embargo. Ignoraron mi presencia como si fuese invisible y continuaron con prisa su charla y su camino. Hablaban de destacamentos y municiones, de cosas de las que yo no entendía ni quería entender. Doscientos, doscientos cincuenta como mucho, dijo uno al pasar junto a mí. Que no, hombre, que no, que te digo yo que no, replicó el otro vehemente. No les vi las caras, no me atreví a levantar la vista, pero en cuanto noté que el sonido de las botas se desvanecía en la distancia, apreté el paso y saqué por fin el alivio a respirar.

Apenas unos segundos después, sin embargo, me di cuenta de que no debería haber cantado victoria tan pronto: al alzar la mirada descubrí que no sabía dónde estaba. Para mantenerme orientada tendría que haber girado a la derecha tres o cuatro esquinas antes, pero la aparición inesperada de los militares me despistó de tal manera que no lo hice. Me encontré de pronto perdida y un estremecimiento me recorrió la piel. Había transitado las calles de la medina muchas veces, pero no conocía sus secretos y entresijos. Sin la luz del día y en ausencia de los actos y los ruidos cotidianos, no tenía la menor idea de dónde me encontraba.

Decidí volver atrás y recomponer el recorrido, pero no fui capaz de lograrlo. Cuando creí que iba a salir a una plazoleta conocida, encontré un arco; cuando esperaba un pasadizo, me topé con una mezquita o un tramo de escalones. Proseguí moviéndome torpemente por callejas tortuosas, intentando asociar cada rincón con las actividades del día para poder orientarme. Sin embargo, a medida que andaba, cada vez me sentía más perdida entre aquellas calles enrevesadas que desafiaban las leyes de lo racional. Con los artesanos dormidos y sus negocios cerrados, no lograba distinguir si me movía por la zona de los caldereros y los hojalateros, o si avanzaba ya por la parte en la que a diario laboraban los hilanderos, los tejedores y los sastres. Allí donde a la luz del sol estaban los dulces con miel, las tortas de pan dorado, los montones de especias y los ramos de albahaca que me habrían ayudado a centrarme, sólo encontré puertas atrancadas y postigos apestillados. El tiempo daba la impresión de haberse parado, todo parecía un escenario vacío sin las voces de los comerciantes y los compradores, sin las recuas de borricos cargados de espuertas ni las mujeres del Rif sentadas en el suelo, entre verduras y naranjas que tal vez nunca lograran vender. Mi nerviosismo aumentó: no sabía qué hora sería, pero era consciente de que cada vez iba quedando menos tiempo para las seis. Aceleré el paso, salí de una callejuela, entré en otra, en otra, en otra más; retrocedí, enderecé de nuevo el rumbo. Nada. Ni una pista, ni una evidencia: todo se había convertido de pronto en un laberinto endemoniado del que no hallaba la forma de salir.

Los pasos aturdidos acabaron llevándome a la cercanía de una casa con un gran farol sobre la puerta. Oí de pronto risas, alboroto, voces desacompasadas coreando la letra de *Mi jaca* al acorde en un piano desafinado. Decidí aproximarme, ansiosa por dar con alguna referencia que me permitiera recuperar el sentido de la ubicación. Apenas me quedaban unos metros para alcanzarlo cuando una pareja salió atropellada del local hablando en español: un hombre con apariencia de ir bebido, aferrado a una mujer madura teñida de rubio que reía a carcajadas. Me di entonces cuenta de que estaba ante un burdel, pero ya era demasiado tarde para hacerme pasar por una nativa desgastada: la pareja estaba a tan sólo unos pasos de mí. Morita, vente conmigo, morita, guapa, que tengo una cosa que enseñarte, mira, mira, morita, dijo babeante el hombre alargando un brazo hacia mí mientras con la otra mano se agarraba obsceno la entrepierna. La mujer intentó contenerle, sujetándole entre risas mientras yo, de un salto, me aparté de su alcance y emprendí una carrera alocada ciñendo con todas mis fuerzas el jaique al cuerpo.

Atrás dejé el prostíbulo lleno de carne de cuartel que jugaba al tute, berreaba coplas y sobaba con furia a las mujeres, evadidos todos momentáneamente de la certeza de que cualquier día próximo cruzarían el

Estrecho para enfrentarse a la macabra realidad de la guerra. Y entonces, al alejarme del antro con toda la prisa del mundo pegada a la suela de las babuchas, la suerte por fin se puso de mi lado e hizo que me diera de bruces con el Zoco el Foki al volver la esquina.

Recobré el alivio por haber encontrado de nuevo la orientación: por fin sabía cómo salir de aquella jaula en la que la medina se había convertido. El tiempo volaba y yo hube de hacerlo también. Moviéndome con pasos tan largos y rápidos como mi coraza me permitía, alcancé en pocos minutos la Puerta de La Luneta. Un nuevo sobresalto, sin embargo, me esperaba junto a ella: allí estaba uno de los temidos controles militares que habían impedido la entrada de los larachíes en Tetuán. Unos cuantos soldados, barreras de protección y un par de vehículos: los efectivos suficientes como para intimidar a cualquiera que quisiera adentrarse en la ciudad con algún objetivo no del todo limpio. Noté que la garganta se me secaba, pero supe que no podía evadir el paso frente a ellos ni pararme a pensar qué hacer, así que, con la vista fijada una vez más en el suelo, decidí proseguir mi camino con el andar fatigoso que Candelaria me aconsejó. Traspasé el control con la sangre bombeándome las sienes y la respiración contenida, a la espera de que en cualquier momento me pararan y me preguntaran adónde iba, quién era, qué escondía. Para mi fortuna, apenas me miraron. Me ignoraron simplemente, como antes lo habían hecho los oficiales con los que me crucé en la estrechez de una calleja. Qué peligro iba a tener para el glorioso alzamiento aquella marroquí de paso cansino que atravesaba como una sombra las calles de la madrugada.

Descendí a la zona abierta del parque y me obligué a recuperar el sosiego. Atravesé con fingida calma los jardines llenos de sombras dormidas, tan extraños en aquella quietud sin los niños ruidosos, las parejas y los ancianos que a la luz del sol se movían entre las fuentes y las palmeras. A medida que avanzaba, la estación aparecía cada vez más nítida ante mis ojos. Comparada con las casas bajas de la medina, ésta se me antojó de pronto grandiosa e inquietante, medio moruna, medio andaluza, con sus torretas en las esquinas, con sus tejas y azulejos verdes, y enormes arcos en los accesos. Varios faroles tenues iluminaban la fachada y mostraban la silueta recortada contra el macizo del Gorgues, esos montes rocosos e imponentes por donde supuestamente habrían de llegar los hombres de Larache. Sólo en una ocasión había pasado yo junto a la estación, cuando el comisario me llevó en su automóvil del hospital a la pensión. El resto de las veces la había visto siempre en la distancia, desde el mirador de La Luneta, incapaz de calcular su magnitud. Al encontrarla de frente aquella noche, su tamaño me pareció tan amenazante que de inmediato empecé a echar de menos la acogedora angostura de las callejuelas de la morería.

Pero no era momento de permitir que los miedos me enseñaran los dientes otra vez, así que volví a rescatar el arrojo y me dispuse a cruzar la carretera de Ceuta, por la que a aquellas horas no circulaba ni el polvo. Intenté insuflarme ánimo calculando tiempos, diciéndome a mí misma que ya faltaba menos para que todo terminara, que ya había cubierto una gran parte del proceso. Me reconfortó pensar que pronto me libraría de las vendas apretadas, de las pistolas que me estaban magullando el cuerpo y de aquel ropón con el que tan extraña me sentía. Faltaba poco ya, muy poco.

Entré en la estación por la puerta principal, abierta de par en par. Me recibió un despliegue de luz fría alumbrando el vacío, incongruente con la noche oscura que acababa de dejar detrás. Lo primero que capté fue un gran reloj que marcaba las seis menos cuarto. Suspiré bajo la tela que me cubría el rostro: el retraso no había sido excesivo. Caminé con intencionada lentitud por el vestíbulo mientras con los ojos escondidos tras la capucha estudiaba aceleradamente el escenario. Las taquillas estaban cerradas y tan sólo había un viejo musulmán tumbado en un banco con un hatillo a los pies. Al fondo de la estancia, dos grandes puertas se abrían al andén. A la izquierda, otra daba paso a lo que un rótulo de letras bien trazadas indicaba que era la cantina. Busqué los tablones con los horarios y los encontré a la derecha. No me detuve a estudiarlos; simplemente me senté en un banco debajo de ellos y me dispuse a esperar. Tan pronto rocé la madera, noté que un sentimiento de gratitud me recorría el cuerpo de la cabeza a los pies. No fui consciente hasta entonces de lo cansada que estaba, del esfuerzo inmenso que había tenido que hacer para caminar sin parar cargando con todo aquel peso siniestro como una segunda piel de plomo.

A pesar de que nadie apareció en el vestíbulo en todo el tiempo que permanecí sentada inmóvil, a mis oídos llegaron sonidos que me hicieron saber que no estaba sola. Algunos provenían de fuera, del andén. Pasos y voces de hombres, quedas a veces, más altas en alguna ocasión. Eran voces jóvenes, supuse que serían los soldados a cargo de custodiar la estación e intenté no pensar en que probablemente tendrían órdenes expresas de disparar sin miramientos ante cualquier sospecha fundada. Desde la cantina llegó también algún que otro ruido. Me reconfortó oírlos, al menos así supe que el cantinero estaba activo y en su sitio. Dejé pasar diez minutos que transcurrieron con lentitud exasperante: no hubo tiempo para los veinte que Candelaria me indicó. Cuando las manecillas del reloj marcaron las seis menos cinco, hice acopio de fuerzas, me levanté pesadamente y me encaminé a mi destino.

La cantina era grande y tenía al menos una docena de mesas, todas sin ocupar excepto una en la que un hombre dormitaba con la cabeza escondida entre los brazos; a su lado descansaba vacío un porrón de vino. Me dirigí hacia el mostrador arrastrando las babuchas, sin tener la menor idea de qué era lo que debería decir o lo que allí tenía que oír. Tras la barra, un hombre moreno y enjuto con una colilla medio apagada entre los labios se afanaba en colocar platos y tazas en pilas ordenadas, sin prestar en apariencia la menor atención a aquella mujer de rostro tapado que a punto estaba de plantarse frente a él. Al verme alcanzar el mostrador, sin sacarse el resto del cigarrillo de la boca, dijo tan sólo en voz alta y ostentosa: a las siete y media, hasta las siete y media no sale el tren. Y después, en tono bajo, añadió unas palabras en árabe que no comprendí. Soy española, no le entiendo, murmuré tras el velo. Abrió la boca sin poder disimular su incredulidad, y el resto de su pitillo fue a parar al suelo en el descuido. Y entonces, atropelladamente, me transmitió el mensaje: vaya al urinario del andén y cierre la puerta, la están esperando.

Deshice mi camino despacio, retorné al vestíbulo y de allí salí a la noche. Antes, volví a arrebujarme en el jaique y a alzarme el velo hasta que casi me rozó las pestañas. El ancho andén parecía vacío y frente a él no había nada más que el macizo rocoso del Gorgues, oscuro e inmenso. Los soldados, cuatro, estaban juntos, fumando y hablando bajo uno de los arcos que daban acceso a las vías. Se estremecieron cuando vieron entrar una sombra, noté cómo se tensaban, cómo juntaban las botas y erguían las posturas, cómo aseguraban al hombro los fusiles.

—¡Alto ahí! —gritó uno de ellos en cuanto me vio. Noté que el cuerpo se me agarrotaba bajo el metal de las armas pegadas.

—Déjala, Churruca, ¿no ves que es una mora? —dijo otro acto seguido.

Me quedé parada, sin avanzar, sin retroceder. Tampoco ellos se aproximaron: permanecieron donde estaban, a unos veinte o treinta metros, discutiendo qué hacer.

—A mí lo mismo me da que sea una mora que una cristiana. El sargento ha dicho que tenemos que pedir identificación a todo el mundo.

—Joder, Churruca, qué torpe eres. Ya te hemos dicho diez veces que se refería a todo el mundo español, no a los musulmanes, que no te enteras, macho —aclaró otro.

—Los que no os enteráis sois vosotros. A ver, señora, documentación.

Creí que las piernas se me iban a doblar, que me iba a caer desfallecida. Supuse que aquello ya era, irremediablemente, el fin. Contuve la respiración y noté cómo un sudor frío empapaba todos los recodos de mi piel.

—Mira que eres zote, Churruca —dijo a su espalda la voz de otro compañero—. Que las nativas no van por ahí con una cédula de identificación, a ver cuándo aprendes que esto es África y no la plaza mayor de tu pueblo.

Demasiado tarde: el soldado escrupuloso estaba ya a dos pasos de mí, con una mano adelantada esperando algún documento mientras buscaba mi mirada entre los pliegues de tela que me cubrían. No la encontró, sin embargo: la mantuve fija en el suelo, concentrada en sus botas manchadas de barro, en mis viejas babuchas y en el escaso medio metro que separaba ambos pares de pies.

—Como el sargento se entere de que has andado molestando a una marroquí libre de sospecha, te vas a comer tres días como tres soles de arresto en la Alcazaba, chaval.

La funesta posibilidad de aquel castigo hizo por fin entrar en razón al tal Churruca. No pude ver la cara de mi redentor: mi vista seguía concentrada en el suelo. Pero la amenaza del arresto surtió su efecto y el soldado puntilloso y cabezota, tras pensárselo durante unos segundos angustiosos, retiró la mano, se giró y se alejó de mí.

Bendije la sensatez del compañero que lo frenó y cuando los cuatro soldados volvieron a estar juntos bajo el arco, me di la vuelta y reemprendí mi camino hacia ningún sitio concreto. Comencé a recorrer el andén despacio, sin rumbo, intentando tan sólo recuperar la serenidad. Una vez lo conseguí, por fin pude concentrar mi esfuerzo en dar con los urinarios. Empecé entonces a prestar atención a lo que había alrededor: un par de árabes dormitando en el suelo con las espaldas apoyadas en los muros y un perro flaco cruzando las vías. Tardé poco en encontrar el objetivo; para mi fortuna, estaba casi al final del andén, en el extremo opuesto al que ocupaban los soldados. Conteniendo la respiración, empujé la puerta de paneles de cristal granulado y entré en una especie de distribuidor. Apenas había luz y no quise buscar la palomilla, preferí acostumbrar los ojos a la oscuridad. Vislumbré la señal de hombres a la izquierda y la de mujeres a la derecha. Y al fondo, contra la pared, percibí lo que parecía un montón de tela que lentamente comenzaba a moverse. Una cabeza tapada por una capucha emergió cautelosa del bulto, sus ojos se cruzaron con los míos en la penumbra.

—¿Trae la mercancía? —preguntó con voz española. Hablaba quedo y rápido.

Moví la cabeza afirmativamente y el bulto se irguió sigiloso hasta convertirse en la figura de un hombre vestido, como yo, a la usanza moruna.

—¿Dónde está?

Me bajé el velo para poder hablar con más facilidad, me abrí el jaique y expuse ante él mi cuerpo fajado.

—Aquí.

—Dios mío —murmuró tan sólo. En aquellas dos palabras se concentraba un mundo de sensaciones: asombro, ansiedad, urgencia. Tenía el tono grave, parecía una persona educada.

—¿Se lo puede quitar usted misma? —preguntó entonces.

—Necesitaré tiempo —susurré.

Me indicó un aseo de señoras y entramos los dos. El espacio era estrecho y por una pequeña ventana se colaba un resto de luz de luna, suficiente como para no necesitar más iluminación.

—Hay prisa, no podemos perder un minuto. El retén de la mañana está a punto de llegar y revisan la estación de arriba abajo antes de que salga el primer tren. Tendré que ayudarla —anunció cerrando la puerta a su espalda.

Dejé caer el jaique al suelo y puse los brazos en cruz para que aquel desconocido comenzara a trastear por mis rincones, desatando nudos, destensando vendas y liberando mi esqueleto de su siniestra cobertura.

Antes de comenzar, se bajó la capucha de la chilaba y frente a mí descubrí el rostro serio y armonioso de un español de edad media con barba de varios días. Tenía el pelo castaño y rizado, despeinado por efecto del ropaje bajo el que probablemente llevara tiempo camuflado. Sus dedos empezaron a trabajar, pero la labor no resultaba sencilla. Candelaria se había esforzado a conciencia y ni una sola de las armas se había movido de su sitio, pero los nudos eran tan prietos y los metros de tela tantos que desprender de mi contorno todo aquello nos llevó un rato más largo de lo que aquel desconocido y yo habríamos deseado. Nos mantuvimos callados los dos, rodeados de azulejos blancos y acompañados tan sólo por la placa turca del suelo, el sonido acompasado de nuestras respiraciones y el murmullo de alguna frase suelta que marcaba el ritmo del proceso: ésta ya está, ahora por aquí, muévase un poco, vamos bien, levante más el brazo, cuidado. A pesar del apremio, el hombre de Larache actuaba con una delicadeza infinita, casi con pudor, evitando en lo posible acercarse a los recodos más íntimos o rozar mi piel desnuda un milímetro más allá de lo estrictamente necesario. Como si temiera manchar mi integridad con sus manos, como si el cargamento que llevaba adherido fuera una exquisita envoltura de papel de seda y no una negra coraza de artefactos destinados a matar. En ningún momento me incomodó su cercanía física: ni sus caricias involuntarias, ni la intimidad de nuestros cuerpos casi pegados. Aquél fue, sin duda, el momento más grato de la noche: no porque un hombre recorriera mi cuerpo después de tantos meses, sino porque creía que, con aquel acto, estaba llegando el principio del fin.

Todo se desarrollaba a buen ritmo. Las pistolas fueron saliendo una a una de sus escondrijos y yendo a parar a un montón en el suelo. Quedaban muy pocas ya, tres o cuatro, no más. Calculé que en cinco, en diez minutos como mucho, todo estaría terminado. Y entonces, inesperadamente, el sosiego se rompió, haciéndonos contener el aliento y frenar en seco la tarea. Del exterior, aún en la distancia, llegaron los sonidos agitados del comienzo de una nueva actividad.

Tomó aire el hombre con fuerza y se sacó un reloj del bolsillo.

—Ya está aquí el retén de reemplazo, se han adelantado —anunció. En su voz quebrada percibí angustia, inquietud, y la voluntad de no transmitirme ninguna de aquellas sensaciones.

—¿Qué hacemos ahora? —susurré.

—Salir de aquí lo antes posible —dijo de inmediato—. Vístase, rápido.

—¿Y las pistolas que quedan?

—No importan. Lo que hay que hacer es huir: los soldados no tardarán en entrar para comprobar que todo está en orden.

Mientras yo me envolvía en el jaique con manos temblorosas, él se desató de la cintura un saco de tela mugrienta e introdujo las pistolas a puñados.

—¿Por dónde salimos? —musité.

—Por ahí —dijo alzando la cabeza y señalando con la barbilla la ventana—. Primero va a saltar usted, después tiraré las pistolas y saldré yo. Pero escúcheme bien: si yo no llegara a unirme a usted, coja las pistolas, corra con ellas en paralelo a la vía y déjelas junto al primer cartel que encuentre anunciando una parada o una estación, ya irá alguien a buscarlas. No eche la vista atrás y no me espere; tan sólo salga corriendo y escape. Vamos, prepárese para subir, apoye un pie en mis manos.

Miré la ventana, alta y estrecha. Creí imposible que cupiéramos por ella, pero no lo dije. Estaba tan asustada que tan sólo me dispuse a obedecer, confiando ciegamente en las decisiones de aquel masón anónimo de quien jamás llegaría a conocer siquiera el nombre.

—Espere un momento —anunció entonces, como si hubiera olvidado algo.

Se abrió la camisa de un tirón y del interior extrajo una pequeña bolsa de tela, una especie de faltriquera.

—Guárdese antes esto, es el dinero pactado. Por si acaso la cosa se complica una vez fuera.

—Pero aún quedan pistolas... —tartamudeé mientras me palpaba el cuerpo.

—No importa. Usted ya ha cumplido su parte, así que debe cobrar —dijo mientras me colgaba la bolsa al cuello. Me dejé hacer, inmóvil, como anestesiada—. Vamos, no podemos perder un segundo.

Reaccioné por fin. Apoyé un pie en sus manos cruzadas y me impulsé hasta agarrarme al borde de la ventana.

—Ábrala, deprisa —requirió—. Asómese. Dígame rápido qué ve y qué oye.

La ventana daba al campo oscuro, el movimiento provenía de otra zona fuera del alcance de mi vista. Ruidos de motores, ruedas chirriando sobre la gravilla, pasos firmes, saludos y órdenes, voces imperiosas repartiendo funciones. Con ímpetu, con brío, como si el mundo estuviera a punto de acabar cuando aún no había comenzado la mañana.

—Pizarro y García, a la cantina. Ruiz y Albadalejo, a las taquillas. Vosotros a las oficinas y vosotros dos a los urinarios. Vamos, todos cagando leches —gritó alguien con rabiosa autoridad.

—No se ve a nadie, pero vienen hacia acá —anuncié con la cabeza aún fuera.

—Salte —ordenó entonces.

No lo hice. La altura era inquietante, necesitaba sacar antes el cuerpo, me negaba inconscientemente a salir sola. Quería que el hombre de Larache me asegurara que iba a venir conmigo, que me llevaría de su mano allá a donde tuviera que ir.

La agitación se oía cada vez más cerca. El rechinar de las botas sobre el suelo, las voces fuertes repartiendo objetivos. Quintero, al urinario de señoras; Villarta, al de hombres. No eran a todas luces los reclutas desidiosos que encontré a mi llegada, sino una patrulla de hombres frescos con ansia por llenar de actividad el principio de su jornada.

—¡Salte y corra! —repitió enérgico el hombre agarrándome las piernas e impulsándome hacia arriba.

Salté. Salté, caí y sobre mí cayó el saco de las pistolas. Apenas había alcanzado el suelo cuando oí el estruendo precipitado de puertas abiertas a patadas. Lo último que llegó a mis oídos fueron los gritos broncos que increpaban a quien ya nunca más vi.

—¿Qué haces en el urinario de mujeres, moro? ¿Qué andas tirando por la ventana? Villarta, rápido, sal a ver si ha arrojado algo al otro lado.

Empecé a correr. A ciegas, con furia. Cobijada en la negrura de la noche y arrastrando el saco con las armas; sorda, insensible, sin saber si me seguían ni querer preguntarme qué habría sido del hombre de Larache frente al fusil del soldado. Se me salió una babucha y una de las últimas pistolas acabó de desatarse de mi cuerpo, pero no me detuve a recoger ninguna de las pérdidas. Tan sólo continué la carrera en la oscuridad siguiendo el trazado de la vía, medio descalza, sin parar, sin pensar. Atravesé campo llano, huertas, cañaverales y pequeñas plantaciones. Tropecé, me levanté y seguí corriendo sin un respiro, sin calcular la distancia que mis zancadas cubrían. Ni un ser vivo salió a mi encuentro y nada se interpuso en el ritmo desquiciado de mis pies hasta que, entre las sombras, logré percibir un cartel lleno de letras. Apeadero de Malalien, decía. Aquél sería mi destino.

La estación estaba a unos cien metros del rótulo, tan sólo la alumbraba un farol amarillento. Paré mi carrera alocada antes de alcanzarla, nada más llegar al cartel que la precedía. Busqué rápidamente en todas direcciones por si allí hubiera ya alguien a quien poder entregar las armas. Tenía el corazón a punto de reventar y la boca seca llena de polvo y carbonilla, hice esfuerzos imposibles por enmudecer el sonido entrecortado de mi respiración. Nadie me salió al encuentro. Nadie esperaba la mercancía. Tal vez llegaran más tarde, tal vez no lo hicieran jamás.

Tomé la decisión en menos de un minuto. Dejé el saco en el suelo, lo aplané para que se viera lo menos posible y comencé a apilar pequeñas rocas sobre él con ritmo febril, arañando el suelo, arrancando tierra, piedras y matojos hasta dejarlo medianamente cubierto. Cuando supuse que ya no resultaba un bulto sospechoso, me marché.

Sin apenas tiempo para recuperar el aliento, emprendí la carrera otra vez hacia donde se vislumbraban las luces de Tetuán. Desprovista ya de la carga, decidí desprenderme también del resto de mis lastres. Me abrí el jaique sin detenerme y, con dificultad, conseguí deshacer poco a poco los últimos nudos. Las tres pistolas que aún permanecían amarradas fueron cayendo por el camino, una primero, otra después, la última al fin. Cuando llegué a la cercanía de la ciudad, en el cuerpo sólo me quedaba agotamiento, tristeza y heridas. Y una faltriquera llena de billetes colgada del cuello. De las armas, ni rastro.

Volví a incorporarme a la cuneta de la carretera de Ceuta y retomé el paso lento. Había perdido también la otra babucha, así que me camuflé de nuevo en la figura de una mora descalza y embozada que emprendía con cansancio el ascenso a la Puerta de La Luneta. Ya no me esforcé por simular un andar fatigado: mis piernas, simplemente, no daban para más. Notaba los miembros entumecidos, tenía ampollas, suciedad y magulladuras por todas partes y una debilidad infinita clavada en los huesos.

Me adentré en la ciudad cuando las sombras comenzaban a aclararse. En una mezquita cercana sonaba el muecín llamando a los musulmanes a la primera oración y el cornetín del Cuartel de Intendencia tocaba diana. De La Gaceta de África salía caliente la prensa del día y por La Luneta circulaban entre bostezos los limpiabotas más madrugadores. El pastelero Menahen ya tenía encendido el horno y don Leandro andaba apilando el género del colmado con el mandil bien amarrado a la cintura.

Todas aquellas escenas cotidianas pasaron ante mis ojos como pasan las cosas ajenas, sin hacerme fijar la atención, sin dejar poso. Sabía que Candelaria se sentiría satisfecha cuando le entregara el dinero y me creería ejecutora de una proeza memorable. Yo, en cambio, no sentía en mi interior el menor rastro de nada parecido a la complacencia. Tan sólo notaba el negro mordisco de una desazón inmensa.

Mientras corría frenética por el campo, mientras clavaba las uñas en la tierra y tapaba con ella el saco, mientras caminaba por la carretera; a lo largo de todas las últimas acciones de aquella larga noche, por la mente se me habían cruzado mil imágenes conformando secuencias distintas con un solo protagonista: el hombre de Larache. En una de ellas, los soldados descubrían que no había tirado nada por la ventana, que todo había sido una falsa alarma, que aquel individuo no era más que un árabe somnoliento y confundido; lo dejaban entonces marchar, el ejército tenía orden expresa de no importunar a la población nativa a no ser que percibieran algo alarmante. En otra muy distinta, apenas abrió la puerta del urinario, el soldado comprobó que se trataba de un español emboscado; lo arrinconó en el retrete, le apuntó con el fusil a dos palmos de la cara y requirió refuerzos a gritos. Llegaron éstos, lo interrogaron, tal vez lo identificaron, tal vez se lo llevaron retenido al cuartel, tal vez él intentó huir y lo mataron de un tiro en la espalda cuando saltaba a las vías. En medio de las dos premoniciones cabían mil secuencias más; sin embargo, sabía que nunca lograría conocer cuál de ellas estaba más próxima a la certeza.

Entré en el portal exhausta y llena de temores. Sobre el mapa de Marruecos se alzaba la mañana.

12

Hallé la puerta de la pensión abierta y a los huéspedes despiertos, apelotonados en el comedor. Sentadas a la mesa donde a diario se lanzaban insultos y juramentos, las hermanas lloraban y se sonaban los mocos en bata y bigudíes mientras el maestro don Anselmo intentaba consolarlas con palabras bajas que no pude escuchar. Paquito y el viajante estaban recogiendo del suelo el cuadro de la Santa Cena con intención de devolverlo a su sitio de la pared. El telegrafista, en pantalón de pijama y camiseta, fumaba nervioso en una esquina. La madre gorda, entretanto, intentaba enfriar una tila con leves soplidos. Todo estaba revuelto y fuera de sitio, por el suelo había cristales y tiestos rotos, y hasta habían arrancado de sus barras las cortinas.

A nadie pareció extrañar la llegada de una mora a aquellas horas, debieron de pensar que era Jamila. Permanecí unos segundos contemplando la escena aún embozada en el jaique, hasta que un potente chisteo reclamó mi atención desde el pasillo. Al girar la cabeza encontré a Candelaria moviendo los brazos como una posesa mientras en una mano sostenía una escoba y en la otra el badil.

—Entra para adentro, chiquilla —ordenó alborotada—. Entra y cuenta, que estoy ya mala perdida sin saber qué es lo que ha pasado.

Había decidido guardarme los detalles más escabrosos y compartir con ella tan sólo el resultado final. Que las pistolas ya no estaban y el dinero sí: eso era lo que Candelaria querría oír y eso era lo que yo iba a decirle. El resto de la historia quedaría para mí.

Hablé mientras me retiraba la cubierta de la cabeza.

—Todo ha salido bien —susurré.

—¡Ay, mi alma, ven para acá que te abrace! ¡Si vale mi Sira más que el oro del Perú, si es mi niña más grande que el día del Señor! —chilló la matutera. Lanzó entonces al suelo los trastos de limpiar, me aprisionó entre sus pechos y me llenó la cara de besos sonoros como ventosas.

—Calle, por Dios, Candelaria; calle, que van a oírla —reclamé con el miedo aún pegado a la piel. Lejos de hacerme caso, ella ensartó su júbilo en una cadena de maldiciones dirigidas al policía que aquella misma noche le había puesto la casa del revés.

—¡Y a mí qué me importa que me oigan a toro pasado! ¡Mal rayo te parta, Palomares, a ti y a todos los de tu sangre! ¡Mal rayo te parta, que no me has pillado!

Previendo que aquel estallido de emoción tras la larga noche de nervios no iba a acabar allí, agarré a Candelaria del brazo y la arrastré a mi cuarto mientras ella continuaba voceando barbaridades.

—¡Mala puñalada te den, hijo de la gran puta! ¡Jódete, Palomares, que no has encontrado nada en mi casa aunque me hayas tumbado los muebles y me hayas reventado los colchones!

—Calle ya, Candelaria, cállese de una vez —insistí—. Olvídese de Palomares, tranquilícese y deje que le explique cómo ha ido.

—Sí, hija, sí, cuéntamelo todito —dijo intentando por fin serenarse. Respiraba con fuerza, llevaba la bata mal abrochada y de la redecilla que le cubría la cabeza le salían mechones de pelo alborotados. Tenía un aspecto lamentable y, aun así, irradiaba entusiasmo—. Si es que ha venido el muy cabestro a las cinco de la mañana y nos ha sacado a todos a la calle el muy desgraciado... si es que... si es que... Bueno, vamos a olvidarlo ya, que lo pasado pasado está. Habla tú, prenda mía, cuéntamelo todo despacito.

Le narré escuetamente la aventura mientras me sacaba el fajo de dinero que el hombre de Larache me había colgado del cuello. No mencioné la escapada por la ventana, ni los gritos amenazantes del soldado, ni las pistolas abandonadas bajo el letrero solitario del apeadero de Malalien. Tan sólo le entregué el contenido de la faltriquera y comencé después a quitarme el jaique y el camisón que llevaba debajo.

—¡Púdrete, Palomares! —gritó entre carcajadas mientras lanzaba al aire los billetes—. ¡Púdrete en el infierno, que no me has trincado!

Paró entonces en seco el vocerío, y no lo hizo porque hubiera recobrado de pronto la cordura, sino porque lo que tenía ante sus ojos le impidió seguir explayando su alborozo.

—¡Pero si te has quedado masacrada, criatura! ¡Si pareces talmente el Cristo de las Cinco Llagas! —exclamó ante mi cuerpo desnudo—. ¿Te duele mucho, hija mía?

—Un poco —murmuré mientras me dejaba caer como un peso muerto sobre la cama. Mentía. La verdad era que me dolía hasta el alma.

—Y estás sucia como si vinieras de revolcarte por un vertedero —dijo con la cordura del todo recuperada—. Voy a poner a la lumbre unas ollas de agua para prepararte un baño calentito. Y después, unas compresas con linimento en las heridas, y luego...

No oí más. Antes de que la matutera terminara la frase, me había quedado dormida.

13

Tan pronto la casa estuvo recogida y recobramos todos la normalidad, Candelaria se lanzó a buscar un piso en el ensanche para instalar en él mi negocio.

El ensanche tetuaní, tan distinto de la medina moruna, había sido construido con criterios europeos para hacer frente a las necesidades del Protectorado español: para albergar sus instalaciones civiles y militares, y proporcionar viviendas y negocios para las familias de la Península que poco a poco habían ido haciendo de Marruecos su lugar de residencia permanente. Los edificios nuevos, con fachadas blancas, balcones ornamentados y un aire a caballo entre lo moderno y lo moruno, se distribuían en calles anchas y plazas espaciosas formando una cuadrícula llena de armonía. Por ella se movían señoras bien peinadas y señores con sombrero, militares de uniforme, niños vestidos a la europea y parejas de novios formales agarrados del brazo. Había trolebuses y algunos automóviles, confiterías, flamantes cafés y un comercio selecto y contemporáneo. Había orden y calma, un universo del todo distinto al bullicio, los olores y las voces de los zocos de la medina, ese enclave como del pasado, rodeado de murallas y abierto al mundo por siete puertas. Y entre ambos espacios, el árabe y el español, a modo casi de frontera se hallaba La Luneta, la calle que estaba a punto de dejar.

En cuanto Candelaria encontrara un piso para instalar el taller, mi vida daría un nuevo giro y yo me tendría que amoldar otra vez a él. Y anticipándome a ello, decidí cambiar: renovarme del todo, deshacerme de viejos lastres y empezar de cero. En escasos meses había dado un portazo en la cara a todo mi ayer; había dejado de ser una humilde modistilla para convertirme de manera alternativa o paralela en un montón de mujeres distintas. Candidata apenas incipiente a funcionaria, beneficiaria del patrimonio de un gran industrial, amante trotamundos de un sinvergüenza, ilusa aspirante a directiva de un negocio argentino, madre frustrada de un hijo nonato, sospechosa de estafa y robo cargada de deudas hasta las cejas y ocasional traficante de armas camuflada bajo la apariencia de una inocente nativa. En menos tiempo aún debería hacerme con una nueva personalidad porque ninguna de las anteriores me servía ya. Mi viejo mundo estaba en guerra y el amor se me había evaporado llevándose consigo mis bienes e ilusiones. El hijo que nunca nació se había licuado en un charco de coágulos de sangre al bajar de un autobús, una ficha con mis datos circulaba por las comisarías de dos países y tres ciudades, y el pequeño arsenal de pistolas que había trasladado pegado a la piel tal vez se habría llevado ya alguna vida por delante. Con intención de dar la espalda a un bagaje tan patético, resolví afrontar el porvenir tras una máscara de seguridad y valentía para evitar con ella que se entrevieran mis miedos, mis miserias y la puñalada que aún seguía clavada en el alma.

Decidí comenzar por el exterior, hacerme con una fachada de mujer mundana e independiente que no dejara vislumbrar ni mi realidad de víctima de un cretino, ni la oscura procedencia del negocio que estaba a punto de abrir. Para ello había que maquillar el pasado, inventar a toda prisa un presente y proyectar un futuro tan falso como esplendoroso. Y había que actuar con apremio; tenía que empezar ya. Ni una lágrima más, ni un lamento. Ni una mirada condescendiente hacia atrás. Todo debía ser presente, todo hoy. Para ello opté por una nueva personalidad que me saqué de la manga como un mago extrae una ristra de pañuelos o el as de corazones. Decidí trasmutarme y mi elección fue la de adoptar la apariencia de una mujer firme, solvente, vivida. Debería esforzarme para que mi ignorancia fuera confundida con altanería, mi incertidumbre con dulce desidia. Que mis miedos ni siquiera se sospecharan, escondidos en el paso firme de un par de altos tacones y una apariencia de determinación bien resuelta. Que nadie intuyera el esfuerzo inmenso que a diario aún tenía que hacer para superar poco a poco mi tristeza.

El primer movimiento fue encaminado a iniciar un cambio de estilo. La incertidumbre de los últimos tiempos, el aborto y la convalecencia habían menguado mi cuerpo en al menos seis o siete kilos. La amargura y el hospital se llevaron por delante la rotundidad de mis caderas, algo del volumen del pecho, parte de los muslos y cualquier tipo de adiposidad que algún día hubiera existido en el contorno de la cintura. No me esforcé por recuperar nada de aquello, me empecé a sentir cómoda en la nueva silueta: un paso más hacia adelante. Rescaté de la memoria la forma de vestir de algunas extranjeras de Tánger y decidí adaptarla a mi escueto guardarropa mediante arreglos y composturas. Sería menos estricta que mis compatriotas, más insinuante sin llegar al indecoro ni la procacidad. Los tonos más vistosos, las telas más livianas. Los botones de las camisas algo más abiertos en el escote y el largo de las faldas un poco menos largo. Ante el espejo resquebrajado del cuarto de Candelaria, recompuse, ensayé e hice míos aquellos glamurosos cruces de piernas que a diario observé a la hora del aperitivo en las terrazas, los andares elegantes recorriendo con garbo las anchas aceras del Boulevard Pasteur y la gracia de los dedos recién pasados por la manicura sosteniendo una revista de moda francesa, un gin-fizz o un cigarrillo turco con boquilla de marfil.

Por primera vez en más de tres meses presté atención a mi imagen y descubrí que necesitaba un enlucimiento de emergencia. Una vecina me depiló las cejas, otra me arregló las manos. Volví a maquillarme tras haber pasado meses con la cara lavada: elegí lápices para perfilar los labios, carmín para rellenarlos, colores para los párpados, rubor para las mejillas, *eye-liner* y máscara para las pestañas. Hice que Jamila me cortara el pelo con las tijeras de coser siguiendo al milímetro una fotografía del *Vogue* atrasado que traje en la maleta. La espesa mata morena que me llegaba a media espalda cayó en mechones desmadejados sobre el suelo de la cocina, como alas de cuervos muertos, hasta quedar en una melena rectilínea a la altura de la mandíbula, lisa, con raya a un lado y querencia a caer indómita sobre mi ojo derecho. Al infierno aquella manta calurosa que tanto fascinaba a Ramiro. No podría decir si el nuevo corte me favorecía o no, pero me hizo sentir más fresca, más libre. Renovada, distanciada para siempre de aquellas tardes bajo las aspas del ventilador en nuestro cuarto del hotel Continental; de aquellas horas eternas sin más abrigo que su cuerpo enredado con el mío y mi gran melena desparramada como un mantón sobre las sábanas.

Las intenciones de Candelaria quedaron materializadas apenas unos días después. Primero localizó en el ensanche tres inmuebles disponibles para inmediato alquiler. Me explicó los pormenores de cada uno de ellos, escudriñamos juntas lo que de bueno y malo tenía cada cual y finalmente nos decidimos.

El primer piso del que Candelaria me habló parecía en principio el sitio perfecto: amplio, moderno, a estrenar, cercano a correos y al teatro Español. «Hasta una ducha movible tiene igualita que un teléfono, chiquilla, sólo que, en puesto de oír la voz de quien habla contigo, te sale un chorro de agua que tú te apuntas para donde quieras», explicó la matutera asombrada ante el prodigio. Lo descartamos, sin embargo. La razón fue que colindaba con un solar aún vacío en el que campaban a sus anchas los gatos flacos y los desperdicios. El ensanche crecía, pero aún tenía aquí y allá puntos por urbanizar. Pensamos que tal situación quizá no ofreciera una buena imagen para esas clientas sofisticadas que pretendíamos captar, así que la opción del taller con ducha telefónica quedó descartada.

La segunda propuesta estaba emplazada en la principal vía de Tetuán, la que aún era la calle República, en una hermosa casa con torretas en las esquinas cerca de la plaza de Muley-el-Mehdi que pronto sería de Primo de Rivera. El local también reunía a primera vista todos los requisitos necesarios: era espacioso, tenía empaque y no lo flanqueaba un solar sin construir, sino que hacía él mismo esquina abriéndose a dos arterias céntricas y transitadas. De aquel lugar, sin embargo, nos espantó una vecina: en el edificio de al lado residía una de las mejores modistas de la ciudad, una costurera de cierta edad y sólido prestigio.

Sopesamos la situación y nos decidimos por descartar aquel piso también: mejor no importunar a la competencia.

Nos decantamos, pues, por la tercera opción. El inmueble que finalmente habría de convertirse en mi local de trabajo y residencia era un gran piso en la calle Sidi Mandri, en un edificio con fachada de azulejos cercano al Casino Español, el Pasaje Benarroch y el hotel Nacional, no lejos de la plaza de España, la Alta Comisaría y el palacio del jalifa con sus guardias imponentes vigilando la entrada, un despliegue exótico de turbantes y capas suntuosas mecidas por el aire.

Cerró Candelaria el trato con el hebreo Jacob Benchimol, quien, a partir de entonces y con tremenda discreción, se convirtió en mi casero a cambio del puntual montante de trescientas setenta y cinco pesetas mensuales. Tres días después, yo, la nueva Sira Quiroga, falsamente metamorfoseada en quien no era pero tal vez algún día llegara a ser, tomé posesión del local y abrí de par en par las puertas de una nueva etapa de mi vida.

—Adelántate tú sola —dijo Candelaria entregándome la llave—. Mejor será que a partir de ahora no nos vean andar mucho juntas. Dentro de un ratillo voy yo para allá.

Me abrí paso entre el trasiego de La Luneta recibiendo constantes miradas masculinas. No recordaba haber sido objeto ni de una cuarta parte de ellas en los meses anteriores, cuando mi imagen era la de una joven insegura de pelo recogido en un moño sin gracia, que caminaba con flojera arrastrando la ropa y las heridas de un pasado que intentaba olvidar. Ahora me movía con fingido desparpajo, esforzándome por desprender a mi paso un aroma de arrogancia y *savoir-faire* que nadie habría imaginado apenas unas semanas atrás.

A pesar de que intenté imponer a mis pasos un ritmo sosegado, no tardé más de diez minutos en alcanzar el destino. Nunca me había fijado en aquel edificio aunque se encontraba tan sólo a unos metros de la calle principal del barrio español. Me complació a primera vista comprobar que reunía todas las condiciones que yo había considerado deseables: excelente localización y buen empaque de puertas afuera, cierto aire de exotismo árabe en la azulejería de la fachada, cierto aire de sobriedad europea en su planteamiento interior. Las zonas comunes de acceso eran elegantes y bien distribuidas; la escalera, sin ser demasiado ancha, tenía una hermosa barandilla de forja que giraba con gracia al ascender los tramos.

El portal estaba abierto, como todos en aquellos años. Supuse que existía una portera, pero no se dejó ver. Comencé a subir con inquietud, casi de puntillas, intentando ensordecer el sonido de mis pisadas. De cara al exterior había ganado seguridad y prestancia, pero dentro de mí seguía intimidada y prefería pasar desapercibida en la medida que fuera posible. Llegué a la planta principal sin cruzarme con nadie y encontré un rellano con dos puertas idénticas. Izquierda y derecha, ambas cerradas. La primera pertenecía a la vivienda de los vecinos que aún no conocía. La segunda era la mía. Saqué la llave del bolso, la inserté en la cerradura con dedos nerviosos, la giré. Empujé tímidamente y durante unos segundos no me atreví a entrar; tan sólo recorrí con la mirada lo que el hueco de la puerta me dejó ver. Un amplio recibidor de paredes despejadas y suelo de baldosas geométricas en blanco y granate. El arranque de un pasillo al fondo. A la derecha, un gran salón.

A lo largo de los años hubo muchos momentos en los que el destino me preparó quiebros insospechados, sorpresas y esquinazos imprevistos que hube de afrontar a matacaballo según fueron viniendo. Alguna vez estuve preparada para ellos; muchas otras, no. Nunca, sin embargo, fui tan consciente de estar accediendo a un ciclo nuevo como aquel mediodía de octubre en el que mis pasos se atrevieron por fin a traspasar el umbral y resonaron en la oquedad de una casa sin muebles. Atrás quedaba un pasado complejo y, como en una premonición, al frente se abría una magnitud de espacio desnudo que el tiempo se encargaría de ir llenando. ¿Llenando de qué? De cosas y afectos. De instantes, sensaciones y personas; llenando de vida.

Me dirigí al salón medio en penumbra. Tres balcones cerrados y protegidos por contraventanas de madera pintada de verde frenaban la luz del día. Las abrí una a una y el otoño marroquí entró en la estancia a chorros, colmando las sombras de dulces augurios.

Paladeé el silencio y la soledad, y demoré la actividad unos minutos.

En el transcurso de los mismos no hice nada; tan sólo me mantuve de pie en el centro del vacío, asimilando mi nuevo lugar en el mundo. Al cabo de un breve tiempo, cuando supuse que era hora de salir del letargo, acumulé por fin una dosis razonable de decisión y me puse en marcha. Con el antiguo taller de doña Manuela como referencia, recorrí el piso entero y parcelé mentalmente sus zonas. El salón actuaría como gran recepción; allí se presentarían ideas, se consultarían figurines, se elegirían telas y hechuras y se harían los encargos. La habitación más cercana al salón, una especie de comedor con un mirador en la esquina, se convertiría en cuarto de pruebas. Una cortina en mitad del corredor separaría aquella zona exterior del resto del piso. El siguiente tramo de pasillo y sus correspondientes habitaciones servirían de zona de trabajo: taller, almacén, cuarto de plancha, depósito de acabados e ilusiones, todo lo que cupiera. El tercer trecho, el del fondo de la vivienda, el más oscuro y de menor presencia, sería para mí. Allí existiría mi yo verdadero, la mujer dolorida y a la fuerza trasterrada, llena de deudas, demandas e inseguridades. La que por todo capital contaba con una maleta medio vacía y una madre sola en una ciudad lejana que peleaba por su resistencia. La que sabía que para montar aquel negocio había sido necesario el precio de un buen montón de pistolas. Ése sería mi refugio, mi espacio íntimo. De ahí hacia fuera, si por fin conseguía que la suerte dejara de volverme la espalda, estaría el territorio público de la modista llegada de la capital de España para montar en el Protectorado la más soberbia casa de modas que la zona nunca hubiera conocido.

Regresé a la entrada y oí que alguien llamaba con los nudillos a la puerta. Abrí inmediatamente, sabía quién era. Candelaria entró escurriéndose como una lombriz robusta.

—¿Cómo lo ves, niña? ¿Te ha gustado? —preguntó ansiosa. Se había arreglado para la ocasión; traía puesto uno de los trajes que yo le había cosido, un par de zapatos que de mí había heredado y le quedaban dos números pequeños, y un peinado un tanto aparatoso que le había hecho a toda prisa su comadre Remedios. Tras el torpe maquillaje de los párpados, sus ojos oscuros mostraban un brillo contagioso. Aquél era también un día especial para la matutera, el principio de algo nuevo e inesperado. Con el negocio que a punto estaba de arrancar, había echado un órdago a la grande por primera y única vez toda en su tormentosa vida. Quizá la nueva etapa compensara las hambres de su infancia, las tundas de palos que le propinó su marido y las amenazas continuas que de boca de la policía llevaba años oyendo. Había pasado tres cuartas partes de su existencia trampeando, maquinando argucias, huyendo hacia delante y echando pulsos a la mala fortuna; tal vez había llegado la hora de sentarse a descansar.

No respondí inmediatamente a la pregunta sobre qué me parecía el local; antes le sostuve unos instantes la mirada y me paré a calibrar todo lo que aquella mujer había supuesto para mí desde que el comisario me descargara en su casa como el que deja un bulto indeseable.

La miré en silencio y frente a ella, inesperada, se cruzó la sombra de mi madre. Muy poco tenían que ver Dolores y la matutera. Mi madre era todo rigor y templanza, y Candelaria, a su lado, pura dinamita. Su forma de ser, sus códigos éticos y la forma en que enfrentaban ambas los envites del destino eran del todo dispares pero, por primera vez, aprecié entre ellas una cierta sintonía. Cada una a su manera y en su mundo, las dos pertenecían a una estirpe de mujeres valientes y luchadoras, capaces de abrirse paso en la vida con lo poco que la suerte les pusiera por delante. Por mí y por ellas, por todas nosotras, tenía que pelear para que aquel negocio saliera a flote.

—Me gusta mucho —respondí por fin sonriendo—. Es perfecto, Candelaria; no podría haber imaginado un sitio mejor.

Me devolvió la sonrisa y un pellizco en la mejilla, cargados los dos de afecto y de una sabiduría tan vieja como los tiempos. Ambas intuíamos que a partir de entonces todo sería distinto. Nos seguiríamos viendo, sí, pero sólo de cuando en cuando y discretamente. Íbamos a dejar de compartir techo, ya no presenciaríamos juntas las broncas sobre el mantel; no recogeríamos la mesa al terminar la cena, ni hablaríamos con susurros en la oscuridad de mi mísera habitación. Nuestros caminos estaban a punto de separarse, cierto. Pero las dos sabíamos que, hasta el fin de los días, nos uniría algo de lo que jamás nadie iba a oírnos hablar.

14

En menos de una semana estaba instalada. Espoleada por Candelaria, fui organizando espacios y pidiendo muebles, aparatos y herramientas. Ella lo asumía todo con ingenio y billetes, dispuesta a dejarse hasta las pestañas en aquel negocio de azar aún borroso.

—Pide por esa boca, mi alma, que yo no he visto un gran taller de costura en toda mi puñetera vida, así que no tengo mucha idea de los aperos que necesita un negocio de semejante ralea. Si no anduviéramos con la maldita guerra encima, podríamos irnos tú y yo a Tánger, a comprar maravillas francesas en Le Palais du Mobilier y, ya de paso, media docena de bragas en La Sultana, pero como estamos en Tetuán con la pata quebrada y no quiero que te asocien mucho conmigo, lo que vamos a hacer es que tú vas a ir pidiendo cosas y yo me las voy a ingeniar para conseguirlas con mis contactos. Así que dale carrete, criatura: dime qué tengo que ir buscando y por dónde empiezo.

—Primero el salón. Tiene que representar la imagen de la casa, dar una sensación de elegancia y buen gusto —dije rememorando el taller de doña Manuela y todas aquellas residencias que conocí en mis entregas. Aunque el piso de Sidi Mandri, construido a la medida de la pequeña Tetuán, era mucho menor en empaque y dimensiones que las buenas casas de Madrid, el recuerdo de los viejos tiempos podría servirme como ejemplo para estructurar el presente.

—¿Y qué le ponemos?

—Un sofá divino, dos pares de buenas butacas, una amplia mesa de centro y dos o tres más pequeñas para que sirvan de auxiliares. Cortinones de damasco para los balcones y una gran lámpara. De momento, basta. Pocas cosas, pero con mucho estilo y la mejor calidad.

—No veo claro cómo conseguir todo eso, muchacha, que en Tetuán no hay tiendas con tanto tronío. Déjame que piense un poco; tengo yo un amigo que trabaja con un transportista, que a ver si consigo que me haga un porte... Bueno, tú no te preocupes, que yo me las arreglo de alguna manera, y si alguna de las cosas es de segunda o tercera mano pero de calidad de la buena, buena, no creo que importe mucho, ¿verdad? Así parecerá que la casa tiene más solera. Sigue arreando, niña.

—Figurines, revistas de moda extranjeras. Doña Manuela las tenía por docenas; cuando iban quedándose viejas nos las regalaba y yo me las llevaba a casa, nunca me cansaba de mirarlas.

—Eso va a ser también difícil de conseguir: ya sabes que desde el alzamiento las fronteras están cerradas y es muy poco lo que se recibe de fuera. Pero bueno, sé quién tiene un salvoconducto para Tánger, le tantearé a ver si me las puede traer como un favor; ya me pasará luego una buena factura a cambio pero, en fin, de eso ya Dios dirá...

—A ver si hay suerte. Y encárguese de que sea un buen montón de las mejores. —Rememoré los nombres de algunas de las que solía comprar yo misma en Tánger en los últimos tiempos, cuando Ramiro empezaba a desentenderse de mí. En sus hermosos dibujos y fotografías me refugié noches enteras—. Las americanas *Harper's Bazaar, Vogue* y *Vanity Fair,* la francesa *Madame Figaro* —añadí—. Todas las que encuentre.

—Marchando. Más cosillas.

—Para el cuarto de pruebas, un espejo de tres cuerpos. Y otro par de butacas. Y un banco tapizado para dejar las prendas.

—Más.

—Telas. Trozos de tres o cuatro cuartas de los mejores tejidos que sirvan como muestras, no piezas enteras hasta que no veamos el asunto encaminado.

—Las mejores las tienen en La Caraqueña; de las de la *burrakía* que venden los moros junto al mercado ni hablar, que son mucho menos elegantes. Voy a ver también qué pueden conseguirme los indios de La Luneta, que son muy vivos y siempre andan con algo especial guardado en la trastienda. Y también tienen buenos contactos con la zona francesa, a ver si por allí también podemos sacar alguna cosilla interesante. Sigue pidiendo, morena.

—Una máquina de coser, una Singer americana a ser posible. Aunque casi todo el trabajo se haga a mano, convendrá tenerla. También una buena plancha con su tabla. Y un par de maniquíes. Del resto de las herramientas mejor me encargo yo en un minuto, sólo dígame dónde está la mejor mercería.

Y así nos fuimos organizando. Yo encargaba primero y Candelaria después, desde la retaguardia, recurría incansable a sus artes del trapicheo para lograr lo que necesitábamos. A veces venían cosas camufladas y a deshora, tapadas con mantas y cargadas por hombres de rostro cetrino. A veces los trajines se hacían a las claras del día, observados por todo aquel que pasara por la calle. Llegaron muebles, pintores y electricistas; recibí paquetes, instrumentos de trabajo y pedidos diversos sin fin. Enfundada en mi nueva imagen de mujer de mundo llena de glamour y desenvoltura, desde mis taconazos supervisé el proceso de principio a fin. Con aire resuelto, las pestañas cuajadas de máscara y atusándome sin cesar la nueva melena, ventilé oportunamente cuantos imprevistos se presentaron y me di a conocer entre los vecinos. Todos me saludaron discretos cada vez que me crucé con ellos en el portal o la escalera. En el bajo había una sombrerería y un estanco; en el principal, frente a mí, vivían una señora mayor enlutada y un hombre joven con gafas y cuerpo regordete que intuí como su hijo. Arriba, sendas familias con multitud de niños que intentaban curiosear todo lo posible a fin de averiguar quién iba a ser su próxima vecina.

Todo estuvo listo en unos cuantos días: ya sólo nos faltaba ser capaces de hacer algo con ello. Recuerdo como si fuera hoy la primera noche que dormí allí, sola y atemorizada; apenas conseguí un minuto de sueño. En las horas aún tempranas oí los últimos trasiegos domésticos de las viviendas próximas: algún niño llorando, una radio puesta, la madre y el hijo de la puerta de enfrente discutiendo a voces, el sonido de la loza y el agua al salir del grifo mientras alguien terminaba de fregar los últimos platos de una cena tardía. A medida que avanzaba la madrugada, los ruidos ajenos se silenciaron y otros imaginarios ocuparon su lugar: me parecía que los muebles crujían más de la cuenta, que sonaban pasos sobre las baldosas del pasillo y que las sombras me acechaban desde las paredes recién pintadas. Sin haberse aún intuido el primer rayo de sol, me levanté incapaz de contener la ansiedad un segundo más. Me dirigí al salón, abrí las contraventanas y me asomé a esperar el amanecer. Desde el alminar de una mezquita sonó la llamada para el *fayr*, la primera oración del día. No había aún nadie en las calles y las montañas del Gorgues, apenas intuidas en la penumbra, empezaron a percibirse majestuosas con las primeras luces. Poco a poco, perezosamente, la ciudad se fue poniendo en movimiento. Las sirvientas moras comenzaron a llegar envueltas en sus jaiques y pañolones. En sentido inverso, algunos hombres salieron al trabajo y varias mujeres con velo negro, de dos en dos, de tres en tres, emprendieron presurosas el camino hacia una misa tempranera. No llegué a ver a los niños marchar a los colegios; tampoco vi abrirse los comercios y las oficinas, ni a las criadas salir a por churros, ni a las madres de familia partir para el mercado a elegir los productos que los moritos después llevarían hasta sus casas en canastos cargados a la espalda. Antes entré de nuevo en el salón y me senté en mi flamante sofá de tafetán granate. ¿A qué? A esperar a que por fin cambiara el rumbo de mi suerte.

Llegó Jamila temprano. Nos sonreímos nerviosas, era el primer día para las dos. Candelaria me había cedido sus servicios y yo agradecí el gesto: nos habíamos tomado un gran cariño y la joven sería para mí una gran aliada, una hermana pequeña. «Yo me busco una Fatima en dos minutos; tú llévate a la Jamila, que es muy buena muchacha, ya verás lo bien que te ayuda.» Así que conmigo vino la dulce Jamila, encantada de quitarse de encima la intensa faena de la pensión y emprender junto a su *siñorita* una nueva actividad laboral que permitiera a su juventud llevar una existencia algo menos fatigosa.

Llegó Jamila, sí, pero nadie vino tras ella. Ni ese primer día, ni el siguiente, ni el siguiente tampoco. Las tres mañanas abrí los ojos antes del amanecer y me compuse con idéntico esmero. La ropa y el pelo impecables, la casa impoluta; las revistas glamurosas con sus mujeres elegantes sonriendo en las portadas, las herramientas ordenadas en el taller: todo perfecto al milímetro en espera de que alguien requiriera mis servicios. Nadie, sin embargo, parecía tener la intención de hacerlo.

A veces oía ruidos, pasos, voces en la escalera. Corría entonces de puntillas a la puerta y miraba ansiosa por la mirilla, pero los sonidos nunca resultaban ser para mí. Con el ojo pegado a la abertura redonda, vi pasar las figuras de niños ruidosos, señoras con prisa y padres con sombrero, criaditas cargadas, mozos de reparto, la portera y su mandil, el cartero tosiendo y un sinfín de figurantes más. Pero no llegó nadie dispuesto a encargar su guardarropa en mi taller.

Dudé entre avisar a Candelaria o seguir pacientemente a la espera. Dudé un día, dos, tres, hasta casi perder la cuenta. Por fin me decidí: iría a La Luneta y le pediría que intensificara sus contactos, que tocara todos los resortes necesarios para que las posibles clientas supieran que el negocio ya estaba en marcha. O lo conseguía o, a ese ritmo, nuestra empresa conjunta moriría antes de empezar. Pero no tuve ocasión de dar el paso y requerir la actuación de la matutera porque, precisamente aquella mañana, por fin el timbre sonó.

—Guten morgen. Mi nombre es Frau Heinz, soy nueva en Tetuán y necesito algunas prendas.

La recibí vestida con un traje de chaqueta que pocos días antes yo misma me había cosido. Azul plomo, falda de tubo estrecha como un lápiz, chaqueta entallada, sin camisa debajo y con el primer botón justo en el punto antecedente al milímetro a partir del cual el escote perdería su decencia. Y aun así, tremendamente elegante. Por todo aderezo, del cuello me colgaba una larga cadena de plata rematada en unas tijeras antiguas del mismo metal; no servían para cortar de puro viejas, pero las encontré en el bazar de un anticuario mientras buscaba una lámpara y de inmediato decidí convertirlas en parte de mi nueva imagen.

Apenas me miró la recién llegada a los ojos mientras se presentaba: su vista parecía más preocupada por calibrar la prestancia del establecimiento para cerciorarse de que éste estaba a la altura de lo que ella precisaba. Me resultó sencillo atenderla: sólo tuve que imaginar que yo no era yo misma, sino doña Manuela reencarnada en una extranjera atractiva y competente. Nos sentamos en el salón, cada una en una butaca; ella con pose resuelta un tanto hombruna y yo con mi mejor cruce de piernas mil veces ensayado. Me dijo con su media lengua lo que quería. Dos trajes de chaqueta, dos de noche. Y un conjunto para jugar al tenis.

—Ningún problema —mentí.

No tenía la menor idea de cómo demonios sería un conjunto para semejante actividad, pero no estaba dispuesta a reconocer mi ignorancia así tuviera delante un pelotón de fusilamiento. Consultamos las revistas y examinamos hechuras. Para los trajes de noche eligió sendos modelos de dos de los grandes creadores de aquellos años, Marcel Rochas y Nina Ricci, seleccionados de entre las páginas de una revista francesa con toda la alta costura de la temporada otoño-invierno de 1936. Las ideas para los trajes de día las extrajo del *Harper's Bazaar* americano: dos modelos de la casa Harry Angelo, un nombre que yo no había oído mencionar jamás aunque me cuidé muy mucho de declararlo abiertamente. Encantada por el despliegue de revistas en mi posesión, la alemana se esforzó por preguntarme en su rudimentario español dónde las había conseguido. Simulé no entenderla: si llegara a enterarse de las artimañas de mi socia la matutera para hacerse con ellas, mi primera clienta habría salido por piernas en aquel mismo momento y no habría vuelto a verla más. Pasamos después a la selección de las telas. Con las muestras que diversas tiendas me habían facilitado, expuse ante sus ojos todo un catálogo cuyos colores y calidades fui describiendo uno a uno.

La toma de decisiones fue relativamente rápida. Chifón, terciopelos y organzas para la noche; franela y cachemir para el día. Del modelo y tejido para el equipo de tenis no hablamos: ya me las ingeniaría en su momento. La visita duró una hora larga. En medio de la misma, Jamila, vestida con un kaftán color turquesa y con sus ojazos negros pintados con khol, hizo su aparición silenciosa con una bandeja bruñida que contenía pastas morunas y té dulce con hierbabuena. La germana aceptó encantada y con un guiño cómplice apenas perceptible, transmití a mi nueva sirvienta mi gratitud. La última tarea consistió en la toma de medidas. Apunté los datos en un cuaderno de tapas de piel con facilidad: la versión cosmopolita de doña Manuela en la que me había transmutado me estaba resultando de lo más útil. Concertamos la primera prueba para cinco días después y nos despedimos con la más exquisita educación. Adiós, Frau Heinz, muchas gracias por su visita. Adiós, Fräulein Quiroga, hasta la vista. Apenas cerré la puerta, me tapé la boca con las manos para evitar un grito y agarroté las piernas para no patear con ellas el suelo como un potro salvaje. De haber podido dar rienda suelta a mis impulsos, tan sólo habría explayado el entusiasmo de saber que nuestra primera clienta estaba en la red y ya no había marcha atrás.

Trabajé mañana, tarde y noche a lo largo de las siguientes jornadas. Era la primera vez que componía piezas de aquella envergadura por mí misma, sin supervisión ni ayuda de mi madre o doña Manuela. Puse por ello en la tarea los cinco sentidos multiplicados por cincuenta mil y, con todo, el temor a fallar no dejó de acompañarme ni un solo segundo. Descompuse mentalmente los modelos de las revistas y cuando las imágenes no dieron para más, afilé la imaginación e intuí todo aquello que no fui capaz de ver. Marqué las telas con jaboncillo y corté piezas con tanto miedo como precisión. Armé, desarmé y volví a armar. Hilvané, sobrehilé, compuse, descompuse y recompuse sobre un maniquí hasta que percibí el resultado como satisfactorio. Mucho había cambiado la moda desde que yo había empezado a moverme en aquel mundo de hilos y telas. Cuando entré en el taller de doña Manuela mediados los años veinte, predominaban las líneas sueltas, las cinturas bajas y los largos cortos para el día, y las túnicas lánguidas de cortes limpios y exquisita simplicidad para la noche. La década de los treinta trajo consigo largos más largos, cinturas ajustadas, cortes al bies, hombreras marcadas y siluetas voluptuosas. Cambiaba la moda como cambiaban los tiempos, y con ellos las exigencias de la clientela y las artes de las modistas. Pero supe adaptarme: ya me habría gustado haber conseguido para mi propia vida la facilidad con la que era capaz de acoplarme a los caprichos de las tendencias dictadas desde París.

15

Pasaron los primeros días en un remolino. Trabajaba sin descanso y salía muy poco, apenas lo justo para dar un breve paseo al caer la tarde. Solía cruzarme entonces con alguno de mis vecinos: la madre y el hijo de la puerta de enfrente amarrados del brazo, dos o tres de los niños de arriba bajando la escalera a todo correr o alguna señora con prisa por llegar a casa para organizar la cena de la familia. Sólo una sombra enturbió el quehacer de aquella semana inicial: el maldito traje de tenis. Hasta que me decidí a mandar a Jamila a La Luneta con una nota. «Necesito revistas con modelos de tenis. No importa que sean viejas.»

—Siñora Candelaria decir que Jamila volver mañana.

Y Jamila volvió al día siguiente a la pensión y regresó de nuevo con un fardo de revistas que apenas le cabía entre los brazos.

—Siñora Candelaria decir que siñorita Sira mirar estas revistas primero —avisó con voz dulce en su torpe español.

Llegaba arrebolada por la prisa, cargada de energía, desbordante de ilusión. En cierta manera me recordaba a mí misma en los primeros años en el taller de la calle Zurbano, cuando mi cometido era simplemente correr de acá para allá haciendo recados y entregando pedidos, transitando por las calles ágil y despreocupada como un gato joven de callejón, distrayéndome con cualquier pequeño entretenimiento que me permitiera arrancar minutos a la hora del regreso y demorar todo lo posible el encierro entre cuatro paredes. La nostalgia amenazó con darme un latigazo, pero supe apartarme a tiempo y escaquearme con un quiebro airoso: había aprendido a desarrollar el arte de la huida cada vez que presentía cercana la amenaza de la melancolía.

Me lancé ansiosa sobre las revistas. Todas atrasadas, muchas bien sobadas, algunas incluso con la portada ausente. Pocas de moda, la mayor parte de temática más general. Unas cuantas francesas y la mayoría españolas o propias del Protectorado: *La Esfera, Blanco y Negro, Nuevo Mundo, Marruecos Gráfico, Ketama.* Varias páginas aparecían con una esquina doblada, posiblemente Candelaria les había dado un barrido previo y me mandaba señaladas algunas hojas. Las abrí y lo primero que vi no resultó lo esperado. En una fotografía, dos señores peinados con brillantina y vestidos enteramente de blanco se estrechaban las manos derechas por encima de una red mientras en sendas izquierdas sostenía cada uno una raqueta. En otra imagen, un grupo de damas elegantísimas aplaudían la entrega de un trofeo a otro tenista masculino. Caí entonces en la cuenta de que en mi breve nota para Candelaria no había especificado que el traje de tenis debía ser femenino. A punto estaba de llamar a Jamila para que repitiera su visita a La Luneta cuando lancé un grito de júbilo. En la tercera de las revistas marcadas aparecía justo lo que yo necesitaba. Un amplio reportaje mostraba a una mujer tenista con un jersey claro y una especie de falda dividida, mitad la prenda de siempre, mitad pantalón ancho: algo que yo no había visto en mi vida y con toda probabilidad la mayoría de los lectores de aquella revista tampoco, a juzgar por la atención detallada que las fotografías parecían darle al equipamiento.

El texto estaba escrito en francés y apenas pude entenderlo, pero algunas referencias destacaban repetidamente: la tenista Lilí Álvarez, la diseñadora Elsa Schiaparelli, un lugar llamado Wimbledon. A pesar de la satisfacción por haber encontrado alguna referencia sobre la que trabajar, ésta pronto se vio enturbiada por una sensación de inquietud. Cerré la revista y la examiné con detenimiento. Era vieja, amarillenta. Busqué la fecha. 1931. Faltaba la contraportada, los bordes tenían manchas de humedad, algunas páginas aparecían rajadas. Empezó a invadirme la preocupación. No podía enseñar tal vejestorio a la alemana para pedir su opinión sobre el conjunto; echaría por la borda mi falsa imagen de modista exquisita de últimas tendencias. Paseé nerviosa por la casa, tratando de encontrar una salida, una estrategia: cualquier cosa que me sirviera para solventar el imprevisto. Tras traquetear incesante sobre las baldosas del pasillo varias docenas de veces, lo único que se me ocurrió fue copiar yo misma el modelo e intentarlo hacer pasar como una propuesta original mía, pero no tenía la menor idea de dibujo y el resultado habría sido tan torpe que me habría hecho descender varios peldaños en la escala de mi supuesto pedigrí. Incapaz de sosegarme, decidí una vez más recurrir a Candelaria.

Jamila había salido: el quehacer liviano de la nueva casa le permitía constantes ratos de asueto, algo impensable en sus jornadas de dura faena en la pensión. A la caza del tiempo perdido, la joven aprovechaba aquellos momentos para echarse a la calle constantemente con la excusa de ir a hacer cualquier pequeño recado. «¿Siñorita querer Jamila va a comprar pipas?, ¿sí?» Antes de obtener una respuesta ya estaba trotando escalera abajo en busca de pipas, o de pan, o de fruta, o de nada más que aire y libertad. Arranqué las páginas de las revista, las guardé en el bolso y decidí entonces ir yo misma a La Luneta, pero al llegar no encontré a la matutera. En la casa sólo estaba la nueva sirvienta bregando en la cocina y el maestro junto a la ventana, aquejado de un fuerte catarro. Me saludó con simpatía.

—Vaya, vaya, qué bien parece que nos va la vida desde que hemos cambiado de madriguera —dijo ironizando sobre mi nuevo aspecto.

Apenas hice caso a sus palabras: mis urgencias eran otras.

—¿No tendrá usted idea de por dónde para Candelaria, don Anselmo?

—Ni la menor, hija mía; ya sabes que se pasa la vida de acá para allá, moviéndose como rabo de lagartija.

Me retorcí los dedos nerviosa. Necesitaba encontrarla, necesitaba una solución. El maestro intuyó mi inquietud.

—¿Te pasa algo, muchacha?

Recurrí a él a la desesperada.

—Usted no sabrá dibujar bien, ¿verdad?

—¿Yo? Ni la o con un canuto. Sácame del triángulo equilátero y estoy perdido.

No tenía la menor idea de lo que semejante cosa sería, pero igual me daba: el caso era que mi antiguo compañero de pensión tampoco podría ayudarme. Volví a retorcerme los dedos y me asomé al balcón por si veía a Candelaria regresar. Contemplé la calle llena de gente, taconeé nerviosa con un movimiento inconsciente. La voz del viejo republicano sonó a mi espalda.

—¿Por qué no me dices qué es lo que andas buscando, por si puedo ayudarte?

Me volví.

—Necesito a alguien que dibuje bien para copiarme unos modelos de una revista.

—Vete a la escuela de Bertuchi.

—¿De quién?

—Bertuchi, el pintor. —El gesto de mi cara le hizo partícipe de mi ignorancia—. Pero muchacha, ¿llevas tres meses en Tetuán y aún no sabes quién es el maestro Bertuchi? Mariano Bertuchi, el gran pintor de Marruecos.

Ni sabía quién era el tal Bertuchi, ni me interesaba lo más mínimo. Lo único que yo quería era una solución urgente para mi problema.

—¿Y él me podrá dibujar lo que necesito? —pregunté ansiosa.

Don Anselmo soltó una risotada seguida por un ataque de bronca tos. Los tres paquetes diarios de cigarrillos Toledo le pasaban cada día una factura más negra.

—Pero qué cosas tienes, Sirita, hija mía. Cómo va a ponerse Bertuchi a dibujarte a ti figurines. Don Mariano es un artista, un hombre volcado en su pintura, en hacer pervivir las artes tradicionales de esta tierra y en difundir la imagen de Marruecos fuera de sus fronteras, pero no es un retratista por encargo. Lo que en su escuela puedes encontrar es un buen montón de gente que te puede echar una mano; jóvenes pintores con poco quehacer, muchachas y muchachos que asisten a clases para aprender a pintar.

—¿Y dónde está esa escuela? —pregunté mientras me ponía el sombrero y agarraba con prisa el bolso.

—Junto a la Puerta de la Reina.

El desconcierto de mi rostro debió de resultarle de nuevo conmovedor porque, tras otra áspera carcajada y un nuevo golpe de tos, se levantó con esfuerzo del sillón y añadió.

—Anda, vamos, que te acompaño.

Salimos de La Luneta y nos adentramos en el mellah, el barrio judío; atravesamos sus calles estrechas y ordenadas mientras en silencio rememoraba los pasos sin rumbo en la noche de las armas. Todo, sin embargo, parecía distinto a la luz del día, con los pequeños comercios funcionando y las casas de cambio abiertas. Accedimos después a las callejas morunas de la medina, con su entramado laberíntico en el que aún me costaba orientarme. A pesar de la altura de los tacones y de la estrechez tubular de la falda, intentaba caminar con trote presuroso sobre el empedrado. La edad y la tos, sin embargo, impedían a don Anselmo mantener mi ritmo. La edad, la tos y su incesante charla sobre el colorido y la luminosidad de las pinturas de Bertuchi, sobre sus óleos, acuarelas y plumillas, y sobre las actividades del pintor como promotor de la escuela de artes indígenas y la preparatoria de Bellas Artes.

—¿Tú has mandado alguna carta a España desde Tetuán? —preguntó.

Había mandado a mi madre cartas, claro que sí. Pero mucho dudaba de que, con los tiempos que corrían, éstas hubieran alcanzado su destino en Madrid.

—Pues casi todos los sellos del Protectorado han sido impresos a partir de dibujos suyos. Imágenes de Alhucemas, Alcazarquivir, Xauen, Larache, Tetuán. Paisajes, personas, escenas de la vida cotidiana: todo sale de sus pinceles.

Continuamos andando, él hablando, yo forzando el paso y escuchando.

—Y los carteles y los afiches para promocionar el turismo, ¿no los has visto tampoco? No creo que en estos días aciagos que vivimos tenga nadie intención de hacer visitas de placer a Marruecos, pero el arte de Bertuchi ha sido durante años el encargado de difundir las bonanzas de esta tierra.

Sabía a qué carteles se refería, estaban colgados por muchos sitios, a diario los veía. Estampas de Tetuán, de Ketama, de Arcila, de otros rincones de la zona. Y, debajo de ellos, la leyenda «Protectorado de la república española en Marruecos». Poco tardarían en cambiarles el nombre.

Llegamos a nuestro destino tras una buena caminata en la que fuimos sorteando hombres y zocos, cabras y niños, chaquetas, chilabas, voces regateando, mujeres embozadas, perros y charcos, gallinas, olor a cilantro y hierbabuena, a horneo de pan y aliño de aceitunas; vida, en fin, a borbotones. La escuela se encontraba en el límite de la ciudad, en un edificio perteneciente a una antigua fortaleza colgado sobre la muralla. En su entorno había un movimiento moderado, personas jóvenes entrando y saliendo, algunos solos, otros charlando en grupo; unos con grandes carpetas bajo el brazo y otros no.

—Hemos llegado. Aquí te dejo; voy a aprovechar el paseo para tomarme un vinito con unos amigos que viven en la Suica; últimamente salgo poco y tengo que amortizar cada visita que hago a la calle.

—¿Y cómo hago para volver? —pregunté insegura. No había prestado la menor atención a los recovecos del camino; pensaba que el maestro haría conmigo el recorrido inverso.

—No te preocupes, cualquiera de estos muchachos estará encantado de ayudarte. Buena suerte con tus dibujos, ya me contarás el resultado.

Le agradecí el acompañamiento, subí los escalones y entré en el recinto. Noté varias miradas posarse de repente sobre mí; no debían de estar en aquellos días acostumbrados a la presencia de mujeres como yo en la escuela. Accedí hasta mitad de la entrada y me paré, incómoda, perdida, sin saber qué hacer ni por quién preguntar. Sin tiempo para plantearme siquiera mi siguiente paso, una voz sonó a mi espalda.

—Vaya, vaya, mi hermosa vecina.

Me giré sin tener la menor idea de quién podría haber pronunciado tales palabras y al hacerlo encontré al hombre joven que vivía frente a mi casa. Allí estaba, esta vez solo. Con varios kilos de más y bastante menos pelo de lo que correspondería a una edad que probablemente aún no alcanzara la treintena. No me dejó hablar siquiera. Lo agradecí, no habría sabido qué decirle.

—Se la ve un poco despistada. ¿Puedo ayudarla?

Era la primera vez que me dirigía la palabra. Aunque nos habíamos cruzado varias veces desde mi llegada, siempre lo había visto en compañía de su madre. En aquellos encuentros apenas habíamos musitado ninguno de los tres nada más allá que algún cortés buenas tardes. Conocía también otra vertiente de sus voces bastante menos amable: la que oía desde mi casa casi todas las noches, cuando madre e hijo se enzarzaban hasta las tantas en discusiones acaloradas y tumultuosas. Decidí ser clara con él: no tenía ningún subterfugio preparado ni manera inmediata de buscarlo.

—Necesito a alguien que me haga unos dibujos.

—¿Puede saberse de qué?

Su tono no era insolente; sólo curioso. Curioso, directo y levemente amanerado. Parecía mucho más resuelto solo que en presencia de su madre.

—Tengo unas fotografías de hace unos años y quiero que me dibujen unos figurines basados en ellas. Como ya sabrá, soy modista. Son para un modelo que debo coser para una clienta; antes tengo que mostrárselo para que lo apruebe.

—¿Trae las fotografías con usted?

Asentí con un breve gesto.

—¿Me las quiere enseñar? Tal vez yo pueda ayudarla.

Miré alrededor. No había demasiada gente, pero sí la suficiente como para resultarme incómodo hacer exposición pública de los recortes de la revista. No necesité decírselo; él mismo lo intuyó.

—¿Salimos?

Una vez en la calle, extraje las viejas páginas del bolso. Se las tendí sin palabras y las miró con atención.

—Schiaparelli, la musa de los surrealistas, qué interesante. Me apasiona el surrealismo, ¿a usted no?

No tenía la menor idea de lo que me estaba preguntando y, en cambio, me corría una prisa enorme el resolver mi problema, así que redirigí el rumbo de la conversación haciendo caso omiso a su pregunta.

—¿Sabe quién puede hacérmelos?

Me miró tras sus gafas de miope y sonrió sin despegar los labios.

—¿Cree que puedo servirle yo?

Aquella misma noche me trajo los bocetos; no imaginaba que lo hiciera tan pronto. Ya estaba preparada para dar fin al día, me había puesto el camisón y una bata larga de terciopelo que yo misma me había cosido para matar el tiempo en los días vacíos que pasé a la espera de clientas. Acababa de cenar con una bandeja en el salón y sobre ella quedaban los restos de mi frugal sustento: un racimo de uvas, un trozo de queso, un vaso de leche, unas galletas. Todo estaba en silencio y apagado, excepto una lámpara de pie prendida en una esquina. Me sorprendió que llamaran a la puerta casi a las once de la noche, me acerqué deprisa a la mirilla, curiosa y asustada a partes iguales. Cuando comprobé quién era, descorrí el cerrojo y abrí.

—Buenas noches, querida. Espero no importunarla.

—No se preocupe, aún estaba levantada.

—Le traigo unas cositas —anunció dejándome entrever las cartulinas que llevaba en las manos sujetas a la espalda.

No me las tendió, sino que las mantuvo medio ocultas mientras esperaba mi reacción. Dudé unos segundos antes de invitarle a entrar a aquella hora tan intempestiva. Él, entretanto, permaneció impasible en el umbral, con su trabajo fuera de mi vista y una sonrisa de apariencia inofensiva plasmada en la cara.

Entendí el mensaje. No tenía intención de mostrarme ni un centímetro hasta que le dejara pasar.

—Adelante, por favor —accedí por fin.

—Gracias, gracias —susurró suavemente sin ocultar su satisfacción por haber logrado su objetivo. Venía con camisa y pantalón de calle y un batín de fieltro encima. Y con sus gafitas. Y con sus gestos algo afectados.

Estudió la entrada con descaro y se adentró en el salón sin esperar a que le invitara.

—Me gusta muchísimo su casa. Es muy airosa, muy *chic*.

—Gracias, aún estoy instalándome. ¿Podría, por favor, enseñarme lo que me trae?

No necesitó el vecino más palabras para entender que, si le había dejado entrar a aquellas horas, no era precisamente para oír sus comentarios sobre cuestiones decorativas.

—Aquí tiene su encarguito —dijo mostrándome por fin lo que hasta entonces había mantenido oculto.

Tres cartulinas dibujadas en lápiz y pastel mostraban desde distintos ángulos y poses a una modelo estilizada hasta lo irreal, luciendo el estrambótico modelo de la falda que no lo era. La satisfacción debió de reflejarse en mi cara de forma instantánea.

—Asumo que los da por buenos —dijo con un punto de orgullo indisimulado.

—Los doy por buenísimos.

—¿Se los queda, entonces?

—Por supuesto. Me ha sacado de un gran apuro. Dígame qué le debo, por favor.

—Las gracias, nada más: es un regalo de bienvenida. Mamá dice que hay que ser educados con los vecinos, aunque usted a ella le gusta regulín. Creo que le parece demasiado resuelta y un poquito frivolona —apuntó irónico.

Sonreí y una levísima corriente de sintonía pareció unirnos momentáneamente; apenas un soplo de aire que se fue como vino en cuanto oímos a la progenitora gritar a través de la puerta entreabierta el nombre de su hijo.

—¡Fééééééé-lix! —Alargaba la *e* sosteniéndola como en el elástico de un tirachinas. Una vez que tensaba al máximo la primera sílaba, disparaba con fuerza la segunda—. Féééééééé-lix —repitió. Puso él entonces los ojos en blanco e hizo un exagerado ademán de desesperación.

—No puede vivir sin mí, la pobre. Me marcho.

La voz de grulla de la madre volvió a requerirle por tercera vez con su vocal inicial infinita.

—Recurra a mí cuando quiera; estaré encantado de hacerle más figurines, me enloquece todo lo que venga de París. Vuelvo a la mazmorra. Buenas noches, querida.

Cerré la puerta y me quedé un largo rato contemplando los dibujos.

Eran realmente una preciosidad, no podría haber imaginado un resultado mejor. Aunque no fueran obra mía, aquella noche me acosté con un grato sabor de boca.

Me levanté al día siguiente temprano; esperaba a mi clienta a las once para las primeras pruebas, pero quería ultimar todo al detalle antes de su llegada. Jamila aún no había vuelto del mercado, debía de estar a punto de hacerlo. A las once menos veinte sonó el timbre; pensé que tal vez la alemana se habría adelantado. Volvía yo a llevar el mismo traje azul marino de la vez anterior: había decidido utilizarlo para recibirla como si fuera un uniforme de trabajo, elegancia en estado de pura simplicidad. De esa manera explotaría mi vertiente profesional y disimularía que apenas tenía ropa de otoño en el armario. Ya estaba peinada, perfectamente maquillada, con mis tijeras de plata vieja colgadas del cuello. Sólo me faltaba un pequeño toque: el disfraz invisible de mujer vivida. Me lo puse presta y abrí yo misma la puerta con desparpajo. Y entonces el mundo se me cayó a los pies.

—Buenos días, señorita —dijo la voz quitándose el sombrero—. ¿Puedo pasar?

Tragué saliva.

—Buenos días, comisario. Por supuesto; adelante, por favor.

Le dirigí al salón y le ofrecí asiento. Se acercó a un sillón sin prisa, como distraído en observar la estancia a medida que avanzaba. Desplazó sus ojos con detenimiento por las elaboradas molduras de escayola del techo, por las cortinas de damasco y la gran mesa de caoba llena de revistas extranjeras. Por la antigua lámpara de araña, hermosa y espectacular, conseguida por Candelaria sabría Dios dónde, por cuánto y con qué oscuras mañas. Me noté el pulso acelerado y el estómago vuelto del revés.

Se acomodó por fin y yo me senté enfrente, en silencio, esperando sus palabras e intentando disimular mi inquietud ante su presencia inesperada.

—Bien, veo que las cosas marchan viento en popa.

—Hago lo que puedo. He empezado a trabajar; ahora mismo estaba esperando a una clienta.

—Y ¿a qué se dedica exactamente? —preguntó. De sobra conocía él la respuesta, pero por alguna razón tenía interés en que yo misma se lo hiciera saber.

Traté de utilizar un tono neutro. No quería que me viera amedrentada y con apariencia culpable, pero tampoco tenía la intención de mostrarme ante sus ojos como la mujer excesivamente segura y resuelta que él mismo, mejor que nadie, sabía que yo no era.

—Coso. Soy modista —dije.

No replicó. Simplemente me miró con sus ojos punzantes y esperó a que continuara con mis explicaciones. Se las desgrané sentada recta en el borde del sofá, sin desplegar ni un atisbo de las poses del sofisticado inventario de posturas mil veces ensayado para mi nueva persona. Ni cruces de piernas espectaculares. Ni atuses airosos de melena. Ni el más leve de los pestañeos. Compostura y sosiego fue lo único que me esforcé por transmitir.

—Ya cosía en Madrid; llevo media vida haciéndolo. Trabajé en el taller de una modista muy reputada, mi madre era oficiala en él. Aprendí mucho allí: era una casa de modas excelente y cosíamos para señoras importantes.

—Entiendo. Un oficio muy honorable. Y ¿para quién trabaja ahora, si puede saberse?

Volví a tragar saliva.

—Para nadie. Para mí misma.

Levantó las cejas con gesto de fingido asombro.

—Y ¿puedo preguntarle cómo se las ha arreglado para montar este negocio usted sola?

El comisario Vázquez podía ser inquisitivo hasta la muerte y duro como el acero pero, ante todo, era un señor y como tal formulaba las preguntas con una cortesía inmensa. Con cortesía aderezada con un toque de cinismo que no se esforzaba en disimular. Se le veía mucho más relajado que en sus visitas al hospital. No estaba tan tirante, tan tenso. Lástima que yo no fuera capaz de proporcionarle unas respuestas más acordes con su elegancia.

—Me han prestado el dinero —dije simplemente.

—Vaya, qué suerte ha tenido —ironizó—. Y ¿sería tan amable de decirme quién ha sido la persona que le ha hecho tan generoso favor?

Creí que no iba a ser capaz, pero la respuesta me salió de la boca de manera inmediata. Inmediata y segura.

—Candelaria.

—¿Candelaria la matutera? —preguntó con una medio sonrisa cargada a partes iguales de sarcasmo e incredulidad.

—La misma, sí, señor.

—Bueno, qué interesante. Desconocía que el trapicheo diera para tanto en estos tiempos.

Volvió a mirarme con aquellos ojos como barrenas y supe que en aquel momento mi suerte estaba en el exacto punto intermedio entre la supervivencia y el despeñamiento. Como una moneda lanzada al aire con las mismas probabilidades de caer de cara que de cruz. Como un funámbulo patoso sobre el alambre, con la mitad de las posibilidades de acabar en el suelo y exactamente las mismas de mantenerse airoso en las alturas. Como una pelota de tenis disparada por la modelo del figurín pintado por mi vecino, una pelota fallida propulsada por una grácil jugadora vestida de Schiaparelli: una bola que no cruza el campo, sino que, durante la eternidad de unos cuantos segundos, se mantiene haciendo equilibrios sobre la red antes de precipitarse a uno de los lados, dudando entre otorgar el tanto a la tenista glamurosa esbozada con trazos de pastel o a su anónima contraria. A un lado la salvación y a otro el derrumbamiento; yo en medio. Así me vi ante el comisario Vázquez aquella mañana de otoño en que su presencia vino a confirmar mis peores premoniciones. Cerré los ojos, tomé aire por la nariz. Después los abrí y hablé.

—Mire, don Claudio: usted me aconsejó que trabajara y eso es lo que estoy haciendo. Esto es un negocio decente, no un entretenimiento pasajero ni la tapadera de algo sucio. Usted tiene mucha información sobre mí: sabe por qué estoy aquí, los motivos que causaron mi caída y las circunstancias que impiden que me pueda marchar. Pero desconoce de dónde vengo y adónde quiero ir, y ahora, si me permite un minuto, se lo voy a contar. Yo procedo de una casa humilde: mi madre me crió sola, soltera. De la existencia de mi padre, de ese padre que me dio el dinero y las joyas que en gran parte generaron mi desdicha, no tuve conocimiento hasta hace unos meses. Nunca supe de él hasta que un día, de pronto, intuyó que le iban a matar por motivos políticos y, al pararse a ajustar cuentas con su propio pasado, decidió reconocerme y legarme una parte de su herencia. Hasta entonces, sin embargo, yo no había sabido siquiera su nombre ni había disfrutado de un mísero céntimo de su fortuna. Empecé por eso a trabajar cuando apenas levantaba tres palmos del suelo: mis tareas al principio no iban más allá de hacer recados y barrer el suelo por cuatro perras siendo aún una criatura, cuando tenía la misma edad de esas niñas con el uniforme de la Milagrosa que hace sólo un rato han pasado por la calle; quizá alguna fuera su propia hija camino del colegio, de ese mundo de monjas, caligrafías y declinaciones en latín que yo nunca tuve oportunidad de conocer porque en mi casa hacía falta que aprendiera un oficio y ganara un jornal. Pero lo hice con gusto, no crea: me encantaba coser y tenía mano, así que aprendí, me esforcé, perseveré y me convertí con el tiempo en una buena costurera. Y si un día lo dejé, no fue por capricho, sino porque las cosas se pusieron difíciles en Madrid: a la luz de la situación política muchas de nuestras clientas marcharon al extranjero, aquel taller cerró y ya no hubo manera de encontrar más trabajo.

»Yo no me he buscado problemas jamás, comisario; todo lo que me ha pasado en este último año, todos esos delitos en los que supuestamente estoy implicada, usted lo sabe bien, no se han producido por mi propia voluntad, sino porque alguien indeseable se cruzó un mal día en mi camino. Y no puede usted ni siquiera imaginarse lo que daría por borrar de mi vida la hora en que aquel canalla entró en ella, pero ya no hay marcha atrás y los problemas de él son ahora los míos, y sé que tengo que salir de ellos como sea: es mi responsabilidad y como tal la asumo. Sepa, sin embargo, que la única manera en que puedo hacerlo es cosiendo: no sirvo para más. Si usted me cierra esa puerta, si me corta esas alas, me va a estrangular porque no voy a poder dedicarme a ninguna otra cosa. Lo he intentado, pero no he encontrado a nadie dispuesto a contratarme porque nada más sé hacer. Así que le quiero pedir un favor, sólo uno: déjeme seguir con este taller y no indague más. Confíe en mí, no me hunda. El alquiler de este piso y todos los muebles que en él hay están pagados hasta la última peseta; no he engañado a nadie para ello y nada debo en ningún sitio. Lo único que este negocio necesita es alguien que lo trabaje, y para eso estoy yo, dispuesta a dejarme en él el espinazo de noche y de día. Sólo permítame trabajar tranquila, no le crearé el menor problema, se lo juro por mi madre que es lo único que tengo. En cuanto consiga el dinero que debo en Tánger; en cuanto salde mi deuda y la guerra termine, regresaré junto a ella y no volveré a molestarle más. Pero mientras tanto, se lo ruego, comisario, no me exija más explicaciones y déjeme seguir adelante. Sólo le pido eso: que me quite el pie del cuello y no me asfixie antes de empezar porque, como lo haga, usted no va a ganar nada y yo, sin embargo, voy a perderlo todo.

No respondió y yo tampoco añadí una palabra más; nos sostuvimos simplemente la mirada. Contra todo pronóstico, había conseguido llegar al final de mi intervención con la voz firme y el temple sereno, sin derrumbarme. Me había por fin vaciado, despojado de todo lo que me llevaba reconcomiendo tanto tiempo. Noté de pronto una fatiga inmensa. Estaba cansada de haber sido apaleada por un cretino sin escrúpulos, de los meses que llevaba viviendo con miedo, de sentirme constantemente amenazada. Cansada de cargar con una culpa tan pesada, encogida como aquellas pobres mujeres moras a las que a menudo veía caminar juntas, lentas y encorvadas, envueltas en sus jaiques y arrastrando los pies, acarreando sobre la espalda bultos y fardos de leña, racimos de dátiles, chiquillos, cántaros de barro y sacos de cal. Estaba harta de sentirme acobardada, humillada; harta de vivir de una manera tan triste en aquella tierra extraña. Cansada, harta, agotada, exhausta y, sin embargo, dispuesta a empezar a sacar las uñas para pelear por salir de mi ruina.

Fue el comisario quien finalmente rompió el silencio. Antes se puso en pie; yo le imité, me estiré la falda, deshice con cuidado sus arrugas. Cogió él su sombrero y le dio un par de vueltas, contemplándolo concentrado. Ya no era el sombrero flexible y veraniego de unos meses atrás; ahora se trataba de un borsalino oscuro e invernal, un buen sombrero de fieltro color chocolate que giró entre los dedos como si en él estuviera la clave de sus pensamientos. Cuando terminó de moverlo, habló.

—De acuerdo. Accedo. Si nadie me viene con algo evidente, no voy a investigar cómo se las ha ingeniado para montar todo esto. A partir de ahora la voy a dejar trabajar y sacar adelante su negocio. La voy a dejar vivir tranquila. A ver si tenemos suerte y eso nos libra de problemas a los dos.

No dijo más ni esperó a que yo respondiera. Apenas pronunciada la última sílaba de su breve sentencia, hizo un gesto de despedida con un movimiento de la mandíbula y se encaminó hacia la puerta. A los cinco minutos llegó Frau Heinz. Qué pensamientos me pasaron por la cabeza durante el tiempo que separó ambas presencias es algo que nunca fui capaz de recordar. Sólo me queda la memoria de que, cuando la alemana llamó al timbre y yo acudí a abrir, me sentía como si me hubieran arrancado del alma el peso entero de una montaña.

SEGUNDA PARTE

16

A lo largo del otoño hubo más clientas; extranjeras adineradas en su mayoría, tuvo razón mi socia la matutera en su presagio. Varias alemanas. Alguna italiana. Unas cuantas españolas también, esposas de empresarios casi siempre, que la administración y el ejército andaban en tiempos convulsos. Alguna judía rica, sefardí, hermosa, con su castellano suave y viejo de otra cadencia, *hadreando* con su ritmo melodioso en haketía, con palabras raras, antiguas: *mi wueno, mi reina, buena semana mos dé el Dió, ansina como te digo que ya te contí.*

El negocio prosperaba poco a poco, se fue corriendo la voz. Entraba dinero: en pesetas de Burgos, en francos franceses y marroquíes, en moneda hassani. Lo guardaba todo en una pequeña caja de caudales cerrada con siete llaves en el segundo cajón de la mesilla de noche. A treinta de cada mes entregaba el montante a Candelaria. El tiempo de decir amén tardaba la matutera en apartar un puñado de pesetas para los gastos corrientes y liar el resto de los billetes en un rulo compacto que diestra se introducía en el canalillo. Con la ganancia del mes al cobijo caliente de sus opulencias, corría a buscar entre los hebreos al cambista que mejor apaño le hiciera. Volvía al rato a la pensión, sin resuello y con un montón tubular de libras esterlinas guarecido en el mismo escondite. Con el aliento aún entrecortado por la prisa, se sacaba de entre los pechos el botín. «A lo seguro, chiquilla, a lo seguro, que para mí que los más listos son los ingleses. Pesetas de Franco no vamos a ahorrar tú y yo ni una, que como al cabo terminen perdiendo la guerra los nacionales, no van a servirnos ni para limpiarnos el culo.» Repartía con justicia: la mitad para mí, la mitad para ti. Y que nunca nos falte, mi alma.

Me acostumbré a vivir sola, serena, sin miedos. A ser responsable del taller y de mí misma. Trabajaba mucho, me distraía poco. El volumen de pedidos no exigía más manos, seguí sin ayuda. La actividad era por eso incesante, con los hilos, las tijeras, con imaginación y la plancha. Salía a veces en busca de telas, a forrar botones o elegir bobinas y corchetes. Disfrutaba sobre todo de los viernes: me acercaba a la vecina plaza de España —el Feddán le decían los moros— para ver al jalifa salir de su palacio y dirigirse a la mezquita sobre un caballo blanco, bajo un parasol verde, rodeado por soldados indígenas con uniformes de ensueño, un espectáculo imponente. Solía caminar después por la que ya comenzaba a llamarse calle del Generalísimo, continuaba el paseo hasta la plaza de Muley-el-Mehdi y pasaba frente a la iglesia de Nuestra Señora de las Victorias, la misión católica, abarrotada de lutos y plegarias por la guerra.

La guerra: tan lejana, tan presente. Del otro lado del Estrecho llegaban noticias por las ondas, por la prensa y saltando de boca en boca. La gente, en sus casas, marcaba los avances con alfileres de colores sobre los mapas clavados en las paredes. Yo, en la soledad de la mía, me informaba sobre lo que en mi país iba aconteciendo. El único capricho que me permití en esos meses fue la compra de un aparato de radio; gracias a él supe antes de fin de año que el gobierno de la República se había trasladado a Valencia y había dejado al pueblo solo para defender Madrid. Llegaron las Brigadas Internacionales a ayudar a los republicanos, Hitler y Mussolini reconocieron la legitimidad de Franco, fusilaron a José Antonio en la cárcel de Alicante, junté ciento ochenta libras, llegó la Navidad.

Pasé aquella primera Nochebuena africana en la pensión. Aunque intenté rechazar la invitación, la dueña me convenció una vez más con su vehemencia arrolladora.

—Tú te vienes a cenar a La Luneta y no hay más que hablar, que mientras la Candelaria tenga un sitio en su mesa, aquí no pasa nadie las pascuas solo.

No pude negarme, pero cuánto esfuerzo me costó. A medida que las fiestas se acercaban, los soplos de tristeza empezaron a colarse entre los resquicios de las ventanas y a filtrarse por debajo de las puertas, hasta dejar el taller invadido de melancolía. Cómo estaría mi madre, cómo soportaría la incertidumbre de no saber de mí, cómo se las arreglaría para mantenerse en aquellos tiempos atroces. Las preguntas sin respuesta me asaltaban a cada momento e incrementaban por días mi desazón. El ambiente alrededor contribuía poco a mantener alto el optimismo: apenas se palpaba una pizca de alegría a pesar de que los comercios lucían algunos adornos, la gente intercambiaba parabienes y los niños de los pisos vecinos tarareaban villancicos al trotar por la escalera. La certeza de lo que pasaba en España era tan densa y oscura que nadie parecía tener el ánimo para celebraciones.

Llegué a la pensión pasadas las ocho de la tarde, apenas me crucé con nadie por la calle. Candelaria había asado un par de pavos: los primeros ingresos del nuevo negocio habían aportado una cierta prosperidad a su despensa. Yo llevé dos botellas de vino gasificado y un queso de bola holandés traído de Tánger a precio de oro. Encontré a los huéspedes desgastados, amargos, tan tristes. La patrona, en compensación, se esforzaba por mantener elevada la moral de la parroquia cantando arremangada a voz en grito mientras terminaba de preparar la cena.

—Ya estoy aquí, Candelaria —anuncié al entrar en la cocina.

Dejó de cantar y de revolver la cazuela.

—Y ¿qué es lo que te pasa, si puede saberse, que vienes con esa cara de pena que parece que te llevan al mismito matadero?

—No me pasa nada, qué me va a pasar —dije buscando un sitio donde dejar las botellas mientras intentaba esquivar su mirada.

Se limpió las manos en un trapo, me agarró del brazo y me obligó a volverme hacia ella.

—A mí no me engañas, niña. Es por tu madre, ¿no?

No la miré ni contesté.

—La primera Nochebuena fuera del nido es muy requetejodida, pero hay que tragarse el sapo, chiquilla. Aún recuerdo la mía, y mira que en mi casa éramos pobres como las ratas y apenas hacíamos otra cosa en toda la noche más que cantar, bailar y darle a las palmas, que de echarse al coleto poca cosa había. Con todo y con eso, la sangre tira mucho, aunque lo que hayas compartido con tu gente no hayan sido más que fatiguitas y miserias.

Seguí sin mirarla, simulando tener la atención concentrada en encontrar un hueco para colocar las botellas entre el montón de trastos que ocupaban la superficie de la mesa. Un almirez, un puchero de sopa y una fuente de natillas. Un lebrillo lleno de aceitunas, tres cabezas de ajos, una rama de laurel. Prosiguió ella hablando, cercana, segura.

—Pero poco a poco todo se pasa, ya verás. Seguro que tu madre está bien, que esta noche va a cenar con los vecinos y que, aunque se acuerde de ti y te eche en falta, estará contenta por saber que al menos tú tienes la suerte de estar fuera de Madrid, lejos de la guerra.

Tal vez Candelaria estuviera en lo cierto y mi ausencia fuera para ella un consuelo más que una pena. Posiblemente creyera que yo aún estaba con Ramiro en Tánger, quizá imaginaba que pasaríamos aquella noche cenando en un hotel deslumbrante, rodeados de extranjeros despreocupados que bailaban entre plato y plato ajenos al penar del otro lado del Estrecho. Aunque por carta había intentado ponerla al día, todo el mundo sabía que el correo de Marruecos no llegaba a Madrid, que probablemente aquellos mensajes nunca hubieran salido de Tetuán.

—Igual tiene usted razón —murmuré sin apenas despegar los labios. Aún mantenía las botellas de vino en la mano y la vista fija en la mesa, incapaz de encontrarles una ubicación. Tampoco tenía valor para mirar a Candelaria a la cara, temía no poder contener las lágrimas.

—Seguro que sí, criatura, no le des más vueltas. Por mucho que pese la ausencia, el saber que una tiene a su hija apartada de las bombas y las ametralladoras es una buena razón para estar contenta. Así que venga, alegría, alegría —gritó mientras arrancaba de mis manos una de las botellas—. Verás tú qué prontito nos entonamos, corazón mío. —La abrió y la alzó—. Por la madre que te parió —dijo. Antes de que pudiera replicar, dio un largo trago de espumoso—. Y ahora tú —ordenó tras limpiarse la boca con el dorso de la mano. No tenía en absoluto ganas de beber, pero obedecí. Era a la salud de Dolores; por ella, cualquier cosa.

Comenzamos a cenar pero, a pesar de que Candelaria se esforzó por mantener el ánimo jaranero, los demás hablamos poco. Ni ganas de bronca había. El maestro tosió hasta partirse el esternón y soltaron lágrimas las hermanas resecas más resecas que nunca. Suspiró la madre gorda, se sorbió los mocos. Se le subió a su Paquito el vino a la cabeza, dijo tonterías, el telegrafista le dio réplica, reímos por fin. Y entonces se levantó la patrona, y alzó por todos su copa resquebrajada. Por los presentes, por los ausentes, por los unos y los otros. Nos abrazamos, lloramos, y por una noche no hubo más bando que el que juntos compusimos aquel pelotón de infelices.

Los primeros meses del nuevo año estuvieron llenos de sosiego y trabajo sin tregua. A lo largo de ellos, mi vecino Félix Aranda se fue convirtiendo en una presencia cotidiana. Además de la proximidad de nuestras viviendas, también comenzó a unirme a él otra cercanía que no podía medirse por los metros que separaban los espacios. Su comportamiento un tanto particular y mis múltiples necesidades de ayuda contribuyeron a establecer entre nosotros una relación de amistad que se forjó a deshoras y se extendió a lo largo de las décadas y los avatares que nos tocó vivir. Tras aquellos primeros bocetos que resolvieron el contratiempo del atuendo de tenista, llegaron más ocasiones en las que el hijo de doña Encarna se ofreció a tender su mano para ayudarme a saltar airosa sobre obstáculos aparentemente insalvables. A diferencia del caso de la falda pantalón de Schiaparelli, el segundo escollo que me obligó a solicitar sus favores al poco de instalarme no vino promovido por necesidades artísticas, sino a causa de mi ignorancia en cuestiones monetarias. Todo comenzó tiempo atrás con un pequeño inconveniente que no habría supuesto problema alguno para cualquiera con una educación un poco aventajada. Sin embargo, los escasos años que asistí a la humilde escuela de mi barrio madrileño no habían dado para tanto. Por eso, a las once de la noche previa a la mañana acordada para entregar la primera factura del taller, me vi inesperadamente acosada por la incapacidad para plasmar por escrito los conceptos y cantidades a los que el trabajo realizado equivalía.

Fue en noviembre. A lo largo de la tarde el cielo había ido tornándose en color panza de burra y al caer la noche comenzó a llover fuerte, el preludio de una tormenta proveniente del Mediterráneo cercano; una tormenta de las que arrasaban árboles, tumbaban los tendidos de la luz y acurrucaban a la gente entre las mantas musitando a Santa Bárbara una catarata fervorosa de letanías. Apenas un par de horas antes del cambio de tiempo, Jamila había llevado los primeros encargos recién terminados a la residencia de Frau Heinz. Los dos trajes de noche, los dos conjuntos de día y el modelo de tenista —mis cinco primeras obras— habían descendido de las perchas que las mantenían colgadas en el taller a la espera del último planchado y habían sido acomodadas en sus sacos de lienzo y transportadas en tres viajes sucesivos hasta su destino. El regreso de Jamila en el último de ellos trajo consigo la petición.

—Frau Heinz decir que Jamila llevar mañana por la mañana factura en marcos alemanes.

Y por si el mensaje no hubiera quedado bien claro, me entregó un sobre con una tarjeta que contenía el recado por escrito. Y entonces me senté a pensar en cómo demonios se haría una factura y por primera vez la memoria, mi gran aliada, se resistió a sacarme del atolladero. A lo largo de la instalación del negocio y de la creación de las primeras prendas, las estampas que aún atesoraba del mundo de doña Manuela me habían servido como recurso para salir adelante. Las imágenes memorizadas, las destrezas aprendidas, los movimientos y las acciones mecánicas tantas veces repetidas en el tiempo me habían proporcionado hasta entonces la inspiración necesaria para avanzar con éxito. Conocía al milímetro cómo funcionaba por dentro una buena casa de costura, sabía tomar medidas, cortar piezas, plisar faldas, montar mangas y asentar solapas, pero por mucho que rebusqué entre mi catálogo de habilidades y recuerdos, ninguno encontré que sirviera de referencia para confeccionar una factura. Tuve muchas en la mano cuando aún cosía en Madrid y me encargaba de repartirlas por los domicilios de las clientas; en algunos casos incluso había regresado con el pago del importe en el bolsillo. Nunca, sin embargo, me había parado a abrir alguno de aquellos sobres para fijarme en detalle en su contenido.

Pensé en recurrir como siempre a Candelaria, pero tras el balcón comprobé la negrura de la noche, el viento imperioso que azotaba una lluvia cada vez más densa y los relámpagos implacables que se abrían paso desde el mar. Ante aquel escenario, el camino a pie hasta la pensión se me figuró como el más escarpado de los senderos hacia el infierno. Decidí, pues, ingeniármelas sola: me hice con lápiz y papel y me senté en la mesa de la cocina dispuesta a emprender la tarea. Hora y media más tarde allí seguía, con mil cuartillas arrugadas alrededor, sacando punta al lápiz por quinta vez con un cuchillo, y sin saber aún cuántos marcos alemanes serían los cincuenta y cinco duros que tenía previsto cobrar a la alemana. Y fue entonces cuando, en medio de la noche, algo se estrelló con fuerza contra el cristal de la ventana. Me puse en pie con un salto tan precipitado que con él tumbé la silla. Inmediatamente vi que había luz en la cocina de enfrente, y pese a la lluvia, y pese a la hora, allí descubrí la figura redondona de mi vecino Félix, con sus gafas, el pelo ralo encrespado y un brazo en alto, listo para lanzar al aire un segundo puñado de almendras. Abrí la ventana dispuesta a pedirle airada explicaciones por aquel incomprensible comportamiento pero, antes de poder decir siquiera la primera palabra, su voz atravesó el hueco que nos separaba. El repiqueteo espeso de la lluvia contra las baldosas del patio de luces tamizó el volumen; el contenido de su mensaje, no obstante, llegó diáfano.

—Necesito refugio. No me gustan las tormentas.

Pude preguntarle si estaba loco. Pude hacerle saber que me había dado un susto tremendo, gritarle que era un imbécil y cerrar la ventana sin más. Pero no hice ninguna de esas cosas porque en el cerebro se me encendió de forma instantánea una pequeña lucecita: tal vez aquel estrambótico acto podría volverse favorable en ese mismo momento.

—Te dejo que vengas si me ayudas —dije tuteándole sin ni siquiera pensarlo.

—Ve abriendo la puerta, que allí estoy en un verbo.

Por supuesto que mi vecino sabía que doscientas veinticinco pesetas eran al cambio doce con cincuenta *reichsmarks*. Como tampoco ignoraba que una factura presentable no podía hacerse en una cuartilla de papel barato con un lápiz resobado, así que cruzó de nuevo a su casa y regresó de inmediato con unos pliegos de papel inglés color marfil y una pluma Waterman que escupía trazos de tinta morada en primorosa caligrafía. Y desplegó todo su ingenio, que era mucho, y todo su talento artístico, que era mucho también, y en apenas media hora, entre truenos y en pijama, no sólo fue capaz de confeccionar la factura más elegante que las modistas europeas del norte de África jamás habrían podido imaginar, sino que, además, dio un nombre a mi negocio. Había nacido Chez Sirah.

Félix Aranda era un hombre raro. Gracioso, imaginativo y culto, sí. Y curioso, y fisgón. Y un punto excéntrico y algo impertinente también. El trasiego nocturno entre su casa y la mía se convirtió en un ejercicio cotidiano. No diario, pero sí constante. A veces pasaban tres o cuatro días sin que nos viéramos, a veces venía cinco noches a la semana. O seis. O hasta siete. La asiduidad de nuestros encuentros tan sólo dependía de algo ajeno a nosotros: de lo borracha que estuviera su madre. Qué relación más extraña, qué universo familiar tan oscuro se vivía en la puerta de enfrente. Desde la muerte del marido y padre años atrás, juntos transitaban por la vida Félix y doña Encarna con la apariencia más armoniosa. Juntos paseaban todas las tardes entre las seis y las siete; juntos asistían a misas y novenas, se surtían de remedios en la farmacia Benatar, saludaban a los conocidos con cortesía y merendaban hojaldres en La Campana. Él siempre pendiente de ella, protegiéndola cariñoso, caminando a su paso: con cuidado, mamá, no vayas a tropezar, por aquí, mamá, con cuidado, con cuidado. Ella, orgullosa de su criatura, publicitando sus dotes a siniestro y diestro: mi Félix dice, mi Félix hace, mi Félix piensa, ay, mi Félix, qué haría yo sin él.

El polluelo solícito y la gallina clueca se transformaban, sin embargo, en un par de pequeños monstruos en cuanto se adentraban en un territorio más íntimo. Apenas traspasado el umbral de su vivienda, la anciana se enfundaba el uniforme de tirana y sacaba su látigo invisible para humillar al hijo hasta el extremo. Ráscame la pierna, Félix, que me pica la pantorrilla; ahí no, más arriba, mira que eres inútil, criatura, pero cómo habré podido yo parir un engendro como tú; pon bien el mantel, que lo veo torcido; así no, que está peor todavía; vuelve a ponerlo como estaba, que todo lo que tocas lo desgracias, pedazo de tarado, por qué no te dejaría yo en la inclusa cuando naciste; mírame la boca a ver si me ha avanzado la piorrea, saca el agua del Carmen que me alivie las flatulencias, dame friegas en la espalda con alcohol alcanforado, límame este callo, córtame las uñas de los pies, con cuidado, bola de sebo, que te llevas el dedo por delante; acércame el pañuelo que eche unas flemas, tráeme un parche Sor Virginia para el lumbago; lávame la cabeza y ponme los bigudíes, con más tino, imbécil, que me vas a dejar calva.

Así creció Félix, con una doble vida de flancos tan dispares como patéticos. Tan pronto murió el padre, el niño adorado dejó de serlo de la noche a la mañana: en pleno crecimiento y sin que nadie ajeno lo sospechara, pasó de centro de mimos y cariños públicos a tornarse en el objeto de las furias y frustraciones de la madre en privado. Como con un tajo de guadaña, todas sus ilusiones fueron cortadas al ras: marcharse de Tetuán para estudiar Bellas Artes en Sevilla o Madrid, identificar su sexualidad confusa y conocer a gente como él, seres de espíritu poco convencional con anhelos de volar por libre. A cambio, se vio conminado a vivir permanentemente bajo el ala negra de doña Encarna. Terminó el bachiller con los marianistas del Colegio del Pilar con calificaciones brillantes que de nada le sirvieron porque ya había aprovechado la madre su condición de sufrida viuda para conseguirle un puesto administrativo de color gris rata. Estampillar impresos en el Negociado de Abastos de la Junta de Servicios Municipales: el mejor de los trabajos para tronchar la creatividad del más ingenioso y mantenerle atado como un perro, ahora te ofrezco una tajada de carne suculenta, ahora te doy una patada capaz de reventarte la barriga.

Soportaba él los envites con paciencia franciscana. Y así, a lo largo de los años, mantuvieron el desequilibrio sin alteraciones, ella tiranizando y él manso, aguantando, resistiendo. Resultaba difícil saber qué buscaba la madre de Félix en Félix, por qué le trataba así, qué quería de su hijo más allá de lo que él habría estado dispuesto a darle siempre. ¿Amor, respeto, compasión? No. Eso ya lo tenía sin el menor de los esfuerzos, él no era cicatero en sus afectos, qué va, el bueno de Félix. Doña Encarna quería algo más. Devoción, disposición incondicional, atención a sus más absurdos caprichos. Sumisión, sometimiento. Justo todo lo que su marido le exigió a ella en vida. Por eso, supuse, se libró de él. Félix nunca me lo contó abiertamente pero, como garbancito, fue dejándome pistas por el camino. Yo sólo me limité a seguirlas y aquélla fue mi conclusión. Al difunto don Nicasio probablemente lo mató su mujer como tal vez Félix acabara liquidando a su madre cualquier noche turbia.

Sería difícil calcular hasta cuándo habría podido él soportar aquel día a día tan miserable si ante sus ojos no se hubiera cruzado la solución de la forma más inesperada. Un particular agradecido por una gestión solvente en la oficina, un salchichón y un par de botellas de anís como regalo; vamos a probarlo, mamá, venga, una copita, mójate los labios nada más. Pero no sólo fueron los labios de doña Encarna los que apreciaron el sabor dulzón del licor, sino también la lengua, y el paladar, y la garganta, y el tracto intestinal, y de allí subieron los efluvios a la cabeza, y aquella misma noche aguardentosa Félix se encontró de bruces con la salida. Desde entonces, la botella de anís fue gran aliada: su tabla de salvación y la vía de escape por la que acceder a la tercera dimensión de su vida. Ya nunca más fue sólo un hijo modélico ante la galería y un trapo asqueroso en casa; a partir de aquel día también se convirtió en un noctámbulo desinhibido, en un prófugo a la búsqueda del oxígeno que en su hogar le faltaba.

—¿Otro poquito del Mono, mamá? —preguntaba indefectible tras la cena.

—Bueno, anda, ponme una gotita. Para aclararme la garganta mayormente, que parece que he cogido frío esta tarde en la iglesia.

Los cuatro dedos de líquido viscoso caían por el gaznate de doña Encarna a velocidad de vértigo.

—Si es que te lo tengo dicho, mamá, que no te abrigas bien —proseguía Félix cariñoso mientras le llenaba de nuevo la copa hasta el mismo borde—. Hala, bebe rápido, verás lo deprisa que entras en calor. —Diez minutos y tres lingotazos de matalahúva más tarde, doña Encarna roncaba semiinconsciente y su hijo huía cual gorrión suelto camino de tugurios de mala muerte, a juntarse con gente a la que a la luz del día y en presencia de su madre ni siquiera se habría atrevido a saludar.

Tras mi llegada a Sidi Mandri y la noche de la tormenta, mi casa se convirtió también en un refugio permanente para él. Allí acudía a hojear revistas, a aportarme ideas, dibujar bocetos y contarme con gracia cosas del mundo, de mis clientas y de todos aquellos con los que a diario yo me cruzaba y no conocía. Así, noche a noche, fui informándome sobre Tetuán y su gente: de dónde y para qué habían venido todas aquellas familias a esa tierra ajena, quiénes eran aquellas señoras a las que yo cosía, quién tenía poder, quién tenía dinero, quién hacía qué, para qué, cuándo y cómo.

Pero la devoción de doña Encarna por la botella no siempre lograba efectos sedantes y entonces, lamentablemente, las cosas se trastocaban. La fórmula yo te harto de aguardiente y tú me dejas en paz a veces no funcionaba según lo esperado. Y cuando el anisete no conseguía tumbarla, con la melopea llegaba el infierno. Aquellas noches eran las peores porque la madre no alcanzaba entonces el estado de una mansa momia, sino que se transformaba en un Júpiter tonante capaz de asolar con sus berridos la dignidad del más firme. Mal hijo, mamarracho, desgraciado, maricón era lo más suave que soltaba por la boca. Él, que sabía que la resaca mañanera borraría en ella cualquier trazo de memoria, con el tino certero de un lanzador de cuchillos la correspondía con otros tantos insultos igualmente indecorosos. Bruja asquerosa, mala zorra, cacho puta. Qué escándalo, Señor, si los hubieran oído las amistades con las que compartían confitería, boticario y banco de iglesia. Al día siguiente, sin embargo, el olvido parecía haberles caído encima con todo su peso y la cordialidad reinaba de nuevo en el paseo vespertino como si nunca hubiera existido entre ellos la menor tensión. ¿Quieres merendar hoy un suizo, mamá, o te apetece más una aguja de carne? Lo que prefieras, Félix, cariño, que tú eliges siempre bien por mí; anda, venga, vamos a darnos prisa, que tenemos que ir a dar el pésame a María Angustias, que me han dicho que ha caído su sobrino en la batalla del Jarama; ay, qué lástima, ángel mío, menos mal que ser hijo de viuda te ha librado de que te llamen a filas; qué habría hecho yo, Virgen Santísima, sola y con mi niño en el frente.

Félix era lo suficientemente listo como para saber que alguna anormalidad enfermiza sobrevolaba aquella relación, pero no lo bastante valiente como para cortar con ella por lo sano. Tal vez por eso se evadía de su lamentable realidad alcoholizando a su madre poco a poco, escapándose como un vampiro en la madrugada o riéndose de sus propias miserias mientras buscaba la culpa en mil causas ridículas y sopesaba los remedios más peregrinos. Uno de sus divertimentos consistía en descubrir rarezas y soluciones entre los anuncios de los periódicos, tumbado en el sofá de mi salón mientras yo remataba un puño o pespunteaba el penúltimo ojal del día.

Y entonces me decía cosas como ésta:

—¿Tú crees que lo de la hidra de mi madre será algo de nervios? A lo mejor esto se lo soluciona. Escucha, escucha. «Nervional. Despierta el apetito, facilita la digestión, regulariza el vientre. Hace desaparecer las extravagancias y los abatimientos. Tome Nervional, no lo dude.»

O ésta:

—Para mí que lo de mamá va a ser una hernia. Yo ya había pensado en regalarle una faja ortopédica, a ver si se le pasaran con ella las malas pulgas, pero oye esto: «Herniado, evite los peligros y las molestias con el insuperable e innovador compresor automático, maravilla mecanocientífica que sin trabas, tirantes ni engorros vencerá totalmente su dolencia». Igual funciona, ¿a ti qué te parece, nena, le compro uno?

O tal vez esta otra:

—¿Y si al final resulta que es algo de la sangre? Mira lo que dice aquí. «Depurativo Richelet. Enfermedades del riego. Varices y llagas. Rectificador de la sangre viciada. Eficaz para eliminar venenos úricos.»

O cualquier tontería de género similar:

—¿Y si son almorranas? ¿Y si tiene mal de ojo? ¿Y si busco a un santón en la morería para que le haga un encantamiento? La verdad, creo que no debería preocuparme tanto, porque confío en que sus querencias darwinianas terminen corroyéndole el hígado y acaben con ella en breve plazo, que cada botella ya no le alcanza ni a un par de días y me está arruinando el bolsillo la vieja. —Detuvo su perorata tal vez esperando una réplica, pero no la obtuvo. O, al menos, no la encontró con palabras—. No sé por qué me miras con esa cara, chata —añadió entonces.

—Porque no sé de qué me estás hablando, Félix.

—¿No sabes a qué me refiero con las querencias darwinianas? ¿Es que tampoco sabcs quién es Darwin? El de los monos, el de la teoría de que los humanos descendemos de los primates. Si digo que mi madre tiene querencias darwinianas es porque le chifla el Anís del Mono, ¿entiendes? Chica, tienes un estilo divino y coses como los mismísimos ángeles, pero en cuestiones de cultura general estás un poquito pez, ¿no?

Lo estaba, efectivamente. Sabía que tenía facilidad para aprender cosas nuevas y retener datos en la cabeza, pero también era consciente de las carencias formativas que arrastraba. Acumulaba muy escasos conocimientos de los que entonces se enseñaban en las enciclopedias: poco más que el nombre de un puñado de reyes recitados de carrerilla y aquello de que España limita al norte con el mar Cantábrico y los montes Pirineos que la separan de Francia. Podía cantar a voz en grito las tablas de multiplicar y era rápida usando los números en operaciones reales, pero no había leído ni un solo libro en toda mi vida y sobre historia, geografía, arte o política apenas tenía más saberes que los absorbidos durante mis meses de convivencia con Ramiro y a través de las grescas entre sexos en la pensión de Candelaria. Aparentemente podía dar el pego como joven mujer con estilo y modista selecta, pero era consciente de que, a poco que alguien rascara sobre mi capa exterior, descubriría sin el menor esfuerzo la fragilidad sobre la que me sostenía. Por eso, aquel primer invierno en Tetuán, Félix me hizo un extraño regalo: empezó a educarme.

Valió la pena. Para los dos. Para mí, por lo que aprendí y me depuré. Para él, porque gracias a nuestros encuentros llenó sus horas solitarias de afecto y compañía. Sin embargo, a pesar de sus encomiables intenciones, mi vecino distó mucho de resultar un docente convencional. Félix Aranda era un ser con aspiraciones de espíritu libre que pasaba cuatro quintas partes de su vida constreñido entre la bipolaridad despótica de su madre y el tedio machacón del más burocrático de los trabajos, así que, en sus horas de liberación, lo último que se podía esperar de él era orden, mesura y paciencia. Para encontrar eso tendría yo que haber vuelto a La Luneta, a que el maestro don Anselmo elaborara un plan didáctico a la medida de mi ignorancia. En cualquier caso, aunque Félix nunca fue un profesor metódico y organizado, sí me instruyó en muchas otras enseñanzas tan incoherentes como deslavazadas que, a la larga y de una u otra manera, de algo me sirvieron para moverme por el mundo. Así, gracias a él, me familiaricé con personajes como Modigliani, Scott Fitzgerald y Josephine Baker, logré distinguir el cubismo del dadaísmo, supe lo que era el jazz, aprendí a situar las capitales de Europa en un mapa, memoricé los nombres de sus mejores hoteles y cabarets, y llegué a contar hasta cien en inglés, francés y alemán.

Y también gracias a Félix me enteré de la función de mis compatriotas españoles en aquella tierra lejana. Supe que España llevaba ejerciendo su protectorado sobre Marruecos desde 1912, unos años después de firmar con Francia el Tratado de Algeciras por el que, como suele pasar a los parientes pobres, frente a los franceses ricos a la patria hispana le había correspondido la peor parte del país, la menos próspera, la más indeseable. La chuleta de África, le decían. España buscaba allí varias cosas: revivir el sueño imperial, participar en el reparto del festín colonial africano entre las naciones europeas aunque fuera con las migajas que las grandes potencias le concedieron; aspirar a llegar al tobillo de Francia e Inglaterra una vez que Cuba y Filipinas se nos habían ido de las manos y la piel de toro era tan pobre como una cucaracha.

No fue fácil afianzar el control sobre Marruecos aunque la zona asignada en el Tratado de Algeciras fuera pequeña, la población nativa escasa y la tierra áspera y pobre. Costó rechazos y revueltas internas en España, y miles de muertos españoles y africanos en la locura sangrienta de la brutal guerra del Rif. Sin embargo, lo consiguieron: tomaron mando y casi veinticinco años después del establecimiento oficial del

Protectorado, doblegada ya toda resistencia interna, allí seguían mis compatriotas, con su capital firmemente asentada y sin parar de crecer. Militares de todo escalafón, funcionarios de correos, aduanas y obras públicas, interventores, empleados de banca. Empresarios y matronas, maestros, boticarios, juristas y dependientes. Comerciantes, albañiles. Médicos y monjas, limpiabotas, cantineros. Familias enteras que atraían a otras familias al reclamo de buenos sueldos y un futuro por construir en convivencia con otras culturas y religiones. Y yo entre ellos, una más. A cambio de su impuesta presencia a lo largo de un cuarto de siglo, España había proporcionado a Marruecos avances en equipamientos, sanidad y obras, y los primeros pasos hacia una moderada mejora de la explotación agrícola. Y una escuela de artes y oficios tradicionales. Y todo aquello que los nativos pudieran obtener de beneficio en las actividades destinadas a satisfacer a la población colonizadora: el tendido eléctrico, el agua potable, escuelas y academias, comercios, el transporte público, dispensarios y hospitales, el tren que unía Tetuán con Ceuta, el que aún llevaba a la playa de Río Martín. España de Marruecos, en términos materiales, había conseguido muy poco: apenas había recursos que explotar. En términos humanos y en los últimos tiempos, sin embargo, sí había obtenido algo importante para uno de los dos bandos de la contienda civil: miles de soldados de las fuerzas indígenas marroquíes que en aquellos días luchaban como fieras al otro lado del Estrecho por la causa ajena del ejército sublevado.

Además de estos y otros conocimientos, de Félix obtuve también algo más: compañía, amistad e ideas para el negocio. Algunas de ellas resultaron excelentes y otras del todo excéntricas, pero al menos contribuyeron a hacer reír al final del día a ese par de almas solitarias que éramos los dos. Nunca logró convencerme para transformar mi taller en un estudio de experimentación surrealista en el que las capelinas tuvieran forma de zapato y los figurines presentaran a modelos tocadas con un teléfono por sombrero. Tampoco consiguió que utilizara caracolas marinas como abalorios ni pedazos de esparto en los cinturones, ni que me negara a aceptar como clienta a cualquier señora exenta de glamour. Sí le hice caso, sin embargo, en otras cosas.

Por iniciativa suya cambié, por ejemplo, mi manera de hablar. Desterré de mi castellano castizo los vulgarismos y las expresiones coloquiales y creé un nuevo estilo para obtener un mayor aire de sofisticación. Empecé a dejar caer palabras y fórmulas en francés que había oído repetidamente en los locales de Tánger, cazadas al vuelo en conversaciones cercanas en las que yo casi nunca participé y en encuentros sobrevenidos con gente con la que jamás llegué a cruzar más de tres frases. No eran más que unas cuantas expresiones, apenas media docena, pero él me ayudó a pulir su pronunciación y a calcular los momentos más oportunos para hacer uso de ellas. Todas estaban destinadas a mis clientas, a las presentes y las venideras. Pediría permiso para prender alfileres con *vous permettez?*, confirmaría con *voilà tout* y alabaría los resultados con *très chic.* Hablaría de *maisons de haute couture* de cuyos dueños tal vez podría suponerse que alguna vez fui amiga y de *gens du monde* que quizá hubiera conocido en mis supuestas andanzas por acá y allá. A todos los estilos, modelos y complementos que propusiera les colgaría la etiqueta verbal de *à la francaise;* todas las señoras serían tratadas como *madame.* Para agasajar la dimensión patriótica del momento, decidimos que cuando tuviera clientas españolas recurriría oportunamente a referencias a personas y lugares conocidos en mis viejos tiempos trotando por las mejores casas de Madrid. Soltaría nombres y títulos como quien deja caer un pañuelo: levemente, sin estruendo ni aparatosidad. Que tal traje estaba inspirado en aquel modelo que un par de años atrás cosí para que mi amiga la marquesa de Puga lo luciera en la fiesta del polo de Puerta de Hierro; que tal tela era idéntica a la que usó para su puesta de largo la hija mayor de los condes del Encinar en su palacete de la calle Velázquez.

Por indicación de Félix mandé también hacer para la puerta una placa dorada con la inscripción en letra inglesa *Chez Sirah - Grand couturier.* En La Papelera Africana encargué una caja de tarjetas en blanco marfileño con el nombre y dirección del negocio. Así era, según él, como se denominaban las mejores casas de la moda francesa de entonces. Lo de la *h* final fue otro toque suyo para dotar al taller de un mayor aroma internacional, dijo. Le seguí el juego, por qué no; al fin y al cabo, a nadie dañaba con aquella pequeña *folie de grandeur*. En eso le hice caso y en mil detalles más gracias a los cuales, como en una pirueta de circo de tres pistas, no sólo fui capaz de adentrarme con mayor seguridad en el futuro, sino que también logré, tachán, tachán, sacarme de la chistera un pasado. No necesité demasiado esfuerzo: con tres o cuatro poses, un puñado de pinceladas precisas y unas cuantas recomendaciones de mi pigmalión particular, mi aún reducida clientela se encargó de montarme toda una vida en apenas un par de meses.

Para la pequeña colonia de señoras selectas que formaban mis clientas dentro de aquel universo de expatriados, yo pasé a ser una joven modista de alta costura, hija de un millonario arruinado, prometida con un aristócrata guapísimo con un leve punto de seductor y aventurero. Supuestamente siempre, habíamos vivido en varios países y nos habíamos visto obligados a cerrar nuestras casas y negocios de Madrid asustados por la incertidumbre política. En aquel momento, mi prometido andaba gestionando unas prósperas empresas en la Argentina mientras yo esperaba su regreso en la capital del Protectorado porque me habían aconsejado la benevolencia de aquel clima para mi delicada salud. Como mi vida había sido siempre tan movida, tan ajetreada y tan mundana, me sentía incapaz de ver pasar el tiempo sin dedicarme a alguna actividad, así que había decidido abrir un pequeño taller en Tetuán. Por puro entretenimiento, básicamente. De ahí que no cobrara precios astronómicos ni me negara a recibir todo tipo de encargos.

Nunca desmentí ni un ápice de la imagen que sobre mí se había configurado gracias a las pintorescas sugerencias de mi amigo Félix. Tampoco lo incrementé: simplemente me limité a dejarlo todo en suspense, a alimentar la incógnita y hacerme menos concreta, más indefinida: tremendo gancho para cebar el morbo y captar nueva clientela. Si me hubieran visto el resto de las modistillas del taller de doña Manuela. Si me hubieran visto las vecinas de la plaza de la Paja, si me hubiera visto mi madre. Mi madre. Intentaba pensar en ella lo menos posible, pero su recuerdo me asaetaba con fuerza de manera permanente. Sabía que era fuerte y resolutiva; sabía que sabría resistir. Pero aun así, cómo ansiaba oír de ella, enterarme de qué manera se las arreglaba en su día a día, cómo salía adelante sin compañía ni ingresos. Anhelaba transmitirle que yo estaba bien, sola otra vez, de nuevo cosiendo. Por la radio me mantenía informada y cada mañana Jamila se acercaba al estanco Alcaraz a comprar *La Gaceta de África*. Segundo año triunfal bajo la égida de Franco, rezaban ya las portadas. A pesar de que toda la actualidad venía tamizada por el filtro del bando nacional, me mantenía más o menos enterada de la situación en Madrid y de su resistencia. Con todo y con eso, seguía resultando imposible tener noticias directas de mi madre. Cuánto la echaba de menos, cuánto habría dado por poder compartir todo con ella en aquella ciudad extraña y luminosa, por haber montado juntas el taller, haber vuelto a comer sus guisos, a escuchar sus sentencias siempre certeras. Pero Dolores no estaba allí y yo sí. Entre desconocidos, sin poder regresar a ningún sitio, luchando por sobrevivir mientras inventaba una existencia impostada sobre la que poner los pies al levantarme cada mañana; peleando porque nadie llegara a saber que un vividor sin escrúpulos me había machacado el alma y un montón de pistolas habían servido para crear el negocio gracias al cual lograba comer todos los días.

A menudo recordaba también a Ignacio, mi primer novio. No echaba de menos su cercanía física; la presencia de Ramiro había sido tan brutalmente intensa que la suya, tan dulce, tan liviana, me parecía ya algo remoto y difuso, una sombra casi desvanecida. Pero no podía evitar el evocar con nostalgia su lealtad, su ternura y la certeza de que nada doloroso me habría ocurrido jamás a su lado. Y con mucha, muchísima más frecuencia de lo deseable, el recuerdo de Ramiro me asaltaba de forma inesperada y me clavaba con furia un rejonazo en las entrañas. Dolía, sí, claro que dolía. Dolía inmensamente, pero logré acostumbrarme a convivir con ello como quien tira de un fardo: arrastrando una carga inmensa que, aunque ralentiza el paso y exige un sobreesfuerzo, no impide del todo seguir el camino.

Todas aquellas presencias invisibles —Ramiro, Ignacio, mi madre, lo perdido, lo pasado— se fueron transformando en compañías más o menos volátiles, más o menos intensas con las que hube de aprender a convivir. Me invadían cuando estaba sola, en las tardes silenciosas de trabajo en el taller entre patrones e hilvanes, en la cama al acostarme o en la penumbra del salón en las noches sin Félix, ausente en sus andanzas clandestinas. El resto del día solían dejarme tranquila: probablemente intuían que andaba demasiado ocupada como para pararme a hacerles caso. Bastante tenía con un negocio que sacar adelante y una personalidad tramposa que seguir construyendo.

17

Con la primavera aumentó el volumen de trabajo. Cambiaba el tiempo y mis clientas demandaban modelos ligeros para las mañanas claras y las noches venideras del verano marroquí. Aparecieron algunas caras nuevas, otro par de alemanas, más judías. Gracias a Félix conseguí obtener una idea más o menos precisa de todas ellas. Solía cruzarse con las clientas en el portal y en la escalera, en el rellano y la calle al entrar o salir del taller. Las reconocía, las ubicaba; le entretenía buscar retazos de información aquí y allá para componer su perfil cuando le faltaba algún detalle: quiénes eran ellas y sus familias, adónde iban, de dónde venían. Más tarde, en los ratos en que dejaba a su madre derrumbada en el sillón, con los ojos en blanco y la baba aguardentosa colgando de la boca, él me desgranaba sus averiguaciones.

Así me enteré, por ejemplo, de detalles acerca de Frau Langenheim, una de las alemanas que pronto se hicieron asiduas. Su padre había sido embajador italiano en Tánger y su madre era inglesa, pero ella había tomado el apellido de su marido, un ingeniero de minas mayor, alto, calvo, reputado integrante de la pequeña pero resuelta colonia alemana del Marruecos español: uno de los nazis, me contó Félix, que de manera casi inesperada y ante el pasmo de los republicanos obtuvieron directamente de Hitler la primera ayuda externa para el ejército sublevado apenas unos días después del alzamiento. Hasta pasado algún tiempo no fui yo capaz de calibrar en qué medida la actuación del envarado marido de mi clienta había resultado crucial para el rumbo de la contienda civil, pero gracias a Langenheim y a Bernhardt, otro alemán residente en Tetuán para cuya mujer medio argentina también llegué a coser alguna vez, las tropas de Franco, sin tenerlo previsto y en un plazo minúsculo de tiempo, se hicieron con un buen arsenal de ayuda militar gracias al cual trasladaron a sus hombres hasta la Península. Meses después, en señal de gratitud y reconocimiento por la significativa actuación de su marido, mi clienta recibiría de manos del jalifa la mayor distinción en la zona del Protectorado y yo la vestiría de seda y organza para tal acto.

Mucho antes de aquel acto protocolario, Frau Langenheim llegó al taller una mañana de abril trayendo consigo a alguien a quien yo aún no conocía. Sonó el timbre y abrió Jamila; yo esperaba entretanto en el salón mientras fingía observar la trama de un tejido junto a la luz que entraba directa a través de los balcones. En realidad, no estaba observando nada; simplemente había adoptado aquella pose para recibir a mi clienta con la pretensión de adornarme de un aire de profesionalidad.

—Le traigo a una amiga inglesa para que conozca sus creaciones —dijo la esposa del alemán mientras se adentraba en la estancia con paso seguro.

A su lado apareció entonces una mujer rubia delgadísima con todo el aspecto de no ser tampoco un producto nacional. Calculé que tendría más o menos la misma edad que yo pero, por la desenvoltura con la que se comportaba, bien podría haber vivido ya mil vidas enteras del tamaño de la mía. Me llamaron la atención su frescura espontánea, la apabullante seguridad que irradiaba y la elegancia sin aspavientos con la que me saludó rozando sus dedos con los míos mientras con un gesto airoso se retiraba de la cara una onda de la melena. Tenía por nombre Rosalinda Fox, y la piel tan clara y tan fina que parecía hecha del papel de envolver los encajes, y una extraña forma de hablar en la que las palabras de lenguas distintas saltaban alborotadas en una cadencia extravagante y a veces un tanto incomprensible.

—Necesito un guardarropa urgentemente, so... I believe que usted y yo estamos condenadas... err... to understand each other. A entendernos, I mean —dijo rematando la frase con una leve carcajada.

Frau Langenheim rehusó sentarse con un tengo prisa, querida, he de irme ya. A pesar de su apellido y la mezcolanza de sus orígenes, hablaba con soltura en español.

—Rosalinda, cara mía, nos vemos esta tarde en el cóctel del cónsul Leonini —dijo entonces despidiéndose de su amiga—. Bye, sweetie, bye, adiós, adiós.

Nos sentamos la recién llegada y yo, y emprendí una vez más el protocolo de tantas otras primeras visitas: desplegué mi catálogo de poses y expresiones, hojeamos revistas y examinamos tejidos. La aconsejé y escogió; después reconsideró su decisión, rectificó y eligió de nuevo. La elegante naturalidad con la que se comportaba me hizo sentir cómoda a su lado desde el principio. A veces me resultaba fatigosa la artificialidad de mi comportamiento, sobre todo cuando tenía enfrente a clientas especialmente exigentes. No fue aquél el caso: todo fluyó sin tensiones ni demandas exageradas.

Pasamos al probador y tomé medidas de las estrechuras de sus huesos como de gato, las más pequeñas que jamás había anotado. Continuamos hablando de telas y formas, de mangas y escotes; recorrimos después de nuevo lo elegido, confirmamos y apunté. Un camisero de mañana en seda estampada, un tailleur de lana fría en tono rosa coral y un modelo de noche inspirado en la última colección de Lanvin. La cité para diez días después y con eso creí que ya habíamos terminado. Pero la nueva clienta decidió que todavía no era la hora de marcharse y, aún acomodada en el sofá, sacó una pitillera de carey y me ofreció un cigarrillo. Fumamos sin prisa, comentamos modelos y me expresó sus gustos en su media lengua de forastera. Señalando los figurines me preguntó cómo se decía *bordado* en español, cómo se decía *hombrera,* cómo se decía *hebilla.* Aclaré sus dudas, reímos ante la torpeza delicada de su pronunciación, volvimos a fumar y finalmente decidió irse, con calma, como si no tuviera nada que hacer ni nadie la esperara en ningún sitio. Antes se retocó el maquillaje contemplando sin demasiado interés su imagen en el espejo diminuto de su polvera. Recompuso después las ondas de su melena dorada y recogió el sombrero, el bolso y los guantes, todo elegante y de la mejor calidad pero en absoluto nuevo, noté. La despedí en la puerta, escuché su taconeo escalera abajo y no supe más de ella hasta muchos días después. Nunca me la crucé en mis paseos al caer la tarde, ni intuí su presencia en ningún establecimiento, ni nadie me habló de ella ni yo intenté averiguar quién era aquella inglesa a cuyo tiempo parecían sobrar tantas horas.

La actividad en aquellos días fue constante: el número creciente de clientas hacía las horas de trabajo interminables, pero logré calcular el ritmo con sensatez, cosí sin descanso hasta la madrugada y fui capaz de ir teniendo cada prenda lista en su plazo correspondiente. A los diez días de aquel primer encuentro, los tres encargos de Rosalinda Fox reposaban en sus respectivos maniquíes listos para la primera prueba. Pero ella no apareció. Ni lo hizo al día siguiente, ni al otro tampoco. Ni se molestó en llamar, ni me mandó un recado con nadie excusando su ausencia, posponiendo la cita o justificando su tardanza. Era la primera vez que me ocurría algo así con un encargo. Pensé que tal vez no tenía intención de regresar, que era una simple extranjera de paso, una de aquellas almas privilegiadas con capacidad para salir a su antojo del Protectorado y moverse libremente más allá de sus fronteras; una cosmopolita auténtica y no una falsa mundana como yo. Incapaz de encontrar una explicación razonable para tal comportamiento, opté por dejar el asunto al margen y ocuparme del resto de mis compromisos. Cinco días más tarde de lo previsto apareció como caída del cielo cuando yo estaba aún terminando de comer. Llevaba trabajando con prisa la mañana entera y conseguí por fin hacer un hueco para el almuerzo pasadas las tres de la tarde. Llamaron a la puerta, abrió Jamila mientras yo daba fin a un plátano en la cocina. Apenas oí la voz de la inglesa al otro extremo del pasillo, me lavé las manos en la pila y corrí a montarme en mis tacones. Salí presurosa a recibirla limpiándome los dientes con la lengua y retocándome el pelo con una mano mientras con la otra iba acoplando en su sitio las costuras de la falda y las solapas de la chaqueta. Su saludo fue tan largo como lo había sido su retraso.

—Tengo que pedirle mil disculpas por no haber venido antes y presentarme ahora de manera anesperada, ¿se dice así?

—Inesperada —corregí.

—Inesperada, sorry. He estado fuera a few days, tenía asuntos que arreglar en Gibraltar, aunque me temo que no lo he conseguido. Anyway, espero no llegar en un mal momento.

—En absoluto —mentí—. Pase, por favor.

La conduje al cuarto de pruebas y le mostré sus tres modelos. Los alabó mientras se iba despojando de sus propias prendas hasta quedar en ropa interior. Llevaba una combinación satinada que en su día debió de ser una preciosidad; el tiempo y el uso, sin embargo, la habían desprovisto en parte de su pasado esplendor. Sus medias de seda tampoco parecían precisamente recién salidas de la tienda en la que un día fueron compradas, pero rezumaban glamour y exquisita calidad. Una a una probé las tres creaciones sobre su cuerpo frágil y huesudo. La transparencia de su piel era tal que bajo ella parecían percibirse, azuladas, todas las venas de su organismo. Con la boca llena de alfileres, fui rectificando milímetros y ajustando pellizcos de tela sobre el frágil contorno de su silueta. En todo momento pareció satisfecha, se dejó hacer, asintió a las sugerencias que le propuse y apenas pidió cambios. Terminamos la prueba, aseguré que todo quedaría *très chic*. La dejé vestirse otra vez y esperé en el salón. Tardó sólo un par de minutos en regresar y por su actitud deduje que, a pesar de su intempestiva llegada, tampoco aquel día parecía tener prisa por marcharse. Le ofrecí entonces té.

—Me muero por una taza de Darjeeling con una gota de leite, pero imagino que tendrá que ser té verde con hierbabuena, right?

No tenía la menor idea de a qué tipo de brebaje se estaba refiriendo, pero lo disimulé.

—Así es, té moruno —dije sin la menor turbación. La invité entonces a acomodarse y llamé a Jamila.

—Aunque soy inglesa —explicó—, he pasado la mayor parte de la meu vida en la India y, aunque es muy probable que nunca regrese allí, hay muchas cosas que aún echo de menos. Como el nosso té, por ejemplo.

—La entiendo. A mí también me cuesta hacerme a algunas cosas de esta tierra y a la vez echo en falta otras que dejé detrás.

—¿Dónde vivía antes? —quiso saber.

—En Madrid.

—¿Y antes?

A punto estuve de reír ante su pregunta: de olvidarme de las impostaciones inventadas para mi supuesto pasado y reconocer abiertamente que jamás había puesto los pies fuera de la ciudad que me vio nacer hasta que un sinvergüenza decidió arrastrarme con él para después dejarme tirada como una colilla. Pero me contuve y recurrí una vez más a mi falsa vaguedad.

—Bueno, en distintos sitios, aquí y allí, ya sabe, aunque Madrid es probablemente el lugar donde más tiempo he residido. ¿Y usted?

—Let's see, vamos a repasar —dijo con gesto divertido—. Nací en Inglaterra, pero en seguida me llevaron a Calcuta. A los diez años mis padres me enviaron a estudiar de vuelta a Inglaterra, err... a los dieciséis regresé a la India y a los veinte volví de novo a Occidente. Una vez aquí, pasé una temporada again en London y después otro longo período en Suiza. Err... Later, otro año en Portugal, por eso, a veces, confundo las dos lenguas, el portugués y el español. Y ahora, finalmente, me he instalado en África: primeramente en Tánger y, desde hace un corto tempo, aquí, en Tetuán.

—Parece una vida interesante —dije incapaz de retener el orden de aquel barullo de destinos exóticos y palabras mal dichas.

—Well, según se mire —replicó encogiéndose de hombros mientras sorbía con cuidado para no quemarse con el vaso de té que Jamila acababa de servirnos—. No me habría importado en absoluto haber permanecido en la India, pero hubo ciertas cosas que ocurrieron anesperadamente y hube de trasladarme. A veces la suerte se encarga de tomar las decisiones por nosotros, right? After all, err... that's life. Así es la vida, ¿no?

A pesar de la extraña pronunciación de sus palabras y de las evidentes distancias que separaban nuestros mundos, capté a la perfección a qué se estaba refiriendo. Terminamos el té hablando sobre cosas intrascendentes: los pequeños retoques que habría que hacer en las mangas del vestido de dupion de seda estampado, la fecha de la siguiente prueba. Miró la hora y al punto recordó algo.

—Tengo que irme —dijo levantándose—. Había olvidado que debo hacer some shopping, unas compras antes de regresar a arreglarme. Me han invitado a un cóctel en casa del cónsul belga.

Hablaba sin mirarme mientras ajustaba los guantes a los dedos, el sombrero a la cabeza. Yo la observaba entretanto con curiosidad, preguntándome con quién iría aquella mujer a todas esas fiestas, con quién compartiría su libertad para salir y entrar, su despreocupación de niña acomodada y aquel constante deambular por el mundo saltando de un continente a otro para hablar lenguas alborotadas y tomar té con aromas de mil pueblos. Comparando su vida aparentemente ociosa con mi trabajoso día a día, sentí de pronto en el espinazo la caricia de algo parecido a la envidia.

—¿Sabe dónde puedo comprar un traje de baño? —preguntó entonces súbitamente.

—¿Para usted?

—No. Para el meu filho.

—¿Perdón?

—My son. No, that's English, sorry. ¿Mi hijo?

—¿Su hijo? —pregunté incrédula.

—Mi hijo, that's the word. Se llama Johnny, tiene cinco años and he's so sweet... Todo un amor.

—Yo también llevo poco tiempo en Tetuán, no creo que pueda ayudarla —dije intentando no mostrar mi desconcierto. En la vida idílica que apenas unos segundos atrás acababa de imaginar para aquella mujer liviana y aniñada, tenían cabida los amigos y los admiradores, las copas de champán, los viajes transcontinentales, las combinaciones de seda, las fiestas hasta el amanecer, los trajes de noche de *haute couture* y, con mucho esfuerzo, tal vez un marido joven, frívolo y atractivo como ella. Pero nunca habría podido adivinar que tuviera un hijo porque jamás la imaginé como una madre de familia. Y sin embargo, al parecer lo era.

—En fin, no se preocupe, ya encontraré algún sitio —dijo a modo de despedida.

—Buena suerte. Y recuerde, la espero en cinco días.

—Aquí estaré, I promise.

Se fue y no cumplió su promesa. En vez de al quinto día, apareció al cuarto: sin aviso previo y cargada de prisas. Jamila me anunció su llegada cerca del mediodía mientras yo probaba a Elvirita Cohen, la hija del propietario del teatro Nacional de mi antigua calle de La Luneta y una de las mujeres más hermosas que en mi vida he llegado a ver.

—Siñora Rosalinda decir que necesitar ver a siñorita Sira.

—Dile que espere, que estoy con ella en un minuto.

Fueron más de uno, más de veinte probablemente, porque aún tuve que hacer unos cuantos ajustes al vestido que aquella hermosa judía de piel tersa habría de lucir en algún evento social. Me hablaba sin prisas en su haketía musical: *sube un poco aquí, mi reina, qué lindo queda, mi weno, sí.*

Por Félix, como siempre, me había enterado de la situación de los hebreos sefardíes de Tetuán. Pudientes algunos, humildes otros, discretos todos; buenos comerciantes, instalados en el norte de África desde su expulsión de la Península siglos atrás, españoles por fin de pleno derecho desde que el gobierno de la República accediera a reconocer oficialmente su origen apenas un par de años antes. La comunidad sefardí suponía más o menos una décima parte de la población que Tetuán tenía en aquellos años, pero en sus manos estaba gran parte del poder económico de la ciudad. Ellos habían construido la mayoría de los nuevos edificios del ensanche y establecido muchos de los mejores negocios y comercios de la ciudad: joyerías, zapaterías, tiendas de tejidos y confecciones. Su poderío financiero se reflejaba en sus centros educativos —la Alianza Israelita—, en su propio casino y en las varias sinagogas que los recogían para sus rezos y celebraciones. Probablemente en alguna de ellas acabara luciendo Elvira Cohen el vestido de grosgrain que le estaba probando en el momento en que recibí la tercera visita de la imprevisible Rosalinda Fox.

Esperaba en el salón con apariencia inquieta, de pie, junto a uno de los balcones. Se saludaron de lejos ambas clientas con distante cortesía: la inglesa distraída, la sefardí sorprendida y curiosa.

—Tengo un problema —dijo acercándose a mí de manera precipitada tan pronto como el chasquido de la puerta anunció que estábamos solas.

—Cuénteme. ¿Quiere sentarse?

—Preferiría una copa. A drink, please.

—Me temo que no puedo ofrecerle más que té, café o un vaso de agua.

—¿Evian?

Negué con la cabeza mientras pensaba que debería hacerme con un pequeño bar destinado a levantar el ánimo de las clientas en momentos de crisis.

—Never mind —susurró mientras se acomodaba con languidez. Yo hice lo mismo en el sillón de enfrente, crucé las piernas con desparpajo automático y esperé a que me informara sobre la causa de su visita intempestiva. Antes sacó la pitillera, encendió un cigarrillo y la arrojó con descuido sobre el sofá. Tras la primera calada, densa y profunda, se dio cuenta de que no me había ofrecido otro a mí, me pidió disculpas e hizo un gesto encaminado a enmendar su comportamiento. La frené antes, no, gracias. Esperaba a otra clienta en breve y no quería olor a tabaco en los dedos dentro de la intimidad del probador. Volvió a cerrar la pitillera, habló por fin.

—Necesito an evening gown, err... un traje espectacular para esta misma noite. Me ha surgido un compromiso anesperado y tengo que ir vestida like a princess.

—¿Como una princesa?

—Right. Como una princesa. Es una forma de falar, obviously. Necesito algo muito, muito elegante.

—Tengo su traje de noche preparado para la segunda prueba.

—¿Puede estar listo hoy?

—Absolutamente imposible.

—¿Y algún otro modelo?

—Me temo que no puedo ayudarla. No tengo nada que ofrecerle: no trabajo con confección hecha, todo lo realizo por encargo.

Volvió a dar una larga chupada a su cigarrillo, pero esta vez no lo hizo de manera ausente, sino observándome con fijeza a través del humo. Había desaparecido de su rostro el gesto de niña despreocupada de las veces anteriores y su mirada era ahora la de una mujer nerviosa pero decidida a no dejarse vencer fácilmente.

—Necesito una solución. Cuando hice mi mudanza desde Tánger a Tetuán, preparé unos trunks, unos baúles para ser enviados a mi madre a Inglaterra con cosas que ya no iba a usar. Por error, el baúl con mis evening gowns, con todos los meus trajes de noite, ha acabado también allí anesperadamente, estoy esperando que me lo envíen back, de vuelta. Acabo de enterarme de que esta noite he sido invitada a una recepción ofrecida by the German consul, el cónsul alemán. Err... It's the first time, la primera ocasión en que voy a asistir públicamente a un evento acompañando a... a... a una persona con la que mantengo una... una... una liason muito especial.

Hablaba deprisa pero con cautela, esforzándose para que yo comprendiera todo lo que me decía en aquella tentativa de español que, por efecto de sus nervios, sonaba aportuguesado como nunca y más salpicado de palabras en su propia lengua inglesa que en ninguno de nuestros encuentros anteriores.

—Well, it is... mmm... It's muito importante for... for... for him, para esa persona y para mí que yo cause una buona impressao entre los miembros de la German colony, de la colonia alemana en Tetuán. So far, hasta ahora, Mrs Langenheim me ha ayudado a conocer a algunos de ellos individually porque ella es half English, medio inglesa, err... pero esta noite es la primera vez que voy a aparecer en público con esa persona, openly together, juntos abiertamente, y por eso necesito ir extremely well dressed, muy muy bien vestida, y... y...

La interrumpí: no había ninguna necesidad de que siguiera afanándose tanto para no llegar a nada.

—Lo siento enormemente, se lo prometo. Me encantaría poderla ayudar, pero me resulta del todo imposible. Como acabo de decirle, no tengo nada hecho en mi atelier y soy incapaz de terminar su vestido en apenas unas cuantas horas: necesito al menos tres o cuatro días para ello.

Apagó el pitillo en silencio, ensimismada. Se mordió el labio y se tomó unos segundos antes de levantar la vista y atacar de nuevo con una pregunta a todas luces incómoda.

—¿Tal vez sería posible que usted me prestara uno de sus trajes de noite?

Hice un gesto negativo mientras intentaba inventar alguna excusa verosímil tras la que esconder el lamentable hecho de que, en realidad, no tenía ninguno.

—Creo que no. Toda mi ropa quedó en Madrid al estallar la guerra y me ha sido imposible recuperarla. Aquí apenas tengo unos cuantos trajes de calle, pero nada de noche. Hago muy poca vida social, ¿sabe? Mi prometido está en la Argentina y yo...

Para mi gran alivio, me interrumpió inmediatamente.

—I see, ya veo.

Permanecimos en silencio durante unos segundos eternos sin cruzarnos la mirada, escondiendo cada una su incomodidad con la atención concentrada en puntos opuestos de la estancia. Una en dirección a los balcones, otra al arco que separaba el salón de la entrada. Fue ella quien rompió la tensión.

—I think I must leave now. Tengo que irme.

—Créame que lo siento. Si hubiéramos tenido algo más de tiempo...

No concluí la frase: noté de pronto que no tenía el menor sentido evocar lo irremediable. Intenté cambiar de asunto, desviar la atención de la triste realidad que anticipaba una larga noche de fracaso con quien sin duda era el hombre del que estaba enamorada. Me seguía intrigando la vida de aquella mujer otras veces tan resuelta y airosa que en aquel momento, con gesto concentrado, recogía sus cosas y se acercaba a la puerta.

—Mañana estará todo listo para la segunda prueba, ¿de acuerdo? —dije a modo de inútil consuelo.

Sonrió vagamente y, sin más palabras, se fue. Y yo me quedé sola, de pie, inmóvil, en parte consternada por mi incapacidad para ayudar a una clienta en apuros y en parte aún intrigada por la extraña forma en la que ante mis ojos se iba configurando la vida de Rosalinda Fox, aquella joven madre trotamundos que perdía baúles llenos de trajes de noche como quien, con las prisas de una tarde de lluvia, se deja olvidada la cartera en un banco del parque o encima de la mesa de un café.

Me asomé al balcón medio tapada por una contraventana y la observé alcanzar la calle. Se dirigió sin prisa a un automóvil rojo intenso aparcado ante mi mismo portal. Supuse que alguien la estaba esperando, tal vez el hombre a quien tanto interés tenía en complacer aquella noche. No pude resistir la curiosidad y me esforcé por buscar su rostro, maquinando en mi mente escenas imaginarias. Supuse que se trataba de un alemán, posiblemente ésa sería la razón de su anhelo por causar buena impresión entre sus compatriotas. Lo intuía joven, atractivo, vividor; mundano y resolutivo como ella. Apenas tuve tiempo para seguir elucubrando porque, en cuanto alcanzó el auto y abrió la puerta de la derecha —la que supuestamente debería corresponder al lado del copiloto—, percibí con asombro que allí se encontraba el volante y que era ella misma quien tenía intención de conducir. Nadie la esperaba en aquel coche inglés con volante a la derecha: sola arrancó el motor y sola se fue tal como había llegado. Sin hombre, sin vestido para aquella noche y, muy probablemente, sin la menor esperanza de poder encontrar remedio alguno a lo largo de la tarde.

Mientras intentaba diluir el mal sabor de boca del encuentro, me dispuse a restablecer el orden de los objetos que la presencia de Rosalinda había alterado. Recogí el cenicero, soplé las cenizas que habían caído sobre la mesa, enderecé una esquina de la alfombra con la punta del zapato, ahuequé los cojines sobre los que nos habíamos acomodado y me dispuse a reordenar las revistas que ella había hojeado mientras yo terminaba de atender a Elvirita Cohen. Cerré un *Harper's Bazaar* abierto por un anuncio de barras de labios de Helena Rubinstein y a punto estaba de hacer lo mismo con el ejemplar de primavera de *Madame Figaro* cuando reconocí la fotografía de un modelo que me resultó remotamente familiar. A mi mente llegaron entonces mil recuerdos de otro tiempo como una bandada de pájaros. Sin ser apenas consciente de lo que hacía, grité con todas mis fuerzas el nombre de Jamila. Una alocada carrera la trajo al salón en un soplo.

—Vete volando a casa de Frau Langenheim y pídele que localice a la señora Fox. Tiene que venir a verme inmediatamente; dile que se trata de un asunto de máxima urgencia.

18

—El creador del modelo, querida ignorante mía, es Mariano Fortuny y Madrazo, hijo del gran Mariano Fortuny, quien probablemente sea el mejor pintor del siglo XIX tras Goya. Fue un artista fantástico, muy vinculado con Marruecos, por cierto. Vino durante la guerra de África, quedó deslumbrado por la luz y el exotismo de esta tierra y se encargó de plasmarlo en muchos de sus cuadros; una de sus pinturas más conocidas es, de hecho, *La batalla de Tetuán.* Pero si Fortuny padre fue un pintor magistral, el hijo es un auténtico genio. Pinta también, pero en su taller veneciano diseña además escenografías para obras de teatro, y es fotógrafo, inventor, estudioso de técnicas clásicas y diseñador de telas y vestidos, como el mítico Delphos que tú, pequeña farsante, acabas de fusilarle en una reinterpretación doméstica intuyo que de lo más lograda.

Hablaba Félix tumbado en el sofá mientras entre sus manos mantenía la revista con la fotografía que había disparado mi memoria. Yo, agotada tras la intensidad de la tarde, escuchaba inmóvil desde un sillón, sin fuerzas aquella noche para sostener siquiera una aguja entre los dedos. Acababa de relatarle todos los acontecimientos de las últimas horas, empezando por el momento en que mi clienta anunciara su regreso al taller con un potente frenazo que hizo a los vecinos asomarse a los balcones. Subió corriendo, con la prisa resonando en los peldaños de la escalera. La esperaba con la puerta abierta y, sin pararme siquiera a saludarla, le propuse mi idea.

—Vamos a intentar hacer un Delphos de emergencia, ¿sabe de qué le hablo?

—¿Un Delphos de Fortuny? —inquirió incrédula.

—Un falso Delphos.

—¿Piensa que va a ser posible?

Nos sostuvimos un instante la mirada. La suya reflejaba un golpe de ilusión de pronto recuperada. La mía, no lo supe. Tal vez determinación y arrojo, ganas de triunfar, de salir con éxito de aquel trance. Probablemente también hubiera en el fondo de mis ojos cierto terror al fracaso, pero intenté que se intuyera lo menos posible.

—Ya lo he probado antes; creo que podremos conseguirlo.

Le mostré la tela que tenía prevista, una gran pieza de raso de seda azul grisáceo que Candelaria había conseguido en una de sus últimas piruetas con el caprichoso arte del cambalache. Obviamente, me guardé de mencionar su origen.

—¿A qué hora es el compromiso al que debe asistir?

—A las ocho.

Consulté la hora.

—Bien, esto es lo que vamos a hacer. Ahora mismo es casi la una. En cuanto acabe con la prueba que tengo en apenas diez minutos, voy a mojar la tela y la voy a secar. Necesitaré entre cuatro y cinco horas, lo cual nos pone en las seis de la tarde. Y al menos tendré que disponer de otra hora y media para la confección: es muy simple, tan sólo unas costuras lineales y además, ya tengo todas sus medidas, no precisará probarse. Aun así, necesitaré un tiempo para ello y para los remates. Eso nos lleva hasta casi la hora límite. ¿Dónde vive usted? Disculpe la pregunta, no es curiosidad...

—En el paseo de las Palmeras.

Debí de haberlo supuesto: muchas de las mejores residencias de Tetuán estaban allí. Una zona distante y discreta al sur de la ciudad, cerca del parque, casi a los pies del Gorgues imponente, con grandes viviendas rodeadas de jardines. Más allá, las huertas y los cañaverales.

—Entonces será imposible que le pueda hacer llegar el vestido hasta su domicilio.

Me miró interrogativa.

—Tendrá que venir aquí a vestirse —aclaré—. Llegue sobre las siete y media, maquillada, peinada, lista para salir, con los zapatos y las joyas que vaya a ponerse. Le aconsejo que no sean muchas ni excesivamente vistosas: el vestido no las demanda, quedará mucho más elegante con complementos sobrios, ¿me entiende?

Entendió a la perfección. Entendió, agradeció mi esfuerzo aliviada y se marchó de nuevo. Media hora más tarde y ayudada por Jamila, abordé la tarea más imprevista y temeraria de mi breve carrera de modista en solitario. Sabía lo que hacía, no obstante, porque en mis tiempos en casa de doña Manuela había ayudado a aquella misma labor en otra ocasión. Lo hicimos para una clienta con tanto estilo como dispares recursos económicos, Elena Barea se llamaba. En sus épocas prósperas, cosíamos para ella modelos suntuosos en las telas más nobles. A diferencia, sin embargo, de otras señoras de su entorno y condición, quienes en tiempos de mermada opulencia monetaria inventaban viajes, compromisos o enfermedades para excusar su imposibilidad de hacer frente a nuevos pedidos, ella nunca se ocultaba. Cuando las vacas flacas hacían su entrada en el irregular negocio de su marido, Elena Barea jamás dejaba de visitar nuestro taller. Volvía, se reía sin pudor de la volatilidad de su fortuna y, mano a mano con la dueña, ingeniaba la reconstrucción de viejos modelos para hacerlos pasar por nuevos alterando cortes, añadiendo adornos y recomponiendo las partes más insospechadas. O, con gran tino, elegía telas poco costosas y hechuras que requirieran una más simple elaboración: conseguía así adelgazar hasta el extremo el montante de las facturas sin mermar en demasía su elegancia. El hambre agudiza el ingenio, concluía siempre con una carcajada. Ni mi madre ni doña Manuela ni yo dimos crédito a lo que nuestros ojos vieron el día en que llegó con el más peculiar de sus encargos.

—Quiero una copia de esto —dijo sacando de una pequeña caja lo que parecía un tubo reliado de tela color sangre. Rió ante nuestras caras de asombro—. Esto, señoras, es un Delphos, un vestido único. Es una creación del artista Fortuny: se hacen en Venecia y se venden sólo en algunos establecimientos selectísimos en las grandes ciudades europeas. Miren qué maravilla de color, miren qué plisado. Las técnicas para conseguirlos son secreto absoluto del creador. Sienta como un guante. Y yo, mi querida doña Manuela, quiero uno. Falso, por supuesto.

Tomó entre los dedos la tela por uno de sus extremos y como por arte de magia apareció un vestido de raso de seda roja, suntuosa y deslumbrante, que se prolongaba hasta el suelo con caída impecable y terminaba en forma redonda y abierta en la base; a toda rueda, solíamos denominar a aquel tipo de remate. Era una especie de túnica llena de miles de pliegues verticales diminutos. Clásica, simple, exquisita. Habían pasado cuatro o cinco años desde aquel día, pero en mi memoria permanecía intacto todo el proceso de realización del vestido porque participé de manera activa en todas sus fases. De Elena Barea a Rosalinda Fox, la técnica sería la misma; el único problema, sin embargo, era que apenas contábamos con tiempo y habría que trabajar a marcha forzada. Ayudada en todo momento por Jamila, calenté ollas de agua que al hervir volcamos en la bañera. Escaldándome las manos, introduje en ella la tela y la dejé en remojo. El cuarto de baño se llenó de humo mientas nosotras observábamos nerviosas el experimento a medida que el sudor nos llenaba de gotas la frente y el vaho hacía desaparecer nuestras imágenes del espejo. Al cabo de un rato decidí que se podía extraer el tejido, ya oscuro e irreconocible. Vaciamos el agua y, tomando cada una un extremo, retorcimos la banda con todas nuestras fuerzas, a lo largo, apretando en distinto sentido como tantas veces habíamos hecho con las sábanas de la pensión de La Luneta para eliminar hasta la última gota de agua antes de tenderlas al sol. Sólo que esta vez no íbamos a desplegar la pieza en toda su dimensión, sino precisamente lo contrario: el objetivo era mantenerla estrujada al máximo a lo largo del secado para que, una vez desprovista de humedad, permanecieran fijos todos los pliegues posibles en aquel gurruño en que la seda se había convertido. Metimos entonces el material retorcido en un barreño y nos dirigimos a la azotea cargándolo entre las dos. Volvimos a apretar los dos extremos en direcciones opuestas hasta que éste tomó el aspecto de una cuerda gruesa y se enrolló sobre sí mismo con la forma de un gran muelle; dispusimos después una toalla en el suelo y, como una serpiente enroscada, colocamos sobre ella el anticipo del vestido que pocas horas después habría de lucir mi clienta inglesa en su primera aparición pública del brazo del enigmático hombre de su vida.

Dejamos la tela secar al sol y entretanto volvimos a bajar a casa, cargamos de carbón la cocina económica y la hicimos funcionar con toda su potencia hasta conseguir la temperatura de un cuarto de calderas. Cuando la estancia se convirtió en un horno y calculamos que el sol de la tarde empezaba a flojear, regresamos a la azotea y recuperamos el género retorcido. Extendimos una nueva toalla sobre el hierro colado de la cocina y, encima de ella, la tela aún estrujada, anillada en sí misma. Cada diez minutos, sin extenderla nunca, le fui dando la vuelta para que el calor del carbón la secara de forma uniforme. Con un resto del tejido no usado, entre paseo y paseo a la cocina confeccioné un cinturón consistente en una triple capa de entretela forrada por una simple banda ancha de seda planchada. A las cinco de la tarde retiré el gurruño de la superficie de hierro y lo trasladé al taller. Tenía el aspecto de una morcilla caliente: nadie podría haber imaginado lo que en poco más de una hora pensaba hacer con aquello.

Lo extendí sobre la mesa de cortar y poco a poco, con cuidado extremo, fui deshaciendo el engendro tubular. Y, mágicamente, ante mis ojos nerviosos y el estupor de Jamila, la seda fue apareciendo plisada y brillante, hermosa. No habíamos conseguido pliegues permanentes como las del auténtico modelo de Fortuny porque no teníamos medios ni conocimiento técnico para ello, pero sí fuimos capaces de obtener un efecto similar que duraría al menos una noche: una noche especial para una mujer necesitada de espectacularidad. Desplegué el tejido en toda su dimensión y lo dejé enfriar. Lo corté después en cuatro piezas con las que compuse una especie de estrecha funda cilíndrica que había de adaptarse al cuerpo como una segunda piel. Practiqué un simple cuello a la caja y trabajé las aberturas para los brazos. Sin tiempo para remates ornamentales, en poco más de una hora el falso Delphos estaba terminado: una versión casera y precipitada de un modelo revolucionario dentro del mundo de la *haute couture;* una imitación tramposa con potencial sin embargo para impactar a todo aquel que fijara su vista en el cuerpo que habría de lucirlo apenas treinta minutos después.

Estaba probando sobre él el efecto del cinturón cuando sonó el timbre. Sólo entonces caí en la cuenta de mi aspecto lamentable. El sudor provocado por el agua hirviendo me había descompuesto el maquillaje y la melena; el calor, los esfuerzos al retorcer la tela, las subidas y bajadas a la azotea y todo el trabajo imparable de la tarde habían conseguido dejarme como si me hubieran pasado por encima los Regulares de Caballería a pleno galope. Corrí a mi cuarto mientras Jamila acudía a abrir; me cambié de ropa a toda prisa, me peiné, me recompuse. El resultado del trabajo había sido satisfactorio y yo no podía menos que estar a la altura.

Salí a recibir a Rosalinda imaginando que me esperaría en el salón, pero al pasar junto a la puerta abierta del taller, vi su figura frente al maniquí que portaba su vestido. Estaba de espaldas a mí, no pude apreciar su rostro. Desde la puerta pregunté simplemente.

—¿Le gusta?

Se giró de inmediato y no me respondió. Con pasos ágiles se plantó a mi lado, me tomó una mano y la apretó con fuerza.

—Gracias, gracias, a million gracias.

Venía con el pelo recogido en un moño bajo, sus ondas naturales algo más marcadas de lo habitual. Llevaba un maquillaje discreto en los ojos y pómulos; el *rouge* de la boca, sin embargo, era mucho más espectacular. Sus stilettos la elevaban casi un palmo por encima de su altura natural. Un par de pendientes de oro blanco y brillantes, largos, divinos, componían todo su aderezo. Olía a perfume delicioso. Se despojó de su ropa de calle y la ayudé a ponerse el vestido. El plisado irregular de la túnica cayó azul, cadencioso y sensual sobre su cuerpo, marcando la exquisitez de su osamenta, la delicadeza de sus miembros, modelándolo y revelando las curvas y formas con elegancia y suntuosidad. Ajusté la banda ancha a su cintura y la anudé a la espalda. Contemplamos el resultado en el espejo sin mediar palabra.

—No se mueva —dije.

Salí al pasillo, llamé a Jamila y la hice entrar. Al contemplar a Rosalinda vestida se tapó de inmediato la boca para contener un grito de asombro y admiración.

—Dese la vuelta para que pueda verla bien. Gran parte del trabajo es suyo. Sin ella nunca lo habría conseguido.

La inglesa sonrió a Jamila agradecida y dio un par de vueltas sobre sí misma con gracia y estilo. La muchacha mora la contempló azorada, tímida y feliz.

—Y ahora, apúrese. Apenas quedan diez minutos para las ocho.

Jamila y yo nos instalamos en un balcón para verla salir, mudas, agarradas del brazo y casi agazapadas en una esquina a fin de no ser percibidas desde la calle. Era ya prácticamente de noche. Miré hacia abajo esperando encontrar aparcado una vez más su pequeño coche rojo, pero en su lugar había un automóvil negro, brillante, imponente, con banderines en su parte delantera cuyos colores, en la distancia y sin apenas luz, fui incapaz de distinguir. En cuanto la silueta de seda azulada pareció intuirse en el portal, los faros se encendieron y un hombre uniformado descendió del lado del copiloto y abrió con rapidez la puerta trasera. Se mantuvo marcial a su espera hasta que ella, elegante y majestuosa, salió a la calle y se acercó al auto con pasos breves. Sin prisa, como exhibiéndose llena de orgullo y seguridad. No pude apreciar si había alguien más en el asiento: en cuanto ella se acomodó, el hombre uniformado cerró la portezuela y volvió raudo a su sitio. El vehículo se puso entonces en marcha, potente, alejándose veloz en la noche, llevando dentro a una mujer ilusionada y el vestido más fraudulento de toda la historia de la falsa alta costura.

19

Al día siguiente las cosas volvieron a la normalidad. A media tarde llamaron a la puerta; me extrañó, no tenía ninguna cita prevista. Era Félix. Sin mediar palabra se escurrió dentro y cerró tras de sí. Me sorprendió su comportamiento: nunca solía aparecer en mi casa hasta bien entrada la noche. Una vez a salvo de las miradas indiscretas de su madre tras la mirilla, habló con prisa e ironía.

—Hay que ver, nena, cómo vamos prosperando.

—¿Por qué lo dices? —pregunté extrañada.

—Por la dama etérea que me he cruzado ahora mismo en el portal.

—¿Rosalinda Fox? Venía a probarse. Y además, esta mañana me ha mandado un ramo de flores como agradecimiento. Es a ella a quien ayer ayudé a salir del pequeño atolladero.

—No me digas que la rubia flaca que acabo de ver es la del Delphos.

—La misma.

Se tomó unos segundos para paladear con gusto lo que acababa de oír. Después prosiguió con un toque de sorna.

—Vaya, qué interesante. Has sido capaz de resolver un problema a una señora muy, muy, pero que muy especial.

—¿Especial en qué?

—Especial, querida mía, en que tu clienta probablemente sea ahora mismo la mujer con mayor poder en sus manos para solucionar cualquier asunto dentro del Protectorado. Aparte de los propios de la costura, claro, que para ésos te tiene a ti, la emperatriz del remedo.

—No te entiendo, Félix.

—¿Me estás diciendo que no sabes quién es la tal Rosalinda Fox a la que ayer hiciste un modelazo en unas cuantas horas?

—Una inglesa que ha pasado la mayor parte de su vida en la India y tiene un hijo de cinco años.

—Y un amante.

—Alemán.

—Frío, frío.

—¿No es un alemán?

—No, querida. Estás muy, pero que muy equivocada.

—¿Cómo lo sabes?

Sonrió malévolo.

—Porque lo sabe todo Tetuán. Su amante es otro.

—¿Quién?

—Alguien importante.

—¿Quién? —repetí tirándole de la manga, incapaz de contener la curiosidad.

Volvió a sonreír con picardía y se tapó la boca con gesto teatral, como queriendo transmitirme un gran secreto. Susurró en mi oído, lentamente.

—Tu amiga es la querida del alto comisario.

—¿El comisario Vázquez? —inquirí incrédula.

Respondió a mi conjetura primero con una carcajada y después con una explicación.

—No, loca, no. Claudio Vázquez se encarga sólo de la policía: de mantener a raya la delincuencia local y a la tropa de descerebrados que tiene a sus órdenes. Dudo mucho que consiga tiempo libre para amoríos extramaritales o, al menos, para tener una amiguita fija y ponerle una villa con piscina en el paseo de las Palmeras. Tu clienta, preciosa, es la amante del teniente coronel Juan Luis Beigbeder y Atienza, alto comisario de España en Marruecos y gobernador general de las Plazas de Soberanía. El cargo militar y administrativo más importante de todo el Protectorado, para que me entiendas.

—¿Estás seguro, Félix? —murmuré.

—Que hasta los ochenta años viva mi madre sana como una pera si te miento. Nadie sabe desde cuándo están juntos, ella lleva poco más de un mes instalada en Tetuán: lo suficiente en cualquier caso para que todo el mundo sepa ya quién es y qué es lo que hay entre los dos. Él es alto comisario por nombramiento oficial de Burgos desde hace poco, aunque prácticamente desde el principio de la guerra asumió el mando en funciones. Cuentan que tiene a Franco la mar de contento porque no para de reclutarle moritos peleones para mandarlos al frente.

Ni en la más rocambolesca de mis fantasías habría podido imaginar a Rosalinda Fox enamorada de un teniente coronel del bando nacional.

—¿Cómo es él?

El tono intrigado de mi pregunta le hizo reír de nuevo con ganas.

—¿Beigbeder? ¿No le conoces? La verdad es que ahora se deja ver menos, debe de pasar la mayor parte del tiempo encerrado en la Alta Comisaría, pero antes, cuando era subdelegado de Asuntos Indígenas, podías encontrártelo por la calle en cualquier momento. Entonces, claro, pasaba desapercibido: no era más que un oficial serio y anónimo que apenas hacía vida social. Andaba casi siempre solo y no solía asistir a los saraos de la Hípica, el hotel Nacional o el Salón Marfil, ni se pasaba la vida jugando a las cartas como hacía, por ejemplo, el tranquilón del coronel Sáenz de Buruaga, que el día del alzamiento hasta dictó las primeras órdenes desde la terraza del casino. Un tipo discreto y un tanto solitario Beigbeder, vaya.

—¿Atractivo?

—A mí, desde luego, no me seduce en absoluto, pero igual para vosotras tiene su encanto, que las mujeres sois muy raritas.

—Descríbemelo.

—Alto, delgado, adusto. Moreno, repeinado. Con gafas redondas, bigote y pinta de intelectual. A pesar de su cargo y de los tiempos que corren, suele ir vestido de paisano, con unos trajes oscuros aburridísimos.

—¿Casado?

—Probablemente, aunque al parecer aquí siempre ha vivido solo. Pero no es infrecuente entre los militares que no lleven a las familias a todos sus destinos.

—¿Edad?

—La suficiente para ser su padre.

—No me lo puedo creer.

Rió una vez más.

—Allá tú. Si trabajaras menos y salieras más, seguro que en algún momento te cruzarías con él y podrías comprobar lo que te digo con tus propios ojos. Callejea aún a veces, aunque ahora va siempre con un par de escoltas a su lado. Cuentan que es un señor cultísimo, que habla varios idiomas y ha vivido muchos años fuera de España; nada que ver en principio con los salvapatrias a los que por estas tierras estamos acostumbrados, aunque, obviamente, su actual puesto indica que está del lado de ellos. Tal vez tu clienta y él se conocieran en el extranjero; a ver si te lo explica ella algún día y me lo cuentas luego tú a mí, ya sabes que me fascinan estos *flirts* tan románticos. Bueno, te dejo, nena; me llevo a la bruja al cine. Programa doble: *La hermana San Sulpicio* y *Don Quintín el amargao,* menuda tarde de glamour me espera. Con este tormento de la guerra, no se recibe ni una película decente desde hace casi un año. Con las ganas que yo tengo de un buen musical americano. ¿Te acuerdas de Fred Astaire y Ginger Rogers en *Sombrero de copa*? «I just got and invitation through the mail / your presence is requested this evening / it's formal: top hat, white tie and tails...»

Salió canturreando y cerré tras él. Esta vez no fue su madre la que quedó indiscreta tras la mirilla, sino yo misma. Le observé mientras, con aquella cancioncilla aún en la boca, sacaba con un tintineo el llavero del bolsillo, localizaba el llavín de su puerta y lo introducía en la cerradura. Cuando desapareció, me adentré de nuevo en el taller y retomé mi labor, esforzándome aún por dar crédito a lo que acababa de oír. Intenté seguir trabajando un rato más, pero noté que me faltaban las ganas. O las fuerzas. O las dos cosas. Recordé entonces la turbulenta actividad del día anterior y decidí darme el resto de la tarde libre. Pensé en imitar a Félix y su madre e ir al cine, me merecía un poco de distracción. Con aquel propósito en mente salí de casa pero mis pasos, de manera inexplicable, se dirigieron en un sentido distinto al debido y me llevaron hasta la plaza de España.

Me recibieron los macizos de flores y las palmeras, el suelo de guijarros de colores y los edificios blancos de alrededor. Los bancos de piedra estaban, como tantas otras tardes, llenos de parejas de novios y grupos de amigas. De los cafetines cercanos salía un agradable olor a pinchitos. Atravesé la plaza y avancé hacia la Alta Comisaría que tantas veces había visto desde mi llegada y tan escasa curiosidad había despertado en mí hasta entonces. Muy cerca del palacio del jalifa, una gran edificación blanca de estilo colonial rodeada de jardines frondosos albergaba la principal dependencia de la administración española. Entre la vegetación se distinguían sus dos plantas principales y una tercera retranqueada, las torretas en las esquinas, las contraventanas verdes y los remates de ladrillo anaranjado. Soldados árabes, imponentes, estoicos bajo turbantes y largas capas, hacían guardia ante la gran verja de hierro. Mandos impecables del ejército español en África con uniforme color garbanzo entraban y salían por una pequeña puerta lateral, imperiosos en sus breeches y botas altas abrillantadas. Pululaban también, moviéndose de un lado a otro, algunos soldados indígenas, con guerreras a la europea, pantalones anchos y una especie de vendas pardas en las pantorrillas. La bandera nacional bicolor ondeaba contra un cielo azul que ya parecía querer anunciar el principio del verano. Me mantuve observando aquel movimiento incesante de hombres uniformados hasta que fui consciente de las múltiples miradas que mi inmovilidad estaba recibiendo. Azorada e incómoda, me giré y retorné a la plaza. ¿Qué buscaba frente a la Alta Comisaría, qué pretendía encontrar en ella, para qué había ido hasta allí? Para nada, probablemente; al menos, para nada en concreto más allá de observar de cerca el hábitat en el que se movía el inesperado amante de mi última clienta.

20

La primavera fue transformándose en suave verano de noches luminosas y yo seguí compartiendo con Candelaria las ganancias del taller. El fajo de libras esterlinas del fondo del cajón aumentó hasta casi alcanzar el volumen necesario para el pago pendiente; faltaba ya poco para que se cumpliera el plazo de la deuda con el Continental y me reconfortaba saber que iba a ser capaz de conseguirlo, que por fin iba a poder pagar mi libertad. Por la radio y la prensa, como siempre, seguía las noticias de la guerra. Murió el general Mola, comenzó la batalla de Brunete. Félix mantenía sus incursiones nocturnas y Jamila continuaba a mi lado, progresando en su español dulce y raro, empezando a ayudarme en algunas pequeñas tareas, un hilván flojo, un botón, una presilla. Apenas nada interrumpía la monotonía de los días en el taller, tan sólo los ruidos de los quehaceres domésticos y los retazos de conversaciones ajenas en las viviendas vecinas que se adentraban por las ventanas abiertas del patio de luces. Eso, y el trote constante de los niños de los pisos superiores ya con vacaciones en el colegio, saliendo a jugar a la calle, a veces en tropel, a veces de uno en uno. Ninguno de aquellos sonidos me molestaba, todo lo contrario: me hacían compañía, conseguían que me sintiera menos sola.

Una tarde de mediados de julio, sin embargo, los ruidos y las voces fueron más altos, las carreras más precipitadas.

—¡Ya han llegado, ya han llegado! —Después vinieron más voces, gritos y portazos, nombres repetidos entre sollozos sonoros—: ¡Concha, Concha! ¡Carmela, mi hermana! ¡Por fin, Esperanza, por fin!

Oí cómo corrían muebles, cómo subían y bajaban con prisa decenas de veces la escalera. Oí risas, oí llantos y órdenes. Llena la bañera, saca más toallas, trae la ropa, los colchones; a la niña, a la niña, dadle de comer a la niña. Y más llantos, y más gritos emocionados, más risas. Y olor a comida y ruido de cacharros a deshora en la cocina. Y otra vez —¡Carmela, Dios mío, Concha, Concha!—. Hasta bien entrada la medianoche no se calmó el ajetreo. Sólo entonces llegó Félix a mi casa y por fin pude preguntarle.

—¿Qué pasa en casa de los Herrera, que andan hoy todos tan alterados?

—¿No te has enterado? Han llegado las hermanas de Josefina. Han conseguido sacarlas de zona roja.

A la mañana siguiente volví a oír las voces y los trasiegos, aunque ya todo algo más calmado. Aun así, la actividad fue incesante a lo largo del día: las entradas y salidas, el timbre, el teléfono, las carreras de los niños por el pasillo. Y, entremedias, más sollozos, más risas, más llanto, más risa otra vez. Por la tarde llamaron a mi puerta. Pensé que tal vez era uno de ellos, quizá necesitaban algo, pedirme un favor, cualquier cosa prestada: media docena de huevos, una colcha, un jarrillo de aceite tal vez. Pero me equivoqué. Quien llamaba era una presencia del todo inesperada.

—Que dice la señora Candelaria que vaya en cuanto pueda para La Luneta. Se ha muerto el maestro, don Anselmo.

Paquito, el hijo gordo de la madre gorda, me traía sudoroso el recado.

—Vete adelantando tú y dile que voy en seguida.

Anuncié a Jamila la noticia y lloró con pena. Yo no derramé una lágrima, pero lo sentí en el alma. De todos los componentes de aquella tribu levantisca con la que conviví en los tiempos de la pensión, él era el más cercano, el que mantenía conmigo una relación más afectuosa. Me vestí con el traje de chaqueta más oscuro que tenía en el armario: aún no había hecho un hueco en mi guardarropa para el luto. Recorrimos Jamila y yo con prisa las calles, llegamos al portal de nuestro destino y ascendimos un tramo de escalera. No pudimos avanzar más, un denso grupo de hombres amontonados taponaba el acceso. Nos abrimos paso con los codos entre aquellos amigos y conocidos del maestro que respetuosamente esperaban turno para acercarse a darle el último adiós.

La puerta de la pensión estaba abierta y antes de cruzar siquiera el umbral percibí el olor a cirio encendido y un sonoro murmullo de voces femeninas rezando al unísono. Candelaria nos salió al encuentro en cuanto entramos. Iba embutida en un traje negro que le quedaba a todas luces estrecho y sobre su busto majestuoso se columpiaba una medalla con el rostro de una virgen. En el centro del comedor, sobre la mesa, un féretro abierto contenía el cuerpo ceniciento de don Anselmo vestido de domingo. Un escalofrío me recorrió la espalda al contemplarlo, noté cómo Jamila me clavaba las uñas en el brazo. Di un par de besos a Candelaria y ella dejó junto a mi oreja el reguero de un chorro de lágrimas.

—Ahí lo tienes, caído en el mismito campo de batalla.

Rememoré aquellas peleas entre plato y plato de las que tantos días fui testigo. Las raspas de los boquerones y los trozos de piel de melón africano, rugosa y amarilla, volando de un flanco a otro de la mesa. Las bromas venenosas y los improperios, los tenedores enhiestos como lanzas, los berridos de uno y otro bando. Las provocaciones y las amenazas de desahucio nunca cumplidas por la matutera. La mesa del comedor convertida en un auténtico campo de batalla, efectivamente. Intenté contener la risa triste. Las hermanas resecas, la madre gorda y unas cuantas vecinas, sentadas junto a la ventana y enlutadas todas de arriba abajo, continuaban desgranando los misterios del rosario con voz monótona y llorosa. Imaginé por un segundo a don Anselmo en vida, con un Toledo en la comisura de la boca, gritando furibundo entre toses que dejaran de rezar por él de una puñetera vez. Pero el maestro ya no estaba entre los vivos y ellas sí. Y delante de su cuerpo muerto, por presente y caliente que aún estuviera, podían ya hacer lo que les viniera en gana. Nos sentamos Candelaria y yo junto a ellas, la patrona acopló su voz al ritmo del rezo y yo fingí hacer lo mismo, pero mi mente andaba trotando por otros andurriales.

Señor, ten piedad de nosotros.

Cristo, ten piedad de nosotros.

Acerqué mi silla de enea a la suya hasta que nuestros brazos se tocaron.

Señor, ten piedad de nosotros.

—Tengo que preguntarle una cosa, Candelaria —le susurré al oído.

Cristo, óyenos.

Cristo, escúchanos.

—Dime, mi alma —respondió en voz igualmente baja.

Dios Padre Celestial, ten piedad de nosotros.

Dios Hijo, redentor del mundo.

—Me he enterado de que andan sacando a gente de zona roja.

Dios Espíritu Santo.

Santísima Trinidad, que eres un solo Dios.

—Eso dicen...

Santa María, ruega por nosotros.

Santa Madre de Dios.

Santa Virgen de las Vírgenes.

—¿Puede usted enterarse de cómo lo hacen?

Madre de Cristo.

Madre de la Iglesia.

—¿Para qué quieres tú saberlo?

Madre de la divina gracia.

Madre purísima.

Madre castísima.

—Para sacar a mi madre de Madrid y traérmela a Tetuán.

Madre virginal.

Madre inmaculada.

—Tendré que preguntar por ahí...

Madre amable.

Madre admirable.

—¿Mañana por la mañana?

Madre del buen consejo.

Madre del Creador.

Madre del Salvador.

—En cuanto pueda. Y ahora cállate ya y sigue rezando, a ver si entre todas subimos a don Anselmo al cielo.

El velatorio se prolongó hasta la madrugada. Al día siguiente enterramos al maestro, con sepelio en la misión católica, responso solemne y toda la parafernalia propia del más fervoroso de los creyentes. Acompañamos el féretro al cementerio. Hacía mucho viento, como tantos otros días en Tetuán: un viento molesto que alborotaba los velos, alzaba las faldas y hacía serpentear por el suelo las hojas de los eucaliptos. Mientras el sacerdote pronunciaba los últimos latines, me incliné hacia Candelaria y le transmití mi curiosidad en un susurro.

—Si las hermanas decían que el maestro era un ateo hijo de Lucifer, no sé cómo le han organizado este entierro.

—Déjate tú, déjate tú, a ver si se le va a quedar el alma vagando por los infiernos y va a venir luego su espíritu a tirarnos de los pies cuando estemos durmiendo...

Hice esfuerzos por no reír.

—Por Dios, Candelaria, no sea tan supersticiosa.

—Tú déjame a mí, que yo ya soy perra vieja y sé de lo que estoy hablando.

Sin una palabra más, se concentró de nuevo en la liturgia y no volvió a dirigirme ni la mirada hasta después del último *requiescat in pace*. Bajaron entonces el cuerpo a la fosa y cuando los enterradores empezaron a echar sobre él las primeras paletadas de tierra, el grupo comenzó a desmigarse. Ordenadamente nos fuimos dirigiendo hacia la verja del cementerio hasta que Candelaria se agachó de pronto y, simulando abrocharse la hebilla de un zapato, dejó que las hermanas se adelantaran con la gorda y las vecinas. Las contemplamos rezagadas mientras avanzaban de espaldas como una bandada de cuervos, con sus velos negros cayéndoles hasta la cintura; medio manto, los llamaban.

—Anda, vámonos tú y yo a darnos un homenaje en memoria del pobre don Anselmo, que a mí, hija mía, con las penas es que me entran unas hambres...

Callejeamos hasta llegar a El Buen Gusto, elegimos nuestros pasteles y nos sentamos a comerlos en un banco de la plaza de la iglesia, entre palmeras y parterres. Y finalmente le hice la pregunta que llevaba conteniendo en la punta de la lengua desde el principio de la mañana.

—¿Ha podido averiguar ya algo de lo que le dije?

Asintió con la boca llena de merengue.

—La cosa está complicada. Y cuesta unos buenos dineros.

—Cuéntemelo.

—Hay quien se encarga de las gestiones desde Tetuán. No he podido enterarme bien de todos los detalles, pero parece que en España la cosa se mueve a través de la Cruz Roja Internacional. Localizan a la gente en zona roja y, de alguna manera, la consiguen trasladar hasta algún puerto de Levante, no me preguntes cómo porque no tengo ni pajolera idea. Camuflados, en camiones, andando, sabe Dios. El caso es que allí los embarcan. A los que quieren entrar en zona nacional, los llevan a Francia y los cruzan por la frontera en las Vascongadas. Y a los que quieren venir a Marruecos, los mandan hasta Gibraltar si pueden, aunque muchas veces la cosa está difícil y tienen que llevarlos primero a otros puertos del Mediterráneo. El siguiente destino suele ser Tánger y después, al final, llegan a Tetuán.

Noté que el pulso se me aceleraba.

—¿Y usted sabe con quién tendría yo que hablar?

Sonrió con un punto de tristeza y me dio en el muslo una palmadita cariñosa que me dejó la falda manchada de azúcar glasé.

—Antes de hablar con nadie, lo primero que hay que hacer es tener disponible un buen montón de billetes. Y en libras esterlinas. ¿Te dije o no te dije yo que el dinero de los ingleses era el mejor?

—Tengo sin tocar todo lo que he ahorrado en estos meses —aclaré ignorando su pregunta.

—Y también tienes pendiente la deuda del Continental.

—A lo mejor me llega para las dos cosas.

—Lo dudo mucho, mi alma. Te costaría doscientas cincuenta libras.

La garganta se me secó de pronto y el hojaldre quedó atrapado en ella como una pasta de engrudo. Comencé a toser, la matutera me palmeó la espalda. Cuando conseguí finalmente tragar, me soné la nariz y pregunté.

—¿Usted no me lo prestaría, Candelaria?

—Yo no tengo una perra, criatura.

—¿Y lo del taller que le he ido dando?

—Ya está gastado.

—¿En qué?

Suspiró con fuerza.

—En pagar este entierro, en las medicinas de los últimos tiempos y en un puñado de facturas pendientes que don Anselmo había dejado por unos cuantos sitios. Y menos mal que el doctor Maté era amigo suyo y no me va a cobrar las visitas.

La miré con incredulidad.

—Pero él tendría que tener dinero guardado de su pensión de jubilado —sugerí.

—No le quedaba un real.

—Eso es imposible: hacía meses que apenas salía a la calle, no tenía gastos...

Sonrió con una mezcla de compasión, tristeza y guasa.

—No sé cómo se las arregló el viejo del demonio, pero consiguió hacer llegar todos sus ahorros al Socorro Rojo.

A pesar de lo lejana que de mi alcance quedaba la cantidad de dinero necesaria conjuntamente para conseguir llevar a mi madre hasta Marruecos sin dejar de saldar mi deuda, la idea no paraba de bullirme en la cabeza. Aquella noche apenas dormí, ocupada como estuve en dar un millón de vueltas al asunto. Fantaseé con las más disparatadas opciones y conté y reconté mil veces los billetes ahorrados pero, a pesar de todo el empeño que puse, no conseguí con ello que éstos se multiplicaran. Y entonces, casi al amanecer, se me ocurrió otra solución.

21

Las conversaciones, las risotadas y el tecleo rítmico de la máquina de escribir se acallaron al unísono tan pronto como los cuatro pares de ojos se posaron en mí. La estancia era gris, llena de humo, de olor a tabaco y a rancio hedor de humanidad reconcentrada. No se oyó entonces más ruido que el zumbido de mil moscas y el ritmo cansino de las aspas de un ventilador de madera girando sobre nuestras cabezas. Y al cabo de unos segundos, el silbido admirativo de alguien que cruzaba por el pasillo y me vio de pie, vestida con mi mejor tailleur y rodeada de cuatro mesas tras las que cuatro cuerpos sudorosos en mangas de camisa se esforzaban en trabajar. O eso parecía.

—Vengo a ver al comisario Vázquez —anuncié.

—No está —dijo el más gordo.

—Pero no tardará —dijo el más joven.

—Puede esperarle —dijo el más flaco.

—Siéntese si quiere —dijo el más viejo.

Me acomodé en una silla con asiento de gutapercha y allí aguardé sin moverme más de hora y media. A lo largo de aquellos noventa minutos eternos, el cuarteto simuló volver a su actividad, pero no lo hizo. Se dedicaron tan sólo a fingir que trabajaban, a mirarme con descaro y a matar moscas con el periódico doblado por la mitad; a intercambiarse gestos obscenos y a pasarse notas garabateadas, llenas probablemente de referencias a mis pechos, mi trasero y mis piernas, y a todo lo que serían capaces de hacer conmigo si yo accediera a ser con ellos un poquito cariñosa. Don Claudio llegó finalmente ejecutando el papel de un hombre orquesta: andando con prisa, quitándose a la vez el sombrero y la chaqueta, disparando órdenes mientras intentaba descifrar un par de notas que alguien acababa de entregarle.

—Juárez, te quiero en la calle del Comercio, que ha habido navajazos. Cortés, como no me tengas lo de la fosforera en mi mesa antes de que cuente diez, te mando para Ifni en tres patadas. Bautista, ¿qué ha pasado con el robo en el Zoco del Trigo? Cañete...

Ahí paró. Paró porque me vio. Y Cañete, que era el flaco, quedó sin cometido.

—Pase —dijo simplemente mientras me indicaba un despacho al fondo de la estancia. Volvió a ponerse la chaqueta que ya tenía medio quitada—. Cortés, lo de la fosforera que espere. Y vosotros, a lo vuestro —advirtió al resto.

Cerró la puerta acristalada que separaba su cubil de la oficina y me ofreció asiento. La estancia era menor en tamaño, pero infinitamente más agradable que la oficina contigua. Colgó el sombrero en un perchero, se acomodó tras una mesa repleta de papeles y carpetas. Accionó un ventilador de baquelita y el soplo de aire fresco llegó a mi cara como un milagro en medio del desierto.

—Bien, usted dirá. —Su tono no era particularmente simpático, tampoco lo contrario. Él tenía un aspecto intermedio entre el aire nervioso y preocupado de los primeros encuentros y la serenidad del día de otoño en que se avino a dejar de apretarme la yugular. Al igual que el verano anterior, volvía a tener el rostro tostado por el sol. Tal vez porque, como muchos otros tetuaníes, iba con frecuencia a la cercana playa de Río Martín. Tal vez, simplemente, por su continuo callejear resolviendo asuntos de una punta a otra de la ciudad.

Ya conocía su estilo de trabajo, así que le planteé mi requerimiento y me preparé para hacer frente a su batería infinita de preguntas.

—Necesito mi pasaporte.

—¿Puedo saber para qué?

—Para ir a Tánger.

—¿Puedo saber a qué?

—A renegociar mi deuda.

—A renegociarla ¿en qué sentido?

—Necesito más tiempo.

—Creía que su taller marchaba sin problemas; esperaba que ya hubiera conseguido reunir la cantidad que debe. Sé que tiene buenas clientas, me he informado y hablan bien de usted.

—Sí, las cosas marchan, es cierto. Y he ahorrado.

—¿Cuánto?

—Lo suficiente como para hacer frente a la factura del Continental.

—¿Entonces?

—Han surgido otros asuntos para los que también necesito dinero.

—Asuntos ¿de qué tipo?

—Asuntos de familia.

Me miró con fingida incredulidad.

—Creía que su familia estaba en Madrid.

—Por eso, precisamente.

—Aclárese.

—Mi única familia para mí es mi madre. Y está en Madrid. Y quiero sacarla de allí y traerla a Tetuán.

—¿Y su padre?

—Ya le dije que apenas le conozco. Sólo estoy interesada en localizar a mi madre.

—Entiendo. Y ¿cómo tiene previsto hacerlo?

Le detallé todo lo que Candelaria me había contado sin mencionar su nombre. Él me escuchó como siempre había hecho, clavando sus ojos en los míos con apariencia de estar poniendo sus cinco sentidos en absorber mis palabras, aunque estaba segura de que él ya conocía perfectamente todos los pormenores de aquellos traslados de una zona a otra.

—¿Cuándo tendría intención de ir a Tánger?

—Lo antes posible, si usted me autoriza.

Se recostó en su sillón y me miró fijamente. Con los dedos de la mano izquierda inició un tamborileo rítmico sobre la mesa. Si yo hubiera tenido capacidad para ver más allá de la carne y los huesos, habría percibido cómo su cerebro se ponía en marcha e iniciaba una intensa actividad: cómo sopesaba mi propuesta, descartaba opciones, resolvía y decidía. Al cabo de un tiempo que debió de ser breve pero a mí se me hizo infinito, frenó en seco el movimiento de los dedos y dio una palmada enérgica sobre la superficie de madera. Supe entonces que ya tenía una decisión tomada pero, antes de ofrecérmela, se dirigió a la puerta y a través de ella sacó la cabeza y la voz.

—Cañete, prepare un pase de frontera para el puesto del Borch a nombre de la señorita Sira Quiroga. Inmediatamente.

Respiré hondo cuando supe que Cañete por fin tenía un quehacer, pero no dije nada hasta que el comisario volvió a su sitio y me informó directamente.

—Le voy a dar su pasaporte, un salvoconducto y doce horas para que vaya y vuelva a Tánger mañana. Hable con el gerente del Continental a ver qué consigue. No creo que mucho, para serle sincero. Pero por probar, que no quede. Manténgame informado. Y recuerde: no quiero jugarretas.

Abrió un cajón, rebuscó y volvió a sacar la mano con mi pasaporte en ella. Cañete entró, dejó un papel sobre la mesa y me miró con ganas de aliviar conmigo su flacura. El comisario firmó el documento y, sin levantar la cabeza, espetó un «largo, Cañete» ante la presencia remolona del subordinado. Seguidamente, dobló el papel, lo introdujo entre las páginas de mi documentación y me lo tendió todo sin palabras. Se levantó entonces y sostuvo la puerta por el pomo invitándome a salir. Los cuatro pares de ojos que encontré a la llegada se habían convertido en siete cuando abandoné el despacho. Siete machos de brazos caídos esperando mi salida como al santo advenimiento; como si fuera la primera vez en su vida que veían a una mujer presentable entre las paredes de aquella comisaría.

—¿Qué pasa hoy, que estamos de vacaciones? —preguntó don Claudio al aire.

Todos se pusieron automáticamente en movimiento simulando un frenético trajín: sacando papeles de las carpetas, hablando unos con otros sobre asuntos de supuesta importancia y haciendo sonar teclas que con toda probabilidad no escribían nada más que la misma letra repetida una docena de veces.

Me marché y comencé a caminar por la acera. Al pasar junto a la ventana abierta, vi al comisario entrar de nuevo en la oficina.

—Joder, jefe, vaya torda —dijo una voz que no identifiqué.

—Cierra la boca, Palomares, o te mando a hacer guardia al Pico de las Monas.

22

Me habían dicho que antes del inicio de la guerra había varios servicios de transporte diario que cubrían los setenta kilómetros que separaban Tetuán de Tánger. En aquellos días, sin embargo, el tránsito era reducido y los horarios cambiantes, por lo que nadie supo especificármelos con seguridad. Nerviosa, me dirigí por eso a la mañana siguiente al garaje de La Valenciana dispuesta a soportar lo que hiciera falta para que uno de sus grandes coches rojos me trasladara a mi destino. Si el día anterior había podido aguantar hora y media en comisaría rodeada de aquellos pedazos de carne con ojos, imaginé que también sería llevadera la espera entre conductores desocupados y mecánicos llenos de grasa. Volví a ponerme mi mejor traje de chaqueta, un pañuelo de seda protegiéndome la cabeza y unas grandes gafas de sol tras las que esconder mi ansiedad. Aún no eran las nueve cuando tan sólo me restaban unos metros para alcanzar el garaje de la empresa de autobuses en las afueras de la ciudad. Caminaba presta, concentrada en mis pensamientos: previendo el escenario del encuentro con el gerente del Continental y rumiando los argumentos que había pensado ofrecerle. A mi preocupación por el pago de la deuda se unía, además, otra sensación igualmente desagradable. Por primera vez desde mi marcha, iba a volver a Tánger, una ciudad con todas las esquinas plagadas de recuerdos de Ramiro. Sabía que aquello sería doloroso y que la memoria del tiempo que junto a él viví tomaría de nuevo forma real. Presentía que iba a ser un día difícil.

Me crucé en el camino con pocas personas y menos automóviles, aún era temprano. Por eso me sorprendió tanto que uno de ellos frenara justo a mi lado. Un Dodge negro y flamante de tamaño mediano. El vehículo me era del todo desconocido, pero la voz que de él surgió, no.

—Morning, dear. Qué sorpresa verte por aquí. ¿Puedo llevarte a algún sitio?

—Creo que no, gracias. Ya he llegado —dije señalando el cuartel general de La Valenciana.

Mientras hablaba, comprobé de reojo que mi clienta inglesa llevaba puesto uno de los trajes salidos de mi taller unas semanas atrás. Al igual que yo, se cubría el pelo con un pañuelo claro.

—¿Piensas coger un autobús? —preguntó con una ligera nota de incredulidad en la voz.

—Así es, voy a Tánger. Pero muchas gracias de todas maneras por ofrecerse a llevarme.

Como si acabara de escuchar un divertido chiste, de la boca de Rosalinda Fox emanó una carcajada cantarina.

—No way, sweetie. Ni hablar de autobuses, cariño. Yo también voy a Tánger, sube. Y no me hables más de usted, please. Ahora ya somos amigas, aren't we?

Sopesé con rapidez el ofrecimiento y supuse que en nada contravenía las órdenes de don Claudio, así que acepté. Gracias a aquella inesperada invitación lograría evitar el incómodo viaje en un autobús de triste recuerdo y además, así, recorriendo el trayecto en compañía, me resultaría más fácil olvidar mi propio desasosiego.

Condujo a lo largo del paseo de las Palmeras, dejando atrás el garaje de los autobuses y bordeando residencias grandes y hermosas, escondidas casi en la frondosidad de sus jardines. Señaló una de ellas con un gesto.

—Ésa es mi casa, aunque creo que por poco tiempo. Probablemente me mude pronto otra vez.

—¿Fuera de Tetuán?

Rió como si acabara de oír un chiste disparatado.

—No, no, no; por nada del mundo. Tan sólo puede que me cambie a una residencia un poco más cómoda; esta villa es divina, pero ha estado bastante tiempo deshabitada y necesita unas reformas importantes. Las cañerías son un horror, casi no llega agua potable, y no quiero imaginar lo que sería pasar un invierno en esas condiciones. Se lo he dicho a Juan Luis y ya está buscando otro hogar a bit more comfortable.

Mencionó a su amante con toda naturalidad, segura, sin las vaguedades e imprecisiones del día de la recepción con los alemanes. Yo no mostré ninguna reacción: como si estuviera plenamente al tanto de lo que existía entre ellos; como si las referencias al alto comisario por su nombre de pila fueran algo con lo que yo estuviera del todo familiarizada en mi cotidianeidad de modista.

—Adoro Tetuán, it's so, so beautiful. En parte me recuerda un poco a la zona blanca de Calcuta, con su vegetación y sus casas coloniales. Pero eso quedó atrás hace ya tiempo.

—¿No tienes intención de volver?

—No, no, de ninguna manera. Todo aquello es ya pasado: ocurrieron cosas que no fueron gratas y hubo gente que se portó conmigo de manera un poco fea. Además, me gusta vivir en sitios nuevos: antes en Portugal, ahora en Marruecos, mañana who knows, quién sabe. En Portugal residí algo más de un año; primero en Estoril y más tarde en Cascais. Después el ambiente cambió y yo decidí emprender otro rumbo.

Hablaba sin pausa, concentrada en la carretera. Tuve la sensación de que su español había mejorado desde nuestro primer encuentro; ya casi no se percibían restos del portugués, aunque aún seguía insertando intermitentemente palabras y expresiones en su propia lengua. Llevábamos la capota del auto bajada, el ruido del motor era ensordecedor. Casi tenía que gritar para hacerse oír.

—Hasta hace no demasiado tiempo había allí, en Estoril y Cascais, una deliciosa colonia de británicos y otros expatriados: diplomáticos, aristócratas europeos, empresarios ingleses del vino, americanos de las oil companies... Teníamos mil fiestas, todo era baratísimo: los licores, los alquileres, el servicio doméstico. Jugábamos como locos al bridge; era tan, tan divertido. Pero inesperadamente, casi de repente, todo cambió. De pronto, medio mundo pareció querer instalarse allí. La zona se llenó de nuevos Britishers que, después de haber vivido en las cuatro esquinas del Empire, se negaban a pasar su retiro bajo la lluvia del old country y elegían el dulce clima de la costa portuguesa. Y de españoles monárquicos que ya intuían lo que se les avecinaba. Y de judíos alemanes, incómodos en su país, calculando el potencial de Portugal para trasladar allí sus negocios. Los precios subieron immensely. —Se encogió de hombros con un gesto aniñado y añadió—: Supongo que aquello perdió su charm, su encanto.

A lo largo de tramos enteros, el paisaje amarillento se veía tan sólo interrumpido por parches de chumberas y cañaverales. Pasamos un paraje montañoso lleno de pinadas, descendimos de nuevo al secano. Las puntas de los pañuelos de seda que cubrían nuestras cabezas volaban al viento, brillantes bajo la luz del sol mientras ella seguía narrando los avatares de su llegada a Marruecos.

—En Portugal me habían hablado mucho de Marruecos, sobre todo de Tetuán. En aquellos tiempos yo era muy amiga del general Sanjurjo y su adorable Carmen, so sweet, ¿sabes que había sido bailarina? Johnny, mi hijo jugaba todos los días con su pequeño hijo Pepito. Sentí mucho la muerte de José Sanjurjo en aquel airplane crash, un terrible accidente. Era un hombre absolutamente encantador; no muy atractivo físicamente, to tell you the truth, pero tan simpático, tan jovial. Siempre me decía *guapísssssima;* de él aprendí mis primeras palabras en español. Él fue quien me presentó a Juan Luis en Berlín durante los juegos de invierno en febrero del año pasado, quedé fascinada por él, claro. Yo había ido desde Portugal con mi amiga Niesha, dos mujeres solas atravesando Europa en un Mercedes hasta llegar a Berlín, can you imagine? Nos hospedamos en el Adlon Hotel, supongo que lo conoces.

Hice un gesto que no quería decir ni sí, ni no, ni todo lo contrario; ella, entretanto, seguía charlando sin prestarme demasiada atención.

—Berlín, qué ciudad, my goodness. Los cabarets, las fiestas, los night clubs, todo tan vibrante, tan vital; la reverenda madre de mi internado anglicano habría muerto del horror si me hubiera visto allí. Una noche, casualmente, me encontré a los dos en el lounge del hotel having a drink, una copa. Sanjurjo estaba en Alemania visitando fábricas de armamento; Juan Luis, que había vivido allí varios años como military attaché de la embajada española, le servía de acompañante en su tournée. Mantuvimos a little chit-chat, un poquito de conversación. Al principio Juan Luis quiso ser discreto y no comentar nada delante de mí, pero José sabía que yo era una buena amiga. Estamos aquí para los juegos de invierno, y también nos preparamos para el juego de la guerra, dijo con una carcajada. My dear José: si no hubiese sido por aquel terrible accidente, tal vez sería él y no Franco quien ahora estaría al mando del ejército nacional, so sad. Anyway, cuando regresamos a Portugal, Sanjurjo nunca dejó de recordarme aquel encuentro y de hablarme de su amigo Beigbeder: de la muy buena impresión que yo había causado en él, de su vida en el maravilloso Marruecos español. ¿Sabes que José fue también alto comisario en Tetuán en los años veinte? Él mismo fue quien diseñó los jardines de la Alta Comisaría, so beautiful. Y el rey Alfonso XIII le concedió el título de marqués del Rif. El león del Rif le llamaban por eso, poor dear José.

Seguíamos avanzando a través de la aridez. Rosalinda, incontenible, conducía y hablaba sin descanso, saltando de un asunto a otro, cruzando fronteras y momentos del tiempo sin ni siquiera comprobar si yo la seguía o no en aquel laberinto vital que a retazos me iba desgranando. Paramos de pronto en medio de la nada, el frenazo levantó una nube de polvo y tierra seca. Dejamos pasar un rebaño de cabras famélicas al recaudo de un pastor con turbante mugriento y chilaba parda deshilachada. Cuando cruzó el último animal, levantó el palo que hacía de cayado para indicarnos que podíamos seguir nuestro camino y dijo algo que no comprendimos abriendo una boca llena de huecos negros. Reanudó ella entonces la conducción y la charla.

—Unos meses después llegaron los events, los acontecimientos de julio del año pasado. Yo just acababa de irme de Portugal y estaba en Londres, preparando mi nueva mudanza a Marruecos. Juan Luis me ha contado que la tarea durante el levantamiento fue a bit difficult en ciertos momentos: hubo algunos focos de resistencia, tiros y explosiones, hasta sangre en las fuentes de los queridos jardines de Sanjurjo. Pero los sublevados consiguieron su objetivo y Juan Luis contribuyó a su manera. Él mismo fue quien informó de lo que estaba pasando al jalifa Muley Hassan, al gran visir y al resto de los dignatarios musulmanes. Habla árabe perfectamente, you know: estudió en la Escuela de Lenguas Orientales en París y ha vivido muchos años en África. Es un gran amigo del pueblo marroquí y un apasionado de su cultura: los llama sus hermanos y dice que los españoles sois todos moros; es tan gracioso, so funny.

No la interrumpí, pero en mi mente se conformaron imágenes difusas de moros hambrientos luchando en tierra extraña, ofreciendo su sangre por una causa ajena a cambio de un mísero sueldo y los kilos de azúcar y harina que, según contaban, el ejército daba a las familias de las cabilas mientras sus hombres peleaban en el frente. La organización del reclutamiento de aquellos pobres árabes, me había contado Félix, corría a cargo del buen amigo Beigbeder.

—Anyway —prosiguió—, aquella misma noche consiguió poner a todas las autoridades islámicas del lado de los sublevados, algo que era fundamental para el éxito de la operación militar. Después, como reconocimiento, Franco lo designó alto comisario. Ya se conocían de antes, los dos habían coincidido en algún destino. Pero no eran exactamente amigos, no, no, no. De hecho, y a pesar de haber acompañado a Sanjurjo a Berlín meses antes, Juan Luis, initially, estaba fuera de todos los complots del alzamiento; los organizadores, no sé por qué, no habían previsto contar con él. En aquellos días ocupaba un puesto más bien administrativo como subdelegado de Asuntos Indígenas, vivía al margen de los cuarteles y las conspiraciones, en su propio mundo. Él es muy especial, un intelectual más que un hombre de acción militar, you know what I mean: le gusta leer, charlar, debatir, aprender otras lenguas... Dear Juan Luis, tan, tan romántico.

Seguía resultándome difícil casar la idea del hombre encantador y romántico que mi clienta dibujaba con la de un resolutivo alto mando del ejército sublevado, pero ni por lo más remoto se me ocurrió hacérselo saber. Llegamos entonces a un puesto de control vigilado por soldados indígenas armados hasta los dientes.

—Dame tu pasaporte, please.

Lo saqué del bolso junto con el permiso para cruzar el paso fronterizo que don Claudio me había facilitado el día anterior. Le tendí ambas acreditaciones; tomó el primer documento y descartó el segundo sin ni siquiera mirarlo. Juntó mi pasaporte con el suyo y con un papel doblado que probablemente fuera un salvoconducto de poder ilimitado capaz de facilitarle acceso hasta el mismo fin del mundo si hubiera tenido interés en visitarlo. Acompañó el lote con su mejor sonrisa y lo entregó a uno de los soldados moros, mejanis los llamaban. Se lo llevó él todo consigo dentro de una caseta encalada. Inmediatamente salió un militar español, se cuadró ante nosotras con el más marcial de sus saludos y, sin una palabra, nos indicó que siguiéramos nuestro camino. Ella continuó con su monólogo, retomándolo en un punto distinto a donde lo había dejado unos minutos atrás. Yo, entretanto, me esforcé por recuperar la serenidad. Sabía que no tenía por qué estar nerviosa, que todo estaba oficialmente en orden pero, con todo, no pude evitar que ante el paso de aquel control la sensación de angustia me cubriera el cuerpo como un sarpullido.

—So, en octubre del año pasado embarqué en Liverpool en un barco cafetero con destino a las West Indies y escala en Tánger. Y allí me quedé, tal como ya había previsto. El desembarco fue absolutely crazy, una locura total, porque el puerto de Tánger es tan, tan awful, tan espantoso; lo conoces, ¿verdad?

Esta vez sí asentí con conocimiento de causa. Cómo iba a haber olvidado mi llegada a él junto a Ramiro más de un año atrás. Sus luces, sus barcos, la playa, las casas blancas descendiendo desde el monte verde hasta llegar al mar. Las sirenas y aquel olor a sal y brea. Volví a concentrarme en Rosalinda y sus aventuras viajeras: aún no era momento para empezar a abrir el saco de la melancolía.

—Imagina, yo llevaba a Johnny, mi hijo, y a *Joker*, mi cocker spaniel, y además, el coche y dieciséis baúles con mis cosas: ropa, alfombras, porcelana, mis libros de Kipling y Evelyn Waugh, álbumes con fotografías, los palos de golf y my HMV, you know, un gramófono portátil con todos mis discos: Paul Whiteman y su orquesta, Bing Crosby, Louis Armstrong... Y, por supuesto, conmigo traía también un buen montón de cartas de presentación. Eso fue una de las cosas más importantes que mi padre me enseñó cuando era just a girl, tan sólo una niña, aparte de montar a caballo y jugar al bridge, of course. Nunca viajes sin cartas de presentación, decía siempre, poor daddy, murió hace unos años de un heart attack, ¿cómo se dice en español? —preguntó llevándose una mano al lado izquierdo de su pecho.

—¿Un ataque al corazón?

—That's it, un ataque al corazón. Así que hice amigos ingleses en seguida gracias a mis cartas: viejos funcionarios retirados de las colonias, oficiales del ejército, gente del cuerpo diplomático, you know, los de siempre once again. Bastante aburridos en su mayoría, to tell you the truth, aunque gracias a ellos conocí a alguna otra gente encantadora. Alquilé una preciosa casita junto a la Dutch Legation, busqué una sirvienta y me instalé durante unos meses.

Pequeñas construcciones blancas y dispersas empezaron a salpicar el camino anticipando la inminencia de nuestra llegada a Tánger. Aumentó también el número de gente andando por el borde de la carretera, grupos de mujeres musulmanas cargadas de fardos, niños corriendo con las piernas al aire bajo las cortas chilabas, hombres cubiertos con capuchas y turbantes, animales, más animales, burros con cántaros de agua, un flaco rebaño de ovejas, de vez en cuando unas cuantas gallinas que corrían alborotadas. La ciudad, poco a poco, fue tomando forma y Rosalinda condujo diestramente hacia el centro, girando en las esquinas a toda velocidad mientras seguía describiendo aquella casa tangerina que tanto le gustaba y de la que no hacía mucho que se fue. Yo, entretanto, empecé a reconocer lugares familiares y a hacer esfuerzos por no recordar con quién los transité en un tiempo que creí feliz. Aparcó por fin en la plaza de Francia con un frenazo que hizo a decenas de transeúntes volver la vista hacia nosotras. Ajena a todos ellos, se quitó el pañuelo de la cabeza y se retocó el *rouge* en el retrovisor.

—Me muero por tomar un morning cocktail en el bar del El Minzah. Pero antes debo resolver un pequeño asunto. ¿Me acompañas?

—¿Adónde?

—Al Bank of London and South America. A ver si el odioso de mi marido me ha enviado la pensión de una maldita vez.

Me despojé yo también del pañuelo a la vez que me preguntaba cuándo dejaría aquella mujer de dar quiebros a mis suposiciones. No sólo resultó ser una madre amorosa cuando yo la intuía una joven alocada. No sólo me pedía ropa prestada para ir a recepciones con nazis expatriados cuando yo le imaginaba un guardarropa de lujo cosido por grandes modistas internacionales; no sólo tenía por amante a un poderoso militar que le doblaba la edad cuando yo la había previsto enamorada de un galán frívolo y extranjero. Todo aquello no era bastante para tumbar mis conjeturas, qué va. Ahora también resultaba que en su vida existía un marido ausente pero vivo, el cual no parecía demostrar excesivo entusiasmo por seguir proporcionándole sustento.

—Creo que no puedo ir contigo, yo también tengo cosas que hacer —dije en respuesta a su invitación—. Pero podemos quedar más tarde.

—All right. —Consultó el reloj—. ¿A la una?

Acepté. Aún no eran las once, tendría tiempo de sobra para lo mío. Suerte tal vez no, pero tiempo al menos sí tenía.

23

El bar del hotel El Minzah permanecía exactamente igual que un año atrás. Grupos animados de hombres y mujeres europeos vestidos con estilo llenaban las mesas y la barra bebiendo whisky, jerez y cócteles, formando grupos en los que la conversación saltaba de una lengua a otra como quien cambia un pañuelo de mano. En el centro de la estancia, un pianista amenizaba el ambiente con su música melodiosa. Nadie parecía tener prisa, todo seguía aparentemente igual que en el verano del 36 con la única excepción de que en la barra ya no me esperaba ningún hombre hablando en español con el barman, sino una mujer inglesa que charlaba con él en inglés mientras sostenía una copa en una mano.

—Sira, dear! —dijo llamando mi atención en cuanto percibió mi presencia—. ¿Un pink gin? —preguntó alzando su cóctel.

Lo mismo me daba tomar ginebra con angostura que tres tragos de aguarrás, así que acepté forzando una falsa sonrisa.

—¿Conoces a Dean? Es un viejo amigo. Dean, te presento a Sira Quiroga, my dressmaker, mi modista.

Miré al barman y reconocí su cuerpo enjuto y el rostro cetrino en el que encajaba un par de ojos de mirada oscura y enigmática. Recordé cómo hablaba con unos y con otros en los tiempos en que Ramiro y yo frecuentábamos su bar, cómo todo el mundo parecía recurrir a él cuando necesitaba un contacto, una referencia o una porción de información escurridiza. Noté sus ojos repasándome, ubicándome en el pasado a la vez que sopesaba mis cambios y me asociaba con la presencia evaporada de Ramiro. Habló él antes que yo.

—Creo que usted ya ha estado por aquí antes, hace un tiempo, ¿no?

—Tiempo atrás, sí —dije simplemente.

—Sí, creo que ya lo recuerdo. Cuántas cosas han pasado desde entonces, ¿verdad? Ahora hay muchos más españoles por aquí; cuando usted nos visitaba no eran tantos.

Sí, habían pasado muchas cosas. A Tánger habían llegado miles de españoles huyendo de la guerra, y Ramiro y yo nos habíamos marchado cada uno por su lado. Había cambiado mi vida, había cambiado mi país, mi cuerpo y mis afectos; todo había cambiado tanto que prefería no pararme a pensarlo, así que fingí concentrarme en buscar algo en el fondo del bolso y no contesté. Continuaron ellos su charla y sus confidencias alternando entre el inglés y el español, intentando a veces incluirme en aquellos chismorreos que en absoluto me interesaban; bastante tenía con tratar de poner orden en mis propios asuntos. Salían unos clientes, entraban otros: hombres y mujeres de aspecto elegante, sin prisa ni aparentes obligaciones. Rosalinda saludó a muchos de ellos con un gesto gracioso o un par de palabras simpáticas, como evitando el tener que dilatar cualquier encuentro más allá de lo imprescindible. Lo consiguió durante un tiempo: exactamente el transcurrido hasta que llegaron dos conocidas que nada más verla decidieron que el simple hola, cariño, me alegro de verte no les era suficiente. Se trataba de un par de especímenes de apariencia suprema, rubias, esbeltas y airosas, extranjeras imprecisas como aquellas cuyos gestos y posturas tantas veces emulé hasta hacer míos frente al espejo resquebrajado del cuarto de Candelaria. Saludaron a Rosalinda con besos volátiles, frunciendo los labios y sin apenas rozarse las mejillas empolvadas. Se instalaron entre nosotras con desparpajo y sin que nadie las invitara. Les preparó el barman sus aperitivos, sacaron pitilleras, boquillas de marfil y encendedores de plata. Mencionaron nombres y cargos, fiestas, encuentros y desencuentros de unos con otros y con otros más: recuerdas aquella noche en Villa Harris, no te puedes ni imaginar lo que le ha pasado a Lucille Dawson con su último novio, ah, por cierto, ¿sabes que Bertie Stewart se ha arruinado? Y así sucesivamente hasta que por fin una de ellas, la menos joven, la más enjoyada, planteó sin rodeos a Rosalinda lo que ambas debían de tener en sus mentes desde el momento en que la vieron.

—Bueno, querida, y ¿cómo te van a ti las cosas en Tetuán? La verdad es que fue una sorpresa tremenda para todos conocer tu marcha inesperada. Todo fue tan, tan precipitado...

Una pequeña carcajada cuajada de cinismo precedió la respuesta de Rosalinda.

—Oh, mi vida en Tetuán es maravillosa. Tengo una casa de ensueño y unos amigos fantásticos, como my dear Sira, que tiene el mejor atelier de *haute couture* de todo el norte de África.

Me miraron con curiosidad y yo les repliqué con un golpe de melena y una sonrisa más falsa que Judas.

—Bueno, tal vez podamos acercarnos algún día y visitarla. Nos encanta la moda y lo cierto es que ya estamos un poquito aburridas de las modistas de Tánger, ¿verdad, Mildred?

La más joven asintió efusiva y recogió el testigo de la conversación.

—Nos encantaría ir a verte a Tetuán, Rosalinda querida, pero todo ese asunto de la frontera está tan pesado desde el principio de la guerra española...

—Aunque, quizá tú, con tus contactos, pudieras conseguirnos unos salvoconductos; así podríamos visitaros a ambas. Y tal vez tendríamos también oportunidad de conocer a alguien más entre tus nuevos amigos...

Las rubias se sucedían rítmicas en el avance hacia su objetivo; el barman Dean seguía impasible tras la barra, dispuesto a no perderse un segundo de aquella escena. Rosalinda, entretanto, mantenía en su rostro una sonrisa congelada. Continuaron hablando, quitándose una a otra la palabra.

—Eso sería genial: tout le monde en Tánger, querida, se muere por conocer a tus nuevas amistades.

—Bueno, por qué no decirlo con confianza, para eso estamos entre auténticas amigas, ¿no? En realidad nos morimos por conocer a una de tus amistades en particular. Nos han dicho que se trata de alguien muy, muy especial.

—Tal vez alguna noche puedas invitarnos a una de las recepciones que él ofrece, así podrás presentarle a tus viejos amigos de Tánger. Nos encantaría asistir, ¿verdad, Olivia?

—Sería formidable. Estamos tan aburridas de ver siempre las mismas caras que alternar con los representantes del nuevo régimen español sería para nosotras algo fascinante.

—Sí, sería tan, tan fantástico... Además, la empresa que representa mi marido tiene unos nuevos productos que pueden resultar muy interesantes para el ejército nacional; tal vez con un empujoncito tuyo consiguiera introducirlos en el Marruecos español.

—Y mi pobre Arnold está ya un poco cansado de su puesto actual en el Bank of British West Africa; tal vez en Tetuán, entre tu círculo, pudiera encontrar algo más a su medida...

La sonrisa de Rosalinda se fue poco a poco desvaneciendo y ni siquiera se molestó en intentar ponérsela de nuevo. Simplemente, cuando estimó que ya había oído suficientes tonterías, decidió ignorar a las dos rubias y se dirigió a mí y al barman alternativamente.

—Sira, darling, ¿nos vamos a comer al Roma Park? Dean, please, be a love y apunta nuestros aperitivos en mi cuenta.

Movió él la cabeza negativamente.

—Invita la casa.

—¿A nosotras también? —preguntó súbita Olivia. O tal vez era Mildred.

Antes de que el barman pudiera responder, Rosalinda lo hizo por él.

—A vosotras no.

—¿Por qué? —preguntó Mildred con gesto de asombro. O tal vez era Olivia.

—Porque sois unas bitches. ¿Cómo se dice en español, Sira, darling?

—Un par de zorras —dije sin un atisbo de duda.

—That's it. Un par de zorras.

Abandonamos el bar del El Minzah conscientes de las múltiples miradas que nos seguían: aun para una sociedad cosmopolita y tolerante como la de Tánger, los amoríos públicos de una joven inglesa casada y un militar rebelde, maduro y poderoso eran un suculento bocado para poner un toque de aliño a la hora del aperitivo.

24

—Supongo que mi relación con Juan Luis debió de resultar algo sorprendente para muchas personas, pero para mí es como si lo nuestro hubiera estado escrito en las estrellas desde el principio de los tiempos.

Entre aquellos a los que la pareja resultaba del todo inaudita estaba, desde luego, yo. Se me hacía enormemente difícil imaginar a la mujer que tenía enfrente, con su simpatía radiante, sus aires mundanos y sus toneladas de frivolidad, manteniendo una relación sentimental sólida con un sobrio militar de alto grado que, además, le doblaba la edad. Comíamos pescado y bebíamos vino blanco en la terraza mientras el aire del mar cercano hacía aletear los toldos de rayas azules y blancas sobre nuestras cabezas, trayendo olor a salitre y evocaciones tristes que yo me esforzaba por espantar centrando mi atención en la conversación de Rosalinda. Parecía como si tuviera unas enormes ganas de hablar de su relación con el alto comisario, de compartir con alguien una versión de los hechos completa y personal, alejada de las murmuraciones tergiversadas que sabía que corrían de boca en boca por Tánger y Tetuán. Pero ¿por qué conmigo, con alguien a quien apenas conocía? A pesar de mi camuflaje de modista chic, nuestros orígenes no podían ser más dispares. Y nuestro presente, tampoco. Ella provenía de un mundo cosmopolita acomodado y ocioso; yo no era más que una trabajadora, hija de una humilde madre soltera y criada en un barrio castizo de Madrid. Ella vivía un romance apasionado con un mando destacado del ejército que había provocado la guerra que asolaba a mi país; yo, entretanto, trabajaba noche y día para salir sola adelante. Pero, a pesar de todo, ella había decidido confiar en mí. Quizá porque pensó que aquélla podría ser una manera de pagarme el favor del Delphos. Quizá porque estimó que, al ser yo una mujer independiente y de su misma edad, podría comprenderla mejor. O quizá, simplemente, porque se sentía sola y tenía una necesidad imperiosa de desahogarse con alguien. Y ese alguien, en aquel mediodía de verano y en aquella ciudad de la costa africana, resulté ser yo.

—Antes de su muerte en aquel trágico accidente, Sanjurjo me había insistido en que, una vez instalada en Tánger, fuera a ver a su amigo Juan Luis Beigbeder a Tetuán; no paraba de referirse a nuestro encuentro en el Adlon de Berlín y a lo mucho que se alegraría él de verme again. Yo también, to tell you the truth, tenía interés en volver a encontrarme con él: me había parecido un hombre fascinante, tan interesante, tan educado, tan, tan, tan caballero español. Así que, cuando ya llevaba unos meses asentada, decidí que había llegado el momento de acercarme a la capital del Protectorado a saludarle. Para entonces, las cosas habían cambiado, obviously: él ya no estaba en su cometido administrativo de Asuntos Indígenas, sino que ocupaba el puesto más alto de la Alta Comisaría. Y hasta allí me encaminé en mi Austin 7. My God! Cómo olvidar aquel día. Llegué a Tetuán y lo primero que hice fue ir a ver al cónsul inglés, Monk-Mason, le conoces, ¿verdad? Yo le llamo *old monkey*, viejo mono; es un hombre tan, tan aburrido, poor thing.

Aproveché que me estaba llevando en aquel momento la copa de vino a la boca para hacer un gesto impreciso. No conocía al tal Monk-Mason, tan sólo había oído alguna vez hablar de él a mis clientas, pero me negué a reconocerlo ante Rosalinda.

—Cuando le dije que tenía intención de visitar a Beigbeder, el cónsul quedó tremendamente impactado. Como sabrás, a diferencia de los alemanes y los italianos, His majesty's government, nuestro gobierno, no tiene prácticamente contacto alguno con las autoridades españolas del bando nacional porque sólo sigue reconociendo como legítimo al régimen republicano, así que Monk-Mason pensó que mi visita a Juan

Luis podría resultar muy conveniente para los intereses británicos. So, antes del mediodía me dirigí a la Alta Comisaría en mi propio automóvil y acompañada tan sólo por *Joker,* mi perro. Mostré en la entrada la carta de presentación que Sanjurjo me había entregado antes de morir y alguien me condujo hasta el secretario personal de Juan Luis atravesando pasillos llenos de militares y escupideras, how very disgusting, ¡qué asco! Inmediatamente Jiménez Mouro, su secretario, me llevó a su despacho. Teniendo en cuenta la guerra y su posición, imaginaba que encontraría al nuevo alto comisario vestido con un imponente uniforme lleno de medallas y condecoraciones, pero no, no, no, todo lo contrario: al igual que aquella noche en Berlín, Juan Luis llevaba un simple traje oscuro de calle que le confería el aspecto de cualquier cosa excepto de un militar rebelde. Le alegró enormemente mi visita: se mostró encantador, charlamos y me invitó a comer, pero yo ya había aceptado la invitación previa de Monk-Mason, así que quedamos para el día siguiente.

Las mesas a nuestro alrededor se fueron poco a poco terminando de llenar. Rosalinda saludaba de vez en cuando a unos y otros con un simple gesto o una breve sonrisa, sin mostrar interés en interrumpir su narración sobre aquellos primeros encuentros con Beigbeder. También yo identifiqué algunos rostros familiares, gente que había conocido de la mano de Ramiro y a la que preferí ignorar. Por eso seguíamos cada una concentrada en la otra: ella hablando, yo escuchando, las dos comiendo nuestro pescado, bebiendo vino frío y haciendo caso omiso al ruido del mundo.

—Llegué al día siguiente a la Alta Comisaría esperando encontrar algún tipo de comida ceremoniosa acorde con el entorno: una gran mesa, formalidades, camareros alrededor... Pero Juan Luis había dispuesto que nos prepararan una simple mesa para dos junto a una ventana abierta al jardín. Fue un lunch inolvidable, en el que él habló, habló y habló sin parar sobre Marruecos, sobre su Marruecos feliz, como él lo llama. Sobre su magia, sus secretos, su fascinante cultura. Tras el almuerzo decidió enseñarme los alrededores de Tetuán, so beautiful. Salimos en su coche oficial, imagina, seguidos por un séquito de motoristas y ayudantes, so embarrassing! Anyway, acabamos en la playa, sentados en la orilla mientras el resto esperaba en la carretera, can you believe it?

Rió ella y sonreí yo. La situación descrita era realmente peculiar: la más alta personalidad del Protectorado y una extranjera recién llegada que podría ser su hija, flirteando abiertamente al borde del mar mientras la comitiva motorizada los observaba sin pudor desde la distancia.

—Y entonces él cogió dos piedras, una blanca y otra negra. Se llevó las manos a la espalda y volvió a sacarlas con los puños cerrados. Elige, dijo. Elige qué, pregunté. Elige una mano. Si en ella está la piedra negra, hoy vas a irte de mi vida y no voy a volver a verte más. Si la que sale es la blanca, entonces significa que el destino quiere que te quedes conmigo.

—Y salió la piedra blanca.

—Salió la piedra blanca, efectivamente —confirmó con una radiante sonrisa—. Un par de días después mandó dos coches a Tánger: un Chrysler Royal para transportar mis cosas y, para mí, el Dodge Roadster en el que hoy hemos venido, un regalo del director de la Banca Hassan de Tetuán que Juan Luis ha decidido que sea para mí. No nos hemos separado desde entonces, excepto cuando sus obligaciones le imponen algún viaje. De momento yo estoy instalada con mi hijo Johnny en la casa del paseo de las Palmeras, en una residencia grandiosa con un cuarto de baño digno de un marajá y el retrete como el trono de un monarca, pero cuyas paredes se caen a trozos y no tiene ni siquiera agua corriente. Juan Luis sigue residiendo en la Alta Comisaría porque así se lo exige el cargo; no nos planteamos vivir juntos, pero él, no obstante, ha decidido que tampoco tiene por qué ocultar su relación conmigo, aunque a veces pueda exponerle a situaciones algo comprometidas.

—Porque está casado... —sugerí.

Hizo un mohín de despreocupación y se retiró un mechón de pelo de la cara.

—No, no; eso no es lo realmente importante, también yo estoy casada; eso es sólo asunto nuestro, our concern, algo del todo personal. El problema es más de índole pública; oficial, digamos: hay quien piensa que una inglesa puede ejercer sobre él una influencia poco recomendable, y así nos lo hacen saber abiertamente.

—¿Quién piensa así? —Me hablaba con tanta confianza que, sin ni siquiera pararme a sopesarlo, me sentí legitimada de manera natural para pedir aclaraciones cuando no alcanzaba a comprender del todo lo que ella me estaba contando.

—Los miembros de la colonia nazi en el Protectorado. Langenheim y Bernhardt sobre todo. Suponen que el alto comisario debería ser gloriously pro-German en todas las facetas de su vida: cien por cien fiel a los alemanes, que son quienes están ayudando a su causa en vuestra guerra; aquellos que desde un principio accedieron a facilitarles aviones y armamento. De hecho, Juan Luis estuvo al tanto del viaje que desde Tetuán realizaron a Alemania en aquellos primeros días para entrevistarse con Hitler en Bayreuth, donde asistía como cada año al festival wagneriano. Anyway, Hitler consultó con el almirante Canaris, Canaris recomendó que aceptara prestar la ayuda solicitada, y desde allí mismo dio el Führer la orden de enviar al Marruecos español todo lo requerido. De no haberlo hecho, las tropas del ejército español en África no habrían podido cruzar el Estrecho, así que esa ayuda germana fue crucial. Desde entonces, obviamente, las relaciones entre los dos ejércitos son muy estrechas. Pero los nazis de Tetuán creen que mi cercanía y el afecto que Juan Luis siente por mí pueden llevarle a adoptar una postura más pro-British y menos fiel a los alemanes.

Recordé los comentarios de Félix al respecto del marido de Frau Langenheim y su compatriota Bernhardt, sus referencias a aquella temprana ayuda militar que habían gestionado en Alemania y que, al parecer, no sólo no había cesado, sino que era cada vez más notoria en la Península. Rememoré también la ansiedad de Rosalinda por causar una impresión impecable en aquel primer encuentro formal suyo con la comunidad germana del brazo de su amante, y entonces creí entender lo que ella me estaba contando, pero minimicé su importancia e intenté tranquilizarla al respecto.

—Pero probablemente a ti todo eso no deba preocuparte demasiado. Él puede seguir leal a los alemanes estando a la vez contigo, son dos cosas distintas: lo oficial y lo personal. Seguro que los que así piensan no tienen razón.

—Sí la tienen, claro que la tienen.

—No te entiendo.

Desplazó con prisa la vista por la terraza semivacía. La conversación se había ido alargando tanto que apenas quedaban ya dos o tres mesas ocupadas. El viento había cesado, los toldos apenas se movían. Varios camareros con chaquetilla blanca y tarbush —el gorro moruno de fieltro rojo— trabajaban en silencio sacudiendo al aire servilletas y manteles. Bajó entonces Rosalinda el tono de voz hasta convertirlo casi en su susurro; un susurro que, a pesar de su escaso volumen, transmitía un incuestionable tono de determinación.

—Tienen razón en sus presuposiciones porque yo, my dear, tengo la intención de hacer todo lo que esté en mi mano para que Juan Luis establezca relaciones cordiales con mis compatriotas. No puedo soportar la idea de que vuestra guerra termine favorablemente para el ejército nacional, y que Alemania resulte ser la gran aliada del pueblo español y Gran Bretaña, en cambio, una potencia enemiga. Y voy a hacerlo por dos razones. La primera, por simple patriotismo sentimental: porque quiero que la nación del hombre al que amo sea amiga de mi propio país. La segunda razón, however, es mucho más pragmática y objetiva: los ingleses no nos fiamos de los nazis, las cosas están empezando a ponerse feas. Tal vez sea un poco aventurado hablar de otra futura gran guerra europea, pero nunca se sabe. Y si eso llegara a ocurrir, me gustaría que vuestro país estuviera a nuestro lado.

A punto estuve de decirle abiertamente que nuestro pobre país no estaba en situación de plantearse ninguna guerra futura, que bastante desgracia tenía con la que ya estábamos viviendo. Aquella guerra nuestra, sin embargo, parecía resultarle a ella del todo ajena, a pesar de ser su amante un importante activo en uno de sus bandos. Opté al fin por seguirle el paso, por mantener la conversación centrada en un porvenir que tal vez no llegara nunca y no ahondar en la tragedia del presente. Mi día ya llevaba encima una buena dosis de amargura, preferí no entristecerlo aún más.

—Y ¿cómo piensas hacerlo? —pregunté tan sólo.

—Well, no creas que tengo grandes contactos personales en Whitehall, not at all —dijo con una pequeña carcajada. Automáticamente hice un apunte mental para preguntar a Félix qué era Whitehall, pero mi expresión de atención concentrada no dejó entrever mi ignorancia. Ella prosiguió—. Pero ya sabes cómo funcionan estas cosas: redes de conocidos, relaciones encadenadas... Así que he pensado intentarlo en principio con unos amigos que tengo aquí en Tánger, el coronel Hal Durand, el general Norman Beynon y su mujer Mary, todos ellos con excelentes contactos con el Foreign Office. Ahora mismo están todos pasando una temporada en Londres, pero tengo previsto reunirme con ellos más adelante, presentarles a Juan Luis, intentar que hablen y congenien.

—¿Y crees que él accederá, que te dejará intervenir así como así en sus asuntos oficiales?

—But of course, dear, por supuesto —afirmó sin el menor rastro de duda mientras con un airoso movimiento de cabeza se retiraba del ojo izquierdo otra onda de su melena—. Juan Luis es un hombre tremendamente inteligente. Conoce muy bien a los alemanes, ha convivido con ellos muchos años y teme que el precio que España deba pagar a la larga por toda la ayuda que está recibiendo acabe siendo demasiado caro. Además, tiene un alto concepto de los ingleses porque jamás hemos perdido una guerra y, after all, él es un militar y para él esas cosas son muy importantes. Y sobre todo, my dear Sira, y esto es lo principal, Juan Luis me adora. Como él mismo se encarga de repetir a diario, por su Rosalinda sería capaz de descender hasta el mismo infierno.

Nos levantamos cuando las mesas de la terraza estaban ya dispuestas para la cena y las sombras de la tarde trepaban por las tapias. Rosalinda se empeñó en pagar la comida.

—Por fin he conseguido que mi marido me transfiera mi pensión; déjame que te invite.

Caminamos sin prisa hasta su coche y emprendimos el camino de regreso hacia Tetuán casi con el tiempo justo para no traspasar el límite de las doce horas concedidas por el comisario Vázquez. Pero no sólo fue la dirección geográfica lo que invertimos en aquel viaje, sino también la trayectoria de nuestra comunicación. Si en el sentido de ida y a lo largo del resto del día había sido Rosalinda quien monopolizó la conversación, en el de vuelta había llegado el momento de trastocar los papeles.

—Debes de pensar que soy inmensamente aburrida, centrada todo el tiempo en mí y en mis cosas. Háblame de ti. Tell me now, cuéntame cómo te han ido las gestiones que has hecho esta mañana.

—Mal —dije simplemente.

—¿Mal?

—Sí, mal, muy mal.

—I'm sorry, really. Lo siento. ¿Algo importante?

Pude decirle que no. En comparación con sus propias preocupaciones, mis problemas carecían de los ingredientes necesarios para despertar su interés: en ellos no había implicados militares de alto rango, cónsules o ministros; no había intereses políticos, ni cuestiones de Estado o presagios de grandes guerras europeas, ni nada remotamente relacionado con las sofisticadas turbulencias en las que ella se movía. En el humilde territorio de mis preocupaciones sólo tenían cabida un puñado de miserias cercanas que casi podían contarse con los dedos de una mano: un amor traicionado, una deuda por pagar y un gerente de hotel poco comprensivo, el diario faenar para levantar un negocio, una patria llena de sangre a la que no podía volver y la añoranza de una madre ausente. Pude decirle que no, que mis pequeñas tragedias no eran importantes. Pude callarme mis asuntos, mantenerlos escondidos para compartirlos tan sólo con la oscuridad de mi casa vacía. Pude, sí. Pero no lo hice.

—La verdad es que se trataba de algo muy importante para mí. Quiero sacar a mi madre de Madrid y traerla a Marruecos, pero necesito para ello una elevada cantidad de dinero de la que no dispongo porque antes tengo que destinar mis ahorros a realizar otro pago urgente. Esta mañana he intentado posponer ese pago, pero no lo he conseguido, así que, de momento, me temo que la cuestión de mi madre va a resultar imposible. Y lo peor es que, según dicen, cada vez va siendo más difícil moverse de una zona a otra.

—¿Está sola en Madrid? —preguntó con gesto en apariencia preocupado.

—Sí, sola. Absolutamente sola. No tiene a nadie más que a mí.

—¿Y tu padre?

—Mi padre... bueno, es una historia larga; el caso es que no están juntos.

—Cuánto lo siento, Sira, querida. Debe de ser muy duro para ti saber que ella está en zona roja, expuesta a cualquier cosa entre toda esa gente...

La miré con tristeza. Cómo hacerle comprender lo que ella no entendía, cómo meter en aquella hermosa cabeza de ondas rubias la trágica realidad de lo que en mi país estaba pasando.

—Esa gente es su gente, Rosalinda. Mi madre está con los suyos, en su casa, en su barrio, entre sus vecinos. Ella pertenece a ese mundo, al pueblo de Madrid. Si quiero traerla conmigo a Tetuán no es porque tema por lo que pueda sucederle allí, sino porque es lo único que tengo en esta vida y, cada día que pasa, se me hace más cuesta arriba no saber nada de ella. No he recibido noticias suyas desde hace un año: no tengo la menor idea de cómo está, no sé cómo se mantiene, ni de qué vive, ni cómo soporta la guerra.

Como un globo al ser pinchado, toda aquella farsa de mi fascinante pasado se desintegró en el aire en apenas un segundo. Y lo más curioso fue que me dio exactamente igual.

—Pero... Me habían dicho que... que tu familia era...

No la dejé acabar. Ella había sido sincera conmigo y me había expuesto su historia sin tapujos: había llegado el momento de que yo hiciera lo mismo. Tal vez no le gustara la versión de mi vida que iba a contarle; quizá pensara que era muy poco glamurosa comparada con las aventuras a las que ella estaba acostumbrada. Posiblemente decidiera que a partir de aquel momento nunca más iba a compartir pink gins conmigo ni a ofrecerme viajes a Tánger en su Dodge descapotable, pero no pude resistirme a narrarle con detalle mi verdad. Al fin y al cabo, era la única que tenía.

—Mi familia somos mi madre y yo. Las dos somos modistas, simples modistas sin más patrimonio que nuestras manos. Mi padre nunca ha tenido relación con nosotras desde que nací. Él pertenece a otra clase, a otro mundo: tiene dinero, empresas, contactos, una mujer a la que no quiere y dos hijos con los que no se entiende. Eso es lo que tiene. O lo que tenía, no lo sé: la primera y última vez que le vi aún no había empezado la guerra y ya presentía que le iban a matar. Y mi prometido, ese novio atractivo y emprendedor que supuestamente está en la Argentina gestionando empresas y resolviendo asuntos financieros, no existe. Es cierto que hubo un hombre con el que mantuve una relación y puede que ahora ande en aquel país metido en negocios, pero ya no tiene nada que ver conmigo. No es más que un ser indeseable que me partió el corazón y me robó todo lo que tenía; prefiero no hablar de él. Ésa es mi vida, Rosalinda, muy distinta a la tuya, ya ves.

Como réplica a mi confesión articuló una parrafada en inglés en la que sólo atiné a captar la palabra *Morocco*.

—No he entendido nada —dije confusa.

Retornó el español.

—He dicho que a quién demonios importa de dónde vienes cuando eres la mejor modista de todo Marruecos. Y respecto a lo de tu madre, bueno, como decís los españoles, Dios aprieta pero no ahoga. Ya verás como todo termina resolviéndose.

25

A primera hora del día siguiente volví a comisaría para informar a don Claudio del fracaso de mis negociaciones. De los cuatro policías, sólo dos ocupaban sus mesas: el viejo y el flaco.

—El jefe aún no ha llegado —anunciaron al unísono.

—¿A qué hora suele venir? —pregunté.

—A las nueve y media —dijo uno.

—O a las diez y media —dijo el otro.

—O mañana.

—O nunca.

Rieron los dos con sus bocas babosas y yo noté que me faltaban las fuerzas para soportar a aquel par de cabestros un minuto más.

—Díganle, por favor, que he venido a verle. Que he estado en Tánger y no he podido arreglar nada.

—Lo que tú mandes, reina mora —dijo el que no era Cañete.

Me dirigí a la puerta sin despedirme. A punto estaba de salir cuando oí la voz de quien sí lo era.

—Cuando quieras te hago otro pase, corazón.

No me detuve. Tan sólo apreté los puños con fuerza y, casi sin ser consciente de ello, rescaté un ramalazo castizo del ayer y giré la cabeza unos centímetros, los justos para que mi respuesta le llegara bien clara.

—Mejor se lo vas haciendo a tu puta madre.

La suerte quiso que me encontrara con el comisario en plena calle, lo suficientemente lejos de su comisaría como para que no me pidiera que le acompañara de nuevo a ella. No era difícil cruzarse con cualquiera en Tetuán, la cuadrícula de calles del ensanche español era limitada y por ella transitábamos todos a cualquier hora. Llevaba, como de costumbre, un traje de lino claro y olía a recién afeitado, listo para empezar su jornada.

—No tiene buena cara —dijo nada más verme—. Imagino que las cosas en el Continental no han ido del todo bien. —Consultó el reloj—. Ande, vamos a tomar un café.

Me condujo al Casino Español, un edificio en esquina, hermoso, con balcones de piedra blanca y grandes ventanales abiertos a la calle principal. Un camarero árabe bajaba los toldos accionando una barra de hierro chirriante, otros dos o tres colocaban sillas y mesas en la acera bajo su sombra. Comenzaba un nuevo día. En el fresco interior no había nadie, tan sólo una amplia escalera de mármol al frente y dos salas a ambos lados. Me invitó a entrar en la de la izquierda.

—Buenos días, don Claudio.

—Buenos días, Abdul. Dos cafés con leche, por favor —ordenó mientras con la mirada buscaba mi asentimiento—. Cuénteme —pidió entonces.

—No lo conseguí. El gerente es nuevo, no es el mismo del año pasado, pero estaba perfectamente al tanto del asunto. Se cerró a cualquier negociación. Dijo sólo que lo acordado había sido más que generoso y que si no efectuaba el pago en la fecha establecida, me denunciaría.

—Entiendo. Y lo siento, créame. Pero me temo que ya no puedo ayudarla.

—No se preocupe, bastante hizo ya en su momento consiguiéndome el plazo de un año.

—¿Qué va a hacer ahora entonces?

—Pagar inmediatamente.

—¿Y lo de su madre?

Me encogí de hombros.

—Nada. Seguiré trabajando y ahorrando, aunque puede que para cuando consiga reunir lo que necesito, ya sea demasiado tarde y hayan terminado las evacuaciones. De momento, como le digo, voy a zanjar mi deuda. Tengo el dinero, no hay problema. Precisamente para eso iba a verle. Necesito otro pase para cruzar el puesto fronterizo y su permiso para mantener mi pasaporte un par de días.

—Quédeselo, no hace falta que me lo devuelva más. —Se llevó entonces la mano al bolsillo interior de la chaqueta y sacó una cartera de piel y una estilográfica—. Y respecto al salvoconducto, esto le servirá —dijo mientras extraía una tarjeta y destapaba la pluma. Garabateó unas palabras en el anverso y firmó—. Tenga.

La guardé en el bolso sin leerla.

—¿Piensa ir en La Valenciana?

—Sí, ésa es mi intención.

—¿Igual que hizo ayer?

Le sostuve unos segundos la mirada inquisitiva antes de responder.

—Ayer no fui en La Valenciana.

—¿Cómo se las arregló para llegar a Tánger entonces?

Yo sabía que él lo sabía. Y también sabía que quería que yo misma se lo contara. Bebimos ambos antes un sorbo de café.

—Me llevó en su coche una amiga.

—¿Qué amiga?

—Rosalinda Fox. Una clienta inglesa.

Nuevo trago de café.

—Está al tanto de quién es, ¿verdad? —dijo entonces.

—Sí, lo estoy.

—Pues tenga cuidado.

—¿Por qué?

—Porque sí. Tenga cuidado.

—Dígame por qué —insistí.

—Porque hay gente a la que no le gusta que ella esté aquí con quien está.

—Ya lo sé.

—¿Qué sabe?

—Que su situación sentimental no resulta grata para algunas personas.

—¿Qué personas?

Nadie como el comisario para apretar, estrujar y sacar hasta la última gota de información; cómo nos íbamos ya conociendo.

—Algunas. No me pida que le cuente lo que usted ya sabe, don Claudio. No me haga que sea desleal a una clienta tan sólo por oír de mi boca los nombres que usted ya conoce.

—De acuerdo. Sólo confírmeme algo.

—¿Qué?

—Los apellidos de esas personas ¿son españoles?

—No.

—Perfecto —dijo simplemente. Terminó su café y consultó de nuevo el reloj—. Debo irme, tengo trabajo.

—Yo también.

—Es verdad, olvidaba que es usted una mujer trabajadora. ¿Sabe que se ha ganado una reputación excelente?

—Usted se informa de todo, así que tendré que creérmelo.

Sonrió por primera vez y la sonrisa le quitó cuatro años de encima.

—Sólo sé lo que tengo que saber. Además, seguro que usted también se entera de cosas: entre mujeres siempre se habla mucho y en su taller atiende a señoras que tal vez tengan historias interesantes que contar.

Era cierto que mis clientas hablaban. Comentaban acerca de sus maridos, de sus negocios, de sus amistades; de las personas a cuyas casas iban, de lo que unos y otros hacían, pensaban o decían. Pero no le dije que sí al comisario, tampoco que no. Simplemente me levanté sin hacer caso a su apunte. Él llamó al camarero y trazó una rúbrica al aire. Asintió Abdul: no había problema, los cafés quedaban cargados a la cuenta de don Claudio.

Saldar la deuda de Tánger fue una liberación, como dejar de andar con una cuerda al cuello de la que alguien podría tirar en cualquier momento. Cierto era que aún tenía pendientes los turbios asuntos de Madrid pero, desde la distancia africana, aquello me parecía tremendamente lejano. El pago de lo debido en el Continental me sirvió para soltar el lastre de mi pasado con Ramiro en Marruecos y me permitió respirar de otra manera. Más tranquila, más libre. Más dueña ya de mi propio destino.

El verano avanzaba, pero mis clientas aún parecían tener pereza para pensar en la ropa de otoño. Jamila seguía conmigo encargándose de la casa y de pequeñas tareas del taller, Félix me visitaba casi todas las noches, de cuando en cuando me acercaba a ver a Candelaria a La Luneta. Todo tranquilo, todo normal hasta que un catarro inoportuno me dejó sin fuerzas para salir de casa ni energía para coser. El primer día lo pasé postrada en el sofá. El segundo en la cama. El tercero habría hecho lo mismo si alguien no hubiera aparecido inesperadamente. Tan inesperadamente como siempre.

—Siñora Rosalinda decir que siñorita Sira levantar de la cama inmediatamente.

Salí a recibirla en bata; no me molesté en ponerme mi sempiterno traje de chaqueta, ni en colgarme al cuello las tijeras de plata, ni siquiera en adecentarme el pelo revuelto. Pero si le extrañó mi desaliño, no lo dejó entrever: venía a resolver otros asuntos más serios.

—Nos vamos a Tánger.

—¿Quién? —pregunté moqueando tras el pañuelo.

—Tú y yo.

—¿A qué?

—A intentar solucionar lo de tu madre.

La miré a medio camino entre la incredulidad y el alborozo, y quise saber más.

—A través de tu...

Un estornudo me impidió terminar la frase, algo que agradecí porque aún no tenía claro cómo denominar al alto comisario a quien ella nombraba siempre con sus dos nombres de pila.

—No; prefiero mantener a Juan Luis al margen: él tiene otros mil asuntos de los que preocuparse. Esto es cosa mía, así que sus contactos quedan out, fuera. Pero tenemos otras opciones.

—¿Cuáles?

—A través de nuestro cónsul en Tetuán, intenté averiguar si están haciendo gestiones de este tipo en nuestra embajada, pero no hubo suerte: me dijo que nuestra legación en Madrid siempre se negó a dar asilo a refugiados y, además, desde la marcha del gobierno republicano a Valencia, allí se han instalado también las oficinas diplomáticas y en la capital tan sólo queda el edificio vacío y algún miembro subalterno para mantenerlo.

—¿Entonces?

—Probé con la iglesia anglicana de Saint Andrews en Tánger, pero tampoco pudieron servirme de ayuda. Después se me ocurrió que tal vez alguien en alguna entidad privada pudiera al menos saber algo, así que me he informado por un sitio y por otro, y he conseguido a tiny bit of information. No es gran cosa, pero vamos a ver si hay suerte y pueden ofrecernos algo más. El director del Bank of London and South America en Tánger, Leo Martin, me ha dicho que en su último viaje a Londres oyó hablar en las oficinas centrales del banco de que alguien que trabajaba en la sucursal de Madrid tiene algún tipo de contacto con alguien que está ayudando a gente a salir de la ciudad. No sé nada más, toda la información que pudo darme es muy vaga, muy imprecisa, tan sólo un comentario que alguien realizó y él oyó. Pero ha prometido hacer averiguaciones.

—¿Cuándo?

—Right now. Inmediatamente. Así que ahora mismo te vas a vestir y nos vamos a ir a Tánger a verle. Estuve allí hace un par de días, me dijo que volviera hoy. Imagino que habrá tenido tiempo para averiguar algo más.

Intenté darle las gracias por sus esfuerzos entre toses y estornudos, pero ella restó importancia al asunto y me urgió para que me arreglara. El viaje fue un suspiro. Carretera, secarrales, pinadas, cabras. Mujeres de faldón rayado con sus babuchas camineras, cargadas bajo los grandes sombreros de paja. Ovejas, chumberas, más secarrales, niños descalzos que sonreían a nuestro paso y levantaban la mano diciendo adiós, amiga, adiós. Polvo, más polvo, campo amarillo a un lado, campo amarillo al otro, control de pasaportes, más carretera, más chumberas, más palmitos y cañaverales y en apenas una hora habíamos llegado.

Volvimos a aparcar en la plaza de Francia, volvieron a recibirnos las amplias avenidas y los edificios magníficos de la zona moderna de la ciudad. En uno de ellos nos esperaba el Bank of London and South America, curiosa aleación de intereses financieros, casi tanto como la extraña pareja que formábamos Rosalinda Fox y yo.

—Sira, te presento a Leo Martin. Leo, ésta es mi amiga Miss Quiroga.

Leo Martin bien podría haberse llamado Leoncio Martínez de haber nacido un par de kilómetros más allá de donde lo hizo. De estampa bajita y morena, sin afeitado ni corbata habría podido pasar por un afanoso labriego español. Pero su rostro resplandecía limpio de cualquier sombra de barba y sobre la barriga reposaba una sobria corbata rayada. Y no era español ni campesino, sino un auténtico súbdito de la Gran Bretaña: un gibraltareño capaz de expresarse en inglés y andaluz con idéntica desenvoltura. Nos saludó con su mano velluda, nos ofreció asiento. Dio orden de no ser interrumpido a la vieja urraca que tenía por secretaria y, como si fuéramos las clientas más rumbosas de la entidad, se dispuso a exponernos con todo su empeño lo que había logrado averiguar. Yo no había abierto una cuenta bancaria en mi vida y probablemente Rosalinda tampoco tuviera ni una libra ahorrada de la pensión que su marido le enviaba cuando el viento soplaba de su lado, pero los rumores sobre los devaneos amorosos de mi amiga debían de haber llegado ya a los oídos de aquel hombre pequeño de curiosas habilidades lingüísticas. Y, en aquellos tiempos revueltos, el director de un banco internacional no podía dejar pasar por delante la oportunidad de hacer un favor a la amante de quien más mandaba entre los vecinos.

—Bien, señoras, creo que tengo noticias. He conseguido hablar con Eric Gordon, un viejo conocido que trabajaba en nuestra sucursal en Madrid hasta poco después del alzamiento; ahora está ya reubicado en Londres. Me ha dicho que conoce personalmente a una persona que vive en Madrid y está implicada en este tipo de actividades, un ciudadano británico que trabajaba para una empresa española. La mala noticia es que no sabe cómo contactar con él, le ha perdido la pista en los últimos meses. La buena es que me ha facilitado los datos de alguien que sí está al tanto de sus andanzas porque ha residido en la capital hasta hace poco. Se trata de un periodista que ha regresado a Inglaterra porque tuvo algún problema, creo que resultó herido: no me ha dado detalles. Bien, en él tenemos una posible vía de solución: esta persona podría estar dispuesta a facilitarles el contacto con el hombre que se dedica a evacuar refugiados. Pero antes quiere algo.

—¿Qué? —preguntamos Rosalinda y yo al unísono.

—Hablar personalmente con usted, Mrs Fox —dijo dirigiéndose a la inglesa—. Cuanto antes mejor. Espero que no lo considere una indiscreción pero, en fin, dadas las circunstancias, he creído conveniente ponerle en antecedentes sobre quién es la persona interesada en obtener de él esa información.

Rosalinda no replicó; sólo le miró atentamente con las cejas arqueadas, esperando que continuara hablando. Carraspeó incómodo, con toda probabilidad había anticipado una respuesta más entusiasta ante su gestión.

—Ya saben cómo son estos periodistas, ¿no? Como aves carroñeras, siempre esperando conseguir algo.

Rosalinda se tomó unos segundos antes de responder.

—No son los únicos, Leo, querido, no son los únicos —dijo con un tono remotamente agrio—. En fin, póngame con él, vamos a ver qué quiere.

Cambié de postura en el sillón intentando disimular mi nerviosismo y volví a sonarme la nariz. Entretanto, el director británico con cuerpo de botijo y acento de banderillero dio orden a la telefonista para que le pusiera la conferencia. Esperamos un rato largo, nos trajeron café, retornó el buen humor a Rosalinda y el alivio a Martin. Hasta que por fin llegó el momento de la conversación con el periodista. Duró apenas tres minutos y de ella no entendí una palabra porque hablaron en inglés. Sí advertí, en cambio, el tono serio y cortante de mi clienta.

—Listo —dijo ella tan sólo a su término. Nos despedimos del director, le agradecimos su interés y volvimos a pasar por el intenso escrutinio de la secretaria con cara de grulla.

—¿Qué quería? —pregunté ansiosa nada más salir de la oficina.

—A bit of blackmail. No sé cómo se dice en español. Cuando alguien dice que hará algo por ti sólo si tú haces algo a cambio.

—Chantaje —aclaré.

—Chantaje —repitió con pésima pronunciación. Demasiados sonidos contundentes en una misma palabra.

—¿Qué tipo de chantaje?

—Una entrevista personal con Juan Luis y unas semanas de acceso preferente a la vida oficial de Tetuán. A cambio, se compromete a ponernos en contacto con la persona que necesitamos en Madrid.

Tragué saliva antes de formular mi pregunta. Temía que me dijera que por encima de su cadáver iba alguien a imponer una miserable extorsión al más alto dignatario del Protectorado español en Marruecos. Y, menos aún, un periodista oportunista y desconocido, a cambio de hacer un favor a una simple modista.

—¿Y qué le has dicho tú? —me atreví por fin a preguntar.

Se encogió de hombros con un gesto de resignación.

—Que me mande un cable con la fecha prevista para su desembarco en Tánger.

26

Marcus Logan llegó arrastrando una pierna, casi sordo de un oído y con un brazo en cabestrillo. Todos sus desperfectos coincidían en el mismo lado del cuerpo, el izquierdo, el que quedó más cercano al estallido del cañonazo que le tumbó y a punto estuvo de matarle mientras cubría para su agencia los ataques de la artillería nacional en Madrid. Rosalinda lo arregló todo para que un coche oficial lo recogiera en el puerto de Tánger y lo trasladara directamente hasta el hotel Nacional de Tetuán.

Los aguardé sentada en uno de los sillones de mimbre del patio interior, entre maceteros y azulejos con arabescos. Por las paredes cubiertas de celosías trepaban las enredaderas y del techo colgaban grandes faroles morunos; el runrún de las conversaciones ajenas y el borboteo del agua de una pequeña fuente acompañaron mi espera.

Rosalinda llegó cuando el último sol de la tarde atravesaba la montera de cristal; el periodista, diez minutos después. A lo largo de los días previos había amasado en mi mente la imagen de un hombre impulsivo y brusco, alguien con el carácter agrio y los redaños suficientes como para intentar intimidar a quien se le pusiera por delante con tal de alcanzar sus intereses. Pero erré, como casi siempre se yerra cuando construimos preconcepciones a partir del frágil sustento de una simple acción o unas cuantas palabras. Erré y lo supe apenas el periodista chantajista cruzó el arco de acceso al patio con el nudo de la corbata flojo y traje de lino claro lleno de arrugas.

Nos reconoció al instante; tan sólo necesitó barrer la estancia con la mirada y comprobar que éramos las dos únicas mujeres jóvenes sentadas solas: una rubia con evidente aspecto de extranjera y una morena puro producto español. Nos preparamos para recibirle sin levantarnos, con las hachas de guerra escondidas a la espalda por si había que defenderse del más incómodo de los invitados. Pero no hizo falta sacarlas porque el Marcus Logan que apareció aquella temprana noche africana podría haber despertado en nosotras cualquier sensación excepto la de temor. Era alto y parecía estar a caballo entre los treinta y los cuarenta. Traía el pelo castaño algo despeinado y, al acercarse cojeando apoyado en un bastón de bambú, comprobamos que tenía el lado izquierdo de la cara lleno de restos de heridas y magulladuras. Aunque su presencia dejaba intuir al hombre que debió de ser antes del percance que a punto estuvo de acabar con su vida por el flanco izquierdo, en aquellos momentos era poco más que un cuerpo doliente que, apenas terminó de saludarnos con toda la cortesía que su lamentable estado le permitió desplegar, se desplomó en un sillón intentando sin éxito disimular sus molestias y el cansancio que se acumulaba en su cuerpo castigado por el largo viaje.

—Mrs Fox and Miss Quiroga, I suppose —fueron sus primeras palabras.

—Yes, we are, indeed —dijo Rosalinda en la lengua de los dos—. Nice meeting you, Mr Logan. And now, if you don't mind, I think we should proceed in Spanish; I'm afraid my friend won't be able to join us otherwise.

—Por supuesto, disculpe —dijo dirigiéndose a mí en un excelente español.

No tenía aspecto de ser un extorsionador sin escrúpulos, sino tan sólo un profesional que se buscaba la vida como buenamente podía y atrapaba al vuelo las oportunidades que se le cruzaban en el camino. Como Rosalinda, como yo. Como todos en aquellos tiempos. Antes de entrar de lleno en el asunto que le había llevado hasta Marruecos y reclamar de Rosalinda la confirmación de lo que ella le había prometido, prefirió presentarnos sus credenciales. Trabajaba para una agencia de noticias británica, estaba acreditado para cubrir la guerra española por ambos bandos y, aunque ubicado en la capital, pasaba los días en constante movimiento. Hasta que ocurrió lo inesperado. Lo ingresaron en Madrid, lo operaron de urgencia y, en cuanto pudieron, lo evacuaron a Londres. Había pasado varias semanas ingresado en el Royal London Hospital, soportando dolores y curas; encamado, inmovilizado, anhelando poder regresar a la vida activa.

Cuando le llegaron noticias de que alguien relacionado con el alto comisario de España en Marruecos necesitaba una información que él podría facilitarle, vio el cielo abierto. Era consciente de que no estaba en condiciones físicas de volver a sus constantes idas y venidas por la Península, pero una visita al Protectorado podría ofrecerle la posibilidad de proseguir con su convalecencia retomando parcialmente el brío profesional. Antes de obtener autorización para viajar, tuvo que pelear con los médicos, con sus superiores y con todo aquel que se acercó por su cama intentando convencerle para que no se moviera, lo cual, sumado a su estado, le había puesto al borde del disparadero. Pidió entonces disculpas a Rosalinda por su brusquedad en la conversación telefónica, dobló y desdobló la pierna varias veces con gesto de dolor y se centró finalmente en cuestiones más inmediatas.

—Llevo sin comer nada desde esta mañana, ¿les importaría que las invitara a cenar y charlásemos entretanto?

Aceptamos; de hecho, yo estaba dispuesta a aceptar lo que fuera por hablar con él. Habría sido capaz de comer en una letrina o de hozar en el barro entre cochinos; habría masticado cucarachas y bebido matarratas para ayudar a tragarlas: cualquier cosa con tal de obtener la información que tantos días llevaba esperando. Llamó Logan con soltura a un camarero árabe de los que por el patio trajinaban sirviendo y recogiendo, pidió una mesa para el restaurante del hotel.

Un momento, señor, por favor. Salió el camarero en busca de alguien y apenas siete segundos después se nos acercó como una bala el maître español, untuoso y reverencial. Ahora mismo, ahora mismo, por favor, acompáñenme las señoras, acompáñenme el señor. Ni un minuto de espera para la señora Fox y sus amigos, faltaría más.

Nos cedió Logan el paso al comedor mientras el maître señalaba una ostentosa mesa central, un ruedo vistoso para que nadie se quedara aquella noche sin contemplar de cerca a la querida inglesa de Beigbeder. El periodista la rechazó con educación y señaló otra más aislada al fondo. Todas estaban impecablemente preparadas con manteles impolutos, copas de agua y vino, y servilletas blancas dobladas sobre los platos de porcelana. Aún era temprano, no obstante, y apenas había una docena de personas repartidas por la sala.

Elegimos el menú y nos sirvieron un jerez para entretener la espera. Rosalinda asumió entonces en cierta manera el papel de anfitriona y fue quien arrancó la conversación. El encuentro previo en el patio había sido algo meramente protocolario, pero contribuyó a relajar la tensión. El periodista se había presentado y nos había detallado las causas de su estado; nosotras, a cambio, nos tranquilizamos al ver que no se trataba de un individuo amenazante y comentamos con él algunas trivialidades sobre la vida en el Marruecos español. Los tres sabíamos, sin embargo, que aquello no era una simple reunión de cortesía para hacer nuevos amigos, charlar sobre enfermedades o dibujar estampas pintorescas del norte de África. Lo que nos había llevado a encontrarnos aquella noche era una negociación pura y dura en la que había dos partes implicadas: dos flancos que en su momento habían dejado claramente expuestas sus demandas y sus condiciones. Había llegado la hora de mostrarlas sobre la mesa y comprobar hasta dónde podía llegar cada cual.

—Quiero que sepa que todo lo que me pidió el otro día por teléfono está solucionado —adelantó Rosalinda en cuanto el camarero se alejó con la comanda.

—Perfecto —replicó el periodista.

—Tendrá su entrevista con el alto comisario, en privado y tan extensa como estime conveniente. Se le entregará además un permiso de residencia temporal en la zona del Protectorado español —continuó Rosalinda— y se extenderán a su nombre invitaciones a todos los actos oficiales de las próximas semanas; alguno de ellos, le adelanto, será de gran relevancia.

Levantó él entonces la ceja del lado entero de la cara con gesto interrogativo.

—Esperamos en breve la visita de don Ramón Serrano Suñer, el cuñado de Franco; imagino que sabe de quién hablo.

—Sí, claro —corroboró.

—Viene a Marruecos a conmemorar el aniversario del alzamiento, pasará aquí tres días. Se están organizando diversos actos para recibirle; ayer precisamente llegó Dionisio Ridruejo, el director general de Propaganda. Ha venido a coordinar los preparativos con el secretario de la Alta Comisaría. Contamos con que usted asista a todos los eventos de carácter oficial en los que haya representación civil.

—Se lo agradezco enormemente. Y, por favor, haga extensible mi gratitud al alto comisario.

—Será un placer tenerle entre nosotros —respondió Rosalinda con un gracioso gesto de perfecta anfitriona que anticipó el desenvaine de un estoque—. Espero que comprenda que también tenemos algunas condiciones.

—Por supuesto —dijo Logan tras un trago de jerez.

—Toda la información que desee enviar al exterior deberá ser antes supervisada por la oficina de prensa de la Alta Comisaría.

—No hay problema.

Los camareros se acercaron en ese momento con los platos y me invadió una grata sensación de alivio. A pesar de la elegancia con la que ambos mantenían el pulso de la negociación, a lo largo de toda la charla entre Rosalinda y el recién llegado no había podido evitar sentirme un tanto incómoda, fuera de sitio, como si me hubiera colado en una fiesta a la que nadie me había invitado. Hablaban de cuestiones que me eran del todo ajenas, de asuntos que tal vez no entrañaran graves secretos oficiales pero que, desde luego, quedaban muy alejados de lo que se suponía que una simple modista debería oír. Me repetí a mí misma varias veces que yo no estaba fuera de lugar, que aquél era también mi sitio porque la razón que había provocado esa cena era la evacuación de mi propia madre. Aun así, me costó convencerme.

La llegada de la comida interrumpió unos instantes el intercambio de concesiones y requerimientos. Lenguados para las señoras, pollo con guarnición para el señor, anunciaron. Comentamos brevemente las viandas, la frescura del pescado de la costa mediterránea, la exquisitez de las verduras de la vega del Martín. Tan pronto como los camareros se retiraron, la conversación prosiguió por el lugar exacto en donde había quedado apenas unos minutos atrás.

—¿Alguna condición más? —inquirió el periodista antes de llevarse el tenedor a la boca.

—Sí, aunque yo no lo llamaría exactamente una condición. Se trata más bien de algo que nos conviene igualmente a usted y a nosotros.

—Será fácil de aceptar, entonces —dijo tras tragar el primer bocado.

—Eso espero —confirmó Rosalinda—. Verá, Logan: usted y yo nos movemos en dos mundos muy distintos, pero somos compatriotas y los dos sabemos que, en términos generales, el bando nacional tiene sus simpatías volcadas en los alemanes e italianos, y no sienten el menor afecto por los ingleses.

—Así es, ciertamente —corroboró él.

—Bien, por ese motivo, quiero proponerle que usted se haga pasar por amigo mío. Sin perder su identidad de periodista, por supuesto, pero un periodista afín a mí y, por extensión, al alto comisario. De esta manera, creemos que será recibido con un resquemor algo más moderado.

—¿Por parte de quién?

—De todos: autoridades locales españolas y musulmanas, cuerpo consular extranjero, prensa... En ninguno de estos colectivos cuento con fervorosos admiradores, todo hay que decirlo pero, al menos formalmente, me guardan un cierto respeto por mi cercanía al alto comisario. Si logramos introducirlo como amigo mío, tal vez podamos conseguir que ese respeto lo hagan extensivo a usted.

—¿Qué opina al respecto el coronel Beigbeder?

—Está absolutamente de acuerdo.

—No hay más que hablar entonces. No me parece una mala idea y, como usted dice, puede que sea positivo para todos. ¿Alguna condición más?

—Ninguna por nuestra parte —dijo Rosalinda alzando su copa a modo de pequeño brindis.

—Perfecto. Todo aclarado entonces. Bien, creo que ahora me corresponde a mí ponerlas a ustedes al tanto del asunto para el que me han requerido.

El estómago me dio un vuelco: había llegado la hora. La comida y el vino parecían haber aportado a Marcus Logan una dosis moderada de vigor, se le veía bastante más entonado. Aunque había mantenido la negociación con fría serenidad, se percibía en él una actitud positiva y una evidente voluntad de no importunar a Rosalinda y Beigbeder más allá de lo necesario. Supuse que tal vez ese temple tenía algo que ver con su profesión, pero me faltó criterio para confirmarlo; al fin y al cabo, aquél era el primer periodista que conocía en mi vida.

—Quiero que sepan antes de nada que mi contacto ya está sobre aviso y cuenta con el traslado de su madre para cuando movilicen el siguiente operativo de evacuación desde Madrid hasta la costa.

Tuve que agarrarme con fuerza al borde de la mesa para no levantarme y abrazarle. Me contuve, sin embargo: el comedor del hotel Nacional estaba ya lleno de comensales y nuestra mesa, gracias a Rosalinda, era el principal foco de atracción de la noche. Sólo habría faltado que una reacción impulsiva me hubiera llevado a abrazar con euforia salvaje a aquel extranjero para que todas las miradas y cuchicheos se hubieran volcado sobre nosotros de inmediato. Así las cosas, frené el entusiasmo e insinué mi alborozo tan sólo con una sonrisa y un leve gracias.

—Tendrá que facilitarme algunos datos; después los cablegrafiaré a mi agencia en Londres; desde allí se pondrán en contacto con Christopher Lance, que es quien está al mando de toda la operación.

—¿Quién es? —quiso saber Rosalinda.

—Un ingeniero inglés; un veterano de la Gran Guerra que lleva ya unos cuantos años instalado en Madrid. Hasta antes del alzamiento trabajaba para una empresa española con participación británica, la compañía de ingeniería civil Ginés Navarro e Hijos, con oficinas centrales en el paseo del Prado y sucursales en Valencia y Alicante. Ha participado con ellos en la construcción de carreteras y puentes, en un gran embalse en Soria, una planta hidroeléctrica cerca de Granada y un mástil para zepelines en Sevilla. Cuando estalló la guerra, los Navarro desaparecieron, no se sabe si por voluntad propia o a la fuerza. Los trabajadores formaron un comité y se hicieron cargo de la empresa. Lance pudo haberse marchado entonces, pero no lo hizo.

—¿Por qué? —preguntamos al unísono las dos.

El periodista se encogió de hombros mientras bebía un largo trago de vino.

—Es bueno para el dolor —dijo a modo de disculpa mientras alzaba la copa como para mostrarnos sus efectos medicinales—. En realidad —continuó—, no sé por qué Lance no regresó a Inglaterra, nunca he conseguido obtener de él una razón que realmente justifique lo que hizo. Antes de empezar la guerra los ingleses residentes en Madrid, como casi todos los extranjeros, no tomaban partido por la política española y contemplaban la situación con indiferencia, incluso con cierta ironía. Tenían conocimiento, por supuesto, de la tensión existente entre las derechas y los partidos de izquierda, pero lo veían como una muestra más del tipismo del país, como parte del folclore nacional. Los toros, la siesta, el ajo, el aceite y el odio entre hermanos, todo muy pintoresco, muy español. Hasta que aquello reventó. Y entonces vieron que la cosa iba en serio y empezaron a correr para salir de Madrid lo antes posible. Con unas cuantas excepciones, como fue el caso de Lance, que optó por enviar a su mujer a casa y quedarse en España.

—Un poco insensato, ¿no? —aventuré.

—Probablemente esté un poco loco, sí —dijo medio en broma—. Pero es un buen tipo y sabe lo que se trae entre manos; no es ningún aventurero temerario ni un oportunista de los que en estos tiempos florecen por todas partes.

—¿Qué es lo que hace exactamente? —inquirió entonces Rosalinda.

—Presta ayuda a quien la necesita. Saca de Madrid a quien puede, los lleva hasta algún puerto del Mediterráneo y allí los embarca en buques británicos de todo tipo: lo mismo le sirve un barco de guerra que un paquebote o un carguero de limones.

—¿Cobra algo? —quise saber.

—No. Nada. Él no gana nada. Hay quien sí saca rendimiento con estos asuntos; él no.

Iba a explicarnos algo más, pero en ese momento se acercó a nuestra mesa un joven militar con breeches, botas brillantes y la gorra bajo el brazo. Saludó marcial con rostro concentrado y tendió un sobre a Rosalinda. Extrajo ella una cuartilla doblada, la leyó y sonrió.

—I'm truly very sorry, pero van a tener que perdonarme —dijo introduciendo sus cosas precipitadamente en el bolso. La pitillera, los guantes, la nota—. Ha surgido algo anesperado; inesperado, perdón —añadió. Se acercó a mi oído—. Juan Luis ha vuelto de Sevilla antes de tiempo —susurró impetuosa.

A pesar de su tímpano reventado, probablemente el periodista también la oyó.

—Sigan hablando, ya me contarán —añadió en voz alta—. Sira, darling, te veré pronto. Y usted, Logan, esté preparado para mañana. Un coche le recogerá aquí a la una. Comerá en mi casa con el alto comisario y dispondrá después de toda la tarde para seguir con su entrevista.

El joven militar y el descaro de múltiples miradas acompañaron a Rosalinda a la salida. En cuanto desapareció de nuestra vista, urgí a Logan para que continuara con sus explicaciones en el mismo punto en el que las había dejado.

—Si Lance no obtiene beneficios y no le mueven cuestiones políticas, ¿por qué actúa entonces de esa manera?

Volvió a encogerse de hombros con un gesto que excusaba su incapacidad para encontrar una explicación razonable.

—Hay gente así, les llaman *pimpinelas*. Lance es un personaje un tanto singular; una especie de cruzado de las causas perdidas. Según él, no hay nada político en su conducta, le mueven tan sólo cuestiones humanitarias: probablemente habría hecho lo mismo con los republicanos si hubiera caído en zona nacional. Tal vez le venga la vena por ser hijo de un canónigo de la catedral de Wells, quién sabe. El caso es que, en el momento de la sublevación, el embajador Sir Henry Chilton y la mayor parte de su personal se habían trasladado a San Sebastián para pasar el verano y en Madrid quedaba sólo al mando un funcionario que no fue capaz de estar a la altura de las circunstancias. Así que Lance, como miembro veterano de la colonia británica, tomó en cierta manera las riendas de forma totalmente espontánea. Como dicen ustedes los españoles, sin encomendarse a Dios ni al diablo, abrió la embajada para refugiar en principio a los ciudadanos británicos, apenas algo más de trescientas personas entonces según mis informaciones. Ninguno estaba en principio directamente implicado en política, pero en su mayoría eran conservadores simpatizantes de las derechas, así que buscaron protección diplomática en cuanto tuvieron conocimiento del cariz de los acontecimientos. El caso es que la situación sobrepasó lo esperado: a la embajada corrieron a refugiarse varios cientos de personas más. Alegaban haber nacido en Gibraltar o en un barco inglés durante una travesía, tener parientes en Gran Bretaña, haber hecho negocios con la Cámara de Comercio Británica; cualquier subterfugio para mantenerse al amparo de la Union Jack, nuestra bandera.

—¿Por qué precisamente en su embajada?

—No fue sólo la nuestra, ni mucho menos. De hecho, la nuestra fue una de las más reacias a proporcionar refugio. Todas hicieron prácticamente lo mismo en los primeros días: acogieron a sus propios ciudadanos y a algunos españoles con necesidad de protegerse.

—¿Y después?

—Algunas legaciones han seguido muy activas a la hora de proporcionar asilo e implicase de una manera directa o indirecta en el tráfico de refugiados. Chile, sobre todo; Francia, Argentina y Noruega, también. Otras, en cambio, una vez transcurridos los primeros tiempos de incertidumbre, se negaron a seguir con aquello. Lance, no obstante, no actúa como representante del gobierno británico; todo lo que hace es por sí mismo. Nuestra embajada, como le he dicho, ha sido una de las que se han negado a seguir implicadas en dar asilo y facilitar la evacuación de refugiados. Tampoco se dedica Lance a ayudar al bando nacional en abstracto, sino a personas que, a título individual, tienen necesidad de salir de Madrid. Por razones ideológicas, por razones familiares: por lo que sea. Es cierto que comenzó instalándose en la embajada y, de alguna manera, logró que le concediesen el cargo de agregado honorario para gestionar la evacuación de ciudadanos británicos en los primeros días de guerra pero, a partir de entonces, actúa por su cuenta y riesgo. Cuando a él le interesa, normalmente para impresionar a los milicianos y centinelas en los controles de las carreteras, hace un uso ostentoso de toda la parafernalia diplomática que tiene a mano: brazalete rojo, azul y blanco en la manga para identificarse, banderitas en el automóvil y un salvoconducto enorme lleno de sellos y estampillas de la embajada, de seis o siete sindicatos obreros y del Ministerio de la Guerra, todo lo que tiene a mano. Es un tipo bastante peculiar este Lance: simpático, charlatán, siempre vestido con ropa llamativa, con chaquetas y corbatas que hacen daño a la vista. A veces creo que exagera todo un poco para que nadie lo tome demasiado en serio y así no sospechen de él.

—¿Cómo realiza los traslados hasta la costa?

—No lo sé con exactitud, él es reacio a contar detalles. En un principio creo que comenzó con vehículos de la embajada y camiones de su empresa, hasta que éstos le fueron requisados. Últimamente parece que utiliza una ambulancia del cuerpo escocés puesta a disposición de la República. Suele además ir acompañado por Margery Hill, una enfermera del hospital Anglo-Americano, ¿lo conoce?

—Creo que no.

—Está en la calle Juan Montalvo, junto a la Ciudad Universitaria, prácticamente en el frente. Allí me llevaron en principio cuando me hirieron, después me trasladaron para operarme al hospital que han montado en el hotel Palace.

—¿Un hospital en el Palace? —pregunté incrédula.

—Sí, un hospital de campaña, ¿no lo sabía?

—No tenía idea. Cuando dejé Madrid el Palace era, junto con el Ritz, el más lujoso de los hoteles.

—Pues ya ve, ahora lo dedican a otras funciones, hay muchas cosas que han cambiado. Allí permanecí ingresado unos días, hasta que decidieron evacuarme a Londres. Antes de ser ingresado en el hospital Anglo-Americano, yo ya conocía a Lance: la colonia británica en Madrid es en estos días muy reducida. Después vino a verme varias veces al Palace; parte de su autoimpuesta tarea humanitaria es también ayudar en lo posible a todos sus compatriotas en dificultades. Por eso sé algo de cómo funciona todo el proceso de evacuación, pero tan sólo conozco los detalles que él mismo me quiso contar. Los refugiados llegan normalmente por su cuenta al hospital; a veces los mantienen un tiempo haciéndolos pasar por enfermos, hasta que preparan el siguiente convoy. Suelen ir ambos, Lance y la enfermera Hill, en todos los trayectos: ella, al parecer, es única sorteando a funcionarios y milicianos en los controles si las cosas se ponen adversas. Y, además, se las suele arreglar para llevarse de vuelta a Madrid todo lo que puede sacar de los barcos de la Royal Navy: medicamentos, material para curas, jabón, comida enlatada...

—¿Cómo hacen el viaje?

Quería anticipar en mi mente el traslado de mi madre, tener una idea de en qué iba a consistir su aventura.

—Sé que salen de madrugada. Lance ya conoce todos los controles, y eso que son más de treinta; a veces tardan en recorrer el trayecto más de doce horas. Se ha hecho, además, un especialista en la psicología de los milicianos: se baja del auto, habla con ellos, les llama camaradas, les muestra su impresionante salvoconducto, les ofrece tabaco, bromea y se despide con «Viva Rusia» o «Mueran los fascistas»: cualquier cosa con tal de poder seguir su camino. Lo único que nunca hace es sobornarles: él mismo se lo impuso como principio y, que yo sepa, siempre lo ha mantenido. También es extremadamente escrupuloso con las leyes de la República, jamás las desacata. Y, por supuesto, evita en todo momento provocar contratiempos o incidentes que pudieran perjudicar a nuestra embajada. Sin ser uno de ellos más que a título honorario, cumple sin embargo con un rigurosísimo código de ética diplomática.

Apenas había terminado la respuesta cuando yo ya estaba lista para disparar la siguiente pregunta; estaba demostrando ser una alumna aventajada en el aprendizaje de las técnicas interrogatorias del comisario Vázquez.

—¿A qué puertos lleva a los refugiados?

—A Valencia, a Alicante, a Denia, depende. Estudia la situación, diseña un plan sobre la marcha y al final, de una u otra manera, se las arregla para embarcar su cargamento.

—Pero esas personas ¿tienen papeles, permisos, salvoconductos...?

—Para moverse dentro de España, normalmente sí. Para marchar al extranjero, probablemente no. Por eso, la operación del embarque suele ser la más compleja: Lance necesita burlar controles, adentrarse en los muelles y pasar desapercibido entre los centinelas, negociar con los oficiales de los barcos, colar a los refugiados y esconderlos por si hay registros. Todo, además, debe hacerse de forma cuidadosa, sin levantar sospechas. Es algo muy delicado, se juega acabar él mismo en una cárcel. Pero, de momento, siempre lo ha conseguido con éxito.

Terminamos la cena. Logan había necesitado esfuerzo para manipular los cubiertos; su brazo izquierdo no estaba operativo al cien por cien. Aun así, dio buena cuenta del pollo, dos grandes platos de natillas y varias copas de vino. Yo, en cambio, abstraída escuchándole, apenas probé el lenguado y no pedí postre.

—¿Quiere café? —preguntó.

—Sí, gracias.

En realidad, jamás tomaba café después de cenar excepto cuando tenía que quedarme trabajando hasta tarde. Pero aquella noche tenía dos buenas razones para aceptar el ofrecimiento: prolongar todo lo posible la conversación y mantenerme bien despejada para no perder el menor detalle.

—Cuénteme cosas de Madrid —le pedí entonces. Mi voz surgió queda, quizá anticipaba ya que lo que iba a oír no me resultaría grato.

Me miró fijamente antes de contestar.

—No sabe nada, ¿verdad?

Posé la mirada en el mantel e hice un gesto negativo. Conocer los detalles de la próxima evacuación de mi madre me había relajado: ya no estaba nerviosa. Marcus Logan, a pesar de su cuerpo machacado, había conseguido serenarme con su actitud sólida y segura. Sin embargo, con la distensión no llegó la alegría, sino una densa tristeza por todo lo oído. Por mi madre, por Madrid, por mi país. Noté de pronto una flojedad inmensa y presentí que las lágrimas se me acercaban a los ojos.

—La ciudad está muy deteriorada y hay escasez de productos básicos. La situación no es buena, pero cada cual se las va arreglando como puede —dijo sintetizando la respuesta en un puñado de vagas obviedades—. ¿Le importa que le haga una pregunta? —añadió entonces.

—Pregunte lo que quiera —respondí con los ojos aún fijos en la mesa. El futuro de mi madre estaba en sus manos, cómo negarme.

—Mire, mi gestión ya está hecha y puedo garantizarle que van a actuar con su madre tal como me han prometido, por eso no se preocupe. —Hablaba en tono más bajo, más cercano—. Sin embargo, para lograrlo, digamos que he tenido que inventar un panorama que no sé si se corresponde mucho o poco con la realidad. He tenido que decir que ella se encuentra en una situación de alto riesgo y necesita ser evacuada urgentemente, no ha hecho falta aportar mayores detalles. Pero me gustaría saber hasta dónde he acertado o hasta dónde he mentido. La respuesta en nada va a cambiar las cosas, pero yo, personalmente, quisiera conocerla. Así que, si no le importa, cuénteme, por favor, ¿en qué situación está en verdad su madre, cree que corre auténtico peligro en Madrid?

Llegó un camarero con los cafés, removimos el azúcar a la vez haciendo chocar las cucharillas contra la porcelana de las tazas a ritmo acompasado. Al cabo de unos segundos, alcé el rostro y le miré de frente.

—¿Quiere saber la verdad? Pues la verdad es que creo que su vida no corre riesgo, pero yo soy lo único que mi madre tiene en el mundo y ella lo único que tengo yo. Siempre hemos vivido solas, peleando juntas para salir adelante: sólo somos dos mujeres trabajadoras. Hubo, sin embargo, un día en que yo me equivoqué y le fallé. Y ahora lo único que quiero es recuperarla. Antes me ha dicho que su amigo Lance no actúa por motivos políticos, que tan sólo le mueven cuestiones humanitarias. Calcule usted mismo si reunir a una madre sin recursos con su única hija es o no es una razón humanitaria; yo no lo sé.

No pude decir nada más, sabía que las lágrimas estaban a punto de escapárseme a borbotones.

—Tengo que irme, mañana debo madrugar, tengo mucho trabajo, gracias por la cena, gracias por todo...

Las frases salieron con voz rota, a trompicones, a la vez que me levantaba y cogía mi bolso apresurada. Intenté no alzar la cara para evitar que él percibiera el reguero húmedo que me corría por las mejillas.

—La acompaño —dijo levantándose disimulando el dolor.

—No hace falta, gracias: vivo aquí al lado, a la vuelta de la esquina.

Le di la espalda y emprendí el camino hacia la salida. Apenas había avanzado unos pasos cuando noté su mano rozar mi codo.

—Es una suerte que viva cerca, así tendré que andar menos. Vamos.

Pidió con un gesto al maître que cargaran la cuenta a su habitación y salimos. No me habló ni intentó tranquilizarme; no dijo una palabra al respecto de lo que acababa de oír. Tan sólo se mantuvo a mi lado en silencio y dejó que por mí misma fuera recuperando el sosiego. Nada más pisar la calle, paró en seco. Apoyándose en su bastón miró el cielo estrellado y aspiró aire con ansia.

—Huele bien Marruecos.

—El monte está cerca, el mar también —repliqué ya más calmada—. Será por eso, supongo.

Caminamos despacio, me preguntó cuánto tiempo llevaba en el Protectorado, cómo era la vida en aquella tierra.

—Volveremos a vernos, la mantendré informada en cuanto me llegue algún dato nuevo —dijo cuando le indiqué que habíamos llegado a mi casa—. Y quédese tranquila; tenga la seguridad de que van a hacer todo lo posible por ayudarla.

—Muchas gracias, de verdad, y disculpe mi reacción. A veces me cuesta trabajo contenerme. No son tiempos fáciles, ¿sabe? —susurré con un punto de pudor.

Intentó sonreír, pero sólo lo consiguió a medias.

—La entiendo perfectamente, no se preocupe.

Esta vez no hubo lágrimas, el mal trago había pasado ya. Tan sólo nos sostuvimos brevemente la mirada, nos dimos las buenas noches y emprendí la subida de la escalera pensando en lo poco que se ajustaba aquel Marcus Logan al amenazante oportunista que Rosalinda y yo habíamos anticipado.

27

Beigbeder y Rosalinda quedaron encantados con la entrevista del día siguiente. Por ella me enteré más tarde de que todo había transcurrido en un ambiente distendido, sentados ambos hombres en una de las terrazas de la vieja villa del paseo de las Palmeras, bebiendo brandy con soda frente a la vega del Martín y las laderas del imponente Gorgues, el inicio del Rif. Primero comieron los tres juntos: el ojo crítico de la inglesa necesitaba averiguar el grado de confianza de su compatriota antes de dejarlo a solas con su adorado Juan Luis. Bedouie, el cocinero árabe, les preparó *tajine* de cordero que acompañaron con un borgoña *grand cru*. Tras los postres y el café, Rosalinda se retiró y ellos se acomodaron en sendos sillones de mimbre para fumar un habano y adentrarse a fondo en su conversación.

Supe que eran casi las ocho de la tarde cuando el periodista regresó al hotel tras la entrevista, que no cenó aquella noche y que tan sólo pidió que le subieran fruta a la habitación. Supe que por la mañana se dirigió a la Alta Comisaría nada más desayunar, supe qué calles transitó y a qué hora regresó. De todas sus salidas y entradas aquel día, y el siguiente, y el siguiente también, tuve conocimiento detallado; me enteré de lo que comió, lo que bebió, de la prensa que hojeó y el color de sus corbatas. El trabajo me tenía ocupada la jornada entera, pero me mantuve al tanto en todo momento gracias a la labor eficaz de un par de discretos colaboradores. Jamila se encargaba del seguimiento completo a lo largo del día; a cambio de una perra chica, un joven botones del hotel me informaba con idéntico esmero de la hora a la que Logan se recogía por las noches; por diez céntimos más, incluso recordaba el menú de sus cenas, la ropa que mandaba a lavar y el momento en que apagaba la luz.

Aguanté a la espera tres días, recibiendo datos minuciosos sobre todos sus movimientos y aguardando a que me llegara alguna noticia al respecto del avance de las gestiones. Al cuarto, en vista de que no sabía de él, empecé a malpensar. Y tanto, tanto malpensé que en mi mente maquiné un elaborado plan de acuerdo con el cual Marcus Logan, una vez logrado su objetivo de entrevistar a Beigbeder y recopilar la información sobre el Protectorado que para su trabajo necesitaba, tenía previsto marcharse olvidándose de que aún le quedaba algo que resolver conmigo. Y para evitar que la ocasión corroborara mis perversas presuposiciones, decidí que tal vez sería conveniente que yo me adelantara. Por eso, a la mañana siguiente, apenas intuí las claras del día y oí al muecín llamar a la primera oración, salí de casa hecha un pincel y me instalé en una esquina del patio del Nacional. Con un nuevo tailleur color vino y una de mis revistas de moda bajo el brazo. A hacer guardia con la espalda bien recta y las piernas cruzadas. Por si acaso.

Sabía que lo que estaba haciendo era una absoluta majadería. Rosalinda había hablado de conceder a Logan un permiso de residencia temporal en el Protectorado, él me había dado su palabra comprometiéndose a ayudarme, las gestiones llevaban su tiempo. Si analizaba la situación con frialdad, era consciente de que no había nada que temer: todos mis miedos carecían de fundamento y aquella espera no era más que una demostración absurda de mis inseguridades. Lo sabía, sí, pero con todo y con eso, decidí no moverme.

Bajó a las nueve y cuarto, cuando el sol de la mañana entraba ya radiante a través de la montera de cristal. El patio se había animado con la presencia de huéspedes recién levantados y con el ajetreo de los camareros y el movimiento incesante de jóvenes botones marroquíes transportando bártulos y maletas. Aún cojeaba levemente y llevaba el brazo en cabestrillo con un pañuelo azul, pero su media cara magullada había mejorado y el aspecto que le proporcionaba la ropa limpia, las horas de sueño y el pelo húmedo recién peinado superaba con creces la apariencia que traía consigo el día de su desembarco. Sentí un pellizco de ansiedad al verle, pero lo disimulé con un golpe de melena y otro airoso cruce de piernas. Él también me vio al instante y se acercó a saludarme.

—Vaya, no sabía que las mujeres de África fueran tan madrugadoras.

—Ya conocerá el refrán: a quien madruga Dios le ayuda.

—¿Y a qué quiere que le ayude Dios, si me permite la pregunta? —dijo acomodándose en un sillón a mi lado.

—A que no se marche usted de Tetuán sin decirme cómo va todo, si lo de mi madre está ya en marcha.

—No le he dicho nada porque no se sabe nada aún —dijo. Despegó entonces el cuerpo del respaldo y se aproximó—. Todavía no confía en mí del todo, ¿verdad?

Su voz sonó segura y cercana. Cómplice, casi. Tardé unos segundos en contestarle mientras intentaba elaborar alguna mentira. Pero no logré ninguna, así que opté por ser franca.

—Discúlpeme, pero últimamente no confío en nadie.

—La entiendo, no se preocupe —dijo sonriendo aún con esfuerzo—. No corren buenos tiempos para la lealtad y la confianza.

Me encogí de hombros con un gesto elocuente.

—¿Ha desayunado? —preguntó entonces.

—Sí, gracias —mentí. Ni había desayunado ni tenía ganas de hacerlo. Lo único que necesitaba era confirmar que no me iba a dejar abandonada sin cumplir su palabra.

—Bueno, entonces tal vez podríamos...

Un torbellino envuelto en un jaique se interpuso entre nosotros interrumpiendo la conversación: Jamila sin resuello.

—Frau Langenheim espera en casa. Va a Tánger, a comprar telas. Necesita que siñorita Sira decir cuántos metros comprar.

—Dile que espere dos minutos; estoy con ella en seguida. Que se siente, que vaya viendo los nuevos figurines que trajo Candelaria el otro día.

Jamila se fue de nuevo a la carrera y yo me disculpé ante Logan.

—Es mi sirvienta; tengo a una clienta esperando, debo marcharme.

—En ese caso, no la distraigo más. Y no se preocupe: todo está ya en funcionamiento y antes o después nos llegará la confirmación. Pero tenga en cuenta que puede ser cuestión de días o de semanas, tal vez lleve más de un mes; es imposible adelantar nada —dijo levantándose. Parecía también más ágil que unos días atrás, se le notaba mucho menos dolorido.

—De verdad, no sé cómo agradecérselo —repliqué—. Y ahora, si me disculpa, debo marcharme: tengo una gran cantidad de trabajo esperando, apenas me queda un minuto libre. Va a haber varios actos sociales dentro de pocos días y mis clientas necesitan nuevos trajes.

—¿Y usted?

—¿Yo, qué? —pregunté confusa sin entender la pregunta.

—¿Usted tiene previsto asistir a alguno de esos eventos? ¿A la recepción de Serrano Suñer, por ejemplo?

—¿Yo? —dije con una pequeña carcajada mientras me retiraba el pelo de la cara—. No, yo no voy a esas cosas.

—¿Por qué no?

Mi primer impulso fue volver a reír, pero me contuve cuando comprobé que hablaba en serio, que su curiosidad era genuina. Estábamos ya de pie, uno junto a otro, cercanos. Aprecié la textura del lino claro de su chaqueta y las rayas de la corbata; olía bien: a jabón bueno, a hombre limpio. Yo mantenía mi revista entre los brazos, él se sostenía con una mano apoyada en el bastón. Le miré y entreabrí la boca para contestarle, tenía respuestas en abundancia para justificar mi ausencia en aquellas celebraciones ajenas: porque nadie me había invitado, porque ése no era mi mundo, porque nada tenía yo que ver con toda aquella gente... Finalmente, sin embargo, decidí no darle ninguna réplica; tan sólo me encogí de hombros y dije:

—Debo irme.

—Espere —dijo agarrándome el brazo con suavidad—. Venga conmigo a la recepción de Serrano Suñer, sea mi pareja esa noche.

La invitación sonó como un trallazo y me dejó tan anonadada que cuando intenté encontrar excusas para rechazarla, a mi boca no llegó ninguna.

—Acaba de decirme que no sabe cómo agradecer mis gestiones. Bien, ya tiene una manera de hacerlo: acompáñeme a ese acto. Podría ayudarme a saber quién es quién en esta ciudad, me vendría muy bien para mi trabajo.

—Yo... yo tampoco conozco a nadie apenas, llevo muy poco tiempo aquí.

—Además, será una noche interesante; puede que hasta lo pasemos bien —insistió.

Aquello era un disparate, un absurdo sinsentido. Qué iba a hacer yo en una fiesta en honor al cuñado de Franco, rodeada por altos mandos militares y por las fuerzas vivas locales, por gentes de posibles y representantes de países extranjeros. La propuesta era del todo ridícula, sí, pero frente a mí tenía a un hombre esperando una respuesta. Un hombre que estaba gestionando la evacuación de la persona que más me importaba en la tierra; un extranjero desconocido que me había pedido que confiara en él. En mi mente se cruzaron ráfagas veloces de pensamientos contrapuestos. Unos me conminaban a negarme, insistían en que aquello era una extravagancia sin cabeza ni pies. Otros, en cambio, me recordaban el refrán castizo que tantas veces escuché en boca de mi madre acerca de los bien nacidos y los agradecidos.

—De acuerdo —dije tras tragar saliva con fuerza—. Iré con usted.

La figura de Jamila volvió a vislumbrarse en el hall haciendo aspavientos exagerados, intentando imponerme prisa para reducir la espera de la exigente Frau Langenheim.

—Perfecto. Le comunicaré el día y la hora exactos en cuanto reciba la invitación.

Le estreché la mano, recorrí el vestíbulo taconeando con paso presuroso y sólo al llegar a la puerta me giré. Marcus Logan seguía de pie al fondo, mirándome apoyado en su bastón. Aún no se había movido del sitio donde yo le había dejado y su presencia alejada se había convertido en una silueta a contraluz. Su voz, sin embargo, sonó rotunda.

—Me alegro de que haya aceptado acompañarme. Y quédese tranquila: no tengo prisa por marcharme de Marruecos.

28

La incertidumbre me asaltó en cuanto puse un pie en la calle. Caí en la cuenta de que tal vez me había precipitado al aceptar la propuesta del periodista sin consultar antes con Rosalinda, quizá ella tuviera otros planes para su impuesto invitado. Las dudas, sin embargo, tardaron poco en disolverse: tan pronto como ella llegó a probarse aquella tarde hecha un barullo de ímpetu y prisas.

—Tengo sólo media hora —dijo mientras se desabotonaba la camisa de seda con dedos ágiles—. Juan Luis me espera, aún hay mil detalles que preparar para la visita de Serrano Suñer.

Había pensado plantearle la cuestión con tacto y palabras bien medidas, pero decidí aprovechar el momento y abordar el asunto de inmediato.

—Marcus Logan me ha pedido que le acompañe a la recepción.

Hablé sin mirarla, simulando estar concentrada en desmontar su traje del maniquí.

—But that's wonderful, darling!

No entendí las palabras, pero por su tono deduje que la noticia le había sorprendido gratamente.

—¿Te parece bien que vaya con él? —inquirí aún insegura.

—¡Por supuesto! Será estupendo tenerte cerca, sweetie. Juan Luis tendrá que mantener un rol muy institucional, así que espero poder pasar algún ratito con vosotros. ¿Qué vas a ponerte?

—Aún no lo sé; tengo que pensarlo. Creo que me haré algo con esa tela —dije señalando un rollo de seda cruda apoyado contra la pared.

—My God, vas a estar espectacular.

—Sólo si sobrevivo —murmuré con la boca llena de alfileres.

Realmente me iba a resultar difícil salir de aquel atolladero. Tras varias semanas de escaso trabajo, los quebraderos de cabeza y las obligaciones se me acumularon alrededor de repente, amenazando con sepultarme en cualquier momento. Tenía tantos encargos por terminar que madrugaba cada día como un gallo y rara era la noche que lograba acostarme antes de las tres de la mañana. El timbre no paraba de sonar y las clientas entraban y salían del taller sin descanso. Sin embargo, no me preocupó sentirme tan agobiada: casi lo agradecí. Así tenía menos ocasiones para pensar qué demonios iba yo a hacer en aquella recepción para la que ya quedaba poco más de una semana.

Superado el escollo de Rosalinda, la segunda persona en enterarse de la inesperada invitación fue, inevitablemente, Félix.

—¡Pero bueno, lagarta, qué suerte! ¡Verde de envidia me dejas!

—Te cambiaría el puesto encantada —dije sincera—. El festejo no me hace la menor ilusión; sé que voy a sentirme fuera de lugar, acompañada de un hombre al que apenas conozco y rodeada de personas extrañas, y de militares y políticos por cuya culpa mi ciudad está asediada y yo no puedo volver a mi casa.

—No seas boba, nena. Vas a ser parte de un fasto que pasará a la historia de esta esquinita del mapa africano. Y, además, irás con un tipo que no está nada, pero que nada mal.

—¿Tú qué sabes, si no le conoces?

—¿Cómo que no? ¿Dónde crees tú que he llevado a merendar a la loba esta tarde?

—¿Al Nacional? —pregunté incrédula.

—Exactamente. Me ha salido tres veces más caro que los suizos de La Campana, porque la muy zorrupia se ha puesto hasta las cejas de té con pastas inglesas, pero ha valido la pena.

—¿Has llegado a verle, entonces?

—Y a hablarle. Hasta me ha dado fuego.

—Eres un caradura —dije sin poder contener una sonrisa—. ¿Y qué te ha parecido?

—Gratamente apetecible cuando se le reparen las averías. A pesar de la cojera y la media cara hecha un Cristo, tiene una pinta bárbara y parece todo un gentleman.

—¿Tú crees que será fiable, Félix? —inquirí entonces con un punto de preocupación. A pesar de que Logan me había pedido que confiara en él, aún no estaba segura de poder hacerlo. Me respondió mi vecino con una carcajada.

—Imagino que no, pero a ti eso tiene que importarte poco. Tu nuevo amigo no es más que un simple periodista de paso, con quien hay en juego un trueque en el que está implicada la mujer que tiene el seso sorbido al alto comisario. Así que, por la cuenta que le trae y si no quiere salir de esta tierra en peores condiciones de las que traía cuando llegó, más le vale portarse bien contigo.

La perspectiva de Félix me hizo apreciar las cosas de otra manera. El desastroso final de mi historia con Ramiro me había convertido en una persona descreída y recelosa, pero lo que con Marcus Logan estaba en juego no era una cuestión de lealtad personal, sino un simple intercambio de intereses. Si usted me da, yo le doy; en caso contrario, no hay trato. Ésas eran las normas, no tenía por qué ir más allá obsesionándome constantemente con el alcance de su fiabilidad. Él era el primer interesado en una buena relación con el alto comisario, así que no había razón para que me fallara.

Aquella misma noche Félix me puso también al tanto de quién era exactamente Serrano Suñer. A menudo oía hablar de él en la radio y había leído su nombre en el periódico, pero apenas nada sabía del personaje que se escondía tras aquellos dos apellidos. Félix, como tantas otras veces, me facilitó el más completo de los informes.

—Como imagino que ya sabes, querida mía, Serrano es cuñado de Franco, casado con Zita, la hermana menor de Carmen Polo, una señora bastante más joven, más guapa y menos estirada que la mujer del Caudillo, por cierto, según he podido comprobar en algunas fotografías. Dicen que es un tipo tremendamente brillante, con una capacidad intelectual mil veces superior a la del Generalísimo, algo que a éste no le hace, por lo visto, la menor gracia. Antes de la guerra era abogado del Estado y diputado por Zaragoza.

—De derechas.

—Obviamente. El alzamiento, sin embargo, le cogió en Madrid. Lo detuvieron por su filiación política, estuvo preso en la cárcel Modelo y finalmente logró que lo llevaran a un hospital, padece una úlcera o algo así. Cuentan que entonces, gracias a la ayuda del doctor Marañón, se las arregló para escapar de allí disfrazado de mujer, con peluca, sombrero y los pantalones arremangados bajo el abrigo; ideal todo él.

Reímos imaginando la escena.

—Logró después huir de Madrid, llegó a Alicante y allí, disfrazado de nuevo de marinero argentino, salió de la Península embarcado en un torpedero.

—¿Y se fue de España? —pregunté entonces.

—No. Desembarcó en Francia y volvió a entrar a zona nacional por tierra, con su mujer y su ristra de criaturas, cuatro o cinco creo que tiene. Desde Irún se las arreglaron entonces para llegar a Salamanca, que es donde al principio tenía el bando nacional su cuartel general.

—Sería fácil, siendo familia de Franco.

Sonrío malévolo.

—Que te crees tú eso, mona. Se comenta que el Caudillo no movió un dedo por ellos. Podría haber propuesto a su cuñado como canje, algo común entre ambos bandos, pero nunca lo hizo. Y cuando lograron llegar a Salamanca, el recibimiento no fue, al parecer, excesivamente entusiasta. Franco y su familia estaban instalados en el palacio episcopal y cuentan que alojaron a toda la tropa de los Serrano Polo en un desván con unos cuantos catres desvencijados mientras la niña de Franco tenía un dormitorio enorme con cuarto de baño para ella sola. La verdad es que, más allá de todas esas maldades que circulan de boca en boca, no he logrado obtener mucha información sobre la vida privada de Serrano Suñer; lo siento, querida. Lo que sí sé es que en Madrid mataron a dos de sus hermanos ajenos a cuestiones políticas con los que estaba muy unido; al parecer eso le traumatizó y le animó a implicarse de forma activa en la construcción de lo que ellos llaman la Nueva España. El caso es que ha logrado convertirse en la mano derecha del general. De ahí que le llamen el cuñadísimo, por aquello de equipararlo con el Generalísimo. Se dice también que gran parte del mérito de su poder actual viene de la influencia de la poderosa doña Carmen, que ya estaba hasta el pelucón de que el tarambana de su otro cuñado, Nicolás Franco, influyera en gran manera sobre su marido. Así que, nada más llegar Serrano, se lo dejó bien clarito: «A partir de ahora, Paco, más Ramón y menos Nicolás».

La imitación de la voz de la mujer de Franco nos hizo reír a ambos otra vez.

—Serrano es un tipo muy inteligente, según cuentan —prosiguió Félix—. Muy sagaz; mucho más preparado que Franco en lo político, en lo intelectual y en lo humano. Es además tremendamente ambicioso y un trabajador infatigable; dicen que se pasa el día pimpán, pimpán, pimpán, intentando construir una base jurídica sobre la que legitimar al bando nacional y el poder supremo de su pariente. O sea, que está trabajando para dotar de un orden institucional civil a una estructura puramente militar, ¿entiendes?

—Por si ganan la guerra —anticipé.

—Por si la ganan, que vaya usted a saber.

—Y ¿gusta Serrano a la gente? ¿Le tienen afecto?

—Regulín regulán. A los arrastrasables, a los militares de alta graduación, quiero decir, no les agrada en absoluto. Lo consideran un intruso incómodo; hablan idiomas distintos, no se entienden. Ellos serían felices con un Estado puramente cuartelero, pero Serrano, que es más listo que todos ellos, les intenta hacer ver que eso sería un disparate, que de esa manera jamás lograrían obtener legitimidad ni reconocimiento internacional. Y Franco, aunque no tiene ni pajolera idea de política, confía en él en ese sentido. Así que, aun a disgusto, los demás se lo tienen que tragar. Tampoco acaba de convencer a los falangistas de siempre. Al parecer él era íntimo amigo de José Antonio Primo de Rivera porque habían estudiado juntos en la universidad, pero no llegó nunca a militar en Falange antes de la guerra. Ahora ya sí: ha entrado por el aro y es más papista que el Papa, pero los falangistas de antes, los camisas viejas, lo ven como un arribista, un oportunista recién adherido a su credo.

—Entonces, ¿quién le apoya? ¿Sólo Franco?

—Y su santa esposa, que no es moco de pavo. Aunque ya veremos lo que dura el cariño.

También hizo Félix de salvavidas en los preparativos para el evento. Desde que le comuniqué la noticia y fingió morderse con gesto teatral los cinco dedos de la mano para mostrarme su envidia, no había habido noche en la que no cruzara a mi casa para aportarme algún dato interesante sobre la fiesta; retazos y miguitas que había obtenido aquí o allá en su constante afán exploratorio. No pasábamos aquellos ratos en el salón como habíamos hecho hasta entonces: tenía tanto quehacer acumulado que nuestros encuentros nocturnos se trasladaron temporalmente al taller. A él, sin embargo, esa pequeña mudanza no pareció importarle: le encantaban los hilos, las telas y los entresijos tras las costuras, y siempre tenía alguna idea que aportar para el modelo con el que estuviera trabajando. Alguna vez acertaba; otras muchas, sin embargo, tan sólo sugería los más puros disparates.

—¿Esta maravilla de terciopelo dices que es para el modelete de la mujer del presidente de la Audiencia? Hazle un agujero en el culo, a ver si así alguien se fija en ella. Qué desperdicio de tela, mira que es fea la pajarraca —decía mientras pasaba los dedos por los trozos de tejido montados sobre un maniquí.

—No toques —advertí con contundencia concentrada en mis pespuntes sin ni siquiera mirarle.

—Perdona, nena; es que el género tiene un lustre...

—Por eso, precisamente: ten cuidado, no vayas a dejar los dedos marcados. Venga, vamos a lo nuestro, Félix. Cuéntame, ¿de qué te has enterado hoy?

La visita de Serrano Suñer era en aquellos días la comidilla de Tetuán. En las tiendas, los estancos y las peluquerías, en la consulta de cualquier médico, en los cafés y los corrillos de las aceras, en los puestos del mercado y a la salida de misa, no se hablaba de otra cosa. Yo, sin embargo, andaba tan ocupada que apenas podía permitirme poner un pie en la calle. Pero para eso tenía a mi buen vecino.

—No se lo va a perder nadie, allí va a estar juntito lo mejor de cada casa para hacer el *rendevouz* al cuñadísimo: el jalifa y su gran séquito, el gran visir y el majzen, su gobierno en pleno. Todas las altas autoridades de la administración española, militares cargados de condecoraciones, los letrados y magistrados, los representantes de los partidos políticos marroquíes y de la comunidad israelita, el cuerpo consular al completo, los directores de los bancos, los funcionarios de postín, los empresarios potentes, los médicos, todos los españoles, árabes y judíos de alto copete y, por supuesto, algún que otro advenedizo como tú, pequeña sinvergüenza, que te vas a colar por la puerta falsa con tu cronista renqueante del bracete.

Rosalinda, no obstante, me había advertido que la sofisticación y el glamour del evento serían bastante escuetos: Beigbeder tenía la intención de honrar al invitado con todos los honores, pero no olvidaba que estábamos en tiempo de guerra. No habría por eso despliegues ostentosos, ni baile, ni más música que la de la banda jalifiana. Aun así, a pesar de la comedida austeridad, aquélla iba a ser la más brillante recepción de todas las que la Alta Comisaría había organizado en mucho tiempo, y la capital del Protectorado, por eso, se movía agitada preparándose para ella.

Me instruyó Félix también en algunas cuestiones protocolarias. Nunca supe dónde las había aprendido él, pues su bagaje social era nulo y su círculo de amistades casi tan escaso como el mío. Los puntales de su vida se sostenían sobre el trabajo rutinario en el Negociado de Abastos, su madre y sus miserias, las esporádicas excursiones nocturnas a garitos de mala fama y los recuerdos de algún ocasional viaje a Tánger antes de que empezara la guerra, eso era todo. Ni siquiera había puesto un pie en España en toda su vida. Pero adoraba el cine y conocía todas las películas americanas fotograma a fotograma, y era un lector voraz de revistas extranjeras, un observador sin atisbo de vergüenza y el curioso más incorregible. Y listo como un zorro, así que, recurriendo a una fuente u otra, no le costó el menor trabajo hacerse con las herramientas necesarias para adiestrarme y convertirme en una elegante invitada sin sombra alguna de falta de pedigrí.

Algunos de sus consejos fueron innecesarios por obvios. En mis tiempos junto al indeseable de Ramiro, había conocido y observado a gentes de los rangos y procedencias más diversas. Asistimos juntos a mil fiestas y recorrimos decenas de locales y buenos restaurantes tanto en Madrid como en Tánger; gracias a ello tenía asimiladas un montón de pequeñas rutinas para desenvolverme con desparpajo en reuniones sociales. Félix, no obstante, decidió comenzar mi instrucción por el andamiaje más elemental.

—No hables con la boca llena, no hagas ruido al comer y no te limpies con la manga, ni te metas el tenedor hasta la campanilla, ni te bebas el vino de un trago, ni alces la copa chisteando al camarero para que te la vuelva a llenar. Usa el «por favor» y el «muchas gracias» cuando convenga, pero tan sólo musitado, sin grandes efusiones. Y ya sabes, di simplemente «encantada» por aquí y «encantada» por allá si te presentan a alguien, nada de «el gusto es mío» ni ordinarieces de ese estilo. Si te hablan de algo que no conoces o no entiendes, márcate una de tus deslumbrantes sonrisas y mantente calladita asintiendo tan sólo con la cabeza de tanto en tanto. Y cuando no tengas más remedio que hablar, acuérdate de reducir tus imposturas al mínimo minimórum, a ver si van a pillarte en alguna de ellas: una cosa es que hayas echado al aire unas cuantas mentirijillas para promocionarte como *haute couturier*, y otra, que te metas tú misma en la boca del lobo pavoneándote ante gente con perspicacia o caché suficiente como para cazar al vuelo tus embustes. Si algo te causa asombro o te complace enormemente, di sólo «admirable», «impresionante» o un adjetivo similar; en ningún momento muestres tu entusiasmo con aspavientos, ni con palmadas en el muslo o frases como «talmente un milagro», «arrea mi madre» o «me he quedao pasmá». Si algún comentario te parece gracioso, no te rías a carcajadas enseñando las muelas del juicio ni dobles el cuerpo sujetándote la barriga. Tan sólo sonríe, pestañea y evita comentario alguno. Y no des tu opinión cuando no te la pidan, ni hagas intervenciones indiscretas del tipo «¿usted quién es, buen hombre?» o «no me diga que esa gorda es su señora».

—Todo eso ya lo sé, querido Félix —dije entre risas—. Soy una simple modista, pero no vengo de las cavernas. Cuéntame otras cosas poco más interesantes, por favor.

—De acuerdo, monada, como tú quieras; sólo intentaba ser útil por si acaso se te escapaba algún detallito. Vayamos a lo serio, pues.

Y así, a lo largo de varias noches, Félix me fue desgranando los perfiles de los invitados más destacados, y uno a uno fui memorizando sus nombres, puestos y cargos y, en numerosas ocasiones, también sus caras gracias al despliegue de periódicos, revistas, fotografías y anuarios que él trajo. De esa manera supe dónde vivían, a qué se dedicaban, cuántos posibles tenían y cuáles eran sus posiciones en el orden local. En realidad, todo aquello me interesaba bastante poco, pero Marcus Logan contaba con que yo le ayudara a identificar a personas relevantes y para eso necesitaba antes ponerme al día.

—Imagino que, dada la procedencia de tu acompañante, vosotros estaréis sobre todo con los extranjeros —dijo—. Supongo que, además del cogollito local, vendrán también algunos otros de Tánger; el cuñadísimo no tiene previsto ir allí en su *tournèe,* así que, ya sabes, si Mahoma no va a la montaña...

Aquello me reconfortó: mezclada entre un grupo de expatriados a los que nunca había visto ni probablemente volviera a ver en mi vida, me sentiría más segura que en medio de ciudadanos locales con quienes a diario me cruzaría en cualquier esquina. Me informó Félix también del orden que seguiría el protocolo, cómo se llevarían a cabo los saludos y cómo iría transcurriendo todo paso a paso. Le escuché memorizando los detalles mientras cosía con tanta intensidad como no lo había hecho en mi vida.

Hasta que llegó por fin la gran fecha. A lo largo de la mañana fueron saliendo del taller los últimos encargos en brazos de Jamila; a mediodía todo el trabajo quedó entregado y por fin vino la calma. Imaginé que el resto de las invitadas estarían ya terminando de comer, disponiéndose a reposar en la penumbra de sus dormitorios con las contraventanas cerradas o esperando su turno en el salón de *haute coiffure* de Justo y Miguel. Las envidié: sin apenas tiempo para un bocado, aún tuve que dedicar la hora de la siesta a coser mi propio traje. Cuan-

use manos a la obra, eran las tres menos cuarto. La recepción
zaría a las ocho, Marcus Logan había mandado un recado avi-
de que me recogería a las siete y media. Tenía un mundo por ha-
menos de cinco horas por delante.

29

Miré el reloj cuando acabé con la plancha. Las seis y veinte. La vestimenta estaba lista; ya sólo faltaba que me adecentara yo.

Me sumergí en el baño y dejé la mente en blanco. Ya llegarían los nervios cuando el evento estuviera más cerca; de momento, merecía un descanso: un descanso de agua caliente y espuma de jabón. Noté cómo se relajaba mi cuerpo cansado, cómo los dedos hartos de coser desentumecían su rigidez y las cervicales se destensaban. Empecé a adormilarme, el mundo pareció derretirse dentro de la porcelana de la bañera. No recordaba un momento tan placentero en meses, pero la agradable sensación duró muy poco: la interrumpió la puerta del cuarto de baño al abrirse de par en par sin la menor ceremonia.

—Pero ¿en qué estás pensando, muchacha? —clamó Candelaria arrebatada—. Son más de las seis y media, y tú sigues en remojo como los garbanzos; ¡que no te va a dar tiempo, chiquilla!, ¿a qué hora tienes pensado empezar a componerte?

La matutera traía consigo lo que ella consideró el equipo de emergencia imprescindible: su comadre Remedios la peinadora y Angelita, una vecina de la pensión con arte para la manicura. Un rato antes yo había mandado a Jamila a comprar unas horquillas a La Luneta; se cruzó con Candelaria por el camino y así supo ella que yo había estado mucho más preocupada por la ropa de las clientas que por la mía y apenas había tenido un minuto libre para prepararme.

—Arreando, morena; sal para afuera de la tina, que tenemos mucha faena por delante y andamos de tiempo la mar de justitas.

Me dejé hacer, habría sido imposible luchar contra aquel ciclón. Y, por supuesto, agradecí en el alma su ayuda: apenas quedaban tres cuartos de hora para la llegada del periodista y yo aún seguía, en palabras de la matutera, hecha un escobón. La actividad comenzó apenas conseguí enrollarme la toalla alrededor del cuerpo.

La vecina Angelita se concentró en mis manos, en frotarlas con aceite, quitar asperezas y limar las uñas. La comadre Remedios se encargó entretanto del pelo. Anticipándome a la falta de tiempo, me lo había lavado por la mañana; lo que en ese momento necesitaba era un peinado decente. Candelaria se dedicó a hacer de asistente a ambas, tendiendo pinzas y tijeras, bigudíes y pedazos de algodón mientras, sin parar de hablar, nos ponía al tanto acerca de los últimos comentarios que sobre Serrano Suñer circulaban por Tetuán. Había llegado él dos días atrás y de la mano de Beigbeder recorrió todos los sitios y visitó a todos los personajes relevantes del norte de África: de Alcazarquivir a Xauen y después a Dar Riffien, del jalifa al gran visir. Yo no había visto a Rosalinda desde la semana anterior; las noticias, no obstante, circulaban de boca en boca.

—Cuentan que ayer tuvieron en Ketama una comida moruna entre los pinos, sentados en alfombras sobre el suelo. Dicen que al cuñadísimo casi le da un perrendengue cuando vio que todos comían con los dedos; el hombre no sabía cómo llevarse el cuscús a la boca sin que se le cayera la mitad por el camino...

—... y el alto comisario estaba encantado de la vida, haciendo de gran anfitrión y fumando un puro detrás de otro —añadió una voz desde la puerta. La de Félix, obviamente.

—¿Qué haces tú aquí a estas horas? —pregunté sorprendida. El paseo de la tarde con su madre era sagrado, más aún aquel día en el que toda la ciudad andaba echada a la calle. Con el pulgar dirigido hacia la boca, hizo un gesto ilustrativo: doña Elvira estaba en casa, convenientemente borracha antes de tiempo.

—Ya que me vas a abandonar esta noche por un periodista advenedizo, al menos no quería perderme los preparativos. ¿Puedo ayudar en algo, señoras?

—¿Usted no es el que pinta divinamente? —le preguntó Candelaria de sopetón. Los dos sabían quién era cada cual, pero nunca antes habían hablado entre ellos.

—Como el mismísimo Murillo.

—Pues a ver qué tal se le da hacerle a la niña los ojos —dijo tendiéndole un estuche de cosméticos que nunca supe de dónde sacó.

Félix jamás había maquillado a nadie en su vida, pero no se achicó. Todo lo contrario: recibió la orden de la matutera como un regalo y, tras consultar las fotografías de un par de números de *Vanity Fair* en busca de inspiración, se volcó en mi cara como si yo fuera un lienzo.

A las siete y cuarto seguía envuelta en la toalla con los brazos estirados, mientras Candelaria y la vecina se esforzaban por secar a soplidos el barniz de las uñas. A las siete y veinte Félix terminó de repasarme las cejas con los pulgares. A y veinticinco me colocó Remedios en el pelo la última horquilla y, apenas unos segundos después, llegó Jamila corriendo como una loca desde el balcón, anunciando a gritos que mi acompañante acababa de aparecer por la esquina de la calle.

—Y ahora, ya sólo faltan un par de cosillas —anunció entonces mi socia.

—Todo está perfecto, Candelaria: no hay tiempo para más —dije avanzando medio desnuda en busca del traje.

—Ni hablar —advirtió a mi espalda.

—Que no me puedo parar, Candelaria, de verdad... —insistí nerviosa.

—Calla y mira he dicho —ordenó agarrándome por un brazo en medio del pasillo. Me tendió entonces un paquete plano envuelto en papel arrugado.

Lo abrí con prisa: supe que no podía seguir negándome porque tenía todas las de perder.

—¡Dios mío, Candelaria, no me lo puedo creer! —dije desdoblando unas medias de seda—. ¿Cómo las ha conseguido, si me había dicho que no se encuentra un par desde hace meses?

—Cállate ya de una vez y abre éste ahora —dijo frenando mi agradecimiento y entregándome otro paquete.

Bajo el burdo papel del envoltorio encontré un hermoso objeto de concha brillante con un borde dorado.

—Es una polvera —aclaró con orgullo—. Para que te empolves la nariz bien empolvada, a ver si vas a ser tú menos que las señoronas importantes con las que te vas a codear.

—Es preciosa —susurré acariciando su superficie. La abrí entonces: en su interior contenía una pastilla de polvos compactos, un pequeño espejo y una borla blanca de algodón—. Muchas gracias, Candelaria. No tendría que haberse molestado, bastante ha hecho ya por mí...

No pude hablar más por dos razones: porque estaba a punto de echarme a llorar y porque en ese mismo instante, llamaron a la puerta. El timbrazo me hizo reaccionar, no había tiempo para sentimentalismos.

—Jamila, abre volando —ordené—. Félix, tráeme la combinación de encima de la cama; Candelaria, ayúdeme con las medias, a ver si con las prisas voy a hacerme una carrera. Remedios, coja usted los zapatos; Angelita, corra la cortina del pasillo. Vamos, al taller todos, que no se nos oiga.

Con la seda cruda me cosí finalmente un dos piezas de grandes solapas, con cintura ceñida y falda evasé. Ante la carencia de joyas, por todo complemento llevaba junto al hombro una flor de tela color tabaco, a juego con los zapatos con tacón de vértigo que me había forrado un zapatero de la morería. Remedios había logrado convertir mi melena en un elegante moño destensado que enmarcaba con gracia el espontáneo trabajo de Félix como maquillador. A pesar de su inexperiencia, el resultado fue espléndido: me llenó de alegría los ojos y de carnosidad los labios, arrancó luz de mi cara cansada.

Me vistieron entre todos, me calzaron, retocaron el peinado y el *rouge*. No tuve tiempo para mirarme siquiera en el espejo; apenas supe que estaba lista, salí al pasillo y lo recorrí apresurada sosteniéndome sobre las puntas de los zapatos. Al llegar a la entrada frené y, simulando un ritmo sosegado, entré al salón. Marcus Logan estaba de espaldas, contemplando la calle tras uno de los balcones. Se giró al oír mis pasos sobre las baldosas.

Habían pasado nueve días desde nuestro último encuentro y a lo largo de ellos debieron de ir quedando desmenuzados los despojos de los achaques con los que el periodista llegó. Me esperaba con la mano izquierda en el bolsillo de un traje oscuro, ya no había cabestrillo. En su rostro apenas quedaban ya más que unas cuantas señales de lo que tiempo atrás fueron heridas sangrantes, y su piel había absorbido el sol de Marruecos hasta adquirir un color tostado que contrastaba fuertemente con el blanco impoluto de la camisa. Se mantenía erguido sin aparente esfuerzo, los hombros firmes, la espalda recta. Sonrió al verme, no le costó trabajo aquella vez estirar los labios hacia ambos lados de la cara.

—El cuñadísimo no va a querer volver a Burgos después de verla esta noche —fue su saludo.

Intenté replicar con alguna frase igualmente ingeniosa, pero me distrajo una voz a mi espalda.

—Menudo bombón, nena —sentenció Félix con un ronco susurro desde su escondite en la entrada.

Disimulé la risa.

—¿Nos vamos? —dije tan sólo.

Tampoco tuvo él opción a contestar: en el mismo momento en que iba a hacerlo, una presencia arrolladora invadió el espacio.

—Un momentillo, don Marcos —requirió la matutera alzando la mano como si pidiera audiencia—. Un consejito nada más quiero darle antes de que se vayan, si usted me lo permite.

Me miró Logan un tanto desconcertado.

—Es una amiga —aclaré.

—En ese caso, dígame lo que quiera.

Candelaria se acercó a él entonces y comenzó a hablarle mientras simulaba eliminar alguna pelusa inexistente de la pechera de la chaqueta del recién llegado.

—Ándese con ojo, plumilla, que esta criatura lleva ya muchas fatiguitas en la chepa. A ver si va a venir usted a camelársela con sus aires de forastero con parné, y al cabo me la va a hacer de sufrir, porque como se venga arriba y se le ocurra machacarla nada más que una miajita, aquí mi primo el bujarrón y yo hacemos un encarguito en un amén, y una noche de éstas igual le sacan una faca por cualquier calle de la morería y le dejan el lado bueno de la jeta como el pellejo de un guarrillo, marcadito para los restos, ¿le ha quedado claro, mi alma?

El periodista fue incapaz de replicar: afortunadamente, a pesar de su impecable español, apenas había logrado entender una palabra del amenazante discurso de mi socia.

—¿Qué ha dicho? —preguntó volviéndose a mí con gesto contuso.

—Nada importante. Vámonos, se nos está haciendo tarde.

A duras penas pude disimular mi orgullo mientras salíamos. No por mi aspecto; tampoco por el hombre atractivo que llevaba al lado ni por el insigne evento que nos esperaba esa noche, sino por el afecto sin fisuras de los amigos que dejaba detrás.

Las calles estaban engalanadas con banderas rojas y gualdas; había guirnaldas, carteles saludando al ilustre invitado y ensalzando la figura de su cuñado. Centenares de almas árabes y españolas se movían con prisa sin aparente rumbo fijo. Los balcones, adornados con los colores nacionales, estaban llenos de gente, las azoteas también. Los jóvenes aparecían encaramados en los sitios más inverosímiles —los postes, las rejas, las farolas— buscando el mejor puesto para presenciar lo que por allí iba a transcurrir; las muchachas andaban agarradas del brazo con los labios recién pintados. Los niños corrían en manadas, cruzando zigzagueantes en todas direcciones. Los chiquillos españoles iban repeinados y oliendo a colonia, con sus corbatitas ellos, con lazos de raso las niñas en las puntas de las trenzas; los moritos llevaban sus chilabas y sus tarbush, muchos andaban descalzos, otros no.

A medida que avanzábamos hacia la plaza de España, la masa de cuerpos se hizo más densa, las voces más altas. Hacía calor y la luz era aún intensa; comenzó a oírse una banda de música afinando los instrumentos. Habían instalado gradas de madera portátiles; hasta el último milímetro de espacio estaba ya ocupado. Marcus Logan necesitó mostrar varias veces su invitación para que pudieran abrirnos paso a través de las barreras de seguridad que separaban el gentío de las zonas por las que habrían de transitar las autoridades. Apenas hablamos durante el trayecto: el bullicio y los constantes quiebros para superar los obstáculos impidieron cualquier conversación. A veces tuve que agarrarme con fuerza a su brazo a fin de que la turba no nos separara; en otras ocasiones tuvo que ser él quien me sujetara por los hombros para que no me tragara el bullicio voraz. Tardamos en llegar, pero lo conseguimos. Un retortijón se me agarró a la boca del estómago al atravesar el portón enrejado que daba acceso a la Alta Comisaría, preferí no pensar.

Varios soldados árabes custodiaban la entrada, imponentes en su uniforme de gala, con grandes turbantes y las capas al viento. Atravesamos el jardín aderezado con banderas y estandartes, un ayudante nos dirigió hasta un abultado grupo de invitados que esperaba el comienzo del acto bajo los toldos blancos colocados para la ocasión. A su sombra aguardaban gorras de plato, guantes y perlas, corbatas, abanicos, camisas azules bajo chaquetas blancas con el escudo de Falange bordado en la pechera, y un buen puñado de modelos cosidos pespunte a pespunte por mis manos. Saludé con gestos discretos a varias clientas, fingí no notar algunas miradas y cuchicheos disimulados que recibimos desde varios flancos —quién es ella, quién es él, leí en el movimiento de algunos labios—. Reconocí más rostros: muchos de ellos tan sólo los había visto en las fotografías que Félix me mostró en los días anteriores; con algún otro, en cambio, me unía un contacto más personal. El comisario Vázquez, por ejemplo, que disimuló con maestría su incredulidad al encontrarme en aquel escenario.

—Vaya, qué grata sorpresa —dijo mientras se desprendía de un grupo y se acercaba a nosotros.

—Buenas tardes, don Claudio. —Me esforcé por sonar natural, no sé si lo logré—. Me alegro de verle.

—¿Seguro? —preguntó con un gesto irónico.

No pude responder porque, ante mi estupor, acto seguido saludó a mi acompañante.

—Buenas tardes, señor Logan. Le veo ya muy aclimatado a la vida local.

—El comisario me requirió en su oficina nada más llegar a Tetuán —me aclaró el periodista mientras se estrechaban la mano—. Formalidades de extranjería.

—De momento, no es sospechoso de nada, pero infórmeme si ve en él algo raro —bromeó el comisario—. Y usted, Logan, cuídeme a la señorita Quiroga, que ha pasado un año muy duro trabajando sin parar.

Dejamos al comisario y continuamos avanzando. El periodista se mostró en todo momento relajado y atento, y yo me esforcé para que no apreciara la sensación de pez fuera del agua en la que me mantenía. Tampoco él conocía a casi nadie, pero eso no parecía incomodarle en absoluto: se desenvolvía con aplomo, con una seguridad envidiable que probablemente fuera fruto de su oficio. Rescatando las enseñanzas de Félix, le indiqué con disimulo quiénes eran algunos de los invitados: aquel señor de oscuro es José Ignacio Toledano, un judío rico director de la banca Hassan; la señora tan elegante del tocado de plumas que fuma con boquilla es la duquesa de Guisa, una noble francesa que vive en Larache; el hombre corpulento al que le están rellenando la copa es Mariano Bertuchi, el pintor. Todo transcurrió según el protocolo previsto. Llegaron más invitados, después lo hicieron las autoridades civiles españolas y a continuación las militares; las marroquíes después con sus ropajes exóticos. Desde la frescura del jardín oímos el clamor de la calle, los gritos, los vítores y aplausos. Ya ha llegado, ya está aquí, se oyó decir repetidamente. Pero el homenajeado aún tardó en hacerse ver: antes dedicó un rato a la masa, a dejarse aclamar como un torero o una de las artistas americanas que tanto fascinaban a mi vecino.

Y, al fin, apareció el esperado, el deseado, el cuñado del Caudillo, arriba España. Enfundado en un terno negro, serio, envarado, delgadísimo y tremendamente guapo con su pelo casi blanco peinado hacia atrás; impasible el ademán, como decía el himno de Falange, con aquellos ojos de gato listo y los treinta y siete años algo avejentados que entonces portaba.

Yo debía de ser una de las pocas personas que no sentían la menor curiosidad por verle de cerca o estrechar su mano y, aun así, no dejé de mirar en su dirección. No era Serrano, sin embargo, quien me interesaba, sino alguien que estaba muy cerca de él y a quien yo aún no conocía en persona: Juan Luis Beigbeder. El amante de mi clienta y amiga resultó ser un hombre alto, delgado sin exceso, rondando los cincuenta. Llevaba un uniforme de gala con un ancho fajín ceñido a la cintura, gorra de plato y un bastón ligero, una especie de fusta. Tenía la nariz delgada y prominente: debajo, un bigote oscuro; sobre ella, gafas de montura redonda, dos círculos perfectos tras los cuales se vislumbraban un par de ojos inteligentes que seguían todo lo que a su alrededor acontecía. Me pareció un hombre peculiar, quizá un tanto pintoresco. A pesar de su atuendo, no tenía en absoluto una prestancia marcial: lejos de ello, había en su actitud algo un poco teatral que, sin embargo, no parecía fingido: sus gestos eran refinados y opulentos a un tiempo, su risa expansiva, la voz rápida y sonora. Se movía de un sitio a otro sin parar, saludaba con efusión repartiendo abrazos, palmadas en la espalda y prolongados choques de manos; sonreía y hablaba con unos y otros, moros, cristianos, hebreos, y vuelta a empezar. Tal vez en sus ratos libres sacara a pasear al romántico intelectual que según Rosalinda llevaba dentro pero, en aquel momento, lo único que desplegó ante la audiencia fueron unas dotes inmensas para las relaciones públicas.

Parecía tener amarrado a Serrano Suñer con una cuerda invisible; a veces permitía que se alejara un tanto, le daba una cierta libertad de movimientos para que saludara y departiera por su cuenta, para que se dejara adular. Al minuto, sin embargo, recogía el carrete y lo arrastraba de nuevo a su cercanía: le explicaba algo, le presentaba a alguien, le echaba el brazo sobre los hombros, volcaba una frase en su oído, soltaba una carcajada y volvía a dejarle ir.

Busqué a Rosalinda repetidamente, pero no la encontré. Ni al lado de su querido Juan Luis, ni lejos de él.

—¿Ha visto por algún sitio a la señora Fox? —pregunté a Logan cuando terminó de cruzar unas palabras en inglés con alguien de Tánger que me presentó y cuyo nombre y cargo olvidé al instante.

—No, no la he visto —replicó simplemente mientras concentraba la atención en el grupo que en ese momento se estaba formando alrededor de Serrano—. ¿Sabe quiénes son? —dijo señalándolos con un discreto movimiento de barbilla.

—Los alemanes —respondí.

Allí estaban la exigente Frau Langenheim embutida en el formidable traje de shantung violeta que yo le había cosido; Frau Heinz, que había sido mi primera clienta, vestida de blanco y negro como un arlequín; la señora de Bernhardt, que tenía acento argentino y aquella vez no estrenaba atuendo, y alguna más a la que no conocía. Todas acompañadas de sus esposos, todos agasajando al cuñadísimo mientras él se deshacía en sonrisas en medio del grupo compacto de germanos. Aquella vez, sin embargo, Beigbeder no interrumpió la charla y le dejó mantenerse en escena por sí mismo un tiempo prolongado.

30

La noche fue cayendo, se encendieron luces como de verbena. El ambiente seguía animado sin estridencias, la música suave y Rosalinda ausente. El grupo de alemanes se mantenía férreo en torno al invitado de honor, pero en algún momento las señoras se desgajaron de su lado y quedaron sólo cinco hombres extranjeros y el dignatario español. Parecían concentrados en la conversación y se pasaban algo de mano en mano juntando las cabezas, señalando con el dedo, comentando. Advertí que mi acompañante no dejaba de mirar hacia ellos disimuladamente.

—Parece que le interesan los alemanes.

—Me fascinan —dijo irónico—. Pero estoy atado de pies y manos.

Le repliqué alzando las cejas con gesto interrogatorio, sin entender qué quería decir. No me lo aclaró, sino que desvió el rumbo de la conversación hacia terrenos que, aparentemente, nada tenían que ver.

—¿Sería mucho descaro por mi parte pedirle un favor?

Lanzó la pregunta de forma casual, como cuando unos minutos antes me había preguntado si me apetecía un cigarrillo o una copa de cup de frutas.

—Depende —repliqué simulando también una despreocupación que no sentía. A pesar de que la noche estaba resultando moderadamente relajada, yo seguía sin encontrarme a gusto, incapaz de disfrutar de aquella fiesta ajena. Me preocupaba, además, la ausencia de Rosalinda; era muy extraño que no se hubiera dejado ver en ningún momento. Lo único que me faltaba era que el periodista me pidiera un nuevo favor incómodo: bastante había hecho ya accediendo a asistir a aquel acto.

—Se trata de algo muy simple —aclaró—. Tengo curiosidad por saber qué están mostrando los alemanes a Serrano, qué miran todos con tanta atención.

—¿Curiosidad personal o profesional?

—Ambas. Pero no puedo acercarme: ya sabe que los ingleses no les somos gratos.

—¿Me está proponiendo que me aproxime yo a echar un vistazo? —pregunté incrédula.

—Sin que se note mucho, a ser posible.

Estuve a punto de soltar una carcajada.

—No está hablando en serio, ¿verdad?

—Absolutamente. En eso consiste mi trabajo: busco información y medios para obtenerla.

—Y, ahora, como usted no puede conseguir esa información por sí mismo, desea que el medio sea yo.

—Pero no quiero abusar de usted, se lo prometo. Se trata de una simple propuesta, no tiene obligación alguna de aceptarla. Considérela tan sólo.

Le miré sin palabras. Parecía sincero y fiable pero, tal como había previsto Félix, probablemente no lo fuera. Todo era, al fin y al cabo, pura cuestión de intereses.

—De acuerdo, lo haré.

Intentó decir algo, un agradecimiento anticipado tal vez. No le dejé.

—Pero quiero algo a cambio —añadí.

—¿Qué? —preguntó extrañado. No esperaba que mi acción tuviera un precio.

—Averigüe dónde está la señora Fox.

—¿Cómo?

—Usted sabrá; para eso es periodista.

No esperé su réplica: acto seguido le di la espalda y me alejé preguntándome cómo demonios podría acercarme al grupo germano sin resultar demasiado descarada.

La solución se me presentó con la polvera que Candelaria me había regalado unos minutos antes de salir de casa. La saqué del bolso y la abrí. Mientras caminaba, fingí contemplar en ella una fracción de mi rostro adelantando una visita a la *toilette*. Sólo que, concentrada en el espejo, erré ligeramente el rumbo y, en vez de abrirme paso entre los huecos despejados, fui a chocar, qué mala suerte, contra la espalda del cónsul alemán.

Mi colisión ocasionó el cese brusco de la charla que el grupo mantenía y la caída de la polvera al suelo.

—Lo lamento muchísimo, no sabe cuánto lo siento, iba tan distraída... —dije con la voz cargada de falso azoramiento.

Cuatro de los presentes hicieron amago inmediato de agacharse a recogerla, pero uno fue más rápido que los demás. El más delgado de todos, el del pelo casi blanco peinado hacia atrás. El único español. El que tenía ojos de gato.

—Creo que se ha roto el espejo —anunció al alzarse—. Mire.

Miré. Pero antes de fijar la vista en el espejo resquebrajado, intenté identificar rápidamente lo que él, además de la polvera, sostenía entre sus dedos delgadísimos.

—Sí, parece que se ha roto —musité pasando con delicadeza el índice sobre la superficie astillada que él aún mantenía entre sus manos. Mi uña recién pintada se reflejó en ella cien veces.

Teníamos los hombros juntos y las cabezas cercanas, volcadas ambas sobre el pequeño objeto. Percibí la piel clara de su rostro apenas a unos centímetros, sus rasgos delicados y las sienes encanecidas, las cejas más oscuras, el fino bigote.

—Cuidado, no vaya a cortarse —dijo en voz baja.

Me demoré unos segundos aún, comprobé que la pastilla de polvos estaba intacta, que la borla quedaba en su sitio. Y, de paso, volví a mirar lo que él seguía manteniendo entre los dedos, lo que apenas unos minutos antes se habían pasado de mano en mano entre ellos. Fotografías. Se trataba de unas cuantas fotografías. Sólo pude ver la primera de ellas: personas que no reconocí, individuos formando un grupo compacto de rostros y cuerpos anónimos.

—Sí, creo que será mejor cerrarla —dije por fin.

—Tenga entonces.

Acoplé las dos partes con un sonoro clic.

—Es una lástima; es una polvera muy hermosa. Casi tanto como su dueña —añadió.

Acepté el piropo con un mohín coqueto y la más espléndida de mis sonrisas.

—No es nada, no se preocupe, de verdad.

—Ha sido un placer, señorita —dijo tendiéndome la mano. Noté que apenas pesaba.

—Lo mismo digo, señor Serrano —repliqué con un pestañeo—. Les reitero mis disculpas por la interrupción. Buenas noches, señores —añadí barriendo al resto del grupo con la mirada. Todos llevaban una cruz gamada en el ojal de la solapa.

—Buenas noches —repitieron los alemanes a coro.

Redirigí el rumbo imponiendo a mis andares toda la gracia que pude. Cuando intuí que ya no podían verme, agarré una copa de vino de la bandeja de un camarero, me la bebí de un trago y la lancé vacía entre los rosales.

Maldije a Marcus Logan por embarcarme en aquella estúpida aventura y me maldije a mí misma por haber aceptado. Había estado mucho más cerca de Serrano Suñer que cualquiera de los demás invitados: tuve su rostro prácticamente pegado al mío, nuestros dedos se habían rozado, su voz sonó en mi oído con una cercanía que casi había rayado en la intimidad. Me había expuesto ante él como una frívola atolondrada, feliz de ser por unos momentos objeto de la atención de su insigne persona cuando, en realidad, no tenía el menor interés en conocerle. Y todo para nada; para comprobar tan sólo que lo que el grupo había contemplado con aparente interés era un puñado de fotografías en las que no logré distinguir a una sola persona conocida.

Arrastré mi irritación por el jardín hasta que llegué a la puerta del edificio principal de la Alta Comisaría. Necesitaba localizar un lavabo: usar el retrete, lavarme las manos, distanciarme de todo siquiera unos minutos y sosegarme antes de volver a encontrarme con el periodista.

Seguí las indicaciones que alguien me dio: recorrí la entrada adornada con metopas y cuadros de oficiales de uniforme, giré a la derecha y avancé por un ancho corredor. Tercera puerta a la izquierda, me habían dicho. Antes de dar con ella, unas voces me alertaron sobre la situación de mi destino; apenas unos segundos después comprobé con mis propios ojos lo que pasaba. El suelo estaba encharcado, el agua parecía salir a borbotones de algún sitio del interior, de una cisterna reventada probablemente. Dos señoras protestaban airadas por el estropicio de sus zapatos y tres soldados se arrastraban por el suelo arrodillados, afanándose con trapos y toallas, intentando achicar unas aguas que no paraban de manar y que ya empezaban a invadir las baldosas del pasillo. Me quedé quieta ante la escena, llegaron refuerzos con brazadas de trapos, hasta sábanas me pareció que traían. Las invitadas se alejaron entre quejas y refunfuños, alguien se ofreció entonces a acompañarme a otro lavabo.

Seguí a un soldado a lo largo del corredor, en sentido inverso al camino de ida. Volvimos a atravesar el hall principal y nos adentramos en un nuevo pasillo, esta vez silencioso y con luz tenue. Giramos varias veces, a la izquierda primero, a la derecha después, de nuevo a la izquierda. Más o menos.

—¿Quiere la señora que la espere? —preguntó cuando llegamos.

—No hace falta. Encontraré el camino sola, gracias.

No estaba muy segura de ello, pero la idea de tener un centinela aguardando se me antojó enormemente incómoda, así que, con la escolta despachada, completé mis necesidades, repasé mi atuendo, me retoqué el pelo y me dispuse a salir. Pero me faltó el ánimo, me fallaron las fuerzas para enfrentarme de nuevo a la realidad. Decidí entonces regalarme unos minutos, unos instantes de soledad. Abrí la ventana y por ella entró la noche de África con olor a jazmín. Me senté en el alféizar y contemplé la sombra de las palmeras, a mis oídos llegó el sonido lejano de las conversaciones en el jardín delantero. Me entretuve sin hacer nada, saboreando la quietud y dejando que las preocupaciones se disiparan. En alguna esquina remota de mi cerebro, sin embargo, noté al cabo de un rato una llamada. Toc, toc, hora de regresar. Suspiré, me levanté y cerré la ventana. Había que volver al mundo. A mezclarme con aquellas almas con las que tan poco tenía que ver, a la cercanía del extranjero que me había arrastrado a aquella absurda fiesta y me había pedido el más extravagante de los favores. Contemplé por última vez mi imagen en el espejo, apagué la luz y salí.

Avancé por el pasillo oscuro, recorrí un recodo, otro luego, creí andar orientada. Me di entonces de bruces con una puerta doble que no creía haber visto antes. La abrí y tras ella hallé una sala oscura y vacía. Me había equivocado, ciertamente, así que opté por corregir el rumbo. Nuevo pasillo, ahora a la izquierda creí recordar. Pero erré de nuevo y me adentré en una zona menos noble, sin frisos de madera abrillantada ni generales al óleo en las paredes; es probable que avanzara camino de alguna zona de servicio. Tranquila, me dije sin gran convencimiento. La escena de la noche de las pistolas envuelta en un jaique y perdida por las callejuelas de la medina aleteó de pronto sobre mí. Me deshice de ella, retorné la atención a lo inmediato y cambié el rumbo una vez más. Y de pronto me encontré de nuevo en el punto de partida, junto al aseo. Falsa alarma, pues: ya no estaba perdida. Rememoré el momento de la llegada acompañada por el soldado y me ubiqué. Todo claro, problema resuelto, pensé encaminándome a la salida. Efectivamente, todo volvió a resultarme familiar. Una vitrina con armas antiguas, fotografías enmarcadas, banderas colgantes. Todo lo había percibido minutos atrás, todo era ya reconocible. Incluso las voces que sonaron tras el recodo que me disponía a doblar: las mismas que había oído en el jardín en la ridícula escena de la polvera.

—Aquí estaremos más cómodos, amigo Serrano; aquí podremos hablar con más tranquilidad. Es la sala donde normalmente nos recibe el coronel Beigbeder —dijo alguien con potente acento alemán.

—Perfecto —replicó tan sólo su interlocutor.

Me quedé inmóvil, sin aliento. Serrano Suñer y al menos un alemán se encontraban apenas a unos metros, aproximándose por un tramo de pasillo que formaba ángulo recto con el corredor por el que yo avanzaba. En cuanto ellos o yo dobláramos el recodo, quedaríamos frente a frente. Me temblaban las piernas con sólo pensar en ello. En realidad, no tenía nada que ocultar; no había razón por la que debiera temer el encuentro. Excepto que carecía de fuerzas para simular una pose fingida otra vez, para hacerme pasar de nuevo por una necia atolondrada y dar patéticas explicaciones sobre cisternas rotas y charcos de agua a fin de justificar mi solitario deambular por los pasillos de la Alta Comisaría en medio de la noche. Sopesé las opciones en menos de un segundo. No había tiempo para deshacer lo andado y debía a toda costa evitar encontrármelos cara a cara, por lo que no podía ir hacia atrás ni tampoco avanzar hacia delante. Así las cosas, la única solución estaba en línea trasversal: a un lado, en forma de una puerta cerrada. Sin pensarlo más, la abrí y me metí dentro.

La estancia estaba a oscuras, pero por las ventanas entraban resquicios de luz nocturna. Apoyé la espalda contra la puerta, a la espera de que Serrano y su compañía pasaran por delante y desaparecieran para que yo pudiera salir y seguir mi camino. El jardín con sus luces de verbena, el arrullo de las conversaciones y la solidez imperturbable de Marcus Logan se me antojaron de pronto como un destino similar al paraíso, pero me temía que aún no era el momento de alcanzarlo. Respiré con fuerza, como si con cada bocanada intentara sacar del cuerpo un pedazo de mi angustia. Fijé la vista en el refugio y entre las sombras distinguí sillas, sillones y una librería acristalada junto a la pared. Había más muebles, pero no pude detenerme a identificarlos porque en ese momento otro asunto atrajo mi atención. Cerca de mí, tras la puerta.

—Ya hemos llegado —anunció la voz germana acompañada del ruido del picaporte al accionarse.

Me alejé con zancadas presurosas y alcancé un lateral de la sala en el momento en que la hoja empezó a entreabrirse.

—¿Dónde estará el interruptor? —oí decir mientras me escabullía detrás de un sofá. En el mismo instante en el que la luz se encendió, mi cuerpo tocó el suelo.

—Bueno, ya estamos aquí. Siéntese, amigo, por favor.

Quedé tumbada boca abajo, con el lado izquierdo del rostro apoyado sobre el frío de las baldosas, la respiración contenida y los ojos como platos, cuajados de pavor. Sin atreverme a tomar aire, a tragar saliva o a mover una pestaña. Como una estatua de mármol, como un fusilado sin rematar.

El alemán parecía actuar como anfitrión y se dirigía a un único interlocutor; lo supe porque sólo oí dos voces y porque, por debajo del sofá, desde mi inesperado escondite y entre las patas de los muebles, sólo atisbé dos pares de pies.

—¿Sabe el alto comisario que estamos aquí? —preguntó Serrano.

—Está ocupado atendiendo a los invitados; ya hablaremos con él más tarde si así lo desea —respondió vagamente el alemán.

Los oí sentarse: se acomodaron los cuerpos, crujieron los muelles. El español lo hizo en un sillón individual; vi el final de su pantalón oscuro con la raya bien planchada, sus calcetines negros rodeando los tobillos delgados que se perdían dentro de un par de zapatos abrillantados a conciencia. El alemán se instaló frente a él, en el lado derecho del mismo sofá tras el que yo estaba escondida. Sus piernas eran más gruesas y el calzado, menos fino. Si hubiera estirado mi brazo, casi habría podido hacerle cosquillas.

Hablaron durante un rato largo; no pude calcular el tiempo con exactitud, pero fue lo suficiente como para que el cuello me doliera hasta rabiar, para que me entraran unas ganas enormes de rascarme y para contener a duras penas las ganas de gritar, de llorar, de salir corriendo. Se oyó el ruido de los encendedores y la habitación se llenó de humo de cigarrillos. Desde la altura del suelo vi las piernas de Serrano cruzarse y descruzarse incontables veces; el alemán, en cambio, apenas se movió. Intenté domar el miedo, encontrar la postura menos incómoda y rogar al cielo que ninguno de los miembros del cuerpo me exigiera un movimiento inesperado.

Mi campo de visión era mínimo y la capacidad de movimiento, nula. Tan sólo tenía acceso a aquello que flotaba en el aire y me entraba por los oídos: a aquello de lo que hablaban. Me concentré entonces en el hilo de la conversación: ya que no había conseguido obtener ninguna información interesante en el encontronazo con la polvera, pensé que quizá aquello fuera de interés para el periodista. O, al menos, así me mantendría distraída y evitaría que la mente se me trastornara tanto que acabara perdiendo el sentido de la realidad.

Les oí hablar sobre instalaciones y transmisiones, sobre buques y aeronaves, cantidades de oro, marcos alemanes, pesetas, cuentas bancarias. Firmas y plazos, suministros, seguimientos; contrapesos de poder, nombres de empresas, puertos y lealtades. Supe que el alemán era Johannes Bernhardt, que Serrano se escudaba en Franco para presionar con más fuerza o evitar avenirse a algunas condiciones. Y, aunque me faltaban datos para entender del todo el trasfondo de la situación, intuí que los dos hombres tenían un interés parejo en que aquello sobre lo que discutían prosperara.

Y prosperó. Llegaron a un acuerdo finalmente; se levantaron después y zanjaron su trato con un apretón de manos que yo sólo oí y no alcancé a ver. Sí vi, en cambio, los pies moverse en dirección a la salida, el alemán cediendo el paso al invitado, otra vez haciendo de anfitrión. Antes de marchar, Bernhardt lanzó una pregunta.

—¿Hablará usted de esto con el coronel Beigbeder, o prefiere que se lo diga yo mismo?

Serrano no respondió de inmediato, antes le oí encender un cigarrillo. El enésimo.

—¿Cree usted imprescindible hacerlo? —dijo tras expulsar el primer humo.

—Las instalaciones se ubicarán en el Protectorado español, supongo que él debería tener algún conocimiento al respecto.

—Déjelo entonces a mi cargo. El Caudillo le informará directamente. Y, sobre los términos del acuerdo, mejor no difunda ningún detalle. Que quede entre nosotros —añadió a la vez que se apagaba la luz.

Dejé pasar unos minutos, hasta que calculé que ya estarían fuera del edificio. Me levanté entonces con cautela. De su presencia en la estancia tan sólo quedaba el denso olor a tabaco y la intuición de un cenicero repleto de colillas. Fui, sin embargo, incapaz de bajar la guardia. Me reajusté la falda y la chaqueta y me acerqué a la puerta andando de puntillas con sigilo. Acerqué la mano al pomo lentamente, como si temiera que su contacto me fuera a propinar un latigazo, temerosa de salir al pasillo. No llegué a tocar el picaporte, sin embargo: cuando estaba a punto de rozarlo con los dedos, percibí que alguien lo estaba manipulando desde fuera. Con un movimiento automático me eché hacia atrás y me apoyé contra la pared con todas mis fuerzas, como si quisiera fundirme con ella. La puerta se abrió de golpe casi dándome en la cara, la luz se encendió apenas un segundo después. No pude ver quién entraba, pero sí oí su voz maldiciendo entre dientes.

—A ver dónde se ha dejado el cabrón este la puta pitillera.

Aun sin verle, intuí que no era más que un simple soldado cumpliendo una orden con desgana, recuperando un objeto olvidado por Serrano o Bernhardt, no supe a cuál de los dos dirigió el muchacho su epíteto. La oscuridad y el silencio regresaron en unos segundos, pero no logré recuperar el coraje necesario para aventurarme al pasillo. Por segunda vez en mi vida, obtuve la salvación saltando por una ventana.

Regresé al jardín y, para mi sorpresa, encontré a Marcus Logan en animada charla con Beigbeder. Intenté retroceder, pero fue demasiado tarde: él ya me había visto y reclamaba mi presencia junto a ellos. Me acerqué intentando que no percibieran mi nerviosismo: tras lo que acababa de pasar, una escena íntima con el alto comisario era lo último que me faltaba.

—Así que usted es la hermosa amiga modista de mi Rosalinda —dijo recibiéndome con una sonrisa.

Tenía un puro en una mano, pasó el otro brazo sobre mis hombros con familiaridad.

—Me alegro mucho de conocerla por fin, querida. Es una lástima que nuestra Rosalinda se encuentre indispuesta y no haya podido unirse a nosotros.

—¿Qué le ocurre?

Con la mano que sostenía el habano se dibujó un remolino en el estómago.

—Problemas de intestinos. Le afectan en épocas de nervios y estos días hemos estado tan ocupados atendiendo a nuestro huésped que la pobrecita mía apenas ha tenido un minuto de tranquilidad.

Hizo un gesto para que Marcus y yo acercáramos nuestras cabezas a la suya y bajó el tono con supuesta complicidad.

—Gracias a Dios, el cuñado se va mañana; creo que sería incapaz de soportarle un día más.

Remató su confidencia con una sonora carcajada y nosotros le imitamos simulando una gran risa también.

—Bueno, queridos, he de marcharme —dijo consultando el reloj—. Me encanta su compañía, pero el deber me reclama: ahora vienen los himnos, los discursos y toda esa parafernalia: la parte más aburrida, sin duda. Vaya a ver a Rosalinda cuando pueda, Sira: agradecerá su visita. Y usted también pásese por su casa, Logan, le vendrá bien la compañía de un compatriota. A ver si conseguimos cenar alguna noche los cuatro en cuanto todos nos relajemos un poco. God save the king! —añadió a modo de despedida alzando la mano con gesto teatral. Y, acto seguido, sin mediar una palabra más, se giró y se fue.

Permanecimos unos segundos en silencio, viéndole marchar, incapaces de encontrar un adjetivo para calificar la singularidad del hombre que acababa de dejarnos.

—Llevo buscándola casi una hora, ¿dónde se ha metido? —preguntó finalmente el periodista con la mirada aún fija en la espalda del alto comisario.

—Andaba resolviéndole la vida, lo que usted me ha pedido, ¿no?

—¿Significa eso que logró ver lo que se pasaban de mano en mano en el grupo?

—Nada importante. Retratos de familia.

—Vaya, mala suerte.

Hablábamos sin mirarnos, ambos con la vista concentrada en Beigbeder.

—Pero me he enterado de otras cosas que tal vez le interesen —anuncié entonces.

—¿Por ejemplo?

—Acuerdos. Intercambios. Negocios.

—¿Acerca de qué?

—Antenas —aclaré—. Grandes antenas. Tres. De unos cien metros de altura, sistema consol y marca Electro-Sonner. Los alemanes quieren instalarlas para interceptar el tráfico aéreo y marítimo en el Estrecho y contrarrestar la presencia de los ingleses en Gibraltar. Están negociando su montaje junto a las ruinas de Tamuda, a unos kilómetros de aquí. A cambio de la autorización expresa de Franco, el ejército nacional recibirá un crédito sustancioso del gobierno alemán. Toda la gestión se hará a través de la empresa HISMA, de la que es socio principal Johannes Bernhardt, que es con quien Serrano ha cerrado el acuerdo. A Beigbeder intentan mantenerlo al margen, quieren ocultarle el asunto.

—My goodness —murmuró en su lengua—. ¿Cómo lo ha averiguado?

Seguíamos sin dirigirnos la mirada, ambos aparentemente atentos aún al alto comisario, que avanzaba entre saludos hacia una tribuna engalanada sobre la que alguien estaba colocando un micrófono.

—Porque, casualmente, yo estaba en la misma habitación donde se ha cerrado el trato.

—¿Han cerrado el trato delante de usted? —preguntó incrédulo.

—No, descuide; no me han visto. Es una historia un poco larga, ya se la contaré en otro momento.

—De acuerdo. Dígame algo más, ¿han hablado de fechas?

Rechinó el micrófono con estridencia desagradable. Probando, probando, dijo una voz.

—Las piezas ya están listas en el puerto de Hamburgo. En cuanto obtengan la firma del Caudillo, las desembarcarán en Ceuta y comenzarán el montaje.

En la distancia vimos al coronel subir dinámico a la tarima, llamando a Serrano con un gesto grandilocuente para que le acompañara. Seguía sonriendo, saludando confiado. Lancé a Logan entonces un par de preguntas.

—¿Cree que Beigbeder debería enterarse de que le están dejando de lado? ¿Cree que yo debería decírselo a Rosalinda?

Se lo pensó antes de responder, con la vista todavía centrada en los dos hombres que ahora, juntos, recibían los aplausos fervorosos de la concurrencia.

—Supongo que sí, que a él le convendría saberlo. Pero creo que es mejor que la información no le llegue a través de usted y de la señora Fox, podría comprometerla. Déjelo a mi cargo, yo veré la mejor manera de transmitírselo; usted no diga nada a su amiga, ya encontraré yo la ocasión.

Transcurrieron unos segundos más de silencio, como si él aún estuviera rumiando todo lo que acababa de oír.

—¿Sabe una cosa, Sira? —preguntó volviéndose por fin hacia mí—. Aún no sé cómo lo ha hecho, pero ha conseguido una información magnífica, mucho más interesante de lo que en principio imaginé que podría obtener en una recepción como ésta. No sé cómo agradecérselo...

—De una manera muy sencilla —interrumpí.

—¿Cuál?

En ese mismo momento, la orquesta jalifiana arrancó con brío el *Cara al sol* y decenas de brazos se alzaron de inmediato como movidos por un resorte. Me puse de puntillas y pegué mi boca a su oído.

—Sáqueme de aquí.

Ni una palabra más, tan sólo su mano tendida. La agarré con fuerza y nos escurrimos hacia el fondo del jardín. Tan pronto como intuimos que nadie podía vernos, echamos a correr entre las sombras.

31

El mundo se puso en marcha a la mañana siguiente con un ritmo distinto. Por primera vez en varias semanas, no madrugué, no bebí un café precipitado ni me instalé de inmediato en el taller rodeada de apremios y quehaceres. Lejos de volver a la actividad frenética de los días anteriores, comencé el día con el largo baño interrumpido la tarde anterior. Y después, dando un paseo, fui a casa de Rosalinda.

De las palabras de Beigbeder deduje que su malestar sería algo leve y pasajero, un trastorno inoportuno nada más. Esperaba por eso encontrar a mi amiga como siempre, dispuesta a que le contara todos los detalles del evento que se perdió y ansiosa por disfrutar con los comentarios sobre los trajes que las asistentes llevaban, quién fue la más elegante, quién la menos.

Una sirvienta me condujo a su habitación, aún estaba ella en la cama, entre almohadones, con las contraventanas cerradas y un olor espeso a tabaco, medicamentos y falta de ventilación. La casa era amplia y hermosa: arquitectura moruna, muebles ingleses y un caos exótico en el que, sobre las alfombras y el capitoné de los sofás, convivían discos de pizarra fuera de sus fundas, sobres con la leyenda *air mail,* foulards de seda olvidados y tazas de porcelana de Staffordshire con el té ya frío sin terminar de beber.

Aquella mañana, sin embargo, Rosalinda respiraba de todo menos glamour.

—¿Cómo estás? —Intenté que mi voz no sonara excesivamente

preocupada. Tenía, no obstante, razones para estarlo habida cuenta de su imagen: pálida, ojerosa, con el pelo sucio, derrumbada como un peso muerto en una cama mal hecha cuya ropa se arrastraba por el suelo.

—Fatal —respondió con humor de perros—. Estoy muy mal, pero siéntate aquí cerca —ordenó dando una palmada sobre la cama—. No es nada contagioso.

—Juan Luis me dijo anoche que es un problema de intestinos —dije obedeciéndola. Antes tuve que retirar varios pañuelos arrugados, un cenicero lleno de cigarrillos a medio fumar, los restos de un paquete de galletas de mantequilla y un buen montón de migas.

—That's right, pero eso no es lo peor. Juan Luis no lo sabe todo. Se lo diré esta tarde, no quise importunarle en el último día de la visita de Serrano.

—¿Qué es lo peor, entonces?

—Esto —dijo furiosa agarrando con dedos como garfios lo que parecía un telegrama—. Esto es lo que me ha hecho enfermar, no los preparativos de la visita. Esto es lo peor de todo.

La miré perpleja y entonces me sintetizó su contenido.

—Lo recibí ayer. Peter llega en seis semanas.

—¿Quién es Peter? —No recordaba a nadie con ese nombre entre sus amistades.

Me miró como si acabara de oír la más absurda de las preguntas.

—Quién va a ser, Sira, por Dios: Peter es mi marido.

Peter Fox tenía previsto llegar a Tánger a bordo de un barco de la P&O, dispuesto a pasar una larga temporada con su mujer y su hijo después de casi cinco años sin apenas saber nada de ellos. Aún vivía en Calcuta, pero había decidido visitar temporalmente Occidente, tal vez tanteando opciones para el abandono definitivo de la India imperial, cada vez más revuelta con los movimientos independentistas de los nativos, según contó Rosalinda. Y qué mejor perspectiva para ir sopesando las posibilidades de una potencial mudanza que la reunificación de la familia en el nuevo mundo de su mujer.

—¿Y se va a quedar aquí, en tu casa? —pregunté sin dar crédito.

Encendió un cigarrillo y, mientras aspiraba el humo con ansia, hizo un enfático gesto afirmativo.

—Of course he will. Es mi marido: tiene todo el derecho.

—Pero yo pensé que estabais separados...

—De hecho, sí. Legalmente, no.

—¿Y nunca te has planteado divorciarte?

Volvió a dar una chupada impetuosa al pitillo.

—Un millón de millones de veces. Pero él se niega.

Me relató entonces los avatares de aquella disonante relación y descubrí con ello a una Rosalinda más vulnerable, más quebradiza. Menos irreal y más cercana a las complicaciones terrenales de los residentes en el mundo de los humanos.

—Me casé a los dieciséis años; él tenía entonces treinta y cuatro. Yo había estado cinco cursos seguidos en un internado en Inglaterra; dejé la India cuando era aún una niña y regresé convertida en una joven en edad casi casadera, loca por no perderme ninguna de las constantes fiestas de la Calcuta colonial. En la primera de ellas me presentaron a Peter, era amigo de mi padre. Me pareció el más atractivo de todos los hombres que había conocido en mi vida; obviously, había conocido a muy pocos, por no decir a ninguno. Era divertido, capaz de las más impensables aventuras y de animar cualquier reunión. Y, a la vez, maduro, vivido, miembro de una aristocrática familia inglesa instalada en la India desde tres generaciones atrás. Me enamoré como una imbécil o, al menos, eso creí. Cinco meses más tarde estábamos casados. Nos instalamos en una casa magnífica con establos, pistas de tenis y catorce habitaciones para el servicio; hasta teníamos a cuatro niños indios permanentemente uniformados para hacer de recogepelotas por si se nos ocurría algún día jugar un partido, imagínate. Nuestra vida estaba llena de actividad: me encantaba bailar y montar a caballo, y era tan hábil con el rifle como con los palos de golf. Vivíamos inmersos en un imparable carrusel de fiestas y recepciones. Y, además, nació Johnny. Construimos un mundo idílico dentro de otro mundo igualmente fastuoso, pero tardé poco en darme cuenta de la fragilidad sobre la que todo aquello se sostenía.

Detuvo su soliloquio y quedó con la vista colgada en el vacío, como reflexionando unos instantes. Después apagó el cigarrillo en el cenicero y prosiguió.

—A los pocos meses de dar a luz, empecé a notar un cierto malestar en el estómago. Me examinaron y al principio me dijeron que no había ningún motivo de preocupación, que mis molestias simplemente respondían a los naturales problemas de salud a los que estamos expuestos los no nativos en esos climas tropicales que nos son tan ajenos. Pero cada vez me encontraba peor. Los dolores aumentaban, empezó a subirme la fiebre a diario. Decidieron operarme y no encontraron nada anormal, pero no mejoré. Cuatro meses después, a la vista de mi imparable empeoramiento, volvieron a examinarme con rigor y por fin pudieron poner un nombre a mi enfermedad: tuberculosis bovina en una de sus formas más agresivas, contraída a través de la leche de una vaca infectada que compramos después de nacer Johnny a fin de poder tener leche fresca para mi recuperación. El animal había enfermado y muerto tiempo atrás, pero el veterinario no encontró nada anormal cuando entonces lo examinó, como tampoco fueron los médicos capaces de percibir nada en mí, porque la tuberculosis bovina es tremendamente difícil de diagnosticar. Pero hace que se formen tubérculos; algo así como nódulos, como bultos en el intestino que lo van comprimiendo.

—¿Y?

—Y te conviertes en un enfermo crónico.

—¿Y?

—Y cada nueva mañana que abres los ojos, das gracias al cielo por permitirte seguir viva un día más.

Intenté esconder mi desconcierto tras una nueva pregunta.

—¿Cómo reaccionó tu marido?

—Oh, wonderfully! —dijo sarcástica—. Los médicos que me vieron me aconsejaron volver a Inglaterra; pensaban, aunque sin gran optimismo, que tal vez en un hospital inglés pudieran hacer algo por mí. Y Peter no pudo estar más de acuerdo.

—Pensando en tu bien, probablemente...

Una áspera carcajada me impidió terminar la frase.

—Peter, darling, jamás piensa en otro bien más allá del suyo propio. Enviarme lejos fue la mejor de las soluciones pero, más que para mi salud, lo era para su propio bienestar. Se desentendió de mí, Sira. Dejé de resultarle divertida, ya no era un precioso trofeo al que pasear por los clubes, las fiestas y las cacerías; la joven esposa hermosa y divertida se había convertido en una carga defectuosa de la que había que deshacerse cuanto antes. Así que, en cuanto pude tenerme de nuevo en pie, nos sacó pasajes a Johnny y a mí para Inglaterra. Ni siquiera se dignó a acompañarnos. Con la excusa de que quería que su esposa recibiera el mejor tratamiento médico posible, embarcó a una mujer gravemente enferma que aún no había cumplido los veinte años y a un niño que apenas sabía andar. Como si fuéramos un par de bultos de equipaje más. Bye-bye, hasta nunca, queridos.

Un par de gruesas lágrimas descendieron por sus mejillas, se las quitó con el dorso de la mano.

—Nos echó de su lado, Sira. Me repudió. Me mandó a Inglaterra para, pura y simplemente, librarse de mí.

Se instaló entre nosotras un silencio triste, hasta que ella recobró fuerzas y prosiguió.

—A lo largo del viaje, Johnny empezó a tener fiebres altas y convulsiones; resultó ser una forma virulenta de malaria; necesitó después estar dos meses ingresado hasta su recuperación. Mi familia me acogió entretanto; mis padres también habían vivido mucho tiempo en la India, pero habían regresado el año anterior. Pasé al principio unos meses moderadamente tranquilos, el cambio de clima pareció sentarme bien. Pero después empeoré: tanto que las pruebas médicas mostraron que el intestino se me había encogido casi hasta el punto de la contracción total. Descartaron la cirugía y decidieron que sólo con el reposo absoluto podría tal vez obtener una mínima recuperación. De esa manera, se suponía que los organismos que me invadían no seguirían avanzando por el resto de mi cuerpo. ¿Sabes en qué consistió aquella primera temporada de reposo?

Ni lo sabía ni podía imaginarlo.

—Seis meses atada a una tabla, con correas de cuero inmovilizándome a la altura de los hombros y los muslos. Seis meses enteros, con sus días y sus noches.

—¿Y mejoraste?

—Just a bit. Muy poco. Entonces mis médicos decidieron mandarme a Leysin, en Suiza, a un sanatorio para tuberculosos. Como Hans Castorp en *La montaña mágica,* de Thomas Mann.

Intuí que se trataba de algún libro, así que, antes de que me preguntara si lo había leído, me adelanté para que prosiguiera con su historia.

—¿Y Peter, entretanto?

—Pagó las facturas de hospital y estableció la rutina de enviarnos treinta libras mensuales para nuestro mantenimiento. Nada más. Absolutamente nada más. Ni una carta, ni un cable, ni un recado a través de conocidos ni, por supuesto, la menor intención de visitarnos. Nada, Sira, nada. Nunca más volví a saber de él personalmente. Hasta ayer.

—¿Y qué hiciste con Johnny mientras? Debió de ser duro para él.

—Estuvo conmigo todo el tiempo en el sanatorio. Mis padres insistieron en quedárselo, pero yo no acepté. Contraté a una niñera alemana para que lo entretuviera y lo sacara a pasear, pero comía y dormía en mi habitación a diario. Fue una experiencia un poco triste para un niño tan pequeño, pero por nada del mundo quería que estuviera separado de mí. Ya había perdido en cierto modo a su padre; habría sido demasiado cruel castigarle también con la ausencia de su madre.

—¿Y funcionó el tratamiento?

Una pequeña carcajada le iluminó momentáneamente la cara.

—Me aconsejaron pasar ocho años internada, pero sólo pude resistir ocho meses. Después pedí el alta voluntaria. Me dijeron que era una insensata, que aquello me mataría; tuve que firmar un millón de papeles eximiendo al sanatorio de responsabilidades. Mi madre se ofreció a recogerme en París para hacer juntas la vuelta a casa. Y entonces, en ese viaje de retorno, tomé dos decisiones. La primera, no volver a hablar de mi enfermedad. De hecho, en los últimos años, sólo Juan Luis y tú habéis sabido de ella por mí. Decidí que la tuberculosis tal vez pudiera machacar mi cuerpo, pero no mi espíritu, así que opté por mantener fuera de mi pensamiento la idea de que era una enferma.

—¿Y la segunda?

—Empezar una vida nueva como si estuviera sana al cien por cien. Una vida fuera de Inglaterra, al margen de mi familia y de los amigos y conocidos que automáticamente me asociaban con Peter y con mi condición de enferma crónica. Una vida distinta que no incluyera en principio más que a mi hijo y a mí.

—Y entonces fue cuando te decidiste por Portugal...

—Los médicos me recomendaron que me instalara en algún lugar templado: el sur de Francia, España, Portugal, tal vez el norte de Marruecos; algo a medias entre el excesivo calor tropical de la India y el miserable clima inglés. Me diseñaron una dieta, me recomendaron tomar mucho pescado y poca carne, descansar al sol todo lo posible, no hacer ejercicio físico y evitar las alteraciones emocionales. Alguien me habló entonces de la colonia británica en Estoril y decidí que aquel sitio podría ser en principio tan bueno como cualquier otro. Y allá fui.

Todo encajaba ya mucho mejor en el mapa mental que me había construido para entender a Rosalinda. Las piezas empezaban a ensamblarse unas con otras, ya no eran trozos de vida independientes y difícilmente acoplables. Todo empezaba ya a tener sentido. Deseé con todas mis fuerzas que las cosas le fueran bien: ahora que por fin sabía que su existencia no había sido un camino de rosas, la creí más merecedora de un destino feliz.

32

Al día siguiente acompañé a Marcus Logan a visitar a Rosalinda. Como en la noche de la recepción de Serrano, volvió a recogerme en mi casa y de nuevo caminamos juntos por las calles. Algo, sin embargo, había cambiado entre nosotros. La huida precipitada de la recepción de la Alta Comisaría, aquella carrera impulsiva a través de los jardines y el paseo ya sosegado entre las sombras de la ciudad en la madrugada habían lógrado resquebrajar en cierta manera mis reticencias hacia él. Tal vez fuera de fiar, tal vez no; quizá nunca lo supiera. Pero, en cierta manera, aquello ya me daba igual. Sabía que se estaba esforzando en la evacuación de mi madre; sabía también que era atento y cordial conmigo, que se sentía a gusto en Tetuán. Y aquello era más que suficiente: no necesita saber de él nada más ni avanzar en ninguna otra dirección porque el día de su marcha no tardaría en llegar.

Aún la encontramos en la cama, pero con un aspecto más entonado. Había mandado arreglar la habitación, se había bañado, las contraventanas estaban ya abiertas y la luz entraba a raudales desde el jardín. Al tercer día se mudó del lecho a un sofá. Al cuarto cambió el camisón de seda por un vestido floreado, fue a la peluquería y volvió a agarrar las riendas de su vida.

Aunque su salud aún seguía trastocada, tomó la decisión de aprovechar al límite el tiempo que restaba hasta la llegada de su marido, como si aquellas semanas fueran las últimas que le quedaban por vivir. De nuevo asumió el papel de gran anfitriona, creando el clima ideal para que Beigbeder pudiera dedicarse a las relaciones públicas en un ambiente distendido y discreto, confiando ciegamente en el buen hacer de su amada. Nunca supe, sin embargo, cómo interpretaban muchos de los asistentes el hecho de que aquellos encuentros fueran ofrecidos por la joven amante inglesa y que el alto comisario del bando pro alemán se sintiera en ellas como en casa. Pero Rosalinda mantenía en pie su intención de acercar a Beigbeder a los británicos y muchas de aquellas recepciones menos protocolarias estuvieron destinadas a tal fin.

A lo largo de aquel mes, como ya había hecho antes y volvería a hacer después, invitó en varias ocasiones a sus amigos compatriotas de Tánger, a miembros del cuerpo diplomático, a agregados militares alejados de la órbita italogermana y a representantes de instituciones multinacionales de peso y caudal. Organizó también una fiesta para las autoridades gibraltareñas y para oficiales de un buque de guerra británico atracado en la roca, como ella llamaba al peñón. Y entre todos aquellos invitados circularon Juan Luis Beigbeder y Rosalinda Fox con un cóctel en una mano y un cigarrillo en la otra, cómodos, relajados, hospitalarios y cariñosos. Como si nada pasara; como si en España no siguieran matándose entre hermanos y Europa no anduviera ya calentando motores para la peor de sus pesadillas.

Llegué a estar varias veces cerca de Beigbeder y de nuevo fui testigo de su peculiar manera de ser. Solía ponerse prendas morunas a menudo, a veces unas babuchas, a veces una chilaba. Era simpático, desinhibido, un punto excéntrico y, por encima de todo, adoraba a Rosalinda hasta el extremo y así lo repetía ante cualquiera sin el menor rubor. Marcus Logan y yo, entretanto, seguimos viéndonos con asiduidad, ganando simpatía y un acercamiento afectivo que yo me esforzaba día a día por contener. De no haberlo hecho, probablemente aquella incipiente amistad no habría tardado en desembocar en algo mucho más pasional y profundo. Pero peleé porque aquello no ocurriera y mantuve férrea mi postura para que lo que nos empezaba a unir no fuera más allá. Las heridas causadas por Ramiro aún no se habían cerrado del todo; sabía que Marcus tampoco tardaría en marcharse y no quería volver a sufrir. Con todo, juntos nos convertimos en presencias asiduas en los eventos de la villa del paseo de las Palmeras, a veces incluso se nos unió un Félix exultante, feliz por integrarse en aquel mundo ajeno tan fascinante para él. En alguna ocasión salimos en bandada de Tetuán: Beigbeder nos invitó en Tánger a la inauguración del diario *España*, aquel periódico creado por iniciativa suya para transmitir hacia el mundo lo que los de su causa querían contar. Alguna otra vez viajamos los cuatro —Marcus, Félix, Rosalinda y yo— en el Dodge de mi amiga por el mero *plaisir* de hacerlo: para ir a Saccone & Speed en busca de suministros de buey irlandés, bacon y ginebra; a bailar en Villa Harris, a ver una película americana en el Capitol y a encargar los tocados más despampanantes en el taller de Mariquita la Sombrerera.

Y paseamos por la blanca medina de Tetuán, comimos cuscús, jarira y chuparquías, trepamos el Dersa y el Gorgues, y fuimos a la playa de Río Martín y al parador de Ketama, entre pinos y aún sin nieve. Hasta que el tiempo se agotó y lo indeseado se hizo presente. Y sólo entonces confirmamos que la realidad puede superar las más negras expectativas. Así me lo hizo saber la misma Rosalinda apenas una semana después de la llegada de su marido.

—Es mucho peor de lo que había imaginado —dijo desplomándose en un sillón nada más entrar en mi taller.

Esta vez no parecía ofuscada, sin embargo. No estaba iracunda como cuando recibió la noticia. Esta vez tan sólo irradiaba tristeza, agotamiento y decepción: una densa y oscura decepción. Por Peter, por la situación en la que se veían inmersos, por ella misma. Tras media docena de años vagando sola por el mundo, creía estar preparada para todo; pensaba que la experiencia vital que a lo largo de ellos había acumulado le habría aportado los recursos necesarios para hacer frente a todo tipo de adversidades. Pero Peter resultó mucho más duro de lo previsto. Todavía asumía con ella su papel posesivo de padre y marido a la vez, como si no llevaran todos aquellos años viviendo separados; como si nada hubiera pasado en la vida de Rosalinda desde que se casó con él cuando aún era casi una niña. Le reprochaba la manera relajada en que estaba educando a Johnny: le disgustaba que no asistiera a un buen colegio, que saliera a jugar con los niños vecinos sin una niñera cerca y que, por toda práctica deportiva, se dedicara a lanzar piedras con el mismo buen tino que todos los moritos de Tetuán. Se quejaba también de la falta de programas de radio de su gusto, de la inexistencia de un club en el que poder reunirse con compatriotas, de que nadie hablara inglés a su alrededor y de la dificultad para conseguir prensa británica en aquella ciudad aislada.

No todo disgustaba al exigente Peter, sin embargo. De su entera satisfacción resultaron la ginebra Tanqueray y el Johnny Walker Black Label que en Tánger aún se conseguían por entonces a precio irrisorio. Solía beber al menos una botella de whisky diaria, convenientemente aderezada por un par de cócteles de ginebra antes de cada comida. Su tolerancia con el alcohol era asombrosa, equiparable casi al cruel trato que confería al servicio doméstico. Les hablaba con desagrado en inglés sin molestarse en asimilar que ellos no entendían ni una palabra de su idioma, y cuando por fin resultaba evidente que no le comprendían, les gritaba en hindustani, la lengua de sus antiguos empleados en Calcuta, como si la condición de servir al amo tuviera un lenguaje universal. Para su gran sorpresa, uno a uno fueron dejando de aparecer por la casa. Todos, desde los amigos de su mujer hasta el más humilde de los criados, supimos en pocos días la calaña de ser a la que Peter Fox pertenecía. Egoísta, irracional, caprichoso, borracho, arrogante y déspota: imposible encontrar menos atributos positivos en una sola persona.

Beigbeder, obviamente, dejó de pasar gran parte de su tiempo en casa de Rosalinda, pero siguieron viéndose a diario en otros sitios: en la Alta Comisaría, en escapadas a los alrededores. Para sorpresa de muchos —entre ellos yo misma—, Beigbeder dispensó en todo momento al marido de su amante un trato del todo exquisito. Le organizó un día de pesca en la desembocadura del río Smir y una cacería de jabalíes en Jemis de Anyera. Le facilitó el transporte a Gibraltar para que pudiera beber cerveza inglesa y hablar de polo y cricket con sus compatriotas. Hizo todo lo posible, en fin, por portarse con él como su cargo requería ante un invitado extranjero tan especial. Sus personalidades, sin embargo, no podían ser más dispares: resultaba curioso comprobar lo distintos que eran aquellos dos hombres tan significativos en la vida de la misma mujer. Tal vez por ello, precisamente, nunca llegaron a chocar.

—Peter considera a Juan Luis un español atrasado y orgulloso; como un anticuado caballero español caído de un cuadro del Siglo de Oro —me explicó Rosalinda—. Y Juan Luis piensa de Peter que es un snob, un incomprensible y absurdo snob. Son como dos líneas paralelas: nunca podrán entrar en conflicto porque jamás encontrarán un punto de encuentro. Con la única diferencia de que para mí, como hombre, Peter no le llega a Juan Luis ni a la altura del talón.

—¿Y nadie le ha contado a tu marido nada de lo vuestro?

—¿De nuestra relación? —preguntó mientras encendía un cigarrillo y apartaba de su ojo la melena—. Imagino que sí, que alguna lengua viperina se habrá acercado a su oído para soltarle algún veneno, pero a él le da exactamente igual.

—No entiendo cómo.

Se encogió de hombros.

—Yo tampoco, pero mientras no tenga que pagar casa y a su alrededor encuentre sirvientes, alcohol abundante, comida caliente y deportes sangrientos, creo que todo lo demás le es indiferente. Distinto sería si aún viviéramos en Calcuta; allí imagino que se esforzaría por mantener las formas mínimamente. Pero aquí no le conoce nadie; éste no es su mundo, así que le trae al fresco cualquier cosa que le cuenten sobre mí.

—Sigo sin comprenderlo.

—Lo único cierto, darling, es que no le importo en absoluto —dijo con una mezcla de sarcasmo y tristeza—. Cualquier cosa tiene para él más valor que yo: una mañana de pesca, una botella de ginebra o una partida de cartas. Yo no le he importado jamás; lo raro sería que empezara a hacerlo ahora.

Y mientras Rosalinda batallaba contra un monstruo en medio del infierno, a mí también, por fin, me dio un vuelco la vida. Era martes, hacía viento. Marcus Logan apareció en mi casa antes del mediodía.

Habíamos seguido consolidándonos como amigos: como buenos

amigos, nada más. Ambos éramos conscientes de que el día más inesperado él tendría que irse, de que su presencia en mi mundo no era más que un tránsito provisional. A pesar de esforzarme por deshacerme de ellas, las cicatrices que me dejó Ramiro tenían aún forma de costurones; no estaba preparada para volver a sentir el desgarro de una ausencia. Nos atrajimos Marcus y yo, sí, mucho, y no faltaron ocasiones para que aquello se convirtiera en algo más. Hubo complicidad, roces y miradas, comentarios velados, estima y deseo. Hubo cercanía, hubo ternura. Pero yo me esforcé por amarrar mis sentimientos; me negué a avanzar más y él lo aceptó. Contenerme me costó un esfuerzo inmenso: dudas, incertidumbre, noches de desvelo. Pero antes que enfrentarme al dolor de su abandono, preferí quedarme con los recuerdos de los momentos memorables que juntos pasamos en aquellos días alborotados e intensos. Noches de risas y copas, de pipas de kif y partidas ruidosas de continental. Viajes a Tánger, salidas y charlas; instantes que nunca volvieron y en mi depósito de recuerdos atesoré como memorias del fin de una etapa y el inicio de nuevos caminos.

Con el timbrazo inesperado de Marcus en mi casa de Sidi Mandri, llegó aquella mañana el final de un tiempo y el principio de otro. Una puerta se cerraba y otra se iba abriendo. Y yo en medio, incapaz de retener lo que acababa, anhelando abrazar lo que venía.

—Tu madre está en camino. Anoche embarcó en Alicante rumbo a Orán en un mercante británico. Llegará a Gibraltar en tres días. Rosalinda se encargará de que pueda cruzar el Estrecho sin problemas, ya te dirá ella cómo va a hacerse el traslado.

Quise darle las gracias desde lo más profundo de mi ser, pero las siete letras de la palabra necesaria se cruzaron con un torrente de lágrimas en su camino de salida, y el llanto arrambló con ellas y se las llevó por delante. Por eso, tan sólo fui capaz de abrazarle con todas mis fuerzas y dejarle empapadas las solapas de la chaqueta.

—A mí también me ha llegado el momento de ponerme de nuevo en marcha —añadió unos segundos después.

Le miré sorbiéndome la nariz. Sacó él un pañuelo blanco y me lo tendió.

—Me reclama mi agencia. Mi cometido en Marruecos está terminado, tengo que volver.

—¿A Madrid?

Se encogió de hombros.

—De momento, a Londres. Después, a donde me envíen.

Volví a abrazarle, volví a llorar. Y cuando fui por fin capaz de contener el barullo de emociones y pude empezar a controlar aquel alborotado pelotón de sentimientos en el que la mayor de las alegrías se mezclaba con una inmensa tristeza, mi voz rota por fin pidió paso.

—No te vayas, Marcus.

—Ojalá estuviera en mi mano. Pero no puedo quedarme, Sira, me necesitan en otro destino.

Volví a mirar su cara ya tan querida. Aún había en ella restos de cicatrices, pero del hombre maltrecho que llegó al Nacional una noche de verano quedaba ya muy poco. Aquel día recibí a un desconocido llena de nervios y temores; ahora me enfrentaba a la dolorosa tarea de despedir a alguien muy próximo, más quizá de lo que yo misma me atrevía a reconocer.

Sorbí de nuevo.

—Cuando quieras regalarle un traje a alguna de tus novias, ya sabes dónde estoy.

—Cuando quiera una novia, vendré a buscarte —dijo tendiendo su mano hacia mi rostro. Intentó secar mis lágrimas con sus dedos, me estremeció el contacto de su caricia y deseé con rabia que aquel día nunca hubiera tenido que llegar.

—Embustero —murmuré.

—Guapa.

Sus dedos se arrastraron por mi cara hasta el nacimiento del pelo y se enredaron en él avanzando hasta la nuca. Nuestros rostros se acercaron, despacio, como si temieran culminar lo que llevaba tanto tiempo flotando en el aire.

El chasquido inesperado de una llave nos hizo separarnos. Entró Jamila jadeante, traía un mensaje urgente en su español arrebatado.

—Siñora Fox dice siñorita Sira ir corriendo a las Palmeras.

La máquina estaba en marcha, había llegado el final. Marcus cogió su sombrero y yo no pude resistirme a abrazarle una vez más. No hubo palabras, no había nada más que decir. Unos segundos después, de su presencia sólida y cercana tan sólo quedó el rastro de un leve beso en mi pelo, la imagen de su espalda y el ruido doloroso de la puerta al cerrarse tras él.

TERCERA PARTE

33

A partir de la marcha de Marcus y el desembarco de mi madre, la vida se me dio la vuelta como un calcetín. Llegó ella esquelética una tarde de nubes, con las manos vacías y el alma baqueteada, sin más equipaje que su viejo bolso, el vestido que llevaba puesto y un pasaporte falso prendido con un imperdible al tirante del sostén. Sobre su cuerpo parecía haber caído el paso de veinte años: la delgadez le marcaba las cuencas de los ojos y los huesos de las clavículas, y las primeras canas aisladas que yo recordaba eran ya mechones enteros de pelo gris. Se adentró en mi casa como un niño arrancado del sueño en mitad de la noche: desorientada, confusa, ajena. Como si no acabara de entender que su hija vivía allí y que, a partir de entonces, ella también iba a hacerlo.

En mi imaginación había previsto aquel reencuentro tan ansiado como un momento de alegría sin contención. No fue así. Si hubiera de elegir una palabra para describir la estampa, sería tristeza. Casi no habló y tampoco mostró el menor entusiasmo por nada. Tan sólo me abrazó con fuerza y se mantuvo después agarrada a mi mano como si temiera que fuera a escaparme a algún sitio. Ni una risa, ni una lágrima y muy pocas palabras, eso fue todo lo que hubo. Apenas quiso probar lo que para ella habíamos preparado entre Candelaria, Jamila y yo: pollo, tortillas, tomates aliñados, boquerones, pan moruno; todo aquello que supusimos que en Madrid llevaban tanto tiempo sin comer. No hizo el menor comentario respecto al taller, ni sobre la habitación que le había instalado con una gran cama de roble y una colcha de cretona que yo misma cosí. No me preguntó qué había sido de Ramiro, ni mostró curiosidad por la razón que me había impulsado a instalarme en Tetuán. Y, por supuesto, no pronunció palabra alguna respecto al funesto viaje que la había llevado hasta África ni mencionó una sola vez los horrores que había dejado atrás.

Tardó en aclimatarse, jamás habría imaginado ver a mi madre así. La resuelta Dolores, la que siempre estuvo al mando con la sentencia justa en el momento oportuno, había dejado paso a una mujer sigilosa y cohibida a la que me costaba trabajo reconocer. Me dediqué a ella en cuerpo y alma, dejé prácticamente de trabajar: no había más actos importantes previstos y mis clientas podrían aceptar la espera. Le llevé día a día el desayuno a la cama: bollos, churros, pan tostado con aceite y azúcar, cualquier cosa que la ayudara a recuperar algo de peso. La ayudé a bañarse y le corté el pelo, le cosí ropa nueva. Me costó sacarla de casa, pero poco a poco el paseo mañanero se fue convirtiendo en algo obligatorio. Recorríamos del brazo la calle Generalísimo, llegábamos hasta la plaza de la iglesia; a veces, si la hora cuadraba, la acompañaba a misa. Le mostré rincones y esquinas, la obligué a ayudarme a elegir telas, a oír coplas en la radio y a decidir qué íbamos a comer. Hasta que muy lentamente, pasito a paso, fue volviendo a su ser.

Nunca le pregunté qué había pasado por su cabeza a lo largo de ese tiempo de transición que pareció durar una eternidad: esperaba que me lo contara alguna vez, pero nunca lo hizo y yo tampoco insistí. Tampoco me intrigaba: intuí que aquel comportamiento no era más que una manera inconsciente de afrontar la incertidumbre que provoca el alivio cuando se mezcla con la pena y el dolor. Por eso, tan sólo la dejé adaptarse sin presionarla, manteniéndome a su lado, dispuesta a sostenerla si necesitaba apoyo y con un pañuelo a mano listo para secarle las lágrimas que nunca llegó a verter.

Noté su mejoría cuando empezó a tomar pequeñas decisiones por sí misma: hoy creo que voy a ir a misa de diez, qué te parece si me acerco con Jamila al mercado y compro arreglo para hacer un arroz. Poco a poco dejó de acobardarse cada vez que oía el ruido potente de algún objeto al caer o el motor de un avión sobrevolando la ciudad; la misa y el mercado pronto se convirtieron en rutinas y a ellas, después, les acompañaron algunos movimientos más. El más grande de todos fue volver a coser. A pesar de mis esfuerzos, desde que llegó no había logrado que mostrara el menor interés por la costura, como si aquello no hubiera sido el andamiaje de su existencia durante más de treinta años. Le enseñé los figurines extranjeros que ya compraba en Tánger yo misma, le hablé de mis clientas y sus caprichos, intenté animarla con el recuerdo de anécdotas de cualquier modelo que alguna vez cosimos juntas. Nada. No conseguí nada, como si le hablara en una lengua incomprensible. Hasta que una mañana cualquiera asomó la cabeza al taller y preguntó ¿te ayudo? Supe entonces que mi madre había vuelto a vivir.

A los tres o cuatro meses de su llegada logramos la serenidad. Con ella incorporada, los días se volvieron menos ajetreados. El negocio seguía marchando a buen ritmo, nos permitía pagar a Candelaria mes a mes y dejar para nosotras lo suficiente como para mantenernos con holgura, ya no había necesidad de trabajar sin resuello. Volvimos a entendernos bien, aunque ninguna era ya la que fue y ambas sabíamos que frente a nosotras teníamos a dos mujeres diferentes. La fuerte Dolores se había hecho vulnerable, la pequeña Sira era ya una mujer independiente. Pero nos aceptamos, nos apreciamos y, con los papeles bien definidos, nunca volvió a instalarse entre nosotras la tensión.

El ajetreo de mi primera etapa en Tetuán me parecía ya algo remoto, como si perteneciera a una etapa de mi vida ocurrida hacía siglos. Atrás quedaron las incertidumbres y las andanzas, las salidas hasta la madrugada y el vivir sin dar explicaciones; atrás quedó todo para dar paso al sosiego. Y, a veces también, a la más mortecina normalidad. La memoria del pasado, sin embargo, pervivía aún conmigo. Aunque la fuerza de la ausencia de Marcus se fue poco a poco diluyendo, su recuerdo quedó pegado a mí, como una compañía invisible cuyos contornos sólo yo podía percibir. Cuántas veces lamenté no haberme aventurado más en mi relación con él, cuántas veces me maldije por haber mantenido una actitud tan estricta, cuánto le eché de menos. Aun así, en el fondo me alegraba de no haberme dejado llevar por los sentimientos: de haberlo hecho, su lejanía probablemente habría sido mucho más dolorosa.

Con Félix no perdí el contacto, pero la llegada de mi madre trajo aparejada el fin de sus visitas nocturnas y con ello acabó el trasiego de puerta a puerta, las estrafalarias lecciones de cultura general y su compañía desbordada y entrañable.

Mi relación con Rosalinda también cambió: la presencia de su marido se alargó mucho más de lo previsto, absorbiendo su tiempo y su salud como una sanguijuela. Felizmente, al cabo de casi siete meses, Peter Fox aclaró sus ideas y resolvió regresar a la India. Nadie supo nunca cómo los efluvios del alcohol permitieron que se abriera en su mente un resquicio de lucidez, pero el caso fue que él mismo tomó la decisión una mañana cualquiera, cuando su mujer estaba ya al borde del colapso. No obstante, poca cosa buena acarreó su marcha más allá del alivio infinito. Por supuesto, jamás se convenció de que lo más sensato sería tramitar el divorcio de una vez y terminar con aquella farsa de matrimonio. Se suponía, al contrario, que iba a liquidar sus negocios en Calcuta y a regresar después para instalarse definitivamente con su esposa y su hijo, a disfrutar junto a ellos de una jubilación anticipada en el pacífico y barato Protectorado español. Y para que no se fueran acostumbrando a la buena vida antes de tiempo, decidió que, tras años sin modificaciones, tampoco aquella vez iba a subirles la pensión ni una sola libra esterlina.

—En caso de necesidad, que te ayude tu querido amigo Beigbeder —sugirió a modo de despedida.

Por fortuna para todos, nunca más volvió a Marruecos. A Rosalinda, sin embargo, el desgaste provocado por aquella convivencia tan ingrata le costó casi medio año de convalecencia. A lo largo de los meses posteriores a la marcha de Peter, ella permaneció en cama, sin apenas salir de casa en más de tres o cuatro ocasiones. El alto comisario trasladó prácticamente su lugar de trabajo a su dormitorio y allí solían pasar ambos largas horas, ella leyendo entre almohadones y él trabajando con sus papeles en una pequeña mesa junto a la ventana.

La exigencia médica de permanecer en cama hasta recuperar la normalidad no limitó del todo su ajetreo social, pero sí lo disminuyó en gran manera. Con todo, tan pronto como su cuerpo comenzó a mostrar los primeros síntomas de recuperación, se esforzó por seguir abriendo su casa a los amigos, dando pequeñas fiestas sin salir de entre las sábanas. A casi todas asistí, mi amistad con Rosalinda se mantenía sin fisuras. Pero nada nunca fue ya igual.

34

El 1 de abril de 1939 se publicó el último parte de guerra; a partir de entonces ya no hubo bandos ni dineros ni uniformes que dividieran al país. O, por lo menos, eso nos contaron. Mi madre y yo recibimos la noticia con sensaciones confusas, incapaces de anticipar lo que aquella paz iba a traer consigo.

—¿Y qué va a pasar ahora en Madrid, madre? ¿Qué vamos a hacer nosotras?

Hablábamos casi en susurros, inquietas, observando desde un balcón el bullicio del gentío echado en manadas a la calle. Llegaban cercanos los gritos, la explosión de euforia y nervios desatados.

—Qué más quisiera yo que saberlo —fue su sombría respuesta.

Las noticias volaban alborotadas. Se decía que iban a reinstaurar el tránsito de barcos de pasajeros en el Estrecho, que los trenes se estaban preparando para llegar otra vez a Madrid. El camino hasta nuestro pasado empezaba a despejarse, ya no había razón alguna que nos obligara a seguir en África.

—¿Tú quieres volver? —me preguntó por fin.

—No lo sé.

En verdad no lo sabía. De Madrid guardaba un baúl lleno de nostalgia: estampas de niñez y juventud, sabores, olores, los nombres de las calles y recuerdos de presencias. Pero, en lo más profundo, no sabía si aquello tenía peso suficiente como para forzar un regreso que implicaría desmontar aquello que con tanto esfuerzo había construido en Tetuán, la ciudad blanca donde estaban mi madre, mis nuevos amigos y el taller que nos daba de comer.

—Quizá, en principio, será mejor que nos quedemos —sugerí.

No me respondió: tan sólo asintió, dejó el balcón y volvió al trabajo, a refugiarse entre los hilos para no pensar sobre el alcance de aquella decisión.

Nacía un nuevo Estado: una Nueva España de orden, dijeron. Para unos llegó la paz y la victoria; ante los pies de otros se abrió, sin embargo, el más negro de los pozos. La mayoría de los gobiernos extranjeros legitimaron el triunfo de los nacionales y reconocieron su régimen sin dilación. Los tinglados de la contienda comenzaron a desmantelarse y las instituciones del poder fueron despidiéndose de Burgos y preparando su regreso a la capital. Empezó a tejerse un nuevo tapiz administrativo. Se inició la reconstrucción de todo lo devastado; se aceleraron los procesos de depuración de indeseables y los coadyuvantes de la victoria se pusieron en cola para recibir su porción del pastel. El gobierno de tiempos de guerra se mantuvo todavía unos meses ultimando decretos, medidas y ordenanzas: su remodelación hubo de esperar hasta bien entrado el verano. De ella, sin embargo, supe yo en julio, apenas llegó la noticia a Marruecos. Y antes de que el rumor trepara por los muros de la Alta Comisaría y se extendiera por las calles de Tetuán; mucho antes aún de que el nombre y la fotografía aparecieran en los diarios y toda España se preguntara quién era aquel señor moreno de bigote oscuro y gafas redondas; antes de todo eso, ya tenía yo conocimiento de quién había sido designado por el Caudillo para sentarse a su derecha en las sesiones de su primer Consejo de Ministros en tiempo de paz: don Juan Luis Beigbeder y Atienza en calidad de nuevo ministro de Asuntos Exteriores, el único integrante militar del gabinete con rango inferior al de general.

Rosalinda recibió la inesperada noticia con emociones encontradas. Satisfacción por lo que para él suponía tal cargo; tristeza al anticipar el abandono definitivo de Marruecos. Sentimientos revueltos en unos días frenéticos que el alto comisario pasó a caballo entre la Península y el Protectorado, abriendo asuntos allí, cerrando asuntos acá, dando carpetazo definitivo al estado de provisionalidad generado por los tres años de contienda y empezando a montar los andamios de las nuevas relaciones externas de la patria.

El día 10 de agosto se produjo el anuncio oficial y el 11, a través de la prensa, se hizo pública la formación del gabinete destinado a cumplir los destinos históricos bajo el signo triunfante del general Franco. Todavía conservo, amarillentas y a punto de deshacerse en pedacitos entre los dedos, un par de páginas arrancadas del diario *Abc* de aquellos días con las fotografías y el perfil biográfico de los ministros. En el centro de la primera de ellas, como el sol en el universo, aparece Franco orondo en un retrato circular. A su izquierda y su derecha, ocupando puestos preferentes en las dos esquinas superiores, Beigbeder y Serrano Suñer: Exteriores y Gobernación, las mejores carteras en sus manos. En la segunda de las páginas se desgranan todos los detalles de filiación y se loan los atributos de los recién nombrados con la retórica grandilocuente de la época. A Beigbeder le definieron como ilustre africanista y profundo conocedor del islam; se alabó su dominio del árabe, su sólida formación, su larga residencia en pueblos musulmanes y su magnífica labor como agregado militar en Berlín. «La guerra ha revelado al gran público el nombre del coronel Beigbeder —decía *Abc*—. Organizó el Protectorado y, en nombre de Franco y siempre acorde con el Caudillo, consiguió la colaboración espléndida de Marruecos, que tanta importancia ha tenido.» Y, como premio, pum: el mejor ministerio para el señor. De Serrano Suñer se alababa su prudencia y energía, su enorme capacidad de trabajo y su bien probado prestigio. Para él, por los méritos acumulados, el Ministerio de Gobernación: el encargado de todos los asuntos internos de la patria en su nueva era.

El valedor para la sorprendente entrada del anónimo Beigbeder en aquel gobierno fue, según supimos más tarde, el propio Serrano. En su visita a Marruecos quedó impresionado por su comportamiento con la población musulmana: el acercamiento afectivo, el dominio de la lengua, el aprecio entusiasta por su cultura, las efectivas campañas de reclutamiento e incluso, paradójicamente, las simpatías hacia los afanes independentistas de la población. Un hombre trabajador y entusiasta este Beigbeder, políglota, con buena mano para tratar con extranjeros y fiel a la causa, debió de pensar el cuñado; seguro que no nos da problemas. Al conocer la noticia, a mi mente volvió como un destello la noche de la recepción y el final de la conversación que oí escondida tras el sofá. Nunca volví a preguntar a Marcus si había trasladado al alto comisario lo que yo allí escuché pero, por el bien de Rosalinda y del hombre al que tanto quería, deseé que la confianza que Serrano tenía entonces en él hubiera ganado consistencia con el paso del tiempo.

Al día siguiente de saltar su nombre a la tinta de los papeles y a las ondas de la radio, Beigbeder se trasladó a Burgos y con ello terminó para siempre la conexión formal con su Marruecos feliz. Todo Tetuán acudió a darle su adiós: moros, cristianos y hebreos sin distinción. En nombre de los partidos políticos marroquíes, Sidi Abdeljalak Torres pronunció un sentido discurso y entregó al nuevo ministro un pergamino enmarcado en plata en el que se hacía constar su nombramiento de hermano predilecto de los musulmanes. Él, visiblemente emocionado, respondió con frases llenas de afecto y gratitud. Rosalinda derramó unas lágrimas, pero éstas duraron poco más de lo que el bimotor tardó en despegar del aeródromo de Sania Ramel, sobrevolar Tetuán en vuelo raso a modo de despedida, y alejarse en la distancia para cruzar el Estrecho. Sentía en lo más profundo la marcha de su Juan Luis, pero la prisa por reunirse con él le requería ponerse en funcionamiento lo antes posible.

En los días posteriores, Beigbeder aceptó en Burgos la cartera ministerial de manos del depuesto conde de Jordana, se incorporó al nuevo gobierno y comenzó a recibir una catarata de visitas protocolarias. Rosalinda, entretanto, viajó a Madrid en busca de una casa en la que asentar el campamento base para la nueva etapa a la que se enfrentaba. Y así transcurrió el fin de agosto del año de la victoria, con él aceptando los parabienes de embajadores, arzobispos, agregados militares, alcaldes y generales, mientras ella negociaba un nuevo alquiler, desmontaba la hermosa casa de Tetuán y organizaba el traslado de sus innumerables enseres, cinco criados moros, una docena de gallinas ponedoras y todos los sacos de arroz, azúcar, té y café de los que pudo hacer acopio en Tánger.

La residencia elegida estaba situada en la calle Casado del Alisal, entre el parque del Retiro y el Museo del Prado, a un paso de la iglesia de los Jerónimos. Se trataba de una gran vivienda sin duda a la altura de la querida del más inesperado de los nuevos ministros; un inmueble al alcance de cualquiera dispuesto a pagar la suma de algo menos de mil pesetas mensuales, una cantidad que Rosalinda estimó ridícula y por la que la mayoría del Madrid hambriento de la primera posguerra habría estado dispuesto a dejarse cortar tres dedos de una mano.

Habían previsto organizar su convivencia de manera similar a como lo habían hecho en Tetuán. Cada uno mantendría su propia residencia —él en un destartalado palacete anexo al ministerio y ella en su nueva mansión—, aunque pasarían juntos todo el tiempo posible. Antes de marcharse definitivamente y en una casa ya casi vacía en la que retumbaban las voces con eco, Rosalinda organizó su última fiesta: en ella nos mezclamos escasos españoles, bastantes europeos y un buen puñado de árabes insignes para dar nuestro adiós a aquella mujer que, con su aparente fragilidad, había entrado en la vida de todos nosotros con la fuerza de un vendaval. A pesar de la incertidumbre del período que ante ella se abría, y haciendo esfuerzos por apartar de su mente las noticias que llegaban respecto a lo que acontecía en Europa, no quiso mi amiga separarse con pena de aquel Marruecos en el que tan feliz había sido. Nos hizo por eso prometer entre brindis que la visitaríamos en Madrid tan pronto como estuviera instalada y nos aseguró que, en correspondencia, regresaría a Tetuán asiduamente.

Fui la última en marchar aquella noche, no quise hacerlo sin despedirme a solas de quien tanto había supuesto en aquella etapa de mi vida africana.

—Antes de irme quiero darte algo —dije. Le había preparado una pequeña caja de plata moruna transformada en un costurero—. Para que me recuerdes cuando necesites coserte un botón y no me tengas cerca.

La abrió ilusionada, le encantaban los regalos por insignificantes que fueran. Carretes diminutos de hilos de varios colores, un minúsculo alfiletero y un canutero de agujas, unas tijeras que casi parecían de juguete y un pequeño surtido de botones de nácar, hueso y cristal, eso fue lo que encontró dentro.

—Preferiría tenerte a mi lado para que me siguieras solucionando estos problemas, pero me encanta el detalle —dijo abrazándome—. Como el genio de la lámpara de Aladin, cada vez que abra la caja, de ella saldrás tú.

Reímos: optamos por afrontar la despedida con el buen humor taponando la tristeza; nuestra amistad no se merecía un final amargo. Y con el ánimo en positivo, obligándose a no borrar de su rostro la sonrisa, partió al día siguiente con su hijo rumbo a la capital en avión, mientras el personal de servicio y las posesiones avanzaban traqueteantes atravesando los campos del sur de España bajo la lona verde oliva de un vehículo militar. Aquel optimismo duró poco, sin embargo. Al día siguiente de su marcha, el 3 de septiembre de 1939 y ante la negativa germana a retirarse de la invadida Polonia, Gran Bretaña declaró la guerra a Alemania y la patria de Rosalinda Fox hizo su entrada en lo que acabaría siendo la segunda guerra mundial, el conflicto más sangriento de la historia.

El gobierno español se asentó por fin en Madrid y lo mismo hicieron las legaciones diplomáticas tras lavar la cara a sus instalaciones, cubiertas hasta entonces por una sucia pátina con color de guerra y abandono. Y así, mientras Beigbeder se iba familiarizando con las dependencias oscuras de la sede de su ministerio —el viejo palacio de Santa Cruz—, Rosalinda no perdió un segundo de su tiempo y se implicó con entusiasmo paralelo en la doble labor de acondicionar su nueva residencia y lanzarse de cabeza a la piscina de las relaciones sociales del Madrid más elegante y cosmopolita: un reducto inesperado de abundancia y sofisticación; una isla del tamaño de una uña flotando en mitad del negro océano que era la capital devastada tras su caída.

Tal vez otra mujer de una naturaleza distinta habría optado por esperar con prudencia hasta que su influyente compañero sentimental comenzara a establecer vínculos con los poderosos de los que incuestionablemente habría de rodearse. Pero Rosalinda no era de esa pasta y, por mucho que adorara a su Juan Luis, no tenía la menor intención de convertirse en una sumisa querida agarrada a la estela de su cargo. Llevaba dando tumbos sola por el mundo desde antes de cumplir los veinte años y, en aquellas circunstancias, por mucho que los contactos de su amante pudieran haberle abierto mil puertas, decidió una vez más ingeniárselas por sí misma. Utilizó para ello las estrategias de aproximación en las que ya era tan hábil: inició el contacto con viejos conocidos de otros tiempos y geografías, y a través de éstos, y de sus amigos, y de los amigos de sus amigos, vinieron nuevas caras, nuevos cargos y títulos con nombres extranjeros o largamente compuestos en caso de ser españoles. No tardaron en llegar a su buzón las primeras invitaciones a recepciones y bailes, a almuerzos, cócteles y cacerías. Antes de que Beigbeder fuese siquiera capaz de sacar la cabeza de entre las montañas de papeles y responsabilidades que se acumulaban entre las paredes de su lúgubre despacho, Rosalinda había ya comenzado a adentrarse en una red de relaciones sociales destinada a mantenerla entretenida en el nuevo destino al que su ajetreada vida la acababa de llevar.

No todo, sin embargo, fue al cien por cien exitoso en aquellos primeros meses en Madrid. Irónicamente, a pesar de sus magníficas dotes para las relaciones públicas, con quien no logró establecer el menor vínculo de afecto fue con sus propios compatriotas. Sir Maurice Peterson, el embajador de su país, fue el primero en negarle el pan y la sal. A instancias de él mismo, tal falta de aceptación se hizo pronto extensiva a la práctica totalidad de los miembros del cuerpo diplomático británico destacado en la capital. En la figura de Rosalinda Fox no pudieron o no quisieron ellos ver a una potencial fuente de información de primera mano procedente de un miembro del gobierno español, ni siquiera a una compatriota a la que invitar protocolariamente a sus actos y celebraciones. Tan sólo percibieron en ella a una incómoda presencia que ostentaba el indigno honor de compartir su vida con un ministro de aquel nuevo régimen proalemán hacia el que el gobierno de su graciosa majestad no mostraba la menor simpatía.

Aquellos días tampoco fueron un camino de rosas para Beigbeder. El hecho de que hubiera permanecido a lo largo de la guerra en la periferia de las maquinaciones políticas hizo que en numerosas ocasiones resultara ninguneado como ministro en favor de otros dignatarios con más peso en la forma y más poderío en el fondo. Por ejemplo, Serrano Suñer: el ya poderoso Serrano de quien todos recelaban y por el que muy pocos en el fondo parecían sentir la menor simpatía. «Tres cosas hay en España que acaban con mi paciencia: el subsidio, la Falange y el cuñao de su excelencia», ironizaba un dicho castizo entre los madrileños. «Por la calle abajo viene el Señor del Gran Poder: antes era el Nazareno y hoy es Serrano Suñer», decían que cantaban con guasa en Sevilla, cambiando el acento del segundo apellido.

Aquel Serrano que tan grata sensación se había llevado del alto comisario en su visita a Marruecos se fue convirtiendo en su azote más virulento a medida que las relaciones de España con Alemania se estrechaban y las ansias expansionistas de Hitler reptaban por Europa con rapidez tremebunda. Tardó muy poco en empezar el cuñadísimo a dar leña: en cuanto Gran Bretaña declaró la guerra a Alemania, Serrano supo que se había equivocado radicalmente al proponer a Franco que designara a Beigbeder para Exteriores. Aquel ministerio, creía, debería haber sido desde un principio para sí mismo, y no para aquel desconocido proveniente de tierra africana, por atinadas que fueran sus dotes interculturales y varios los idiomas en que se desenvolvía. Beigbeder, según él, no era un hombre para ese puesto. No estaba lo suficientemente comprometido con la causa alemana, defendía la neutralidad de España en la guerra europea y no mostraba intención de someterse a ciegas a las presiones y exigencias que del Ministerio de Gobernación emanaban. Y, además, tenía una amante inglesa, aquella rubia joven y atractiva a la que él mismo había conocido en Tetuán. En tres palabras: no le servía. Por eso, apenas un mes después de la constitución del nuevo Consejo de Ministros, el propietario de la cabeza más privilegiada y el ego más grandioso del gobierno comenzó imparable a extender sus tentáculos por terreno ajeno como un pulpo voraz, acaparándolo todo y apropiándose a su antojo de competencias propias del Ministerio de Asuntos Exteriores sin ni siquiera consultar a su titular y sin perder, de paso, la menor ocasión para echarle en cara que sus devaneos sentimentales podrían acabar costando un alto precio a las relaciones de España con los países amigos.

Entre aquella madeja de opiniones tan dispares, nadie parecía estar del todo al tanto del terreno que en realidad pisaba el antiguo alto comisario. Convencidos por las maquinaciones de Serrano, para los españoles y los alemanes él era probritánico porque mostraba tibieza en sus afectos por los nazis y tenía sus sentimientos puestos en una inglesa frívola y manipuladora. Para los británicos que le desairaban, era proalemán porque pertenecía a un gobierno que apoyaba entusiasta al Tercer Reich. Rosalinda, tan idealista siempre, lo consideraba un potencial reactivador del cambio político: un mago capaz de reorientar el cauce de su gobierno si en ello se empeñara. Él, por su parte, con un humor admirable habida cuenta de lo lamentable de las circunstancias, se veía a sí mismo como un simple tendero y así se lo intentaba hacer ver a ella.

—¿Qué poder crees tú que tengo yo dentro de este gobierno para propiciar un acercamiento hacia tu país? Poco, mi amor, muy poco. Soy sólo uno más dentro de un gabinete en el que casi todos están a favor de Alemania y de una posible intervención española en la guerra europea combatiendo a su lado. Les debemos dinero y favores; el destino de nuestra política exterior estaba marcado desde antes de terminar la guerra, desde antes de que me eligieran para el cargo. ¿Piensas que tengo alguna capacidad para orientar nuestras acciones en otro sentido? No, mi querida Rosalinda; no tengo la más mínima. Mi labor como ministro de esta Nueva España no es la de un estratega o un negociador diplomático; es tan sólo la de un vendedor de ultramarinos o un mercader del Zoco del Pan. Mi trabajo se centra en conseguir préstamos, regatear en los acuerdos comerciales, ofrecer a los países extranjeros aceite, naranjas y uvas a cambio de trigo y petróleo, y aun así, para lograr todo eso tengo también que batallar a diario dentro del propio gabinete, peleando con los falangistas para que me dejen actuar al margen de sus desvaríos autárquicos. Tal vez sea capaz de arreglármelas para conseguir lo suficiente para que el pueblo no se nos muera este invierno de hambre y de frío, pero nada, nada en absoluto puedo hacer por alterar la voluntad del gobierno en su actitud ante esta guerra.

Así pasaron aquellos meses para Beigbeder, ahogado por las responsabilidades, lidiando con los de dentro y los de fuera, apartado de las maquinaciones del verdadero poder de mando, cada día más solo entre los suyos. Para no caer en picado en la desazón más densa, en esos días tan negros buscaba refugio en la nostalgia del Marruecos que había dejado atrás. Tanto echaba de menos aquel otro mundo que en el ministerio, sobre la mesa de su propio despacho, tenía siempre abierto un Corán cuyos versículos en árabe recitaba en voz alta de cuando en cuando para pasmo de quien estuviera cerca. Tanto anhelaba aquella tierra que tenía su residencia oficial en el palacio de Viana llena de ropajes marroquíes y, apenas regresaba a ella al caer la tarde, se quitaba el aburrido terno gris y se vestía con una chilaba de terciopelo; tanto que hasta comía directamente de las fuentes con tres dedos, a la manera moruna, y no cesaba de repetir a quien quisiera oírle que los marroquíes y los españoles éramos todos hermanos. Y algunas veces, cuando por fin se quedaba solo tras haber peleado uno y mil asuntos a lo largo del día, entre el chirriar de los tranvías que atiborrados de gente atravesaban las sucias calles, creía oír el ritmo de las chirimías, las dulzainas y los panderos. Y en las mañanas más grises hasta le parecía que, confundido con los humos malolientes que emergían de las alcantarillas, a su nariz llegaba el olor a flor de azahar, a jazmín y hierbabuena, y entonces se veía de nuevo caminando entre las paredes encaladas de la medina tetuaní, bajo la luz tamizada por la sombra de las enredaderas, con el ruido del agua brotando de las fuentes y el viento meciendo los cañaverales.

A la nostalgia se aferraba como un náufrago a un pedazo de madera en mitad de la tormenta, pero cerca estaba siempre, como la sombra de una guadaña, la ácida lengua de Serrano dispuesta a sacarle del ensueño.

—Por Dios bendito, Beigbeder, deje ya de una santa vez de decir que los españoles somos todos moros. ¿Tengo yo acaso cara de moro? ¿Tiene el Caudillo cara de moro? Pues ya está bien de repetir insensateces, coño, que me tiene hasta la coronilla, todo el puñetero día con la misma cantinela.

Fueron días difíciles, sí. Para los dos. A pesar del tenaz empeño que Rosalinda puso en congraciarse con el embajador Peterson, las cosas no lograron enderezarse en los meses venideros. El único gesto que para finales de aquel año de la victoria había obtenido de sus compatriotas fue una invitación para asistir junto con otras madres a cantar con su hijo villancicos alrededor del piano de la embajada. Para que las cosas dieran un vuelco, hubieron de esperar hasta mayo de 1940, cuando Churchill fue nombrado primer ministro y decidió reemplazar de manera fulminante a su representante diplomático en España. Y, a partir de entonces, la situación cambió. De forma radical. Para todos.

35

Sir Samuel Hoare llegó a Madrid a finales de mayo de 1940 ostentando el pomposo título de embajador extraordinario en misión especial. Jamás había pisado suelo español, ni hablaba una palabra de nuestra lengua, ni mostraba la menor simpatía hacia Franco y su régimen, pero Churchill puso en él toda su confianza y le urgió para que aceptara el cargo: España era una pieza clave en el devenir de la guerra europea y allí quería él a un hombre fuerte sosteniendo su bandera. Para los intereses británicos era básico que el gobierno español mantuviese una postura neutral que respetara a un Gibraltar libre de invasiones y evitara que los puertos del Atlántico cayeran en manos alemanas. A fin de lograr un mínimo de cooperación, habían presionado a la hambrienta España mediante el comercio exterior, restringiendo el suministro de petróleo y apretando hasta la asfixia con la estrategia del palo y la zanahoria. A medida que las tropas alemanas avanzaban por Europa, sin embargo, aquello dejó de ser suficiente: necesitan implicarse en Madrid de una manera más activa, más operativa. Y con tal objetivo en su agenda aterrizó en la capital aquel hombre pequeño, algo desgastado ya, de presencia casi anodina; Sir Sam para sus colaboradores cercanos, don Samuel para los escasos amigos que acabaría haciendo en España.

No asumió Hoare el puesto con optimismo: no le agradaba el destino, era ajeno a la idiosincrasia española, ni siquiera tenía conocidos entre aquel extraño pueblo devastado y polvoriento. Sabía que no iba a ser bien recibido y que el gobierno de Franco era abiertamente antibritánico: para que aquello le quedara bien claro desde el principio, la misma mañana de su llegada los falangistas le plantaron en la puerta de su embajada una manifestación vociferante que le recibió al grito de «¡Gibraltar español!».

Tras la presentación de sus credenciales ante el Generalísimo, comenzó para él el tortuoso viacrucis en el que su vida habría de convertirse a lo largo de los cuatro años que duraría su misión. Lamentó haber aceptado el cargo cientos de veces: se sentía tremendamente incómodo en aquel ambiente tan hostil, incómodo como nunca antes lo había estado en ningún otro de sus múltiples destinos. La atmósfera era angustiosa, el calor insoportable. Las agitaciones falangistas frente a su embajada eran el pan nuestro de cada día: les apedreaban las ventanas, les arrancaban los banderines y las insignias de los coches oficiales, e insultaban al personal británico sin que las autoridades de orden público movieran siquiera una pestaña. La prensa emprendió una agresiva campaña acusando a Gran Bretaña de ser culpable del hambre que España padecía. Su presencia tan sólo despertaba simpatías entre un número reducido de monárquicos conservadores, apenas un puñado de nostálgicos de la reina Victoria Eugenia con escaso poder de maniobra en el gobierno y aferrados a un pasado sin vuelta atrás.

Se sentía solo, andando a tientas en medio de la oscuridad. Madrid le superaba, encontraba el ambiente absolutamente irrespirable: le oprimía el lentísimo funcionamiento de la maquinaria administrativa, contemplaba aturdido las calles llenas de policías y falangistas armados hasta las cejas, y veía cómo los alemanes actuaban a su aire envalentonados y amenazantes. Haciendo de tripas corazón y cumpliendo con las obligaciones de su cargo, procedió apenas instalado a entablar relaciones con el gobierno español y, de forma particular, con sus tres miembros principales: el general Franco y los ministros Serrano Suñer y Beigbeder. Con los tres se reunió, a los tres sondeó y de los tres recibió respuestas altamente diferentes.

Con el Generalísimo obtuvo audiencia en El Pardo un soleado día de verano. A pesar de ello, Franco le recibió con las cortinas cerradas y la luz eléctrica encendida, sentado tras un escritorio sobre el que se alzaban arrogantes un par de grandes fotografías dedicadas de Hitler y Mussolini. En aquel ortopédico encuentro en el que hablaron por turnos, mediante intérprete y sin opción al más mínimo diálogo, Hoare quedó impactado por la desconcertante confianza en sí mismo del jefe del Estado: por la autocomplacencia de quien se creía elegido por la providencia para salvar a su patria y crear un nuevo mundo.

Lo que con Franco marchó mal, con Serrano Suñer se superó: todo fue peor. El poder del cuñadísimo estaba en su esplendor más fulgurante, tenía al país enteramente en sus manos: la Falange, la prensa, la policía y acceso personal e ilimitado al Caudillo, por quien muchos intuían que sentía un cierto desprecio ante su inferior capacidad intelectual. Mientras Franco, recluido en El Pardo, apenas se dejaba ver, Serrano parecía omnipresente: el perejil de todas las salsas, tan distinto de aquel hombre discreto que visitó el Protectorado en plena guerra, el mismo que se agachó a recoger mi polvera y cuyos tobillos contemplé largamente por debajo de un sofá. Como si hubiese renacido con el régimen, así surgió un nuevo Ramón Serrano Suñer: impaciente, arrogante, rápido como un rayo en sus palabras y actos, con sus ojos gatunos siempre alerta, el uniforme de Falange almidonado y el pelo casi blanco repeinado hacia atrás como un galán de cine. Siempre tenso, exquisitamente despectivo con cualquier representante de lo que él llamaba las «plutodemocracias». Ni en aquel primer encuentro ni en los muchos más que a lo largo del tiempo habrían de mantener, consiguieron Hoare y Serrano aproximarse a ningún territorio cercano a la empatía.

Con el único de los tres dignatarios con quien sí logró el embajador entenderse fue con Beigbeder. Desde la primera visita al palacio de Santa Cruz, la comunicación fue fluida. El ministro escuchaba, actuaba, se esforzaba por enmendar asuntos y resolver enredos. Se declaró ante Hoare tajante partidario de la no intervención en la guerra, reconoció sin tapujos las tremendas necesidades de la población hambrienta y se esforzó hasta la extenuación por abrir acuerdos y negociar pactos para paliarlas. Cierto fue que su persona resultó para el embajador en principio un tanto pintoresca, incluso excéntrica tal vez: absolutamente incongruente en su sensibilidad, cultura, maneras e ironía con la brutalidad del Madrid del brazo en alto y el ordeno y mando. Beigbeder, a ojos de Hoare, se sentía a todas luces incómodo entre la agresividad de los alemanes, la fanfarronería de los falangistas, la actitud despótica de su propio gobierno y las miserias cotidianas de la capital. Tal vez por eso, por su propia anormalidad en aquel mundo de locos, Beigbeder le resultara a Hoare un tipo simpático, un bálsamo con el que frotarse las magulladuras provocadas por los latigazos de los propios compañeros de filas del singular ministro de temple africano. Tuvieron desencuentros, cierto: puntos de vista enfrentados y actuaciones diplomáticas discutidas; reclamaciones, quejas y docenas de crisis que juntos intentaron solventar. Como cuando las tropas españolas entraron en Tánger en junio dando por finiquitado de un plumazo su estatuto de ciudad internacional. Como cuando estuvieron a punto de autorizar desfiles de tropas alemanas por las calles de San Sebastián. Como tantas otras tiranteces en aquellos tiempos de desorden y precipitación. A pesar de todo, la relación ente Beigbeder y Hoare se fue haciendo cada día más cómoda y cercana, constituyendo para el embajador el único refugio en aquel terreno tormentoso en el que los problemas no paraban de surgir como las malas hierbas.

A medida que se acoplaba al país, Hoare fue siendo consciente del largo alcance del poder de los alemanes en la vida española, de sus extensas ramificaciones en casi todos los órdenes de la vida pública. Empresarios, ejecutivos, agentes comerciales, productores de cine; personas dedicadas a actividades diversas con excelentes contactos en la administración y el poder trabajaban como agentes al servicio nazi. Pronto supo también del mando férreo que ejercían sobre los medios de comunicación. La oficina de prensa de la Embajada de Alemania, con plena autorización de Serrano Suñer, decidía a diario qué información sobre el Tercer Reich se publicaba en España, cómo y con qué palabras, insertando a su gusto cuanta propaganda nazi desearan en toda la prensa española y, de manera más descarada y ofensiva, en el diario *Arriba,* el órgano de la Falange que monopolizaba la mayor parte del escaso papel que para periódicos se disponía en aquellos tiempos de penuria. Las campañas contra los británicos eran sangrientas y constantes, plagadas de mentiras, insultos y perversas manipulaciones. La figura de Churchill era motivo de las más malignas caricaturas y el Imperio británico, causa de constante mofa. El más simple accidente en una fábrica o de un tren correo en cualquier provincia española se atribuía sin el menor reparo a un sabotaje de los pérfidos ingleses. Las quejas del embajador ante tales atropellos, siempre, inexcusablemente, caían en saco roto.

Y mientras Sir Samuel Hoare iba acomodándose mal que bien a su nuevo destino, el antagonismo entre los ministerios de Gobernación y Exteriores era cada vez más evidente. Serrano, desde su todopoderosa posición, organizó una estratégica campaña a su manera: difundió rumores venenosos sobre Beigbeder, y alimentó con ello la idea de que sólo en sus propias manos se enderezaría la situación. Y a medida que la estrella del antiguo alto comisario caía como una piedra en el agua, Franco y Serrano, Serrano y Franco, dos absolutos desconocedores de la política internacional, ninguno de los cuales había visto el mundo ni por un agujero, se sentaban a tomar chocolate con picatostes en El Pardo y, mano a mano, diseñaban sobre el mantel de la merienda un nuevo orden mundial con la pasmosa osadía a la que sólo pueden llevar la ignorancia y la soberbia.

Hasta que Beigbeder reventó. Iban a echarle y él lo sabía. Iban a prescindir de él, a darle una patada en el trasero y mandarle a la calle: ya no les interesaba para su cruzada gloriosa. Le habían arrancado de su Marruecos feliz y le habían asignado a un puesto altamente deseable para después atarle de pies y manos y meterle una bola de trapo en la boca. Jamás habían valorado sus opiniones: de hecho, es probable que jamás se las pidieran. Nunca pudo tener iniciativa ni criterio, no le querían más que para llenar con su nombre una cartera ministerial y para que actuara como un funcionario servil, pusilánime y mudo. Aun así, sin gustarle en absoluto la situación, acató la jerarquía y trabajó incansable por aquello que se le estaba pidiendo, soportando con entereza el maltrato sistemático al que Serrano le mantuvo sometido durante meses. Primero fueron los pisotones, los empujones, el quítate tú para que me ponga yo. Aquellos empujones tardaron poco en convertirse en humillantes collejas. Y las collejas pronto se tornaron en patadas en los riñones, y las patadas pasaron finalmente a ser cuchilladas en la yugular. Y cuando Beigbeder intuyó que lo siguiente sería pisarle la cabeza, entonces, estalló.

Estaba cansado, harto de las impertinencias y la altivez del cuñadísimo, del oscurantismo de Franco en sus decisiones; harto de nadar a contracorriente y sentirse ajeno a todo, de estar al mando de un barco que, desde el momento en que inició su travesía, llevaba un rumbo equivocado. Por eso, tal vez queriendo emular una vez más a sus añorados amigos musulmanes, resolvió liarse, como un turbante moruno, la manta a la cabeza. Había llegado el momento de que la amistad discreta que hasta entonces había mantenido con Hoare saliera a la luz y se hiciera pública: de que traspasara los reductos privados, los despachos y los salones en los que hasta entonces se había mantenido. Y con ella por bandera, se echó a la calle: a plena calle, sin cobijo alguno. Al aire, bajo la solanera impenitente del verano. Empezaron a comer juntos casi a diario en las mesas más visibles de los restaurantes más conocidos. Y después, como dos árabes recorriendo las estrechas callejuelas de la morería de Tetuán, así agarraba Beigbeder al embajador por el brazo llamándole «hermano Samuel» y, con ostentosa parsimonia, paseaban por las aceras de Madrid. Desafiante Beigbeder, provocador, quijotesco casi. Un día, otro y otro, charlando en íntima cercanía con el enviado de los enemigos, demostrando con arrogancia su desprecio por los alemanes y los germanófilos. Y así pasaban por la Secretaría General del Movimiento en la calle Alcalá; por la sede del diario *Arriba* y ante la Embajada de Alemania en la Castellana, por las mismas puertas del Palace o del Ritz, auténticos avisperos de nazis. Para que todos vieran bien visto cómo se entendían el ministro de Franco y el embajador de los indeseables. Y mientras tanto Serrano, al borde de la crisis nerviosa y con la úlcera reconcomida, recorría a grandes zancadas su despacho de punta a punta, mesándose los cabellos y preguntándose a gritos dónde querría llegar el demente de Beigbeder con aquel insensato comportamiento.

A pesar de que los esfuerzos de Rosalinda habían conseguido despertar en él una cierta simpatía por Gran Bretaña, el ministro no era tan imprudente como para, sin mayor razón que el puro romanticismo, lanzarse en los brazos de un país extranjero como lo hacía cada noche en los de su amada. Gracias a ella había desarrollado una cierta simpatía por esa nación, sí. Pero si se volcó de lleno en Hoare, si por él quemó todas sus naves, fue por algunas razones más. Tal vez porque era un utópico y creía que en la Nueva España las cosas no marchaban como él pensaba que debían funcionar. Quizá porque era la única forma que tenía de mostrar abiertamente su oposición a entrar en la guerra al lado de las potencias del Eje. Puede que lo hiciera como reacción de rechazo ante quien le había humillado hasta el extremo, alguien con quien se suponía que tendría que haber trabajado hombro con hombro en el levantamiento de aquella patria en ruinas en cuya demolición habían participado con tanto afán. Y posiblemente se acercó a Hoare sobre todo porque se sentía solo, inmensamente solo en un entorno amargo y hostil.

De todo esto no me enteré yo porque lo viviera de primera mano, sino porque Rosalinda, a lo largo de todos aquellos meses, me mantuvo informada a través de una cadena de extensas cartas que yo recibía en Tetuán como agua de mayo. A pesar de su agitada vida social, la enfermedad la obligaba a permanecer aún largas horas en cama, horas que dedicaba a escribir cartas y a leer las que sus amigos le enviábamos. Y así establecimos una costumbre que nos mantuvo vinculadas con un hilo invisible a lo largo de los tiempos y las geografías. En sus últimas noticias de finales de agosto de 1940, me decía que los periódicos de Madrid hablaban ya de la inminente salida del gobierno del ministro de Asuntos Exteriores. Pero para ello aún tuvimos que esperar unas cuantas semanas, seis o siete. Y a lo largo de ellas, pasaron cosas que, una vez más, alteraron para siempre el curso de mi vida.

36

Una de las actividades que me acompañaron desde la llegada de mi madre a Tetuán fue leer. Ella mantenía la costumbre de acostarse temprano, Félix ya no cruzaba el descansillo, y a mis noches comenzaron a sobrarle muchas horas. Hasta que, una vez más, a él se le ocurrió una solución para llenar mi tedio. Tuvo nombre de mujeres y llegó entre dos tapas: *Fortunata y Jacinta*. A partir de entonces, dediqué todo mi tiempo de asueto a la lectura de cuantos novelones había en casa de mi vecino. Con el transcurso de los meses conseguí acabarlos y comencé con los estantes de la Biblioteca del Protectorado. Cuando el verano de 1940 tocaba a su fin, ya había dado cuenta de las dos o tres decenas de novelas de la pequeña biblioteca local y me preguntaba con qué iba a entretenerme de allí en adelante. Y entonces, inesperadamente, a mi puerta llegó un nuevo texto. No en forma de novela, sino de telegrama azul. Y no para el disfrute de su lectura, sino para que actuara según las indicaciones. «Invitación personal. Fiesta privada en Tánger. Amistades de Madrid esperan. Primero septiembre. Siete tarde. Dean's Bar.»

El estómago me dio un vuelco y, a pesar de ello, no pude reprimir una carcajada. Sabía quién enviaba la misiva, no necesitaba firma. En tropel volvieron a mi memoria docenas de recuerdos: música, carcajadas, cócteles, urgencias inesperadas y palabras extranjeras, pequeñas aventuras, excursiones con la capota del coche bajada, ganas de vivir. Comparé aquellos días del pasado con el presente sosegado en el que las semanas transcurrían monótonas entre costuras y pruebas, seriales en la radio y paseos con mi madre al atardecer. Lo único moderadamente emocionante que viví en aquellos tiempos fue alguna película a la que Félix me arrastró, y las desventuras y amoríos de los personajes de los libros que noche a noche devoraba para superar el aburrimiento. Saber que Rosalinda me esperaba en Tánger me produjo una sacudida de alegría. Aunque fuera brevemente, la ilusión se ponía de nuevo en marcha.

En el día y la hora fijados, sin embargo, no encontré ninguna fiesta en el bar del El Minzah, tan sólo cuatro o cinco pequeños grupos aislados de gente desconocida y un par de bebedores solitarios en la barra. Tampoco tras ella estaba Dean. Demasiado temprano tal vez para el pianista, el ambiente era mortecino, distinto de tantas noches tiempo atrás. Me senté a esperar en una mesa discreta y rechacé al camarero que se acercó. Siete y diez, siete y cuarto, siete y veinte. Y la fiesta seguía sin empezar. A las siete y media me acerqué a la barra y pregunté por Dean. Ya no trabaja aquí, me dijeron. Ha abierto su propio negocio, Dean's Bar. ¿Dónde? En la rue Amerique du Sud. Volé. En dos minutos estaba allí, apenas unos cientos de metros separaban ambos locales. Dean, enjuto y oscuro como siempre, captó mi presencia desde detrás de la barra apenas mi silueta se perfiló en la entrada. Su bar estaba más animado que el del hotel: no había muchos clientes, pero las conversaciones tenían un tono más alto, más distendido, y se oían algunas risas. El propietario no me saludó: tan sólo, con una breve mirada negra como el tizón, me señaló una cortina al fondo. A ella me dirigí. Terciopelo verde, pesado. Lo aparté y entré.

—Llegas tarde a mi fiesta.

Ni las paredes sucias, ni la luz mortecina de la triste bombilla; ni siquiera las cajas de bebidas y los sacos de café apilados alrededor restaban un ápice al glamour de mi amiga. Tal vez ella, tal vez Dean, o los dos quizá antes de abrir el bar aquella tarde, habían transformado temporalmente el pequeño almacén en un habitáculo exclusivo para un encuentro privado. Tan privado que sólo había dos sillas separadas por un barril cubierto con un mantel blanco. Sobre él, un par de copas, una coctelera, una cajetilla de cigarrillos turcos y un cenicero. En un rincón, haciendo equilibrios sobre un montón de cajones, la voz de Billie Holiday cantaba *Summertime* desde un gramófono portátil.

Llevábamos un año entero sin vernos, el que había transcurrido desde su marcha a Madrid. Seguía en los huesos, con la piel transparente y aquella onda rubia siempre a punto de caerle sobre el ojo. Pero su gesto no era el de los días despreocupados del pasado, ni siquiera el de los momentos más duros de la convivencia con su marido o su posterior convalecencia. No pude percibir con exactitud dónde radicaba el cambio, pero todo en ella se había trastocado un poco. Parecía algo mayor, más madura. Un poco cansada quizá. Por sus cartas había yo ido sabiendo de las dificultades que Beigbeder y ella misma habían encontrado en la capital. No me había dicho, en cambio, que tuviese prevista una visita a Marruecos.

Nos abrazamos, reímos como colegialas, halagamos con exageración nuestro vestuario y volvimos a reír. La había echado tanto de menos. Tenía a mi madre, cierto. Y a Félix. Y a Candelaria. Y mi taller y mi nueva afición por la lectura. Pero había extrañado tanto su presencia: aquellas llegadas intempestivas, su manera de ver las cosas desde un ángulo distinto al del resto del mundo. Sus ocurrencias, sus pequeñas excentricidades, el alboroto de su locuacidad. Quise saberlo todo y le lancé una catarata de preguntas: cómo marchaba su vida en Madrid, cómo estaba Johnny, cómo seguía Beigbeder, cuáles eran las razones que le habían hecho volver a África. Me respondió con vaguedades y anécdotas, evitando aludir a las dificultades. Hasta que yo dejé de martirizarla con mi curiosidad y entonces, mientras llenaba las copas, habló claro por fin.

—He venido a ofrecerte un trabajo.

Reí.

—Yo ya tengo un trabajo.

—Yo te voy a proponer otro.

Volví a reír y bebí. Pink gin, como tantas otras veces.

—Haciendo ¿qué? —dije al despegar la copa de mis labios.

—Lo mismo que ahora, pero en Madrid.

Me di cuenta de que hablaba en serio y se me secó la risa. Yo también alteré entonces el tono.

—Estoy a gusto en Tetuán. Las cosas van bien, cada vez mejor. A mi madre también le agrada vivir aquí. Nuestro taller funciona estupendamente; de hecho, estamos pensando en contratar a alguna aprendiza para que nos ayude. No nos hemos planteado volver a Madrid.

—No hablo de tu madre, Sira, tan sólo de ti. Y no haría falta cerrar el taller de Tetuán; seguramente se trataría de algo provisional. O, al menos, eso espero. Cuando todo terminara, podrías regresar.

—Cuando terminara ¿qué?

—La guerra.

—La guerra terminó hace más de un año.

—La vuestra, sí. Pero ahora hay otra.

Se levantó, cambió el disco y subió el volumen. Más jazz, esta vez sólo instrumental. Intentaba que nuestra conversación no se oyera tras la cortina.

—Hay otra guerra terrible. Mi país está metido en ella y el tuyo puede entrar en cualquier momento. Juan Luis ha hecho todo lo que ha podido para que España quede al margen, pero la marcha de los acontecimientos parece indicar que va a resultar muy difícil. Por eso queremos ayudar de todas las maneras posibles para minimizar la presión de Alemania sobre España. Si se lograra, vuestra nación quedaría fuera del conflicto y nosotros tendríamos más posibilidades de ganarlo.

Seguía sin entender cómo casaba mi trabajo con todo aquello, pero no la interrumpí.

—Juan Luis y yo —prosiguió— estamos intentando concienciar a algunos de nuestros amigos para que colaboren en la medida de sus posibilidades. Él no ha conseguido ejercer presión sobre el gobierno desde el ministerio, pero desde fuera también pueden hacerse cosas.

—¿Qué tipo de cosas? —pregunté con un hilo de voz. No tenía la menor idea de lo que pasaba por su cabeza. Mi rostro debió de resultarle divertido porque, por fin, rió.

—Don't panic, darling. No te asustes. No estamos hablando de poner bombas en la embajada alemana o de sabotear grandes operaciones militares. Me refiero a discretas campañas de resistencia. Observación. Infiltraciones. Obtención de datos a través de pequeñas brechas here and there, por aquí y por allá. Juan Luis y yo no estamos solos en esto. No somos un par de idealistas en busca de amigos incautos a los que implicar en una fantasiosa maquinación.

Rellenó las copas y volvió a subir el volumen del gramófono. Encendimos otro par de cigarrillos. Se sentó de nuevo y hundió sus ojos claros en los míos. A su alrededor tenía unas ojeras grisáceas que nunca antes le había visto.

—Estamos ayudando a montar en Madrid una red de colaboradores clandestinos asociados al Servicio Secreto británico. Colaboradores desvinculados de la vida política, diplomática o militar. Gente poco conocida que, bajo la apariencia de una vida normal, se entere de cosas y después las transmita al SOE.

—¿Qué es el SOE? —murmuré.

—*Special Operations Executive.* Una nueva organización dentro del Servicio Secreto recién creada por Churchill, destinada a asuntos relacionados con la guerra y al margen de los operativos de siempre. Están captando gente por toda Europa. Digamos que se trata de un servicio de espionaje poco ortodoxo. Poco convencional.

—No te entiendo. —Mi voz seguía siendo un susurro.

Era verdad que no entendía nada. Servicio Secreto. Colaboradores clandestinos. Operativos. Espionaje. Infiltraciones. En mi vida había oído hablar de todo aquello.

—Bueno, tampoco creas que yo estoy acostumbrada a toda esta terminología. Para mí también es todo prácticamente nuevo, he tenido que aprender mucho a marchas forzadas. Juan Luis, como te dije por carta, ha estrechado su relación con nuestro embajador Hoare en los últimos tiempos. Y ahora que él tiene los días contados en el ministerio, ambos han decidido trabajar en conjunto. Hoare, no obstante, no controla directamente las operaciones del Servicio Secreto en Madrid. Digamos que las supervisa, que es el último responsable. Pero no las coordina de manera personal.

—¿Quién lo hace, entonces?

Esperé a que me dijera que ella misma y destapara por fin que aquello no era más que una broma. Y entonces las dos reiríamos a carcajadas y nos iríamos por fin a cenar y a bailar a Villa Harris, como tantas otras veces. Pero no lo hizo.

—Alan Hillgarth, nuestro naval attaché, el agregado naval de la embajada: él es quien se encarga de todo. Es un tipo muy especial, marino dentro de una familia de larga tradición en la Armada, casado con una dama de la alta aristocracia que también está implicada en sus actividades. Llegó a Madrid a la vez que Hoare para, bajo la tapadera de su puesto oficial, encargarse también de coordinar encubiertamente las actividades del SOE y el SIS, el *Secret Intelligence Service.*

SOE. *Special Operations Executive.* SIS. *Secret Intelligence Service.* Todo me sonaba igual de ajeno. Insistí para que me lo aclarara.

—El SIS, el *Secret Intelligence Service,* también conocido como el MI6, *Directorate of Military Intelligence, Section 6:* la sexta sección de la inteligencia militar, la agencia dedicada a las operaciones del Servicio Secreto fuera de Gran Bretaña. Actividades de espionaje en territorio no británico, para que nos entendamos. Opera desde antes de la Gran Guerra y su personal, que suele tener cobertura diplomática o militar, se implica en operaciones discretas normalmente a través de estructuras de poder ya establecidas, por medio de personas o autoridades influyentes en los países en los que actúa. El SOE, en cambio, es algo novedoso. Más arriesgado porque no depende sólo de profesionales pero, por eso mismo, se trata de algo mucho más flexible. Es un operativo de emergencia para los nuevos tiempos de guerra, por llamarlo de alguna manera. Están abiertos a colaborar con todo tipo de personas capaces de resultar de interés. La organización acaba de crearse y Hillgarth, el encargado en España, necesita reclutar agentes. Con urgencia. Y, para ello, están sondeando a gente de su confianza que puedan ponerlos en contacto con otras personas que, a su vez, puedan ayudarles directamente. Digamos que Juan Luis y yo somos de ese tipo de intermediarios. Hoare está casi recién llegado, apenas conoce a nadie. Hillgarth pasó toda la guerra civil como vicecónsul en Mallorca, pero también es nuevo en Madrid y aún no controla todo el terreno que pisa. A Juan Luis y a mí, a él como ministro ya abiertamente anglófilo y a mí como ciudadana británica, no nos han pedido implicación directa: saben que somos demasiado conocidos y siempre resultaríamos sospechosos. Pero sí han recurrido a nosotros para que les facilitemos contactos. Y nosotros hemos pensado en algunos amigos. Entre ellos, en ti. Por eso he venido a verte.

Preferí no preguntar qué quería de mí exactamente. Lo hiciera o no, me lo iba a contar igual y el pánico iba a ser el mismo, así que decidí concentrarme en llenar de nuevo las copas. Pero la coctelera ya estaba vacía. Me levanté entonces y rebusqué entre las cajas apiladas contra la pared. Todo aquello era demasiado fuerte como para digerirlo a palo seco. Saqué una botella de algo que resultó ser whisky, le quité el tapón y di un largo trago directamente de la botella. Después se la pasé a Rosalinda. Me imitó y me la devolvió. Siguió hablando. Entretanto yo volví a beber.

—Hemos pensado que podrías montar un taller en Madrid y coser para las mujeres de los altos cargos nazis.

La garganta se me obstruyó, y el trago de whisky que iba ya camino abajo retornó a la boca y salió disparado en mil salpicaduras. Me limpié la cara con el dorso de la mano. Cuando por fin conseguí articular palabra, sólo salieron tres.

—Estáis locos perdidos.

No se dio por aludida y prosiguió sin alterarse.

—Todas ellas se vestían antes en París pero, desde que el ejército alemán invadió Francia en mayo, la mayoría de las casas de alta costura han cerrado, muy pocos quieren seguir trabajando en el París ocupado. La Maison Vionet, la Maison Chanel en la rue Chambon, la tienda de Schiaparelli en la place Vendome: casi todos los grandes se han marchado.

Las menciones de Rosalinda a la alta costura parisina, ayudadas posiblemente por mi nerviosismo, los cócteles y los tragos de whisky, me produjeron de pronto una carcajada ronca.

—¿Y quieres que yo sustituya en Madrid a todos esos modistos?

No conseguí contagiarle mi risa y prosiguió hablando seria.

—Podrías intentarlo a tu manera y a pequeña escala. Es el momento óptimo, porque no hay demasiadas opciones: París queda out of the question y Berlín está demasiado lejos. O se visten en Madrid, o no estrenarán modelos en la temporada que está a punto de empezar, lo cual para ellas sería una tragedia porque la esencia de su existir en estos días se centra en una intensísima vida social. Me he estado informando: son varios los talleres madrileños que ya están de nuevo en activo, preparándose para el otoño. Se rumoreaba que Balenciaga iba a reabrir su atelier este año, pero finalmente no lo ha hecho. Aquí tengo los nombres de los que sí tienen previsto funcionar —dijo sacando una cuartilla doblada del bolsillo de la chaqueta—. Flora Villarreal; Brígida en la Carrera de San Jerónimo, 37; Natalio en Lagasca, 18; Madame Raguette en Bárbara de Braganza, 2; Pedro Rodríguez en Alcalá, 62; Cottret en Fernando VI, 8.

Algunos me resultaban familiares, otros no. Doña Manuela debería haber estado entre ellos, pero Rosalinda no la mencionó: posiblemente no había vuelto a abrir su taller. Cuando terminó de leer la lista rajó la nota en mil pequeños pedazos y los dejó en el cenicero lleno ya de colillas.

—A pesar de sus esfuerzos por presentar nuevas colecciones y ofrecer los mejores diseños, todos comparten, sin embargo, un mismo problema; todos tienen la misma limitación. Así que a ninguno va a resultarle fácil salir adelante con éxito.

—¿Qué limitación?

—La escasez de telas; la absoluta escasez de telas. Ni España ni Francia están produciendo tejidos para este tipo de costura; las fábricas que no han cerrado están dedicadas a cubrir las necesidades básicas de la población o a elaborar materiales destinados a la guerra. Con el algodón hacen uniformes; con el hilo, vendas: cualquier tejido tiene un destino prioritario más allá de la moda. Ese problema podrías superarlo tú llevándote las telas desde Tánger. Aquí sigue habiendo comercio, no hay problemas para las importaciones como en la Península. Llegan productos americanos y argentinos, aún hay mucho stock de telas francesas y lanas inglesas, de sedas indias y chinas de años anteriores: puedes llevarte de todo. Y, en caso de que necesitaras más suministros, encontraríamos la manera de que los recibieras. Si llegas a Madrid con género e ideas, y si yo logro hacer que se corra la voz a través de mis contactos, puedes convertirte en la modista de la temporada. No tendrás competencia, Sira: serás la única capaz de ofrecerles lo que quieren: ostentación, lujo, frivolidad absoluta, como si el mundo fuera un salón de baile y no el sangriento campo de batalla en el que ellos mismos lo han convertido. Y las alemanas, todas, acudirán como buitres hasta ti.

—Pero me asociarían contigo... —dije intentando agarrarme a algún soporte que me impidiera ser arrollada por aquel demente plan.

—En absoluto. Nadie tiene por qué hacerlo. Las alemanas de Madrid son en su mayoría recién llegadas y no tienen ningún contacto con las de Marruecos; nadie tiene que saber que tú y yo nos conocemos. Aunque, por supuesto, tu experiencia cosiendo para sus compatriotas en Tetuán te será de gran ayuda: conoces sus gustos, sabes cómo tratarlas y cómo debes comportarte con ellas.

Mientras ella hablaba, cerré los ojos y me limité a mover la cabeza de un lado a otro. Por unos segundos, mi mente se remontó a los meses tempranos de mi estancia en Tetuán, a la noche en que Candelaria me enseñó las pistolas y me propuso venderlas para abrir el taller. La sensación de pánico era la misma y el escenario, similar: dos mujeres escondidas en un cuartucho, una exponiendo un plan peligroso concienzudamente maquinado y la otra, aterrorizada, negándose a aceptarlo. Había diferencias, no obstante. Grandes diferencias. El proyecto que Rosalinda me presentaba pertenecía a otra dimensión.

Su voz me hizo retornar del pasado, abandonar el mísero dormitorio de la pensión de La Luneta y reubicarme en la realidad del pequeño almacén tras la barra del Dean's Bar.

—Te crearemos la fama, tenemos maneras de hacerlo. Estoy bien relacionada en los círculos que nos interesan en Madrid, haremos correr el boca a boca para darte a conocer sin que nadie te vincule conmigo. El SOE se encargaría de todos los gastos iniciales: pagaría el alquiler del local, la instalación del taller y la inversión inicial en tejidos y materiales. Juan Luis resolvería el asunto de los trámites aduaneros y te facilitaría los permisos necesarios para pasar la mercancía de Tánger a España; tendría que ser un cargamento considerable porque, una vez él esté fuera del ministerio, las gestiones serán mucho más difíciles. Todo el rendimiento del negocio sería para ti. Sólo tendrías que hacer lo mismo que ahora en Marruecos, pero prestando más atención a lo que oigas de boca de clientas alemanas, o incluso de españolas vinculadas al poder y conectadas con los nazis, que también resultarían muy interesantes si lograras captarlas. Las alemanas están absolutamente ociosas y les sobra el dinero, tu atelier podría convertirse en un lugar de encuentro para ellas. Te enterarías de los sitios a los que van sus maridos, la gente con la que se reúnen, los planes que tienen y las visitas que reciben de Alemania.

—Apenas hablo el alemán.

—Eres capaz de comunicarte lo bastante como para que ellas se sientan cómodas contigo. Enough.

—Sé poco más que los números, los saludos, los colores, los días de la semana y un puñado de frases sueltas —insistí.

—No importa: ya hemos pensado en ello. Tenemos a alguien que podría ayudarte. Tú sólo tendrías que recopilar datos y hacerlos llegar después a su destino.

—¿Cómo?

Se encogió de hombros.

—Eso tendrá que decírtelo Hillgarth si finalmente aceptas. Yo no sé cómo funcionan esos operativos; me imagino que diseñarían algo específico para ti.

Volví a hacer un gesto negativo con la cabeza, esta vez más enfático.

—No voy a aceptar, Rosalinda.

Encendió otro cigarrillo y aspiró con fuerza.

—¿Por qué? —preguntó entre humo.

—Porque no —dije contundente. Tenía mil razones para no embarcarme en aquel sinsentido, pero preferí amontonarlas todas en una única negación. No. No iba a hacerlo. Tajantemente, no. Bebí otro trago de whisky de la botella, me supo a rayos.

—¿Por qué no, darling? Por miedo, right? —Hablaba ahora en voz baja y segura. La música había terminado; sólo se oía el ruido de la aguja arañando la pizarra del disco y algunas voces y risas procedentes del otro lado de la cortina—. Todos tenemos miedo, todos estamos muertos de miedo —murmuró—. Pero eso no es justificación suficiente. Tenemos que implicarnos, Sira. Tenemos que ayudar. Tú, yo, todos, cada uno en la medida de sus posibilidades. Tenemos que aportar nuestro grano de arena para que esta locura no siga avanzando.

—Además, no puedo volver a Madrid. Tengo asuntos pendientes. Tú sabes cuáles.

La cuestión de las denuncias de los tiempos de Ramiro estaba aún sin resolver. Desde el final de la guerra había hablado sobre ello con el comisario Vázquez en un par de ocasiones. Él había intentado enterarse de cómo estaba la situación en Madrid, pero no había logrado nada. Todo anda aún muy revuelto, vamos a dejar pasar el tiempo, esperar a que las cosas se calmen, me decía. Y yo, sin intención ya de regresar, esperaba. Rosalinda conocía la situación, yo misma se la había contado.

—También hemos pensado en eso. En eso, y en que tienes que estar cubierta, protegida ante cualquier eventualidad. Nuestra embajada no podría hacerse responsable de ti en caso de que hubiera algún problema y el asunto es arriesgado para una ciudadana española tal como están las cosas ahora mismo. Pero Juan Luis ha tenido una idea.

Quise preguntar cuál era, pero la voz no me salió del cuerpo. Tampoco hizo falta: ella me la expuso inmediatamente.

—Puede conseguirte un pasaporte marroquí.

—Un pasaporte falso —apostillé.

—No, sweetie: auténtico. Él sigue teniendo excelentes amigos en Marruecos. Podrías ser ciudadana marroquí en apenas unas horas. Con otro nombre, obviously.

Me levanté y noté que me costaba mantener el equilibrio. En mi cerebro, entre charcos de ginebra y whisky, chapoteaban alborotadas todas aquellas palabras tan ajenas. Servicio Secreto, agentes, dispositivos. Nombre falso, pasaporte marroquí. Me apoyé contra la pared e intenté recobrar la serenidad.

—Rosalinda, no. No sigas, por favor. No puedo aceptar.

—No es necesario que tomes una decisión ahora mismo. Piénsatelo.

—No hay nada que pensar. ¿Qué hora es?

Consultó el reloj; yo intenté hacer lo mismo con el mío, pero los números parecían derretirse ante mis ojos.

—Las diez menos cuarto.

—Tengo que volver a Tetuán.

—Había previsto que un coche te recogiera a las diez, pero creo que no estás en condiciones de ir a ningún sitio. Quédate a dormir en Tánger. Yo me encargo de que te den una habitación en el El Minzah y de que avisen a tu madre.

Una cama en la que dormir para olvidar toda aquella siniestra conversación se me antojó como el más tentador de los ofrecimientos. Una cama grande con sábanas blancas, en una hermosa habitación en la que despertar al día siguiente para descubrir que aquel encuentro con Rosalinda había sido una pesadilla. Una extravagante pesadilla salida de la nada. La lucidez saltó de pronto desde algún remoto rincón de mi cerebro.

—No pueden avisar a mi madre. No tenemos teléfono, ya lo sabes.

—Haré que alguien llame a Félix Aranda y él se lo dirá. Me ocuparé además de que te recojan y te lleven a Tetuán mañana por la mañana.

—¿Y tú dónde te alojas?

—En casa de unos amigos ingleses en la rue de Hollande. No quiero que nadie sepa que estoy en Tánger. Me han traído directamente en auto desde su residencia, ni siquiera he pisado la calle.

Guardó silencio durante unos segundos y volvió a hablar en tono más bajo otra vez. Más bajo y más denso.

—Las cosas están muy feas para Juan Luis y para mí, Sira. Nos vigilan permanentemente.

—¿Quién? —pregunté con voz ronca.

Sonrió con tristeza y media boca.

—Todos. La policía. La Gestapo. La Falange.

El miedo salió de mí en forma de pregunta apenas susurrada con voz pastosa.

—Y a mí, ¿también van a vigilarme?

—No lo sé, darling, no lo sé.

Sonreía de nuevo, esta vez con la boca entera. No logró, sin embargo, que un punto de desazón se le quedara colgando de las comisuras.

37

Alguien llamó a la puerta y entró sin esperar a que le diera permiso. Con los ojos aún entrecerrados, en la penumbra pude distinguir a una camarera de uniforme con una bandeja en las manos. La depositó en algún sitio fuera de mi campo visual y descorrió las cortinas. La estancia se llenó de pronto de luz y yo me cubrí la cabeza con la almohada. A pesar de que ésta amortiguaba el volumen de los ruidos, los oídos se me llenaron de pequeñas señales que me permitieron seguir el quehacer de la recién llegada. La porcelana de la taza al chocar contra el plato, el borboteo del café caliente al salir de la cafetera, el raspear del cuchillo contra una tostada al untar la mantequilla. Cuando todo estuvo preparado, se acercó a la cama.

—Buenos días, señorita. El desayuno está listo. Tiene que levantarse, la espera un coche en la puerta dentro de una hora.

Le respondí con un gruñido. Quería decir gracias, me doy por enterada, déjame en paz. La chica no acabó de descifrar mi intención de seguir durmiendo e hizo caso omiso.

—Me han pedido que no me vaya hasta que se quede usted levantada.

Hablaba español con acento español. Tánger se había llenado de republicanos al terminar la guerra, probablemente fuera hija de alguna de aquellas familias. Volví a refunfuñar y me di la vuelta.

—Señorita, por favor, levántese. Se le van a enfriar el café y las tostadas.

—¿Quién te manda? —inquirí sin sacar la cabeza de su refugio. Mi voz sonó como salida de una caverna, tal vez por la barrera de plumas y tela que me separaba del exterior, tal vez por efecto de la catastrófica noche previa. En cuanto terminé de formularla, me di cuenta de lo ridículo de la pregunta. Cómo podría saber aquella muchacha quién la enviaba hasta mí. Yo, en cambio, no tenía la menor duda.

—Me han dado la orden en la cocina, señorita. Soy la camarera de esta planta.

—Pues ya te puedes ir.

—No hasta que usted se quede levantada.

Era terca la joven camarera, con la perseverancia del bien mandado. Saqué la cabeza por fin y me retiré el pelo de la cara. Al apartar las sábanas, me di cuenta de que llevaba puesto un camisón de color albaricoque que no era mío. La joven me esperaba con una bata a juego en la mano; decidí no preguntarle por su proveniencia, qué iba ella a saber. Intuí que, de alguna manera, Rosalinda se las había arreglado para hacer llegar ambas prendas hasta la habitación. No había, en cambio, zapatillas, así que, descalza, me dirigí hacia la pequeña mesa redonda preparada para el desayuno. Mi estómago lo recibió con un crujir de tripas.

—¿Le sirvo leche, señorita? —preguntó mientras me sentaba.

Asentí con la cabeza, no pude con palabras: tenía la boca llena ya de tostada. Estaba hambrienta como un lobo; recordé entonces que no había cenado la noche previa.

—Si da su permiso, voy a prepararle el baño.

Volví a asentir mientras masticaba y a los pocos segundos oí el agua salir con fuerza de los grifos a borbotones. La chica regresó a la habitación.

—Ya puedes irte, gracias. Di a quien corresponda que estoy levantada.

—Me han dicho que me lleve su traje para plancharlo mientras desayuna.

Di un nuevo bocado a la tostada y volví a asentir sin palabras. Recogió ella entonces mi ropa caída en desorden sobre un pequeño sillón.

—¿Manda algo más la señorita? —preguntó antes de salir.

Con la boca aún llena me llevé un dedo a la sien, como simulando un tiro sin pretenderlo. Me miró asustada y me di cuenta entonces de que apenas era una chiquilla.

—Algo para el dolor de cabeza —aclaré cuando pude por fin tragar.

Confirmó que me había entendido con un gesto enfático y se escabulló sin una palabra más, deseando huir lo antes posible del cuarto de aquella loca que debí de parecerle.

Di fin a las tostadas, a un zumo de naranja, un par de croissants y un bollo suizo. Me serví después una segunda taza de café y, al levantar la jarra de la leche, rocé con el dorso de la mano el sobre que reposaba contra un pequeño búcaro con un par de rosas blancas. Noté con el contacto algo parecido a un calambrazo, pero no lo cogí. No tenía nada escrito, ni una letra, pero yo sabía que era para mí y sabía quién lo enviaba. Terminé el café y me dirigí al cuarto de baño lleno de vaho. Cerré los grifos e intenté distinguir mi imagen en el espejo. Estaba tan empañado que, para verme, hube de secarlo con una toalla. Lamentable, fue la única palabra que me vino a la boca al contemplar mi reflejo. Me desnudé y entré en el agua.

Cuando salí, los restos del desayuno habían desaparecido y el balcón estaba abierto de par en par. Las palmeras del jardín, el mar y el cielo azul intenso del Estrecho parecían quererse meter en la habitación, pero apenas les hice caso, tenía prisa. A los pies de la cama encontré la ropa planchada: el traje, la combinación y las medias de seda, todo listo para volver a mi cuerpo. Y en la mesilla de noche, sobre una pequeña bandeja de plata, una garrafa con agua, un vaso y un tubo de Optalidón. Tragué dos pastillas de un golpe; lo pensé mejor y me tomé una más. Volví después al baño y me recogí el pelo húmedo en un moño bajo. Me maquillé mínimamente, no llevaba conmigo más que la polvera y una barra de *rouge*. Después me vestí. Todo listo, murmuré al aire. Rectifiqué inmediatamente. Todo listo, casi. Faltaba un pequeño detalle. El que me esperaba en la mesa donde media hora antes había desayunado: el sobre color crema sin destinatario aparente. Suspiré y, cogiéndolo con apenas dos dedos, lo guardé en el bolso sin volverlo a mirar.

Me fui. Atrás dejé un camisón ajeno y el hueco de mi cuerpo entre las sábanas. El miedo no quiso quedarse, se vino conmigo.

—La cuenta de mademoiselle ya está pagada, un auto la está esperando —me dijo discretamente el jefe de recepción. Ni el vehículo ni el conductor me resultaron familiares, pero no pregunté de quién era el primero ni para quién trabajaba el segundo. Tan sólo me acomodé en el asiento trasero y, sin que de mi boca saliera una palabra, dejé que entre ambos me llevaran a casa.

Mi madre no me preguntó cómo me había ido la fiesta ni dónde había pasado la noche. Supuse que quien fuera que le trasladara el mensaje la noche anterior lo hizo con tal convencimiento que apenas dejó resquicio para la preocupación. Si se fijó en mi mala cara, no dio muestras de que ésta le causara la menor intriga. Tan sólo levantó la vista de la prenda que estaba montando y me dio los buenos días. Ni efusiva ni molesta. Neutra.

—Se nos ha acabado el cordón de seda —anunció—. La señora de Aracama quiere que le pasemos la prueba del jueves al viernes y Frau Langenheim prefiere que cambiemos la caída del vestido de shantung.

Mientras seguía cosiendo y comentando las últimas incidencias, coloqué una silla frente a ella y me senté, tan cerca que mis rodillas quedaron casi rozando las suyas. Comenzó entonces a contarme algo acerca de la entrega de unas piezas de satén que habíamos pedido la semana anterior. No la dejé terminar.

—Quieren que vuelva a Madrid y que trabaje para los ingleses; que les pase información sobre los alemanes. Quieren que espíe a sus mujeres, madre.

La mano derecha se le paró en alto, sosteniendo la aguja enhebrada entre pespunte y pespunte. La frase se quedó a medias, la boca abierta. Inmóvil en la postura, levantó los ojos por encima de las pequeñas gafas que ya entonces usaba para coser y me clavó una mirada llena de desconcierto.

No seguí hablando inmediatamente. Antes tomé aire y lo expulsé un par de veces: con fuerza, con grandes bocanadas, como si me faltara la respiración.

—Dicen que España está llena de nazis —continué—. Los ingleses necesitan gente para informarles sobre lo que hacen los alemanes: con quién se reúnen, dónde, cuándo, cómo. Han pensado en ponerme un taller y que yo cosa para sus esposas, para que después les cuente lo que vea y oiga.

—Y tú, ¿qué les has contestado?

Su voz, como la mía, fue apenas un susurro.

—Que no. Que no puedo, que no quiero. Que estoy bien aquí, contigo. Que no tengo interés en volver a Madrid. Pero me piden que me lo piense.

El silencio se extendió por toda la estancia, entre las telas y los maniquíes, rodeando las bobinas de hilo, posándose en las tablas de coser.

—¿Y eso ayudaría a que España no entrara en guerra otra vez? —preguntó por fin.

Me encogí de hombros.

—Todo puede en principio ayudar o, al menos, eso creen —dije sin gran convencimiento—. Están intentando montar una trama de informadores clandestinos. Los ingleses desean que los españoles nos quedemos al margen de lo que pasa en Europa, que no nos aliemos con los alemanes y no intervengamos; dicen que será lo mejor para todos.

Bajó la cabeza y concentró la atención en la tela en la que estaba trabajando. No dijo nada a lo largo de unos segundos: se quedó pensando, reflexionando sin prisa mientras la acariciaba con la yema del pulgar. Finalmente, alzó la mirada y se quitó las gafas despacio.

—¿Quieres mi consejo, hija? —preguntó.

Moví la barbilla con gesto rotundo. Sí, claro que quería su consejo: necesitaba que me confirmara que mi negativa era razonable, ansiaba oír de su boca que aquel plan era una auténtica insensatez. Quería que volviera la madre de siempre, que dijera que quién me creía yo que era para andar jugando a los agentes secretos. Quise encontrar de nuevo a la Dolores firme de mi infancia: la prudente, la resolutiva, la que siempre sabía lo que estaba bien y lo que estaba mal. La que me crió marcando el camino recto al que un mal día yo di esquinazo. Pero el mundo había cambiado no sólo para mí: los puntales de mi madre también eran ya otros.

—Ve con ellos, hija. Ayuda, colabora. Nuestra pobre España no puede entrar en otra guerra, ya no le quedan fuerzas.

—Pero, madre...

No me dejó seguir.

—Tú no sabes lo que es vivir en guerra, Sira. Tú no te has despertado un día y otro con el ruido de las ametralladoras y el estallido de los morteros. Tú no has comido lentejas con gusanos mes tras mes, no has vivido en invierno sin pan, ni carbón, ni cristales en las ventanas. No has convivido con familias rotas y niños hambrientos. No has visto ojos llenos de odio, de miedo, o de las dos cosas a la vez. España entera está arrasada, nadie tiene ya fuerzas para soportar de nuevo la misma pesadilla. Lo único que este país puede hacer ahora es llorar a sus muertos y tirar hacia delante con lo poco que le queda.

—Pero... —insistí.

Volvió a interrumpirme. Sin alzar la voz, pero tajante.

—Si yo fuera tú, ayudaría a los ingleses, haría lo que me pidieran. Ellos trabajan en su propio beneficio, de eso no te quepa duda: todo esto lo hacen por su patria, no por la nuestra. Pero si su beneficio nos beneficia a todos, bendito sea Dios. Supongo que la petición te habrá llegado de tu amiga Rosalinda.

—Estuvimos hablando ayer durante horas; esta mañana me ha dejado escrita una carta, aún no la he leído. Supongo que serán instrucciones.

—Por todas partes se oye que a su Beigbeder le quedan cuatro días de ministro. Parece que van a echarle precisamente por eso, por hacerse amigo de los ingleses. Imagino que él también tendrá algo que ver en esto.

—La idea es de los dos —confirmé.

—Pues ya podía haber puesto el mismo empeño en librarnos de la otra guerra en la que ellos mismos nos metieron, pero eso pasado está y ya no tiene remedio, lo que hay que hacer ahora es mirar al futuro. Tú veras lo que decides, hija. Me has pedido mi consejo y yo te lo he dado: con gran dolor de mi corazón, pero entendiendo que eso es lo más responsable. Para mí también será difícil: si te vas, volveré a estar sola y vi-

viré otra vez con la incertidumbre de no saber de ti. Pero creo que sí, que debes marcharte a Madrid. Yo me quedaré aquí y sacaré el taller adelante. Buscaré a alguien para que me ayude, tú por eso no te preocupes. Y cuando todo acabe, Dios dirá.

No pude responder. No me quedaban excusas. Decidí irme, salir a la calle, dejar que me diera el aire. Tenía que pensar.

38

Entré en el hotel Palace un mediodía de mediados de septiembre con el andar seguro de alguien que hubiera pasado media vida taconeando por los halls de los mejores hoteles del planeta. Llevaba un tailleur de lana fría color sangre espesa y la melena recién cortada por encima del hombro. Sobre ella, un sofisticado sombrero de fieltro y plumas salido del taller de Madame Boissenet en Tánger: toda una *pièce-de-résistance,* como, según ella, llamaban entonces a aquellos sombreros las señoras elegantes en la Francia ocupada. Complementaba el atuendo con unos zapatos de piel de cocodrilo y altura de andamio adquiridos en la mejor zapatería del boulevard Pasteur. En las manos, un bolso a juego y un par de guantes de piel de becerro teñida en gris perla. Dos o tres cabezas se volvieron a mi paso. Ni me inmuté.

A mi espalda, un botones portaba un neceser, dos maletas de Goyard y otras tantas sombrereras. El resto del equipaje, los enseres y el cargamento de telas llegarían por carretera al día siguiente tras cruzar el Estrecho sin problemas: cómo habrían de tenerlos, si los permisos para el tránsito de aduanas iban sellados y resellados con los timbres más oficiales del universo entero, cortesía del Ministerio español de Asuntos Exteriores. Yo, por mi parte, llegué en avión, la primera vez que volé en mi vida. Del aeródromo de Sania Ramel a Tablada en Sevilla; de Tablada a Barajas. Salí de Tetuán con mi documentación española a nombre de Sira Quiroga, pero alguien se encargó de amañar la lista de pasajeros para que yo no figurara en ella como tal. A lo largo del vuelo, con las pequeñas tijeras de mi costurero de emergencia, desintegré mi viejo pasaporte en mil tiritas que guardé dentro de un pañuelo anudado: al fin y al cabo, era un documento de la República, de poco iba ya a servirme en la Nueva España. Aterricé en Madrid con un flamante pasaporte marroquí. Junto a la fotografía, un domicilio en Tánger y mi identidad recién adquirida: Arish Agoriuq. ¿Extraño? No tanto. Tan sólo era el nombre y el apellido de siempre puestos del revés. Y con la *h* que mi vecino Félix le había añadido en los primeros días del negocio dejada en el mismo sitio. No era un nombre árabe en absoluto, pero sonaba extraño y no resultaría sospechoso en Madrid, donde nadie tenía idea de cómo se llamaba la gente allá por la tierra mora, allá por tierra africana, como cantaba el pasodoble.

En los días previos a mi marcha seguí al pie de la letra todas las instrucciones contenidas en la larga carta de Rosalinda. Contacté con las personas indicadas para la obtención de mi nueva identidad. Elegí las mejores telas en las tiendas sugeridas y encargué que las enviaran junto con las facturas correspondientes a una dirección local que nunca supe a quién pertenecía. Fui otra vez al bar de Dean y pedí un bloody mary. Si mi decisión hubiera sido negativa, tendría que haberme decantado por una humilde limonada. Me sirvió el barman con gesto impasible. Como sin ganas comentó entretanto lo que parecían simples trivialidades: que la tormenta de la noche anterior había destrozado un toldo, que un barco de nombre *Jason* y pabellón estadounidense llegaría el viernes siguiente a las diez de la mañana con un cargamento de mercancía inglesa. De aquel inocuo comentario extraje los datos que necesitaba. Tal viernes y a la hora precisada, me dirigí a la Legación Americana en Tánger, un hermoso palacete moruno enclavado en plena medina. Comuniqué al soldado encargado del control de acceso mi intención de ver al señor Jason. Levantó éste entonces un pesado teléfono interior y anunció en inglés que la visita había llegado. Recibió órdenes y colgó. Me invitó a acceder a un patio árabe rodeado de arcos encalados. Allí me recibió un funcionario que, sin apenas palabras y con paso ágil, me condujo a través de un laberinto de pasillos, escaleras y galerías hasta una terraza blanca en la zona más alta del edificio.

—Mr Jason —dijo simplemente señalándome una presencia masculina al fondo de la azotea. Al momento se invisibilizó trotando escaleras abajo.

Tenía unas cejas tremendamente espesas y su nombre no era Jason, sino Hillgarth. Alan Hillgarth, agregado naval de la embajada británica en Madrid y coordinador de las actividades del Servicio Secreto en España. Rostro ancho, frente despejada y pelo oscuro, con raya rectilínea y peinado hacia atrás con brillantina. Se acercó vestido con un traje de alpaca gris cuya calidad se intuía aun en la distancia. Caminaba seguro, sosteniendo un maletín de piel negra en la mano izquierda. Se presentó, estrechó mi mano y me invitó a disfrutar por unos momentos de la panorámica. Impresionante, ciertamente. El puerto, la bahía, el Estrecho entero y una franja de tierra al fondo.

—España —anunció apuntando al horizonte—. Tan cerca y tan lejos. ¿Nos sentamos?

Señaló un banco de hierro forjado y nos acomodamos en él. Del bolsillo de la chaqueta sacó una cajetilla metálica de cigarrillos Craven A. Acepté uno y fumamos los dos contemplando el mar. Apenas se oían ruidos cercanos, tan sólo algunas voces en árabe ascendiendo desde las callejas cercanas y, de cuando en cuando, los sonidos estridentes de las gaviotas que sobrevolaban la playa.

—Todo está prácticamente listo en Madrid esperando su llegada —anunció al fin.

Su español era excelente. No repliqué, no tenía nada que decir: tan sólo quería oír sus instrucciones.

—Hemos alquilado un piso en la calle Núñez de Balboa, ¿sabe dónde está?

—Sí. Trabajé cerca durante un tiempo.

—La señora Fox se está encargando de amueblarlo y prepararlo. A través de personas intermediarias, naturalmente.

—Entiendo.

—Sé que ella ya la puso al tanto, pero creo que conviene que yo se lo recuerde. El coronel Beigbeder y la señora Fox se encuentran ahora mismo en una situación extremadamente delicada. Estamos todos a la espera del cese del coronel como ministro; parece que no tardará mucho tiempo en producirse y será una pérdida lamentable para nuestro gobierno. De momento, el señor Serrano Suñer, ministro de Gobernación, acaba de salir para Berlín: tiene previsto entrevistarse primero con Von Ribbentrop, el homólogo de Beigbeder, y después con Hitler. El hecho de que el propio ministro de Asuntos Exteriores español no esté participando en esa misión y permanezca en Madrid es significativo de la fragilidad de su actual estatus. Mientras, tanto el coronel como la señora Fox están colaborando con nosotros, aportándonos contactos muy interesantes. Todo se está haciendo, obviamente, de manera clandestina. Ambos sufren un estrecho seguimiento por parte de agentes pertenecientes a ciertos cuerpos poco amigos, si me permite el eufemismo.

—La Gestapo y la Falange —apunté recordando las palabras de Rosalinda.

—Veo que ya está informada. Así es, en efecto. No deseamos que pase lo mismo con usted, aunque no le garantizo que podamos evitarlo. Pero no se asuste antes de tiempo. Todo el mundo en Madrid vigila a todo el mundo: todo el mundo es sospechoso de algo y nadie se fía de nadie, pero, afortunadamente para nosotros, no cunde la paciencia: todos parecen tener una gran prisa, así que, si no logran encontrar nada de interés en unos cuantos días, olvidan el objetivo y pasan al siguiente. No obstante, si se siente vigilada, háganoslo saber y nosotros intentaremos averiguar de quién se trata. Y, sobre todo, no pierda la calma. Muévase con naturalidad, no intente despistarles ni se ponga nerviosa, ¿me entiende?

—Creo que sí —dije sin sonar demasiado convincente.

—La señora Fox —prosiguió cambiando de tema— está moviendo los hilos para anticipar su llegada, creo que ya tiene asegurado un puñado de potenciales clientas. Por ello, y habida cuenta de que tenemos el otoño prácticamente encima, sería oportuno que se instalara en Madrid lo antes posible. ¿Cuándo cree que podrá hacerlo?

—Cuando usted diga.

—Agradezco su buena disposición. Nos hemos tomado la libertad de gestionarle un pasaje de avión para el próximo martes, ¿le parece bien?

Me puse con disimulo las manos sobre las rodillas: temía que me empezaran a temblar.

—Estaré lista.

—Estupendo. Tengo entendido que la señora Fox le adelantó parcialmente el objetivo de su misión.

—Más o menos.

—Bien, pues yo se lo voy a especificar ahora con mayor detalle. Lo que necesitamos de usted en un principio es que nos remita informes periódicos acerca de ciertas señoras alemanas y algunas otras españolas las cuales, confiamos, van a convertirse en clientas suyas próximamente. Como le comentó su amiga la señora Fox, la escasez de telas está siendo un serio problema para las modistas españolas y sabemos de primera mano que hay un número de señoras residentes en Madrid ansiosas por encontrar a alguien que pueda proporcionarles tanto confección como tejidos. Y ahí es donde entrará usted en juego. Si nuestras previsiones no fallan, su colaboración será de gran interés para nosotros, puesto que en la actualidad nuestros contactos con el poder alemán en Madrid son nulos y con el poder español casi inexistentes, con excepción del coronel Beigbeder y ya por poco tiempo, me temo. La información que queremos obtener a través de usted se centrará fundamentalmente en datos sobre los movimientos de la colonia nazi residente en Madrid y de algunos españoles que con ellos se relacionan. Realizar un seguimiento individualizado de cada uno de ellos está absolutamente fuera de nuestro alcance; por eso hemos pensado que tal vez a través de sus esposas y amigas podamos obtener alguna idea sobre sus contactos, relaciones y actividades. ¿Todo en orden hasta aquí?

—Todo en orden, sí.

—Nuestro principal interés es conocer anticipadamente la agenda social de la comunidad alemana en Madrid: qué eventos organizan, con qué españoles y compatriotas alemanes se relacionan, dónde se reúnen y con qué frecuencia. Gran parte de su actividad estratégica se realiza por lo común más mediante eventos sociales privados que a través del trabajo digamos de despacho, y queremos infiltrar en ellos a gente de nuestra confianza. En estos casos, los representantes nazis suelen ir acompañados de sus esposas o amigas y éstas, se supone, deben ir convenientemente vestidas. Esperamos, por tanto, que usted pueda obtener información anticipada al respecto de las ocasiones en las que lucirán sus creaciones. ¿Cree que será posible?

—Sí, es normal que las clientas comenten sobre todo eso. El problema es que mi alemán es muy limitado.

—Ya hemos pensado en ello. Tenemos previsto incorporar una pequeña ayuda. Como sabrá, el coronel Beigbeder ocupó durante varios años el puesto de agregado militar en Berlín. En la embajada trabajaban entonces como cocineros un matrimonio español con dos hijas; al parecer el coronel se portó muy bien con ellos, los ayudó en algunos problemas, se preocupó por la educación de las niñas y, en definitiva, tuvieron un trato cordial que se interrumpió cuando él fue destinado a Marruecos. Bien, al enterarse de que el antiguo agregado había sido nombrado ministro, esta familia, ya de vuelta en España desde hace unos años, se puso en contacto con él solicitando de nuevo su ayuda. La madre murió antes de la guerra y el padre sufre de asma crónica y apenas se mueve de casa; no tiene tampoco adscripción política reconocida, algo que nos viene muy bien. El padre pidió a Beigbeder trabajo para sus hijas y nosotros ahora se lo vamos a ofrecer si usted nos da su consentimiento. Se trata de dos jóvenes de diecisiete y diecinueve años que entienden y hablan alemán con total fluidez. Yo no las conozco personalmente, pero la señora Fox se entrevistó con ambas hace unos días y quedó del todo satisfecha. Me ha pedido que le diga que con ellas en casa no echará de menos a Jamila. Desconozco quién es Jamila, pero espero que entienda el mensaje que le transmito.

Sonreí por primera vez desde el principio de la conversación.

—De acuerdo. Si la señora Fox las considera aceptables, yo también. ¿Saben coser?

—Creo que no, pero pueden ayudarle a llevar la casa y tal vez pueda enseñarles unos mínimos de costura. En cualquier caso, es muy importante que tenga claro que estas muchachas no deben saber a qué se dedica usted clandestinamente, así que tendrá que ingeniárselas para que la ayuden, pero sin identificar nunca ante ellas el objeto de su interés en que le traduzcan lo que no logre entender. ¿Otro cigarrillo?

Volvió a sacar la cajetilla de Craven A, volví a aceptarlo.

—Me las arreglaré, no se preocupe —dije tras expulsar con lentitud el humo.

—Prosigamos entonces. Como le he dicho, nuestro interés fundamental es mantenernos al tanto de la vida social de los nazis en Madrid. Pero, además, nos interesa conocer su movilidad y los contactos que tienen con Alemania: si viajan a su país y con qué propósito lo hacen; si reciben visitas, quiénes son los visitantes, cómo piensan recibirles... En fin, cualquier tipo de información adicional que pudiera resultarnos de interés.

—¿Y qué tendré que hacer con esa información, si es que la consigo?

—En cuanto al modo de transmitirnos los datos que logre captar, hemos estado pensando largamente al respecto y creemos haber dado con una manera de comenzar. Quizá no sea la forma de contacto definitiva, pero pensamos que vale la pena ponerla a prueba. El SOE utiliza varios sistemas de codificación con distintos niveles de seguridad. No obstante, antes o después, los alemanes acaban reventándolos todos. Es muy común utilizar códigos basados en obras literarias; poemas, especialmente. Yeats, Milton, Byron, Tennyson. Bien, nosotros vamos a intentar hacer algo distinto. Algo mucho más simple y, a la vez, más apropiado para sus circunstancias. ¿Sabe lo que es el código morse?

—¿El de los telegramas?

—Exacto. Es un código de representación de letras y números mediante señales intermitentes; señales auditivas, por lo general. Tales señales auditivas, sin embargo, tienen también una representación gráfica muy sencilla, a través de un simple sistema de puntos y breves rayas horizontales. Mire.

De su maletín sacó un sobre de tamaño mediano y de éste extrajo una especie de plantilla de cartón. Las letras del alfabeto y los números del cero al nueve se repartían en dos columnas. Junto a cada uno de ellos aparecía la correspondiente combinación de puntos y rayas que los identificaban.

—Imagine ahora que quiere transcribir una palabra cualquiera; Tánger, por ejemplo. Hágalo en voz alta.

Consulté la tabla y emití el nombre codificado.

—Raya. Punto raya. Raya punto. Raya raya punto. Punto. Punto raya punto.

—Perfecto. Visualícelo ahora. No, mejor póngalo sobre papel. Tenga, use esto —dijo sacando un portaminas de plata del bolsillo interior de su chaqueta—. Aquí mismo, en este sobre.

Transcribí las seis letras siguiendo de nuevo la tabla: _. _ _. _ _... _.

—Estupendo. Ahora mírelo con atención. ¿Le recuerda a algo? ¿Le resulta familiar?

Observé el resultado. Sonreí. Claro. Claro que me resultaba familiar. Cómo no iba a resultarme familiar algo que llevaba haciendo la vida entera.

—Son como puntadas —dije en voz baja.

—Exactamente —corroboró—. Ahí es a donde yo quería llegar. Verá, nuestra intención es que toda la información que tenga que transmitirnos sea encriptada mediante este sistema. Obviamente, habrá de afinar su capacidad de síntesis para expresar lo que quiere decir con el menor número de palabras posible, de lo contrario cada secuencia sería interminable. Y quiero que lo disfrace de tal modo que el resultado simule un patrón, un boceto o algo de ese estilo: cualquier cosa que pueda asociarse con una modista sin levantar la menor sospecha. No es necesario que sea algo real, sino que lo parezca, ¿me comprende?

—Creo que sí.

—Bien, vamos a hacer una prueba.

Sacó del interior del maletín una carpeta llena de hojas de papel blanco; tomó una, cerró la carpeta y la colocó sobre la superficie de piel.

—Imagine que el mensaje es «Cena en la residencia de la baronesa de Petrino el día 5 de febrero a las ocho. Asistirá la condesa de Ciano con su marido». Después le aclararé quiénes son estas personas, no se preocupe. Lo primero que tiene que hacer es eliminar cualquier palabra superflua: artículos, preposiciones, etcétera. De esta manera, acortaremos el mensaje considerablemente. Vea: «Cena residencia baronesa Petrino 5 febrero ocho noche. Asiste condesa Ciano y marido». De veinticinco palabras hemos pasado a trece, un gran ahorro. Y ahora, después de la depuración de términos sobrantes, vamos a proceder a la inversión del orden. En vez de transcribir el código de izquierda a derecha tal como es lo común, vamos a hacerlo de derecha a izquierda. Y empezará siempre por el ángulo inferior derecho de la superficie con la que trabaje, en sentido ascendente. Imagine un reloj que marca las cuatro y veinte; imagine después que el minutero empieza a retroceder, ¿me sigue?

—Sí; déjeme probar, por favor.

Me pasó la carpeta, la coloqué sobre mis muslos. Cogí el portaminas y dibujé una forma aparentemente amorfa que cubría la mayor parte del papel. Circular por un lado, recta por los extremos. Imposible de interpretar por el ojo no experto.

—¿Qué es eso?

—Espere —dije sin alzar la vista.

Terminé de perfilar la figura, clavé la mina en el interior del extremo inferior derecho de la misma y, en paralelo al contorno, fui transcribiendo las letras con sus signos en morse, sustituyendo los puntos por rayas cortas. Raya larga, raya corta, raya larga otra vez, ahora dos cortas. Cuando acabé, todo el perímetro interior de la silueta estaba bordeado por lo que parecía un inocente pespunteo.

—¿Listo? —preguntó.

—Todavía no. —Del pequeño costurero que siempre llevaba en el bolso saqué unas tijeras y con ellas recorté la forma dejando un borde de apenas un centímetro a su alrededor.

—Ha dicho que quería algo asociado con una modista, ¿no? —dije entregándosela—. Pues aquí lo tiene: el patrón de una manga de farol. Con el mensaje dentro.

La línea recta de sus labios apretados se fue poco a poco transformando en una levísima sonrisa.

—Fantástico —murmuró.

—Puedo preparar patrones de varias piezas cada vez que me comunique con usted. Mangas, delanteros, cuellos, talles, puños, costados;

dependerá de la longitud. Puedo hacer tantas formas como mensajes tenga que transmitirle.

—Fantástico, fantástico —repitió en el mismo tono sosteniendo aún el recorte entre los dedos.

—Y ahora tendrá que decirme cómo se lo voy a hacer llegar.

Aún se tomó unos segundos para seguir observando mi obra con un ligero gesto de asombro. La depositó finalmente en el interior de su maletín.

—De acuerdo, sigamos. Nuestra intención es que, si no hay contraorden, nos transmita información dos veces por semana. En principio, los miércoles a primera hora de la tarde y los sábados por la mañana. Hemos pensado que la entrega deberá realizarse en dos sitios distintos, ambos públicos. Y en ningún caso mediará el menor contacto entre usted y quien la recoja.

—¿No será usted quien lo haga?

—No, siempre que pueda evitarlo. Y, sobre todo, nunca en el lugar asignado para las entregas de los miércoles. Difícil lo tendría: hablo del salón de belleza de Rosa Zavala, junto al hotel Palace. Ahora mismo se trata del mejor establecimiento de ese tipo en Madrid o, al menos, del más reputado entre las extranjeras y las españolas más distinguidas. Deberá hacerse clienta asidua y visitarlo con regularidad. En realidad, es muy deseable que llene su vida de rutinas de manera que sus movimientos sean altamente previsibles y parezcan del todo naturales. En ese salón hay una estancia nada más entrar a la derecha donde las clientas se despojan de sus bolsos, sombreros y ropa de abrigo. Una de las paredes está por completo cubierta de pequeños armarios individuales donde las señoras pueden dejar esas pertenencias. Usted utilizará siempre el último de estos armarios, el que hace ángulo con el fondo de la estancia. En la entrada suele haber una muchacha joven no excesivamente espabilada: su trabajo consiste en ayudar a las clientas con sus enseres, pero muchas de ellas se encargan de hacerlo solas y rechazan su ayuda, así que no resultará anormal que usted lo haga también; déjele después una buena propina y quedará contenta. Cuando abra la puerta de su armario y se disponga a dejar en él sus cosas, ésta tapará su cuerpo casi por completo, de manera que se intuirán sus movimientos, pero nadie podrá ver nunca lo que hace y deshace dentro de él. En ese momento, será cuando se encargue de sacar lo que tenga que hacernos llegar, enrollado en forma de tubo. No le llevará más que unos segundos. Deberá dejarlo en la balda superior del armario. Asegúrese de empujarlo hasta el fondo, de manera que nunca sea posible detectarlo desde fuera.

—¿Quién lo recogerá?

—Alguien de nuestra confianza, no se preocupe. Alguien que esa misma tarde, muy poco después de que usted salga, entrará en el salón para peinarse igual que usted lo habrá hecho con anterioridad y utilizará su mismo armario.

—Y ¿si está ocupado?

—No suele estarlo porque es el último. No obstante, si se diera el caso, utilice el anterior. Y, si éste también lo estuviera, el siguiente. Y así sucesivamente. ¿Le queda claro? Repítamelo todo, por favor.

—Peluquería los miércoles a primera hora de la tarde. Utilizaré el último armario, abriré la puerta y, mientras dejo mis cosas dentro, del bolso o del sitio donde lo lleve guardado sacaré un tubo en el que habré liado todos los patrones que tengo que entregarle.

—Sujételos con una cinta o una banda elástica. Disculpe la interrupción; prosiga.

—Dejaré entonces el tubo en el estante más alto y lo empujaré hasta que toque el fondo. Después, cerraré el armario e iré a peinarme.

—Muy bien. Vamos ahora con la entrega de los sábados. Para estos días hemos previsto trabajar en el Museo del Prado. Tenemos un contacto infiltrado entre los encargados del guardarropa. Para estas ocasiones, lo más conveniente es que llegue al museo con una de esas carpetas que utilizan los artistas, ¿sabe a qué me refiero?

Recordé la que utilizaba Félix para sus clases de pintura en la escuela de Bertuchi.

—Sí, me haré con una de ellas sin problemas.

—Perfecto. Llévela consigo y meta dentro útiles de dibujo básicos: un cuaderno, unos lápices; en fin, lo normal, podrá conseguirlos en cualquier parte. Junto a eso, deberá introducir lo que tenga que entregarme, esta vez dentro de un sobre abierto de tamaño cuartilla. Para hacerlo identificable, prenda sobre él un recorte de tela de algún color vistoso pinchado con un alfiler. Irá al museo todos los sábados sobre las diez de la mañana, es una actividad muy común entre los extranjeros residentes en la capital. Llegue con su carpeta cargada con su material y con cosas que la identifiquen dentro, por si hubiera algún tipo de vigilancia: otros dibujos previos, bocetos de trajes, en fin, cosas relacionadas una vez más con sus tareas habituales.

—De acuerdo. ¿Qué hago con la carpeta cuando llegue?

—La entregará en el guardarropa. Deberá dejarla siempre junto con algo más: un abrigo, una gabardina, alguna pequeña compra; intente que la carpeta vaya siempre acompañada, que no resulte demasiado evidente ella sola. Diríjase después a alguna de las salas, pasee sin prisa, disfrute de las pinturas. Al cabo de una media hora, regrese al guardarropa y pida que le devuelvan la carpeta. Vaya con ella entonces a una sala y siéntese a dibujar durante al menos otra media hora más. Fíjese en las ropas que aparecen en los cuadros, simule que está inspirándose en ellos para sus posteriores creaciones; en fin, actúe como le parezca más convincente pero, ante todo, confirme que el sobre ha sido retirado del interior. En caso contrario, tendrá que regresar el domingo y repetir la operación, aunque no creo que sea necesario: la cobertura del salón de peluquería es nueva, pero la del Prado ya la hemos utilizado con anterioridad y siempre ha dado resultados satisfactorios.

—¿Tampoco aquí sabré quién va a llevarse los patrones?

—Siempre alguien de confianza. Nuestro contacto en el guardarropa se encargará de traspasar el sobre desde su carpeta hasta otra pertenencia dejada por nuestro enlace en la misma mañana, es algo que puede realizarse con gran facilidad. ¿Tiene hambre?

Miré la hora. Era más de la una. No sabía si tenía hambre o no: había estado tan abstraída en absorber cada sílaba de las instrucciones que apenas había percibido el paso del tiempo. Volví a contemplar el mar, parecía haber cambiado de color. Todo lo demás seguía exactamente igual: la luz contra las paredes blancas, las gaviotas, las voces en árabe desde la calle. Hillgarth no esperó mi respuesta.

—Seguro que sí. Venga conmigo, por favor.

39

Comimos solos en una dependencia de la misma Legación Americana a la que llegamos recorriendo de nuevo tramos de pasillo y escaleras. Por el camino me explicó que las instalaciones eran el resultado de varios añadidos a una antigua casa central; aquello aclaraba su falta de uniformidad. La estancia a la que llegamos no era exactamente un comedor; se trataba más bien de un pequeño salón con escasos muebles y numerosos cuadros de batallas antiguas encajadas en marcos dorados. Las ventanas, cerradas a cal y canto a pesar del magnífico día, se asomaban a un patio. En el centro de la habitación habían dispuesto una mesa para dos. Un camarero con corte de pelo militar nos sirvió una ternera poco hecha acompañada de patatas asadas y ensalada. En una mesa auxiliar dejó dos platos con fruta troceada y un servicio de café. En cuanto terminó de llenar las copas con vino y agua, desapareció cerrando la puerta tras de sí sin hacer el menor ruido. La conversación volvió entonces a su cauce.

—A su llegada a Madrid se alojará durante una semana en el Palace, hemos hecho una reserva a su nombre; a su nuevo nombre, quiero decir. Una vez allí, entre y salga constantemente, hágase ver. Visite tiendas y acérquese a su nueva residencia para familiarizarse con ella. Pasee, vaya al cine; en fin, muévase como le apetezca. Con un par de restricciones.

—¿Cuáles?

—La primera, no traspase los límites del Madrid más distinguido.

No se salga del perímetro de las zonas elegantes ni entre en contacto con personas ajenas a ese medio.

—Me está diciendo que no pise mi antiguo barrio ni vea a mis viejos amigos o conocidos, ¿verdad?

—Exactamente. Nadie debe asociarla con su pasado. Usted es una recién llegada a la capital: no conoce a nadie y nadie la conoce a usted. En el caso de que alguna vez se encontrara a alguien que por casualidad llegara a identificarla, arrégleselas para negarlo. Sea insolente si hace falta, recurra a cualquier estrategia, pero no deje que nunca se sepa que usted no es quien pretende ser.

—Lo tendré en cuenta, descuide. ¿Y la segunda restricción?

—Cero contacto con cualquier persona de nacionalidad británica.

—¿Quiere decir que no puedo ver a Rosalinda Fox? —dije sin poder disimular mi desencanto. A pesar de que sabía que nuestra relación no podría ser pública, confiaba en apoyarme en ella en privado; en poder recurrir a su experiencia y su intuición cuando me viera en apuros.

Terminó Hillgarth de masticar un bocado y volvió a limpiarse con la servilleta mientras se acercaba la copa de agua a la boca.

—Me temo que así debe ser, lo siento. Ni a ella ni a ningún otro inglés, con excepción de mí mismo y sólo en las ocasiones del todo imprescindibles. La señora Fox está al tanto: si por casualidad coincidieran alguna vez, ya sabe que no podrá aproximarse a usted. Y evite también en lo posible el acercamiento a ciudadanos norteamericanos. Son nuestros amigos, ya ve cómo nos están tratando de bien —dijo abriendo las manos y simulando abarcar con ellas la estancia—. Lamentablemente, no son igual de amigos de España y de los países del Eje, así que intente mantenerse alejada de ellos también.

—De acuerdo —asentí. No me agradaba la restricción de no poder ver asiduamente a Rosalinda, pero sabía que no tenía más remedio que acatarla en principio.

—Y hablando de sitios públicos, me gustaría aconsejarle algunos en los que conviene que se deje ver —prosiguió.

—Adelante.

—Su hotel, el Palace. Está lleno de alemanes, así que siga yendo a menudo con cualquier excusa aun cuando ya no se aloje allí. A comer en su grill, que está muy de moda. A tomar una copa o a reunirse con alguna clienta. En la Nueva España no está bien visto que las señoras salgan solas, ni que fumen, beban o vayan vestidas de manera vistosa. Pero recuerde que usted ya no es española, sino una extranjera procedente de un país un tanto exótico recién llegada a la capital, así que compórtese según ese patrón. Pásese también a menudo por el Ritz, es otro nido de nazis. Y, sobre todo, vaya a Embassy, el salón de té del paseo de la Castellana, ¿lo conoce?

—Por supuesto —dije. Me guardé de narrarle la de veces que en mi juventud había pegado la nariz contra sus escaparates, con la boca hecha agua ante la visión deliciosa de los dulces que en ellos se exhibían. Las tartas de nata adornadas con fresas, los pasteles rusos de chocolate y crema, las pastas de mantequilla. Jamás soñé entonces siquiera con que traspasar aquel umbral pudiera estar algún día al alcance de mi mano o mi bolsillo. Ironías de la vida, años después me estaban pidiendo que visitara aquel establecimiento todo lo posible.

—Su dueña, Margaret Taylor, es irlandesa y una gran amiga. Ahora mismo es muy posible que Embassy sea el sitio más estratégicamente interesante de Madrid porque allí, en un local que apenas supera los setenta metros cuadrados, nos reunimos sin fricción aparente los miembros del Eje y los Aliados. Por separado, por supuesto, cada uno con los suyos. Pero no es infrecuente que el barón Von Stohrer, el embajador alemán, coincida con la plana mayor del cuerpo diplomático británico mientras toma su té con limón, o que yo mismo me encuentre en la barra, hombro con hombro, con mi homólogo alemán. La embajada alemana está prácticamente enfrente y la nuestra muy cerca también, en la esquina de Fernando el Santo con Monte Esquinza. Por otro lado, además de acoger a extranjeros, Embassy es el centro de reunión de muchos españoles de alcurnia: sería difícil encontrar en España más títulos nobiliarios juntos que allí a la hora del aperitivo. Estos aristócratas son mayoritariamente monárquicos y anglófilos, o sea que, por lo general, están de nuestro lado y por tanto, en lo que respecta a cuestiones informativas, son poco valiosos para nosotros. Pero sí sería interesante que consiguiera algunas clientas de ese entorno, porque son la clase de señoras a las que las alemanas admiran y respetan. Las esposas de los altos cargos del nuevo régimen suelen ser de otro tipo: apenas conocen mundo, son mucho más recatadas, no visten de alta costura, se divierten bastante menos y, por supuesto, no suelen frecuentar Embassy para tomar cócteles de champán antes de comer, ¿entiende lo que le quiero decir?

—Me voy haciendo una idea.

—Si tuviéramos la mala fortuna de que se llegara a ver en algún tipo de problema serio o si creyera que tiene alguna información urgente que transmitirme, Embassy a la una del mediodía será el lugar donde entrar en contacto conmigo cualquier día de la semana. Digamos que es mi lugar de encuentro encubierto con varios de nuestros agentes: es un sitio tan descaradamente expuesto que resulta dificilísimo que levante la menor sospecha. Utilizaremos para comunicarnos un código muy simple: si necesita reunirse conmigo, entre con el bolso en el brazo izquierdo; si todo está en orden y sólo va a tomar el aperitivo y a dejarse ver, llévelo en el derecho. Recuérdelo: izquierda, problema; derecha, normalidad. Y si la situación fuera absolutamente perentoria, haga caer el bolso nada más entrar, como si se tratara de un simple descuido o un accidente.

—¿A qué se refiere con una situación absolutamente perentoria? —pregunté. Intuía que, tras aquella frase que no comprendía del todo, se ocultaba algo muy poco deseable.

—Amenazas directas. Coacciones en firme. Agresiones físicas. Allanamiento de morada.

—¿Qué harían conmigo en ese caso? —dije tras tragar el nudo que se me formó en la garganta.

—Depende. Analizaríamos la situación y actuaríamos en función del riesgo. En caso de gravedad extremísima, abortaríamos la operación, intentaríamos refugiarla en un lugar seguro y la evacuaríamos en cuanto fuera posible. En situaciones intermedias, estudiaríamos diversas formas de tenerla protegida. En cualquier caso, tenga por seguro que siempre va a contar con nosotros, que nunca vamos a dejarla sola.

—Se lo agradezco.

—No lo haga: es nuestro trabajo —dijo con la atención concentrada en cortar uno de los últimos bocados de carne—. Confiamos en que todo funcione bien: el plan que hemos diseñado es muy seguro y el material que nos va a pasar no implica alto riesgo. De momento. ¿Quiere postre?

Tampoco esta vez esperó a que yo aceptara o no el ofrecimiento; simplemente se levantó, recogió los platos, los llevó hasta la mesa auxiliar y regresó con otros dos llenos de fruta cortada. Observé sus movimientos rápidos y precisos, propios de alguien para quien la eficiencia constituía su prioridad vital; alguien no acostumbrado a perder un segundo de su tiempo ni a distraerse con minucias y vaguedades. Volvió a sentarse, pinchó un trozo de piña y continuó con sus indicaciones como si no hubiera habido interrupción previa.

—En caso de que fuéramos nosotros quienes necesitáramos entrar en contacto con usted, utilizaremos dos canales. Uno será la floristería Bourguignon de la calle Almagro. El dueño, holandés, es también un gran amigo nuestro. Le enviaremos flores. Blancas, tal vez amarillas; claras en cualquier caso. Las rojas las dejaremos para sus admiradores.

—Muy considerado —apunté irónica.

—Revise bien el ramo —continuó sin darse por aludido—. Llevará un mensaje dentro. Si es algo inocuo, irá en una simple tarjeta manuscrita. Léala siempre varias veces, trate de averiguar si las palabras aparentemente triviales que lleve escritas pueden tener un doble significado. Cuando se trate de algo más complejo, utilizaremos el mismo código que usted, el morse invertido transcrito en una cinta atando las flores: deshaga la lazada e interprete el mensaje de la misma manera que usted los escribirá, esto es, de derecha a izquierda.

—Bien. ¿Y el segundo canal?

—Embassy de nuevo, pero no el salón, sino sus bombones. Si le llega una caja inesperadamente, sepa que viene de nosotros. Nos encargaremos de que salga del establecimiento con el mensaje correspondiente dentro, irá cifrado también. Observe bien la caja de cartón y el papel del envoltorio.

—Cuánta galantería —dije con una gota de sorna. Tampoco pareció apreciarla o, si lo hizo, no lo expresó.

—De eso se trata. De utilizar mecanismos inverosímiles para el intercambio de información confidencial. ¿Café?

Aún no había terminado la fruta, pero acepté. Llenó las tazas tras desenroscar la parte superior de un recipiente metálico. Milagrosamente, el líquido salió caliente. No tenía la menor idea de qué era aquel ingenio capaz de verter, como si fuera recién hecho, el café que llevaba allí al menos una hora.

—El termo, un gran invento —anunció como si se hubiera percatado de mi curiosidad. De su maletín extrajo entonces varias carpetas delgadas de cartulina clara que colocó en un montón frente a él—. Le voy a presentar a continuación a los personajes que más nos interesa que controle. Con el tiempo, nuestro interés en estas señoras puede aumentar o decrecer. O incluso desaparecer, aunque lo dudo. Probablemente iremos introduciendo también nombres nuevos, le pediremos que intensifique el seguimiento de alguna de ellas en particular o que esté tras la pista de ciertos datos concretos; en fin, le iremos avisando al respecto según marchen las cosas. De momento, no obstante, éstas son las personas cuya agenda deseamos conocer con inmediatez.

Abrió la primera carpeta y sacó unos folios mecanografiados. En el ángulo superior llevaban una fotografía sujeta con un gancho metálico.

—Baronesa de Petrino, de origen rumano. Nombre de soltera, Elena Borkowska. Casada con Hans Lazar, jefe de Prensa y Propaganda de la embajada alemana. Su marido es para nosotros un objetivo informativo prioritario: se trata de una persona influyente y con un inmenso poder. Es muy hábil y está magníficamente relacionado con los españoles del régimen y, sobre todo, con los falangistas más poderosos. Posee además unas dotes excelentes para las relaciones públicas: organiza fiestas fabulosas en su palacete de la Castellana y tiene a decenas de periodistas y empresarios comprados a base de agasajarlos con viandas y licores que trae directamente de Alemania. Lleva un tren de vida escandaloso en la miserable España actual; es un sibarita y un apasionado de las antigüedades, es más que probable que consiga las piezas más cotizadas a costa del hambre ajena. Irónicamente, al parecer es judío y de origen turco, algo que él se encarga de ocultar por completo. Su esposa está del todo integrada en su frenética vida social y es igual de ostentosa que él en sus constantes apariciones públicas, así que no dudamos de que estará entre sus primeras clientas. Esperamos que sea una de las que más trabajo le proporcionen, tanto en la costura como a la hora de informarnos sobre sus actividades.

No me dio tiempo a ver la fotografía, porque inmediatamente cerró la carpeta y la desplazó sobre el mantel hacia mí. Me dispuse entonces a abrirla, pero él me frenó.

—Déjelo para más tarde. Podrá llevarse todas estas carpetas hoy con usted. Debe memorizar los datos y destruir los documentos y las fotografías tan pronto como sea capaz de retenerlos en su cabeza. Quémelo todo. Es absolutamente imprescindible que estos dossiers no viajen a Madrid y que nadie más que usted conozca el contenido, ¿está claro?

Antes de que lograra asentir, abrió la siguiente carpeta y continuó.

—Gloria von Fürstenberg. De origen mexicano a pesar de su nombre, tenga mucho cuidado con lo que dice delante de ella porque lo entenderá todo. Es una belleza espectacular, muy elegante, viuda de un noble alemán. Tiene dos hijos pequeños y una situación económica un tanto calamitosa, por lo que anda a la caza constante de un nuevo marido rico o, en su defecto, de cualquier incauto con fortuna que le proporcione el sustento necesario para seguir llevando su gran tren de vida. Por eso está siempre arrimada a los poderosos; se le atribuyen varios amantes, entre ellos el embajador de Egipto y el millonario Juan March. Su actividad social es imparable, siempre del lado de la comunidad nazi. Le dará también bastante quehacer, no lo dude, aunque tal vez se demore en pagar las facturas.

Volvió a cerrar los documentos. Me los pasó, puse la carpeta encima de la anterior sin volverla a abrir. Procedió a una tercera.

—Elsa Bruckmann, nacida princesa de Cantacuceno. Millonaria, adoradora de Hitler aunque mucho mayor que él. Dicen que fue ella quien le introdujo en la fastuosa vida social berlinesa. Ha donado una verdadera fortuna a la causa nazi. Últimamente está viviendo en Madrid, alojada en la residencia de los embajadores, desconocemos la razón. No obstante, parece sentirse muy a gusto y no se pierde tampoco ningún acto social. Tiene fama de ser un poco excéntrica y bastante indiscreta, puede resultar un libro abierto a la hora de proporcionar información relevante. ¿Otra taza de café?

—Sí, pero deje que lo sirva yo. Continúe hablando, le sigo.

—De acuerdo, gracias. La última alemana: la condesa Mechthild Podewils, alta, guapa, de unos treinta años, separada, muy amiga de Arnold, uno de los principales espías en activo en Madrid y de un alto mando de las SS de apellido Wolf al que ella suele llamar por el diminutivo *wolfchen,* lobito. Tiene excelentes contactos tanto alemanes como españoles, estos últimos a su vez pertenecen a los círculos aristocráticos y a los del gobierno, entre ellos Miguel Primo de Rivera y Sáenz de Heredia, hermano de José Antonio, el fundador de la Falange. Es una agente nazi en toda regla, aunque ella misma tal vez no lo sepa. Según se encarga de ir diciendo, no entiende una palabra ni de política ni de espionaje, pero le pagan quince mil pesetas al mes por informar de todo lo que ve y oye, y eso en la España de hoy es una auténtica fortuna.

—No lo dudo.

—Vamos ahora con las españolas. Piedad Iturbe von Scholtz, Piedita entre los amigos. Marquesa de Belvís de las Navas y esposa del príncipe Max de Hohenlohe-Langenburg, un austríaco terrateniente y rico, miembro legítimo de la realeza europea, aunque lleva en España media vida. Apoya en principio a la causa germana porque es la de su país, pero mantiene constantes contactos con nosotros y con los americanos porque le interesamos para sus negocios. Ambos son muy cosmopolitas y no parece gustarles en absoluto los delirios del Führer. Forman, en realidad, una pareja encantadora y muy estimada en España, pero digamos que nadan entre dos aguas. Queremos tenerlos controlados para saber si se inclinan más hacia el lado alemán que hacia el nuestro, ¿entiende? —dijo cerrando la correspondiente carpeta.

—Entiendo.

—Y por último entre las más deseables, Sonsoles de Icaza, marquesa de Llanzol. Es la única que no nos interesa por su consorte, un militar y aristócrata treinta años mayor que ella. Nuestro objetivo aquí no es el marido, sino el amante: Ramón Serrano Suñer, ministro de Gobernación y secretario general del Movimiento. El ministro del Eje, le llamamos.

—¿El cuñado de Franco? —pregunté sorprendida.

—El mismo. Mantienen una relación bastante descarada, sobre todo por parte de ella, que alardea en público y sin el menor miramiento de su romance con el segundo hombre más poderoso de España. Se trata de una mujer tan elegante como altiva, con un carácter muy fuerte, tenga cuidado. No obstante, sería de un valor inestimable para nosotros toda la información que a través de ella pudiera obtener sobre los movimientos y contactos de Serrano Suñer que no son de conocimiento público.

Disimulé la sorpresa que aquel comentario me causó. Sabía que Serrano era un hombre galante, así me lo demostró él mismo cuando recogió del suelo la polvera que hice caer a sus pies, pero también me pareció entonces un hombre discreto y contenido; costaba trabajo imaginarlo como el protagonista de una escandalosa relación extramarital con una dama despampanante de alta alcurnia.

—Nos queda ya una última carpeta con información sobre varias personas —prosiguió Hillgarth—. Según los datos que poseemos, es menos probable que las esposas de quienes aquí se mencionan tengan urgencia por acudir a un elegante taller de costura tan pronto como empiece a funcionar pero, por si acaso, no estará de más que memorice sus nombres. Y sobre todo, apréndase bien los de sus maridos, que son nuestros verdaderos objetivos. Es muy posible también que sean mencionados en las conversaciones de otras clientas, esté bien atenta. Comienzo, voy a leer deprisa, ya tendrá tiempo de revisarlo todo usted misma con más tranquilidad. Paul Winzer, el hombre fuerte de la Gestapo en Madrid. Muy peligroso; le temen y odian incluso muchos de sus compatriotas. Es el esbirro en España de Himmler, el jefe de los servicios secretos alemanes. Apenas alcanza los cuarenta años, pero es un perro viejo. Mirada perdida, gafas redondas. Tiene decenas de colaboradores repartidos por todo Madrid, ándese con ojo. Siguiente: Walter

Junghanns, una de nuestras pesadillas particulares. Es el mayor saboteador de cargamentos de fruta española con destino a Gran Bretaña: introduce bombas que ya han matado a varios trabajadores. Siguiente: Karl Ernst von Merck, un destacado miembro de la Gestapo con gran influencia en el partido nazi. Siguiente: Johannes Franz Bernhardt, empresario...

—Le conozco.

—¿Perdón?

—Le conozco de Tetuán.

—Le conoce ¿cuánto? —preguntó lentamente.

—Poco. Muy poco. Nunca he hablado con él, pero coincidimos en alguna recepción cuando Beigbeder era alto comisario.

—¿La conoce él a usted? ¿Podría reconocerla en un sitio público?

—Lo dudo. Nunca hemos cruzado una palabra y no creo que él recuerde aquellos encuentros.

—¿Por qué lo sabe?

—Porque sí. Las mujeres distinguimos perfectamente cuándo un hombre nos mira con interés y cuándo, sin embargo, lo hace como el que ve un mueble.

Quedó unos segundos silencioso, como reflexionando sobre lo oído.

—Psicología femenina, imagino —dijo al cabo con escepticismo.

—No lo dude.

—¿Y su esposa?

—Le hice un traje de chaqueta una vez. Tiene razón, nunca integraría el grupo de las especialmente sofisticadas. No es el tipo de señora a la que le importe en absoluto llevar la ropa de la temporada anterior.

—¿Cree que se acordaría de usted, que la reconocería si coincidiera en algún sitio?

—No lo sé. Pienso que no, pero no se lo puedo asegurar. De todas maneras, si así lo hiciera, no creo que fuera problemático. Mi vida en Tetuán no contradice lo que a partir de ahora voy a hacer.

—No lo crea. Allí era amiga de la señora Fox y, por extensión, afín al coronel Beigbeder. En Madrid nadie debe saber nada acerca de ello.

—Pero en los actos públicos apenas estaba junto a ellos y, de nuestros encuentros privados, Bernhardt y su mujer no tienen por qué saber nada. No se preocupe, no creo que haya problemas.

—Eso espero. De todas maneras, Bernhardt está bastante al margen de las cuestiones de inteligencia: lo suyo son los negocios. Es el testaferro del gobierno nazi en una complejísima trama de sociedades alemanas que operan en España: transportes, bancos, aseguradoras...

—¿Tiene algo que ver con la compañía HISMA?

—HISMA, Hispano-Marroquí de Transportes, se les quedó pequeña en cuanto dieron el salto a la Península. Ahora trabajan bajo la cobertura de otra empresa más potente, SOFINDUS. Pero dígame, ¿de qué conoce HISMA?

—Oí hablar de ella en Tetuán durante la guerra —respondí vagamente. No era momento de detallar la negociación entre Bernhardt y Serrano Suñer, aquello quedaba ya muy atrás.

—Bernhardt —continuó— tiene sobornados a un pelotón de soplones, pero lo que siempre busca es información de valor comercial. Confiemos en que no se encuentren nunca; de hecho, ni siquiera reside en Madrid, sino en la costa de Levante; dicen que el propio Serrano Suñer le pagó allí una casa en agradecimiento a los servicios prestados; no sabemos si ese extremo es cierto o no. Bien, una última cosa muy importante respecto a él.

—Usted dirá.

—Wolframio.

—¿Qué?

—Wolframio —repitió—. Un mineral de importancia vital para la manufactura de componentes destinados a los proyectiles de artillería para la guerra. Creemos que Bernhardt anda en negociaciones para conseguir del gobierno español concesiones mineras en Galicia y Extremadura a fin de hacerse con pequeños yacimientos comprando directamente a sus propietarios. Dudo que en su taller se llegue a hablar de estas cosas, pero si oyera algo acerca de esto, informe inmediatamente. Recuerde: wol-fra-mio. Y a veces también se le llama tungsteno. Aquí está anotado, en la sección de Bernhardt —dijo señalando con el dedo el documento.

—Lo tendré en cuenta.

Encendimos otro cigarrillo.

—Bueno, procedamos ahora con las cuestiones desaconsejables. ¿Está cansada?

—En absoluto. Continúe, por favor.

—En lo que respecta a clientas, hay un grupúsculo al que debe evitar a toda costa: las funcionarias de los servicios nazis. Es fácil reconocerlas: son extremadamente vistosas y arrogantes, suelen ir muy maquilladas, perfumadas y vestidas con ostentación. En realidad se trata de mujeres sin pedigrí social alguno y con una cualificación profesional bastante baja, pero sus sueldos son astronómicos en la España actual y ellas se encargan de gastarlos de manera jactanciosa. Las esposas de los nazis poderosos las desprecian y ellas mismas, a pesar de su aparente engreimiento, apenas se atreven a toser delante de sus superiores. Si aparecieran por su taller, quíteselas de encima sin miramientos: no le convienen, le espantarían a la clientela más deseable.

—Actuaré como dice, pierda cuidado.

—En cuanto a establecimientos públicos, desaconsejamos su presencia en locales como Chicote, Riscal, Casablanca o Pasapoga. Están llenos de nuevos ricos, estraperlistas, advenedizos del régimen y gente del mundo del espectáculo: compañías poco recomendables en sus circunstancias. Limítese en la medida de lo posible a los hoteles que antes le he indicado, a Embassy, y a otros lugares seguros como el Club de Puerta de Hierro o el casino. Y, por supuesto, si consigue que la inviten a cenas o fiestas con alemanes en residencias privadas, acepte de inmediato.

—Lo haré —dije. No le hice saber lo mucho que dudaba de que en algún momento alguien me ofreciera asistir a todos aquellos lugares.

Consultó su reloj y yo le imité. Quedaba poca luz en la habitación, nos envolvía ya el presentimiento del anochecer. A nuestro alrededor, ni un ruido; tan sólo un denso olor a falta de ventilación. Eran más de las siete de la tarde, llevábamos juntos desde las diez de la mañana: Hillgarth disparando información como con una manguera que nunca fuera a cerrarse, y yo absorbiéndola por todos los poros de mi piel, manteniendo los oídos, la nariz y la boca dispuestos a aspirar el mínimo detalle, masticando datos, deglutiéndolos, intentando que hasta el último milímetro de mi cuerpo quedara impregnado de las palabras que de él provenían. Hacía tiempo que el café se había acabado y las colillas rebosaban del cenicero.

—Bueno, vamos a ir terminando —anunció—. Me quedan tan sólo algunas recomendaciones. La primera de ellas es un mensaje de la señora Fox. Me pide que le diga que, tanto en su apariencia como en su costura, intente ser osada, atrevida, o absolutamente elegante de puro simple. En cualquier caso, le anima a que se aleje de lo convencional y, sobre todo, a que no se quede a medio camino porque, si lo hace, corre según ella el riesgo de que el taller se le llene de señoronas del régimen en busca de recatados trajes de chaqueta para ir a misa los domingos con el marido y los niños.

Sonreí. Rosalinda, genio y figura hasta en los recados desde la ausencia.

—Viniendo el consejo de quien viene, lo seguiré a ciegas —afirmé.

—Y ahora, por último, nuestras sugerencias. Primero: lea la prensa, manténgase al día de la situación política tanto española como exterior, aunque debe ser consciente de que toda la información aparecerá siempre sesgada hacia el bando alemán. Segundo: no pierda jamás la calma. Métase en su papel y convénzase a sí misma de que usted es quien es, nadie más. Actúe sin miedo y con seguridad: no podemos ofrecerle inmunidad diplomática, pero le garantizo que, ante cualquier eventualidad, estará siempre protegida. Y nuestro tercer y último aviso: sea extremadamente cauta con su vida privada. Una mujer sola, hermosa y extranjera resultará muy atrayente para todo tipo de conquistadores y oportunistas. No puede imaginarse la cantidad de información confidencial que ha sido revelada de manera irresponsable por agentes descuidados en momentos de pasión. Esté alerta y, por favor, no comparta con nadie nada, absolutamente nada de lo que aquí ha oído.

—No lo haré, se lo aseguro.

—Perfecto. Confiamos en usted, esperamos que su misión será del todo satisfactoria.

Comenzó entonces a recoger sus papeles y a organizar el maletín. Había llegado el momento que yo llevaba temiendo el día entero: se preparaba para su marcha y hube de contenerme para no pedirle que se quedara a mi lado, que siguiera hablando y me diera más instrucciones, que no me dejara volar sola tan pronto. Pero él no me miraba ya, por eso probablemente no pudo darse cuenta de mi reacción. Se movía con el mismo ritmo con el que, una a una, había desgranado sus frases a lo largo de las horas previas: rápido, directo, metódico; yendo al fondo de cada cuestión sin perder un segundo en banalidades. Mientras guardaba las últimas pertenencias, me hizo llegar las recomendaciones finales.

—Recuerde lo que le he dicho respecto a los dossiers: estúdielos y hágalos desaparecer inmediatamente. Alguien la acompañará ahora hasta un acceso de salida lateral, un coche la estará esperando cerca para llevarla a casa. Aquí tiene el pasaje de avión y dinero para los primeros gastos.

Me entregó dos sobres. El primero, delgado, contenía mi credencial para atravesar el cielo hasta Madrid. El segundo, grueso, lo llenaba un gran fajo de billetes. Seguía hablando mientras abrochaba con destreza las hebillas de la cartera.

—Este dinero cubrirá sus gastos iniciales. La estancia en el Palace y el alquiler de su nuevo taller corren de nuestra cuenta, ya está gestionado todo, lo mismo que el sueldo de las chicas que trabajarán para usted. Los rendimientos de su trabajo serán sólo suyos. No obstante, si necesitara más liquidez, háganoslo saber inmediatamente: tenemos una línea abierta para estas operaciones, no hay problema alguno de financiación.

Yo también estaba lista ya. Llevaba las carpetas apretadas contra el pecho, cobijadas entre los brazos como si fueran el hijo que perdí años atrás y no los datos amontonados de un enjambre de indeseables. El corazón se mantenía en su sitio, obedeciendo a mis órdenes internas para que no ascendiera hasta la garganta y amenazara con ahogarme. Nos levantamos por fin de aquella mesa sobre la que tan sólo quedaban ya lo que parecían los restos inocentes de una larga sobremesa: las tazas vacías, un cenicero repleto y dos sillas fuera de su sitio. Como si allí no hubiera tenido lugar nada más que una grata conversación entre un par de amigos que, charlando distendidos y entre pitillo y pitillo, se hubieran puesto al día sobre la vida de cada uno de ellos. Con la salvedad de que el capitán Hillgarth y yo no éramos amigos. Ni a ninguno de los dos le interesaba lo más mínimo el pasado del otro, ni siquiera el presente. A los dos, tan sólo, nos preocupaba el futuro.

—Un último detalle —advirtió.

Estábamos a punto de salir, él tenía ya la mano en el picaporte. La retiró y me miró fijamente bajo sus cejas espesas. A pesar de la larga sesión, mantenía el mismo aspecto que a primera hora de la mañana: el nudo de la corbata impecable, los puños de la camisa emergiendo impolutos de las bocamangas, ni un pelo fuera de su sitio. Su rostro seguía impasible, ni especialmente tenso, ni especialmente distendido. La imagen perfecta de alguien capaz de manejarse con autodominio en todas las situaciones. Bajó la voz hasta hacerla apenas un murmullo ronco.

—Ni usted me conoce a mí, ni yo la conozco a usted. No nos hemos visto jamás. Y respecto a su adscripción al Servicio Secreto británico, a partir de este momento usted, para nosotros, deja de ser la ciudadana española Sira Quiroga o la marroquí Arish Agoriuq. Será tan sólo la agente especial del SOE con nombre clave Sidi y base de operaciones en España. La menos convencional entre todos los recientes fichajes pero, ya sin duda, una de los nuestros.

Me tendió la mano. Firme, fría, segura. La más firme, la más fría, la más segura que había estrechado en mi vida.

—Buena suerte, agente. Estaremos en contacto.

40

Nadie excepto mi madre supo las razones verdaderas de mi partida imprevista. Ni mis clientas, ni siquiera Félix y Candelaria: a todos engañé con la excusa de un viaje a Madrid al objeto de vaciar nuestra antigua vivienda y arreglar algunos asuntos. Ya se encargaría mi madre más tarde de ir inventando pequeñas mentiras que justificaran lo dilatado de mi ausencia: perspectivas de negocio, algún malestar, tal vez un nuevo novio. No temíamos que nadie sospechara alguna trama o atara cabos sueltos: aunque los canales de transporte y transmisiones estaban ya plenamente operativos, el contacto fluido entre la capital de España y el norte de África seguía siendo muy limitado.

Sí quise, no obstante, despedirme de mis amigos y pedirles sin palabras que me desearan suerte. Organizamos para ello una comida el último domingo. Vino Candelaria vestida de gran señora a su manera, con su moño «arriba España» apelmazado de laca, un collar de perlas falsas y el traje nuevo que le habíamos cosido unas semanas atrás. Félix cruzó con su madre, no hubo manera de quitársela de encima. También Jamila estuvo con nosotros: la iba a añorar como a una hermana pequeña. Brindamos con vino y sifón, y nos despedimos con besos sonoros y sinceros deseos de buen viaje. Sólo cuando cerré la puerta tras la marcha de todos ellos fui consciente de cuánto iba a echarlos de menos.

Con el comisario Vázquez usé la misma estrategia, pero inmediatamente supe que el embuste no cuajó. Cómo iba a burlarle, si estaba al tanto de todas las cuentas que todavía tenía yo pendientes y del pánico que me provocaría enfrentarme a ellas. Fue el único que intuyó que tras mi inocente desplazamiento había algo más complejo; algo de lo que no podía hablar. Ni a él, ni a nadie. Quizá por eso prefirió no indagar. De hecho, apenas dijo nada: se limitó, como siempre, a mirarme con sus ojos dinamiteros y a aconsejarme que tuviera cuidado. Me acompañó después hasta la salida para hacer de paraguas frente a las babas calenturientas de sus subordinados. En la puerta de su comisaría nos despedimos. ¿Hasta cuándo? Ninguno de los dos sabía. Quizá hasta pronto. Quizá hasta nunca.

Además de las telas y los útiles de costura, compré un buen número de revistas y algunas piezas de artesanía marroquí con la ilusión de dar a mi taller madrileño un aire exótico en concordancia con mi nuevo nombre y mi supuesto pasado de prestigiosa modista tangerina. Bandejas de cobre repujado, lámparas con cristales de mil colores, teteras de plata, algunas piezas de cerámica y tres grandes alfombras bereberes. Un pedacito de África en el centro del mapa de la exhausta España.

Cuando entré por primera vez en el gran piso de Núñez de Balboa todo estaba listo, esperándome. Las paredes pintadas en blanco satinado, la tarima de roble del suelo recién pulida. La distribución, la organización y el orden eran una réplica a gran escala de mi casa de Sidi Mandri. La primera zona consistía en una sucesión de tres salones comunicados que triplicaban las dimensiones del antiguo. Los techos infinitamente más altos, los balcones más señoriales. Abrí uno de ellos, pero al asomarme no encontré el monte Dersa, ni el macizo del Gorgues, ni en el aire una brizna de olor a azahar y jazmín, ni la cal en las paredes vecinas, ni la voz del muecín llamando a la oración desde la mezquita. Cerré precipitadamente, cortando el paso a la melancolía. Seguí entonces avanzando. En la última de las tres estancias principales se encontraban acumulados los rollos de telas traídos de Tánger, un sueño de piezas de dupion de seda, encaje de guipur, muselina y chifón en todas la tonalidades imaginables, desde el recuerdo de la arena de la playa hasta rojos fuego, rosas y corales o todos los azules posibles entre el cielo de una mañana de verano y el mar revuelto en una noche de tormenta. Las salas de pruebas, dos, tenían la amplitud duplicada por efecto de los imponentes espejos de tres cuerpos bordeados de marquetería de pan de oro. El taller, al igual que en Tetuán, ocupaba la parte central, sólo que era infinitamente mayor. La gran mesa para cortar, tablas de plancha, maniquíes desnudos, hilos y herramientas, lo común. Al fondo, mi espacio: inmenso, excesivo, diez veces por encima de mis necesidades. De inmediato intuí la mano de Rosalinda en todo aquel montaje. Sólo ella sabía cómo yo trabajaba, cómo tenía organizada mi casa, mis cosas, mi vida.

En el silencio de la nueva residencia volvió a llamar a la puerta de mi conciencia la pregunta que tamborileaba en mi cabeza desde un par de semanas atrás. Por qué, por qué, por qué. Por qué había aceptado aquello, por qué iba a embarcarme en esa aventura incierta y ajena, por qué. Seguía sin respuesta. O, al menos, sin una respuesta definida. Tal vez accedí por lealtad a Rosalinda. Tal vez porque creí que se lo debía a mi madre y a mi país. Quizá no lo hice por nadie o tan sólo por mí misma. Lo cierto era que había dicho sí, adelante: con plena conciencia, prometiéndome abordar aquella tarea con determinación y sin dudas, sin recelos, sin inseguridades. Y allí estaba, embutida en la personalidad de la inexistente Arish Agoriuq, recorriendo su nuevo hábitat, taconeando con fuerza escalera abajo, vestida con todo el estilo del mundo y dispuesta a convertirme en la modista más falsa de todo Madrid. ¿Tenía miedo? Sí, todo el miedo del universo aferrado a la boca del estómago. Pero a raya. Domesticado. A mis órdenes.

Con el portero de la finca me llegó el primer recado. Las chicas a mi servicio se presentarían a la mañana siguiente. Juntas llegaron Dora y Martina, dos años las separaban. Eran parecidas y distintas a la vez, como complementarias. Dora tenía mejor constitución, Martina ganaba en facciones. Dora parecía más lista, Martina más dulce. Me gustaron ambas. No me agradó, en cambio, la ropa miserable que llevaban puesta, sus caras de hambre atrasada y el retraimiento que traían metido en el cuerpo. Las tres cosas, afortunadamente, hallaron solución pronto. Les tomé medidas y en breve tuve listos un par de elegantes uniformes para cada una de ellas: las primeras usuarias del arsenal de telas tangerino. Con unos cuantos billetes del sobre de Hillgarth, las mandé al mercado de La Paz en busca de avituallamiento.

—¿Y qué compramos, señorita? —preguntaron con los ojos como platos.

—Lo que encontréis, dicen que no hay mucho de nada. Lo que vosotras veáis, ¿no me habéis dicho que sabéis cocinar? Pues venga, a ello.

El apocamiento tardó en desaparecer, aunque poco a poco se fue diluyendo. ¿Qué temían, qué les causaba tanta introversión? Todo. Trabajar para la extranjera africana que se suponía que era yo, el edificio imponente que albergaba mi nuevo domicilio, el temor a no saber desenvolverse en un sofisticado taller de costura. Día a día, no obstante, fueron amoldándose a su nueva vida: a la casa y a las rutinas cotidianas, a mí. Dora, la mayor, resultó tener buena mano para la costura y comenzó a ayudarme pronto. Martina, en cambio, era más de la escuela de Jamila y de la mía en mis años de juventud: le gustaba la calle, los mandados, el constante ir y venir. La casa la llevaban a medias entre las dos, eran eficientes y discretas, buenas muchachas, como entonces se decía. De Beigbeder hablaron alguna vez; nunca les confirmé que le conocía. Don Juan, le llamaban. Le recordaban con cariño: lo asociaban con Berlín, con un tiempo pasado del que aún les quedaban memorias difusas y el rastro de la lengua.

Todo se fue desenvolviendo de acuerdo con las expectativas de Hillgarth. Más o menos. Llegaron las primeras clientas, algunas fueron las previstas, otras no. Abrió la temporada Gloria von Fürstenberg, hermosa, majestuosa, con el pelo zaino peinado en gruesas trenzas que formaban en su nuca una especie de corona negra de diosa azteca. De sus ojazos saltaron chispas cuando vio mis telas. Las observó, las tocó y calibró, preguntó precios, descartó algunas rápidamente y probó el efecto de otras sobre su cuerpo. Con mano experta eligió aquellas que más le favorecían entre las de coste no exagerado. Repasó también con ojo hábil las revistas, parándose en los modelos más acordes con su cuerpo y su estilo. Aquella mexicana de apellido alemán sabía perfectamente lo que quería, así que ni me pidió ningún consejo ni yo me molesté en dárselos. Se decantó finalmente por una túnica de gazar color chocolate y un abrigo de noche de otomán. El primer día vino sola y hablamos en español. A la primera prueba trajo a una amiga, Anka von Fries, quien me encargó un vestido largo en crepe georgette y una capa de terciopelo rubí rematada con plumas de avestruz. En cuanto las oí hablar entre ambas en alemán, requerí la presencia de Dora. Bien vestida, bien comida y bien peinada, la joven ya no era ni sombra del gorrión asustadizo que llegó junto a su hermana apenas unas semanas atrás: se había convertido en una ayudante esbelta y silenciosa que tomaba notas mentales de todo cuanto sus oídos captaban y salía disimuladamente cada pocos minutos para transcribir en un cuaderno los detalles.

—Siempre me gusta tener un registro exhaustivo de todas mis clientas —le había advertido—. Quiero entender lo que dicen para saber adónde van, con quién se mueven y qué planes tienen. De esta manera, tal vez pueda captar nueva clientela. Yo me encargo de lo que se diga en español, pero lo que hablen en alemán es tarea tuya.

Si aquel cercano seguimiento de las clientas causó alguna extrañeza en Dora, no lo demostró. Probablemente pensara que se trataba de algo razonable, lo común en aquel tipo de negocio tan nuevo para ella. Pero no lo era; no lo era en absoluto. Anotar sílaba a sílaba los nombres, cargos, lugares y fechas que salían de las bocas de las clientas no era una tarea normal, pero nosotras lo hacíamos a diario, aplicadas y metódicas como buenas pupilas. Después, por la noche, repasaba mis notas y las de Dora, extraía la información que creía que podía ser de interés, la sintetizaba en frases breves y finalmente la transcribía a signos de código morse invertido, adaptando las rayas largas y breves a las líneas rectas y ondulantes de aquellos patrones que jamás formarían parte de ninguna pieza completa. Las cuartillas con las anotaciones manuscritas se convertían en ceniza cada madrugada por medio de una simple cerilla. A la mañana siguiente no quedaba ni una letra de lo escrito, pero sí un puñado de mensajes ocultos en el contorno de una solapa, una cinturilla o un canesú.

Tuve también como clienta a la baronesa de Petrino, esposa del poderoso encargado de prensa Lazar: infinitamente menos espectacular que la mexicana, pero con unas posibilidades económicas mucho mayores. Eligió las telas más caras y no escatimó en caprichos. Trajo a más clientas, dos germanas, una húngara también. A lo largo de muchas mañanas, mis salones se convirtieron para ellas en centro de reunión social con un barullo de lenguas de fondo. Enseñé a Martina a preparar té a la manera moruna, con la hierbabuena que plantamos en macetas de barro sobre el alféizar de la ventana de la cocina. La instruí sobre cómo manejar las teteras, cómo verter airosa el líquido hirviente en los pequeños vasos con filigrana de plata; hasta le enseñé a pintarse los ojos con khol y cosí a su medida un caftán de raso gardenia para dar a su presencia un aire exótico. Una doble de mi Jamila en otra tierra, para que la tuviera siempre presente.

Todo marchaba bien; sorprendentemente bien. Me desenvolvía en mi nueva vida con plena seguridad, entraba en los mejores sitios con paso firme. Actuaba ante las clientas con aplomo y decisión, protegida por la armadura de mi falso exotismo. Entremezclaba con desfachatez palabras en francés y árabe: posiblemente decía en esta lengua bastantes sandeces, habida cuenta de que a menudo repetía simples expresiones retenidas a fuerza de haberlas oído en las calles de Tánger y Tetuán, pero cuyo sentido y uso exacto desconocía. Hacía esfuerzos para que, en aquel poliglotismo tan falso como aturullado, no se me escurriera alguna ráfaga del inglés roto que de Rosalinda había aprendido. Mi condición de extranjera recién llegada me servía de útil refugio para encubrir mis puntos más débiles y evitar los terrenos pantanosos. A nadie, sin embargo, parecía importar ni poco ni mucho mi origen: interesaban más mis tejidos y lo que con ellos fuera capaz de coser. Hablaban las clientas en el taller, parecían sentirse cómodas. Comentaban entre ellas y conmigo sobre lo que habían hecho, sobre lo que iban a hacer, sobre sus amigos comunes, sus maridos y sus amantes. Trabajábamos entretanto Dora y yo imparables: con las telas, los figurines y las medidas al descubierto; con las anotaciones clandestinas en la retaguardia. No sabía si todos aquellos datos que a diario transcribía tendrían valor alguno para Hillgarth y su gente pero, por si acaso, intentaba ser minuciosamente rigurosa. Los miércoles por la tarde, antes de la sesión de peluquería, dejaba el cilindro de patrones en el armario indicado. Los sábados visitaba el Prado, maravillada ante aquel descubrimiento; tanto que a veces casi olvidaba que tenía algo importante que hacer allí más allá de extasiarme delante de las pinturas. Tampoco con el trasiego de sobres llenos de patrones codificados tuve el más mínimo inconveniente: todo se desarrollaba con tanta fluidez que ni siquiera hubo opción a que los nervios amenazaran con morderme los higadillos. Recogía mi carpeta siempre la misma persona, un trabajador calvo y delgado que probablemente fuera también el encargado de dar salida a mis mensajes, aunque jamás cruzara conmigo el menor gesto de complicidad.

Salía a veces, no demasiado. Fui a Embassy en algunas ocasiones a la hora del aperitivo. Capté desde el primer día al capitán Hillgarth, de lejos, bebiendo whisky con hielo sentado entre un grupo de compatriotas. Él también notó mi presencia de inmediato, cómo no. Pero sólo yo lo supe: ni un solo milímetro de su cuerpo se inmutó ante mi llegada. Mantuve el bolso aferrado con firmeza en la mano derecha y fingimos no habernos visto. Saludé a un par de clientas que alabaron públicamente mi atelier ante otras señoras; tomé un cóctel con ellas, recibí miradas apreciativas de unos cuantos varones y, desde la falsa atalaya de mi cosmopolitismo, observé con disimulo a la gente que a mi alrededor había. Clase, frivolidad y dinero en estado puro, repartido por la barra y las mesas de un pequeño local en esquina decorado sin la menor ostentación. Había señores con trajes de las mejores lanas, alpacas y tweeds, militares con la esvástica en el brazo y otros con uniformes extranjeros que no identifiqué, cuajados todos en la bocamanga de galones y estrellas de puntas abundantes. Había señoras elegantísimas con sastres de dos piezas y tres hilos al cuello de perlas como avellanas; con el *rouge* impecable en los labios y casquetes, turbantes y sombreros divinos sobre sus cabezas de perfecta *coiffure*. Había conversaciones en varias lenguas, risas discretas y ruido de cristal contra cristal. Y, flotando en el aire, sutiles rastros de perfumes de Patou y Guerlain, la sensación del más mundano saber estar y el humo de mil cigarrillos rubios. La guerra española recién terminada y el conflicto brutal que asolaba Europa parecían anécdotas de otra galaxia en aquel ambiente de pura sofisticación sin estridencias.

En una esquina de la barra, erguida y digna, saludando atenta a los clientes mientras controlaba a la vez el movimiento incesante de los camareros, percibí a quien supuse que sería la propietaria del establecimiento, Margaret Taylor. Hillgarth no me había puesto al tanto de la clase de colaboración que mantenía con ella, pero no me cabía duda de que ésta iba más allá de un simple intercambio de favores entre la dueña de un lugar de esparcimiento y uno de sus clientes habituales. La contemplé mientras entregaba la cuenta a un oficial nazi de uniforme negro, brazalete con la cruz gamada y botas altas brillantes como espejos. Aquella extranjera de aspecto austero y distinguido a la vez, que debía de haber superado los cuarenta unos años atrás, era, sin duda, otra pieza más de la noria clandestina que el agregado naval británico había puesto en marcha en España. No pude distinguir si en algún momento el capitán Hillgarth y ella intercambiaban miradas, si se cruzaron algún tipo de mensaje mudo. Volví a observarlos de reojo antes de irme. Ella hablaba discreta con un joven camarero de chaquetilla blanca, parecía darle instrucciones. Él seguía en su mesa, escuchando con interés lo que uno de sus amigos narraba. Todo el grupo a su alrededor parecía estar igualmente atento a las palabras de un hombre joven con aspecto más desenfadado que el resto. En la distancia percibí cómo éste gesticulaba teatral, imitaba a alguien tal vez. Al final todos estallaron en una carcajada y escuché al agregado naval reír con ganas. Quizá no fuera más que la imaginación haciéndome cosquillas, pero, por una milésima de segundo, me pareció que concentraba su mirada en mí y me guiñaba un ojo.

Madrid se fue cubriendo de otoño mientras el número de clientas aumentaba. Aún no había recibido flores o bombones, ni de Hillgarth ni de nadie. Ni ganas tenía. Ni tiempo. Porque si algo comenzaba a faltarme en aquellos días era precisamente eso: tiempo. La popularidad de mi nuevo atelier se extendió con rapidez, se corrió la voz de las espectaculares telas que en él tenía. El número de encargos aumentaba por días y empecé a no dar abasto; me vi obligada a retrasar pedidos y a distanciar las pruebas. Trabajaba mucho, muchísimo, más que nunca en mi vida. Me acostaba a las tantas, madrugaba, apenas descansaba; había días que no me quitaba la cinta métrica del cuello hasta el momento de meterme en la cama. En mi pequeña caja de caudales entraba un flujo constante de dinero, pero me interesaba tan poco que ni siquiera me molesté en pararme a contar cuánto tenía. Qué distinto era todo a mi antiguo taller. A la memoria me venían a veces con una pizca de nostalgia los recuerdos de aquellos otros primeros tiempos en Tetuán. Las noches recontando los billetes una y otra vez en mi cuarto de Sidi Mandri, calculando ansiosa cuánto tardaría en poder pagar mi deuda. Candelaria en su regreso a la carrera de las casas de cambio de los hebreos, con un rollo de libras esterlinas guardado entre los pechos. La alegría casi infantil de las dos al repartir el montante: la mitad para ti y la mitad para mí, y que nunca nos falte, mi alma, decía mes a mes la matutera. Parecía que varios siglos me separaban de aquel otro mundo y, sin embargo, sólo habían pasado cuatro años. Cuatro años como cuatro eternidades. Dónde estaba aquella Sira a la que una muchachita mora cortó el pelo con las tijeras de coser en la cocina de la pensión de La Luneta, dónde quedaron las poses que tanto ensayé en el espejo resquebrajado de mi patrona. Se perderían entre los pliegues del tiempo. Ahora me arreglaban la melena en el mejor salón de Madrid y aquellos gestos desenvueltos eran ya más míos que mis propias muelas.

Trabajaba mucho y ganaba más dinero de lo que jamás había soñado que podría conseguir con mi propio esfuerzo. Cobraba precios caros y recibía constantemente billetes de cien pesetas con la cara de Cristóbal Colón, de quinientas con el rostro de don Juan de Austria. Ganaba mucho, sí, pero llegó un momento en que no pude dar más de mí y así se lo tuve que hacer saber a Hillgarth a través del patrón de una hombrera. Llovía aquel sábado sobre el Museo del Prado. Mientras contemplaba extasiada las pinturas de Velázquez y Zurbarán, el hombre anodino del guardarropa recibió mi carpeta y, dentro de ella, un sobre con once mensajes que como siempre llegarían sin demora hasta el agregado naval. Diez contenían información convencional abreviada según la manera acordada. «Cena día 14 residencia Walter Bastian calle Serrano, asisten señores Lazar. Señores Bodemueller viajan San Sebastián semana próxima. Esposa Lazar hace comentarios negativos sobre Arthur

Dietrich, ayudante su marido. Gloria Fürstenberg y Anka Frier visitan cónsul alemán Sevilla finales octubre. Varios hombres jóvenes llegaron semana pasada de Berlín, alojados Ritz, Friedrich Knappe los recibe y prepara. Marido Frau Hahn no gusta Kütschmann. Himmler llega España 21 octubre, gobierno y alemanes preparan gran recibimiento. Clara Stauffer recoge material para soldados alemanes su casa calle Galileo. Cena club Puerta Hierro fecha no exacta asisten condes Argillo. Häberlein organiza almuerzo su finca Toledo, Serrano Suñer y marquesa Llanzol invitados.» El último mensaje, distinto, transmitía algo más personal: «Demasiado trabajo. Sin tiempo para todo. Menos clientas o buscar ayuda. Informe por favor».

A mi puerta llegó a la mañana siguiente un hermoso ramo de gladiolos blancos. Los entregó un mozo con uniforme gris en cuya gorra se leía bordado el nombre de la floristería: Bourguignon. Leí primero la tarjeta. «Siempre dispuesto a cumplir tus deseos.» Y un garabato a modo de firma. Reí: jamás habría imaginado al frío Hillgarth escribiendo aquella frase tan ridículamente dulzona. Trasladé el ramo a la cocina y desaté la cinta que mantenía unidas las flores; tras pedir a Martina que se encargara de ponerlas en agua, me encerré en mi habitación. El mensaje saltó con inmediatez de entre una línea discontinua de trazos breves y largos. «Contrate persona entera confianza sin pasado rojo ni implicación política.»

Orden recibida. Y tras ella, la incertidumbre.

41

Cuando abrió la puerta no dije nada; sólo me la quedé mirando mientras contenía las ganas de abrazarla. Me observó confusa, repasándome con la mirada. Después buscó mis ojos, pero tal vez la *voilette* del sombrero no le dejó verlos.

—Usted me dirá, señora —dijo finalmente.

Estaba más delgada. Y se le notaba el paso de los años. Tan pequeñita como siempre, pero más flaca y más vieja. Sonreí. Seguía sin reconocerme.

—Le traigo recuerdos de mi madre, doña Manuela. Está en Marruecos, ha vuelto a coser.

Me miró extrañada, sin comprender. Iba arreglada con su habitual esmero, pero a su pelo le faltaban un par de meses de tinte y el traje oscuro que llevaba puesto acumulaba ya los brillos de unos cuantos inviernos.

—Soy Sira, doña Manuela. Sirita, la hija de su oficiala Dolores.

Volvió a mirarme de arriba abajo y de abajo arriba. Me agaché entonces para ponerme a su altura y levanté la redecilla del sombrero para que pudiera verme la cara mejor.

—Soy yo, doña Manuela, soy Sira. ¿No se acuerda ya de mí? —susurré.

—¡Virgen del amor hermoso! ¡Sira, hija mía, qué alegría! —dijo al fin.

Me abrazó y se echó a llorar mientras yo me esforzaba por no contagiarme.

—Pasa, hija, pasa, no te quedes en la puerta —dijo cuando por fin pudo contener la emoción—. Pero qué elegantísima estás, criatura; no te había conocido. Pasa, pasa al salón, cuéntame qué haces en Madrid, cómo te van las cosas, cómo está tu madre.

Me condujo a la estancia principal y la añoranza volvió de nuevo a asomar la patita. Cuántos días de Reyes había visitado de niña aquella sala de la mano de mi madre, cuánta emoción intentando anticipar qué regalo habría para mí en casa de doña Manuela. Recordaba su vivienda de la calle Santa Engracia como un piso grande y opulento; no tanto como aquel de Zurbano en el que tenía instalado el taller, pero infinitamente menos modesto que el nuestro de la calle de la Redondilla. En aquella visita, en cambio, me di cuenta de que los recuerdos de la infancia habían impregnado mi memoria de una percepción distorsionada de la realidad. El hogar en el que doña Manuela llevaba residiendo toda su larga vida de soltera ni era grande ni era opulento. Se trataba tan sólo de una vivienda mediana y mal distribuida, fría, oscura y llena de muebles sombríos y cortinones de terciopelo trasnochado que apenas dejaban entrar la luz; un piso corriente con manchas de goteras, en el que los cuadros eran láminas descoloridas y mustios pañitos de croché llenaban los rincones.

—Siéntate, hija, siéntate. ¿Quieres tomar algo? ¿Te preparo un cafetito? No es en realidad café, sino achicoria tostada, ya sabes lo difícil que es en estos días hacerse con comestibles, pero con un poco de leche se disimula el sabor, aunque cada día viene más aguada, qué vamos a hacerle. Azúcar no tengo, que le he dado la de mi cartilla de racionamiento a una vecina para sus niños; a mi edad, igual me da...

La interrumpí agarrándole una mano.

—No quiero tomar nada, doña Manuela, no se preocupe. Sólo he venido a verla para preguntarle una cosa.

—Tú me dirás, entonces.

—¿Sigue usted cosiendo?

—No, hija, no. Desde que cerramos el taller en el 35, no he vuelto. Alguna cosilla suelta ha habido para las amigas o por compromiso, pero nada más. Si no recuerdo mal, tu traje de novia fue lo último grande que hice, y fíjate tú al final...

Preferí esquivar lo que aquello evocaba y no la dejé terminar.

—¿Y usted querría venirse a coser conmigo?

Quedó unos segundos sin responder, desconcertada.

—¿Volver a trabajar, dices? ¿Volver a lo de siempre, como hacíamos antes?

Afirmé sonriendo, intentando infundir unas motas de optimismo en su aturdimiento. Pero no me contestó inmediatamente; antes desvió la conversación de rumbo.

—¿Y tu madre? ¿Por qué me buscas a mí y no coses con ella?

—Ya le he dicho que sigue en Marruecos. Se fue allí durante la guerra, no sé si usted lo sabía.

—Lo sabía, lo sabía... —dijo en voz baja, como con miedo a que las paredes la oyeran y transmitieran el secreto—. Apareció por aquí una tarde, así, de pronto, inesperadamente, como tú has hecho ahora. Me dijo que le habían organizado todo para irse a África, que tú estabas allí y que de alguna manera habías conseguido que alguien pudiera sacarla de Madrid. No sabía qué hacer, estaba asustada. Vino a consultarme, a ver qué me parecía a mí todo eso.

Mi maquillaje impecable no dejó entrever el desconcierto que sus palabras me estaban causando: jamás imaginé que mi madre hubiera dudado entre quedarse o no.

—Yo le dije que se fuera, que se marchara lo antes posible —prosiguió—. Madrid era un infierno. Todos sufrimos mucho, hija, todos. Los de las izquierdas, peleando día y noche para que no entraran los nacionales. Los de derechas, ansiando lo contrario, escondidos para que no los descubrieran y los llevaran a las checas. Y los que, como tu madre y yo, no éramos ni de un bando ni de otro, esperando a que el horror terminara para poder seguir viviendo en paz. Y todo eso, sin un gobierno al mando; sin nadie que pusiera un poco de orden en medio de aquel caos. Así que le aconsejé que sí, que se fuera, que saliera de este sinvivir y no desperdiciara la ocasión de recuperarte.

A pesar de mi perplejidad, decidí no preguntar nada sobre aquel encuentro ya lejano. Había ido a ver a mi vieja maestra con un plan de futuro inmediato, así que opté por avanzar hacia él.

—Hizo bien en animarla, no sabe cuánto se lo agradezco, doña Manuela —dije—. Ella está estupenda ahora, contenta y trabajando otra vez. Yo monté un taller en Tetuán en el 36, justo unos meses después de empezar la guerra. Allí las cosas estaban tranquilas y, aunque las españolas no tenían el cuerpo para fiestas y costuras, había algunas señoras extranjeras a las que la guerra importaba bastante poco. Así que se convirtieron en mis clientas. Cuando llegó mi madre, seguimos cosiendo juntas. Y ahora, yo he decidido volver a Madrid y empezar de nuevo con otro taller.

—¿Y has vuelto sola?

—Yo ya llevo mucho tiempo sola, doña Manuela. Si me está preguntando por Ramiro, aquello no duró mucho.

—Entonces, ¿Dolores se ha quedado allí sin ti? —preguntó sorprendida—. Pero si se marchó precisamente para estar contigo...

—Le gusta Marruecos: el clima, el ambiente, la vida tranquila... Tenemos muy buenas clientas y ha hecho también amigas. Ha preferido quedarse. Yo, en cambio, echaba de menos Madrid —mentí—. Así que decidimos que yo me vendría, empezaría a trabajar aquí y, cuando los dos talleres estuvieran en marcha, ya pensaríamos qué hacer.

Me miró fijamente durante unos segundos eternos. Tenía los párpados caídos, la cara llena de surcos. Andaría por los sesenta y tantos, quizá se acercara ya a los setenta. Su espalda encorvada y las callosidades de los dedos mostraban el rastro de todos y cada uno de aquellos años de duro trajinar con las agujas y las tijeras. Como simple costurera primero, como oficiala de taller después. Como dueña de un negocio más tarde y como marino sin barco, inactiva, al final. Pero no estaba acabada, qué va. Sus ojos vivos, pequeños y oscuros como aceitunillas negras, reflejaban la agudeza de quien aún mantenía la cabeza bien puesta sobre los hombros.

—No me lo estás contando todo, ¿verdad, hija? —dijo por fin.

Vieja lagarta, pensé con admiración. Se me había olvidado lo lista que era.

—No, doña Manuela, no se lo estoy contando todo —reconocí—. No se lo estoy contando todo porque no puedo hacerlo. Pero sí puedo contarle una parte. Verá, en Tetuán conocí a gente importante, gente que a día de hoy aún es influyente. Ellos me animaron para que viniera a Madrid, montara un taller y cosiera para ciertas clientas de la clase alta. No para señoras cercanas al régimen sino, sobre todo, para extranjeras y para españolas aristócratas y monárquicas, de las que piensan que Franco está usurpando el puesto del rey.

—¿Para qué?

—¿Para qué, qué?

—¿Para qué quieren tus amigos que tú cosas para esas señoras?

—No se lo puedo decir. Pero necesito que usted me ayude. He traído telas magníficas de Marruecos y aquí hay una escasez enorme de tejidos. Se ha corrido la voz y he ganado fama, pero tengo más clientas de las previstas y no puedo atenderlas a todas yo sola.

—¿Para qué, Sira? —repitió lentamente—. ¿Para qué coses a esas señoras, qué queréis de ellas tú y tus amigos?

Apreté los labios con decisión, dispuesta a no soltar una palabra. No podía. No debía. Pero una fuerza extraña pareció empujar mi voz desde el estómago. Como si doña Manuela estuviera de nuevo al mando y yo no fuera más que una aprendiza adolescente; como cuando tenía todo el derecho a exigirme explicaciones por haberme escapado de una mañana entera de trabajo yendo a comprar tres docenas de botones de nácar a la plaza de Pontejos. Hablaron mis vísceras y el ayer, yo no.

—Les coso para obtener información sobre lo que hacen los alemanes en España. Después paso esa información a los ingleses.

Me mordí el labio inferior nada más pronunciar la última sílaba, consciente de mi imprudencia. Lamenté haber traicionado la promesa hecha a Hillgarth de no revelar a nadie mi cometido, pero ya estaba dicho y no había vuelta atrás. Pensé entonces en aclarar la situación: añadir aquello de que era conveniente para España mantener la neutralidad, de que no estábamos en condiciones de afrontar otra guerra; todas esas cosas, en fin, en las que tanto me habían insistido. Pero no hizo falta porque, antes de que pudiera agregar nada, percibí un brillo raro en los ojos de doña Manuela. Un brillo en los ojos y el apunte de una sonrisa en un lado de la boca.

—Con los compatriotas de doña Victoria Eugenia, hija mía, lo que haga falta. Dime nada más cuándo quieres que empiece.

Seguimos hablando la tarde entera. Organizamos cómo habríamos de repartirnos el trabajo y, a las nueve de la mañana del día siguiente, la tenía en casa. Aceptó de mil amores ocupar un papel secundario en el taller. No tener que dar la cara con las clientas fue casi un alivio para ella. Nos compenetramos a la perfección: tal como habían hecho a lo largo de los años mi madre y ella, pero con el orden invertido. Accedió a su nuevo puesto con la humildad de los grandes: se incorporó a mi vida y a mi ritmo, congenió con Dora y Martina, aportó su experiencia y una energía que para sí habrían querido muchas mujeres con tres décadas menos a la espalda. Se adaptó sin el menor inconveniente a que fuera yo quien llevara la batuta, a mis líneas e ideas menos convencionales y a asumir mil pequeñas tareas que tantas otras veces habían hecho las simples modistillas a sus órdenes. Volver a la brecha tras los duros años de inactividad fue para ella un regalo y, como un bancal de amapolas con el agua de abril, emergió de sus días mortecinos y revivió.

Con doña Manuela al mando de la retaguardia del taller, las jornadas de faena se volvieron más sosegadas. Seguimos trabajando ambas largas horas, pero pude por fin empezar a moverme sin tanta precipitación y a disfrutar de algunos ratos de tiempo libre. Hice más vida social: mis clientas se encargaban de animarme a asistir a mil actos, ansiosas de exhibirme como el gran descubrimiento de la temporada. Acepté la invitación a un concierto de bandas militares alemanas en el Retiro, a un cóctel en la Embajada de Turquía, a una cena en la de Austria y a algún que otro almuerzo en sitios de moda. Comenzaron a rondarme los moscones: solteros de paso, casados barrigones con posibles para mantener tres queridas o pintorescos diplomáticos procedentes de los más exóticos confines. Me los quitaba de encima tras dos copas y un baile: lo último que en aquel momento necesitaba era un hombre en mi vida.

Pero no todo fue fiesta y solaz, ni muchísimo menos. Doña Manuela relajó mi día a día, pero con ella no llegó el sosiego definitivo. Al poco tiempo de haber descargado de los hombros el pesado fardo del trabajo en solitario, un nuevo nubarrón apareció en el horizonte. El simple hecho de transitar las calles con menos apremio, de poder detenerme ante algún escaparate y destensar el ritmo de mis idas y venidas, me hizo notar algo que hasta entonces no había percibido; algo de lo que Hillgarth me había ya avisado en la larga sobremesa de Tánger. Efectivamente, noté que me seguían. Quizá lo llevaban haciendo desde hacía tiempo y mis prisas constantes me habían impedido apreciarlo. O tal vez era algo nuevo, coincidente por pura casualidad con la incorporación de doña Manuela a Chez Arish. El caso era que una sombra parecía haberse instalado en mi vida. Una sombra no permanente, ni siquiera diaria, ni siquiera completa; por eso tal vez me costó adquirir plena consciencia de su cercanía. Primero pensé que aquellas percepciones no eran más que bromas de mi imaginación. Era otoño, Madrid estaba repleto de hombres con sombrero y gabardina de cuello subido. De hecho, aquélla era una estampa masculina del todo común en esos tiempos de posguerra y cientos de réplicas casi idénticas llenaban a diario las calles, las oficinas y los cafés. La figura de quien se detuvo con la cara vuelta a la vez que yo para cruzar la Castellana no tenía por qué corresponder a quien un par de días después fingió pararse a dar una limosna a un ciego harapiento mientras yo miraba unos zapatos en una tienda. No había tampoco razón fundamentada para que su gabardina fuera la misma que me siguió aquel sábado hasta la entrada del Museo del Prado. O para que a ella correspondiera la espalda que con disimulo se ocultó tras una columna en el grill del Ritz después de comprobar con quién compartía yo almuerzo cuando allí me cité con mi clienta Agatha Ratinborg, una supuesta princesa europea de raigambre altamente dudosa. No había, cierto era, forma objetiva alguna de ratificar que todas aquellas gabardinas desparramadas a lo largo de las calles y los días convergieran en un único individuo y, sin embargo, de alguna manera mi pálpito me dijo que el dueño de todas ellas era uno y el mismo.

El tubo de patrones que dispuse esa semana para dejar en el salón de peluquería contenía siete mensajes convencionales de extensión mediana y uno personal con tan sólo dos palabras. «Me siguen.» Acabé de prepararlos tarde, había sido un largo día de pruebas y costura. Doña Manuela y las chicas se habían ido pasadas las ocho; tras su marcha, rematé un par de facturas que debían estar listas para primera hora de la mañana, me di un baño y, envuelta ya en mi larga bata de terciopelo granate, cené de pie un par de manzanas y un vaso de leche apoyada contra el fregadero de la cocina. Estaba tan cansada que apenas tenía hambre; tan pronto como terminé, me senté a codificar los mensajes y, una vez acabados éstos y convenientemente quemadas las notas del día, empecé a apagar luces para irme a la cama. A medio camino en el pasillo me detuve en seco. Primero me pareció oír un golpe aislado, luego fueron dos, tres, cuatro. Y después, silencio. Hasta que empezaron otra vez. La procedencia era clara: llamaban a la puerta. Llamaban con los nudillos contra la madera, no al timbre. Con golpes secos y cada vez menos distanciados, hasta convertirse en un aporreo ininterrumpido. Me quedé inmóvil, atenazada por el miedo, sin capacidad para avanzar o retroceder.

Pero los golpes no cesaban, y su insistencia me hizo reaccionar: quienquiera que fuera no tenía la menor intención de marcharse sin verme. Me fajé el cinturón de la bata con fuerza y acudí lentamente a la entrada. Tragué saliva, me acerqué a la puerta. Muy despacio, sin hacer el menor ruido y aún atemorizada, levanté la mirilla.

—¡Pase, por Dios, pase, pase! —fue lo único que acerté a susurrar tras abrir.

Entró precipitado, nervioso. Descompuesto.

—Ya está, ya está. Ya estoy fuera, ya ha terminado todo.

Ni siquiera me miraba; hablaba como ido, como para sí mismo, para el aire o la nada. Le conduje al salón con prisa, casi empujándole, acobardada por la idea de que alguien en el edificio pudiera haberle visto. Todo estaba en penumbra, pero antes siquiera de encender alguna luz, intenté que se sentara, que se sosegara un poco. Se negó. Siguió andando de un extremo a otro de la estancia, desencajado y repitiendo lo mismo una y otra vez.

—Ya está, ya está; todo ha acabado, ya está todo terminado.

Prendí una pequeña lámpara en un rincón y, sin consultarle siquiera, le serví un coñac generoso.

—Tenga —dije obligándole a sostener la copa con su mano derecha—. Beba —ordené. Obedeció tembloroso—. Y ahora, siéntese, relájese y, después, cuénteme lo que pasa.

No tenía la menor idea de la razón que le había llevado a presentarse en mi casa pasada la medianoche y, aunque confiaba en que hubiera sido discreto en sus movimientos, lo alterado de su actitud me indicó que tal vez todo le diera ya igual. Hacía más de un año y medio que no le veía, desde el día de su despedida oficial en Tetuán. Preferí no preguntar nada, no presionarle. Aquello no era, obviamente, una mera visita de cortesía, pero decidí que sería mejor esperar a que se calmara: tal vez entonces él mismo me contaría qué era lo que quería de mí. Se sentó con la copa entre los dedos, volvió a beber. Vestía de paisano, de oscuro, con camisa blanca y corbata rayada; sin la gorra de plato, los galones y la banda atravesando el pecho que tantas veces le había visto en los actos formales y de la que se libraba apenas acababa el evento que la requiriera. Pareció calmarse un poco y encendió un cigarrillo. Fumó mirando al vacío, envuelto en el humo y en sus propios pensamientos. Yo, entretanto, no dije nada; tan sólo me senté en un sillón cercano, crucé las piernas y esperé. Cuando acabó el pitillo se incorporó brevemente para apagarlo en el cenicero. Y, desde esa posición, alzó por fin la vista y me habló.

—Me han cesado. Mañana será público. Ya está la nota enviada al Boletín Oficial del Estado y a la prensa, en siete u ocho horas la noticia estará en la calle. ¿Sabe con cuántas palabras me van a liquidar? Con diecinueve. Las tengo contadas, mire.

Del bolsillo de la chaqueta sacó una nota manuscrita. Me la enseñó, contenía tan sólo un par de líneas que él recitó de memoria.

—«Cesa en el cargo de ministro de Asuntos Exteriores don Juan Beigbeder Atienza, expresándole mi reconocimiento por los servicios prestados.» Diecinueve palabras si exceptuamos el don ante mi nombre, que irá probablemente contraído; si no, serían veinte. Después aparecerá el del Caudillo. Y me expresa su gratitud por los servicios prestados, tiene bemoles la cosa.

Apuró la copa de un trago y le serví otra.

—Sabía que llevaba meses en la cuerda floja, pero no esperaba que el golpe fuera tan súbito. Ni tan denigrante.

Encendió otro cigarrillo y siguió hablando entre bocanadas de humo.

—Ayer por la tarde estuve reunido con Franco en El Pardo; fue un encuentro largo y distendido, en ningún momento estuvo crítico ni especuló sobre mi posible relevo, y mire que las cosas han estado tensas durante los últimos tiempos, desde que empecé a dejarme ver abiertamente con el embajador Hoare. De hecho, me marché de la entrevista satisfecho, pensando que lo dejaba meditando sobre mis ideas, que tal vez había decidido dar por fin un mínimo de crédito a mis opiniones. Cómo iba a imaginar que lo que estaba a punto de hacer nada más salir yo por la puerta era afilar el cuchillo para clavármelo por la espalda al día siguiente. Le pedí audiencia para comentar con él algunas cuestiones sobre su próxima entrevista con Hitler en Hendaya, a sabiendas de la humillación que para mí suponía el hecho de que no hubiera contado conmigo para acompañarle. Aun así, quería hablar con él, transmitirle cierta información importante que había obtenido a través del almirante Canaris, el jefe de la Abwehr, la organización de inteligencia militar alemana. ¿Sabe de quién le hablo?

—He oído el nombre, sí.

—A pesar de lo poco simpático que pueda parecer el puesto que ocupa, Canaris es un hombre afable y carismático, y mantengo con él una relación excelente. Ambos pertenecemos a esa extraña clase de militares un tanto sentimentales a los que nos gustan poco los uniformes, las condecoraciones y los cuarteles. Teóricamente está a las órdenes de Hitler, pero no se somete a sus designios y actúa de manera bastante autónoma. Tanto que, según se comenta, la espada de Damocles pende también sobre su cabeza al igual que lo ha hecho durante meses sobre la mía.

Se levantó de su sitio, dio unos pasos y se aproximó a un balcón. Las cortinas estaban descorridas.

—Mejor no se acerque —avisé tajante—. Pueden verle desde la calle.

Recorrió entonces varias veces el salón de punta a punta mientras continuaba hablando.

—Yo le llamo mi amigo Guillermo, en español; él habla muy bien nuestra lengua, vivió en Chile un tiempo. Hace unos días nos reunimos a comer en Casa Botín, le encanta el cochinillo. Lo noté más alejado que nunca de la influencia de Hitler; tanto que no me extrañaría que estuviese conspirando contra el Führer con los ingleses. Hablamos de la conveniencia absoluta de que España no entre en la guerra del lado del Eje y, para ello, dedicamos la comida a trabajar sobre una lista de provisiones que Franco debería pedir a Hitler a cambio de aceptar la entrada española en el conflicto. Yo conozco perfectamente nuestras necesidades estratégicas y Canaris está al tanto de las deficiencias alemanas, así que entre ambos compusimos una relación de exigencias que España debería pedir como condición indispensable para su adhesión y que Alemania no estaría en disposición de ofrecerle ni siquiera a medio plazo. La propuesta incluía una larga lista de peticiones imposibles, desde posesiones territoriales en el Marruecos francés y el Oranesado, hasta cantidades desorbitadas de cereales y armas, y la toma de Gibraltar por soldados únicamente españoles; todo, como le digo, absolutamente inalcanzable. Me indicó Canaris también que no era aconsejable comenzar aún con la reconstrucción de todo lo destrozado por la guerra en España, que convendría dejar las vías férreas destruidas, los puentes volados y las carreteras reventadas para que los alemanes fueran conscientes del lamentable estado del país y de lo difícil que resultaría a sus tropas cruzarlo.

Se sentó de nuevo y bebió otro sorbo de coñac. El alcohol, por fortuna, le estaba destensando. Yo, por mi parte, seguía totalmente desconcertada, sin comprender la razón por la que Beigbeder había ido en mi busca a esas horas y en aquel estado para hablarme de cosas tan ajenas como sus encuentros con Franco y sus contactos con militares alemanes.

—Llegué a El Pardo con toda esa información y se la relaté al Caudillo en detalle —prosiguió—. Escuchó atentísimo, se quedó con el documento y me agradeció la gestión. Estuvo tan cordial conmigo que hasta hizo alguna alusión personal a los viejos tiempos que compartimos en África. El Generalísimo y yo nos conocemos desde hace muchos años, ¿sabe? De hecho, aparte de su inefable cuñado, creo que soy, perdón, que he sido el único miembro del gabinete que le tutea. Franquito al mando del Glorioso Movimiento Nacional, quién nos lo iba a decir. Nunca fuimos grandes amigos, la verdad; de hecho, creo que nunca me apreció lo más mínimo: no entendía mi escaso ímpetu militar y mi querencia por destinos urbanos, administrativos y, a ser posible, extranjeros. A mí tampoco me fascinaba él, qué quiere que le diga, siempre tan serio, tan recto y aburrido, tan competitivo y obsesionado por los ascensos y el escalafón; un verdadero coñazo de hombre, se lo digo con sinceridad. Coincidimos en Tetuán, él ya era comandante, yo aún capitán. ¿Quiere que le cuente una anécdota? Al caer la tarde solíamos reunirnos todos los oficiales en un cafetín de la plaza de España a tomar unos vasos de té, ¿se acuerda de esos cafetines?

—Me acuerdo perfectamente —confirmé. Cómo borrar de mi mente la memoria de las sillas de hierro forjado bajo las palmeras, el olor a pinchitos y a té con hierbabuena, el transitar parsimonioso de chilabas y trajes europeos alrededor del templete central con sus tejas de barro y los arcos morunos pintados de cal.

Sonrió él brevemente por primera vez, la nostalgia fue la causa. Encendió un nuevo cigarrillo y se recostó en el respaldo del sofá. Hablábamos casi en la penumbra, con la pequeña lámpara en un ángulo del salón por toda luminaria. Yo seguía en bata: no encontré el momento de excusarme para correr a cambiarme, no quise dejarle solo ni un segundo hasta verle del todo sereno.

—Una tarde él dejó de aparecer, empezamos todos a hacer conjeturas sobre su ausencia. Llegamos a la conclusión de que andaba en amores y decidimos emprender averiguaciones; en fin, ya sabe, tonterías de oficiales jóvenes cuando sobraba el tiempo y no había gran cosa que hacer. Lo echamos a los chinos y me tocó a mí espiarle. Al día siguiente aclaré el misterio. Al salir de la alcazaba le seguí hasta la medina, le vi entonces entrar en una casa, la típica vivienda árabe. Aunque me costara trabajo creerlo, imaginé en principio que tenía un lío con alguna muchachita musulmana. Entré en la casa con una excusa cualquiera, ni lo recuerdo ya. ¿Qué cree usted que encontré? A nuestro hombre recibiendo lecciones de árabe, a eso se dedicaba. Porque el gran general africanista, el insigne e invicto caudillo de España, el salvador de la patria, no habla árabe a pesar de sus esfuerzos. Ni entiende al pueblo marroquí, ni le importan todos ellos lo más mínimo. A mí, sí. A mí sí me importan, me importan mucho. Y me entiendo con ellos porque son mis hermanos. En árabe culto, en cherja, el dialecto de las cabilas del Rif, en lo que haga falta. Y eso molestaba enormemente al comandante más joven de España, orgullo de las tropas de África. Y el hecho de que fuera yo mismo quien le descubriera intentando remendar su falta le fastidió más aún. En fin, bobadas de juventud.

Dijo unas frases en árabe que no entendí, como para demostrarme su dominio de la lengua. Como si yo no lo supiera ya. Bebió de nuevo y le llené la copa por tercera vez.

—¿Sabe lo que dijo Franco cuando Serrano me propuso para el ministerio? «¿Me estás diciendo que quieres que ponga a Juanito Beigbeder en Exteriores? ¡Pero si está loco perdido!» No sé por qué me tiene colgado el sambenito de la locura; posiblemente porque su alma es fría como el hielo y cualquiera que sea un poco más pasional que él le parece el colmo de la enajenación. Loco yo, será posible.

Volvió a beber. Hablaba sin fijarse apenas en mí, vomitando su amargura en un monólogo incesante. Hablaba y bebía, hablaba y fumaba. Con furia y sin descanso mientras yo escuchaba en silencio, incapaz aún de entender por qué me contaba todo aquello. Apenas habíamos estado solos antes, nunca había cruzado conmigo más de un puñado de frases sueltas sin Rosalinda presente; casi todo lo que de él sabía me había llegado por boca de ella. Sin embargo, en aquel momento tan especial de su vida y su carrera, en aquel instante que marcaba drásticamente el fin de una época, por alguna razón desconocida había decidido hacerme su confidente.

—Franco y Serrano dicen que estoy trastornado, que soy víctima del influjo pernicioso de una mujer. La de estupideces que tiene uno que oír a estas alturas, coño. Querrá el cuñadísimo darme a mí lecciones de moralidad; él, precisamente, que tiene a su legítima con seis o siete criaturas en casa mientras se pasa los días encamado con una marquesa a la que luego lleva a los toros en un descapotable. Y para colmo están pensando incluir el delito de adulterio en el código penal, tiene guasa el asunto. Claro que a mí me gustan las mujeres, cómo no me van a gustar. No comparto vida marital con mi esposa desde hace años y a nadie tengo que dar explicaciones ni de mis sentimientos ni de con quién me acuesto y con quién me levanto, faltaría más. He tenido mis aventuras, todas las que he podido, para serle sincero. ¿Y qué? ¿Soy un bicho raro en el ejército o en el gobierno? No. Soy como todos, pero ellos se han encargado de colgarme la etiqueta de vividor frívolo embrujado por el veneno de una inglesa. Hace falta ser imbécil. Querían mi cabeza para mostrar su lealtad a los alemanes, como Herodes la del Bautista. Ya la tienen, que les cunda. Pero para eso no necesitaban pisotearme.

—¿Qué le han hecho? —pregunté entonces.

—Difundir todo tipo de injurias sobre mí: me han construido una infumable leyenda negra de mujeriego depravado capaz de vender a la patria por una buena coyunda, con perdón. Han corrido el bulo de que Rosalinda me ha abducido y me ha obligado a traicionar a mi país, de que Hoare me tiene sobornado, de que recibo dinero de los judíos de Tetuán a cambio de mantener una postura antigermana. Han hecho que me vigilen día y noche, incluso he llegado a temer por mi integridad física, y no crea que son fantasías. Y todo ello, tan sólo porque como ministro he intentado actuar con sensatez y exponer mis ideas en concordancia: les he dicho que no podemos zanjar las relaciones con británicos y norteamericanos porque de ellos depende que nos lleguen los suministros de trigo y petróleo necesarios para que este pobre país no muera de hambre; he insistido en que no debemos dejar que Alemania interfiera en los asuntos nacionales, que debemos oponernos a sus planes intervencionistas, que no nos conviene enzarzarnos en su guerra a su lado ni siquiera a cambio del imperio colonial que creen que podríamos obtener de ello. ¿Cree que han sometido mi criterio a la más mínima valoración? En absoluto: no sólo no me han hecho el menor caso, sino que, además, me han acusado de demencia por pensar que no debemos plegarnos ante un ejército que se pasea victorioso por toda Europa. ¿Sabe una de las últimas genialidades del sublime Serrano, sabe qué frase repite últimamente? «¡Guerra con pan o sin pan!», ¿qué le parece? Y el enajenado resulta ahora que soy yo, manda narices. Mi resistencia me ha costado el puesto; quién sabe si no acabará costándome también la vida. Me he quedado solo, Sira, solo. El cargo de ministro, la carrera militar y mis relaciones personales: todo, absolutamente todo arrastrado por el barro. Y ahora me envían a Ronda bajo arresto domiciliario, a saber si no tienen previsto abrirme un consejo de guerra y liquidarme de buena mañana contra cualquier paredón.

Se quitó las gafas y se restregó los ojos. Parecía fatigado. Exhausto. Mayor.

—Estoy confuso, estoy agotado —dijo en voz baja. Suspiró después con fuerza—. Lo que daría por volver atrás, por no haber abandonado nunca mi Marruecos feliz. Lo que yo daría porque toda esta pesadilla jamás hubiera empezado. Sólo con Rosalinda encontraría consuelo, pero ella se ha ido. Por eso vengo a verla: para pedirle que me ayude a hacerle llegar mis noticias.

—¿Dónde está ahora?

Llevaba semanas haciéndome esa pregunta, sin saber dónde acudir en busca de la respuesta.

—En Lisboa. Hubo de marcharse precipitadamente.

—¿Por qué? —pregunté alarmada.

—Supimos que la Gestapo estaba tras ella, tuvo que abandonar España.

—¿Y usted como ministro no pudo hacer nada?

—¿Yo con la Gestapo? Ni yo, ni nadie, querida mía. Mis relaciones con todos los representantes alemanes han sido muy tensas en los últimos tiempos: algunos miembros del propio gobierno se han encargado de filtrar al embajador y su gente mis opiniones contrarias a nuestra posible intervención en la guerra y a la excesiva amistad hispanogermana. Aunque probablemente tampoco habría logrado nada si hubiera estado en buenos términos con ellos, porque la Gestapo funciona por libre, al margen de las instituciones oficiales. Averiguamos que Rosalinda estaba en sus listas por una filtración. En una noche preparó sus cosas y voló a Portugal, todo lo demás se lo enviamos después. Ben Wyatt, el agregado naval norteamericano, fue el único que nos acompañó al aeropuerto, es un excelente amigo. Nadie más sabe dónde está. O, al menos, nadie más debería saberlo. Ahora, sin embargo, quiero compartirlo con usted. Disculpe que haya invadido su casa a estas horas y en estas condiciones, pero mañana me llevan a Ronda y no sé cuánto tiempo estaré sin poder contactar con ella.

—¿Qué quiere que haga? —pregunté intuyendo por fin el objetivo de aquella extraña visita.

—Que se las arregle para conseguir que estas cartas vayan a Lisboa a través de la valija diplomática de la embajada británica. Hágalas llegar a Alan Hillgarth, sé que está en contacto con él —dijo mientras sacaba tres gruesos sobres del bolsillo interior de su chaqueta—. Las he escrito a lo largo de las últimas semanas, pero he estado sometido a una vigilancia tan férrea que no me he atrevido a darles salida por ningún conducto; como comprenderá, ya no me fío ni de mi sombra. Hoy, con eso de la formalización del cese, parecen haberse dado una tregua y han bajado la guardia. Por eso he podido llegar hasta aquí sin ser seguido.

—¿Está seguro?

—Completamente, no se preocupe —afirmó calmando mis temores—. He tomado un taxi, no he querido hacer uso del coche oficial. Ningún vehículo ha venido tras nosotros a lo largo del trayecto, lo he comprobado. Y seguirme a pie habría sido imposible. He permanecido dentro del taxi hasta que he visto al portero salir con las basuras; sólo entonces he entrado en la finca; nadie me ha visto, pierda cuidado.

—¿Cómo sabía dónde vivo?

—¿Cómo no habría de saberlo? Rosalinda fue quien escogió esta casa y me mantuvo al tanto de los avances de su acondicionamiento. Estaba muy ilusionada con su llegada y con su colaboración a la causa de su país. —Volvió a sonreír con la boca cerrada, apenas tensando una de las comisuras—. La he querido mucho, ¿sabe, Sira? La he querido muchísimo. No sé si volveré a verla más pero, por si no lo hiciera, dígale que habría dado la vida por haberla tenido a mi lado esta noche tan triste. ¿Le importa que me sirva otra copa?

—Por favor, no hace falta que pregunte.

Había perdido la cuenta de las que llevaba, cinco o seis probablemente. El momento de melancolía pasó con el siguiente trago. Se había relajado y no parecía tener intención de marcharse.

—Rosalinda está contenta en Lisboa, va abriéndose camino. Ya sabe cómo es ella, capaz de adaptarse a todo con una facilidad impresionante.

Rosalinda Fox, nadie como mi amiga para reinventarse y empezar de cero tantas veces como hiciera falta. Qué pareja tan rara formaban Beigbeder y ella. Qué distintos y, sin embargo, qué bien complementados.

—Vaya a verla cuando pueda a Lisboa, le alegrará mucho pasar unos días con usted. Su dirección está en las cartas que le he dado: no se deshaga de ellas sin copiarla antes.

—Lo intentaré, se lo prometo. ¿Piensa irse usted también a Portugal? ¿Qué tiene previsto hacer cuando todo esto termine?

—¿Cuando acabe el arresto? Qué sé yo, puede durar años; incluso puede que nunca salga con vida de él. La situación es muy incierta, ni siquiera sé qué cargos van a presentar contra mí. Rebeldía, espionaje, traición a la patria: cualquier barbaridad. Pero si la baraka se pusiera de mi parte y todo terminara pronto, creo que sí, que me iría al extranjero. Bien sabe Dios que yo no soy ningún liberal, pero me repugna el totalitarismo megalómano con el que Franco ha emergido de la victoria; ese monstruo que él ha engendrado y muchos hemos colaborado a alimentar. No se imagina cómo me arrepiento de haber contribuido a engrandecer su figura desde Marruecos durante la guerra. No me gusta este régimen, no me gusta en absoluto. Creo que ni siquiera me gusta España; por lo menos, no me gusta este engendro de una, grande y libre que nos están intentando vender. He pasado más años de mi vida fuera de este país que dentro; aquí me siento un extraño, hay muchas cosas que me son ajenas.

—Siempre podría volver a Marruecos... —sugerí—. Con Rosalinda.

—No, no —replicó contundente—. Marruecos es ya pasado. No habría allí destino para mí; después de haber sido alto comisario no podría cubrir un cargo inferior. Con todo el dolor de mi corazón, me temo que África es ya un capítulo cerrado en mi vida. Profesionalmente, quiero decir, porque en mi corazón estaré vinculado a ella mientras viva. Inshallah. Así sea.

—¿Entonces?

—Todo dependerá de mi situación militar: estoy en manos del Caudillo, generalísimo de todos los ejércitos por la gracia de Dios; hay que fastidiarse, como si Dios tuviera algo que ver en estos asuntos tan tortuosos. Igual me levanta el arresto en un mes que decide que me den garrote y prensa. Quién me lo iba a decir hace veinte años: mi vida entera en manos de Franquito.

Volvió a quitarse las gafas y a restregarse los ojos. Llenó de nuevo la copa, encendió otro cigarrillo.

—Está muy cansado —dije—. ¿Por qué no se va a dormir?

Me miró con cara de niño perdido. Con la cara de un niño perdido que a sus espaldas cargaba más de cincuenta años de existencia, el puesto más alto de la administración colonial española, y un cargo ministerial de caída estrepitosa. Respondió con una sinceridad apabullante.

—No quiero irme porque soy incapaz de soportar la idea de volver a estar solo en ese caserón tan lúgubre que hasta ahora ha sido mi domicilio oficial.

—Quédese a dormir aquí si quiere —ofrecí. Sabía que era una temeridad por mi parte invitarle a pasar la noche, pero intuía que, en su estado, podría hacer cualquier locura si le cerraba las puertas de mi casa y le empujaba a vagar solo por las calles de Madrid.

—Mucho me temo que voy a ser incapaz de pegar ojo —reconoció con una medio sonrisa cargada de tristeza—, pero sí le agradecería que me dejara descansar un poco; no la molestaré, se lo prometo. Será como un refugio en mitad de la tormenta: no puede imaginarse lo amarga que es la soledad del repudiado.

—Está usted en su casa. Voy a traerle una manta por si quiere echarse. Quítese la chaqueta y la corbata, póngase cómodo.

Siguió mis instrucciones mientras yo iba en busca de un cobertor. Cuando volví estaba en mangas de camisa, llenando de nuevo la copa de coñac.

—La última —dije con autoridad llevándome la botella.

Dejé un cenicero limpio sobre la mesa y una manta en el respaldo del sofá. Me senté entonces junto a él, le agarré el brazo suavemente.

—Todo pasará, Juan Luis, dele tiempo. Antes o después, al final, todo pasa.

Descansé mi cabeza sobre su hombro y él puso su mano en mi mano.

—Dios la oiga, Sira, Dios la oiga —susurró.

Le dejé con sus demonios y me fui a acostar. Mientras recorría el pasillo camino de mi cuarto le escuché hablar solo en árabe, no entendí lo que decía. Tardé en dormirme, probablemente fueran ya más de las cuatro de la madrugada cuando conseguí conciliar un sueño inquieto y extraño. Me desperté al oír la puerta de entrada cerrarse al fondo del pasillo. Miré la hora en el despertador. Las ocho menos veinte. Nunca más le volví a ver.

42

Los temores de mi persecución pasaron a un segundo plano, como si de repente hubieran perdido toda su vigencia. Antes de importunar a Hillgarth con suposiciones que quizá no tuvieran fundamento, debía contactar con él inmediatamente para hacerle llegar la información y las cartas. La situación de Beigbeder era mucho más importante que mis miedos: para él mismo, para mi amiga y para todos. Por eso, aquella mañana rajé en mil pedazos el patrón previsto para dar cuenta de las sospechas acerca de mi supuesto seguimiento y lo reemplacé por otro nuevo: «Beigbeder visita mi casa anoche. Fuera ministerio, estado extremo nervioso. Envían arrestado a Ronda. Teme por su vida. Me entrega cartas para enviar Sra. Fox Lisboa por valija diplomática embajada. Espero instrucciones urgentes».

Sopesé la idea de acudir a Embassy a mediodía para captar la atención de Hillgarth. Aunque la noticia del cese ministerial le habría llegado con seguridad a primera hora de la mañana, yo sabía que todos los detalles que el coronel me transmitió le serían de enorme interés. Además, intuía que debía deshacerme cuanto antes de las misivas dirigidas a Rosalinda: conociendo las circunstancias del emisario, estaba convencida de que aquellas páginas sobrepasaban los límites de la mera correspondencia sentimental y conformaban todo un arsenal de rabioso contenido político que en ningún caso convenía que estuviera en mi poder. Pero era miércoles y, como todos los miércoles, tenía prevista mi visita al salón de belleza, así que preferí utilizar el cauce de transmisión convencional antes de hacer saltar la alarma con una actuación de emergencia mediante la que sólo conseguiría adelantar la información un par de horas. Me esforcé por ello en trabajar a lo largo de la mañana, recibí a dos clientas, malcomí sin ganas y a las cuatro menos cuarto salí de casa camino de la peluquería, con el tubo de patrones firmemente envuelto en un pañuelo de seda dentro del bolso. El tiempo amenazaba lluvia, pero opté por no tomar un taxi: necesitaba que me diera aire en la cara para despejar las brumas que me asolaban. Mientras caminaba, rememoré los detalles de la desconcertante visita de Beigbeder la noche anterior e intenté anticipar el plan que Hillgarth y los suyos idearían para hacerse con las cartas. Abstraída en esos pensamientos, no noté que nadie me siguiera; quizá mis propias preocupaciones me mantuvieron tan ensimismada que, si alguien lo hizo, no me di cuenta.

Los mensajes quedaron escondidos en el armario sin que la muchacha de cabello rizoso encargada de aquella especie de guardarropa mostrara el más mínimo gesto de complicidad al cruzar su mirada con la mía. O era una colaboradora formidable, o no tenía la menor idea de lo que ante sus ojos pasaba. Me atendieron las peluqueras con la destreza de todas las semanas y, mientras me ondulaban la melena que ya superaba la altura de los hombros, fingí mantenerme absorta en el número del mes de una revista. Me interesaba bastante poco aquella publicación femenina llena de remedios farmacéuticos, historietas dulzonas cargadas de moralina y un completo reportaje sobre las catedrales góticas, pero la leí de cabo a rabo, sin despegar los ojos de ella para evitar el contacto con el resto de las clientas cercanas cuyas conversaciones no me interesaban en absoluto. A no ser que coincidiera con alguna de mis clientas —algo que ocurría con relativa frecuencia—, no tenía ningún interés en entablar la más mínima charla con nadie.

Salí de la peluquería sin los patrones, con el pelo perfecto y el ánimo aún turbio. La tarde seguía desapacible, pero decidí dar un paseo en vez de regresar a casa directamente: prefería mantenerme distraída y alejada de las cartas de Beigbeder mientras llegaban las noticias de Hillgarth sobre qué hacer con ellas. Ascendí sin rumbo fijo por la calle de Alcalá hasta la Gran Vía; el paseo fue tranquilo y seguro en un principio pero, a medida que avanzaba, noté cómo aumentaba la densidad humana de las aceras, mezclando a paseantes bien arreglados con limpiabotas, recogecolillas y mendigos tullidos que enseñaban sus lacras sin pudor en busca de caridad. Fui entonces consciente de que estaba extralimitando el perímetro acotado por Hillgarth: me estaba adentrando en un terreno un tanto peligroso en el que tal vez pudiera cruzarme con alguien que un día me conoció. Probablemente nunca sospecharan que la mujer que caminaba envuelta en un elegante abrigo de lana gris había suplantado a la modistilla que años atrás fui pero, por si acaso, decidí entrar en un cine para matar el resto de la tarde y evitar, de paso, exponerme más de lo conveniente.

El Palacio de la Música era la sala y *Rebeca,* la película. La sesión ya estaba comenzada, pero no me importó: el argumento no me interesaba, sólo quería un poco de privacidad mientras transcurrían las horas necesarias para que alguien hiciera llegar a mi casa instrucciones sobre cómo actuar. El acomodador me acompañó a una de las últimas filas laterales mientras Laurence Olivier y Joan Fontaine recorrían a toda velocidad una carretera llena de curvas a bordo de un auto sin capota. Tan pronto como acostumbré la vista a la oscuridad, percibí que el gran patio de butacas estaba prácticamente lleno; mi fila y su zona, sin embargo, por su lejanía, tan sólo la ocupaban algunos cuerpos moteados aquí y allá. A la izquierda tenía varias parejas; a la derecha, nadie. Por poco tiempo, no obstante: apenas un par de minutos después de llegar, noté que alguien se sentaba en el extremo de la fila, a no más de diez o doce butacas de distancia. Un hombre. Solo. Un hombre solo cuyo rostro no pude percibir entre las sombras. Un hombre cualquiera que jamás me habría llamado la atención de no ser porque llevaba puesta una gabardina clara con el cuello levantado, idéntica a la del individuo que me seguía desde hacía más de una semana. Un hombre con gabardina de cuello alzado a quien, a juzgar por la dirección de su mirada, más que la trama cinematográfica, le interesaba yo.

Un sudor frío me recorrió la espalda. De golpe supe que mis presuposiciones no habían sido vanas, sino reales: aquel individuo estaba allí por mí, me había seguido probablemente desde la peluquería, tal vez incluso desde mi domicilio; había caminado tras mis pasos durante centenares de metros, me había observado cuando pagaba la entrada a la taquillera, mientras recorría el vestíbulo, entraba en la sala y encontraba mi sitio. Observarme sin que yo lo viera no había sido suficiente para él, sin embargo: una vez me tuvo localizada, se había instalado apenas a unos metros, cortándome el paso hacia la salida. Y yo, incauta y abrumada por las noticias del cese de Beigbeder, había decidido en el último momento no hacer partícipe a Hillgarth de mis sospechas, por más que éstas hubieran incrementado a lo largo de los días. Mi primera idea fue escapar, pero inmediatamente noté que estaba encajonada. No podía acceder al pasillo derecho sin que él me dejara pasar; si decidía hacerlo por el flanco izquierdo, tendría que importunar a un puñado de espectadores que protestarían molestos por la interrupción y deberían levantarse o encoger las piernas para que pudiera abrirme paso, lo cual daría tiempo de sobra al desconocido para abandonar su butaca y seguirme. Recordé entonces los consejos de Hillgarth durante la comida en la Legación Americana: ante cualquier sospecha de seguimiento, tranquilidad, seguridad, apariencia de normalidad.

El descaro del extraño de la gabardina no presagiaba, sin embargo, nada bueno: lo que hasta entonces había sido un seguimiento disimulado y sutil parecía haber dado paso bruscamente a una ostentosa declaración de intenciones. Estoy aquí para que me vea, parecía decir sin palabras. Para que sepa que la vigilo y que sé adónde va; para que sea consciente de que puedo meterme en su vida con toda facilidad: vea, hoy he decidido seguirla hasta el cine y bloquearle la salida; mañana puedo hacer con usted lo que me venga en gana.

Fingí no prestarle atención y me esforcé por concentrarme en la película, pero no lo logré. Las escenas pasaban ante mis ojos sin sentido ni coherencia: una mansión tétrica y majestuosa, un ama de llaves con aspecto maléfico, una protagonista que siempre se comportaba de manera equivocada y el fantasma de una mujer fascinante flotando en el aire. La sala entera parecía subyugada; mi preocupación, no obstante, estaba volcada en otro asunto más cercano. Mientras transcurrían los minutos y en la pantalla se sucedían imágenes cambiantes en blanco, negro y gris, dejé caer varias veces la melena sobre el lado derecho de la cara y, a través de ella, intenté escudriñar al desconocido disimuladamente. No conseguí distinguir sus rasgos: la distancia y la oscuridad me lo impidieron. Pero entre nosotros se estableció una especie de relación muda y tensa, como si el común desinterés por la película nos uniera. Ninguno de los dos contuvo el aliento cuando la protagonista sin nombre rompió aquella figura de porcelana, tampoco sentimos pánico cuando el ama de llaves intentó persuadirla para que se arrojara al vacío; ni siquiera se nos heló el corazón al saber que el propio Max de Winter tal vez había sido el asesino de su perversa esposa.

La palabra *fin* apareció tras el incendio de Manderley y la sala comenzó a inundarse de luz. Mi reacción inmediata fue ocultar el rostro: por alguna razón absurda, sentí que la ausencia de oscuridad me haría más vulnerable ante los ojos del perseguidor. Incliné la cabeza, dejé que el pelo me tapara la cara una vez más, y fingí ensimismarme en buscar algo en el bolso. Cuando por fin alcé la vista unos centímetros y miré hacia la derecha, el hombre había desaparecido. Me mantuve en el patio de butacas hasta que la pantalla quedó en blanco, con el miedo agarrado a la boca del estómago. Se encendieron todas las luces, los espectadores más rezagados abandonaron la sala, los acomodadores entraron buscando desperdicios y objetos olvidados entre las butacas. Sólo entonces, acobardada aún, me armé de valor y me levanté.

El gran vestíbulo se mantenía abarrotado y ruidoso: sobre la calle caía un aguacero y los espectadores a la espera de salir se mezclaban apretados con los de la sesión a punto de empezar. Me cobijé semioculta tras una columna en una esquina apartada y, entre el gentío, las voces y el humo denso de mil cigarrillos, me sentí anónima y momentáneamente a salvo. Pero la frágil sensación de seguridad duró apenas unos minutos: los que tardó la masa en comenzar a disolverse. Los recién llegados accedieron por fin a la sala para ensimismarse con las desventuras de los De Winter y sus fantasmas; el resto —al amparo de paraguas y sombreros los más prevenidos, de chaquetas alzadas y periódicos abiertos sobre la cabeza los más incautos, o simplemente cargados de arrojo los más valientes— fueron abandonando poco a poco el mundo fastuoso del cine y saliendo a la calle para enfrentarse a la realidad de todos los días, una realidad que aquella noche de otoño se presentaba con una densa cortina de agua cayendo inclemente del cielo.

Encontrar un taxi era una batalla perdida de antemano, así que, al igual que los centenares de seres que me precedieron, me armé de valor y, con tan sólo un pañuelo de seda cubriéndome el pelo y el cuello alzado del abrigo, me dispuse a regresar a casa bajo la lluvia. Mantuve el paso presuroso, deseando llegar cuanto antes para refugiarme tanto del aguacero como de las decenas de sospechas que me acosaron al andar. Volví la cabeza constantemente: de pronto creía que me seguían, de pronto parecía que me habían dejado de seguir. Cualquier individuo con gabardina me hacía apretar el ritmo, aunque su silueta no se correspondiera con la del hombre que yo temía. Alguien pasó con prisa a mi lado y, al sentir su roce involuntario en el brazo, corrí a refugiarme junto al escaparate de una farmacia cerrada; un mendigo me tiró de la manga rogando caridad y por limosna recibió un grito asustado. Intenté andar al paso de varias parejas respetables hasta que, sospechosas de mi obsesiva cercanía, ellas mismas se apartaron de mí. Los charcos me llenaron las medias de salpicaduras de barro, se me enganchó el tacón izquierdo en una alcantarilla. Crucé las calles con apremio y angustia, sin apenas fijarme en el tráfico. Los focos de un automóvil me deslumbraron en un cruce; un poco más allá recibí el bocinazo de un motocarro y estuve a punto de ser arrollada por un tranvía; apenas unos metros más adelante logré de un salto librarme del atropello de un coche oscuro que probablemente no percibió mi figura bajo la lluvia. O tal vez sí.

Llegué empapada y sin apenas resuello; el portero, el sereno, un puñado de vecinos y cinco o seis curiosos se arremolinaban unos metros más allá de mi portal, calibrando los desperfectos causados por el agua que se había colado en los sótanos del edificio. Subí los escalones de dos en dos sin que nadie percibiera mi presencia, despojándome del pañuelo empapado mientras buscaba las llaves, aliviada por haber logrado llegar sin cruzarme con mi perseguidor y deseando sumergirme en un baño caliente para arrancarme el frío y el pánico de la piel. Pero el alivio fue breve. Tan breve como los segundos que tardé en alcanzar la puerta, entrar y darme cuenta de lo que pasaba.

Que hubiera una lámpara encendida en el salón cuando la casa debería estar a oscuras era algo anormal, pero podía tener alguna explicación: aunque doña Manuela y las chicas solían apagar todo antes de irse, tal vez aquella tarde se olvidaron de dar un último repaso. No fue por eso la luz lo que me resultó fuera de lugar, sino lo que encontré en la entrada. Una gabardina. Clara, de hombre. Colgada en el perchero y goteando agua con siniestra parsimonia.

43

El dueño me esperaba sentado en el salón. A mi boca no vino palabra alguna a lo largo de un tiempo que pareció durar hasta el fin del mundo. La inesperada visita tampoco habló inmediatamente. Tan sólo nos miramos ambos fijamente entre un revoltijo aturullado de recuerdos y sensaciones.

—¿Te ha gustado la película? —preguntó por fin.

No respondí. Frente a mí tenía al hombre que llevaba días siguiéndome. El mismo hombre que un lustro atrás había salido de mi vida envuelto en una gabardina similar; la misma espalda que se alejó en la niebla arrastrando una máquina de escribir cuando supo que iba a dejarle porque me había enamorado de alguien que no era él. Ignacio Montes, mi primer novio, había reentrado en mi vida.

—Cuánto hemos progresado, ¿eh, Sirita? —añadió levantándose y avanzando hacia mí.

—¿Qué haces aquí, Ignacio? —logré por fin susurrar.

Todavía no me había quitado el abrigo; noté el agua cayéndome hasta los pies y formando sobre el suelo charcos diminutos. Pero no me moví.

—He venido a verte —replicó—. Sécate y cámbiate de ropa; tenemos que hablar.

Sonreía, y con su sonrisa decía malditas sean las ganas que tengo de sonreír. Fui entonces consciente de que apenas me separaban un par de metros de la puerta por la que acababa de entrar; tal vez podría intentar huir, bajar los escalones de tres en tres, alcanzar el portal, salir a la calle, correr. Descarté la idea: intuía que no me interesaba reaccionar de manera inconveniente sin saber antes a qué me enfrentaba, así que, simplemente, me acerqué a él y le encaré.

—¿Qué quieres, Ignacio? ¿Cómo has entrado, a qué has venido, por qué me vigilas?

—Despacio, Sira, despacio. Hazme las preguntas una a una, no te alborotes. Pero antes, si no te importa, prefiero que los dos nos pongamos cómodos. Estoy un poco cansado, ¿sabes? Anoche me hiciste trasnochar más de la cuenta. ¿Te importa que me sirva una copa?

—Antes no bebías —dije intentando mantener la calma.

Una carcajada tan fría como el filo de mis tijeras rasgó el salón de punta a punta.

—Qué buena memoria tienes. Con la de historias interesantes que deben de haber pasado en tu vida en todos estos años, parece mentira que te sigas acordando de cosas así de simples.

Parecía mentira, sí, pero me acordaba. De eso y de mucho más. De nuestras largas tardes de paseo sin rumbo, de los bailes entre farolillos en las verbenas. De su optimismo y su ternura de entonces; de mí misma cuando no era más que una humilde costurera sin más horizonte vital que casarme con el hombre cuya presencia ahora me llenaba de temor e incertidumbre.

—¿Qué quieres tomar? —pregunté por fin. Intentaba sonar serena, no aparentar inquietud.

—Whisky. Coñac. Me da igual: lo mismo que ofrezcas a tus otros invitados.

Le serví una copa apurando la botella que la noche anterior bebió Beigbeder; apenas quedaban un par de dedos. Al volverme hacia él comprobé que vestía un traje gris y común: de mejor tela y corte que los que llevaba cuando estábamos juntos, de peor sastre que los de los hombres que en los últimos tiempos me rodeaban. Dejé la copa en la mesa a su lado y sólo entonces percibí que sobre ella había una caja de bombones de Embassy, envuelta en papel plateado y rematada con la vistosa lazada de una cinta color rosa.

—Algún admirador te ha mandado un detalle —dijo rozando la caja con la punta de los dedos.

No respondí. No pude, me quedé sin aliento. Sabía que en algún lugar de la envoltura de aquel inesperado presente había un mensaje cifrado de Hillgarth; un mensaje destinado a pasar desapercibido para cualquiera que no fuera yo.

Me senté a distancia, en una esquina de un sofá, tensa y aún empapada. Fingí hacer caso omiso a los bombones y contemplé en silencio a Ignacio mientras me retiraba el pelo mojado de la cara. Seguía tan delgado como antes, pero su rostro no era el mismo. Las primeras canas empezaban a asomarle en las sienes a pesar de que apenas superaba la treintena. Tenía ojeras, líneas en la comisura de la boca y cara de cansado, de no llevar una vida tranquila.

—Vaya, vaya, Sira, cuánto tiempo ha pasado.

—Cinco años —especifiqué tajante—. Y ahora, por favor, dime a qué has venido.

—A varias cosas —dijo—. Pero antes prefiero que te pongas ropa seca. Y, cuando regreses, por favor, tráeme tu documentación. Pedírtela a la salida del cine me parecía un tanto grosero en tus actuales circunstancias.

—¿Y por qué habría yo de enseñarte a ti mi documentación?

—Porque, según he oído, ahora eres ciudadana marroquí.

—Y eso a ti ¿qué mas te da? No tienes ningún derecho a entrometerte en mi vida.

—¿Quién te ha dicho que no?

—Tú y yo ya no tenemos nada en común. Yo soy otra persona, Ignacio, no tengo nada que ver ni contigo ni con nadie del tiempo en el que estuvimos juntos. Han pasado muchas cosas en mi vida en estos años; yo ya no soy quien era.

—Ninguno somos los que éramos, Sira. Nadie es quien solía ser después de una guerra como la nuestra.

El silencio se extendió entre nosotros. A mi mente, como gaviotas enloquecidas, volvieron mil estampas del pasado, mil sentimientos que chocaron entre sí sin que yo los consiguiera manejar. Frente a mí tenía al que pudo haber sido el padre de mis hijos, un hombre bueno que no hizo más que adorarme y al que yo clavé un rejón en el alma. Frente a mí tenía también a quien podría convertirse en mi peor pesadilla, alguien que tal vez llevara cinco años masticando rencor y podría estar dispuesto a cualquier cosa para hacerme pagar por mi traición. Por ejemplo, denunciarme, acusarme de que yo no era quien decía ser, y hacer que salieran a la luz mis deudas del pasado.

—¿Dónde pasaste tú la guerra? —pregunté casi con miedo.

—En Salamanca. Fui unos días a ver a mi madre y el alzamiento me cogió allí. Me uní a los nacionales, no tuve otra opción. ¿Y tú?

—En Tetuán —dije sin pensarlo. Tal vez no debería haber sido tan explícita, pero ya era demasiado tarde para volver atrás. Extrañamente, mi respuesta pareció complacerle. Una débil sonrisa se dibujó en sus labios.

—Claro —dijo en voz baja—. Claro, ahora todo tiene sentido.

—¿Qué es lo que tiene sentido?

—Algo que necesitaba saber de ti.

—Tú no necesitas saber nada de mí, Ignacio. Lo único que necesitas es olvidarme y dejarme en paz.

—No puedo —dijo contundente.

No pregunté por qué. Temí que me pidiera explicaciones, que me reprochara mi abandono y me echara en cara el daño que le hice. O peor aún: tuve miedo de que me dijera que aún me quería y me suplicara que volviera con él.

—Tienes que irte, Ignacio, tienes que sacarme de tu cabeza.

—No puedo, cariño —repitió ahora con un punto de amarga sorna—. Nada me gustaría más que no volver a acordarme jamás de la mujer que me destrozó, pero no puedo. Trabajo para la Dirección General de Seguridad del Ministerio de Gobernación. Estoy a cargo de la vigilancia y seguimiento de los extranjeros que cruzan nuestras fronteras, especialmente de los que se instalan en Madrid con indicativos de permanencia. Y tú estás entre ellos. En un lugar preferente.

No supe si reír o llorar.

—¿Qué quieres de mí? —pregunté cuando conseguí que las palabras me volvieran a la boca.

—Documentación —exigió—. Pasaporte y permiso de aduanas de todo lo que en este domicilio haya procedente del extranjero. Pero antes, cámbiate.

Hablaba con frialdad y seguro de sí. Profesional, del todo distinto a aquel otro Ignacio, tierno y casi aniñado, que yo mantenía en mi depósito de recuerdos.

—¿Puedes enseñarme alguna acreditación? —dije en voz baja. Intuía que no estaba mintiendo, pero quise ganar tiempo para asimilar lo evidente.

Del bolsillo interior de la chaqueta sacó una cartera. La abrió con la misma mano que la sostenía, con la habilidad de quien está acostumbrado a identificarse una y otra vez. Efectivamente, allí estaban su rostro y su nombre junto al cargo y organismo que acababa de mencionar.

—Un momento —musité.

Fui a mi habitación; del armario descolgué con rapidez una blusa blanca y una falda azul, abrí después el cajón de la ropa interior dispuesta a sacar prendas limpias. Rocé entonces con los dedos las cartas de Beigbeder, ocultas bajo las combinaciones dobladas. Dudé unos segundos, sin saber qué hacer con ellas: si dejarlas donde estaban o buscar precipitadamente un sitio más seguro. Recorrí la habitación con ojos ávidos: tal vez encima del armario, tal vez debajo del colchón. Quizá entre las sábanas. O detrás del espejo del tocador. O dentro de una caja de zapatos.

—Date prisa, por favor —gritó Ignacio en la distancia.

Empujé las cartas hasta el fondo, las tapé por completo con media docena de prendas y cerré el cajón con un golpe seco. Cualquier otro sitio sería tan bueno o tan malo como aquél, más valía no tentar la suerte.

Me sequé, me cambié, saqué el pasaporte de la mesilla de noche y regresé al salón.

—Arish Agoriuq —leyó lentamente cuando se lo entregué—. Nacida en Tánger y residente en Tánger. Cumple años el mismo día que tú, qué coincidencia.

No respondí. Me invadieron de pronto unas ganas tremendas de vomitar, las contuve a duras penas.

—¿Puede saberse a qué viene este cambio de nacionalidad?

Mi mente maquinó una mentira con la velocidad de un parpadeo. Jamás había previsto verme envuelta en algo así, ni Hillgarth tampoco.

—Me robaron el pasaporte y no pude solicitar mi documentación a Madrid porque estábamos en plena guerra. Un amigo lo arregló todo para que pudieran darme la nacionalidad marroquí y poder así viajar sin problemas. No es un pasaporte falso, lo puedes comprobar.

—Ya lo he hecho. ¿Y el nombre?

—Pensaron que era mejor cambiarlo, hacerlo más árabe.

—¿Arish Agoriuq? ¿Es eso árabe?

—Es cherja —mentí—. El dialecto de las cabilas del Rif —añadí rememorando las competencias lingüísticas de Beigbeder.

Mantuvo el silencio unos segundos, sin dejar de mirarme. Aún notaba las tripas revueltas, pero me esforcé por mantenerlas en orden para no verme obligada a salir corriendo al cuarto de baño.

—Necesito saber también cuál es el objeto de tu estancia en Madrid —requirió finalmente.

—Trabajar. Coser, como siempre —respondí—. Esto es un taller de costura.

—Enséñamelo.

Le pasé al salón del fondo y le mostré sin palabras los rollos de telas, los figurines y las revistas. Después le conduje a lo largo del pasillo y abrí las puertas de todas las estancias. Los probadores impolutos. El cuarto de baño para las clientas. El taller de costura lleno de recortes de tejidos, patrones y maniquíes con prendas a medio montar. El cuarto de plancha con varias piezas esperando su turno. El almacén por fin. Andábamos juntos, en paralelo, como tantas veces habíamos recorrido los trechos de la vida tiempo atrás. Recordé que entonces casi me sacaba la cabeza; ahora la distancia parecía menor. No era la memoria, sin embargo, la que me jugaba una mala pasada: cuando yo no era más que una aprendiz de costurera y él un aspirante a funcionario, yo apenas llevaba tacón; cinco años después, la altura de mis zapatos me hacían llegarle a media cara.

—¿Qué hay al fondo? —preguntó.

—Mi dormitorio, un par de cuartos de baño y cuatro habitaciones; dos de ellas son dormitorios para invitados y las otras dos están vacías. Además, comedor de diario, cocina y zona de servicio —recité de carrerilla.

—Quiero verlo.

—¿Para qué?

—No tengo por qué darte explicaciones.

—De acuerdo —murmuré.

Le enseñé las estancias una a una con el estómago contraído, fingiendo una frialdad que distaba un mundo de mi estado real e intentando que no percibiera el temblor de mi mano al manipular los interruptores y los picaportes. Las cartas de Beigbeder para Rosalinda se habían quedado en el armario de mi dormitorio, debajo de la ropa interior; me temblaron las piernas ante la idea de que se le ocurriera abrir aquel cajón y pudiera encontrarlas. Cuando entró en la habitación, le observé con el corazón en un puño mientras él la recorría con parsimonia. Hojeó con fingido interés la novela quc tenía en la mesilla de noche y volvió a dejarla en su sitio; pasó después los dedos por los pies de la cama, levantó un cepillo del tocador y se asomó por el balcón unos segundos. Ansiaba que con eso diera por zanjada la visita, pero no lo hizo. Aún quedaba lo que yo más temía. Abrió un cuerpo del armario, el que contenía la ropa de abrigo. Tocó la manga de un chaquetón y el cinturón de otro, volvió a cerrar. Abrió la puerta siguiente y contuve la respiración. Una pila de cajones apareció ante sus ojos. Sacó el primero: pañuelos. Levantó el pico de uno, luego de otro, y de otro más; lo volvió a cerrar después. Sacó el segundo y tragué saliva: medias. Lo cerró. Cuando sus dedos tocaron el tercero sentí que el suelo se volvía blando bajo mis pies. Allí, tapados por las combinaciones de seda, se encontraban los documentos manuscritos que exponían con todo detalle y en primera persona las circunstancias del sonado relevo ministerial que andaba en boca de España entera.

—Creo que estás yendo demasiado lejos, Ignacio —logré susurrar.

Mantuvo los dedos sobre el tirador del cajón unos segundos más, como si estuviera considerando qué hacer. Sentí calor, sentí frío, angustia, sed. Sentí que aquello iba a ser el final. Hasta que noté que sus labios se separaban dispuestos a hablar. Sigamos, dijo tan sólo. Volvió a cerrar la puerta del armario mientras yo contenía un suspiro de alivio y unas ganas enormes de echarme a llorar. Disimulé como pude y volví a asumir el papel de guía obligada. Vio el baño en el que me bañaba y la mesa donde comía, la despensa donde guardaba la comida, la pila donde las chicas lavaban la ropa. Tal vez no fuera más allá por respeto hacia mí, quizá por simple pudor o porque los protocolos de su trabajo le establecían unos límites que no se atrevió a sobrepasar, nunca lo supe. Regresamos al salón sin una palabra mientras yo daba gracias al cielo porque el registro no hubiera sido más exhaustivo.

Volvió a sentarse en el mismo sitio y yo lo hice enfrente de él.

—¿Está todo en orden?

—No —afirmó rotundo—. Nada está en orden; nada.

Cerré los párpados, los apreté con fuerza y los volví a abrir.

—¿Qué es lo que no está correcto?

—Nada está correcto, nada está como debería estar.

De pronto creí ver una pequeña luz.

—¿Qué pensabas encontrar, Ignacio? ¿Qué querías encontrar que no has encontrado?

No respondió.

—Pensabas que todo era una tapadera, ¿verdad?

No respondió de nuevo, pero sí desvió la conversación hacia su terreno, volviendo a tomar las riendas.

—Sé de sobra quién ha montado este escenario.

—Este escenario, ¿de qué? —pregunté.

—Esta farsa de taller.

—Esto no es ninguna farsa. Aquí se trabaja duro. Yo lo hago más de diez horas al día, siete días a la semana.

—Lo dudo —dijo agrio.

Me levanté, me acerqué a su sillón. Me senté en uno de los brazos y le cogí la mano derecha. No se resistió, tampoco me miró. Pasé sus dedos sobre mis palmas, sobre mis propios dedos, despacio, para que sintiera en su piel cada milímetro de la mía. Sólo pretendía mostrarle las pruebas de mi trabajo, las callosidades y durezas que las tijeras, las agujas y los dedales me habían ido dejando a lo largo de los años. Noté cómo mi roce le estremecía.

—Éstas son las manos de una mujer trabajadora, Ignacio. Imagino lo que piensas que soy y a qué crees que me dedico, pero quiero que tengas claro que éstas no son las manos de la mantenida de nadie. Siento en el alma haberte hecho daño, no sabes cuánto lo lamento. No me porté bien contigo, pero todo eso está ya pasado y no hay vuelta atrás; no vas a arreglar nada entrometiéndote en mi vida y buscando en ella fantasmas que no existen.

Dejé de recorrer mis dedos con sus dedos, pero mantuve su mano entre las mías. Estaba helada. Poco a poco fue entrando en calor.

—¿Quieres saber qué fue de mí cuando me marché? —pregunté en voz baja.

Asintió sin palabras. Seguía sin mirarme.

—Nos fuimos a Tánger. Me quedé embarazada y Ramiro me abandonó. Perdí el niño. Me vi de pronto sola en una tierra extraña, enferma, sin dinero, cargando con las deudas que él dejó a mi nombre y sin tener dónde caerme muerta. Tuve a la policía encima de mí, pasé todo el miedo del mundo, me vi implicada en asuntos al margen de lo legal. Y después monté un taller gracias a la ayuda de una amiga y empecé otra vez a coser. Trabajé de noche y de día, y también hice amigos, gente muy distinta. Me asimilé a ellos y me adentré en un nuevo universo, pero nunca dejé de trabajar. Conocí también a un hombre del que pude enamorarme y con el que tal vez habría podido volver a ser feliz, un periodista extranjero, pero sabía que tarde o temprano habría de irse y me resistí a implicarme en otra relación por temor a volver a sufrir, por miedo a revivir el desgarro atroz que sentí cuando Ramiro se marchó sin mí. Ahora he vuelto a Madrid, sola, y sigo trabajando, ya has visto todo lo que hay en esta casa. Y respecto a lo que entre tú y yo pasó, en mi pecado me fue la penitencia, que no te quepa de ello la menor duda. No sé si a ti esto te satisface o no, pero ten por seguro que todo el daño que te causé lo he pagado a buen precio. Si existe justicia divina, en mi conciencia queda la tranquilidad de saber que, entre lo que yo a ti te hice y lo que después a mí me hicieron, la balanza está más que equilibrada.

No supe si lo que le dije le afectó, le tranquilizó o le confundió aún más. Nos mantuvimos unos minutos callados, su mano entre las mías, los cuerpos cercanos, conscientes cada uno de la presencia del otro. Al cabo de un rato me despegué de él y volví a mi sitio.

—Qué tienes tú que ver con el ministro Beigbeder —exigió saber entonces. Hablaba sin acritud. Sin acritud pero sin flojedad, a medio camino entre la intimidad de la que habíamos sido partícipes instantes atrás y la distancia infinita del rato anterior. Noté que se esforzaba por volver a su actitud profesional. Y noté que, lamentablemente, podía conseguirlo sin demasiado esfuerzo.

—Juan Luis Beigbeder es un amigo de los tiempos de Tetuán.

—¿Qué tipo de amigo?

—No es mi amante, si es eso lo que estás pensando.

—Ayer pasó la noche contigo.

—La pasó en mi casa, no conmigo. No tengo por qué darte cuentas de mi vida privada, pero prefiero aclarártelo para que no te quede duda: Beigbeder y yo no mantenemos ninguna relación sentimental. Anoche no nos acostamos juntos. Ni anoche, ni nunca. A mí no me mantiene ningún ministro.

—¿Por qué, entonces?

—¿Por qué no nos acostamos juntos o por qué no me mantiene ningún ministro?

—Por qué vino aquí y se quedó hasta casi las ocho de la mañana.

—Porque acababa de enterarse de que le habían destituido y no quería estar solo.

Se levantó y se dirigió a uno de los balcones. Volvió a hablar mientras miraba al exterior con las manos metidas en los bolsillos del pantalón.

—Beigbeder es un cretino. Es un traidor vendido a los británicos; un demente encoñado con una zorra inglesa.

Reí sin ganas. Me levanté, me acerqué a su espalda.

—No tienes ni idea, Ignacio. Trabajarás a las órdenes de quienquiera que trabajes en el Ministerio de Gobernación y te habrán encargado meter el miedo en el cuerpo a todos los extranjeros que pasen por Madrid, pero no tienes la menor idea de quién es el coronel Beigbeder y por qué se ha comportado de la forma en que lo ha hecho.

—Sé lo que tengo que saber.

—¿Qué?

—Que es un conspirador desleal a su patria. Y un incompetente como ministro. Eso es lo que de él dice todo el mundo, empezando por la prensa.

—Como si alguien pudiera fiarse de esta prensa... —apunté irónica.

—Y ¿de quién hay que fiarse si no? ¿De tus nuevos amigos extranjeros?

—Tal vez. Saben muchas más cosas que vosotros.

Se giró y dio unos pasos decididos hasta quedar apenas a un palmo de distancia de mi cara.

—¿Qué cosas saben? —preguntó con voz ronca.

Entendí que no me convenía decir nada, le dejé proseguir.

—¿Saben acaso que puedo hacer que te deporten esta misma madrugada? ¿Saben que puedo hacer que te detengan, que conviertan tu exótico pasaporte marroquí en papel mojado y te saquen del país con los ojos vendados sin que nadie se entere? Tu amigo Beigbeder ya está fuera del gobierno, te has quedado sin padrino.

Estaba tan cerca de mí que podía ver con toda nitidez hasta dónde le había crecido la barba después del afeitado de esa misma mañana. Podía percibir cómo su nuez subía y bajaba al hablar, apreciar cada milímetro del movimiento de aquellos labios que tantas otras veces me besaron y ahora hilaban amenazas con crudeza.

Contesté jugándomelo todo a una carta. Una carta tan falsa como yo misma.

—Beigbeder ya no está, pero aún me quedan otros recursos que tú ni te imaginas. Las clientas para las que coso tienen maridos y amantes con poder, soy buena amiga de muchos de ellos. Pueden darme asilo diplomático en más de media docena de embajadas en cuanto lo pida, empezando por la de Alemania, desde la cual, por cierto, tienen bien agarrado por los cojones a tu propio ministro. Puedo salvar el pellejo con una simple llamada telefónica. Quien tal vez no logre hacerlo si te sigues metiendo donde no te llaman a lo mejor eres tú.

Nunca había mentido a nadie con tanta insolencia; probablemente fuera la propia inmensidad del embuste lo que me aportó el tono arrogante con el que hablé. No supe si él me creyó. Tal vez sí: la historia era tan inverosímil como mi propia trayectoria vital, pero allí estaba yo, su antigua novia convertida en súbdita marroquí, como muestra evidente de que lo más inverosímil puede en cualquier momento trastocarse en pura realidad.

—Eso habría que verlo —escupió entre dientes.

Se separó de mí y se volvió a sentar.

—No me gusta la persona en la que te has convertido, Ignacio —susurré a su espalda.

Rió con una carcajada amarga.

—¿Y quién eres tú para juzgarme a mí? ¿Te crees acaso superior porque pasaras la guerra en África y hayas regresado ahora con aires de gran señora? ¿Piensas que eres mejor persona que yo por acoger en tu casa a ministros descarriados y dejarte adular con bombones mientras los demás tenemos racionado hasta el pan negro y las lentejas?

—Te juzgo porque me importas y deseo lo mejor para ti —apunté. Casi no me salió la voz.

Respondió con una nueva carcajada. Más amarga todavía que la anterior. Más sincera también.

—A ti no te importa nadie nada más que tú, Sira. Yo, mí, me, conmigo. Yo he trabajado, yo he sufrido, yo ya he pagado mi culpa: yo, yo, yo, yo. Nadie más te interesa, nadie. ¿Acaso te has molestado en saber qué fue de tu gente tras la guerra? ¿Se te ha ocurrido alguna vez volver a tu barrio embutida en uno de tus trajes elegantes para preguntar por todos ellos, para averiguar si alguien necesita que se le eche una mano? ¿Sabes qué fue de tus vecinos y de tus amigas a lo largo de todos estos años?

Sus preguntas resonaron como un mazazo en la conciencia, como un puñado de sal lanzado a traición contra los ojos abiertos. No tenía respuestas: nada sabía porque había elegido no saberlo. Respeté las órdenes, había sido disciplinada. Me dijeron que no me saliera de un cierto circuito y no lo hice. Me esforcé por no ver el otro Madrid, el real, el auténtico. Concentré mis movimientos en los límites de una ciudad idílica y me obligué a no mirar su otra cara: la de las calles llenas de socavones, los impactos en los edificios, las ventanas sin cristales y las fuentes vacías. Preferí no detener mi vista en las familias enteras que escarbaban las basuras en busca de mondas de patatas, no posar la mirada en las mujeres enlutadas que deambulaban por las aceras con criaturas colgadas a sus pechos resecos; ni siquiera detuve mis ojos en los enjambres de niños sucios y descalzos que pululaban a su alrededor y que, con las caras llenas de mocos resecos y sus pequeñas cabezas rapadas cuajadas de costras, tiraban de la manga a los viandantes y rogaban por caridad, señor, una limosna, por lo que más quiera, señorita, deme usted una limosna, que Dios se lo pague. Había sido una agente exquisita y obediente al servicio de la inteligencia británica. Escrupulosamente obediente. Asquerosamente obediente. Seguí las instrucciones que me dieron al pie de la letra: no volví a mi barrio ni puse un pie en los adoquines del pasado. Evité saber qué había sido de mi gente, de las amigas de mi niñez. No fui en busca de mi plaza, no pisé mi calle estrecha ni subí por mi escalera. No llamé a la puerta de mis vecinos, no quise saber cómo les iba, qué había sido de sus familias durante la guerra ni después. No intenté saber cuántos de ellos habían muerto, cuántos estaban encarcelados, cómo se las arreglaban para salir adelante los que quedaron vivos. No me interesaba que me contaran con qué desechos putrefactos llenaban la olla ni si sus hijos andaban tísicos, desnutridos o descalzos. No me preocupaban sus miserables vidas llenas de piojos y sabañones. Yo ya pertenecía a otro mundo: el de las conspiraciones internacionales, los grandes hoteles, las peluquerías de lujo y los cócteles a la hora del aperitivo. Nada tenía ya que ver conmigo aquel universo miserable de color gris rata con olor a orines y acelga hervida. O eso, al menos, creía yo.

—No sabes nada de ellos, ¿verdad? —continuó Ignacio con lentitud—. Pues escúchame bien, porque yo te lo voy a contar. Tu vecino Norberto cayó en Brunete, a su hijo mayor lo fusilaron nada más entrar las tropas nacionales en Madrid aunque, según cuentan, él también había andado activo en asuntos de represión del otro lado. El mediano está picando piedra en Cuelgamuros y el pequeño en el penal de El Dueso: se afilió al partido comunista, así que probablemente no salga en una buena temporada si es que no lo ejecutan cualquier día. La madre, la señora Engracia, la que te cuidaba y te trataba como una hija cuando tu madre se iba a trabajar y tú eras aún una niña, está ahora sola: se ha quedado medio ciega y anda por las calles como trastornada, removiendo con un palo todo lo que se encuentra. En tu barrio ya no quedan palomas ni gatos, se los han comido todos. ¿Quieres saber qué fue de las amigas con las que jugabas en la plaza de la Paja? Te lo puedo contar también: a la Andreíta la reventó un obús al cruzar una tarde la calle Fuencarral camino del taller donde trabajaba...

—No quiero saber nada más, Ignacio, ya me hago una idea —dije intentando disimular mi aturdimiento. No pareció oírme; continuó simplemente desgranando horrores.

—A la Sole, la de la lechería, le hizo mellizos un miliciano que desapareció sin dejarles ni el apellido; como ella no pudo ocuparse de los niños porque no tenía con qué mantenerlos, se los llevaron los de la inclusa y nunca ha vuelto a saber de ellos. Dicen que ella anda ahora ofreciéndose a los descargadores del mercado de la Cebada, pidiendo una peseta por cada servicio que hace allí mismo, contra los ladrillos de la pared; cuentan que va por ahí sin bragas, levantándose la falda en cuanto las camionetas empiezan a llegar aún de madrugada.

Las lágrimas empezaron a rodarme por las mejillas.

—Cállate, Ignacio, cállate ya, por Dios —susurré. No me hizo caso.

—La Agustina y la Nati, las hijas del pollero, se metieron en un comité de enfermeras laicas y se pasaron la guerra trabajando en el hospital de San Carlos. Cuando todo acabó, fueron a buscarlas a su casa, las metieron en una camioneta y, desde entonces, están en la cárcel de Las Ventas; las juzgaron en las Salesas y las condenaron a treinta años y un día. A la Trini, la panadera...

—Cállate, Ignacio, déjalo... —supliqué.

Cedió por fin.

—Puedo contarte muchas historias más, las he oído casi todas. A diario viene a verme gente que nos conocía en aquellos tiempos. Todos llegan con la misma cantinela: yo hablé una vez con usted, don Ignacio, cuando estaba usted de novio con la Sirita, la hija de la señora Dolores, la costurera que vivía en la calle de la Redondilla...

—¿Para qué te buscan? —conseguí preguntar en mitad del llanto.

—Todos para lo mismo: para pedirme que los ayude a sacar a algún familiar de la cárcel, para ver si puedo usar algún contacto para librar a alguien de la pena de muerte, para que les busque cualquier trabajo por rastrero que sea... No puedes imaginarte cómo es el día a día en la Dirección General: en las antesalas, en los pasillos y las escaleras se amontona a todas horas un gentío acobardado esperando ser atendido, dispuesto a aguantar lo que haga falta por conseguir una migaja de aquello que han venido a buscar: que alguien los oiga, que alguien los reciba, que les den una pista de algún ser cercano perdido, que les aclaren a quién deben suplicar para lograr la libertad de un pariente... Vienen muchas mujeres sobre todo, muchísimas. No tienen de qué vivir, se han quedado solas con sus hijos y no encuentran la manera de sacarlos adelante.

—Y tú ¿puedes hacer algo por ellos? —dije intentando sobreponerme a la angustia.

—Poco. Apenas nada. De los delitos por causas de guerra se encargan los tribunales militares. A mí acuden a la desesperada, igual que acosan a cualquier conocido que trabaje para la administración.

—Pero tú eres del régimen...

—Yo no soy más que un simple funcionario sin el más mínimo poder, un peldaño más dentro de una jerarquía —atajó—. No tengo posibilidad de hacer nada más allá de oír sus miserias, indicarles dónde deben ir si es que lo sé, y darles un par de duros cuando los veo al borde de la desesperación. Ni siquiera soy miembro de Falange: tan sólo hice la guerra donde me tocó y el destino quiso que al final quedara en el lado de los vencedores. Me reincorporé por eso al ministerio y asumí las obligaciones que me encomendaron. Pero yo no estoy con nadie: vi demasiados horrores y acabé perdiendo a todos el respeto. Por eso me limito simplemente a acatar órdenes, porque es lo que me da de comer. Así que cierro la boca, agacho la cerviz y me parto los cuernos para sacar adelante a mi familia, eso es todo.

—No sabía que tuvieras familia —dije mientras me limpiaba los ojos con un pañuelo que él me tendió.

—Me casé en Salamanca y cuando acabó la guerra nos vinimos a Madrid. Tengo una mujer, dos hijos pequeños y un hogar en el que al menos alguien me espera al final del día por duro y asqueroso que haya sido. Nuestra casa no se parece en nada a ésta, pero tiene siempre un brasero encendido y risas de niños en el pasillo. Mis hijos se llaman Ignacio y Miguel, mi mujer, Amalia. Nunca la he querido tanto como te quise a ti, ni mueve el culo con tu gracia cuando anda por la calle, ni jamás la he llegado a desear ni la cuarta parte de lo que te he deseado a ti esta noche mientras sostenías mi mano entre las tuyas. Pero siempre pone buena cara ante las dificultades, y canta cuando está en la cocina guisando lo poco que hay, y me abraza en medio de la noche cada vez que me atormentan las pesadillas y grito y lloro porque sueño que estoy otra vez en el frente y creo que me van a matar.

—Lo siento, Ignacio —dije con un hilo de voz. El llanto apenas me dejaba hablar.

—Puede que yo sea un conformista y un mediocre, un servidor perruno de un Estado revanchista —añadió mirándome a los ojos con firmeza—, pero tú no eres nadie para decirme si te gusta o no el hombre en el que me he convertido. Tú no puedes darme a mí lecciones morales, Sira, porque si yo soy malo, tú eres aún peor. A mí al menos me queda una gota de compasión en el alma; a ti, creo que ni eso. No eres más que una egoísta que habita una casa inmensa en la que se mastica la soledad por las esquinas; una desarraigada que reniega de sus orígenes y es incapaz de pensar en nadie que no sea ella misma.

Quise gritarle que se callara, que me dejara en paz y saliera de mi vida para siempre pero, antes de poder pronunciar siquiera la primera sílaba, mis entrañas se convirtieron en un manantial de sollozos incontenibles, como si algo se me hubiera desgarrado dentro. Lloré. Con la cara tapada, sin consuelo, sin fin. Cuando pude parar y retornar a la realidad inmediata, era más de medianoche e Ignacio ya no estaba. Se había ido sin ruido, con la misma delicadeza con la que siempre me trató. El miedo y la inquietud causados por su presencia se me mantuvieron, sin embargo, pegados a la piel. No sabía qué consecuencias iba a tener aquella visita, no sabía qué iba a ser de Arish Agoriuq a partir de esa noche. Tal vez el Ignacio de unos años atrás se apiadara de la mujer a la que tanto quiso y decidiera dejarla seguir su camino en paz. O tal vez su alma de cumplido funcionario de la Nueva España optara por trasladar a sus superiores las sospechas sobre mi falsa identidad; quizá —como él mismo amenazó— acabara detenida. O deportada. O desaparecida.

Sobre la mesa quedó una caja de bombones mucho menos inocente de lo que su apariencia insinuaba. La abrí con una mano, mientras con la otra me secaba las últimas lágrimas. Dos docenas de bocados de chocolate con leche fue todo lo que encontré dentro. Repasé entonces el envoltorio hasta que, en la cinta rosácea que anudaba el paquete, encontré un leve punteo casi imperceptible. Lo descifré en apenas tres minutos. «Reunión urgente. Consulta médica doctor Rico. Caracas, 29. Once de la mañana. Extreme precauciones.»

Junto a los bombones quedó la copa que unas horas antes le había servido. Intacta. Como el mismo Ignacio había dicho, ninguno de nosotros era ya quien un día fue. Pero, aunque la vida se nos hubiese dado la vuelta a todos, él seguía sin beber.

CUARTA PARTE

44

Varios centenares de seres bien comidos y mejor vestidos recibieron el año 1941 en el salón real del Casino de Madrid al son de una orquesta cubana. Entre ellos, como una más, estuve yo.

Mi intención inicial fue pasar aquella noche sola, tal vez haber invitado a doña Manuela y las chicas a compartir conmigo un capón y una botella de sidra, pero la tenaz insistencia de dos clientas, las hermanas Álvarez-Vicuña, me obligó a cambiar de planes. Aun sin demasiado entusiasmo, puse todo mi esmero en arreglarme para la noche: me peinaron con un moño bajo y me maquillé resaltando los ojos con khol marroquí para dar a la mirada ese fingido aspecto de rara pieza trasterrada que se suponía que era. Diseñé una especie de túnica color plata con mangas amplias y un ancho cinturón fajando la silueta; un atuendo a medio camino entre un exótico caftán moruno y la elegancia de un traje de noche europeo. El hermano soltero de ambas me recogió en casa: un tal Ernesto del que nunca llegué a conocer nada más allá de su cara de pájaro y la untuosa deferencia que desplegó para agasajarme. Al llegar, ascendí resuelta por la gran escalera de mármol y, una vez en el salón, fingí no percibir ni la magnificencia de la estancia ni los varios pares de ojos que me taladraron sin disimulo. Ni siquiera presté atención a las gigantescas lámparas de cristal de La Granja que colgaban de los techos ni a los zócalos de estuco que llenaban las paredes enmarcando grandiosas pinturas. Seguridad, dominio de mí misma: eso es lo que mi imagen desprendía. Como si la suntuosidad de ese ambiente fuera mi medio natural. Como si yo fuera un pez y aquella opulencia, el agua.

Pero no lo era. A pesar de vivir rodeada de tejidos tan deslumbrantes como los que aquella noche lucían las señoras a mi alrededor, el ritmo de los meses anteriores no había sido precisamente un cadencioso dejarse llevar, sino una sucesión de días y noches en los que mis dos ocupaciones chuparon como alimañas la integridad de un tiempo cada vez más enrarecido.

La reunión mantenida con Hillgarth dos meses atrás, inmediatamente después de los encuentros con Beigbeder e Ignacio, había marcado un antes y un después en mi forma de actuar. Sobre el primero de ellos le proporcioné información detallada; al segundo, en cambio, no lo nombré. Tal vez debí hacerlo, pero algo me lo impidió: pudor, inseguridad, temor quizá. Era consciente de que la presencia de Ignacio había sido fruto de mi imprudencia: debería haber puesto al agregado naval al tanto de aquel seguimiento a la primera sospecha, tal vez con ello habría evitado que un representante del Ministerio de Gobernación accediera a mi casa con toda facilidad y me esperara sentado en el salón. Pero aquel reencuentro había sido demasiado personal, demasiado emotivo y doloroso como para encontrarle encaje en los fríos moldes del Servicio Secreto. Silenciándolo incumplía el protocolo de actuación que me habían asignado y me saltaba a la torera las normas más elementales de mi cometido, cierto. Con todo y con eso, me arriesgué. Además, no era la primera vez que ocultaba algo a Hillgarth: tampoco le había dicho que doña Manuela formaba parte del pasado al que él mismo me prohibió retornar. Afortunadamente, ni la contratación de mi antigua maestra ni la visita de Ignacio habían tenido consecuencias inmediatas: a la puerta del taller no había llegado ninguna orden de deportación, nadie me había convocado a interrogatorio alguno en ninguna siniestra oficina, y los fantasmas con gabardina cesaron por fin su acoso. Que aquello fuera algo definitivo o tan sólo un alivio transitorio, aún estaba por ver.

En el encuentro urgente al que Hillgarth me convocó tras el cese de Beigbeder, se mostró tan aparentemente neutro como el día en que le conocí, pero su interés por absorber hasta el último detalle de la visita del coronel me hizo sospechar que su embajada andaba agitada y confusa con la noticia de la destitución.

Localicé sin problemas la dirección en la que me citó, una primera planta en una finca con solera: nada sospechoso en apariencia. Apenas tuve que esperar unos segundos para que la puerta se abriera al reclamo del timbre y una madura enfermera me invitara a entrar.

—Me espera el doctor Rico —anuncié siguiendo las instrucciones contenidas en la cinta de la caja de bombones.

—Acompáñeme, por favor.

Tal como esperaba, cuando accedí a la amplia estancia a la que me condujo no encontré a ningún médico, sino a un inglés de cejas frondosas dedicado a una labor bien distinta. Aunque en varias ocasiones anteriores le había visto en Embassy con su uniforme azul de la armada, aquel día vestía de paisano: camisa clara, corbata moteada y un elegante traje de franela gris. Independientemente de la indumentaria, su presencia era del todo incongruente en aquella consulta equipada con la parafernalia propia de una profesión que no era la suya: un biombo metálico con cortinillas de algodón, armarios acristalados llenos de botes y aparatos, una camilla contra el lateral, títulos y diplomas cubriendo las paredes. Me estrechó la mano enérgico y no perdimos más tiempo en saludos innecesarios o formalidades.

Tan pronto como nos acomodamos, comencé a hablar. Rememoré segundo a segundo la noche de Beigbeder, esforzándome por no olvidar ningún detalle. Desgrané todo lo que de su boca oí, describí su estado minuciosamente, contesté a decenas de preguntas y le entregué intactas las cartas de Rosalinda. Mi exposición se extendió durante más de una hora, a lo largo de la cual él me escuchó sentado inmóvil con el gesto contraído mientras, pitillo a pitillo, consumía metódico un cargamento entero de Craven A.

—Aún desconocemos el alcance que este cambio ministerial tendrá para nosotros, pero la situación dista mucho de ser optimista —aclaró por fin apagando el último cigarrillo—. Acabamos de informar a Londres y de momento no tenemos respuesta, todos estamos entretanto expectantes. Le ruego por eso que sea extremadamente cauta y no cometa ningún error. Recibir a Beigbeder en su casa fue una auténtica temeridad; entiendo que usted no pudo negarle la entrada e hizo bien en sosegarle y evitar que su estado degenerara en un desenlace aún más problemático, pero el riesgo que corrió fue altísimo. A partir de ahora, por favor, maximice su prudencia y, en lo sucesivo, intente no verse implicada en situaciones similares. Y tenga cuidado con las presencias sospechosas a su alrededor, especialmente en las cercanías de su domicilio: no descarte la posibilidad de que la tengan vigilada.

—No lo haré, descuide. —Intuí que tal vez sospechara algo de Ignacio y el seguimiento al que me tuvo sometida, preferí no preguntar.

—Todo va a enturbiarse aún más, eso es lo único que de momento sabemos —añadió mientras me tendía de nuevo la mano, esta vez como despedida—. Una vez que se han librado del ministro incómodo, suponemos que la presión de Alemania en territorio español se incrementará; manténgase por eso alerta y esté preparada para cualquier contingencia imprevista.

A lo largo de los meses siguientes obré en consecuencia: minimicé riesgos, intenté exponerme en público lo menos posible y me concentré en mis tareas con mil ojos. Continuamos cosiendo, mucho, cada vez más. La relativa tranquilidad que obtuve con la incorporación de doña Manuela al taller apenas duró unas semanas: la clientela creciente y la cercanía de la temporada navideña me obligaron a volver a dar a la costura el cien por cien de mí misma. Entre prueba y prueba, no obstante, seguí también volcada en mi otra responsabilidad: la clandestina, la paralela. Y así, lo mismo ajustaba el costado de un talle de cóctel que obtenía información sobre los invitados a la recepción ofrecida en la Embajada de Alemania en honor a Himmler, el jefe de la Gestapo, e igual tomaba medidas para el nuevo tailleur de una baronesa que me enteraba del entusiasmo con el que la colonia germana esperaba el inminente traslado a Madrid del restaurante berlinés de Otto Horcher, el favorito de los altos cargos nazis en su propia capital. Sobre todo eso y sobre mucho más informé a Hillgarth con rigor: diseccionando el material de forma minuciosa, escogiendo las palabras más precisas, camuflando los mensajes entre las supuestas puntadas y dándoles salida con puntualidad. Siguiendo sus advertencias, me mantuve permanentemente alerta y concentrada, pendiente de todo lo que ocurría alrededor. Y gracias a ello, en aquellos días percibí que algunas cosas cambiaron: pequeños detalles que quizá fueron consecuencia de las nuevas circunstancias o tal vez simples casualidades producto del azar. Un sábado cualquiera no encontré en el Museo del Prado al silencioso hombre calvo que solía encargarse de recogerme la carpeta llena de patrones codificados; nunca más le volví a ver. Unas semanas después, la chica del guardarropa del salón de peluquería fue sustituida por otra mujer: más madura, más gruesa e igualmente hermética. Noté también mayor vigilancia en las calles y los establecimientos, y aprendí a distinguir a quienes se encargaban de ella: alemanes grandes como armarios, callados y amenazantes con el abrigo llegándoles casi a los pies; españoles enjutos que fumaban nerviosos frente a un portal, junto a un local, tras un cartel. Aunque yo no fuera en principio el objeto de sus misiones, intentaba ignorarlos virando el rumbo o cambiando de acera en cuanto los intuía. A veces, para evitar pasar a su lado o cruzarme con ellos frontalmente, me refugiaba en un comercio cualquiera o me detenía frente a una castañera o un escaparate. En otras ocasiones, en cambio, me resultaba imposible esquivarlos porque me topaba con ellos de manera inesperada y ya sin margen de acción para reconducir el sentido. Me armaba entonces de valor: formulaba un mudo allá vamos, apretaba el paso con firmeza y dirigía la vista al frente. Segura de mí, ajena, altiva casi, como si lo que llevara agarrado de la mano fuese una compra caprichosa o un neceser lleno de cosméticos, y no un cargamento de datos cifrados sobre la agenda privada de las figuras más relevantes del Tercer Reich en España.

Me mantuve también al día del devenir político que me rodeaba. Como solía hacer con Jamila en Tetuán, cada mañana mandaba a Martina a comprar la prensa: *Abc, Arriba, El Alcázar.* En el desayuno, entre sorbo y sorbo de café con leche, devoraba las crónicas de lo que en España y Europa sucedía. Me enteré así de la toma de posesión de Serrano Suñer como nuevo ministro de Asuntos Exteriores y seguí letra a letra las noticias relativas al viaje en el que Franco y él mismo se entrevistaron con Hitler en Hendaya. Leí también sobre el pacto tripartito entre Alemania, Italia y Japón, sobre la invasión de Grecia y acerca de los mil movimientos que acontecían vertiginosos sobre el tapete de aquellos tiempos convulsos.

Leí, cosí e informé. Informé, cosí y leí: aquél fue mi día a día en la última parte del año a punto de acabar. Por eso tal vez acepté la propuesta de celebrar su fin en el casino: me vendría bien algo de entretenimiento para amortiguar tanta tensión.

Marita y Teté Álvarez-Vicuña se acercaron a su hermano y a mí tan pronto nos vieron entrar en el salón. Halagamos mutuamente nuestros vestidos y peinados, comentamos frivolidades y tonterías, y dejé caer como siempre unas cuantas palabras en árabe y alguna expresión postiza en francés. Y entretanto, observé el salón de reojo y percibí varios rostros familiares, bastantes uniformes y algunas cruces gamadas. Me pregunté cuántos de los seres que por allí se movían con aire relajado serían, como yo, chivatos y soplones encubiertos. Presentí que probablemente varios y decidí no fiarme de nadie y estar ojo avizor; tal vez pudiera obtener algún dato de interés para Hillgarth y los suyos. Mientras en la mente elucubraba tales planes a la vez que fingía mantenerme atenta a la conversación, mi anfitriona Marita se despegó de mi lado y desapareció unos instantes. Cuando regresó lo hizo colgada del brazo de alguien y supe de inmediato que la noche había cambiado de rumbo.

45

—Arish, querida, quiero presentarte a mi futuro suegro, Gonzalo Alvarado. Tiene mucho interés en hablar contigo sobre sus viajes a Tánger y los amigos que allí dejó, probablemente conozcas a algunos de ellos.

Allí estaba, efectivamente, Gonzalo Alvarado, mi padre. Vestido de frac y sosteniendo un vaso tallado de whisky a medio beber. En el primer segundo en que nuestras miradas se cruzaron supe que de sobra sabía quién era yo. En el segundo, intuí que la idea de haber sido invitada a aquella fiesta había partido de él. Cuando tomó mi mano y se la acercó a la boca para saludarme con un amago de beso, nadie en aquel salón, sin embargo, podría haber siquiera llegado a imaginar que los cinco dedos que estaba sosteniendo eran los de su propia hija. Sólo nos habíamos visto un par de horas en toda la vida, pero dicen que la llamada de la sangre es tan potente que a veces logra cosas así. Bien pensado, no obstante, tal vez fueran su perspicacia y buena memoria las que primaran por encima del instinto paternal.

Estaba más delgado y más encanecido, pero seguía manteniendo una gran facha. La orquesta empezó a tocar *Aquellos ojos verdes,* él me invitó a bailar.

—No sabes cuánto me alegra verte otra vez —dijo. En el tono de su voz distinguí algo parecido a la sinceridad.

—A mí también —mentí. En realidad no sabía si me alegraba o no; aún estaba demasiado anonadada por lo inesperado del encuentro como para poder elaborar un juicio razonable sobre el mismo.

—Así que ahora tienes otro nombre, otro apellido y se supone que eres marroquí. Imagino que no vas a contarme a qué se deben tantos cambios.

—No, creo que no voy a hacerlo. Además, no creo que le interese demasiado, son cosas mías.

—Tutéame, por favor.

—Como quieras. ¿Te gustaría también que te llamara papá? —pregunté con un punto de sorna.

—No, gracias. Con Gonzalo es suficiente.

—De acuerdo. ¿Cómo estás, Gonzalo? Pensé que te habían matado en la guerra.

—Sobreviví, ya ves. Es una larga historia, demasiado siniestra para una noche de fin de año. ¿Cómo está tu madre?

—Bien. Ahora vive en Marruecos, tenemos un taller en Tetuán.

—Entonces, ¿al final me hicisteis caso y os fuisteis de España en el momento oportuno?

—Más o menos. La nuestra también es una larga historia.

—Tal vez me la quieras contar otro día. Podemos vernos para charlar; déjame que te invite a comer —sugirió.

—No creo que pueda. No hago demasiada vida social, tengo mucho trabajo. Hoy he venido por empeño de unas clientas. Ingenua de mí, en un principio pensé que se trataba de una insistencia del todo desinteresada. Ahora veo que, detrás de una amable e inocente invitación a la modista de la temporada, había algo más. Porque la idea partió de ti, ¿verdad?

No dijo ni sí ni no, pero la afirmación quedó meciéndose en el aire, suspendida entre los acordes del bolero.

—Marita, la novia de mi hijo, es una buena chica: cariñosa y entusiasta como pocas, aunque no demasiado lista. De todas maneras, la aprecio enormemente: es la única que ha conseguido arreglárselas para meter en cintura al tarambana de tu hermano Carlos y va a llevarlo al altar dentro de un par de meses.

Ambos dirigimos la mirada a mi clienta. Cuchicheaba en ese momento con su hermana Teté, sin quitarnos la vista de encima ninguna de las dos, embutidas ambas en sendos modelos salidos de Chez Arish. Con una falsa sonrisa tirante en los labios, me hice a mí misma la firme promesa de no volver a fiarme de las clientas que embaucaban con cantos de sirena a las almas solitarias en noches tan tristes como la de un año que se va.

Gonzalo, mi padre, continuó hablando.

—Te he visto tres veces a lo largo del otoño. Una de ellas salías de un taxi y entrabas en Embassy; yo paseaba a mi perro apenas a cincuenta metros de la puerta, pero no te diste cuenta.

—No, no me di cuenta, es cierto. Suelo ir casi siempre con bastante prisa.

—Me pareciste tú, pero sólo pude verte unos segundos y pensé que tal vez todo había sido una mera ilusión. La segunda vez fue un sábado por la mañana en el Museo del Prado, me gusta pasar por allí de vez en cuando. Te seguí de lejos mientras recorrías varias salas, aún no tenía la certeza de que fueras quien yo creía que eras. Después te dirigiste al guardarropa en busca de una carpeta y te sentaste a dibujar frente al retrato de Isabel de Portugal, de Tiziano. Yo me instalé en otra esquina de la misma sala y permanecí allí, observándote, hasta que empezaste a recoger tus cosas. Me marché entonces convencido de que no me había equivocado. Eras tú con otro estilo: más madura, más resuelta y elegante, pero sin duda, la misma hija a la que conocí asustada como un ratón justo antes de empezar la guerra.

No quise abrir el menor resquicio para la melancolía, así que intervine inmediatamente.

—¿Y la tercera?

—Hace sólo un par de semanas. Caminabas por Velázquez, yo iba en coche con Marita; la llevaba a casa tras un almuerzo en la finca de unos amigos, Carlos tenía cosas que hacer. Te vimos los dos a la vez y entonces, para mi gran sorpresa, ella te señaló y me dijo que eras su nueva modista, que venías de Marruecos y te llamabas Arish no sé qué.

—Agoriuq. En realidad es mi apellido de siempre puesto del revés. Quiroga, Agoriuq.

—Suena bien. ¿Tomamos una copa, señorita Agoriuq? —preguntó con gesto irónico.

Nos abrimos paso, cogimos dos copas de champán de la bandeja de plata que un camarero nos ofreció, y nos desplazamos hacia un lateral del salón mientras la orquesta comenzaba a tocar una rumba y la pista volvía a llenarse de parejas.

—Imagino que no tendrás interés en que desenmascare a Marita tu verdadero nombre y mi relación contigo —dijo una vez conseguimos retirarnos del bullicio—. Como te he dicho, es buena chica, pero le encantan los chismorreos y la discreción no es precisamente su fuerte.

—Te agradecería que no dijeras nada a nadie. De todas maneras, quiero aclararte que mi nuevo nombre es oficial y el pasaporte marroquí, verdadero.

—Supongo que habrá alguna razón de peso para ese cambio.

—Por supuesto. Con ello gano exotismo de cara a mi clientela y, a la vez, me libro de que me persiga la policía por la denuncia que tu hijo interpuso contra mí.

—¿Carlos puso una denuncia contra ti? —La mano con la copa había quedado parada a medio camino hacia la boca, su sorpresa parecía del todo auténtica.

—Carlos no: tu otro hijo, Enrique. Justo antes de empezar la guerra. Me acusaba de haberte robado el dinero y las joyas que me diste.

Sonrió sin despegar los labios, con amargura.

—A Enrique lo mataron tres días después del alzamiento. Una semana antes habíamos tenido una discusión tremenda. Él estaba muy politizado, presentía que algo fuerte iba a suceder con inminencia y se empeñó en que sacáramos de España todo el dinero que teníamos en metálico, las joyas y los objetos de valor. Tuve que decirle que te había entregado tu parte de mi herencia; en realidad, pude haberme callado, pero preferí no hacerlo. Le conté por eso la historia de Dolores y le hablé de ti.

—Y se lo tomó mal —adelanté.

—Se puso como un energúmeno y me dijo todo tipo de barbaridades. Llamó después a Servanda, la vieja criada, imagino que la recuerdas. La interrogó sobre vosotras. Ella le contó que tú habías salido corriendo llevando un paquete en la mano y entonces él mismo debió de elaborar esa ridícula versión del robo. Tras la pelea se fue de casa dando un portazo que hizo retumbar las paredes de todo el edificio. La siguiente vez que volví a verle fue once días más tarde, en el depósito del Estadio Metropolitano con un tiro en la cabeza.

—Lo siento.

Se encogió de hombros con gesto de resignación. En sus ojos percibí una pena inmensa.

—Era un insensato y un alocado, pero era mi hijo. Nuestra relación en los últimos tiempos fue desagradable y turbulenta; él pertenecía a Falange, a mí no me gustaba. Vista desde hoy, sin embargo, aquella Falange era casi una bendición. Al menos partían de unos ideales románticos y unos principios un tanto utópicos pero moderadamente razonables. Sus componentes eran una pandilla de ilusos consentidos, bastante zánganos en su mayoría pero, por fortuna, tenían poco que ver con los oportunistas de hoy, esos que vociferan el *Cara al sol* con el brazo enhiesto y la vena del cuello hinchada, invocando al ausente como si fuera la sagrada forma cuando antes de empezar la guerra ni siquiera habían oído hablar de José Antonio. No son más que una pandilla de chulos arrogantes y grotescos...

Volvió súbitamente a la realidad del fulgor de las arañas de cristal, al sonido de las maracas y las trompetas, y al movimiento acompasado de los cuerpos al ritmo de *El manisero*. Volvió a la realidad y volvió a mí, me tocó el brazo, me acarició con suavidad.

—Discúlpame, a veces me enciendo más de la cuenta. Te estoy aburriendo, no es éste el momento de hablar de estas cosas. ¿Quieres bailar?

—No, no quiero, gracias. Prefiero seguir hablando contigo.

Se acercó un camarero, dejamos en la bandeja las copas vacías y cogimos otras llenas.

—Nos habíamos quedado en que Enrique te había puesto una denuncia... —dijo entonces.

No le dejé seguir; quería primero aclarar algo que revoloteaba en mi cabeza desde el principio de nuestro encuentro.

—Antes de que te lo cuente, aclárame algo. ¿Dónde está tu mujer?

—Enviudé. Antes de la guerra, al poco de veros a ti y a tu madre, en la primavera del 36. María Luisa estaba en el sur de Francia con sus hermanas. Una de ellas tenía un Hispano-Suiza y un mecánico al que gustaba en exceso el alterne nocturno. Una mañana las recogió para llevarlas a misa; probablemente no había dormido en toda la noche y en un descuido absurdo se salió de la carretera. Dos de las hermanas murieron, María Luisa y Concepción. El conductor perdió una pierna y la tercera de las hermanas, Soledad, resultó ilesa. Ironías de la vida, era la mayor de las tres.

—Lo lamento mucho.

—A veces pienso que fue lo mejor para ella. Era muy timorata, tenía un carácter tremendamente asustadizo; el más pequeño incidente doméstico le causaba una gran conmoción. Creo que no habría podido soportar la guerra, ni dentro de España ni fuera de ella. Y, por supuesto, nunca habría podido asimilar la muerte de Enrique. Así que quizá la divina providencia le hiciera un favor llevándosela antes de tiempo. Y ahora sigue contándome; estábamos hablando de tu denuncia. ¿Sabes algo más, tienes alguna idea de cómo está el asunto ahora?

—No. En septiembre, antes de venir a Madrid, el comisario de la policía de Tetuán intentó hacer averiguaciones.

—¿Para inculparte?

—No; para ayudarme. El comisario Vázquez no es exactamente un amigo, pero siempre me trató bien. Tienes una hija que ha estado metida en algunos problemas, ¿sabes?

El tono de mi voz debió de indicarle que hablaba en serio.

—¿Me los vas a contar? Me gustaría poder ayudarte.

—No creo que de momento haga falta, todo está ahora más o menos en orden, pero gracias por el ofrecimiento. De todas maneras, tal vez tengas razón: deberíamos vernos otro día y charlar despacio. En parte, esos problemas míos también te afectan a ti.

—Adelántame algo.

—Ya no tengo las joyas de tu madre.

No pareció inmutarse.

—¿Las tuviste que vender?

—Me las robaron.

—¿Y el dinero?

—También.

—¿Todo?

—Hasta el último céntimo.

—¿Dónde?

—En un hotel de Tánger.

—¿Quién?

—Un indeseable.

—¿Le conocías?

—Sí. Y ahora, si no te importa, vamos a cambiar de conversación. Otro día, con más tranquilidad, te contaré los detalles.

Faltaba ya poco para la medianoche y por el salón se movían cada vez más fracs, más uniformes de gala, más vestidos de noche y escotes cuajados de joyas. Primaban los españoles, pero había también un número considerable de extranjeros. Alemanes, ingleses, americanos, italianos, japoneses; todo un popurrí de países en guerra inmersos entre una maraña de respetables y adinerados ciudadanos patrios, ajenos todos por unas horas al salvaje despedazamiento de Europa y a la sordidez de un pueblo devastado que estaba a punto de decir hasta nunca a uno de los años más tremebundos de su historia. Las carcajadas sonaban por todas partes y las parejas seguían deslizándose al compás contagioso de las congas y las guarachas que la orquesta de músicos negros interpretaba sin decaer. Los lacayos con librea que nos habían recibido flanqueando la escalera comenzaron a repartir pequeñas cestas con uvas e instaron a los invitados a dirigirse a la terraza para tomarlas a la par de las campanadas del vecino reloj de la Puerta del Sol. Mi padre me ofreció su brazo y yo lo acepté: aunque cada uno hubiera llegado por su cuenta, de alguna manera silenciosa habíamos convenido recibir el año juntos. En la terraza nos reunimos con algunos amigos, su hijo y mis maquinadoras clientas. Me presentó a Carlos, mi medio hermano, parecido a él y en absoluto a mí. Cómo podría haber intuido él que tenía delante a la modistilla advenediza de su propia sangre a la que su hermano denunció por haberles birlado a ambos un buen pellizco de su herencia.

A nadie parecía importar el intenso frío de la terraza: el número de invitados se había multiplicado y los camareros no daban abasto circulando entre ellos mientras vaciaban botellas de champán envueltas en grandes servilletas blancas. Las conversaciones animadas, las risas y el tintineo de las copas parecían sostenerse en el aire a punto de rozar el cielo de invierno oscuro como el carbón. Desde la calle entretanto, como un rugido bronco, ascendía el sonido de las voces de aquella masa apelotonada de infortunados; esos a los que su negra suerte había destinado a mantenerse al ras de los adoquines y a compartir un litro de vino barato o una botella de cazalla rasposa como el asperón.

Empezaron a oírse las campanadas, primero los cuartos, después las definitivas. Comencé a tomar las uvas concentrada: dong, una, dong, dos, dong, tres, dong, cuatro. A la quinta noté que Gonzalo había pasado su brazo sobre mis hombros y me atraía hacia sí; a la sexta los ojos se me llenaron de lágrimas. La séptima, la octava y la novena las tragué a ciegas, haciendo esfuerzos por contener el llanto. A la décima lo logré, con la undécima me recompuse y al sonar la última me giré y abracé a mi padre por segunda vez en mi vida.

46

A mediados de enero me reuní con él para explicarle los pormenores del robo de su herencia. Supuse que creyó la historia; si no lo hizo, lo disimuló bien. Almorzamos en Lhardy y me propuso que nos siguiéramos viendo. Me negué sin tener una razón fundamentada para ello; tal vez pensara que era demasiado tarde para intentar recuperar todo lo que nunca vivimos juntos. Él continuó insistiendo, no parecía dispuesto a aceptar mi rechazo con facilidad. Y lo logró en parte: el muro de mi resistencia fue poco a poco cediendo. Volvimos a comer juntos alguna otra vez, fuimos al teatro y a un concierto en el Real, incluso una mañana de domingo paseamos por el Retiro como treinta años antes él hiciera con mi madre. Le sobraba tiempo, ya no trabajaba; al terminar la guerra pudo recuperar su fundición, pero decidió no reabrirla. Después vendió los terrenos que ocupaba y se dedicó a vivir de las rentas que con ellos obtuvo. ¿Por qué no quiso seguir, por qué no reimpulsó su negocio tras la contienda? Por puro desencanto, creo. Nunca me contó en detalle sus vicisitudes durante aquellos años, pero los comentarios insertados en las distintas conversaciones que en ese tiempo mantuvimos me permitieron reconstruir más o menos su doloroso periplo. No parecía, sin embargo, un hombre resentido: era demasiado racional como para permitir que sus vísceras agarraran el mando de su vida. A pesar de pertenecer a la clase de los vencedores, era también tremendamente crítico con el nuevo régimen. Y era irónico y un gran conversador, y entre ambos establecimos una relación especial con la que no nos planteamos compensar su ausencia a lo largo de todos los años de mi niñez y juventud, sino empezar de cero una amistad entre adultos. En su círculo se murmuró acerca de nosotros, se especuló sobre la naturaleza del nexo que nos unía, y a sus oídos llegaron mil extravagantes suposiciones que compartió conmigo divertido y a nadie se preocupó de clarificar.

Los encuentros con mi padre me abrieron los ojos a una cara de la realidad desconocida. Gracias a él supe que, a pesar de que los periódicos nunca lo contaran, el país vivía una crisis de gobierno permanente, donde los rumores de destituciones y dimisiones, los relevos ministeriales, las rivalidades y las conspiraciones se multiplicaban como los panes y los peces. La caída de Beigbeder a los catorce meses de jurar su cargo en Burgos había sido sin duda la más estrepitosa, pero en ningún caso la única.

Mientras España emprendía lentamente su reconstrucción, las distintas familias que habían contribuido a ganar la guerra, lejos de convivir en armonía, se tiraban los trastos a la cabeza como en un sainete. El ejército enfrentado a la Falange, la Falange a matar con los monárquicos, los monárquicos endemoniados porque Franco no se comprometía con la restauración; éste en El Pardo, apartado e indefinido, firmando sentencias con pulso firme y sin decantarse a favor de nadie; Serrano Suñer por encima de todos, todos a su vez contra Serrano; unos intrigando a favor del Eje, otros en pro de los Aliados, cada cual apostando a ciegas sin saber aún cuál sería el bando que acabaría a la larga, como había dicho Candelaria, metiendo las cabras en el corral.

Los alemanes y los británicos mantenían en este tiempo su constante tira y afloja tanto en el mapa del mundo como en las calles de la capital de España. Por desgracia para la causa en la que la suerte me había colocado, los germanos parecían tener un aparato de propaganda mucho más potente y efectivo. Tal como me adelantó Hillgarth en Tánger, la ardua labor de éstos se gestionaba desde la misma embajada, con medios económicos más que generosos y un equipo formidable capitaneado por el famoso Lazar, quien contaba además con la complacencia del régimen. Yo sabía de primera mano que la actividad social de éste era imparable: las menciones en mi taller a sus cenas y fiestas eran constantes entre las alemanas y algunas españolas, y por los salones de su residencia desfilaba cada noche alguno de mis modelos.

Con frecuencia creciente aparecían también en la prensa campañas destinadas a vender el prestigio alemán. Utilizaban para ello anuncios vistosos y efectivos que con el mismo entusiasmo publicitaban motores de gasolina que colorante para teñir la ropa. La propaganda era constante y entremezclaba ideas y productos, persuadiendo de que la ideología germana era capaz de conseguir adelantos inalcanzables para el resto de los países del mundo. El velo aparentemente técnico de los anuncios no ocultaba el mensaje: Alemania estaba preparada para dominar el planeta y así deseaban hacerlo saber a los buenos amigos que en España tenía. Y para que no quedara duda de ello, solían incluir entre sus estrategias dibujos con gran impacto visual, grandes letras, y unos pintorescos mapas de Europa en los que Alemania y la península Ibérica se conectaban con flechas bien marcadas mientras que a Gran Bretaña, en cambio, parecía habérsela tragado el centro de la tierra.

En las farmacias, los cafés y las barberías se repartían gratuitamente revistas satíricas y cuadernillos de crucigramas regalados por los alemanes; los chistes y las historietas aparecían entremezclados con reseñas sobre victoriosas operaciones militares y la solución correcta de todos los entretenimientos y jeroglíficos siempre era de tipo político a favor de la causa nazi. Otro tanto ocurría con folletos informativos destinados a profesionales, las historias de aventuras para jóvenes y niños, y hasta las hojas parroquiales de cientos de iglesias. Se decía también que las calles estaban llenas de confidentes españoles captados por los alemanes para realizar labores de difusión de propaganda directa en las paradas de los tranvías y las colas de las tiendas y los cines. Las consignas eran unas veces moderadamente creíbles y muchas otras, del todo disparatadas. Por aquí y por allá corrían bulos siempre desfavorables hacia los británicos y sus apoyos. Que estaban robando el aceite de oliva a los españoles y llevándolo en coches diplomáticos hasta Gibraltar. Que la harina donada por la Cruz Roja americana era tan mala que estaba haciendo enfermar al pueblo español. Que en los mercados no había pescado porque nuestros pesqueros eran retenidos por buques de la marina británica. Que la calidad del pan era pésima porque los súbditos de su majestad se dedicaban a hundir los barcos argentinos cargados de trigo. Que los americanos en colaboración con los rusos estaban ultimando la inminente invasión de la Península.

Los británicos, entretanto, no se mantenían impasibles. Su reacción consistía prioritariamente en achacar por cualquier medio al régimen español todas las calamidades del pueblo, dando palos, sobre todo, donde más dolía: en la escasez de alimentos, esa hambruna que propiciaba que la gente enfermara por comer las inmundicias de las basuras, que familias enteras corrieran desesperadas detrás de los camiones del Auxilio Social, y que las madres de familia se las ingeniaran Dios sabía cómo para hacer frituras sin aceite, tortillas sin huevos, dulces sin azúcar y un extraño embutido sin rastro de cerdo y con un sospechoso sabor a bacalao. Para fomentar la simpatía de los españoles por la causa aliada, los ingleses también agudizaban su ingenio. La oficina de prensa de la embajada redactaba en Madrid una publicación de manufactura casera que los mismos funcionarios se esforzaban por repartir en las aceras cercanas a su legación con el agregado de prensa, el joven Tom Burns, a la cabeza. Poco antes había comenzado a funcionar el Instituto Británico dirigido por un tal Walter Starkie, un católico irlandés a quien algunos llamaban don Gitano. La apertura se hizo, según se comentaba, sin más autorización de las autoridades españolas que la palabra sincera pero ya debilitada de Beigbeder en sus últimos coletazos como ministro. En apariencia, se trataba de un centro cultural en el que impartían clases de inglés y organizaban conferencias, tertulias y eventos diversos, algunos de ellos más sociales que puramente intelectuales. En el fondo era, al parecer, una encubierta maquinaria de propaganda británica mucho más sofisticada que las estrategias de los germanos.

Transcurrió así el invierno, laborioso y tenso, duro para casi todos: para los países, para los humanos. Y, sin apenas darme cuenta, se nos echó encima la primavera. Y con ella llegó una nueva invitación de mi padre. El hipódromo de La Zarzuela abría sus puertas, ¿por qué no le acompañaba?

Cuando yo no era más que una joven aprendiz en casa de doña Manuela, oíamos constantes referencias al hipódromo al que nuestras clientas asistían. Probablemente a muy pocas señoras les interesaban las carreras en sí, pero, del mismo modo que los caballos, ellas también competían. Si no en velocidad, sí en elegancia. El viejo hipódromo se encontraba entonces en el final del paseo de la Castellana y era lugar de encuentro social para la alta burguesía, la aristocracia e incluso la realeza, con Alfonso XIII a menudo en el palco real. Poco antes de la guerra se inició la construcción de otras instalaciones más modernas; la contienda, sin embargo, paró en seco el proyecto del nuevo recinto hípico. Tras dos años de paz, éste, aún a medio terminar, abría sus puertas en el monte de El Pardo.

La inauguración llevaba semanas ocupando titulares en los periódicos y saltando de boca en boca. Mi padre me recogió en su automóvil, le gustaba conducir. Durante el trayecto me explicó el proceso de la construcción del hipódromo con su original cubierta ondulada y habló también del entusiasmo de miles de madrileños por recuperar las viejas carreras. Yo, en reciprocidad, le describí mis recuerdos de la Hípica de Tetuán y la imponente estampa del jalifa atravesando a caballo la plaza de España para ir los viernes de su palacio a la mezquita. Y tanto, tanto hablamos que no hubo tiempo siquiera para que me adelantara que esa tarde tenía previsto encontrarse con alguien más. Y sólo al llegar a nuestra tribuna me di cuenta de que, al asistir a aquel evento de apariencia inocente, acababa de adentrarme por mi propio pie en la mismísima boca del lobo.

47

El gentío asistente era inmenso: masas humanas agolpadas frente a las taquillas, colas de decenas de metros para formalizar los boletos de apuestas, y las gradas y la zona cercana a la pista llenas a rebosar de público ansioso y vociferante. Los privilegiados que ocupaban los palcos reservados, en cambio, flotaban en una dimensión distinta: sin agobios ni griterío, sentados en sillas auténticas y no sobre peldaños de cemento, y atendidos por camareros de chaquetilla impoluta dispuestos a servirles con diligencia.

En cuanto accedimos al palco, sentí en mi interior algo parecido al mordisco de una tenaza de hierro. Apenas necesité un par de segundos para percibir el alcance del despropósito al que me enfrentaba: allí no había más que un minúsculo grupo de españoles mezclados con un denso número de ingleses, hombres y mujeres que, copa en mano y armados de binoculares, fumaban, bebían y charlaban en su lengua a la espera del galope de los equinos. Y para que no quedara duda de su causa y procedencia, los cobijaba una gran bandera británica amarrada en plano sobre la barandilla.

Quise que la tierra me tragara, pero todavía no era el momento: mi capacidad para el estupor aún no había tocado fondo. Para ello, sólo necesité adentrarme unos pasos y dirigir la mirada hacia la izquierda. En el palco vecino, prácticamente vacío aún, ondeaban tres estandartes verticales mecidos por el viento: sobre el fondo rojo de cada uno de ellos destacaba un círculo blanco con la esvástica negra en el centro. El palco de los alemanes, separado del nuestro por una pequeña valla que apenas superaba el metro de altura, esperaba la llegada de sus ocupantes. Por el momento tan sólo había en él un par de soldados custodiando el acceso y unos cuantos camareros organizando el avituallamiento pero, a la vista de la hora y de la premura con la que procedían con los preparativos, no me cupo duda de que los asistentes esperados tardarían muy poco en llegar.

Antes de serenarme lo suficiente como para poder reaccionar y decidir la manera más rápida de desaparecer de aquella pesadilla, Gonzalo se encargó de aclararme al oído quiénes eran todos aquellos súbditos de su graciosa majestad.

—He olvidado decirte que íbamos a reunirnos con unos viejos amigos a los que hace tiempo que no veo. Son ingenieros ingleses de las minas de Río Tinto, han venido con algunos compatriotas suyos de Gibraltar e imagino que también se acercará gente de la embajada. Están todos entusiasmados con la reapertura del hipódromo; ya sabes que son unos grandes apasionados de los caballos.

Ni lo sabía, ni me interesaba: en aquel momento tenía otras urgencias por encima de las aficiones de aquellos individuos. Por ejemplo, huir de ellos como de la peste. La frase de Hillgarth en la Legación Americana de Tánger aún me resonaba en los oídos: cero contacto con los ingleses. Y menos aún —le faltó decir— delante de las narices de los alemanes. En cuanto los amigos de mi padre se percataron de nuestra llegada, comenzaron los afectuosos saludos a Gonzalo *old boy* y a su joven e inesperada acompañante. Los devolví con palabras parcas, intentando camuflar los nervios tras una sonrisa tan débil como falsa a la vez que sopesaba disimuladamente el alcance de mi riesgo. Y así, mientras respondía a las manos que los rostros anónimos me tendieron, barrí con los ojos el entorno buscando algún resquicio por el que volatilizarme sin poner a mi padre en evidencia. Pero no lo tenía fácil. Nada fácil. A la izquierda estaba la tribuna de los alemanes con sus ostentosas insignias; la de la derecha la ocupaban un puñado de individuos con barrigas generosas y gruesos anillos de oro que fumaban puros grandes como torpedos en compañía de mujeres de pelo oxigenado y labios rojos como amapolas para las que yo jamás habría cosido ni un pañuelo en mi taller. Aparté la mirada de todos ellos: los estraperlistas y sus despampanantes queridas no me interesaban lo más mínimo.

Bloqueada por izquierda y derecha, y con una barandilla al frente volada sobre el vacío, tan sólo me quedaba la solución de escapar por donde habíamos venido, aunque sabía que aquello era toda una temeridad. Existía una única vía de acceso para alcanzar aquellos palcos, lo había comprobado al llegar: una especie de pasillo enladrillado de apenas tres metros de anchura. Si decidía retroceder por él, correría el riesgo muy probable de encontrarme con los alemanes de cara. Y entre ellos, sin duda, me toparía con lo que más me asustaba: clientas germanas cuyas bocas incautas a menudo dejaban caer sabrosos pedazos de información que yo recogía con la más desleal de las sonrisas y trasladaba después al Servicio Secreto del país enemigo; señoras a las que debería detenerme a saludar y que, sin duda alguna, se preguntarían suspicaces qué hacía su *couturier* marroquí huyendo como alma que lleva el diablo de un palco abarrotado de ingleses.

Sin saber qué hacer, dejé a Gonzalo repartiendo aún saludos y me senté en el ángulo más protegido de la tribuna con los hombros encogidos, las solapas de la chaqueta subidas y la cabeza medio agachada, intentando —ilusamente— pasar desapercibida en un espacio diáfano donde de sobra sabía que era imposible esconderse.

—¿Te encuentras bien? Estás pálida —dijo mi padre mientras me tendía una copa de cup de frutas.

—Creo que estoy un poco mareada, se me pasará pronto —mentí.

Si en la gama de los colores existiera alguno más oscuro que el negro, mi ánimo habría estado a punto de rozarlo tan pronto como el palco alemán comenzó a agitarse con un mayor movimiento. Vi de reojo cómo entraban más soldados; tras ellos llegó un robusto superior dando órdenes, señalando aquí y allá, lanzando ojeadas cargadas de desprecio hacia el palco de los ingleses. Los siguieron varios oficiales con botas brillantes, gorras de plato y la inevitable esvástica en el brazo. Ni se dignaron a mirar en nuestra dirección: se mantuvieron simplemente altivos y distantes, manifestando con su actitud envarada un evidente desdén hacia los ocupantes de la tribuna vecina. Unos cuantos individuos vestidos de calle llegaron después, noté con un escalofrío que alguno de aquellos rostros me resultaba familiar. Probablemente todos ellos, militares y civiles, estaban enlazando aquel evento con otro previo, de ahí que hicieran su aparición prácticamente a la vez, con grupos formados y el tiempo justo para ver la primera carrera. De momento sólo había hombres: mucho me equivocaría si sus esposas no los seguían de inmediato.

El ambiente se animaba por segundos en medida proporcional al incremento de mi angustia: el grupo de británicos se había nutrido, los prismáticos pasaban de mano en mano y las conversaciones trataban con la misma familiaridad del *turf*, el *paddock* y los *jockeys* que de la invasión de Yugoslavia, los atroces bombardeos sobre Londres o el último discurso de Churchill en la radio. Y justo entonces le vi. Le vi y él me vio. Y de pronto sentí que me faltaba el aliento. El capitán Alan Hillgarth acababa de entrar en el palco con una elegante mujer rubia del brazo: su esposa, probablemente. Posó en mí los ojos apenas unas décimas de segundo y después, conteniendo un minúsculo gesto de alarma y desconcierto que sólo yo aprecié, dirigió una mirada veloz hacia el palco alemán al que seguía llegando un goteo incesante de personas.

Le esquivé levantándome para evitar tenerle que mirar de frente, estaba convencida de que aquello era el final, de que ya no había manera humana de escapar de esa ratonera. No podría haber previsto un desenlace más patético para mi breve carrera de colaboradora de la inteligencia británica: estaba a punto de ser descubierta en público, delante de mis clientas, de mi superior y de mi propio padre. Me agarré a la barandilla apretando los dedos y deseé con todas mis fuerzas que aquel día nunca hubiera llegado: no haber salido nunca de Marruecos, no haber aceptado jamás aquella disparatada propuesta que había hecho de mí una conspiradora imprudente y cargada de torpeza. Sonó el pistoletazo de la primera carrera, los caballos comenzaron su galope febril y los gritos entusiastas del público rasgaron el aire. Mi mirada se mantenía supuestamente concentrada en la pista, pero mis pensamientos trotaban ajenos a los cascos de los caballos. Intuí que las alemanas deberían estar ya llenando su palco y presentí la desazón de Hillgarth al intentar encontrar la manera de abordar el inminente descalabro al que nos enfrentábamos. Y entonces, como un fogonazo, la solución se me presentó delante de los ojos al percibir a un par de camilleros de la Cruz Roja apostados con indolencia contra un muro a la espera de algún percance. Si no podía salir por mí misma de aquel palco envenenado, alguien tendría que sacarme de allí.

La justificación podría haber sido la emoción del momento o el cansancio acumulado a lo largo de los meses, tal vez los nervios o la tensión. Nada de eso fue la causa verdadera, sin embargo. Lo único que me llevó a aquella inesperada reacción fue el mero instinto de supervivencia. Elegí el lugar apropiado: el flanco derecho de la tribuna, el más alejado de los alemanes. Y calculé el momento justo: apenas unos segundos después de terminar la primera carrera, cuando la algarabía reinaba por todas partes y los gritos entusiastas se mezclaban con expresiones sonoras de desencanto. En ese instante exacto, me dejé caer. Con un movimiento premeditado, giré la cabeza e hice que el pelo acabara cubriéndome la cara una vez en el suelo, por si alguna mirada curiosa del palco contiguo consiguiera colarse entre los pares de piernas que inmediatamente me rodearon. Quedé inmóvil, con los ojos cerrados y el cuerpo lánguido; el oído, en cambio, lo mantuve atento, absorbiendo todas y cada una de las voces que a mi alrededor sonaron. Desmayo, aire, Gonzalo, rápido, pulso, agua, más aire, rápido, rápido, ya vienen, botiquín, y otras tantas palabras en inglés que no entendí. Los camilleros tardaron en llegar apenas un par de minutos. Me trasladaron del suelo a la lona y me cubrieron con una manta hasta el cuello. Un, dos, tres, arriba, noté cómo me alzaban.

—Le acompaño —oí decir a Hillgarth—. Si es necesario, podemos llamar al médico de la embajada.

—Gracias, Alan —respondió mi padre—. No creo que sea nada importante, un simple desvanecimiento. Vamos a la enfermería; después, ya veremos.

Los camilleros avanzaban con prisa por el túnel de acceso llevándome en vilo; detrás, forzando el paso, nos seguían mi padre, Alan Hillgarth y un par de ingleses a los que no logré identificar, compañeros o lugartenientes del agregado naval. Aunque me ocupé de nuevo de que el pelo me tapara la cara al menos parcialmente una vez en la camilla, antes de que me sacaran del palco reconocí la mano firme de Hillgarth subiéndome la manta hasta la frente. No pude ver nada más, pero sí oír con nitidez todo lo que a continuación pasó.

En los metros iniciales del pasillo de salida no nos cruzamos con nadie, pero hacia la mitad del recorrido la situación cambió. Y con ello se confirmaron mis más oscuros presagios. Primero oí más pasos y voces de hombre que hablaban con prisa en alemán. *Schnell, schnell, die haben bereits begonnen.* Andaban en sentido contrario al nuestro, casi corrían. Por la firmeza de las pisadas, intuí que serían militares; la seguridad y contundencia del tono de sus palabras me hicieron suponer que se trataba de oficiales. Imaginé que la visión del agregado naval enemigo escoltando una camilla con un cuerpo cubierto por una manta tal vez generaría en ellos una cierta alarma, pero no se detuvieron; tan sólo cruzaron unos ásperos saludos y continuaron enérgicos su camino hacia el palco contiguo al que nosotros acabábamos de abandonar. Los taconeos y las voces femeninas llegaron a mis oídos tan sólo unos segundos después. Las oí acercarse con paso firme también, rotundas y avasalladoras. Cohibidos ante tal despliegue de determinación, los camilleros se hicieron a un lado deteniéndose unos instantes para dejarlas pasar; casi nos rozaron. Contuve la respiración y noté el corazón bombear con fuerza; las oí alejarse después. No reconocí ninguna voz concreta ni pude precisar cuántas serían, pero calculé que al menos media docena. Seis alemanas, tal vez siete, tal vez más; posiblemente varias de ellas fueran clientas mías: de las que elegían las telas más caras y lo mismo me pagaban con billetes que con noticias recién horneadas.

Simulé que recobraba la conciencia unos minutos más tarde, cuando los ruidos y las voces se habían amortiguado y supuse que por fin estábamos en terreno seguro. Dije unas palabras, los tranquilicé. Llegamos entonces a la enfermería; Hillgarth y mi padre despacharon a los acompañantes ingleses y a los camilleros: a los primeros los despidió el agregado naval con unas breves órdenes en su lengua; a los segundos Gonzalo con una propina generosa y un paquete de cigarrillos.

—Ya me encargo yo, Alan, gracias —dijo mi padre finalmente cuando nos quedamos a solas los tres. Me tomó el pulso y confirmó que estaba medianamente en condiciones—. No creo que haga falta llamar a un médico. Voy a intentar acercar el coche hasta aquí: me la llevo a casa.

Noté a Hillgarth dudar unos segundos.

—De acuerdo —dijo entonces—. Me quedaré acompañándola mientras regresa.

No me moví hasta que calculé que mi padre estaba ya lo suficientemente lejos como para que mi reacción no le resultara sorprendente. Sólo entonces me armé de valor, me puse en pie y le di la cara.

—Se encuentra bien, ¿verdad? —preguntó mirándome con severidad.

Podría haberle dicho que no, que aún estaba débil y desorientada; podría haber fingido que todavía no me había recuperado de los efectos del supuesto desmayo. Pero sabía que no iba a creerme. Y con razón.

—Perfectamente —respondí.

—¿Sabe él algo? —preguntó entonces refiriéndose a mi padre y su conocimiento acerca de mi colaboración con los ingleses.

—Nada en absoluto.

—Manténgalo así. Y no se le ocurra dejarse ver con el rostro descubierto al salir —ordenó—. Túmbese en el asiento trasero del automóvil y permanezca tapada en todo momento. Cuando lleguen a casa, asegúrese de que nadie los ha seguido.

—Descuide. ¿Algo más?

—Venga a verme mañana. En el mismo sitio y a la misma hora.

48

—Una actuación magistral la del hipódromo —fue su saludo. A pesar del supuesto cumplido, su rostro no mostraba el menor rasgo de satisfacción. Me esperaba de nuevo en la consulta del doctor Rico, en el mismo lugar donde nos habíamos reunido meses atrás para hablar sobre mi encuentro con Beigbeder tras su cese.

—No tuve otra opción, créame que lo siento —dije mientras me sentaba—. No tenía idea de que íbamos a ver las carreras en el palco de los ingleses. Ni de que los alemanes iban a ocupar justamente el vecino.

—Lo entiendo. Y actuó bien, con frialdad y rapidez. Pero corrió un riesgo altísimo y estuvo a punto de desencadenar una crisis del todo innecesaria. Y no podemos permitirnos vernos implicados en imprudencias de esta envergadura según está la situación de complicada ahora mismo.

—¿Se refiere a la situación en general, o a la mía en particular? —pregunté con un involuntario tono de arrogancia.

—A ambas —zanjó contundente—. Verá, no es nuestra intención inmiscuirnos en su vida personal, pero, a raíz de lo sucedido, creo que debemos llamar su atención sobre algo.

—Gonzalo Alvarado —adelanté.

No respondió de inmediato; antes se tomó unos segundos para encender un cigarrillo.

—Gonzalo Alvarado, efectivamente —dijo tras expulsar el humo de la primera calada—. Lo de ayer no fue algo aislado: sabemos que se les ve juntos en sitios públicos con relativa asiduidad.

—Por si le interesa y antes de nada, déjeme aclararle que no mantengo ninguna relación con él. Y, como le dije ayer, tampoco está al tanto de mis actividades.

—La naturaleza concreta de la relación que exista entre ustedes es un asunto del todo privado y ajeno a nuestra incumbencia —aclaró.

—¿Entonces?

—Le ruego que no se lo tome como una invasión desconsiderada en su vida personal, pero tiene que entender que la situación es ahora mismo extraordinariamente tensa y no tenemos más remedio que alertarla. —Se levantó y recorrió unos pasos con las manos en los bolsillos y la vista concentrada en las baldosas del suelo mientras continuaba hablando sin mirarme—. La semana pasada supimos que hay un activo grupo de confidentes españoles cooperando con los alemanes para elaborar ficheros de germanófilos y aliadófilos locales. En ellos están incluyendo datos sobre todos aquellos españoles significados por su relación con una u otra causa, así como su grado de compromiso para con las mismas.

—Y suponen que yo estoy en uno de esos ficheros...

—No lo suponemos: lo sabemos con absoluta certeza —dijo clavando sus ojos en los míos—. Tenemos colaboradores infiltrados y nos han informado de que usted figura en el de los germanófilos. De momento, de forma limpia, como era previsible: cuenta con abundantes clientas relacionadas con los altos cargos nazis, las recibe en su atelier, les cose trajes hermosos y ellas, a cambio, no sólo le pagan, sino que además confían en usted; tanto que hablan en su casa con plena libertad de muchas cosas sobre las que no deberían hablar y que usted nos transmite puntualmente.

—Y Alvarado, ¿qué tiene que ver en todo esto?

—También aparece en los ficheros. Pero figura en el lado contrario al suyo, en el catálogo de ciudadanos afines a los británicos. Y nos ha llegado la noticia de que hay orden alemana de máxima vigilancia a personas españolas de ciertos sectores relacionadas con nosotros: banqueros, empresarios, profesionales liberales... Ciudadanos capacitados e influyentes dispuestos a ayudar a nuestra causa.

—Imagino que sabrá que él ya no está en activo, que no reabrió su empresa tras la guerra —apunté.

—No importa. Mantiene excelentes relaciones y se deja ver a menudo con miembros de la embajada y la colonia británica en Madrid. A veces incluso conmigo mismo, como comprobaría ayer. Es un gran conocedor de la situación industrial española y, por ello, nos asesora desinteresadamente en algunos asuntos de relevancia. Pero, a diferencia de usted, no es un agente encubierto, sino tan sólo un buen amigo del pueblo inglés que no esconde sus simpatías hacia nuestra nación. Por eso, que usted se deje ver a su lado de manera continuada puede empezar a resultar sospechoso ahora que los nombres de ambos aparecen en ficheros contrarios. De hecho, ya ha habido algún rumor al respecto.

—¿Al respecto de qué? —pregunté con un punto de insolencia.

—Al respecto de qué diantres hace una persona tan cercana a las esposas de los altos cargos alemanes dejándose ver en público con un fiel colaborador de los británicos —respondió dando un puñetazo sobre la mesa. Suavizó después el tono, lamentando de inmediato su reacción—. Discúlpeme, por favor: estamos todos muy nerviosos últimamente y, además, somos conscientes de que usted no estaba al tanto de la situación y no podía haber previsto el riesgo de antemano. Pero confíe en mí si le digo que los alemanes están planificando una fortísima campaña de presión contra la propaganda británica en España. Este país sigue siendo crucial para Europa y puede entrar en guerra en cualquier momento. De hecho, el gobierno sigue ayudando al Eje descaradamente: les permiten usar a su conveniencia todos los puertos españoles, les autorizan explotaciones mineras allá donde les plazca, y hasta están utilizando a presos republicanos para trabajar en construcciones militares que puedan facilitar un posible ataque alemán a Gibraltar.

Apagó el cigarrillo y mantuvo unos segundos el silencio, concentrado en la acción. Después prosiguió.

—Nuestra situación es de clara desventaja y lo último que deseamos es enturbiarla aún más —dijo lentamente—. La Gestapo emprendió hace meses una serie de acciones amenazantes que ya han dado frutos: su amiga la señora Fox, por ejemplo, tuvo que dejar España a causa de ellos. Y, desgraciadamente, ha habido varios casos más. Sin ir más lejos, el antiguo médico de la embajada, que además es un gran amigo mío. De ahora en adelante, la perspectiva se presenta aún peor. Más directa y agresiva. Más peligrosa.

No intervine, sólo me mantuve observándole, esperando a que terminara sus explicaciones.

—No sé si es del todo consciente de hasta qué punto está usted comprometida y expuesta —añadió bajando el tono de voz—. Arish Agoriuq se ha convertido en una persona muy conocida entre las alemanas residentes en Madrid, pero, si comienza a percibirse una desviación en su postura tal como estuvo a punto de suceder ayer, puede verse implicada en situaciones altamente indeseables. Y eso no nos conviene. Ni a usted, ni a nosotros.

Me levanté de mi asiento y caminé hacia una ventana, pero no me atreví a acercarme del todo. Dando la espalda a Hillgarth, miré tras los cristales desde la distancia. Las ramas de los árboles, cuajadas de hojas, llegaban hasta la altura del primer piso. Aún había luz, las tardes eran ya largas. Intenté reflexionar sobre el alcance de lo que acababa de oír. A pesar de la negrura del panorama al que me enfrentaba, no estaba asustada.

—Creo que lo mejor sería que dejara de colaborar con ustedes —dije por fin sin mirarle—. Evitaríamos problemas y viviríamos más tranquilos. Usted, yo, todos.

—De ninguna manera —protestó tajante a mi espalda—. Todo lo que acabo de decirle no son más que cuestiones preventivas y advertencias para el futuro. No dudamos de que será capaz de adaptarse a ellas cuando llegue el momento. Pero bajo ningún concepto queremos perderla, y mucho menos ahora que la necesitamos en un nuevo destino.

—¿Perdón? —pregunté atónita mientras me giraba.

—Tenemos otra misión. Nos han pedido colaboración directamente desde Londres. Aunque en un principio barajábamos otras opciones, a la luz de lo que ha ocurrido este fin de semana, hemos decidido asignársela a usted. ¿Cree que su ayudante podrá encargarse del taller durante un par de semanas?

—Bueno... no sé... quizá... —balbuceé.

—Seguro que sí. Haga correr entre sus clientas la voz de que va a permanecer fuera unos días.

—¿Dónde les digo que voy a estar?

—No es necesario que mienta, cuénteles simplemente la verdad: que tiene unos asuntos que resolver en Lisboa.

49

El Lusitania Express me dejó en la estación de Santa Apolonia una mañana de mediados de mayo. Llevaba dos enormes maletas con mi mejor vestuario, un puñado de instrucciones precisas y un cargamento invisible de aplomo; confiaba en que aquello fuera suficiente para ayudarme a salir airosa del trance.

Dudé mucho antes de convencerme a mí misma de que debía seguir con aquel cometido. Reflexioné, sopesé opciones y valoré alternativas. Sabía que la decisión estaba en mi mano: sólo yo tenía la capacidad de elegir entre seguir adelante con aquella vida turbia o dejarlo todo de lado y volver a la normalidad.

Lo segundo, probablemente, habría sido lo más sensato. Estaba hastiada de engañar a todo el mundo, de no poder ser clara con nadie; de acatar órdenes incómodas y vivir en constante alerta. Iba a cumplir treinta años, me había convertido en una embustera sin escrúpulos y mi historia personal no era más que un cúmulo de tapujos, agujeros y mentiras. Y a pesar de la supuesta sofisticación que rodeaba mi existencia, al final del día —como bien se había encargado de recordarme Ignacio unos meses atrás— lo único que quedaba de mí era un fantasma solitario que habitaba una casa llena de sombras. Al salir de la reunión con Hillgarth sentí una bocanada de hostilidad hacia él y los suyos. Me habían involucrado en una aventura siniestra y ajena que supuestamente debería resultar favorable para mi país, pero nada parecía enderezarse con el paso de los meses y el temor a que España entrara en la guerra seguía flotando en el aire por todas las esquinas. Aun así, acaté sus condiciones sin desviarme de las normas: me forzaron a volverme egoísta e insensible, a acoplarme a un Madrid irreal y a ser desleal a mi gente y mi pasado. Me habían hecho pasar miedo y desconcierto, noches en vela, horas de angustia infinitas. Y ahora exigían que me distanciara también de mi padre, la única presencia que aportaba un punto de luz en el oscuro transcurrir de los días.

Aún estaba a tiempo de decir que no, de plantarme y gritar hasta aquí hemos llegado. Al infierno el Servicio Secreto británico y sus estúpidas exigencias. Al infierno las escuchas en los probadores, la ridícula vida de las mujeres de los nazis y los mensajes cifrados entre patrones. No me importaba quién ganara a quién en aquella contienda lejana; allá ellos si los alemanes invadían Gran Bretaña y se comían a los niños crudos o si los ingleses bombardeaban Berlín y lo dejaban tan liso como una tabla de planchar. Aquél no era mi mundo: al infierno para siempre todos ellos.

Dejarlo todo y volver a la normalidad: sí, aquélla sin duda era la mejor opción. El problema era que ya no sabía dónde encontrarla. ¿Estaba la normalidad en la calle de la Redondilla de mi juventud, entre las muchachas con las que crecí y que aún peleaban por salir a flote tras perder la guerra? ¿Se la llevó Ignacio Montes el día en que se fue de mi plaza con una máquina de escribir a rastras y el corazón partido en dos, o quizá me la robó Ramiro Arribas cuando me dejó sola, embarazada y en la ruina entre las paredes del Continental? ¿Se encontraría la normalidad en el Tetuán de los primeros meses, entre los huéspedes tristes de la pensión de Candelaria, o se disipó en los sórdidos trapicheos con los que ambas logramos salir adelante? ¿Me la dejé en la casa de Sidi Mandri, colgada de los hilos del taller que con tanto esfuerzo levanté? ¿Se la apropió tal vez Félix Aranda alguna noche de lluvia o se la llevó Rosalinda Fox cuando se marchó del almacén del Dean's Bar para perderse como una sombra sigilosa por las calles de Tánger? ¿Estaría la normalidad junto a mi madre, en el trabajo callado de las tardes africanas? ¿Acabó con ella un ministro depuesto y arrestado, o la arrastró quizá consigo un periodista a quien no me atreví a querer por pura cobardía? ¿Dónde estaba, cuándo la perdí, qué fue de ella? La busqué por todas partes: en los bolsillos, por los armarios y en los cajones; entre los pliegues y las costuras. Aquella noche me dormí sin hallarla.

Al día siguiente desperté con una lucidez distinta y apenas entreabrí los ojos, la percibí: cercana, conmigo, pegada a la piel. La normalidad no estaba en los días que quedaron atrás: tan sólo se encontraba en aquello que la suerte nos ponía delante cada mañana. En Marruecos, en España o Portugal, al mando de un taller de costura o al servicio de la inteligencia británica: en el lugar hacia el que yo quisiera dirigir el rumbo o clavar los puntales de mi vida, allí estaría ella, mi normalidad. Entre las sombras, bajo las palmeras de una plaza con olor a hierbabuena, en el fulgor de los salones iluminados por lámparas de araña o en las aguas revueltas de la guerra. La normalidad no era más que lo que mi propia voluntad, mi compromiso y mi palabra aceptaran que fuera y, por eso, siempre estaría conmigo. Buscarla en otro sitio o quererla recuperar del ayer no tenía el menor sentido.

Fui a Embassy aquel mediodía con las ideas claras y la mente despejada. Comprobé que Hillgarth se encontraba apurando su aperitivo acodado en la barra mientras charlaba con dos militares de uniforme. Dejé entonces caer el bolso al suelo con frívola desfachatez. Cuatro horas más tarde recibí las primeras órdenes sobre la nueva misión: me citaban para un tratamiento facial a la mañana siguiente en el salón de peluquería y belleza de todas las semanas. Cinco días más tarde, llegué a Lisboa.

Descendí al andén con un vestido de gasa estampado, guantes blancos de primavera y una enorme pamela: una espuma de glamour entre la carbonilla de las locomotoras y la prisa gris de los viajeros. Me esperaba un automóvil anónimo listo para llevarme a mi destino: Estoril.

Callejeamos por una Lisboa llena de viento y luz, sin racionamiento ni cortes de electricidad, con flores, azulejos y puestos callejeros de verdura y fruta fresca. Sin solares repletos de escombros ni mendigos harapientos; sin marcas de obuses, sin brazos en alto ni yugos y flechas pintados a brochazos sobre los muros. Recorrimos zonas nobles y elegantes con anchas aceras de piedra y edificios señoriales vigilados por estatuas de reyes y navegantes; transitamos también por zonas populares con tortuosas callejas llenas de bullicio, geranios y olor a sardinas. Me sorprendió la majestuosidad del Tajo, el ulular de las sirenas del puerto y el chirriar de los tranvías. Me fascinó Lisboa, una ciudad ni en paz ni en guerra: nerviosa, agitada, palpitante.

Atrás fueron quedando Alcántara, Belem y sus monumentos. Las aguas batían con fuerza a medida que avanzamos por la Estrada Marginal. A la derecha nos flanqueaban antiguas villas protegidas por verjas de hierro forjado entre las que reptaban enredaderas cargadas de flores. Todo parecía diferente y llamativo, pero tal vez lo era en un sentido distinto al que las apariencias mostraban. Había sido advertida para ello: la pintoresca Lisboa que acababa de contemplar desde la ventanilla de un auto y el Estoril al que llegaría en unos minutos estaban llenos de espías. El más mínimo rumor tenía un precio y cualquiera con dos orejas era un confidente en potencia; desde los más altos cargos de cualquier embajada, hasta los camareros, los tenderos, las doncellas y los taxistas. «Extreme la prudencia» fue otra vez la consigna.

Tenía una habitación reservada en el hotel Do Parque, un alojamiento magnífico para una clientela mayoritariamente internacional en el que solían alojarse más alemanes que ingleses. Cerca, muy cerca, en el hotel Palacio, ocurría lo contrario. Y después, en las noches de casino, se juntaban todos bajo el mismo techo: en aquel país teóricamente neutral, el juego y el azar no entendían de guerras. Apenas frenó el coche, un mozo uniformado apareció para abrirme la portezuela mientras otro se encargaba del equipaje. Accedí al hall como pisando una alfombra de seguridad y despreocupación a la vez que me desprendía de las gafas oscuras con las que me había protegido desde que abandoné el tren. Barrí entonces la grandiosa recepción con una mirada de estudiado desdén. No me impresionó el brillo del mármol, ni las alfombras y el terciopelo de las tapicerías, ni las columnas elevándose hasta los techos tan inmensos como los de una catedral. Tampoco detuve la atención en los huéspedes elegantes que aislados o en grupos leían la prensa, charlaban, tomaban un cóctel o veían la vida pasar. Mi capacidad de reacción ante todo aquel glamour estaba ya más que amaestrada: no les presté la menor atención y tan sólo me dirigí con paso decidido a registrar mi llegada.

Comí sola en el restaurante del hotel, después pasé un par de horas en la habitación tumbada mirando el techo. A las seis menos cuarto el teléfono me sacó de mi ensimismamiento. Lo dejé sonar tres veces, tragué saliva, levanté el auricular y respondí. Y entonces todo echó a rodar.

50

Las instrucciones me habían llegado días atrás en Madrid a través de un cauce muy poco convencional. Por primera vez no fue Hillgarth el encargado de transmitírmelas, sino alguien a sus órdenes. La empleada del salón de peluquería al que asistía todas las semanas me condujo diligente a uno de los gabinetes interiores donde realizaban los tratamientos de belleza. De los tres sillones reclinables previstos para tales funciones, el de la derecha, casi en posición horizontal, estaba ya ocupado por una clienta cuyas facciones no pude distinguir. Una toalla le cubría el pelo a modo de turbante, otra le rodeaba el cuerpo desde el escote hasta las rodillas. Sobre el rostro tenía una espesa mascarilla blanca que tan sólo dejaba al descubierto la boca y los ojos. Cerrados.

Me cambié detrás de un biombo y me senté en el sillón contiguo con un atuendo idéntico. Tras recostar el respaldo con un pedal y aplicarme la misma mascarilla, la empleada salió sigilosa cerrando la puerta tras de sí. Sólo entonces oí la voz a mi lado.

—Nos alegra que finalmente vaya a encargarse de la misión. Confiamos en usted, creemos que puede hacer un buen trabajo.

Habló sin mover la postura, en voz baja y con fuerte acento inglés. Al igual que Hillgarth, utilizaba el plural. No se identificó.

—Lo intentaré —repliqué mirándola con el rabillo del ojo.

Oí el clic de un encendedor y un olor familiar impregnó el ambiente.

—Nos han pedido refuerzos directamente desde Londres —continuó—. Hay sospechas de que un supuesto colaborador portugués puede estar haciendo un doble juego. No es un agente, pero mantiene una excelente relación con nuestro personal diplomático en Lisboa y está implicado en distintos negocios con empresas británicas. Sin embargo, hay indicios de que está empezando a establecer relaciones paralelas con los alemanes.

—¿Qué tipo de relaciones?

—Comerciales. Comerciales muy potentes, probablemente destinadas no sólo a beneficiar a los alemanes, sino tal vez incluso a boicotearnos. No se sabe con precisión. Alimentos, minerales, armamento tal vez: productos clave para la guerra. Como le digo, todo se mueve aún en el terreno de las sospechas.

—¿Y qué tendría que hacer yo?

—Necesitamos a una extranjera que no levante suspicacias de relación con los británicos. Alguien que proceda de un terreno más o menos neutral, que sea absolutamente ajena a nuestro país y que se dedique a algo que nada tenga que ver con las operaciones comerciales en las que él está implicado, pero que, a la vez, pueda necesitar ir a Lisboa para abastecerse de algo en concreto. Y usted se adapta al perfil.

—¿Se supone entonces que voy a ir a Lisboa a comprar telas o algo así? —anticipé dirigiéndole una nueva mirada que no me devolvió.

—Exactamente. Telas y mercancías relacionadas con su trabajo —confirmó sin moverse un milímetro. Se mantenía en la misma postura en la que la encontré, con los ojos cerrados y la horizontalidad casi perfecta—. Irá con su cobertura de modista dispuesta a adquirir las telas que en la España aún devastada no puede encontrar.

—Podría hacer que me las enviaran de Tánger... —interrumpí.

—También —dijo tras expulsar el humo de una nueva calada—. Pero no por ello tiene que desestimar otras alternativas. Por ejemplo, las sedas de Màcao, la colonia portuguesa en Asia. Uno de los sectores en los que nuestro sospechoso tiene prósperos negocios es el de la importación y exportación textil. Normalmente trabaja a gran escala, tan sólo con mayoristas y no con compradores particulares, pero hemos conseguido que acceda a atenderla personalmente.

—¿Cómo?

—Gracias a una cadena de conexiones encubiertas que incluye diversas orientaciones: algo común en esta empresa en la que nos movemos, no procede ahora entrar en detalles. De esta manera, usted no sólo va a llegar a Lisboa completamente limpia de sospecha de afinidad a los británicos sino, además, respaldada por algunos contactos que tienen línea directa con los alemanes.

Toda aquella difusa red de relaciones se me escapaba de las manos, así que opté por preguntar lo menos posible y esperar a que la desconocida siguiera desgranando información e indicaciones.

—El sospechoso se llama Manuel da Silva. Es un empresario hábil y muy bien relacionado que, al parecer, está dispuesto a multiplicar su fortuna en esta guerra aunque para ello tenga que traicionar a los que hasta ahora han sido sus amigos. Entrará en contacto con usted y le facilitará las mejores telas disponibles ahora mismo en Portugal.

—¿Habla español?

—Perfectamente. E inglés. Y tal vez alemán también. Habla todas las lenguas que le son necesarias para sus negocios.

—Y ¿qué se supone que tengo que hacer yo?

—Infíltrese en su vida. Muéstrese encantadora, gánese su simpatía, esfuércese para que le pida que salga con él, y, sobre todo, logre que la invite a algún encuentro con alemanes. Si finalmente consigue acercarse a ellos, lo que necesitamos es que agudice su atención y capte toda la información relevante que le pase ante los ojos y los oídos. Consiga una relación tan completa como le sea posible: nombres, negocios, empresas y productos que mencionen; planes, acciones y cuantos datos adicionales estime de interés.

—¿Me está diciendo que me envían para que seduzca a un sospechoso? —pregunté con incredulidad alzando el cuerpo del sillón.

—Utilice los recursos que considere más convenientes —replicó dando por hecho que mi suposición era cierta—. Da Silva es, al parecer, un soltero empedernido al que le gusta agasajar a mujeres hermosas sin consolidar ninguna relación. Le agrada hacerse ver con señoras atractivas y elegantes; si son extranjeras, aún mejor. Pero, según nuestras informaciones, en su trato con el género femenino también es un perfecto caballero portugués a la antigua usanza, así que no se preocupe porque no irá más lejos de lo que usted esté dispuesta a consentir.

No supe si ofenderme o reír a carcajadas. Me enviaban a seducir a un seductor, ésa iba a ser mi apasionante misión portuguesa. Sin embargo, por primera vez en toda la conversación, mi desconocida vecina de sillón pareció leerme el pensamiento.

—Por favor, no interprete su cometido como algo frívolo que cualquier mujer hermosa sería capaz de hacer a cambio de unos cuantos billetes. Se trata de una operación delicada y usted va a ser quien se encargue de ella porque tenemos confianza en sus capacidades. Cierto es que su físico, su supuesto origen y su condición de mujer sin ataduras pueden ayudar, pero su responsabilidad va a ir mucho más allá del simple flirteo. Deberá ganarse la confianza de Da Silva midiendo con cuidado cada paso, tendrá que calcular los movimientos y equilibrarlos con precisión. Usted misma será quien calibre la envergadura de las situaciones, quien marque los tiempos, sopese los riesgos y decida cómo proceder según lo requiera cada momento. Valoramos muy altamente su experiencia en la captación sistemática de información y su capacidad de improvisación ante circunstancias inesperadas: no ha sido elegida para esta misión al azar, sino porque ha demostrado que tiene recursos para desenvolverse con eficacia en situaciones difíciles. Y respecto a lo personal, tal como antes le he dicho, no tiene por qué ir más allá de los límites que usted misma imponga. Pero, por favor, sostenga la tensión todo lo posible hasta que consiga la información que necesita. Básicamente, no es algo muy alejado de su trabajo en Madrid.

—Sólo que aquí no necesito flirtear con nadie ni colarme en reuniones ajenas —aclaré.

—Cierto, querida. Pero sólo serán unos días y con un señor que, por lo visto, no carece de atractivo. —Me sorprendió el tono de su voz: no intentaba quitar hierro al asunto sino, tan sólo, constatar fríamente un hecho para ella objetivo—. Una cosa más, algo importante —añadió—. Va a actuar sin ninguna cobertura porque Londres no desea que en Lisboa se levante la más mínima suspicacia sobre su cometido. Recuerde que no hay plenas garantías acerca de los asuntos de Da Silva con los alemanes y, por ello, su supuesta deslealtad hacia los ingleses está aún por confirmar: todo, como le he dicho, se mueve de momento en el terreno de la mera especulación y no queremos que él sospeche nada de nuestros compatriotas emplazados en Portugal. Por eso, ningún agente inglés allí destinado sabrá quién es usted y su relación con nosotros: será una misión breve, rápida y limpia a cuyo término informaremos directamente a Londres desde Madrid. Implíquese, recopile los datos necesarios y vuelva a casa. Entonces veremos cómo avanza todo desde aquí. Nada más.

Me costó responder, la mascarilla se me había solidificado sobre la piel de la cara. Lo conseguí al fin sin despegar casi los labios.

—Y nada menos.

La puerta se abrió en ese momento. Volvió a entrar la empleada y se concentró en el rostro de la inglesa. Trabajó durante más de veinte minutos, a lo largo de los cuales no volvimos a cruzar una palabra. Cuando terminó, la chica salió de nuevo y mi desconocida instructora procedió a vestirse tras el biombo.

—Sabemos que tiene una buena amiga en Lisboa, pero no creemos prudente que se vean —dijo desde la distancia—. La señora Fox será oportunamente avisada para que actúe como si no se conocieran en el caso de que por casualidad coincidiera con usted en algún momento. Le rogamos que haga usted lo mismo.

—De acuerdo —murmuré con los labios rígidos. No me agradaba en absoluto aquella orden, me habría encantado volver a ver a Rosalinda. Pero entendía la inconveniencia y la acaté: no quedaba más remedio.

—Mañana le llegarán detalles sobre el viaje, puede que incluyamos alguna información adicional. El tiempo previsto en principio para su misión es de un máximo de dos semanas: si por alguna razón de extrema urgencia necesitara demorarse algo más, envíe un cable a la floristería Bourguignon y solicite que envíen un ramo de flores a una amiga inexistente por su cumpleaños. Inventése el nombre y la dirección; las flores no saldrán nunca del establecimiento pero, si reciben un pedido desde Lisboa, nos transmitirán el aviso. Contactaremos entonces con usted de alguna manera, esté al tanto.

La puerta volvió a abrirse, la empleada entró de nuevo cargada de toallas. El objetivo de su trabajo esta vez iba a ser yo. Me dejé hacer con aparente docilidad mientras me esforzaba por ver a la persona recién vestida que estaba a punto de emerger de detrás del biombo. No se demoró, pero cuando por fin salió se cuidó mucho de no volver la cara hacia mí. Observé que tenía el pelo claro y ondulado, y vestía un traje de chaqueta de tweed, un atuendo típicamente inglés. Alargó entonces el brazo para coger un bolso de piel que descansaba sobre un pequeño banco adosado a la pared, un bolso que me resultó vagamente familiar: se lo había visto a alguien recientemente y no era el tipo de complemento que por entonces se vendía en las tiendas españolas. Extendió después la mano y alcanzó una cajetilla roja de cigarrillos dejada con descuido encima de un taburete. Y entonces lo supe: aquella señora que fumaba Craven A y que en aquel momento salía del gabinete sin murmurar más que un somero adiós, era la esposa del capitán Alan Hillgarth. La misma a la que vi por primera vez apenas unos días atrás, agarrada al brazo de su marido cuando éste, el férreo jefe de los Servicios Secretos en España, se llevó al verme en el hipódromo uno de los sustos más grandes de su carrera.

51

Manuel da Silva me esperaba en el bar del hotel. La barra estaba concurrida: grupos, parejas, hombres solos. Nada más traspasar la doble puerta de acceso, supe quién era él. Y él, quién era yo.

Delgado y apuesto, moreno, con las sienes empezando a platear y un esmoquin de chaqueta clara. Manos cuidadas, mirada oscura, movimientos elegantes. En efecto, tenía porte y maneras de conquistador. Pero había algo más en él: algo que intuí apenas cruzamos el primer saludo y me cedió el paso hacia la balconada abierta sobre el jardín. Algo que me hizo ponerme alerta inmediatamente. Inteligencia. Sagacidad. Determinación. Mundo. Para engañar a aquel hombre, iba a necesitar mucho más que unas cuantas sonrisas encantadoras y un arsenal de mohínes y pestañeos.

—No sabe cómo lamento no poder cenar con usted pero, como le he dicho antes por teléfono, tengo un compromiso previsto desde hace semanas —dijo mientras me sostenía caballeroso el respaldo de una butaca.

—No se preocupe en absoluto —contesté acomodándome con fingida languidez. La gasa color azafrán del vestido casi rozó el suelo; con gesto estudiado eché la melena hacia atrás sobre los hombros desnudos y crucé las piernas dejando salir un tobillo, el principio de un pie y la punta afilada del zapato. Noté cómo Da Silva no despegaba la vista de mí ni un segundo—. Además —añadí—, estoy un poco cansada tras el viaje; me vendrá bien acostarme temprano.

Un camarero puso una champanera a nuestro lado y dos copas sobre la mesa. La terraza se volcaba sobre un jardín exuberante repleto de árboles y plantas; oscurecía, pero aún se percibían los últimos destellos de sol. Una brisa suave recordaba que el mar estaba muy cerca. Olía a flores, a perfume francés, a sal y verdor. Un piano sonaba en el interior y desde las mesas cercanas surgían conversaciones distendidas en varias lenguas. El Madrid reseco y polvoriento que había dejado atrás hacía menos de veinticuatro horas me pareció de pronto una negra pesadilla de otro tiempo.

—Tengo que confesarle algo —dijo mi anfitrión una vez que las copas estuvieron llenas.

—Lo que quiera —repliqué llevándome la mía a los labios.

—Es usted la primera mujer marroquí que conozco en mi vida. Esta zona está ahora mismo llena de extranjeros de mil nacionalidades distintas, pero todos proceden de Europa.

—¿No ha estado nunca en Marruecos?

—No. Y lo lamento; sobre todo si todas las marroquíes son como usted.

—Es un país fascinante de gente maravillosa, pero me temo que le sería difícil encontrar allí muchas mujeres como yo. Soy una marroquí atípica porque mi madre es española. No soy musulmana y mi lengua materna no es el árabe, sino el español. Pero adoro Marruecos: allí, además, vive mi familia y allí tengo mi casa y mis amigos. Aunque ahora resida en Madrid.

Volví a beber, satisfecha por haber tenido que mentir tan sólo lo imprescindible. Los embustes descarados se habían convertido en una constante en mi vida, pero me sentía más segura cuando no necesitaba recurrir a ellos en exceso.

—Usted también habla un español excelente —apunté.

—He trabajado mucho con españoles; mi padre, de hecho, tuvo durante años un socio madrileño. Antes de la guerra, de la guerra española, quiero decir, solía ir bastante a Madrid por asuntos de trabajo; en los últimos tiempos estoy más centrado en otros negocios y viajo menos a España.

—Probablemente no es buen momento.

—Depende —dijo con un punto de ironía—. A usted, al parecer, le van muy bien las cosas.

Sonreí de nuevo mientras me preguntaba qué demonios le habrían contado acerca de mí.

—Veo que está bien informado.

—Eso intento, al menos.

—Pues sí, debo reconocerlo: mi pequeño negocio no marcha mal. De hecho, como sabe, por eso estoy aquí.

—Dispuesta a llevarse a España las mejores telas para la nueva temporada.

—Ésa es mi intención, efectivamente. Me han dicho que usted tiene unas sedas chinas maravillosas.

—¿Quiere saber la verdad? —preguntó con un guiño de fingida complicidad.

—Sí, por favor —dije bajando el tono y siguiéndole el juego.

—Pues la verdad es que no lo sé —aclaró con una carcajada—. No tengo la menor idea de cómo son exactamente las sedas que importamos desde Macao; no me ocupo de ello directamente. El sector textil...

Un hombre joven y delgado de fino bigote, su secretario quizá, se acercó sigiloso, pidió disculpas en portugués y se aproximó a su oído izquierdo silabeando algunas palabras que no alcancé a oír. Fingí concentrar la mirada en la noche que caía tras el jardín. Los globos blancos de las farolas acababan de encenderse, las conversaciones animadas y los acordes del piano seguían flotando en el aire. Mi mente, sin embargo, lejos de relajarse ante aquel paraíso, se mantenía pendiente de lo que entre ambos hombres ocurría. Intuí que aquella imprevista interrupción era algo acordado de forma premeditada: si mi presencia no le estuviera resultando grata, Da Silva tendría así una excusa para desaparecer inmediatamente justificando cualquier asunto inesperado. Si, por el contrario, decidiera que valía la pena dedicarme su tiempo, podría darse por enterado y despedir al recién llegado sin más.

Por fortuna, optó por lo segundo.

—Como le decía —prosiguió una vez ausentado el ayudante—, yo no me ocupo directamente de los tejidos que importamos; quiero decir, estoy al tanto de los datos y las cifras, pero desconozco las cuestiones estéticas que supongo que serán las que a usted interesan.

—Tal vez algún empleado suyo me pueda ayudar —sugerí.

—Sí, por supuesto; tengo un personal muy eficiente. Pero me gustaría encargarme yo mismo.

—No quisiera causarle... —interrumpí.

No me dejó terminar.

—Será un placer poder serle útil —dijo mientras hacía un gesto al camarero para que volviera a llenarnos las copas—. ¿Cuánto tiempo tiene previsto quedarse entre nosotros?

—Unas dos semanas. Además de tejidos, quiero aprovechar el viaje para visitar a algunos otros proveedores, tal vez talleres y comercios también. Zapaterías, sombrererías, lencerías, mercerías... En España, como imagino que sabrá, apenas se puede encontrar nada decente estos días.

—Yo le proporcionaré todos los contactos que necesite, descuide. Déjeme pensar: mañana por la mañana salgo para un breve viaje, confío en que sea cuestión de un par de días nada más. ¿Le parece bien que nos veamos el jueves por la mañana?

—Por supuesto, pero insisto en que no quiero importunarle...

Despegó la espalda del asiento y se adelantó clavándome la mirada.

—Usted jamás podría importunarme.

Que te crees tú eso, pensé como en una ráfaga. En la boca, en cambio, plasmé tan sólo una sonrisa más.

Continuamos charlando acerca de naderías; diez minutos, quince tal vez. Cuando calculé que era el momento de dar por zanjado aquel encuentro, simulé un bostezo y acto seguido musité una azorada disculpa.

—Perdóneme. La noche en tren ha sido agotadora.

—La dejo descansar entonces —dijo levantándose.

—Además, usted tiene una cena.

—Ah, sí, la cena, es cierto. —Ni siquiera se molestó en mirar el reloj—. Supongo que me estarán esperando —añadió con desgana. Intuí que mentía. O quizá no.

Caminamos hasta el hall de entrada mientras él saludaba a unos y otros cambiando de lengua con pasmosa comodidad. Un apretón de manos por aquí, una palmada en el hombro por allá; un cariñoso beso en la mejilla a una frágil anciana con aspecto de momia y un guiño pícaro a dos ostentosas señoras cargadas de joyas de la cabeza a los pies.

—Estoril está lleno de viejas cacatúas que un día fueron ricas y ya no lo son —me susurró al oído—, pero se aferran al ayer con uñas y dientes, y prefieren mantenerse a diario a base de pan y sardinas antes que malvender lo poco que les queda de su gloria marchita. Se las ve cargadas de perlas y brillantes, envueltas en visones y armiños hasta en pleno verano, pero lo que llevan en la mano es un bolso lleno de telarañas en el que hace meses que ni entra ni sale un escudo.

La limpia elegancia de mi vestido no desentonaba en absoluto con el ambiente y él se encargó de que así lo percibiera todo el mundo a nuestro alrededor. No me presentó a nadie ni me dijo quién era cada cual: tan sólo caminó a mi lado, a mi paso, como escoltándome; atento siempre, luciéndome.

Mientras nos dirigíamos hacia la salida, hice un rápido balance del resultado del encuentro. Manuel da Silva había venido a saludarme, a invitarme a una copa de champán y, sobre todo, a calibrarme: a tasar con sus propios ojos hasta qué punto valía la pena hacer el esfuerzo de atender personalmente aquel encargo que le habían hecho desde Madrid. Alguien a través de alguien y por mediación de alguien más le había pedido como favor que me tratara bien, pero aquello podía encararse de dos maneras. Una era delegando: haciendo que me agasajara algún empleado competente mientras él se quitaba la obligación de encima. La otra forma era implicándose. Su tiempo valía oro molido y sus compromisos eran sin duda incontables. El hecho de que se hubiera ofrecido a ocuparse él mismo de mis insignificantes demandas suponía que mi cometido marchaba con buen rumbo.

—Me pondré en contacto con usted tan pronto como me sea posible.

Tendió entonces la mano para despedirse.

—Mil gracias, señor Da Silva —dije ofreciéndole las mías. No una, sino las dos.

—Llámeme Manuel, por favor —sugirió. Noté que las retenía unos segundos más de lo imprescindible.

—Entonces, yo tendré que ser Arish.

—Buenas noches, Arish. Ha sido un verdadero placer conocerla. Hasta que volvamos a vernos, descanse y disfrute de nuestro país.

Entré en el ascensor y le mantuve la mirada hasta que las dos compuertas doradas comenzaron a cerrarse, estrechando progresivamente la visión del hall. Manuel da Silva permaneció frente a ellas hasta que —primero los hombros, después las orejas y el cuello, y por fin la nariz —su figura desapareció también.

Cuando me supe fuera del alcance de su mirada y comenzamos a subir, suspiré con tal fuerza que el joven ascensorista a punto estuvo de preguntarme si me encontraba bien. El primer paso de mi misión acababa de finalizar: prueba superada.

52

Bajé a desayunar temprano. Zumo de naranja, trino de pájaros, pan blanco con mantequilla, la sombra fresca de un toldo, bizcochos de espuma y un café glorioso. Demoré todo lo posible la estancia en el jardín: comparado con el ajetreo con el que comenzaba los días en Madrid, aquello me pareció el cielo mismo. Al volver a la habitación encontré un centro de flores exóticas sobre el escritorio. Por pura inercia, lo primero que hice fue desatar rápidamente la cinta que lo adornaba en busca de un mensaje cifrado. Pero no encontré puntos ni rayas que transmitieran instrucciones y sí, en cambio, una tarjeta manuscrita.

Estimada Arish:

Disponga a su conveniencia de mi chauffeur João para hacer su estancia más cómoda.

Hasta el jueves,

Manuel da Silva

Tenía una caligrafía elegante y vigorosa y, a pesar de la buena impresión que supuestamente le causé la noche anterior, el mensaje no era en absoluto adulador, ni siquiera obsequioso. Cortés, pero sobrio y firme. Mejor así. De momento.

João resultó ser un hombre de pelo y uniforme gris, con un mostacho poderoso y los sesenta años sobrepasados al menos una década atrás. Me aguardaba en la puerta del hotel, charlando con otros compañeros de oficio bastante más jóvenes mientras fumaba compulsivamente a la espera de algún quehacer. El señor Da Silva lo enviaba para llevar a la señorita a donde ella quisiera, anunció mirándome de arriba abajo sin disimulo. Supuse que no era la primera vez que recibía un encargo de ese tipo.

—De compras a Lisboa, por favor. —En realidad, más que las calles y las tiendas, lo que me interesaba era matar el tiempo a la espera de que Manuel da Silva se hiciera ver de nuevo.

Inmediatamente supe que João distaba mucho del clásico conductor discreto y centrado en su cometido. Apenas arrancó el Bentley negro, comentó algo sobre el tiempo; un par de minutos después se quejó del estado de la carretera; más tarde, me pareció entender que despotricaba sobre los precios. Ante aquellas evidentes ganas de hablar, pude adoptar dos papeles bien distintos: el de la señora distante que consideraba a los empleados como seres inferiores a los que no hay que dignarse ni siquiera a mirar, o el de la extranjera de elegante simpatía que, aun manteniendo las distancias, era capaz de desplegar su encanto hasta con el servicio. Me habría sido más cómodo asumir la primera personalidad y pasar el día aislada en mi propio mundo sin las interferencias de aquel vejete parlanchín, pero supe que no debía hacerlo en cuanto, un par de kilómetros más adelante, mencionó los cincuenta y tres años que llevaba trabajando para los Da Silva. El papel de altiva señora me habría resultado extremadamente cómodo, cierto, pero la otra opción iba a tener una utilidad mucho mayor. Me interesaba mantener a João hablando por agotador que pudiera llegar a ser: si estaba al tanto del pasado de Da Silva, tal vez podría conocer también algún asunto de su presente.

Avanzamos por la Estrada Marginal con el mar rugiendo a la derecha y, para cuando comenzamos a atisbar las docas de Lisboa, yo ya tenía una idea perfilada del emporio empresarial del clan. Manuel da Silva era hijo de Manuel da Silva y nieto de Manuel da Silva: tres hombres de tres generaciones cuya fortuna comenzó con una simple taberna portuaria. De servir vino tras un mostrador, el abuelo pasó a venderlo a granel en barriles; el negocio se trasladó entonces hasta un almacén destartalado y ya en desuso que João me señaló al pasar. El hijo recogió el testigo y expandió la empresa: al vino añadió la venta mayorista de otras mercancías, pronto se sumaron las primeras tentativas de comercio colonial. Cuando las riendas pasaron al tercer eslabón de la saga, el negocio era ya próspero, pero la consolidación definitiva llegó con el último Manuel, el que yo acababa de conocer. Algodón de Cabo Verde, maderas de Mozambique, sedas chinas de Macao. Últimamente había vuelto a volcarse también en explotaciones nacionales: viajaba de vez en cuando al interior del país, aunque João no logró decirme con qué comerciaba allí.

El viejo João estaba prácticamente retirado: un sobrino le había sustituido unos años atrás como *chauffeur* personal del tercer Da Silva. Pero él se mantenía aún en activo para realizar algunas tareas menores que de vez en cuando le encargaba el patrón: pequeños viajes, recados, encargos de poca envergadura. Como, por ejemplo, pasear por Lisboa a una modista desocupada cualquier mañana de mayo.

En una tienda del Chiado compré varios pares de guantes, tan difíciles de encontrar en Madrid. En otra, una docena de medias de seda, el sueño imposible de las españolas en la dura posguerra. Un poco más adelante, un sombrero de primavera, jabones perfumados y dos pares de sandalias; después, cosméticos americanos: máscara de pestañas, *rouge* de labios y cremas de noche que olían a pura delicia. Qué paraíso en contraste con la parquedad de mi pobre España: todo era accesible, vistoso y variado, al alcance inmediato de la mano con tan sólo sacar el monedero del bolso. Me llevó João de un sitio a otro diligentemente, cargó mis compras, abrió y cerró un millón de veces la portezuela trasera para que yo pudiera subir y bajar del auto con comodidad, me aconsejó comer en un restaurante encantador y me enseñó calles, plazas y monumentos. Y, de paso, me obsequió con lo que yo más ansiaba: un incesante goteo de pinceladas acerca de Da Silva y su familia. Algunas carecían de interés: que la abuela fue el verdadero motor del negocio original, que la madre murió joven, que la hermana mayor estaba casada con un oculista y la menor entró en un convento de religiosas descalzas.

Otros apuntes, en cambio, me resultaron más estimulantes. El veterano *chauffeur* los desgranó con ingenua soltura; apenas tuve que presionarle un poquito aquí o allí al hilo de cualquier comentario inocente: don Manuel tenía muchos amigos, portugueses y extranjeros, ingleses, sí, claro, alemanes alguno también últimamente; sí, recibía mucho en casa: de hecho, le gustaba que todo estuviera siempre a punto por si decidía aparecer con invitados a comer o cenar, a veces en su residencia lisboeta de Lapa, a veces en la Quinta da Fonte, su casa de campo.

A lo largo del día tuve también ocasión de contemplar la fauna humana que habitaba la ciudad: lisboetas de todo tipo y condición, hombres de traje oscuro y señoras elegantes, nuevos ricos recién llegados del campo a la capital para comprar relojes de oro y ponerse dientes postizos, mujeres enlutadas como cuervos, alemanes de aspecto intimidante, refugiados judíos caminando cabizbajos o haciendo cola para conseguir un pasaje con destino a la salvación, y extranjeros de mil acentos huyendo de la guerra y sus efectos devastadores. Entre ellos, supuse, se encontraría Rosalinda. A petición mía, como si se tratara de un simple capricho, João me mostró la hermosa avenida da Liberdade, con su pavimento de piedras blancas y negras, y árboles casi tan altos como los edificios que flanqueaban su anchura. Allí vivía ella, en el número 114; ésa era la dirección que aparecía en las cartas que Beigbeder llevó a mi casa en la que probablemente fuera la noche más amarga de su vida. Busqué el número y lo hallé sobre el gran portón de madera enclavado en el centro de una fachada imponente de azulejos. Qué menos, pensé con un punto de melancolía.

Por la tarde seguimos recorriendo rincones, pero alrededor de las cinco me sentí desfallecer. El día había sido caluroso y demoledor, y la charla incombustible de João me había dejado la cabeza a punto de estallar.

—Una última parada más, aquí mismo —propuso cuando le dije que era hora de regresar. Detuvo el auto frente a un café de entrada modernista en la rua Garrett. A Brasileira.

—Nadie puede irse de Lisboa sin tomar un buen café —añadió.

—Pero, João, es tardísimo... —protesté con voz quejosa.

—Cinco minutos, nada más. Entre y pida una bica, verá como no se arrepiente.

Accedí sin ganas: no quería importunar a aquel inesperado confidente que en algún momento podría volverme a resultar de utilidad. A pesar de la recargada ornamentación y el abundante número de parroquianos, el local estaba fresco y agradable. La barra a la derecha, las mesas a la izquierda; un reloj al frente, molduras doradas en el techo y grandes cuadros en las paredes. Me sirvieron una pequeña taza de loza blanca y probé un sorbo con cautela. Café negro, fuerte, magnífico. João tenía razón: un verdadero reconstituyente. Mientras esperaba a que se enfriara, me dediqué a rebobinar el día. Repesqué detalles sobre Da Silva, los valoré y los clasifiqué mentalmente. Cuando en la taza no quedaban más que los posos, dejé junto a ella un billete y me levanté.

El encontronazo fue tan inesperado, tan brusco y potente que no tuve manera alguna de reaccionar. Tres hombres entraban charlando en el momento exacto en que yo me disponía a salir: tres sombreros, tres corbatas, tres rostros extranjeros que hablaban en inglés. Dos de ellos desconocidos, el tercero no. Más de tres eran también los años pasados desde que nos despedimos. A lo largo de ellos, Marcus Logan apenas había cambiado.

Le vi antes que él a mí: para cuando percibió mi presencia, yo, angustiada, ya había desviado la mirada hacia la puerta.

—Sira... —murmuró.

Nadie me había llamado así desde hacía mucho tiempo. El estómago se me encogió y a punto estuve de vomitar el café sobre el mármol del suelo. Frente a mí, a poco más de un par de metros de distancia, con la última letra de mi nombre aún colgada de la boca y la sorpresa plasmada en el rostro, estaba el hombre con quien compartí temores y alegría; el hombre con el que reí, conversé, paseé, bailé y lloré, el que consiguió devolverme a mi madre y del que me resistí a enamorarme del todo a pesar de que durante unas semanas intensas nos unió algo mucho más fuerte que la simple amistad. El pasado cayó de pronto entre nosotros como un telón: Tetuán, Rosalinda, Beigbeder, el hotel Nacional, mi viejo taller, los días alborotados y las noches sin final; lo que pudo haber sido y no fue en un tiempo que ya nunca volvería. Quise abrazarle, decirle sí, Marcus, soy yo. Quise pedirle de nuevo sácame de aquí, quise correr agarrada de su mano como una vez hicimos entre las sombras de un jardín africano: volver a Marruecos, olvidar que existía algo que se llamaba Servicio Secreto, ignorar que tenía un turbio trabajo por hacer y un Madrid triste y gris al que regresar. Pero no hice nada de aquello porque la lucidez, con un grito de alarma más poderoso que mi propia voluntad, me avisó de que no tenía más remedio que fingir no conocerle. Y obedecí.

No atendí a mi nombre ni me digné a mirarle. Como si fuera sorda y ciega, como si aquel hombre nunca hubiera supuesto nada en mi vida ni yo le hubiese dejado la solapa llena de lágrimas mientras le pedía que no se marchara de mi lado. Como si el afecto profundo que construimos entre los dos se me hubiera diluido en la memoria. Tan sólo le ignoré, fijé la mirada en la salida y me dirigí hacia ella con fría determinación.

João me esperaba con la portezuela trasera abierta. Afortunadamente, su atención estaba concentrada en un pequeño percance en la acera opuesta, una trifulca callejera que incluía a un perro, una bicicleta y varios viandantes que discutían airados. Sólo fue consciente de mi llegada cuando yo se lo hice saber.

—Vámonos rápido, João; estoy agotada —susurré mientras me acomodaba.

Cerró la portezuela en cuanto estuve dentro; se instaló acto seguido tras el volante y arrancó a la vez que me preguntaba qué me había parecido su última recomendación. No contesté: tenía toda la energía concentrada en mantener la mirada hacia el frente y no girar la cabeza. Y casi lo conseguí. Pero cuando el Bentley comenzó a deslizarse sobre los adoquines, algo irracional dentro de mí le ganó el pulso a la resistencia y me mandó hacer lo que no debía: volverme a mirarle.

Marcus había salido a la puerta y se mantenía inmóvil, erguido, con el sombrero aún puesto y el gesto concentrado, contemplando mi marcha con las manos hundidas en los bolsillos del pantalón. Tal vez se preguntaba si lo que acababa de ver era la mujer a la que un día pudo empezar a querer o tan sólo su fantasma.

53

Al llegar al hotel pedí al *chauffeur* que no me esperara al día siguiente: aunque Lisboa fuera una ciudad medianamente grande, no debía correr el riesgo de encontrarme con Marcus Logan otra vez. Alegué cansancio y presagié una falsa jaqueca: suponía que la noticia de mi intención de no volver a salir le llegaría a Da Silva con prontitud y no quise que pensara que rechazaba su amabilidad sin una razón contundente. Pasé el resto de la tarde sumergida en la bañera y gran parte de la noche sentada en la terraza, contemplando abstraída las luces sobre el mar. A lo largo de aquellas largas horas, no pude dejar de pensar en Marcus ni un solo minuto: en él como hombre, en todo lo que para mí supuso el tiempo que pasé a su lado, y en las consecuencias a las que podría enfrentarme si volvía a producirse un nuevo encuentro en algún momento inoportuno. Amanecía cuando me acosté. Tenía el estómago vacío, la boca reseca y el alma encogida.

El jardín y el desayuno fueron los mismos que la mañana anterior pero, aunque hice esfuerzos por comportarme con la misma naturalidad, ya no los disfruté igual. Me obligué a desayunar con consistencia a pesar de no tener hambre, me demoré todo lo posible hojeando varios periódicos escritos en lenguas que no entendí, y sólo me levanté cuando ya no quedaban más que un puñado de huéspedes rezagados dispersos entre las mesas. Todavía no eran las once de la mañana: tenía un día entero por delante y nada más con qué llenarlo que mis propios pensamientos.

Regresé a la habitación, la habían arreglado ya. Me tumbé en la cama y cerré los ojos. Diez minutos. Veinte. Treinta. No llegué a los cuarenta: no pude soportar seguir dando vueltas a lo mismo ni un segundo más. Me cambié de ropa: me puse una falda ligera, una blusa blanca de algodón y un par de sandalias bajas. Me cubrí el pelo con un pañuelo estampado, me parapeté tras unas grandes gafas de sol y salí de la habitación evitando verme reflejada en ningún espejo: no quise contemplar el gesto taciturno que se me había clavado en la cara.

Apenas había nadie en la playa. Las olas, anchas y planas, se sucedían monótonas una tras otra. En las cercanías, lo que parecía un castillo y un promontorio con villas majestuosas; al frente, un océano casi tan grande como mi desazón. Me senté en la arena a contemplarlo y, con la vista concentrada en el vaivén de la espuma, perdí la noción del tiempo y me fui dejando llevar. Cada ola trajo consigo un recuerdo, una estampa del pasado: memorias de la joven que un día fui, de mis logros y temores, de los amigos que dejé atrás en algún lugar del tiempo; escenas de otras tierras, de otras voces. Y sobre todo, el mar me trajo aquella mañana sensaciones olvidadas entre los pliegues de la memoria: la caricia de una mano querida, la firmeza de un brazo amigo, la alegría de lo compartido y el anhelo de lo deseado.

Eran casi las tres de la tarde cuando me sacudí la arena de la falda. Hora de regresar, una hora tan buena como cualquier otra. O tan mala quizá. Crucé la carretera hacia el hotel, apenas pasaban coches. Uno se alejaba en la distancia, otro se acercaba despacio. Me resultó familiar este último, remotamente familiar. Un aguijón de curiosidad me hizo andar con pasos más lentos hasta que el auto pasó a mi lado. Y entonces supe de qué coche se trataba y quién lo conducía. El Bentley de Da Silva con João al volante. Qué casualidad, qué encuentro tan fortuito. O no, pensé de pronto con un estremecimiento. Probablemente hubiera un buen montón de razones para que el viejo *chauffeur* estuviera recorriendo con parsimonia las calles de Estoril, pero mi instinto me dijo que lo único que hacía era buscarme. ¡Espabila, muchacha, espabila!, me habrían dicho Candelaria y mi madre. Como ellas no estaban, me lo dije yo. Tenía que espabilarme, sí: estaba bajando la guardia. El encuentro con Marcus me había causado una impresión brutal y había hecho desenterrar un millón de recuerdos y sensaciones, pero no era momento para dejarme invadir por la nostalgia. Tenía un cometido, un compromiso: un papel que asumir, una imagen que proyectar y una tarea de la que ocuparme. Sentándome a contemplar las olas no iba a lograr nada más que perder el tiempo y hundirme en la melancolía. Había llegado el momento de retornar a la realidad.

Aceleré el paso y me esforcé por mostrarme ágil y animosa. Aunque João ya había desaparecido, otros ojos podrían estar observándome desde cualquier rincón por encargo de Da Silva. Era del todo imposible que sospechara nada de mí, pero tal vez su personalidad de hombre poderoso y controlador necesitara saber qué era exactamente lo que estaba haciendo la visitante marroquí en vez de disfrutar de su auto. Y yo tendría que encargarme de mostrárselo.

Por una escalera lateral subí a mi habitación; me arreglé y reaparecí. Donde media hora atrás habían estado la falda ligera y la blusa de algodón, había ahora un elegante tailleur color mandarina y, en lugar de las sandalias planas, calzaba un par de stilettos de piel de serpiente. Las gafas desaparecieron y me maquillé con los cosméticos comprados el día anterior. La melena, ya sin pañuelo, me caía suelta sobre los hombros. Descendí por la escalera central con aire cadencioso y me paseé sin prisa por la balconada del piso superior abierta sobre el amplio vestíbulo. Bajé un piso más hasta la planta principal sin olvidarme de sonreír a cuantas almas me crucé por el camino. Saludé con elegantes inclinaciones de cabeza a las señoras: igual me dio su edad, su lengua o que ni se molestaran en devolverme la atención. Aceleré el pestañeo con los caballeros, pocos nacionales, muchos extranjeros; a alguno especialmente decrépito le dediqué incluso una coqueta carantoña. Solicité a uno de los recepcionistas un cable dirigido a doña Manuela y pedí que lo enviaran a mi propia dirección. «Portugal maravilloso, compras excelentes. Hoy dolor de cabeza y descanso. Mañana visita a atento proveedor. Saludos cordiales, Arish Agoriuq.» Elegí después uno de los sillones que en grupos de cuatro se repartían por el amplio hall, me esforcé porque estuviera en un sitio de paso y bien a la vista. Y entonces crucé las piernas, pedí dos aspirinas y una taza de té, y dediqué el resto de la tarde a dejarme ver.

Aguanté disimulando el aburrimiento casi tres horas, hasta que las tripas empezaron a crujirme. Fin de la función: me merecía volver a mi cuarto y pedir algo para cenar al servicio de habitaciones. Estaba a punto de levantarme cuando un botones se acercó sosteniendo una pequeña bandeja de plata. Y sobre ella, un sobre. Y dentro, una tarjeta.

Estimada Arish:

Espero que el mar haya disipado su malestar. João la recogerá mañana a las diez para traerla a mi oficina. Buen descanso,

MANUEL DA SILVA

Las noticias volaban, efectivamente. Estuve tentada a girarme en busca del *chauffeur* o del propio Da Silva, pero me contuve. Aunque probablemente alguno de los dos aún anduviera en la cercanía, simulé un frío desinterés y volví a fingir que me concentraba en una de las revistas americanas con las que había entretenido algunos ratos de la tarde. Al cabo de media hora, cuando el vestíbulo estaba ya medio vacío y la mayoría de los huéspedes se habían repartido por el bar, la terraza y el comedor, regresé a mi habitación dispuesta a sacar del todo a Marcus de mi cabeza y a concentrarme en el complejo día que me aguardaba a la vuelta de la noche.

54

Joao lanzó la colilla al suelo, proclamó su bom día mientras la remataba con la suela del zapato y me sostuvo la puerta. Volvió a examinarme de arriba abajo. Esta vez, sin embargo, no tendría ocasión de adelantarle nada a su patrón acerca de mí, porque yo misma iba a verle en apenas media hora.

Las oficinas de Da Silva se encontraban en la céntrica rua do Ouro, la calle del oro que conectaba Rossio con la plaça do Comercio en la Baixa. El edificio era elegante sin estridencias, aunque todo a su alrededor desprendía un intenso aroma a dinero, transacciones y negocios productivos. Bancos, montepíos, oficinas, señores entrajetados, empleados con prisa y botones a la carrera conformaban el panorama exterior.

Al bajar del Bentley fui recibida por el mismo hombre delgado que interrumpió nuestra conversación la noche en que Da Silva acudió a conocerme. Atento y sigiloso, esta vez me estrechó la mano y se presentó escuetamente como Joaquim Gamboa; acto seguido me dirigió reverencial hasta el ascensor. En un principio creí que las oficinas de la empresa se encontraban en una de las plantas, pero tardé poco en darme cuenta de que en realidad el edificio entero era la sede del negocio. Gamboa, sin embargo, me condujo directamente a la primera planta.

—Don Manuel la recibirá en seguida —anunció antes de desaparecer.

La antesala en la que me acomodó tenía las paredes forradas de madera lustrosa con aspecto de recién encerada. Seis butacas de piel conformaban la zona de espera; un poco más hacia dentro, más cercanas a la puerta doble que anticipaba el despacho de Da Silva, había dos mesas: una ocupada, otra vacía. En la primera trabajaba una secretaria cercana al medio siglo que, a juzgar por el formal saludo con el que me recibió y por el cuidado primoroso con el que anotó algo en un grueso cuaderno, debía de ser una trabajadora eficiente y discreta, el sueño de cualquier jefe. Su compañera, bastante más joven, apenas tardó un par de minutos en dejarse ver: lo hizo tras abrir una de las puertas del despacho de Da Silva y salir de él acompañando a un hombre de aspecto anodino. Un cliente, un contacto comercial probablemente.

—El señor Da Silva la espera, señorita —dijo ella entonces con gesto desabrido. Fingí no prestarle demasiada atención, pero una simple mirada me sirvió para tomarle las medidas. De mi edad, año más, año menos. Con gafas de corta de vista, clara de pelo y de piel, esmerada en su arreglo aunque con ropa de calidad más bien modesta. No pude observarla más porque en aquel momento el propio Manuel da Silva salió a recibirme a la antesala.

—Es un placer tenerla aquí, Arish —dijo con su excelente español. Le compensé tendiéndole la mano con calculada lentitud para darle tiempo a que me viera y decidiera si aún era digna de sus atenciones. A juzgar por su reacción, supe que sí. Me había esforzado para que así fuera: para aquel encuentro de negocios había reservado un dos piezas en tono mercurio con falda de lápiz, chaqueta ajustada y una flor blanca en la solapa restando sobriedad al color. El resultado se vio compensado con una disimulada mirada apreciativa y una sonrisa galante.

—Adelante, por favor. Ya me han traído esta mañana todo lo que quiero enseñarle.

En una esquina del amplio despacho, bajo un gran mapamundi, descansaban varios rollos de telas. Sedas. Sedas naturales, brillantes y tersas, magníficas sedas teñidas en colores llenos de lustre. Con tan sólo tocarlas, anticipé la hermosa caída de los trajes que con ella podría coser.

—¿Están a la altura de lo que esperaba?

La voz de Manuel da Silva sonó a mi espalda. Por unos segundos, unos minutos tal vez, me había olvidado de él y de su mundo. El placer de comprobar la belleza de las telas, de palpar su suavidad e imaginar los acabados, me había alejado momentáneamente de la realidad. Por suerte, no tuve que hacer ningún esfuerzo para halagar las mercancías que había dispuesto a mi alcance.

—Lo superan. Son maravillosas.

—Pues le aconsejo que se quede con todos los metros que pueda, porque mucho me temo que no tardarán en quitárnoslas de las manos.

—¿Tanta demanda tienen?

—Eso anticipamos. Aunque no para dedicarlas exactamente a la moda.

—¿Para qué si no? —pregunté sorprendida.

—Para otras necesidades más apremiantes en estos días: para la guerra.

—¿Para la guerra? —repetí fingiendo incredulidad. Sabía que así era en otros países, Hillgarth me había puesto en antecedentes en Tánger.

—Usan la seda para hacer paracaídas, para proteger la pólvora y hasta para los neumáticos de las bicicletas.

Simulé una pequeña carcajada.

—¡Qué desperdicio tan absurdo! Con la seda que necesita un paracaídas podrían hacerse al menos diez trajes de noche.

—Sí, pero corren tiempos difíciles. Y los países en guerra estarán pronto dispuestos a pagar lo que haga falta por ellas.

—Y usted, Manuel, ¿a quién va a vender estas divinidades, a los alemanes o a los ingleses? —pregunté con tono burlón, como si no acabara de tomarme en serio lo que decía. Yo misma me sorprendí ante mi descaro, pero él me siguió la broma.

—Los portugueses tenemos viejas alianzas comerciales con los ingleses aunque, en estos días convulsos, nunca se sabe... —Remató su inquietante respuesta con una carcajada, pero antes de darme tiempo para interpretarla, desvió la conversación hacia cuestiones más prácticas y cercanas—. Aquí tiene una carpeta con datos detallados sobre las telas: referencias, calidades, precios; en fin, lo común —dijo mientras se acercaba a su mesa de trabajo—. Llévesela al hotel, tómese su tiempo y, cuando haya decidido lo que le interesa, rellene una hoja de pedido y yo me encargaré de que le envíen todo directamente a Madrid; lo recibirá en menos de una semana. Podrá hacer el pago desde allí al recibo de la mercancía, no se preocupe por eso. Y no se olvide de aplicar a cada precio un veinte por ciento de descuento, cortesía de la casa.

—Pero...

—Y aquí —añadió sin dejarme terminar— tiene otra carpeta con detalles de proveedores locales de géneros y mercancías que pueden ser de su interés. Hilaturas, pasamanerías, botonaduras, pieles curtidas... Me he tomado la licencia de pedir que le concierten citas con todos ellos y aquí está el programa, en este cuadrante, vea: esta tarde la esperan los hermanos Soares, tienen los mejores hilos de todo Portugal; mañana viernes por la mañana la recibirán en Casa Barbosa, donde hacen botones de marfil africano. El sábado por la mañana tiene concertada una visita con el peletero Almeida, y ya no hay nada previsto hasta el próximo lunes. Pero prepárese, porque la semana empezará otra vez cargada de citas.

Estudié el papel lleno de casillas y oculté mi admiración por la excelente gestión realizada.

—Además del domingo, veo que también me deja descansar mañana viernes por la tarde —dije sin levantar la mirada del documento.

—Me temo que se equivoca.

—Creo que no. En su planificación aparece en blanco, mire.

—Está en blanco, efectivamente, porque le he pedido a mi secretaria que lo deje así, pero tengo algo previsto para rellenarlo. ¿Querrá cenar conmigo mañana por la noche?

Le cogí la segunda carpeta que aún sostenía entre las manos y no contesté. Me entretuve antes en revisar su contenido: varias páginas con nombres, datos y números que fingí estudiar con interés, aunque en realidad, tan sólo paseé la mirada por ellos sin detenerme en ninguno.

—De acuerdo, acepto —confirmé tras dejarle unos segundos prolongados en espera de mi respuesta—. Pero sólo si me promete algo antes.

—Por supuesto, siempre que esté en mi mano.

—Bien, ésta es mi condición: cenaré con usted si me asegura que ningún soldado saltará en el aire con estas preciosas telas atadas a la espalda.

Rió con ganas y comprobé una vez más que tenía una risa hermosa. Masculina, potente, elegante a la vez. Recordé las palabras de la esposa de Hillgarth: Manuel da Silva era, en efecto, un hombre atractivo. Y entonces, fugaz como un cometa, la sombra de Marcus Logan volvió a pasarme por delante.

—Haré lo posible, descuide, pero ya sabe cómo son los negocios... —dijo encogiéndose de hombros mientras colgaba un punto irónico en la comisura de la boca.

Un timbrazo inesperado le impidió terminar la frase. El sonido procedía de su mesa, de un aparato gris en el que parpadeaba intermitente una luz verde.

—Disculpe un momento, por favor. —Parecía haber recobrado de golpe la seriedad. Apretó un botón y la voz de la secretaria joven salió distorsionada de la máquina.

—Le espera Herr Weiss. Dice que es urgente.

—Páselo a la sala de juntas —respondió con voz áspera. Su actitud había cambiado radicalmente: el empresario frío se había comido al hombre encantador. O tal vez era al revés. Aún no le conocía lo suficiente como para saber cuál de los dos era el verdadero Manuel da Silva.

Se volvió hacia mí e intentó recuperar la afabilidad, pero no lo logró del todo.

—Perdóneme, pero a veces se me acumula el trabajo.

—Por favor, discúlpeme a mí por robarle su tiempo...

No me dejó terminar: a pesar de intentar ocultarlo, irradiaba una cierta sensación de impaciencia. Me tendió la mano.

—La recogeré mañana a las ocho, ¿le parece?

—Perfecto.

La despedida fue rápida, no era momento de coqueteos. Atrás quedaban las ironías y las frivolidades, ya las retomaríamos en otro momento. Me acompañó a la puerta; en cuanto salí a la antesala busqué al tal Herr Weiss, pero sólo encontré a las dos secretarias: una tecleaba concienzuda y la otra introducía una pila de cartas en sus sobres. Apenas noté que me despidieron con amabilidad desigual: tenía otras cosas mucho más apremiantes en la cabeza.

55

De Madrid había traído conmigo un cuaderno de dibujo con intención de transcribir en él todo aquello que intuyera interesante, y aquella noche comencé a plasmar sobre el papel lo visto y oído hasta el momento. Acumulé los datos de la manera más ordenada posible y después los comprimí al máximo. «Da Silva bromea con posibles relaciones comerciales con alemanes, imposible saber grado de veracidad. Anticipa demanda de seda para fines militares. Carácter cambiante según circunstancias. Confirmada relación con alemán Herr Weiss. Alemán aparece sin previo aviso y exige reunión inmediata. Da Silva tenso, evita que Herr Weiss sea visto.»

Dibujé a continuación unos cuantos bocetos que jamás llegarían a materializarse y simulé bordearlos con pespuntes a lápiz. Intenté que la diferencia entre las rayas cortas y las largas fuese mínima, que sólo yo pudiera apreciarlas; lo logré sin problemas, ya estaba más que entrenada. Distribuí en ellas la información y, cuando terminé, quemé los papeles manuscritos en el cuarto de baño, los eché al retrete y tiré de la cadena. Dejé el cuaderno de dibujo en el armario: ni especialmente oculto, ni ostentosamente a la vista. Si alguien decidiera hurgar entre mis cosas, jamás sospecharía que mi intención era esconderlo.

El tiempo pasaba volando ahora que ya tenía distracciones. Volví a recorrer varias veces la Estrada Marginal entre Estoril y Lisboa con João al volante, elegí docenas de carretes de los mejores hilos y botones preciosos de mil formas y tamaños, y me sentí tratada como la más selecta de las clientas. Gracias a las recomendaciones de Da Silva, todo fueron atenciones, facilidades de pago, descuentos y obsequios. Y, sin apenas darme cuenta, llegó el momento de la cena con él.

El encuentro fue una vez más similar a los anteriores: miradas prolongadas, sonrisas turbadoras y flirteo sin paliativos. Aunque dominaba el protocolo de actuación y me había convertido en una actriz consumada, lo cierto era que el propio Manuel da Silva me allanaba el camino con su actitud. Volvió a hacerme sentir como la única mujer en el mundo capaz de atraer su atención y yo actué de nuevo como si ser el objeto de los afectos de un hombre rico y atractivo fuera para mí el pan nuestro de cada día. Pero no lo era, y por eso mi cautela debía ser doble. Bajo ningún concepto podría dejarme llevar por las emociones: todo era trabajo, pura obligación. Habría sido muy fácil relajarme, disfrutar del hombre y el momento, pero sabía que tenía que mantener la mente fría y los afectos distantes.

—He reservado una mesa para cenar en el Wonderbar, el club del casino: tienen una orquesta fabulosa y la sala de juego está a sólo un paso.

Fuimos caminando entre las palmeras; aún no era noche cerrada y las luces de las farolas brillaban como puntos de plata sobre el cielo violeta. Da Silva volvió a ser el mismo de los buenos momentos: ameno y encantador, sin rastro de la tensión que le generó el saber de la presencia del alemán en su oficina.

Todo el mundo parecía conocerle allí también: desde los camareros y los aparcacoches a los clientes más honorables. Volvió él a repartir saludos como la primera noche: palmadas cordiales en los hombros, choques de mano y medios abrazos para los señores; amagos de besamanos, sonrisas y piropos desproporcionados para las señoras. Me presentó a algunos de ellos y anoté mentalmente los nombres para trasladarlos después a los perfiles de mis bocetos.

El ambiente del Wonderbar era similar al del hotel Do Parque: noventa por ciento cosmopolita. La única diferencia, noté con un poso de inquietud, era que los alemanes ya no eran mayoría: allí también se oía hablar inglés por todas partes. Intenté abstraerme de esas preocupaciones y concentrarme en mi papel. La cabeza despejada, y los ojos y los oídos bien abiertos: eso era lo único de lo que me tenía que ocupar. Y de desplegar todo mi encanto, por supuesto.

El maître nos condujo a una pequeña mesa reservada en el mejor ángulo de la sala: un sitio estratégico para ver y ser vistos. La orquesta tocaba *In the Mood* y numerosas parejas llenaban ya la pista mientras otras cenaban; se oían conversaciones, saludos y carcajadas, se respiraba distensión y glamour. Manuel rechazó la carta y pidió sin titubeos para los dos. Y después, como si llevara esperando aquel momento el día entero, se acomodó dispuesto a volcarme toda su atención.

—Bueno, Arish, cuénteme, ¿qué tal la han tratado mis amigos?

Le detallé mis gestiones aderezadas con sal y pimienta. Exageré las situaciones, comenté detalles con humor, imité voces en portugués, le hice reír a carcajadas y volví a marcar un tanto a mi favor.

—Y usted, ¿cómo ha terminado la semana? —pregunté entonces. Por fin me había llegado el turno de escuchar y absorber. Y, si la suerte se me ponía de cara, quizá también de tirarle de la lengua.

—Sólo lo sabrás si me tuteas.

—De acuerdo, Manuel. Dime, ¿cómo te ha ido todo desde que nos vimos ayer por la mañana?

No me lo pudo contar de seguido: alguien nos interrumpió. Más saludos, más cordialidad. Si ésta no era auténtica, desde luego, lo parecía.

—El barón Von Kempel, un hombre extraordinario —apuntó cuando el añoso noble de melena leonina se separó de la mesa con paso titubeante—. Bien, nos habíamos quedado en cómo me han ido estos últimos días y, para definirlos, sólo tengo dos palabras: tremendamente aburridos.

Sabía que mentía, por supuesto, pero adopté un tono compasivo.

—Al menos tienes unas oficinas agradables en las que soportar el tedio y unas secretarias competentes para ayudarte.

—No puedo quejarme, tienes razón. Más duro sería trabajar como estibador en el puerto o no tener a nadie que me echara una mano.

—¿Llevan mucho tiempo contigo?

—¿Las secretarias, dices? Elisa Somoza, la mayor de las dos, más de tres décadas: entró en la empresa en tiempos de mi padre, antes incluso de que yo me incorporara. A Beatriz Oliveira, la más joven, la contraté hace sólo tres años, cuando vi que el negocio crecía y Elisa era incapaz de absorberlo todo. La simpatía no es su fuerte, pero es organizada, responsable y se desenvuelve bien con los idiomas. Supongo que a la nueva clase trabajadora no le gusta ser cariñosa con el patrón —dijo alzando la copa a modo de brindis.

No me hizo gracia la broma, pero le acompañé disimulándolo en un sorbo de vino blanco. Una pareja se acercó entonces a la mesa: una señora madura y deslumbrante en shantung morado hasta los pies, con un acompañante que apenas le llegaba a la altura del hombro. Interrumpimos una vez más la conversación, saltaron al francés; me presentó y les saludé con un gracioso gesto y un breve *enchantée*.

—Los Mannheim, húngaros —aclaró cuando se retiraron.

—¿Son todos judíos? —pregunté.

—Judíos ricos a la espera de que la guerra termine o de que les concedan un visado para viajar a América. ¿Bailamos?

Da Silva resultó ser un fantástico bailarín. Rumbas, habaneras, jazz y pasodobles: nada se le resistía. Me dejé llevar: había sido un día largo y las dos copas de vino del Douro con las que acompañé la langosta debían de habérseme subido a la cabeza. Las parejas sobre la pista se reflejaban multiplicadas mil veces en los espejos de las columnas y las paredes, hacía calor. Cerré los ojos unos instantes, dos segundos, tres, cuatro tal vez. Para cuando los abrí, mis peores temores habían tomado forma humana.

Enfundado en un esmoquin impecable y peinado hacia atrás, con las piernas ligeramente separadas, las manos otra vez en los bolsillos y un cigarrillo recién encendido en la boca: allí estaba Marcus Logan, observándonos bailar.

Alejarme, tenía que alejarme de él: eso fue lo primero que me vino a la mente.

—¿Nos sentamos? Estoy un poco cansada.

Aunque intenté que abandonáramos la pista por el lado opuesto a Marcus, de nada me sirvió porque, con miradas furtivas, fui comprobando que él se movía en la misma dirección. Nosotros sorteábamos parejas bailando y él, mesas de gente cenando, pero avanzábamos en paralelo hacia el mismo sitio. Noté que las piernas me temblaban, el calor de la noche de mayo se me hizo de pronto insoportable. Cuando lo teníamos apenas a unos metros, se detuvo a saludar a alguien y pensé que tal vez ése era su destino, pero se despidió y siguió aproximándose, resuelto y decidido. Alcanzamos nuestra mesa los tres a la vez, Manuel y yo por la derecha, él por la izquierda. Y entonces creí que había llegado el fin.

—Logan, viejo zorro, ¿dónde te metes? ¡Hace un siglo que no nos vemos! —exclamó Da Silva nada más percibir su presencia. Ante mi estupor, se palmearon mutuamente la espalda con gesto afectuoso.

—Te he llamado mil veces, pero nunca doy contigo —dijo Marcus.

—Déjame que te presente a Arish Agoriuq, una amiga marroquí que ha llegado hace unos días de Madrid.

Extendí la mano intentando que no me temblara, sin atreverme a mirarle a los ojos. Me la apretó con fuerza, como diciendo soy yo, aquí estoy, reacciona.

—Encantada. —Mi voz sonó ronca y seca, rota casi.

—Siéntate, tómate una copa con nosotros —ofreció Manuel.

—No, gracias. Estoy con unos amigos, sólo me he acercado a saludarte y a recordarte que tenemos que vernos.

—Cualquier día de éstos, te lo prometo.

—No lo dejes, tenemos algunas cosas que hablar. —Y, entonces, se concentró en mí—. Encantado de conocerla, señorita... —dijo inclinándose. Esta vez no tuve más remedio que mirarle de frente. Ya no quedaba en su rostro ni rastro de las heridas con las que le conocí, pero sí mantenía el mismo gesto: los rasgos afilados y los ojos cómplices que me preguntaban sin palabras qué demonios haces tú aquí con este hombre.

—Agoriuq —logré decir como si soltara una piedra por la boca.

—Señorita Agoriuq, eso es, perdone. Ha sido un placer conocerla. Espero que volvamos a vernos.

Le contemplamos mientras se alejaba.

—Un buen tipo este Marcus Logan.

Bebí un largo trago de agua. Necesitaba refrescarme la garganta, la notaba áspera como el papel de lijar.

—¿Inglés? —pregunté.

—Inglés, sí; hemos tenido algunos contactos comerciales.

Volví a beber para digerir mi desconcierto. Así que ya no se dedicaba al periodismo. Las palabras de Manuel me sacaron de mi ensimismamiento.

—Aquí hace demasiado calor. ¿Probamos suerte en la ruleta?

Fingí de nuevo naturalidad ante la opulencia de la sala. Las magníficas lámparas de araña se suspendían con cadenas doradas sobre las mesas, alrededor de las cuales se arremolinaban centenares de jugadores hablando en tantas lenguas como naciones hubo una vez en el mapa de la vieja Europa. El suelo alfombrado amortiguaba el sonido de los movimientos humanos y reforzaba los propios de aquel paraíso del azar: los chasquidos de las fichas al chocar unas con otras, el zumbido de las ruletas, el traqueteo de las bolas de marfil en sus bailes alocados y los gritos de los crupiers cerrando las jugadas al grito de *Rien ne va plus!* Eran muchos los clientes dejándose el dinero sentados en las mesas de tapete verde, y muchos más los instalados alrededor, de pie, observando atentos las jugadas. Aristócratas asiduos en otro tiempo a perder y ganar sin estridencias en los casinos de Baden Baden, Montecarlo y Deauville, me explicó Da Silva. Burgueses empobrecidos, miserables enriquecidos, seres respetables convertidos en canallas y auténticos canallas disfrazados de señores. Los había vestidos de gran fiesta, triunfadores y seguros de sí mismos, ellos con cuello duro y la pechera almidonada y ellas luciendo altivas el brillo de sus joyeros. Había también individuos de aspecto decadente, acobardados o furtivos a la caza de algún conocido a quien dar un sablazo, tal vez colgados de la ilusión de una noche de gloria más que improbable; seres dispuestos a jugarse en una mesa de bacarrá la última alhaja de la familia o el desayuno de la mañana siguiente. A los primeros los movía la pura emoción del juego, las ganas de divertirse, el vértigo o la codicia; a los segundos, simplemente, la más desnuda desesperación.

Deambulamos unos minutos observando las distintas mesas; continuó él repartiendo saludos e intercambiando frases cordiales. Yo apenas hablé: sólo quería salir de allí, encerrarme en mi habitación y olvidarme del mundo; sólo deseaba que aquel maldito día acabara de una vez.

—No pareces tener ganas de hacerte millonaria hoy.

Sonreí con debilidad.

—Estoy agotada —dije. Intenté que mi voz sonara con un punto de dulzura; no quería que percibiera la preocupación que llevaba dentro.

—¿Quieres que te acompañe al hotel?

—Te lo agradecería.

—Dame sólo un segundo. —Acto seguido, se separó unos pasos para extender el brazo hacia alguien conocido a quien acababa de ver.

Me quedé inmóvil, ausente, sin molestarme siquiera en distraerme con el fascinante ajetreo de la sala. Y entonces, casi como una sombra, noté que se acercaba. Pasó detrás de mí, sigiloso, a punto de rozarme. Disimuladamente, sin pararse siquiera, me agarró la mano derecha, me abrió los dedos con habilidad y depositó algo entre ellos. Y yo le dejé hacer. Después, sin una palabra, se fue. Mientras mantenía la vista supuestamente concentrada en una de las mesas, palpé ansiosa lo que me había dejado: un trozo de papel doblado en varios pliegues. Lo escondí bajo el ancho cinturón del vestido en el momento justo en que Manuel se separaba de sus conocidos y volvía a acercarse a mí.

—¿Nos vamos?

—Antes necesito ir un segundo al tocador.

—De acuerdo, te espero aquí.

Intenté encontrar su rastro mientras caminaba, pero ya no estaba por ningún sitio. En el tocador no había nadie, tan sólo una vieja mujer negra de aspecto adormecido a cargo de la puerta. Saqué el papel de su escondite y lo desdoblé con dedos prestos.

«¿Qué fue de la S. que dejé en T.?»

S. era Sira y T. era Tetuán. Dónde estaba mi viejo yo de los tiempos africanos, preguntaba Marcus. Abrí el bolso para buscar un pañuelo y una respuesta mientras los ojos se me llenaban de lágrimas. Hallé lo primero; lo segundo, no.

56

El lunes reemprendí mis salidas en busca de mercancía para el taller. Me habían concertado una visita con un sombrerero en la rua da Prata, a un paso de las oficinas de Da Silva: la excusa perfecta para dejarme caer por allí sin otra intención que saludarle. Y, de paso, echar una ojeada para ver quién se movía en su territorio.

Sólo encontré a la secretaria joven y antipática; Beatriz Oliveira, recordé que se llamaba.

—El señor Da Silva está de viaje. Trabajo —dijo sin aclarar nada más.

Al igual que en mi visita anterior, demostró no tener ningún interés en ser amable conmigo; pensé, no obstante, que tal vez aquélla sería la única ocasión de estar con ella a solas y no quise desaprovecharla. A juzgar por la actitud sombría y su parquedad de palabras, parecía tremendamente difícil que consiguiera sonsacarle ni siquiera una migaja de algo que valiera la pena, pero no tenía nada mejor que hacer, así que decidí intentarlo.

—Vaya, qué contrariedad. Quería consultarle algo sobre las telas que me enseñó el otro día. ¿Aún las tiene en su despacho? —pregunté. El corazón comenzó a latirme con fuerza ante la posibilidad de poder colarme en él sin tener a Manuel cerca, pero ella acabó con mi falsa ilusión antes de que ésta llegara siquiera a tomar forma.

—No. Se las han llevado ya de vuelta al almacén.

Pensé con rapidez. Primera tentativa fallida; bien, habría que seguir intentándolo.

—¿Le importa que me siente un minuto? Llevo toda la mañana de pie viendo casquetes, turbantes y pamelas; creo que necesito un pequeño descanso.

No le di tiempo a responder: antes de que pudiera abrir la boca, me dejé caer en uno de los sillones de cuero simulando una fatiga exagerada. Mantuvimos un silencio prolongado a lo largo del cual ella continuó repasando con un lápiz un documento de varias páginas en el que, de cuando en cuando, hacía una pequeña marca o un apunte.

—¿Un cigarrillo? —pregunté al cabo de dos o tres minutos. Aunque no era una gran fumadora, solía llevar una pitillera en el bolso. Para aprovecharla en momentos como aquél, por ejemplo.

—No, gracias —dijo sin mirarme. Continuó trabajando mientras yo encendía el mío. La dejé seguir un par de minutos más.

—Usted fue quien se encargó de localizar a los proveedores, de concertar las citas y prepararme la carpeta con todos los datos, ¿verdad?

Alzó por fin la mirada un segundo.

—Sí, fui yo.

—Un trabajo excelente; no puede imaginarse lo útil que me está siendo.

Musitó unas breves gracias y volvió a concentrarse en su tarea.

—Al señor Da Silva, desde luego, no le faltan contactos —continué—. Debe de ser estupendo tener relaciones comerciales con tantas empresas distintas. Y, sobre todo, con tantos extranjeros. En España todo es mucho más aburrido.

—No me extraña —murmuró.

—¿Perdón?

—Digo que no me extraña que todo sea aburrido teniendo a quien tienen al mando —masculló entre dientes con la atención supuestamente fija en su quehacer.

Una rápida sensación de regocijo me recorrió la espalda: a la aplicada secretaria le interesa la política. Bien, habría que intentar abordarla por ahí.

—Sí, desde luego —repliqué mientras apagaba el cigarrillo lentamente—. Qué se puede esperar de alguien que pretende que las mujeres nos quedemos en casa preparando la comida y echando hijos al mundo.

—Y que tiene las cárceles llenas y niega la menor compasión a los vencidos —añadió tajante.

—Así son las cosas al parecer, sí. —Aquello avanzaba con un rumbo inesperado, tendría que actuar con un cuidado extremo para poder ganarme su confianza y llevarla a mi terreno—. ¿Conoce usted España, Beatriz?

Noté que le sorprendía que supiera su nombre. Por fin se dignó a bajar el lápiz y me miró.

—Nunca he estado allí, pero sé lo que está pasando. Tengo amigos que me lo cuentan. Aunque probablemente usted no sepa de qué le hablo; usted pertenece a otro mundo.

Me levanté, me acerqué a su mesa y me senté con descaro en el borde. La miré de cerca para comprobar lo que había debajo de aquel traje de tela barata que seguramente le cosió años atrás alguna vecina por unos cuantos escudos. Tras sus gafas encontré unos ojos inteligentes y, oculto entre la rabiosa entrega con la que abordaba su trabajo, intuí un espíritu luchador que me resultó vagamente familiar. Beatriz Oliveira y yo no éramos tan distintas. Dos muchachas trabajadoras de origen parecido: humilde y esforzado. Dos trayectorias que partieron de puntos cercanos y en algún momento se bifurcaron. El tiempo había hecho de ella una empleada meticulosa; de mí, una falsa realidad. Sin embargo, probablemente lo común fuera mucho más real que las diferencias. Yo me alojaba en un hotel de lujo y ella viviría en una casa con goteras en un barrio humilde, pero las dos sabíamos lo que era pelear para evitar que la negra suerte se pasara la vida mordiéndonos los tobillos.

—Yo conozco a mucha gente, Beatriz; a gente muy distinta —dije en voz baja—. Ahora me relaciono con los poderosos porque así me lo exige mi trabajo y porque algunas circunstancias inesperadas me han puesto al lado de ellos, pero yo sé lo que es pasar frío en invierno, comer habichuelas un día tras otro y echarse a la calle antes de que salga el sol para ganar un jornal miserable. Y, por si le interesa, a mí tampoco me gusta la España que nos están construyendo. ¿Me acepta ahora un cigarrillo?

Tendió la mano sin responder y cogió uno. Le acerqué el encendedor, después prendí otro yo.

—¿Cómo van las cosas en Portugal? —pregunté entonces.

—Mal —dijo tras expulsar el humo—. Puede que el Estado Novo de Salazar no sea tan represivo como la España de Franco, pero el autoritarismo y la falta de libertades no son demasiado distintos.

—Aquí al menos parece que van a permanecer neutrales en la guerra europea —dije intentando arrimarme a mi terreno—. En España, las cosas no están tan claras.

—Salazar mantiene acuerdos con los ingleses y con los alemanes, un equilibrio raro. Los británicos siempre han sido amigos del pueblo portugués, por eso sorprende tanto que se muestre generoso con los alemanes concediéndoles permisos de exportación y otras prebendas.

—Bueno, eso no es nada extraño estos días, ¿no? Son asuntos delicados en tiempos turbulentos. Yo no entiendo mucho de política internacional, la verdad, pero imagino que todo será cuestión de intereses. —Intenté que mi voz sonara trivial, como si aquello apenas me preocupara: había llegado el momento de cruzar la línea entre lo público y lo cercano: me convenía ser cauta—. Lo mismo pasa en el mundo de los negocios, supongo —añadí—. El otro día, sin ir más lejos, mientras yo estaba en el despacho con el señor Da Silva, usted misma anunció la visita de un alemán.

—Sí, bueno, eso es otro asunto. —Su gesto era de disgusto y no parecía dispuesta a avanzar mucho más.

—La otra noche el señor Da Silva me invitó a cenar en el casino de Estoril y me asombró la cantidad de personas a las que conocía. Lo mismo saludaba a los ingleses y a los americanos que a los alemanes o a un buen número de europeos de otros países. Jamás había visto a nadie con tanta facilidad para llevarse bien con todo el mundo.

Una mueca torcida mostró de nuevo su contrariedad. Aun así, tampoco dijo nada, y yo no tuve más remedio que esforzarme por seguir hablando para que la conversación no acabara de decaer.

—Me dieron lástima los judíos, los que han tenido que abandonar sus casas y sus negocios para huir de la guerra.

—¿Le dieron lástima los judíos del casino de Estoril? —preguntó con una sonrisa cínica—. A mí no me dan ninguna: viven como si estuvieran en unas eternas vacaciones de lujo. Pena me dan los pobres desgraciados que han llegado con una mísera maleta de cartón y se pasan los días haciendo colas frente a los consulados y las oficinas de las navieras a la espera de un visado o un pasaje de barco para América que tal vez nunca consigan; pena me dan las familias que duermen amontonadas en pensiones inmundas y acuden a los comedores de beneficencia, las pobres muchachas que se ofrecen por las esquinas a cambio de un puñado de escudos y los viejos que matan el tiempo en los cafés frente a tazas sucias que llevan ya horas vacías, hasta que un camarero les echa a la calle para dejar sitio libre: ésos son los que me dan pena. Los que se juegan cada noche un pedazo de su fortuna en el casino no me dan ninguna lástima.

Lo que me contaba era conmovedor, pero no podía distraerme: andábamos por el buen camino, había que mantenerlo como fuera. Aunque fuera a base de empujones a la conciencia.

—Tiene razón; la situación es mucho más dramática para esa pobre gente. Además, tiene que resultarles doloroso ver a tantos alemanes moviéndose a sus anchas por todas partes.

—Imagino que sí...

—Y, sobre todo, les resultará duro saber que el gobierno del país al que han acudido es tan complaciente con el Tercer Reich.

—Sí, supongo...

—Y que incluso hay algunos empresarios portugueses que están expandiendo sus negocios a costa de contratos suculentos con los nazis...

Pronuncié esta última frase con tono denso y oscuro, acercándome a ella y bajando la voz. Nos mantuvimos la mirada, incapaz de romperla ninguna de las dos.

—¿Quién es usted? —preguntó por fin en voz apenas audible. Se había echado hacia atrás, separando el cuerpo de la mesa y apoyando la espalda contra el respaldo de la silla, como si quisiera distanciarse de mí. Su tono inseguro sonó cargado de temor; sus ojos, sin embargo, no se separaron de los míos ni un solo segundo.

—Sólo soy una modista —susurré—. Una simple mujer trabajadora como usted, a la que tampoco le gusta lo que está pasando a nuestro alrededor.

Noté que se le tensaba el cuello al tragar saliva y entonces formulé dos preguntas. Con lentitud. Con gran lentitud.

—¿Qué tiene Da Silva con los alemanes, Beatriz? ¿En qué está metido?

Volvió a tragar y la garganta se le movió como si estuviera intentando que por ella descendiera un elefante.

—Yo no sé nada —logró murmurar al fin.

Una voz arrebatada sonó entonces desde la puerta.

—Recuérdame que no vuelva más a la casa de comidas de la rua do São Julião. ¡Han tardado más de una hora en servirnos, con la de cosas que tengo que preparar antes de que vuelva don Manuel! ¡Ah! Disculpe, señorita Agoriuq; no sabía que estuviera usted aquí...

—Ya me iba —dije con fingido desenfado a la vez que recogía el bolso—. He venido a visitar por sorpresa al señor Da Silva, pero la señorita Oliveira me ha dicho que está de viaje. En fin, ya volveré otro día.

—Se deja su tabaco —oí decir a mi espalda.

Aún hablaba Beatriz Oliveira en tono opaco. Cuando extendió el brazo para entregarme la pitillera, le agarré la mano y la apreté con fuerza.

—Piénselo.

Esquivé el ascensor y bajé por la escalera mientras reconstruía de nuevo la escena. Tal vez había sido una temeridad por mi parte exponerme de una manera tan precipitada, pero la actitud de la secretaria me hizo intuir que estaba al tanto de algo: de algo que no me contó más por inseguridad hacia mí que por lealtad a su superior. Los moldes de Da Silva y su secretaria no encajaban, y yo tenía la certeza de que ella nunca le hablaría acerca del contenido de aquella extraña visita. Mientras él ponía una vela a Dios y otra al diablo, no sólo se le había infiltrado una falsa marroquí a fisgonear entre sus asuntos, sino que, además, una izquierdista subversiva se le había colado en la plantilla. Debería arreglármelas de alguna manera para volver a verla a solas. Sobre cómo, dónde y cuándo, no tenía la menor idea.

57

El martes amaneció lloviendo y yo repetí la rutina de los últimos días: adopté el papel de compradora y dejé que João me condujera a mi destino, esta vez un telar en las afueras. El *chauffeur* me recogió en la puerta tres horas después.

—Vamos a la Baixa, João, por favor.

—Si piensa ver a don Manuel, aún no ha vuelto.

Perfecto, pensé. Mi intención no era verme con Da Silva, sino encontrar la manera de abordar de nuevo a Beatriz Oliveira.

—No importa; me sirven las secretarias. Sólo necesito hacer una consulta sobre mi pedido.

Confiaba en que la asistente madura hubiera salido de nuevo a comer y su frugal compañera estuviera a pie de obra pero, como si alguien se hubiese empeñado con todas sus fuerzas en poner mis anhelos del revés, lo que encontré fue exactamente lo contrario. La veterana estaba en su sitio, cotejando documentos con las gafas en la punta de la nariz. De la joven, ni rastro.

—Boa tarde, señora Somoza. Vaya, veo que la han dejado sola.

—Don Manuel aún anda de viaje y la señorita Oliveira no ha venido hoy a trabajar. ¿En qué puedo servirla, señorita Agoriuq?

En la boca noté el sabor de la contrariedad mezclada con un punto de alarma, pero me la tragué como pude.

—Espero que se encuentre bien —dije sin responder a su pregunta.

—Sí, seguro que no es nada importante. Esta mañana vino su hermano para decirme que estaba indispuesta y tenía algo de fiebre, pero confío en que mañana esté de vuelta.

Titubeé unos segundos. Rápido, Sira, piensa rápido: actúa, pregunta dónde vive, intenta localizarla, me ordené.

—Tal vez, si usted me diera su dirección, podría mandarle unas flores. Ella ha sido muy amable conmigo concertándome todas las visitas a proveedores.

A pesar de su natural discreción, la secretaria no pudo evitar una sonrisa condescendiente.

—No se preocupe, señorita. No creo que sea necesario, de verdad. Aquí no acostumbramos a recibir flores cuando faltamos un día a la oficina. Será un catarro o cualquier malestar sin importancia. Si puedo ayudarla yo en algo...

—He perdido un par de guantes —improvisé—. Pensaba que tal vez me los olvidé aquí ayer.

—Yo no los he visto por ningún sitio esta mañana, pero quizá los hayan recogido las mujeres que vienen a limpiar temprano. No se preocupe, les preguntaré.

La ausencia de Beatriz Oliveira me dejó el ánimo como el mediodía lisboeta que hallé al salir de nuevo a la rua do Ouro: nublado, ventoso y turbio. Y, además, me quitó el hambre, así que tomé tan sólo una taza de té y un pastel en el cercano café Nicola y continué con mis asuntos. Para aquella tarde la eficiente secretaria me había preparado un encuentro con importadores de productos exóticos de Brasil: pensó con buen criterio que tal vez las plumas de algunas aves tropicales podrían servirme para mis creaciones. Y acertó. Ojalá se tomara la misma molestia para ayudarme en otros quehaceres.

El tiempo no mejoró a lo largo de las horas, mi humor tampoco. En el camino de regreso a Estoril hice balance de los logros acumulados desde mi llegada y, al sumarlos todos, obtuve un montante desastroso. Los comentarios iniciales de João resultaron a la larga escasamente útiles y quedaron en simples brochazos de fondo repetidos una y otra vez con la verborrea cansina de un vejete aburrido que llevaba demasiado tiempo al margen del verdadero día a día de su patrón. Sobre algún encuentro privado con alemanes que la mujer de Hillgarth había mencionado, no había oído ni una palabra. Y la persona que yo intuí como mi única posible confidente se me escapaba como el agua entre los dedos arguyendo una falsa enfermedad. Si a todo eso añadíamos el doloroso encuentro con Marcus, el resultado del viaje iba a ser un rotundo fracaso por todos los frentes. Excepto para mis clientas, naturalmente, que a mi vuelta se encontrarían con un verdadero arsenal de maravillas imposible de imaginar en la sórdida España de las cartillas de racionamiento. Con tan negras perspectivas, tomé una cena ligera en el restaurante del hotel y decidí retirarme temprano.

Como todas las noches, la doncella de turno se había encargado de preparar con mimo la habitación y dejarla lista para el sueño: las cortinas corridas, la tenue luz de la mesilla encendida, la colcha retirada y el embozo milimétricamente doblado en esquina. Quizá aquellas sábanas de batista suiza recién planchadas fueran lo único positivo de la jornada: me ayudarían a perder la conciencia y me harían olvidar al menos por unas horas los sentimientos de frustración. Fin del día. Resultado: cero.

Estaba a punto de acostarme cuando noté una corriente de aire frío. Me aproximé descalza al balcón, aparté la cortina y vi que estaba abierto. Un olvido del servicio, pensé mientras cerraba. Me senté en la cama y apagué la luz: no tenía ganas ni de leer una línea. Y entonces, mientras extendía las piernas entre las sábanas, el pie izquierdo se me quedó enredado en algo extraño y liviano. Contuve un grito ahogado, intenté alcanzar el interruptor de la lámpara, pero de un golpe involuntario la tiré al suelo; la recogí con manos torpes, volví a intentar encenderla con la pantalla aún torcida y cuando por fin lo conseguí, aparté la ropa de cama de un tirón. Qué demonios era aquel rebujo de trapo negro que había tocado con el pie. No me atreví a rozarlo siquiera hasta que lo examiné bien con la mirada. Parecía un velo: un velo negro, un velo de misa. Lo agarré con dos dedos y lo levanté: el lío de tejido se deshizo y del interior cayó algo que parecía una estampa. La cogí por una esquina con cuidado, como si temiera que fuera a deshacerse si la tocaba con más consistencia. La acerqué a la luz y distinguí en ella la fachada de un templo. Y una imagen de una Virgen. Y dos líneas impresas. «Igreja de São Domingos. Novena em louvor a Nossa Senhora do Fátima.» En el envés había una anotación a lápiz escrita con letra desconocida. «Miércoles, seis tarde. Parte izquierda, fila décima empezando por el final.» Nadie firmaba, qué falta hacía.

A lo largo de todo el día siguiente esquivé las oficinas de Da Silva a pesar de que los contactos previstos para la jornada tuvieron lugar en el centro.

—Recójame hoy tarde, João. A las siete y media frente a la estación de Rossio. Antes voy a visitar una iglesia, es el aniversario de la muerte de mi padre.

El *chauffeur* aceptó mi orden bajando los ojos con un gesto de profunda condolencia y yo sentí una punzada de remordimiento por liquidar a Gonzalo Alvarado con aquella ligereza. Pero no había tiempo para recelos, pensé mientras me cubría la cabeza con el velo negro: eran las seis menos cuarto y la novena iba a empezar en breve. La iglesia de São Domingos estaba junto a la plaza de Rossio, en pleno centro. Al llegar, junto con la ancha fachada de cal clara y piedra, encontré el recuerdo de mi madre revoloteando en la puerta. Mis últimas asistencias a un oficio religioso fueron con ella en Tetuán, acompañándola a la pequeña iglesia de la plaza. São Domingos, en comparación, era espectacular, con sus enormes columnas de piedra gris elevándose hasta un techo pintado de color sepia. Y con gente, mucha gente, algunos hombres y multitud de mujeres, fieles parroquianos todos que acudían a seguir el mandato de la Virgen con el rezo del santo rosario.

Avancé por el pasillo del lateral izquierdo con las manos juntas, la cabeza baja y el paso lento, simulando recogimiento mientras de reojo contaba las filas. Al llegar a la décima, a través del velo que me tapaba los ojos distinguí una silueta enlutada sentada en la cabecera. Con falda y echarpe negros y toscas medias de lana: el atuendo de tantas mujeres humildes en Lisboa. No llevaba velo, sino un pañolón atado bajo el cuello, tan caído sobre la frente que era imposible verle el rostro. A su lado había sitio libre, pero durante unos segundos no supe qué hacer. Hasta que noté una mano clara y cuidada emerger de entre las faldas. Una mano que se posó en el sitio vacío al lado de su dueña. Siéntese aquí, me pareció que decía. La obedecí inmediatamente.

Permanecimos en silencio mientras los feligreses iban ocupando los sitios libres, los monaguillos trasegaban por el altar y de fondo se oía el ronroneo de un mar de murmullos quedos. Aunque la miré varias veces de reojo, el pañuelo me impidió ver las facciones de la mujer de negro. En cualquier caso, no lo necesité: no tenía la menor duda de que era ella. Decidí romper el hielo con un susurro.

—Gracias por hacerme venir, Beatriz. Por favor, no tema nada: nadie en Lisboa sabrá nunca de esta conversación.

Aún tardó unos segundos en hablar. Cuando lo hizo fue con la mirada concentrada en su regazo y la voz apenas audible.

—Trabaja para los ingleses, ¿verdad?

Incliné ligeramente la cabeza a modo de afirmación.

—No estoy muy segura de que esto les vaya a servir de algo, es muy poco. Sólo sé que Da Silva está en tratos con los alemanes por algo relacionado con unas minas en la Beira, una zona del interior del país. Nunca antes había tenido negocios en esa zona. Todo es reciente, desde hace tan sólo unos meses. Ahora viaja allí casi todas las semanas.

—¿De qué se trata?

—Algo que llaman «baba de lobo». Los alemanes le exigen exclusividad: que se desvincule radicalmente de los británicos. Y, además, debe conseguir que los propietarios de las minas colindantes se asocien con él y dejen también de vender a los ingleses.

El sacerdote entró en el altar por una puerta lateral, un punto lejano en la distancia. La iglesia entera se puso en pie, nosotras también.

—¿Quiénes son esos alemanes? —susurré desde debajo del velo.

—A las oficinas sólo ha ido Weiss tres veces. Nunca habla por teléfono con ellos, cree que puede tenerlo pinchado. Sé que fuera de su despacho se ha visto también con otro, Wolters. Esta semana esperan que venga alguien más desde España. Cenarán todos en su quinta mañana jueves: don Manuel, los alemanes y los portugueses de la Beira propietarios de las minas vecinas. Tienen previsto cerrar allí la negociación: lleva semanas discutiendo con estos últimos para que atiendan sólo las demandas de los alemanes. Todos asistirán con sus esposas y él tiene interés en tratarlas bien: lo sé porque me ha hecho encargar flores y chocolates para recibirlas.

El sacerdote terminó su intervención y la iglesia entera volvió a sentarse entre ruidos de ropas, suspiros y crujidos de madera vieja.

—Nos tiene advertido —continuó con la cabeza otra vez gacha— que no le pasemos las llamadas de varios ingleses con los que antes mantenía buenas relaciones. Y esta mañana se ha reunido en el almacén del sótano con dos hombres, dos ex presidiarios a los que a veces usa para que le protejan; alguna vez ha estado metido en algún asunto turbio. Sólo he podido escuchar el final de la conversación. Les ha ordenado que controlen a esos ingleses y que, en caso necesario, los neutralicen.

—¿Qué ha querido decir con «neutralizar»?

—Quitar de en medio, supongo.

—¿Cómo?

—Imagíneselo.

Volvieron a ponerse en pie los feligreses, volvimos a imitarles. Comenzaron a entonar una canción con voces fervorosas y yo sentí la sangre bombeándome en las sienes.

—¿Conoce los nombres de esos ingleses?

—Los traigo escritos.

Me entregó sigilosa un papel doblado que apreté con fuerza en la mano.

—No sé nada más, se lo prometo.

—Mande otra vez a alguien si se entera de algo nuevo —dije recordando el balcón abierto.

—Lo haré. Y usted, por favor, no me nombre. Y no vuelva por la oficina.

No pude prometerle que así sería porque, como un cuervo negro, levantó el vuelo y se fue. Yo aún me quedé un rato largo, cobijada entre las columnas de piedra, los cánticos desentonados y el runrún de las letanías. Cuando por fin pude superar la impresión de lo oído, desdoblé el papel y confirmé que mis temores no carecían de fundamento. Beatriz Oliveira me había pasado una lista con cinco nombres. El cuarto era el de Marcus Logan.

58

Como todas las tardes a aquella hora, el hall del hotel estaba animado y repleto. Repleto de extranjeros, de señoras con perlas y hombres de lino y de uniforme; de conversaciones, olor a tabaco selecto y botones ajetreados. Repleto también probablemente de indeseables. Y uno de ellos me esperaba a mí. Aunque simulé una reacción de grata sorpresa, la piel se me erizó al verle. En apariencia era el mismo Manuel da Silva de los días anteriores: seguro de sí mismo con su traje perfecto y las primeras canas presagiando su madurez, atento y sonriente. Parecía el mismo hombre, sí, pero su simple visión me provocó tanto rechazo que tuve que frenar el impulso de volverme y salir corriendo. A la calle, a la playa, al fin del mundo. A cualquier sitio lejos de él. Antes todo eran sospechas, aún había espacio para la esperanza de que bajo aquella apariencia atractiva hubiera un ser decente. Ahora sabía que no, que los peores presagios eran lamentablemente ciertos. Las suposiciones de los Hillgarth se habían confirmado en el banco de una iglesia: la integridad y la lealtad no casaban bien con los negocios en tiempos de guerra y Da Silva se había vendido a los alemanes. Y, por si eso no fuera suficiente, había sumado al trato un añadido siniestro: si los antiguos amigos molestaban, habría que quitarlos de en medio. Recordar que Marcus estaba entre ellos me hizo volver a sentir pinchazos de alfileres en las entrañas.

El cuerpo me pedía escapar de él, pero no pude hacerlo: no sólo porque un carro cargado de baúles y maletas bloqueara momentáneamente la gran puerta giratoria del hotel, sino por otras razones mucho más contundentes. Acababa de enterarme de que veinticuatro horas más tarde Da Silva tenía previsto agasajar a sus contactos alemanes. Aquélla sería sin duda la reunión que había anticipado la esposa de Hillgarth y probablemente en ella circularan todos los detalles de la información que los ingleses ansiaban conocer. Mi siguiente objetivo era intentar por todos los medios que me invitara a asistir a ella, pero el tiempo corría ya en mi contra. No tenía más remedio que huir hacia delante.

—Te acompaño en el sentimiento, querida Arish.

Durante un par de segundos no supe a qué se refería. Probablemente interpretó mi silencio como una reacción emotiva.

—Gracias —musité en cuanto caí en la cuenta—. Mi padre no era cristiano, pero a mí me gusta honrar su memoria con unos minutos de recogimiento religioso.

—¿Tienes ánimo para tomar una copa? Tal vez no sea un buen momento, pero me han dicho que has pasado por mi despacho un par de veces y he venido tan sólo a devolverte la visita. Disculpa, por favor, mi ausencia repetida: últimamente viajo más de lo que me gustaría.

—Creo que me vendrá bien tomar algo, gracias, ha sido un día largo. Y sí, he pasado por tu despacho, pero sólo para saludarte; todo lo demás ha marchado perfectamente. —Haciendo de tripas corazón, logré rematar la frase con una sonrisa.

Nos dirigimos a la terraza de la primera noche y todo volvió a ser igual. O casi. El atrezzo era el mismo: las palmeras mecidas por la brisa, el océano al fondo, la luna de plata y el champán a la temperatura perfecta. Algo, sin embargo, desentonaba en la escena. Algo que no estaba ni en mí, ni en el escenario. Observé a Manuel mientras saludaba de nuevo a los clientes de alrededor y entonces intuí que era él quien chirriaba en medio de la armonía. No se comportaba de manera natural. Se esforzaba por parecer encantador y desplegaba como siempre un catálogo completo de frases amistosas y gestos cordiales pero, en cuanto la persona a quien se dirigía se daba la vuelta, su boca adoptaba un rictus serio y concentrado que desaparecía automáticamente al dirigirse otra vez a mí.

—Así que has comprado más telas...

—Y también hilos, complementos, adornos y un millón de artículos de mercería.

—Tus clientas van a quedar encantadas.

—Sobre todo las alemanas.

Ya estaba la piedra lanzada. Tenía que hacerle reaccionar: aquélla iba a ser mi última oportunidad para ser invitada a su casa; si no lo conseguía, fin de la misión. Alzó una ceja con gesto interrogante.

—Las clientas alemanas son las más exigentes, las que más aprecian la calidad —aclaré—. Las españolas se preocupan por la apariencia final de la pieza, pero las alemanas se fijan en la perfección de cada pequeño detalle, son más puntillosas. Por fortuna, he logrado amoldarme muy bien a ellas y nos entendemos sin problemas. Es más, creo que hasta tengo un talento especial para tenerlas contentas —dije rematando la frase con un guiño malicioso.

Me acerqué la copa a los labios y tuve que hacer un esfuerzo para no bebérmela entera de un trago. Vamos, Manuel, vamos, pensé. Reacciona, invítame: puedo serte útil, puedo encargarme de entretener a las acompañantes de tus invitados mientras vosotros negociáis con la baba de lobo y encontráis la manera de quitaros de encima a los ingleses.

—Hay muchos alemanes también en Madrid, ¿verdad? —preguntó entonces.

Aquélla no era una inocente pregunta acerca del ambiente social del país vecino: aquello era un interés real sobre quiénes eran mis conocidos y qué relación mantenía con ellos. Me iba aproximando. Sabía qué tenía que decir y qué palabras usar: nombres clave, cargos de peso y un falso aire de distanciamiento.

—Muchísimos —añadí en tono desapasionado. Me recosté en el sillón dejando caer la mano con supuesta desgana, volví a cruzar las piernas, bebí otra vez—. Precisamente la baronesa Stohrer, la esposa del embajador, comentaba en su última visita a mi atelier que Madrid se ha convertido en una colonia ideal para los alemanes. Algunas de ellas, la verdad, nos dan un trabajo enorme; a Elsa Bruckmann, por ejemplo, de quien dicen que es amiga personal de Hitler, la tenemos allí dos o tres veces por semana. Y en la última fiesta en la residencia de Hans Lazar, el encargado de Prensa y Propaganda...

Mencioné un par de frívolas anécdotas y dejé caer algunos nombres más. Con aparente desinterés, como sin darles importancia. Y, a medida que hablaba impostando indiferencia, percibí que Da Silva se concentraba en mis palabras como si el mundo se hubiera detenido a su alrededor. Apenas hizo caso a los saludos que por un flanco u otro le llegaron, no levantó la copa de la mesa y el cigarrillo se le fue consumiendo entre los dedos mientras la ceniza formaba algo parecido a un gusano de seda. Hasta que decidí dejar de tensar la cuerda.

—Discúlpame, Manuel; supongo que todo esto te resultará tremendamente aburrido: fiestas, vestidos y frivolidades de mujeres desocupadas. Cuéntame tú, ¿cómo ha ido tu viaje?

Extendimos la conversación durante media hora más en la que ni él ni yo volvimos a mencionar a los alemanes. Su aroma, sin embargo, pareció quedarse flotando en el aire.

—Creo que va siendo hora de cenar —dijo mirando el reloj—. ¿Te apetecería...?

—Estoy agotada. ¿Te importa que lo dejemos para mañana?

—Mañana no va a ser posible. —Noté cómo dudaba unos segundos y contuve el aliento; después continuó—. Tengo un compromiso.

Vamos, vamos, vamos. Sólo faltaba un pequeño empujón.

—Qué lástima, sería nuestra última noche. —Mi decepción pareció auténtica, casi tanto como el ansia por oír de él lo que llevaba tantos días esperando—. Tengo previsto volver a Madrid el viernes, me aguarda muchísimo trabajo la semana que viene. La baronesa de Petrino, la esposa de Lazar, ofrece una recepción el próximo jueves y precisamente tengo a media docena de clientas alemanas deseando que...

—Tal vez te gustaría asistir.

Creí que el corazón se me paraba.

—Será sólo una pequeña reunión de amigos. Alemanes y portugueses. En mi casa.

59

—¿Cuánto quiere por llevarme a Lisboa?

El hombre miró a un lado y a otro para asegurarse de que nadie nos observaba. Después se quitó la gorra y se rascó la cabeza con furia.

—Diez escudos —dijo sin sacarse la colilla de la boca.

Le tendí un billete de veinte.

—Vamos.

Había intentado dormir sin conseguirlo: los sentimientos y las sensaciones se me cruzaban entremezclados en la mente rebotando contra las paredes del cerebro. Satisfacción porque la misión por fin se movía, ansiedad ante lo que aún me aguardaba, desazón por la triste certeza de lo averiguado. Y además, y por encima de todo ello, el temor de conocer que Marcus Logan formaba parte de una lista siniestra, la intuición de que probablemente él no lo supiera, y la frustración por no tener manera de hacérselo saber. No tenía idea de dónde encontrarle, tan sólo me había cruzado con él en dos sitios tan dispares como alejados. Quizá el único lugar donde pudieran darme algún dato fuera en las propias oficinas de Da Silva, pero no debía abordar de nuevo a Beatriz Oliveira, y menos ahora que su jefe estaba ya de vuelta.

La una de la mañana, la una y media, las dos menos cuarto. A ratos tenía calor, a ratos frío. Las dos, las dos y diez. Me levanté varias veces, abrí y cerré el balcón, bebí un vaso de agua, encendí la luz, la apagué. Las tres menos veinte, las tres, las tres y cuarto. Y entonces, de pronto, creí tener la solución. O, por lo menos, algo que podría aproximarse.

Me vestí con la ropa más oscura que encontré en el armario: un traje de mohair negro, un chaquetón gris plomo y un sombrero de ala encajado hasta las cejas. La llave de la habitación y un puñado de billetes fue lo último que cogí. No necesitaba nada más, aparte de suerte.

Bajé de puntillas por la escalera de servicio, todo estaba en calma y prácticamente a oscuras. Avancé sin tener una idea clara de por dónde me movía, dejándome llevar por el instinto. Las cocinas, las despensas, los lavaderos, los cuartos de las calderas. Alcancé la calle por una puerta trasera del sótano. No era la mejor de las opciones, ciertamente: acababa de darme cuenta de que aquélla era la salida de las basuras. Al menos serían basuras de ricos.

Era noche cerrada, las luces del casino brillaban a unos cientos de metros y de vez en cuando se oía a alguno de los últimos trasnochadores: una despedida, una carcajada ahogada, el motor de un coche. Y luego, silencio. Me acomodé a esperar con las solapas subidas y las manos en los bolsillos, sentada en un bordillo y protegida por una pila de cajones de sifón. Provenía de un barrio de trabajadores, sabía que no faltaría demasiado para que empezara el movimiento: eran muchos los que madrugaban para hacer la vida más grata a quienes podían permitirse el lujo de dormir hasta bien entrada la mañana. Antes de las cuatro se encendieron las primeras luces en los bajos del hotel, al poco salió una pareja de empleados. Se detuvieron a encender un cigarro en la puerta cobijando la lumbre con los huecos de las manos y se alejaron después andando sin prisa. El primer vehículo fue una especie de camioneta: arrojó sin acercarse a más de una docena de mujeres jóvenes y se volvió a marchar. Entraron ellas rumiando su sueño; las camareras del nuevo turno, supuse. El segundo motor correspondió a un motocarro. De él salió un individuo flaco y mal afeitado que comenzó a trastear en la parte trasera en busca de alguna mercancía. Le vi después entrar en las cocinas acarreando un gran canasto de mimbre que contenía algo que pesaba poco y que, entre la noche y la distancia, no logré distinguir. Cuando terminó, se dirigió de nuevo al pequeño vehículo y entonces le abordé.

Intenté limpiar con un pañuelo las pajas que cubrían el asiento, pero no lo conseguí. Olía a gallinaza y por todas partes había plumas, cáscaras rotas y restos de excrementos. Los huevos del desayuno se presentaban a los huéspedes primorosamente fritos o revueltos sobre un plato de porcelana con filo dorado. El vehículo en el que los transportaban desde las ponedoras hasta las cocinas del hotel era bastante menos elegante. Intenté no pensar en el suave cuero de los asientos del Bentley de João mientras avanzábamos tambaleándonos al ritmo del traqueteo del motocarro. Iba sentada a la derecha del repartidor de huevos, encogidos los dos en la estrechura de un asiento delantero que apenas medía medio metro. A pesar del cercano contacto físico, no cruzamos una palabra en todo el camino, excepto las que necesité para darle la dirección a la que me tenía que llevar.

—Aquí es —dijo cuando llegamos.

Reconocí la fachada.

—Cincuenta escudos más si me recoge dentro de dos horas.

No necesitó hablar para confirmar que lo haría: un gesto tocando la visera de la gorra vino a decir trato hecho.

El portal estaba cerrado, me senté en un banco de piedra a aguardar al sereno. Con el sombrero calado y las solapas del chaquetón aún alzadas, maté la incertidumbre intentando quitar una a una las pajas y las plumas que se me habían quedado prendidas a la ropa. Afortunadamente, no tuve que esperar demasiado: en menos de un cuarto de hora acudió quien yo esperaba blandiendo un gran aro lleno de llaves. Se tragó la historieta que le conté a trompicones sobre un bolso olvidado y me dejó entrar. Busqué el nombre en los buzones, subí corriendo dos tramos de escaleras y llamé a la puerta con un puño de bronce más grande que mi propia mano.

No tardaron en despertarse. Primero oí a alguien moverse con el andar cansino de quien arrastra un par de zapatillas viejas. La mirilla se descorrió y al otro lado encontré un ojo oscuro lleno de legañas y extrañeza. Después me llegó el sonido de pasos más dinámicos y diligentes. Y voces, voces bajas y precipitadas. Aun amortiguada por el espesor de la robusta puerta de madera, reconocí una de ellas. La que yo buscaba. Lo confirmé cuando un nuevo ojo, vivo y azul, se asomó por el pequeño reducto.

—Rosalinda, soy Sira. Abre, por favor.

Un cerrojo, ras. Otro más.

El reencuentro fue precipitado, lleno de alegría contenida y alboroto de susurros.

—What a marvellous surprise! Pero ¿qué haces aquí en mitad de la noite, my dear? Me dijeron que ibas a venir a Lisboa y que no podría verte, ¿cómo va todo en Madrid? ¿qué tal...?

Mi alegría era también inmensa, pero el temor me hizo retomar prudencia.

—Ssssshhhhhh... —dije intentando contenerla. No me hizo caso y continuó con su entusiasta bienvenida. Incluso sacada de la cama en plena madrugada, mantenía el glamour de siempre. La osamenta delicada y la piel transparente cubiertas por una bata de seda marfil que le llegaba a los pies, la melena ondulada un poco más corta quizá, la boca llena de palabras atropelladas que entremezclaban como antes el inglés, el español y el portugués.

Sentirla tan cerca levantó la veda a un millón de preguntas agazapadas. Qué habría sido de ella a lo largo de aquellos meses desde su huida precipitada de España, con qué argucias habría logrado salir adelante, cómo habría asumido la caída de Beigbeder. Su casa rezumaba lujo y bienestar, pero yo sabía que la fragilidad de sus recursos financieros le impedían costear por sí misma una residencia así. Preferí no preguntar. Por duros que hubieran sido los envites y oscuras las circunstancias, Rosalinda Fox seguía irradiando la misma vitalidad positiva de siempre, ese optimismo capaz de tumbar barreras, sortear escollos o levantar a un muerto si su voluntad así lo quisiera.

Recorrimos el largo pasillo agarradas del brazo, hablando entre susurros y sombras. Llegamos a su cuarto, cerró tras sí, y el recuerdo de Tetuán me invadió de pronto como una bocanada de aire africano. La alfombra berberisca, un farol moruno, los cuadros. Reconocí una acuarela de Bertuchi: las paredes encaladas de la morería, las rifeñas vendiendo naranjas, un mulo cargado, jaiques y chilabas y, al fondo, el alminar de una mezquita recortado sobre el cielo marroquí. Aparté la vista; no era momento para la nostalgia.

—Tengo que encontrar a Marcus Logan.

—Vaya, qué coincidencia. Él vino a verme hace unos días: quería saber de ti.

—¿Qué le dijiste? —pregunté alarmada.

—Sólo la verdad —dijo alzando la mano derecha como dispuesta a prestar juramento—. Que la última vez que te vi fue el año pasado en Tánger.

—¿Sabes cómo encontrarle?

—No. Quedó en que volvería a pasarse por El Galgo, nada más.

—¿Qué es El Galgo?

—Mi club —dijo con un guiño mientras se recostaba en la cama—. Un fantástico negocio que he abierto a medias con un amigo. Nos estamos forrando —remató con una carcajada—. Pero ya te contaré todo eso en otro momento, vamos a centrarnos ahora en cuestiones más urgentes. No sé dónde encontrar a Marcus, darling. No sé dónde vive ni tengo su número de teléfono. Pero ven, siéntate aquí a mi lado y cuéntame la historia, a ver si se nos ocurre algo.

Qué consuelo haber reencontrado a la Rosalinda de siempre. Extravagante e imprevisible, pero también eficaz, rápida y resolutiva aun en mitad de la noche. Una vez superada la sorpresa inicial y una vez que tuvo claro que mi visita tenía un objetivo concreto, no perdió el tiempo en preguntar inutilidades, ni quiso saber sobre mi vida en Madrid ni acerca de mis quehaceres a las órdenes de aquel Servicio Secreto a cuyos brazos ella misma me lanzó. Tan sólo entendió que había algo que resolver urgentemente y se dispuso a ayudarme.

Resumí la historia de Da Silva y lo que Marcus tenía que ver en ella. Nos mantuvimos alumbradas tan sólo por la luz tenue de una pantalla de seda plisada, acomodadas ambas en su gran cama. Aunque sabía que estaba contraviniendo las órdenes expresas de Hillgarth de no contactar con Rosalinda bajo ningún concepto, no me preocupó hacerla partícipe de los entresijos de mi misión: confiaba en ella con los ojos cerrados y era la única persona a la que podía acudir. Además, en cierta manera ellos mismos habían provocado que acabara buscándola: me habían enviado a Portugal tan desprotegida, tan sin asideros, que no tuve otra opción.

—Veo a Marcus muy de vez en cuando: a veces pasa por el club, en alguna ocasión hemos coincidido en el restaurante del hotel Aviz y un par de noches, igual que tú, nos cruzamos en el casino de Estoril. Siempre encantador, pero algo esquivo acerca de sus ocupaciones: nunca me ha dejado claro a qué se dedica ahora pero, desde luego, dudo mucho que sea al periodismo. Cada vez que nos encontramos, hablamos un par de minutos y nos despedimos con cariño prometiendo vernos más a menudo, pero nunca lo hacemos. No tengo idea de en qué anda metido, darling. Desconozco si sus asuntos son limpios o necesitan pasar por la lavandería. Ni siquiera sé si reside permanentemente en Lisboa, o va y viene a Londres o a algún otro sitio. Pero si me das un par de días, puedo intentar hacer averiguaciones.

—Creo que no hay tiempo. Da Silva ya ha dado instrucciones de que le quiten de en medio para dejar el camino libre a los alemanes. Tengo que avisarle cuanto antes.

—Ten cuidado, Sira. Tal vez él mismo esté metido en algo oscuro que tú desconozcas. No te han dicho qué tipo de negocios le unían a Da Silva y ha pasado mucho tiempo desde que convivimos con él en Marruecos; no sabemos qué ha sido de su vida desde que se marchó hasta ahora. Y, de hecho, tampoco supimos mucho entonces.

—Pero consiguió traer a mi madre...

—Fue un simple mediador y, además, lo hizo a cambio de algo. No fue un favor desinteresado, recuérdalo.

—Y sabíamos que era periodista...

—Eso suponíamos, pero la verdad es que nunca vimos publicada la famosa entrevista con Juan Luis que supuestamente fue el motivo que le llevó a Tetuán.

—Quizá...

—Ni tampoco el reportaje sobre el Marruecos español por el que se quedó allí durante todas aquellas semanas.

Había mil razones que podrían justificar todo eso y seguro que era fácil encontrarlas, pero no podía perder el tiempo con ellas. África era el ayer, Portugal el presente. Y el apremio estaba en el aquí y el ahora.

—Tienes que ayudarme a encontrarle —insistí saltando por encima de los recelos—. Da Silva ya tiene a su gente alerta, al menos hay que poner a Marcus sobre aviso; él sabrá qué hacer después.

—Por supuesto que voy a intentar localizarle, my dear, quédate tranquila. Pero sólo quiero pedirte que actúes con cautela y tengas en cuenta que todos hemos cambiado enormemente, que ninguno de nosotros es ya quien un día fue. En el Tetuán de hace unos años tú eras una joven modista y yo, la amante feliz de un hombre poderoso; mira ahora en qué nos hemos convertido, fíjate dónde estamos las dos y cómo hemos tenido que vernos. Marcus y sus circunstancias probablemente hayan cambiado también: es ley de vida, y más aún en estos tiempos. Y si sabíamos poco de él entonces, menos aún sabemos ahora.

—Ahora se dedica a los negocios, me informó el propio Da Silva.

Recibió mi explicación con una risa irónica.

—No seas ingenua, Sira. La palabra «negocios» en estos días es como un gran paraguas negro que puede tapar cualquier cosa.

—¿Me estás diciendo entonces que no debo ayudarle? —dije intentando no sonar confusa.

—No. Lo que estoy haciendo es aconsejarte para que tengas mucho cuidado y no arriesgues más de la cuenta, porque ni siquiera conoces con certeza quién es y en qué anda metido el hombre al que estás intentando proteger. Es curioso las vueltas que da la vida, ¿verdad? —continuó con una media sonrisa retirándose de la cara su eterna onda rubia—. Él estaba loco por ti en Tetuán y tú te negaste a implicarte del todo con él a pesar de lo mucho que os atraíais los dos. Y ahora, después de tanto tiempo, por protegerle te arriesgas a que te desenmascaren, a jugarte la misión, y quién sabe si algo más, y todo ello en un país en el que estás sola y apenas conoces a nadie. Sigo sin entender por qué fuiste tan reacia a empezar con Marcus algo en serio, pero muy profundo debió de ser lo que dejó en ti cuando te estás exponiendo por él de esta manera.

—Te lo conté cien veces. No quise una nueva relación porque la historia de Ramiro todavía estaba reciente, porque aún tenía abiertas las heridas.

—Pero había pasado tiempo...

—No el suficiente. Me daba pánico volver a sufrir, Rosalinda, me daba tanto miedo... Lo de Ramiro fue tan doloroso, tan sangrante, tan, tan tremendo... Sabía que tarde o temprano Marcus también acabaría yéndose, no quería volver a pasar por aquello otra vez.

—Pero él nunca te habría dejado de esa manera. Antes o después habría vuelto, quizá tú podrías haberte ido con él...

—No. Tetuán no era su sitio, y sí lo era el mío, con mi madre a punto de llegar, dos denuncias a mi espalda y España aún en guerra. Yo estaba confusa, magullada y trastornada todavía por mi historia anterior, ansiosa por saber de mi madre y construyendo una personalidad falsa para ganar clientas en una tierra extraña. Levanté un muro para evitar enamorarme perdidamente de Marcus, es cierto. Y aun así, él consiguió traspasarlo. Se coló entre las rendijas y me alcanzó. No he vuelto a querer a nadie desde entonces, ni siquiera me he sentido atraída por ningún hombre en concreto. Su recuerdo me ha servido para hacerme fuerte y afrontar la soledad y, créeme, Rosalinda, he estado muy sola todo este tiempo. Y cuando pensaba que no volvería a verle más, la vida me lo ha puesto en el camino en el peor de los momentos. No pretendo rescatarle ni tender un puente sobre el pasado para retomar lo perdido, sé que eso es imposible en este mundo de locos en que vivimos. Pero, si al menos puedo ayudarle a que no acaben con él en cualquier esquina, tengo que intentarlo.

Debió de notar que me temblaba la voz, porque me agarró una mano y la apretó con fuerza.

—Bien, vamos a centrarnos en el presente —dijo firme—. En cuanto la mañana se ponga en marcha, empezaré a mover mis contactos. Si él está aún en Lisboa, lograré encontrarle.

—Yo no puedo verle y no quiero que tú hables con él tampoco. Utiliza algún intermediario, alguien que le haga llegar la información sin que él sepa que procede de ti. Lo único que necesita saber es que Da Silva no sólo no quiere saber de él, sino que, además, ha dado orden de que lo quiten de en medio si empieza a molestar. Yo informaré a Hillgarth sobre los demás nombres en cuanto llegue a Madrid. O no —rectifiqué—. Mejor haz que le den a Marcus todos los nombres, apúntalos, me los sé de memoria. Que él se encargue de hacer correr la voz, probablemente los conozca a todos.

Noté entonces un cansancio inmenso, tan inmenso casi como la angustia que llevaba dentro desde que Beatriz Oliveira me pasara aquella siniestra lista en la iglesia de São Domingos. El día había sido atroz: la novena y lo que conllevó, el encuentro posterior con Da Silva y el esfuerzo agotador para lograr que me invitara a su casa; el desvelo durante horas, la espera a oscuras junto a las basuras del hotel, el tortuoso viaje hasta Lisboa pegada al cuerpo de aquel huevero maloliente. Miré el reloj. Aún faltaba media hora para que me recogiera con su motocarro. Cerrar los ojos y acurrucarme en la cama deshecha de Rosalinda me pareció la más golosa de las tentaciones, pero no era momento de pensar en dormir. Antes tenía que ponerme al día acerca de la vida de mi amiga, aunque fuese brevemente: quién sabía si aquél iba a ser nuestro último encuentro.

—Cuéntame ahora tú, rápido; no quiero irme sin saber algo de ti. ¿Cómo te las has arreglado desde que saliste de España, qué ha sido de tu vida?

—Los primeros tiempos fueron duros, sola, sin dinero y reconcomida por la incertidumbre de la situación de Juan Luis en Madrid. Pero no pude sentarme a llorar lo perdido: tenía que ganarme la vida. A ratos fue hasta divertido, viví algunas escenas dignas de la mejor alta comedia: hubo un par de millonarios decrépitos que me ofrecieron matrimonio e incluso deslumbré a un alto oficial nazi que me aseguró estar dispuesto a desertar si yo aceptaba fugarme con él a Río de Janeiro. A veces fue entretenido; otras, la verdad, no tanto. Encontré a antiguos admiradores que fingieron no conocerme y a viejos amigos que me volvieron la cara; personas a las que un día yo ayudé y de pronto parecieron aquejados de amnesia, y embusteros que simularon estar en condiciones lamentables para evitar que les pidiera algo prestado. Lo peor de todo, sin embargo, no fue eso: lo más duro en todo aquel tiempo fue el tener que cortar toda comunicación con Juan Luis. Primero dejamos las llamadas telefónicas tras descubrir él que nos escuchaban, después abandonamos el correo. Y luego llegó el cese y el arresto. Las últimas cartas en mucho tiempo fueron las que él te entregó y tú diste a Hillgarth. Y después, el fin.

—¿Cómo está él ahora?

Suspiró con fuerza antes de responder y volvió a retirarse el pelo de la cara.

—Moderadamente bien. Lo enviaron a Ronda y aquello fue casi un alivio porque en un principio pensó que se iban a deshacer de él por completo acusándole de alta traición a la patria. Pero al final no le abrieron consejo de guerra, más por simple interés que por compasión: liquidar de aquella manera a un ministro nombrado un año antes habría supuesto un impacto muy negativo en la población española y en la opinión internacional.

—¿Aún sigue en Ronda?

—Sí, pero ahora ya tan sólo bajo arresto domiciliario. Vive en un hotel y parece que empieza a tener una cierta libertad de movimientos. Vuelve a estar ilusionado con algunos proyectos, ya sabes cómo es él de inquieto, necesita siempre estar activo, implicado en algo interesante, ingeniando y maquinando. Confío en que pueda venir pronto a Lisboa y después, we'll see. Ya veremos —concluyó con una sonrisa cargada de melancolía.

No me atreví a preguntar cuáles eran aquellos nuevos proyectos tras su despeñamiento por el barranco de los desposeídos de la gloria. El ex ministro amigo de los ingleses pintaba ya muy poco en aquella Nueva España tan cariñosa con el Eje; mucho tendrían que cambiar las cosas para que el poder volviera a llamar a su puerta.

Consulté el reloj de nuevo, sólo me quedaban diez minutos.

—Sígueme contando sobre ti, cómo conseguiste salir adelante.

—Conocí a Dimitri, un ruso blanco huido a París tras la revolución bolchevique. Nos hicimos amigos y le convencí para que me hiciera su socia en el club que tenía previsto abrir. Él aportaría el dinero y yo, la decoración y los contactos. El Galgo fue un éxito desde el principio, así que, al poco de comenzar la marcha del negocio, me lancé a buscar casa para por fin poder salir del pequeño cuarto donde me tenían cobijada unos amigos polacos. Y entonces encontré este piso, si es que a una vivienda con veinticuatro habitaciones se le puede llamar un piso.

—¡Veinticuatro habitaciones, qué barbaridad!

—No creas, lo hice con intención de sacarle beneficio, obviously. Lisboa está llena de expatriados con escasa liquidez que no pueden permitirse una larga estancia en un gran hotel.

—No me digas que has montado aquí una casa de huéspedes.

—Algo así. Huéspedes elegantes, gente de mundo a la que su sofisticación no les libra de estar al borde del abismo. Yo comparto con ellos mi hogar y ellos conmigo sus capitales en la medida de lo posible. No hay precio: hay quien ha disfrutado de una habitación durante dos meses sin pagarme ni un escudo, y hay quien por alojarse una semana me ha regalado una pulsera *riviere* de brillantes o un broche de Lalique. Yo no paso factura a nadie: cada cual contribuye como puede. Son tiempos duros, darling: hay que sobrevivir.

Había que sobrevivir, efectivamente. Y para mí la supervivencia más inmediata implicaba volverme a subir a un motocarro con olor a gallinas y alcanzar mi habitación en el hotel Do Parque antes de que entrara la mañana. Me habría encantado poder seguir charlando con Rosalinda hasta el fin de los días, tumbadas en su gran cama sin más preocupaciones que hacer sonar un timbre para que vinieran a traernos el desayuno. Pero había llegado la hora de volver, de retornar a la realidad por negra que ésta se presentara. Ella me acompañó a la puerta; antes de abrirla, me abrazó con su cuerpo liviano y sopló un consejo en mi oído.

—Apenas conozco a Manuel da Silva, pero todo el mundo en Lisboa está al tanto de su fama: un gran empresario, seductor y encantador, que también es duro como el hielo, inmisericorde con sus adversarios y capaz de vender su alma por un buen negocio. Ten mucho cuidado, porque estás jugando con fuego delante de alguien peligroso.

60

—Toallas limpias —anunció la voz al otro lado de la puerta del cuarto de baño.

—Déjelas encima de la cama, gracias —grité.

No había pedido toallas y era extraño que vinieran a reponerlas a esa hora de la tarde, pero imaginé que se trataría de una simple descoordinación del servicio.

Terminé de aplicarme la máscara de pestañas frente al espejo. Con ella acabé el maquillaje: ya sólo me faltaba vestirme y aún quedaba casi una hora para que João me recogiera. Estaba en albornoz. Me empecé a arreglar temprano para ocupar los minutos con alguna actividad y dejar de presagiar finales funestos para mi breve carrera, pero aún seguía sobrándome tiempo. Salí del baño y mientras me anudaba el cinturón titubeé decidiendo qué hacer. Esperaría un rato antes de vestirme. O quizá no, quizá debería al menos ir poniéndome las medias ya. O tal vez no, tal vez lo mejor sería... Y entonces le vi, y todas las medias del mundo dejaron en ese momento de existir.

—¿Qué haces aquí, Marcus? —balbuceé sin dar crédito. Alguien le había dejado pasar al traer las toallas. O quizá no: barrí la habitación con la mirada y no encontré toallas por ningún sitio.

No respondió a mi pregunta. Tampoco me saludó ni se molestó en justificar su osadía al invadir mi habitación de aquella manera.

—Deja de ver a Manuel da Silva, Sira. Aléjate de él, sólo he venido a decirte eso.

Habló con voz contundente. Estaba de pie, con el brazo izquierdo apoyado contra el respaldo de un sillón en una esquina. Con camisa blanca y traje gris, ni tenso, ni relajado: sobrio tan sólo. Como si tuviera una obligación y la firme voluntad de no incumplirla.

No pude replicarle: ninguna palabra consiguió llegarme a la boca.

—No sé qué relación tienes con él —prosiguió—, pero aún estás a tiempo de no seguir implicándote. Vete de aquí, vuelve a Marruecos...

—Ahora vivo en Madrid —logré decir por fin. Permanecía de pie sobre la alfombra, inmóvil, descalza, sin saber qué hacer. Recordé las palabras de Rosalinda aquella misma madrugada: debía ser cuidadosa con Marcus, no sabía en qué mundo se movía ni en qué negocios andaba metido. Me recorrió un escalofrío. Ni ahora lo sabía, ni quizá lo supe nunca. Esperé a que siguiera hablando para poder calcular hasta dónde podría sincerarme y hasta dónde tendría que ser cauta; hasta qué punto debería dejar salir a la Sira que él conocía y hasta cuándo debería seguir representado el papel distante de Arish Agoriuq.

Se separó del sillón y se acercó unos pasos. Su rostro seguía siendo el mismo, sus ojos también. El cuerpo flexible, el nacimiento del pelo, el color de la piel, la línea de la mandíbula. Los hombros, los brazos a los que me agarré tantas veces, las manos que sostuvieron mis dedos, la voz. Todo me era de pronto tan cercano, tan próximo. Y tan ajeno a un tiempo.

—Vete entonces cuanto antes, no vuelvas a verle —insistió—. No te mereces un tipo así. No tengo la menor idea de por qué te has cambiado el nombre, ni de a qué has venido a Lisboa, ni de qué es lo que te ha hecho acercarte a él. Tampoco sé si vuestra relación es algo natural o si alguien te ha metido en esta historia, pero te aseguro...

—No hay nada serio entre nosotros. He venido a Portugal a hacer compras para mi taller; alguien a quien conozco en Madrid me puso en contacto con él y nos hemos visto algunas veces. Es sólo un amigo.

—No, Sira, no te equivoques —cortó tajante—. Manuel da Silva no tiene amigos. Tiene conquistas, tiene conocidos y aduladores, y tiene contactos profesionales interesados, eso es todo. Y últimamente, esos contactos no son los más convenientes. Está metiéndose en asuntos turbios; cada día que pasa se sabe algo nuevo, y tú deberías mantenerte al margen de todo ello. No es un hombre para ti.

—Tampoco lo será para ti entonces. Pero parecíais buenos amigos la noche del casino...

—Los dos nos interesamos mutuamente por puras cuestiones comerciales. O, mejor dicho, nos interesábamos. Mis últimas noticias son que ya no quiere volver a saber más de mí. Ni de mí, ni de ningún otro inglés.

Respiré con alivio: sus palabras implicaban que Rosalinda había logrado dar con él y hacer que alguien le transmitiera mi mensaje. Seguíamos de pie, frente a frente, pero habíamos acortado la distancia sin apenas darnos cuenta. Un paso adelante él, otro yo. Otro más él, otro más yo. Cuando comenzamos a hablar, cada uno ocupaba un extremo de la habitación, como dos luchadores suspicaces y en guardia, temerosos ambos de la reacción del contrario. Con el transcurrir de los minutos nos habíamos ido acercando, inconscientemente tal vez, hasta quedar en el centro de la habitación, entre los pies de la cama y el escritorio. Al alcance uno del otro a poco que hiciéramos un movimiento más.

—Sabré cuidarme, quédate tranquilo. En la nota que me diste en el casino me preguntabas qué había sido de la Sira de Tetuán. Ya lo ves: se ha vuelto más fuerte. Y también más descreída y más desencantada. Ahora te pregunto yo lo mismo a ti, Marcus Logan: qué fue del periodista que llegó destrozado a África para hacer al alto comisario una larga entrevista que nunca...

No pude terminar la frase, me interrumpieron unos golpes en la puerta. Alguien llamaba desde fuera. A deshora y con precisión. Me agarré a su brazo instintivamente.

—Pregunta quién es —susurró.

—Soy Gamboa, el ayudante del señor Da Silva. Traigo algo de su parte —anunció la voz desde el pasillo.

Con tres zancadas sigilosas, Marcus desapareció en el interior del cuarto de baño. Yo me acerqué con lentitud hasta la puerta, agarré el pomo y respiré varias veces. Después abrí fingiendo naturalidad y encontré a Gamboa sosteniendo algo ligero y aparatoso envuelto en capas de papel de seda. Tendí las manos para recoger aquello que aún no sabía qué era, pero no me lo entregó.

—Es mejor que las deje yo mismo sobre una superficie plana, son muy delicadas. Orquídeas —aclaró.

Dudé unos segundos. Aunque Marcus estuviera escondido en el baño, era una temeridad permitir que aquel hombre entrara en la habitación, pero, por otra parte, si me negaba a dejarle pasar, parecería que estaba ocultando algo. Y, en aquel momento, lo último que deseaba era levantar sospechas.

—Adelante —accedí por fin—. Déjelas encima del escritorio, por favor.

Y entonces me di cuenta. Y deseé que el suelo se abriera bajo mis pies y me tragara entera. Absorbida de un golpe, aspirada, desaparecida hasta la eternidad. Así no tendría que afrontar las consecuencias de lo que acababa de ver. En el centro de la estrecha mesa, entre el teléfono y una lámpara dorada, había algo inoportuno. Algo inmensamente inoportuno que no convenía que nadie viera allí. Y menos aún el empleado de confianza de Da Silva.

Rectifiqué tan rápido como lo advertí.

—O no, mejor aún póngalas aquí, sobre el banco a los pies de la cama.

Me obedeció sin el menor comentario, pero supe que él también se había dado cuenta. Cómo no. Lo que había encima de la madera pulida del escritorio era algo tan ajeno a mí y tan incongruente en una habitación ocupada por una mujer sola que por fuerza tuvo que llamarle la atención: el sombrero de Marcus.

Salió de su escondite en cuanto oyó la puerta cerrarse.

—Vete, Marcus. Vete de aquí, por favor —insistí mientras me esforzaba por anticipar el tiempo que Gamboa tardaría en contarle a su jefe lo que acababa de ver. Si Marcus cayó en la cuenta del desastre que su sombrero podría desencadenar, no lo demostró—. Deja de preocuparte por mí: mañana por la noche vuelvo a Madrid. Hoy será mi último día, a partir de...

—¿De verdad te vas mañana? —preguntó agarrándome por los hombros. A pesar de la ansiedad y el temor, una sensación de algo que llevaba mucho tiempo sin sentir me recorrió la espalda.

—Mañana por la noche, sí, en el Lusitania Express.

—¿Y no vas a volver a Portugal?

—No, de momento no tengo intención.

—¿Y a Marruecos?

—Tampoco. Me quedaré en Madrid, allí tengo ahora mi taller y mi vida.

Mantuvimos el silencio unos segundos. Probablemente los dos estuviéramos pensando lo mismo: qué mala suerte haber cruzado otra vez nuestros destinos en un tiempo tan turbulento, qué tristeza tener que mentirnos así.

—Cuídate mucho.

Asentí sin palabras. Llevó entonces la mano a mi rostro y recorrió lentamente la mejilla con un dedo.

—Fue una lástima que no llegáramos a acercarnos más en Tetuán, ¿verdad?

Me alcé de puntillas y pegué mi boca a su cara para darle un beso de despedida. Cuando le olí y me olió, cuando mi piel rozó su piel y mi aliento se volcó en su oído, le susurré la respuesta.

—Fue una lástima total y absoluta.

Salió sin un ruido y atrás quedé yo, en compañía de las orquídeas más hermosas que jamás volvería a ver; arrancándome a tirones las ganas de correr tras él para abrazarle mientras intentaba calibrar el resultado de aquel desatino.

61

Al aproximarnos comprobé que ya había varios coches aparcados en línea en un lateral. Grandes, brillantes, oscuros. Imponentes.

La quinta de Da Silva se encontraba en el campo, no demasiado lejos de Estoril, pero sí a la distancia suficiente como para que jamás lograra regresar por mí misma. Me fijé en algunas indicaciones: Guincho, Malveira, Colares, Sintra. Aun así, no tenía la menor idea de dónde estábamos.

João frenó con suavidad y los neumáticos rechinaron sobre la gravilla. Esperé a que me abriera la puerta. Saqué un pie primero, despacio; el otro después. Entonces vi su mano extendida hacia mí.

—Bienvenida a la Quinta da Fonte, Arish.

Salí del coche lentamente. El lamé dorado se me ceñía al cuerpo moldeando mi silueta, en el pelo llevaba una de las tres orquídeas que él mismo me había enviado por intermediación de Gamboa. Busqué al asistente con ojos rápidos mientras descendía, pero no estaba allí.

La noche olía a naranjos y a frescor de cipreses, los faroles de la fachada desprendían una luz que parecía derretirse sobre las piedras de la gran casa. Al ascender por las escaleras del porche agarrada de su brazo, comprobé que sobre la puerta de entrada había un monumental escudo de armas.

—El emblema de la familia Da Silva, supongo.

De sobra sabía que el abuelo tabernero difícilmente podría haber soñado con un escudo de abolengo, pero no creí que él notara la ironía.

Los invitados esperaban en un amplio salón cargado de muebles pesados con una gran chimenea apagada en un extremo. Los centros de flores repartidos por la estancia no lograban restar frialdad al ambiente. Tampoco contribuía a proporcionar una sensación cálida el incómodo silencio en el que se encontraban todos los presentes. Los conté con rapidez. Dos, cuatro, seis, ocho, diez. Diez personas, cinco parejas. Y Da Silva. Y yo. Doce en total. Como si me leyera el pensamiento, Manuel anunció:

—Aún falta alguien más, otro invitado alemán que no tardará en llegar. Ven, Arish, voy a presentarte.

La proporción, de momento, estaba casi equilibrada: tres pares de portugueses y dos de alemanes, mas aquel a quien se esperaba. Hasta ahí llegaba la simetría; sólo hasta ahí, porque todo lo demás era extrañamente disonante. Los alemanes vestían de oscuro: sobrios, discretos, a tono con el lugar y el evento. Sus esposas, sin mostrar una elegancia deslumbrante, lucían sus vestidos con clase y rezumaban saber estar. Los portugueses, sin embargo, eran harina de otro costal. Ellos y ellas, todos. Aunque los hombres llevaban trajes de buenos paños, su calidad se veía enturbiada por la escasa gallardía de las perchas que los portaban: cuerpos de hombres de campo, de piernas cortas, cuellos gruesos y manos anchas llenas de uñas rotas y callosidades. Los tres mostraban con ostentación un par de flamantes plumas estilográficas en el bolsillo superior de la chaqueta y, a poco que sonrieran, en sus bocas se distinguía el brillo de varios dientes de oro. Sus mujeres, también de hechuras vulgares, se esforzaban por mantener el equilibrio sobre lustrosos zapatos de tacón en los que apenas les cabían los pies hinchados; una de ellas llevaba un casquete pésimamente colocado; del hombro de otra colgaba una enorme estola de piel que se escurría hacia el suelo a cada momento. La tercera se limpiaba la boca con el dorso de la mano cada vez que comía un canapé.

Antes de llegar, pensaba erróneamente que Manuel me había invitado a su fiesta para lucirme delante de sus invitados: un objeto decorativo exótico que reforzaba su papel de macho poderoso y que tal vez podría servirle para entretener a las señoras asistentes hablando de moda y contando anécdotas sobre los altos cargos alemanes en España y otras banalidades de la misma intensidad. Sin embargo, nada más percibir el ambiente, supe que me había equivocado. Aunque me había recibido como a una invitada más, Da Silva no me había llevado allí de comparsa, sino para que le acompañara en el papel de maestra de ceremonias y le ayudara a pastorear con tino a aquella peculiar fauna. Mi papel sería hacer de bisagra entre las alemanas y las portuguesas; tender un puente sin el cual las señoras de ambos grupos habrían sido incapaces de cruzar nada más que miradas a lo largo de toda la noche. Si él tenía cuestiones importantes que solventar, lo último que en ese momento necesitaba a su alrededor eran unas cuantas mujeres aburridas y malhumoradas, ansiosas por que sus maridos las sacaran de allí. Para eso me quería, para que le echara una mano. Yo le lancé el guante el día anterior y él lo había recogido: ambos ganábamos algo.

Bien, Manuel, voy a darte lo que quieres, pensé. Espero que tú hagas lo mismo conmigo después. Y para que todo funcionara como él había previsto, hice con mis miedos una bola compacta, me la tragué, y saqué a pasear la cara más fascinadora de mi falsa personalidad. Con ella por bandera, extendí mi supuesto encanto hasta el infinito y derroché simpatía distribuyéndola de manera equilibrada entre las dos nacionalidades. Alabé el casquete y la estola de las mujeres de la Beira, hice un par de bromas que todos rieron, me dejé rozar el trasero por un portugués y elogié las excelencias del pueblo alemán. Sin pudor.

Hasta que por la puerta apareció una nube negra.

—Disculpen, amigos —anunció Da Silva—. Quiero presentarles a Johannes Bernhardt.

Estaba más envejecido, había engordado y perdido pelo, pero era, sin ninguna duda, el mismo Bernhardt de Tetuán. El que paseaba a menudo por la calle Generalísimo del brazo de una señora que en ese momento no le acompañaba. El que negoció con Serrano Suñer la instalación de antenas alemanas en territorio marroquí y acordó con él dejar a Beigbeder al margen de esos asuntos. El que nunca supo que yo los había oído tumbada en el suelo, oculta tras un sofá.

—Perdonen el retraso. El automóvil se nos ha averiado y hemos tenido que hacer una larga parada en Elvas.

Intenté ocultar mi desconcierto aceptando la copa que un camarero me ofreció mientras hacía cuentas precipitadamente: cuándo fue la última vez que coincidimos en algún lugar, cuántas veces me había cruzado con él por la calle, durante cuánto tiempo le vi aquella noche en la Alta Comisaría. Cuando Hillgarth me anunció que Bernhardt estaba instalado en la Península y dirigía la gran corporación que gestionaba los intereses económicos nazis en España, le dije que probablemente no me reconocería si alguna vez llegara a encontrarme con él. Ahora, sin embargo, no estaba tan segura.

Comenzaron las presentaciones y me coloqué de espaldas mientras los hombres hablaban, desviviéndome en apariencia por mostrarme encantadora con las señoras. El nuevo tema de conversación era la orquídea de mi pelo y, mientras doblaba las piernas y giraba la cabeza para dejar que todas la admiraran, me concentré en captar retazos de información. Registré los nombres de nuevo, así los recordaría con más seguridad: Weiss y Wolters eran los alemanes a los que Bernhardt, recién llegado de España, no conocía. Almeida, Rodrigues y Ribeiro los portugueses. Portugueses de la Beira, hombres de la montaña. Propietarios de minas; no, más correctamente pequeños propietarios de malas tierras en las que la divina providencia había puesto una mina. ¿Una mina de qué? Aún lo desconocía: a esas alturas seguía sin saber qué era la dichosa baba de lobo que Beatriz Oliveira mencionó en la iglesia. Y entonces, por fin oí la palabra ansiada: wolframio.

Del fondo de la memoria rescaté atropelladamente los datos que Hillgarth me facilitó en Tánger: se trataba de un mineral fundamental en la fabricación de proyectiles para la guerra. Y, enganchado a aquel recuerdo, recuperé otro más: en su compra a gran escala estaba implicado Bernhardt. Sólo que Hillgarth me había hablado de su interés por yacimientos en Galicia y Extremadura; probablemente entonces aún no podía prever que sus tentáculos acabarían cruzando la frontera, llegando a Portugal y entrando en negociaciones con un empresario traidor que había decidido dejar de suministrar a los ingleses para complacer las demandas de sus enemigos. Noté un temblor en las piernas y busqué cobijo en un sorbo de champán. Manuel da Silva no andaba metido en asuntos de compra y venta de seda, madera o algún otro producto colonial igualmente inocuo, sino en algo mucho más peligroso y siniestro: su nuevo negocio se centraba en un metal que serviría a los alemanes para reforzar su armamento y multiplicaría su capacidad para seguir matando.

Las invitadas me sacaron del ensimismamiento reclamando mi atención. Querían saber de dónde provenía aquella flor maravillosa que descansaba tras mi oreja izquierda, confirmar que era verdaderamente natural, saber cómo se cultivaba: mil preguntas que a mí no me interesaban en absoluto, pero que no pude evitar responder. Era una flor tropical; sí, verdaderamente natural, por supuesto; no, no tenía idea de si la Beira sería un buen sitio para cultivar orquídeas.

—Señoras, permítanme que les presente a nuestro último invitado —interrumpió de nuevo Manuel.

Contuve el aliento hasta que me llegó el turno. La última.

—Y ésta es mi querida amiga la señorita Arish Agoriuq.

Me miró sin parpadear un segundo. Dos. Tres.

—¿Nos conocemos?

Sonríe, Sira, sonríe, me exigí.

—No, creo que no —dije tendiéndole la mano derecha con languidez.

—A menos que hayan coincidido en algún sitio en Madrid —apuntó Manuel. Afortunadamente, no parecía conocer a Bernhardt lo suficiente como para saber que en algún momento de su pasado había vivido en Marruecos.

—¿En Embassy, tal vez? —sugerí.

—No, no; estoy muy poco en Madrid últimamente. Viajo mucho y a mi mujer le gusta el mar, así que estamos instalados en Denia, cerca de Valencia. No, su cara me resulta familiar de algún otro sitio, pero...

Me salvó el mayordomo. Señoras, señores, la cena está servida.

En ausencia de anfitriona consorte, Da Silva se saltó el protocolo y me situó en una cabecera de la mesa. En la otra, él. Intenté ocultar mi inquietud volcándome en atenciones con los invitados, pero la sensación de angustia era tal que apenas pude comer. Al sobresalto generado por la visita de Gamboa a mi habitación, se habían unido la llegada imprevista de Bernhardt y la constancia del sucio negocio en el que Da Silva andaba enfangado. Por si no tuviera suficiente con aquello, también se me exigía mantener el porte e impostar el papel de señora de la casa.

La sopa llegó en sopera de plata, el vino, en decantadores de cristal y el marisco, en enormes bandejas rebosantes de crustáceos. Hice malabares para resultar atenta con todos. Indiqué disimuladamente a las portuguesas qué cubiertos debían usar en cada momento e intercambié frases con las alemanas: sí, por supuesto que conocía a la baronesa Stohrer; sí, y a Gloria von Fürstenberg también; claro, claro que sabía que Horcher estaba a punto de abrir sus puertas en Madrid. La cena transcurrió sin incidentes y Bernhardt, por ventura, no volvió a prestarme atención.

—Bien, señoras, y ahora, si no les importa, los señores vamos a retirarnos a charlar —anunció Manuel tras el postre.

Me contuve retorciendo el mantel entre los dedos. No podía ser, no podía hacerme eso. Yo ya había cumplido con mi parte; ahora me correspondía recibir. Había complacido a todos, me había comportado como una anfitriona ejemplar sin serlo y necesitaba una compensación. En el momento en que iban a centrarse en lo que más me interesaba, no podía dejar que se me escaparan. Afortunadamente, el vino había acompañado a los platos sin la menor moderación y los ánimos parecían haberse destensado. Sobre todo, los de los portugueses.

—¡No, hombre, no, Da Silva, por Dios! —gritó uno de ellos dándole una sonora palmada en la espalda—. ¡No sea usted tan antiguo, amigo! ¡En el mundo moderno de la capital, los hombres y las mujeres van juntos a todas partes!

Titubeó un segundo Manuel; a todas luces prefería mantener el resto de la conversación en privado, pero los de la Beira no le dieron opción: se levantaron ruidosamente de la mesa y se dirigieron de nuevo al salón con el ánimo exaltado. Uno de ellos pasó un brazo por los hombros de Da Silva, otro me ofreció el suyo a mí. Parecían exultantes una vez superado el retraimiento inicial de verse recibidos en la gran casa de un hombre rico. Aquella noche iban a cerrar un trato que les permitiría dar un portazo a la miseria para ellos, sus hijos y los hijos de sus hijos; no había razón alguna para hacerlo a espaldas de sus propias mujeres.

Sirvieron café, licores, tabaco y bombones; recordé que de la compra de éstos se había encargado Beatriz Oliveira. También de los centros de flores, elegantes sin ostentación. Supuse que había sido ella quien eligió las orquídeas que recibí aquella misma tarde y volví a sentir un estremecimiento al rememorar la inesperada visita de Marcus.

Un estremecimiento doble. De afecto y gratitud hacia él por preocuparse por mí de esa manera; de temor una vez más por el recuerdo del incidente del sombrero ante los ojos del ayudante. Gamboa seguía sin dejarse ver; quizá, con un poco de suerte, estaría cenando un guiso casero con su familia, oyendo a su mujer quejarse por los precios de la carne y olvidándose de que había detectado la presencia de otro hombre en la habitación de la extranjera a la que su patrón cortejaba.

Aunque no consiguió separarnos en distintas estancias, al menos Manuel logró que nos sentáramos en zonas diferentes. Los hombres lo hicieron en un extremo de la amplia sala, en sillones de cuero frente a la chimenea apagada. Las mujeres, junto a un gran ventanal volcado sobre el jardín.

Comenzaron a hablar mientras nosotras halagábamos la calidad de los chocolates. Los alemanes abrieron la conversación planteando sus cuestiones con tono sobrio a la vez que yo me esforzaba por agudizar el oído y anotaba mentalmente todo lo que desde la distancia iba oyendo. Pozos, concesiones, permisos, toneladas. Los portugueses ponían pegas y objeciones, subiendo el volumen, hablando deprisa. Posiblemente los primeros quisieran sacarles hasta las asaduras y los hombres de la Beira, montañeses rudos acostumbrados a no fiarse ni de su padre, no estaban por la labor de dejarse comprar a cualquier precio. El ambiente, por suerte para mí, se fue caldeando. Las voces eran ahora plenamente audibles, a veces hasta explosivas. Y mi cabeza, como una máquina, no paró de registrar lo que decían. Aunque no acababa de tener una idea completa de todo lo que allí se estaba negociando, sí pude absorber una gran cantidad de datos sueltos. Galerías, espuertas y camiones, perforaciones y vagonetas. Wolframio libre y wolframio controlado. Wolframio de calidad, sin cuarzo ni piritas. Impuesto sobre exportaciones. Seiscientos mil escudos por tonelada, tres mil toneladas por año. Pagarés, lingotes de oro y cuentas en Zúrich. Y además logré algunas tajadas suculentas, porciones completas de información. Como que Da Silva llevaba semanas moviendo hábilmente los hilos para aunar a los principales propietarios de yacimientos con el fin de que se volcaran a negociar con los alemanes en exclusiva. Como que, si todo marchaba según lo previsto, en menos de dos semanas bloquearían de golpe y en conjunto todas las ventas a los ingleses.

Las cantidades de dinero de las que hablaban me permitieron entender el aspecto de nuevos ricos de los wolframistas y sus mujeres. Aquello estaba convirtiendo a humildes campesinos en prósperos propietarios sin tener siquiera que trabajar: las plumas estilográficas, los dientes de oro y las estolas de piel no eran más que una pequeña muestra de los millones de escudos que iban a obtener si permitían a los alemanes perforar sus tierras sin impedimentos.

La noche avanzaba y, a medida que en mi mente se iba perfilando la verdadera envergadura de aquel negocio, mis temores aumentaron también. Lo que estaba oyendo era tan privado, tan atroz y tan comprometido que preferí no imaginar las consecuencias a las que habría de enfrentarme si Manuel da Silva llegara a enterarse de quién era yo y para quién trabajaba. La conversación entre los hombres se mantuvo a lo largo de casi dos horas, pero, a medida que ésta se agitaba, la reunión de mujeres iba decayendo. Cada vez que percibía que la negociación se enroscaba en algún punto sin aportar nada nuevo, volvía a concentrarme en sus esposas, pero las mujeres portuguesas hacía rato que se habían desentendido de mí y de mis esfuerzos por mantenerlas entretenidas, y daban ya cabezadas incapaces de contener el sueño. En su crudo día a día rural, probablemente se acostaran al caer el sol y se levantaran al alba para dar de comer a los animales y atender las faenas del campo y la cocina; aquel trasnoche cargado de vino, bombones y opulencia superaba con mucho lo que podían soportar. Me centré entonces en las alemanas, pero tampoco ellas parecían excesivamente comunicativas: una vez revisados los lugares comunes, nos faltaban afinidad y capacidades lingüísticas para seguir manteniendo avivada la charla.

Me estaba quedando sin audiencia y sin recursos: mi papel de anfitriona ayudante se estaba desvaneciendo, tenía que pensar en alguna manera de que aquello no muriera del todo y, a la vez, debía esforzarme por mantenerme alerta y seguir absorbiendo información. Y entonces, al fondo, en el lado masculino del salón, estalló una gran carcajada colectiva. Después vinieron choques de manos, abrazos y parabienes. El trato estaba cerrado.

62

—Vagón de Gran Clase, compartimento número ocho.

—¿Estás segura?

Le mostré el billete.

—Perfecto. Te acompaño.

—No es necesario, de verdad.

No me hizo caso.

A las maletas con las que llegué a Lisboa se le habían unido varias sombrereras y dos grandes bolsones de viaje cargados de caprichos; todo había salido aquella tarde anticipadamente desde el hotel. El resto de las compras para el taller irían llegando a lo largo de los días siguientes enviadas directamente desde los proveedores. Como equipaje de mano, me quedó sólo un maletín con lo necesario para pasar la noche. Y con algo más: el cuaderno de dibujo cargado de información.

Manuel, nada más bajar del coche, insistió en llevar el maletín.

—Apenas pesa, no hace falta —dije intentando no desprenderme de él.

Perdí la batalla antes de empezarla, sabía que no podía insistir. Entramos en el vestíbulo como la pareja más elegante de la noche: yo envuelta en todo mi glamour y él portando sin saberlo las pruebas de su traición. La estación de Santa Apolonia, con su aspecto de gran caserón, acogía el gota a gota de viajeros con destino nocturno a Madrid. Parejas, familias, amigos, hombres solos. Algunos parecían dispuestos a marchar con la frialdad o la indiferencia de quien se aleja de algo que no le ha dejado mella; otros, en cambio, derramaban lágrimas, abrazos, suspiros y promesas de futuro que tal vez nunca iban a cumplir. Yo no encajaba en ninguna de las dos categorías: ni en la de los desapegados, ni en la de los sentimentales. Mi naturaleza era de otro tipo. La de los que huían; la de aquellos que ansiaban poner tierra por medio, sacudirse el polvo de las suelas y olvidar para siempre lo que dejaban atrás.

Había pasado la mayor parte del día en mi habitación preparando el regreso. Supuestamente. Descolgué la ropa de las perchas, vacié los cajones y lo guardé todo en las maletas, sí. Pero aquello no me ocupó demasiado; el resto del tiempo que pasé encerrada lo dediqué a algo más trascendente: a trasladar a miles de pequeños pespuntes esbozados a lápiz toda la información que capté en la quinta de Da Silva. La tarea me llevó horas infinitas. Empecé con ella nada más regresar al hotel entrada ya la madrugada, cuando aún mantenía fresco en la mente todo lo escuchado; había tantas decenas de detalles que una gran parte corría el peligro de diluirse en el olvido si no lo anotaba inmediatamente. Apenas dormí tres o cuatro horas; en cuanto me desperté, me dispuse a completar el trabajo. A lo largo de la mañana y de las primeras horas de la tarde, dato a dato, apunte a apunte, vacié mi cabeza sobre el cuaderno hasta conformar un arsenal de mensajes breves y rigurosos. El resultado lo componían más de cuarenta supuestos patrones plagados de nombres, cifras, fechas, lugares y operaciones, acumulados todos entre las páginas de mi inocente cuaderno de dibujo. Patrones de mangas, de puños y espaldas, de cinturillas, talles y delanteros; perfiles de partes y secciones de prendas que nunca iba a coser, entre cuyos bordes se escondían los entresijos de una macabra transacción comercial destinada a facilitar el avance demoledor de las tropas alemanas.

A media mañana sonó el teléfono. La llamada me sobresaltó, tanto que una de las rayas telegráficas que estaba marcando en ese mismo momento se convirtió en un trazo brusco y torcido que después hube de borrar.

—¿Arish? Buenos días, soy Manuel. Espero no haberte despertado.

Estaba bien despierta: duchada, ocupada y alerta; llevaba varias horas trabajando, pero desfiguré la voz para sonar adormilada. Bajo ningún concepto debía dejarle entrever que lo que vi y oí la noche anterior me había provocado una catarata de actividad irrefrenable.

—No te preocupes, debe de ser ya tardísimo... —mentí.

—Casi mediodía. Sólo llamaba para darte las gracias por asistir a mi reunión de anoche y por portarte como lo hiciste con las esposas de mis amigos.

—No hay nada que agradecer. Fue una noche muy agradable para mí también.

—¿Seguro? ¿No te aburriste? Ahora me arrepiento de no haberte prestado un poco más de atención.

Cuidado, Sira, cuidado. Te está tanteando, pensé. Gamboa, Marcus, el sombrero olvidado, Bernhardt, el wolframio, la Beira, todo se acumulaba en mi cabeza con la frialdad de un cristal helado mientras yo seguía impostando una voz despreocupada y llena aún de sueño.

—No, Manuel, no te preocupes, de verdad. Las conversaciones con las esposas de tus amigos me mantuvieron muy entretenida.

—Bueno, ¿y qué tienes previsto hacer en tu última jornada en Portugal?

—Nada en absoluto. Darme un largo baño y preparar el equipaje. No pienso salir del hotel en todo el día.

Esperaba que esta respuesta le complaciese. Si Gamboa le había informado y él suponía que yo me veía con algún hombre a sus espaldas, tal vez mi prolongada permanencia entre las paredes del hotel le hiciera despejar las sospechas. Obviamente, mi palabra no iba a serle suficiente: ya se encargaría él de que alguien tuviera vigilada mi habitación y quizá controlara también las llamadas telefónicas, pero, a excepción de él mismo, no tenía intención de hablar con nadie más. Sería una buena chica: no me movería del hotel, no usaría el teléfono y no recibiría ninguna visita. Me dejaría ver sola y aburrida en el restaurante, en la recepción y en los salones y, a la hora de marcharme, lo haría a ojos de todos los clientes y empleados acompañada tan sólo por mi equipaje. O eso pensaba hasta que él me propuso otra cosa.

—Te mereces un descanso, claro que sí. Pero no quiero que te vayas sin despedirme de ti antes. Déjame que te acompañe a la estación, ¿a qué hora sale tu tren?

—A las diez —repliqué. Malditas las ganas que tenía de volver a verle.

—Pasaré por tu hotel a las nueve entonces, ¿de acuerdo? Me gustaría poder hacerlo antes, pero voy a estar todo el día ocupado...

—No te preocupes, Manuel, a mí también me llevará tiempo organizar mis cosas. Mandaré el equipaje a la estación a media tarde, después te esperaré.

—A las nueve entonces.

—A las nueve estaré lista.

En lugar del Bentley de João, hallé un flamante Aston Martin deportivo. Sentí un nudo de angustia cuando comprobé que el viejo *chauffeur* no aparecía por ningún sitio: la idea de que estuviésemos a solas me causaba intranquilidad y rechazo. A él, aparentemente, no le pasaba lo mismo.

No observé ningún cambio en su actitud hacia mí, ni mostró la menor señal de suspicacia: estuvo como siempre, atento, ameno y seductor, como si todo su mundo girara alrededor de aquellos rollos de hermosas sedas de Macao que me mostró en su despacho y nada tuviera que ver con la obscena negrura de las minas de wolframio. Recorrimos por última vez la Estrada Marginal y atravesamos veloces las calles de Lisboa haciendo volver las cabezas de los viandantes. Entramos en el andén veinte minutos antes de la salida, él insistió en subir conmigo al tren y acompañarme hasta el compartimento. Recorrimos el pasillo lateral, yo delante, él detrás, apenas a un paso de mi espalda, cargando aún mi pequeño maletín en el que las pruebas de su sucia deslealtad se mezclaban con inocentes productos de aseo, cosméticos y lencería.

—Número ocho, creo que hemos llegado —anuncié.

La puerta abierta mostraba un compartimento elegante e impoluto. Paredes forradas de madera, cortinas descorridas, el asiento en su sitio y la cama aún sin preparar.

—Bueno, mi querida Arish, ha llegado la hora de la despedida —dijo mientras dejaba el maletín en el suelo—. Ha sido un verdadero placer conocerte, no me va a resultar nada fácil acostumbrarme a no tenerte cerca.

Su afecto parecía auténtico; tal vez mis conjeturas sobre la acusación de Gamboa carecieran al final de fundamento. Tal vez me había alarmado exageradamente. Tal vez nunca pensó en decir nada a su patrón y éste aún mantenía sin fisuras su aprecio por mí.

—Ha sido una estancia inolvidable, Manuel —dije extendiendo las manos hacia él—. La visita no ha podido ser más satisfactoria, mis clientas van a quedar impresionadas. Y tú te has ocupado de hacerlo todo tan fácil y grato que no sé cómo agradecértelo.

Me agarró las manos y las retuvo cobijadas en las suyas. Y a cambio recibió la más esplendorosa de mis sonrisas, una sonrisa tras la cual se escondían unas ganas inmensas de que cayera el telón de aquella farsa. En apenas unos minutos el jefe de estación tocaría su silbato y bajaría la bandera, y el Lusitania Express empezaría a rodar sobre los raíles y a alejarse del Atlántico rumbo al centro de la Península. Atrás, para siempre, quedarían Manuel da Silva y sus macabros negocios, la alborotada Lisboa y todo aquel universo de extraños.

Los últimos viajeros subían al tren apresurados, cada pocos segundos teníamos que cederles el paso apoyándonos contra las paredes del vagón.

—Será mejor que te vayas, Manuel.

—Creo que sí, que tengo que irme ya.

Había llegado el momento de acabar con aquella pantomima de despedida, de entrar en el compartimento y recobrar mi intimidad. Sólo necesitaba que él se evaporara, todo lo demás estaba ya en orden. Y entonces, inesperadamente, noté su mano izquierda en mi nuca, su brazo derecho rodeándome los hombros, el sabor cálido y extraño de su boca en la mía y un estremecimiento recorriéndome el cuerpo de la cabeza a los pies. Fue un beso intenso; un beso poderoso y largo que me dejó confusa, desarmada y sin capacidad de reacción.

—Buen viaje, Arish.

No pude contestar, no me dio tiempo. Antes de encontrar palabras, se había ido.

63

Me dejé caer en el asiento mientras a mi cabeza regresaban como en una pantalla de cine los acontecimientos de los últimos días. Rememoré los argumentos y los escenarios, y me pregunté cuántos de los personajes de aquella extraña película se volverían a cruzar en mi vida y a quiénes ya no vería nunca más. Recapitulé los finales de cada una de las tramas: felices los menos, inconclusos los más. Y cuando el metraje estaba a punto de acabar, todo se llenó con la última escena: el beso de Manuel da Silva. Aún conservaba en la boca su sabor, pero me sentía incapaz de colgarle un adjetivo. Espontáneo, apasionado, cínico, sensual. Quizá todos me servían. Quizá ninguno.

Me incorporé en el asiento y miré tras el cristal mecida ya por el suave traqueteo del tren. Ante mis ojos pasaron veloces las últimas luces de Lisboa, haciéndose cada vez menos densas y más dilatadas, esparciéndose difusas hasta llenar el paisaje de oscuridad. Me levanté, necesitaba airearme. Hora de cenar.

Encontré el vagón restaurante casi lleno ya. Lleno de presencias, de olor a comida, ruido de cubiertos y conversaciones. Tardaron tan sólo unos minutos en acomodarme; elegí el menú y pedí vino para celebrar mi libertad. Maté el tiempo mientras me servían anticipando la llegada a Madrid y figurándome la reacción de Hillgarth al enterarse de los resultados de mi misión. Probablemente jamás habría imaginado que ésta acabaría siendo tan productiva.

El vino y la comida llegaron a la mesa pronto, pero, para cuando lo hicieron, ya tenía la certeza de que aquella cena no iba a ser placentera. La suerte había querido colocarme cerca de un par de groseros individuos que no dejaron de mirarme con descaro desde el momento en que me senté. Dos tipos de aspecto burdo que desentonaban con el sereno ambiente de nuestro alrededor. Sobre la mesa tenían un par de botellas de vino y una multitud de platos que devoraban como si el mundo fuera a acabarse aquella misma noche. Apenas disfruté el *bacalhau à Brás;* el mantel de hilo, la copa tallada y la ceremoniosa diligencia de los camareros quedaron pronto relegados a un segundo plano. Mi prioridad pasó a ser engullir cuanto antes la comida para volver a mi compartimento y librarme de aquella ingrata compañía.

Lo encontré con las cortinillas corridas y la cama preparada, dispuesto todo para la noche. El tren quedaría poco a poco apaciguado y silencioso; sin darnos cuenta casi, dejaríamos Portugal y cruzaríamos la frontera. Caí entonces en la cuenta de la falta de sueño que llevaba acumulada. La madrugada anterior la pasé casi en blanco transcribiendo mensajes, la anterior a la anterior la dediqué a visitar a Rosalinda. Mi pobre cuerpo necesitaba un respiro, así que decidí acostarme inmediatamente.

Abrí el equipaje de mano, pero no tuve tiempo de sacar nada de él porque una llamada a la puerta me obligó a parar.

—Billetes —oí. Abrí cautelosa y comprobé que era el revisor. Pero, sin él saberlo probablemente, me di cuenta también de que no estaba solo en el pasillo. A espaldas del concienzudo ferroviario, apenas a unos metros de distancia, distinguí dos sombras tambaleándose al ritmo del movimiento del tren. Dos sombras inconfundibles: las de los hombres que me habían importunado durante la cena.

Apestillé la puerta tan pronto como el revisor remató su trámite con el firme propósito de no volver a abrirla hasta llegar a Madrid. Lo último que deseaba tras la dura experiencia de Lisboa era un par de viajeros impertinentes sin más entretenimiento que pasarse la noche molestándome. Me dispuse por fin a prepararme para dormir, estaba agotada física y mentalmente, necesitaba olvidarme de todo aunque fuera por unas horas.

Empecé entonces a sacar del neceser lo que necesitaba: el cepillo de dientes, una jabonera, la crema de noche. A los pocos minutos noté que el tren perdía velocidad; nos acercábamos a una estación, la primera del viaje. Descorrí la cortinilla de la ventana. «Entroncamento», leí.

Apenas unos segundos más tarde, volvieron a tocar con los nudillos en mi puerta. Con fuerza, con insistencia. Aquél no era el modo de llamar del revisor. Me quedé quieta, con la espalda pegada a la puerta, dispuesta a no responder. Intuí que serían los hombres del vagón restaurante y bajo ningún concepto pensaba abrirles.

Pero volvieron a llamar. Más fuerte aún. Y entonces oí mi nombre al otro lado. Y reconocí la voz.

Descorrí el pestillo.

—Tienes que bajar del tren. Da Silva tiene dos hombres dentro. Vienen a por ti.

—¿El sombrero?

—El sombrero.

64

El pánico se enroscó con las ganas de reír a carcajadas. A carcajadas amargas y siniestras. Qué extrañas son las sensaciones, cómo nos engañan. Un simple beso de Manuel da Silva había hecho tambalear mis convicciones sobre su negra moral y, apenas una hora más tarde, descubría que había dado orden de que acabaran conmigo y arrojaran mi cuerpo a la noche por la ventanilla de un tren. El beso de Judas.

—No hace falta que cojas nada, sólo tu documentación —advirtió Marcus—. Lo recuperarás todo en Madrid.

—Hay algo que no puedo dejar.

—No puedes llevar nada, Sira. No hay tiempo, el tren está a punto de salir otra vez; si no nos apresuramos, vamos a tener que saltar en marcha.

—Sólo un segundo... —Me acerqué al maletín y saqué su contenido a manos llenas. El camisón de seda, una zapatilla, el cepillo del pelo, una botella de agua de colonia: todo quedó esparcido sobre la cama y el suelo, como arrojado por el arrebato de un demente o la fuerza de un tornado. Hasta que alcancé lo que buscaba en el fondo: el cuaderno con los falsos patrones, la constatación milimétricamente pespunteada de la traición de Manuel da Silva a los británicos. Lo apreté con fuerza contra el pecho.

—Vámonos —dije mientras cogía el bolso con la otra mano. Tampoco podía dejarlo atrás, llevaba el pasaporte dentro.

Salimos precipitados al pasillo en el momento en que sonaba el silbido; cuando llegamos a la puerta, la locomotora ya había respondido con el suyo y el tren empezaba a ponerse en movimiento. Bajó Marcus primero mientras yo arrojaba al andén el cuaderno, el bolso y los zapatos; imposible intentarlo con ellos puestos, me rompería un tobillo en cuanto tocara el suelo. Después me tendió la mano, la agarré y salté.

Los gritos furibundos del jefe de estación tardaron sólo unos instantes en oírse, lo vimos correr hacia nosotros a la vez que hacía grandes aspavientos con los brazos. Dos ferroviarios salieron del interior alertados por sus voces; el tren, entretanto, ajeno a lo que atrás dejaba, avanzaba ganando velocidad.

—Vamos, Sira, vamos, tenemos que irnos de aquí —apremió Marcus.

Recogió uno de mis zapatos y me lo tendió, después el otro. Los mantuve entre las manos, pero no me los puse: tenía la atención concentrada en otro asunto. Los tres empleados, mientras, se habían arremolinado a nuestro alrededor y aportaban a la reprimenda su peculiar visión del incidente, al tiempo que el jefe de estación nos recriminaba por nuestro comportamiento con gritos y gestos airados. Un par de mendigos se acercó a curiosear, a los pocos segundos la cantinera y un joven camarero se sumaron al grupo preguntando qué había pasado.

Y entonces, en medio de aquel caos de apremios, ánimos alterados y voces superpuestas, oímos el chillido afilado del tren al frenar.

Todo en el andén quedó de repente callado e inmóvil, como cubierto por una sábana de quietud mientras las ruedas rechinaban sobre los raíles con un sonido agudo y prolongado.

Marcus fue el primero en hablar.

—Han accionado la alarma. —Su voz se hizo más grave, más imperiosa—. Se han dado cuenta de que hemos saltado. Vamos, Sira, hay que salir de aquí ahora mismo.

Automáticamente, el grupo entero se puso de nuevo en acción. Volvieron los bramidos, las órdenes, los pasos sin destino y los gestos iracundos.

—No podemos irnos —repliqué dando vueltas sobre mí misma a la vez que barría el suelo con la mirada—. No encuentro mi cuaderno.

—¡Olvídate del maldito cuaderno, por Dios! —gritó furioso—. ¡Vienen a por ti, Sira, tienen orden de matarte!

Noté que me agarraba el brazo y tiraba de mí, dispuesto a sacarme de allí aunque fuera a rastras.

—No lo entiendes, Marcus: tengo que encontrarlo como sea, no podemos dejarlo atrás —insistí mientras seguía buscando. Hasta que distinguí algo—. ¡Está ahí! ¡Ahí! —grité intentando zafarme mientras señalaba algo en medio de la oscuridad—. ¡Ahí, en la vía!

El sonido chirriante de los frenos se fue debilitando y el tren quedó por fin parado con las ventanillas llenas de cabezas asomadas. Las voces y los gritos de los pasajeros se sumaron a la bronca incesante de los ferroviarios. Y entonces los vimos. Dos sombras caídas de un vagón corriendo hacia nosotros.

Calculé las distancias y los tiempos. Aún podría bajar y recoger el cuaderno, pero volver a subir al andén me costaría mucho más: la altura era considerable y las piernas probablemente no me dieran para tanto. De todas maneras, tenía que intentarlo: debía recuperar los patrones como fuera, no podía volver a Madrid sin todo lo que en ellos había dejado transcrito. Noté entonces los brazos de Marcus agarrándome con fuerza por la espalda. Me apartó del borde casi en volandas y saltó a la vía.

A partir del momento exacto en que cogí el cuaderno, todo fueron carreras enloquecidas. Carreras recorriendo el andén transversalmente, carreras resonando sobre las baldosas del vestíbulo vacío, carreras cruzando la oscura explanada frente a la estación. Hasta llegar al automóvil. De la mano y rasgando la noche, como en los tiempos que dejamos atrás.

—¿Qué demonios tienes en ese cuaderno que has hecho que nos juguemos la vida por él? —preguntó intentando recuperar el aliento mientras arrancaba con un potente acelerón.

Con la respiración entrecortada, me arrodillé sobre el asiento para mirar hacia atrás. Entre el polvo levantado por las ruedas traseras distinguí a los hombres del tren corriendo hacia nosotros con toda su energía. Sólo nos separaban unos metros al principio, pero la distancia se fue poco a poco dilatando. Hasta que vi cómo se rendían. Uno primero, ralentizando los movimientos hasta quedar parado y aturdido con las piernas separadas y las manos en la cabeza, como si no diera crédito a lo que acababa de suceder. El otro aguantó unos metros más, pero tampoco tardó en perder potencia. Lo último que vi fue que se inclinaba hacia delante y, agarrándose el vientre, vomitaba lo que con tanta ansia había comido un rato antes.

Cuando tuve la certeza de que ya no nos seguían, volví a sentarme y, respirando aún con dificultad, contesté a la pregunta de Marcus.

—Los mejores patrones que he hecho en mi vida.

65

—Gamboa, en efecto, sospechó algo cuando te llevó las orquídeas, así que aguardó medio escondido y esperó a comprobar quién era el dueño del sombrero que había sobre el escritorio. Y entonces me vio salir de tu habitación. Me conoce de sobra, he estado en las oficinas de la empresa varias veces. Después fue con la información en busca de Da Silva, pero su jefe no quiso atenderle; le dijo que estaba ocupado con un asunto importante, que ya hablarían por la mañana. Y así lo han hecho hoy. Y cuando Da Silva ha sabido de qué se trataba, ha montado en cólera, le ha despedido y ha empezado a actuar.

—¿Y cómo has sabido tú todo esto?

—Porque el mismo Gamboa me ha buscado esta tarde. Está desquiciado, tiene un miedo atroz y busca desesperadamente a alguien que le proteja; por eso ha pensado que tal vez podría sentirse más seguro acercándose a los ingleses con los que antes mantenían excelentes relaciones. Tampoco sabe en qué anda metido Da Silva porque él se lo oculta incluso a su gente de confianza, pero su actitud me ha hecho temer por ti. En cuanto he hablado con Gamboa, he ido a tu hotel, pero ya te habías marchado. He llegado a la estación en el momento en que el tren salía y al ver en la distancia a Da Silva solo en el andén, he creído que todo estaba en orden. Hasta que, en el último segundo, me he fijado en que hacía un gesto a dos hombres asomados a una ventanilla.

—¿Qué gesto?

—Un ocho. Con los cinco dedos de una mano y tres de la otra.

—El número de mi compartimento...

—Era el único detalle que les faltaba. Todo lo demás ya estaba acordado.

Me invadió una sensación extraña. De pavor mezclado con alivio, de debilidad e ira a la vez. El sabor de la traición, quizá. Pero sabía que no tenía razones para sentirme traicionada. Yo había engañado a Manuel encubierta tras una actitud banal y seductora, y él me lo había intentado devolver sin ensuciarse las manos ni perder una pizca de su elegancia. Deslealtad por deslealtad, así funcionaban las cosas.

Seguíamos avanzando por carreteras polvorientas, superando baches y socavones, atravesando pueblos dormidos, aldeas desoladas y terrenos baldíos. La única luz que vimos a lo largo de kilómetros y kilómetros de camino fue la de los faros de nuestro propio coche abriéndose paso en la densa oscuridad, ni siquiera había luna. Marcus intuía que los hombres de Da Silva no iban a quedarse en la estación, que tal vez encontraran la manera de seguirnos. Por eso continuó conduciendo sin reducir la velocidad, como si aún lleváramos a aquellos dos indeseables pegados al guardabarros.

—Estoy casi seguro de que no van a atreverse a entrar en España, se meterían en un terreno desconocido en el que no controlan las normas del juego. De su particular juego. Pero no debemos bajar la guardia hasta cruzar la frontera.

Habría sido lógico que Marcus me cuestionara sobre las razones de Da Silva para intentar eliminarme con aquella sordidez tras haberme tratado tan obsequiosamente días atrás. Él mismo nos había visto cenar y bailar en el casino, sabía que yo me desplazaba en su coche a diario y que recibía regalos suyos en mi hotel. Quizá aguardaba algún comentario sobre la naturaleza de mi supuesta relación con Da Silva, quizá una explicación acerca de lo que entre nosotros había pasado, una aclaración que arrojara alguna luz sobre el porqué de su perverso encargo cuando estaba a punto de abandonar su país y su vida. Pero de mi boca no salió ni una palabra.

Continuó él hablando sin perder la concentración en el volante, aportando apuntes e interpretaciones a la espera de que en algún momento yo me decidiera a añadir algo.

—Da Silva —prosiguió— te abrió de par en par las puertas de su casa y te dejó ser testigo de todo lo que allí pasara anoche, algo que yo desconozco.

No repliqué.

—Y que tú no pareces tener intención de contar.

Efectivamente, no la tenía.

—Ahora está convencido de que te acercaste a él porque actúas por encargo de alguien y sospecha que no eres una simple modista extranjera que ha aparecido en su vida por casualidad. Cree que te aproximaste a él porque tenías como objetivo indagar en sus asuntos, pero está equivocado al intuir para quién trabajas porque, tras el chivatazo de Gamboa, asume erróneamente que lo haces para mí. En cualquier caso, le interesa que mantengas la boca cerrada. A ser posible, para siempre.

Seguí sin decir nada; preferí ocultar mis pensamientos tras una actitud de fingida inconsciencia. Hasta que mi quietud resultó insoportable para los dos.

—Gracias por protegerme, Marcus —musité entonces.

No le engañé. Ni le engañé, ni le enternecí, ni le conmoví con mi falso candor.

—¿Con quién estás en esto, Sira? —preguntó lentamente sin despegar la vista de la carretera.

Me giré y contemplé su perfil en la penumbra. La nariz afilada, la mandíbula fuerte; la misma determinación, la misma seguridad. Parecía el mismo hombre de los días de Tetuán. Parecía.

—¿Con quién estás tú, Marcus?

En el asiento trasero, invisible pero cercana, se instaló con nosotros una pasajera más: la suspicacia.

Cruzamos la frontera pasada la medianoche. Marcus enseñó su pasaporte británico y yo el mío marroquí. Noté que se fijaba en él, pero no hizo ninguna pregunta. No encontramos rastro aparente de los hombres de Da Silva, tan sólo un par de policías somnolientos con pocas ganas de perder el tiempo con nosotros.

—Tal vez deberíamos encontrar un sitio donde dormir ahora que ya estamos en España y sabemos que no nos han seguido ni nos han adelantado. Mañana puedo coger un tren y tú volver a Lisboa —propuse.

—Prefiero continuar hasta Madrid —respondió entre dientes.

Seguimos avanzando sin cruzarnos con un solo vehículo, cada cual absorto en sus pensamientos. La suspicacia había traído el recelo y el recelo nos llevó al silencio: un silencio denso e incómodo, preñado de desconfianza. Un silencio injusto. Marcus acababa de sacarme a rastras del peor trance de mi vida e iba a conducir la noche entera sólo por dejarme a salvo en mi destino, y yo se lo pagaba escondiendo la cabeza y negándome a darle cualquier pista que le ayudara a salir de su desconcierto. Pero no podía hablar. No debía decirle nada aún, necesitaba antes confirmar lo que llevaba sospechando desde que Rosalinda me abrió los ojos en nuestra conversación de madrugada. O tal vez sí. Quizá pudiera comentarle algo. Un fragmento de la noche anterior, un retazo, una clave. Algo que nos sirviera a los dos: a él para saciar su curiosidad al menos parcialmente y a mí para dejar bien abonado el terreno a la espera de ratificar mis presentimientos.

Habíamos pasado Badajoz y Mérida. Llevábamos callados desde el puesto fronterizo, arrastrando la mutua desconfianza por carreteras desfondadas y puentes romanos.

—¿Te acuerdas de Bernhardt, Marcus?

Me pareció que los músculos de los brazos se le tensaban y que sus dedos se aferraban con más fuerza al volante.

—Sí, claro que me acuerdo.

El interior oscuro del coche se llenó de repente de imágenes y olores de aquel día compartido a partir del cual ya nada fue igual entre nosotros. Una tarde de verano marroquí, mi casa de Sidi Mandri, un supuesto periodista esperándome junto al balcón. Las calles abarrotadas de Tetuán, los jardines de la Alta Comisaría, la banda jalifiana entonando himnos con brío, jazmines y naranjos, galones y uniformes. Rosalinda ausente y un Beigbeder entusiasta ejerciendo de gran anfitrión, inconsciente aún de que, con el paso del tiempo, aquel a quien entonces homenajeaba acabaría cortándole de un tajo la cabeza y echándola a rodar. Un grupo de espaldas alemanas formaba un corro alrededor del invitado de ojos de gato y mi acompañante me pidió ayuda para captar información clandestina. Otro tiempo, otro país y todo, en el fondo, casi igual. Casi.

—Ayer estuve cenando con él en la quinta de Da Silva. Después mantuvieron una conversación hasta la madrugada.

Supe que se contenía, que quería saber más cosas: que necesitaba datos y detalles, pero no se atrevía a preguntármelos porque tampoco acababa de fiarse de mí. La dulce Sira, efectivamente, tampoco era ya quien fue.

Al final no pudo resistirse.

—¿Oíste algo de lo que hablaban?

—Nada en absoluto. ¿Tienes tú alguna idea de qué pueden tener en común?

—Ni la más mínima.

Yo mentía y él lo sabía. Él mentía y yo lo sabía. Y ninguno de los dos estaba dispuesto a poner aún las cartas boca arriba, pero aquel pequeño punto de encuentro en el ayer sirvió para destensar la tirantez entre los dos. Quizá porque trajo memorias de un pasado en el que todavía no habíamos perdido toda la inocencia. Quizá porque aquel recuerdo nos hizo recobrar un retazo de complicidad y nos forzó a recordar que había algo que aún nos unía por encima de las mentiras y el resquemor.

Intenté mantenerme atenta a la carretera y en plena consciencia, pero la tensión de los últimos días, la falta de sueño acumulada y el desgaste nervioso por todo lo vivido aquella noche habían acabado debilitándome hasta tal punto que una flojera inmensa comenzó a apoderarse de mí. Demasiado tiempo andando en la cuerda floja.

—¿Tienes sueño? —preguntó—. Ven, apóyate en mi hombro.

Rodeé su brazo derecho con los míos y me acurruqué cerca para que me llegara su calor.

—Duérmete. Ya falta menos —susurró.

Empecé a caer en un pozo oscuro y agitado en el que reviví escenas recientes pasadas por el filtro de la deformación. Hombres que me perseguían blandiendo una navaja, el beso largo y húmedo de una serpiente, las mujeres de los wolframistas bailando encima de una mesa, Da Silva contando con los dedos, Gamboa llorando, Marcus y yo corriendo a oscuras por las callejas de la medina de Tetuán.

No supe cuánto tiempo transcurrió hasta que desperté.

—Despierta, Sira. Estamos entrando en Madrid. Tienes que decirme dónde vives.

Su voz cercana me sacó del sueño y comencé lentamente a salir de mi sopor. Me di cuenta entonces de que seguía pegada a él, aferrada a su brazo. Enderezar mi cuerpo entumecido y separarme de su lado me iba a costar un esfuerzo infinito. Lo hice despacio: tenía el cuello agarrotado y todas las articulaciones entumecidas. Su hombro debía de estar dolorido también, pero no lo demostró. Sin hablar aún, miré a través de la ventanilla mientras intentaba peinarme con los dedos. Amanecía sobre Madrid. Aún quedaban luces encendidas. Pocas, separadas, tristes. Recordé Lisboa y su potente despliegue de luminosidad nocturna. En la España de las restricciones y las miserias, aún se vivía prácticamente a oscuras.

—¿Qué hora es? —pregunté por fin.

—Casi las siete. Has dormido un buen rato.

—Y tú debes de estar molido —dije aún adormecida.

Le di la dirección y le pedí que aparcara en la acera de enfrente, a unos metros de distancia. Era ya prácticamente de día y por la calle comenzaban a transitar las primeras almas. Los repartidores, un par de muchachas de servicio, algún dependiente, algún camarero.

—¿Qué tienes previsto hacer? —pregunté mientras estudiaba el movimiento tras el cristal.

—Conseguir una habitación en el Palace, de momento. Y cuando me levante, lo primero, mandar este traje a limpiar y comprarme una camisa. La carbonilla de la vía me ha puesto perdido.

—Pero conseguiste mi cuaderno...

—No sé si ha valido la pena: aún no me has dicho qué hay en él.

Hice caso omiso a sus palabras.

—Y después de vestirte con ropa limpia, ¿qué harás?

Hablaba sin mirarle, aún concentrada en el exterior del auto, a la espera del momento idóneo para emprender el siguiente paso.

—Ir a la sede de mi empresa —contestó—. Tenemos oficinas aquí en Madrid.

—¿Y piensas escaparte otra vez tan rápido como te fuiste de Marruecos? —pregunté mientras volvía a recorrer con la vista el trasiego matutino de la calle.

Respondió con una media sonrisa.

—Aún no lo sé.

En ese mismo momento vi salir a mi portero camino de la lechería. Vía libre.

—Por si acaso vuelves a escaparte, te invito antes a desayunar —dije abriendo rápidamente la portezuela del coche.

Me agarró por un brazo intentando retenerme.

—Sólo si me dices en qué estás metida.

—Sólo cuando me entere de quién eres tú.

Subimos la escalera de la mano dispuestos a concedernos una tregua. Sucios y agotados, pero vivos.

66

Sin abrir aún los ojos, supe que Marcus ya no estaba a mi lado. De su paso por mi casa y mi cama no quedó el menor rastro visible. Ni una prenda olvidada, ni una nota de despedida: tan sólo su sabor pegado a mis entrañas. Pero yo sabía que iba a volver. Antes o después, en el momento más insospechado, aparecería de nuevo.

Me habría gustado demorar el momento de levantarme. Sólo una hora más, tal vez incluso media habría sido suficiente: el tiempo necesario para poder rememorar con calma todo lo sucedido en los últimos días y, sobre todo, en la última noche: lo vivido, lo percibido, lo sentido. Quise quedarme entre las sábanas y recrear cada segundo de las horas anteriores, pero no pudo ser. Hube de ponerme en marcha otra vez: me esperaban mil obligaciones, tenía que empezar a funcionar. Así que me di una ducha y arranqué. Era sábado y, aunque ni las chicas ni doña Manuela habían acudido aquel día al taller, todo estaba listo y a la vista para que pudiera ponerme al tanto de los ajetreos sobrevenidos durante mi ausencia. Las cosas parecían haber funcionado con buen ritmo: había modelos en los maniquíes, medidas anotadas en los cuadernos, retales y cortes que yo no dejé y apuntes en letra puntiaguda que detallaban quién había venido, quién había llamado y qué cosas necesitábamos resolver. No tuve tiempo, sin embargo, para atender todo aquello: al llegar el mediodía aún me quedaba un buen montón de cosas por solventar, pero no tuve más remedio que retrasarlas.

Embassy estaba hasta los topes, pero confié en que Hillgarth pudiera ver cómo dejaba caer el bolso al suelo nada más entrar. Lo hice parsimoniosa, casi con desfachatez. Tres espaldas caballerosas se doblaron inmediatamente para recogerlo. Sólo uno lo logró, un alto oficial alemán de uniforme que en ese mismo momento se disponía a empujar la puerta para salir a la calle. Le agradecí el gesto con la mejor de mis sonrisas mientras de refilón intentaba percibir si Hillgarth se había dado cuenta de mi llegada. Estaba en una mesa al fondo, en compañía como siempre. Di por hecho que me vio y que procesó el mensaje. Necesito verle urgentemente, había querido decir. Consulté entonces el reloj y simulé un gesto de sorpresa, como si acabara de recordar que en aquel mismo momento tenía una cita ineludible en algún otro sitio. Antes de las dos estaba de vuelta en casa. A las tres y cuarto me llegaron los bombones. En efecto, Hillgarth había captado mi aviso. Me citaba para las cuatro y media, de nuevo en la consulta del doctor Rico.

El protocolo fue el mismo. Llegué sola y no me crucé con nadie en la escalera. Volvió a abrirme la puerta la misma enfermera y a conducirme a la consulta.

—Buenas tardes, Sidi. Me alegro de tenerla de vuelta. ¿Ha tenido un buen viaje? Se oyen maravillas del Lusitania Express.

Estaba de pie junto a la ventana, vestido con uno de sus trajes impecables. Se acercó para estrecharme la mano.

—Buenas tardes, capitán. Un viaje excelente, gracias; los compartimentos de Gran Clase son una verdadera delicia. Quería verle cuanto antes para ponerle al tanto de mi estancia.

—Se lo agradezco. Siéntese, por favor. ¿Un cigarrillo?

Su actitud era relajada y el apremio por conocer las conclusiones de mi trabajo parecía no existir. La urgencia de dos semanas atrás se había diluido como por arte de magia.

—Todo ha resultado bien y creo que he conseguido datos muy interesantes. Tenían razón ustedes en sus presuposiciones: Da Silva ha estado negociando con los alemanes para suministrarles wolframio. El trato definitivo se cerró el jueves por la noche en su casa, con asistencia de Johannes Bernhardt.

—Buen trabajo, Sidi. Esa información va a resultarnos de gran utilidad.

No parecía sorprendido. Ni impresionado. Ni agradecido. Neutro e impasible. Como si aquello no le resultara nuevo.

—No parece extrañarle la noticia —dije—. ¿Sabía ya algo al respecto?

Encendió un Craven A y su respuesta llegó con la primera bocanada de humo.

—Esta misma mañana nos han informado del encuentro de Da Silva con Bernhardt. Tratándose de él, en este momento lo único que pueden estar gestionando es algo relacionado con el suministro de wolframio, lo cual nos confirma lo que sospechábamos: la deslealtad de Da Silva hacia nosotros. Ya hemos transmitido un memorándum a Londres informando al respecto.

Aunque noté un pequeño estremecimiento, intenté sonar natural. Mis presuposiciones iban por buen camino, pero aún tenía que seguir avanzando.

—Vaya, qué coincidencia que alguien les haya puesto hoy mismo al tanto. Creí que yo era la única a cargo de esta misión.

—A media mañana hemos recibido por sorpresa a un agente emplazado en Portugal. Ha sido algo totalmente inesperado; salió anoche de Lisboa en automóvil.

—¿Y vio ese agente a Bernhardt reunido con Da Silva? —pregunté con fingida sorpresa.

—Él personalmente, no, pero alguien de su entera confianza sí lo hizo.

Estuve a punto de echarme a reír. Así que su agente había sido informado acerca de Bernhardt por alguien de su entera confianza. Bueno, después de todo, aquello era un halago.

—Bernhardt nos interesa muchísimo —prosiguió Hillgarth ajeno a mis pensamientos—. Como le dije en Tánger, él es el cerebro de Sofindus, la corporación bajo la que el Tercer Reich realiza sus transacciones empresariales en España. Saber que está en tratos con Da Silva en Portugal va a tener un impacto enorme para nosotros porque...

—Disculpe, capitán —interrumpí—. Permítame que le haga otra pregunta. El agente que le ha informado de que Bernhardt ha negociado con Da Silva, ¿es también alguien del SOE, uno de sus recientes fichajes como yo?

Apagó el cigarrillo concienzudamente antes de responder. Después alzó los ojos.

—¿Por qué lo pregunta?

Sonreí con todo el candor que mi falsedad fue capaz de impostar.

—Por nada en concreto —dije encogiéndome de hombros—. Es una coincidencia tan casual que los dos hayamos aparecido con la misma información exactamente el mismo día que la situación me resulta hasta graciosa.

—Pues lamento desencantarla, pero no, me temo que no se trata de un agente del SOE recién captado para esta guerra. La información nos ha llegado a través uno de nuestros hombres del SIS, nuestro Servicio de Inteligencia digamos convencional. Y no nos cabe la menor duda acerca de su veracidad: se trata de un agente de absoluta solidez con bastantes años de experiencia. Un pata negra, como dirían ustedes los españoles.

Clic. Un escalofrío me recorrió la espalda. Todas las piezas se habían acoplado ya. Lo oído encajaba limpiamente en mis previsiones, pero palpar la certeza con toda su contundencia fue como sentir un soplo de aire frío en el alma. Sin embargo, no era momento de perderme en sensaciones, sino de seguir progresando. De demostrar a Hillgarth que las agentes advenedizas también éramos capaces de dejarnos la piel en las misiones que nos encomendaban.

—Y su hombre del SIS, ¿le ha informado de algo más? —pregunté clavándole la mirada.

—No, lamentablemente, no ha podido aportarnos ningún detalle preciso, pero...

No le dejé continuar.

—¿No le ha hablado de cómo y dónde tuvo lugar la negociación, ni le ha dado los nombres y apellidos de todos los que allí estuvieron presentes? ¿No le ha informado sobre los términos acordados, las cantidades de wolframio que tienen previsto extraer, el precio de la tonelada, la forma de hacer los pagos y la manera de burlar los impuestos de exportación? ¿No le ha dicho que van a cortar el suministro de manera radical a los ingleses en menos de dos semanas? ¿No le ha contado que Da Silva, además de traicionarles a ustedes, ha conseguido arrastrar consigo a los mayores propietarios de minas de la Beira para poder negociar en bloque unas condiciones más ventajosas con los alemanes?

Bajo las cejas pobladas, la mirada del agregado naval se había vuelto de acero. Su voz sonó rota.

—¿Cómo ha sabido todo eso, Sidi?

Le mantuve la mirada con orgullo. Me habían obligado a andar al borde de un precipicio durante más de diez días y yo había conseguido alcanzar el final sin despeñarme: era hora de hacerle saber qué había encontrado al llegar.

—Porque cuando una modista hace bien su trabajo, cumple hasta el final.

Durante toda la conversación mantuve mi cuaderno de patrones discretamente colocado en las rodillas. Tenía la cubierta medio arrancada, algunas páginas dobladas y un buen montón de manchas y restos de suciedad que testimoniaban los movidos avatares por los que había pasado desde que abandonara el armario de mi hotel en Estoril. Lo dejé entonces encima de la mesa y puse las manos abiertas sobre él.

—Aquí están todos los detalles: hasta la última sílaba de lo que esa noche quedó pactado. ¿Tampoco le ha hablado de un cuaderno su agente del SIS?

El hombre que acababa de reentrar en mi vida de una forma tan arrolladora era sin duda un cuajado espía al servicio de la Inteligencia Secreta de su majestad, pero, en aquel turbio asunto del wolframio, yo acababa de ganarle por la mano la partida.

67

Abandoné el edificio del encuentro clandestino con algo distinto pegado a la piel. Algo que carecía de nombre, algo nuevo. Caminé despacio por las calles mientras intentaba encontrar una etiqueta para aquella sensación, sin preocuparme de comprobar si alguien me seguía e indiferente a la posibilidad de toparme con alguna presencia indeseada al torcer cualquier esquina. Ningún signo externo me hacía aparentemente distinta de la mujer que había recorrido esas mismas aceras en sentido inverso unas horas atrás, con idéntico traje y los pies metidos en los mismos zapatos. Nadie que me hubiera visto al ir y al volver habría sido capaz de percibir en mí cambio alguno, excepto que ya no llevaba un cuaderno conmigo. Pero yo sí era consciente de lo que había pasado. Y Hillgarth también. Los dos sabíamos que, en aquella tarde de fines de mayo, el orden de las cosas se había alterado irremediablemente.

Aunque fue parco en palabras, su actitud evidenció que los datos que yo acababa de ofrecerle componían un copioso arsenal de información valiosísima que debería ser analizado de forma milimétrica por su gente en Londres sin perder un solo segundo. Aquellos detalles iban a hacer saltar alarmas, a quebrar alianzas y a reconducir el rumbo de cientos de operaciones. Y con ello, presentí, la actitud del agregado naval acababa también de cambiar radicalmente. En sus ojos había visto fraguarse una imagen distinta de mí: su fichaje más temerario, la costurera inexperta de potencial prometedor, pero incierto, se le había transformado de la noche a la mañana en alguien capaz de resolver cuestiones escabrosas con el arrojo y el rendimiento de un profesional. Tal vez careciera de método y me faltaran conocimientos técnicos; ni siquiera era una de los suyos por mi mundo, mi patria y mi lengua. Pero había respondido con mucha más solvencia de lo esperado y eso me ponía en una nueva posición en su escala.

Tampoco era exactamente alegría lo que notaba clavado en los huesos mientras los últimos rayos de sol acompañaban mis pasos de vuelta a casa. Ni entusiasmo, ni emoción. Quizá la palabra que mejor encajara en el sentimiento que me invadía fuera orgullo. Por primera vez en mucho tiempo, tal vez por primera vez en toda mi vida, me sentía orgullosa de mí misma. Orgullosa de mis capacidades y de mi resistencia, de haber superado airosamente las expectativas que sobre mí existían. Orgullosa al saberme capaz de aportar un grano de arena para hacer de aquel mundo de locos un sitio mejor. Orgullosa de la mujer que había llegado a ser.

Cierto era que Hillgarth me había espoleado para ello y me había puesto al borde de unos límites que me hicieron sentir vértigo. Como cierto era que Marcus me había salvado la vida al sacarme de un tren en marcha, y que sin su ayuda oportuna tal vez no habría vivido para rememorarlo. Cierto era todo eso, sí. Pero también lo era que yo misma había contribuido con mi coraje y mi tesón a que la misión asignada llegara a un buen fin. Todos mis miedos, todos los desvelos y saltos sin red habían servido para algo al fin: no sólo para captar información útil para el sucio arte de la guerra, sino también, y sobre todo, para demostrarme a mí misma y a quienes me rodeaban hasta dónde era capaz de llegar.

Y entonces, al alcanzar consciencia de mi envergadura, supe que había llegado el momento de dejar de andar a ciegas por las coordenadas que unos y otros habían establecido para mí. A Hillgarth se le ocurrió mandarme a Lisboa, Manuel da Silva decidió acabar conmigo, Marcus Logan optó por acudir en mi rescate. Había pasado por ellos de mano en mano como una simple marioneta: para bien o para mal, para subirme a la gloria o empujarme a los infiernos, todos ellos habían decidido por mí y me habían manejado como quien mueve un peón sobre un tablero. Nadie había sido claro conmigo ni me había mostrado abiertamente sus intenciones: ya iba siendo hora de demandar ver la luz. De que yo misma agarrara las riendas de mi existencia, eligiera mi propio camino, y decidiera cómo y con quién quería transitarlo. Por delante iba a encontrar tropiezos y equivocaciones, cristales rotos, errores y charcos de barro negro. No me enfrentaba a un futuro sosegado, de ello estaba segura. Pero había llegado la hora de no seguir adelante sin tener previa consciencia del terreno que pisaba y de los riesgos que habría de afrontar al levantarme cada mañana. Sin ser propietaria, al fin y al cabo, del rumbo de mi vida.

Aquellos tres hombres, Marcus Logan, Manuel da Silva y Alan Hillgarth, cada uno a su manera y probablemente sin ninguno de ellos saberlo, me habían hecho crecer en apenas unos días. O tal vez llevaba tiempo creciendo despacio y hasta entonces no había sido consciente de mi nueva estatura. Es probable que a Da Silva no volviera a verle nunca: a Hillgarth y a Marcus, sin embargo, estaba segura de que iba a mantenerlos próximos mucho tiempo. A uno de ellos, en concreto, ansiaba conservarlo con una cercanía idéntica a la de las primeras horas de aquella mañana: una cercanía de afectos y cuerpos cuyo recuerdo aún me estremecía. Pero antes tendría que marcar los límites del terreno. Claramente. Visiblemente. Como quien tira una linde o pinta con tiza una raya en el suelo.

Al llegar a casa encontré un sobre que alguien había deslizado por debajo de la puerta. Tenía el membrete del hotel Palace y una tarjeta manuscrita dentro.

«Vuelvo a Lisboa. Regreso pasado mañana. Espérame.»

Claro que iba a esperarle. Organizar cómo y dónde me llevó tan sólo un par de horas.

Aquella noche volví a saltarme las indicaciones de la cadena de mando sin el menor atisbo de remordimiento. Cuando, al cabo de más de tres horas ininterrumpidas, terminé de desmenuzar por la tarde ante Hillgarth todos los pormenores de la reunión en la quinta, le pregunté por la situación de las listas sobre las que me había hablado en nuestro encuentro del día posterior al evento del hipódromo.

—Todo sigue igual; de momento, que sepamos, no hay ninguna novedad.

Eso significaba que mi padre se mantenía en el lado de los amigos de los ingleses y yo en el de los alemanes. Una verdadera lástima, porque había llegado el momento de que nuestros senderos volvieran a cruzarse.

Aparecí sin avisarle. Los fantasmas de otros tiempos se agitaron furiosos al verme entrar en el portal, trayéndome memorias del día en que mi madre y yo subimos aquella misma escalera cargadas de inquietud. Se fueron pronto, afortunadamente, y con ellos se llevaron unos recuerdos desvencijados y amargos que prefería no encarar.

Me abrió la puerta una sirvienta que en nada se parecía a la vieja Servanda.

—Tengo que ver al señor Alvarado inmediatamente. Es urgente. ¿Está en casa?

Asintió confusa ante mi ímpetu.

—¿En la biblioteca?

—Sí, pero...

Antes de que terminara la frase, ya estaba dentro.

—No hace falta que le avise, gracias.

Le alegró verme, mucho más de lo que habría imaginado. Antes de marchar a Portugal le envié una breve nota avisándole de mi viaje, pero algo no acabó de resultarle coherente. Demasiado precipitado todo, debió de pensar; demasiado cercano a la intrigante escena del desmayo en el hipódromo. Le tranquilizó saber que estaba de vuelta.

La biblioteca permanecía tal como yo la recordaba. Con más libros y papeles acumulados quizá: diarios, cartas, pilas de revistas. Todo lo demás se mantenía como cuando nos reunimos allí mi padre, mi madre y yo años atrás: la primera vez que estuvimos juntos los tres, también la última. Aquella tarde lejana de otoño llegué cargada de nervios e inocencia, cohibida y abrumada ante lo desconocido. Casi seis años después, mi seguridad era otra. La había ganado a fuerza de golpes, a base de trabajo, tropiezos y anhelos, pero había quedado adherida a mi piel como una cicatriz y nada podría ya librarme de ella. Por fuertes que soplaran los vientos, por duros que fueran los tiempos venideros, sabía que tendría fortaleza para afrontarlos de cara y resistir.

—Necesito pedirte un favor, Gonzalo.

—Lo que tú quieras.

—Un encuentro para cinco personas. Una pequeña fiesta privada. Aquí, en tu casa, el martes por la noche. Tú y yo con tres invitados más. Tendrás que encargarte de convocar a dos de ellos directamente, sin hacerles saber que yo estoy por medio. No habrá problema alguno porque ya os conocéis.

—¿Y el tercero?

—Del tercero me encargo yo.

Aceptó sin preguntas ni reticencias. A pesar de mi desconcertante comportamiento, de mis desapariciones imprevistas y de mi falsa identidad, parecía tener una confianza ciega en mí.

—¿Hora? —preguntó simplemente.

—Yo vendré a media tarde. Y el invitado al que aún no conoces llegará a las seis; tengo que hablar con él antes de que aparezcan los demás. ¿Podría reunirme con él aquí, en la biblioteca?

—Toda tuya.

—Perfecto. Cita a la otra pareja a las ocho, por favor. Y una cosa más: ¿te importa que se enteren de que soy tu hija? Quedará entre nosotros cinco nada más.

Tardó unos segundos en contestar y a lo largo de ellos creí percibir un brillo nuevo en sus ojos.

—Será un honor y un orgullo.

Charlamos un rato más: de Lisboa y Madrid; de esto, aquello y lo de más allá, pisando un terreno seguro siempre. Cuando estaba a punto de marcharme, sin embargo, su habitual discreción le jugó una mala pasada.

—Sé que no soy quién para meterme en tu vida a estas alturas, Sira, pero...

Me giré y le di un abrazo.

—Gracias por todo. El martes te enterarás.

68

Marcus apareció a la hora convenida. Le había dejado un mensaje en su hotel y, tal como supuse, lo recibió sin problemas. Él no tenía idea de a quién correspondía aquella dirección: tan sólo sabía que yo le estaría esperando. Y allí estuve, efectivamente, con un vestido de crepe de seda rojo, deslumbrante hasta los pies. Maquillada a la perfección, con mi largo cuello desnudo y el pelo oscuro recogido en un moño alto. A la espera.

Llegó impecable en su esmoquin, con la pechera de la camisa almidonada y el cuerpo curtido en mil aventuras a cuál más inconfesable. O, al menos, así había sido hasta entonces. Salí yo misma a abrirle nada más oír el timbre. Nos saludamos escondiendo a duras penas la ternura, cercanos el uno al otro, casi íntimos por fin después de su última marcha precipitada.

—Quiero presentarte a alguien.

Agarrada a su brazo, le arrastré hasta el salón.

—Marcus, éste es Gonzalo Alvarado. Te he hecho venir a su casa porque quiero que sepas quién es él. Y quiero también que él sepa quién eres tú. Que quede claro ante sus ojos quiénes somos los dos.

Se saludaron con cortesía, nos sirvió Gonzalo una copa y charlamos los tres sobre trivialidades a lo largo de unos minutos hasta que la sirvienta, oportunamente, requirió al anfitrión desde la puerta para que atendiera una llamada de teléfono.

Nos quedamos solos, una pareja ideal a primera vista. Para percibir otra cosa, sin embargo, habría bastado con que alguien hubiera oído el murmullo ronco que Marcus volcó en mi oído sin apenas despegar los labios.

—¿Podemos hablar en privado un momento?

—Por supuesto. Ven conmigo.

Le conduje hasta la biblioteca. El retrato majestuoso de doña Carlota seguía presidiendo la pared tras el escritorio, con su tiara de brillantes que una vez fue mía y después dejó de serlo.

—¿Quién es el hombre que acabas de presentarme, por qué tienes interés en que sepa de mí? ¿Qué encerrona es ésta, Sira? —preguntó agrio en cuanto quedamos aislados del resto de la casa.

—Una que yo he preparado especialmente para ti —dije sentándome en uno de los sillones. Crucé las piernas y extendí el brazo derecho sobre el respaldo. Cómoda y dueña de la situación, como si llevara la vida entera montando emboscadas como aquélla—. Necesito saber si me conviene que sigas en mi vida, o si es mejor que no volvamos a vernos más.

Mis palabras no le hicieron la más mínima gracia.

—Esto no tiene ningún sentido, creo que es mejor que me vaya...

—¿Tan pronto te rindes? Hace sólo tres días parecías estar dispuesto a pelear por mí. Me prometiste que lo harías a cualquier precio: dijiste que ya me habías perdido una vez y no ibas a dejar que ocurriera lo mismo de nuevo. ¿Tan pronto se te han enfriado los sentimientos? ¿O tal vez me estabas mintiendo?

Me miró sin hablar, manteniéndose de pie, tenso y frío, distanciado.

—¿Qué quieres de mí, Sira? —dijo por fin.

—Que me aclares algo acerca de tu pasado. A cambio, sabrás todo lo que tienes que saber de mi presente. Y, además, recibirás un premio.

—¿Qué cosa de mi pasado estás interesada en conocer?

—Quiero que me cuentes a qué fuiste a Marruecos. ¿Quieres tú saber cuál puede ser tu premio?

No respondió.

—El premio soy yo. Si tu respuesta me satisface, te quedas conmigo. Si no me convence, me pierdes para siempre. Tú eliges.

Quedó callado otra vez. Después se acercó lentamente.

—¿Qué más te da a ti a estas alturas a qué fui yo a Marruecos?

—Una vez, hace años, abrí mi corazón a un hombre que no mostró su rostro verdadero, y me costó un esfuerzo infinito cerrar las heridas que me dejó en el alma. No quiero que contigo me pase lo mismo. No quiero más mentiras ni más sombras. No quiero más hombres disponiendo de mí a su antojo, alejándose y acercándose sin aviso aunque sea para salvarme la vida. Por eso necesito ver todas tus cartas, Marcus. Ya he levantado algunas yo misma: sé para quién trabajas y sé que no te dedicas precisamente a los negocios, como sé que tampoco antes te dedicabas al periodismo. Pero aún necesito llenar otros huecos de tu historia.

Se acomodó por fin sobre el brazo de un sofá. Dejó una pierna apoyada en el suelo y cruzó la otra sobre ella. La espalda recta, el vaso aún en la mano, el gesto contraído.

—De acuerdo —accedió tras unos segundos—. Estoy dispuesto a hablar. A cambio de que tú también seas sincera conmigo. Del todo.

—Después, te lo prometo.

—Dime entonces qué sabes ya de mí.

—Que eres miembro del servicio de inteligencia militar británica. El SIS, el MI6, o como prefieras llamarle.

La sorpresa no asomó a su cara: probablemente en su día le entrenaron a conciencia para esconder emociones y ocultar sentimientos. No como a mí. A mí no me instruyeron en nada, ni me prepararon, ni me protegieron: a mí simplemente me arrojaron desnuda a un mundo de lobos hambrientos. Pero iba aprendiendo. Sola y con esfuerzo, tropezando, cayendo y volviéndome a levantar; echando siempre a andar de nuevo: primero un pie, luego el otro. Cada vez con el paso más firme. Con la cabeza alta y la vista hacia adelante.

—Ignoro cómo has obtenido esa información —replicó tan sólo—. En cualquier caso, da igual: supongo que tus fuentes son fiables y no tendría sentido negar lo evidente.

—Pero aún me faltan por saber algunas cosas más.

—¿Por dónde quieres que empiece?

—Por el momento en que nos conocimos, por ejemplo. Por las razones verdaderas que te llevaron a Marruecos.

—De acuerdo. La razón fundamental era que en Londres tenían un conocimiento muy escaso de lo que estaba ocurriendo dentro del Protectorado y varias fuentes informaban de que los alemanes se estaban infiltrando a sus anchas con la aquiescencia de las autoridades españolas. Nuestro servicio de inteligencia apenas poseía información sobre el alto comisario Beigbeder: no era uno de los militares conocidos, no se sabía cómo respiraba ni cuáles eran sus proyectos o perspectivas y, sobre todo, ignorábamos su posición ante los alemanes que supuestamente hacían y deshacían con toda libertad en el territorio a su cargo.

—¿Y qué descubriste?

—Que, como preveíamos, los alemanes se movían a su antojo y operaban como les venía en gana, a veces con su consentimiento y a veces sin él. Tú misma me ayudaste en parte a obtener esa información.

Obvié el apunte.

—¿Y sobre Beigbeder? —quise saber.

—Sobre él averigüé lo mismo que tú sabes también. Que era, y supongo que sigue siendo, un tipo inteligente, distinto y bastante peculiar.

—¿Y por qué te enviaron a ti a Marruecos, si estabas en un estado pésimo?

—Teníamos noticias de la existencia de Rosalinda Fox, una compatriota unida sentimentalmente al alto comisario: una joya para nosotros, la mejor de las oportunidades. Pero era demasiado arriesgado abordarla directamente: era tan valiosa que no podíamos aventurarnos a perderla con una operación planteada con torpeza. Había que esperar el momento óptimo. Así que, en cuanto se supo que ella buscaba ayuda para evacuar a la madre de una amiga, toda la maquinaria se puso en marcha. Y se decidió que yo era la persona idónea para cubrir esa misión porque había tenido contacto en Madrid con alguien que se encargaba de aquellas evacuaciones hacia el Mediterráneo. Yo mismo había informado puntualmente a Londres de todos los pasos de Lance, así que estimaron que era la coartada perfecta para aparecer en Tetuán y acercarme a Beigbeder con la excusa de ofrecerme a realizar un servicio a su amante. Sin embargo, había un pequeño problema: por aquellos días estaba medio muerto en el Royal London Hospital, postrado en una cama con el cuerpo machacado, semiinconsciente y atiborrado de morfina.

—Pero te aventuraste, y nos engañaste a todos y conseguiste tu objetivo...

—Muy por encima de lo previsto —dijo. En sus labios percibí el apunte de una sonrisa, la primera desde que nos encerramos en la biblioteca. Sentí entonces un pellizco de emociones revueltas: por fin había vuelto el Marcus que tanto había añorado, el que quería retener a mi lado—. Fueron unos días muy especiales —continuó—. Después de más de un año viviendo en la turbulenta España en guerra, Marruecos fue lo mejor que pudo pasarme. Me recuperé y ejecuté mi misión con un rendimiento altísimo. Y te conocí. No pude pedir más.

—¿Cómo lo hacías?

—Casi todas las noches transmitía desde mi habitación del hotel Nacional. Llevaba un pequeño equipo radiotransmisor camuflado en el fondo de la maleta. Y escribía a diario un recuento encriptado de todo lo que veía, oía y hacía. Después, cuando podía, lo pasaba a un contacto en Tánger, un dependiente de Saccone & Speed.

—¿Nunca sospechó nadie ti?

—Por supuesto que sí. Beigbeder no era ningún imbécil, tú lo sabes tan bien como yo. Registraron mi habitación varias veces, pero probablemente mandaron para ello a alguien con poca pericia: nunca descubrieron nada. Los alemanes también recelaban, aunque tampoco consiguieron ninguna información. Yo, por mi parte, me esforcé todo lo posible por no dar ningún paso en falso. No contacté con nadie ajeno a los circuitos oficiales ni me adentré en ningún territorio escabroso. Al contrario: mantuve una conducta intachable, me dejé ver al lado de las personas convenientes y me moví siempre a la luz del día. Todo muy limpio, aparentemente. ¿Alguna pregunta más?

Parecía ya menos tenso, más cercano. Más el Marcus de siempre otra vez.

—¿Por qué te fuiste tan de repente? No me avisaste: tan sólo apareciste una mañana en mi casa, me diste la noticia de que mi madre estaba en camino y no te volví a ver más.

—Porque recibí órdenes urgentes de abandonar el Protectorado inmediatamente. Cada vez llegaban más alemanes, se filtró que alguien sospechaba de mí. Aun así, logré demorar mi marcha unos días, arriesgándome a ser descubierto.

—¿Por qué?

—No quise irme antes de tener constancia de que la evacuación de tu madre se había cumplido como esperábamos. Te lo había prometido. Nada me habría gustado más que haberme quedado contigo, pero no pudo ser: mi mundo era otro y mi hora había llegado. Y, además, tampoco era el mejor momento para ti. Aún te estabas recuperando de una traición y no estabas preparada para confiar del todo en ningún otro hombre, y menos en alguien que necesariamente habría de desaparecer de tu lado sin ser claro por completo. Eso es todo, mi querida Sira. Fin. ¿Es ésta la historia que querías oír? ¿Te sirve esta versión?

—Me sirve —dije levantándome y avanzando hacia su lado.

—Entonces, ¿he ganado mi premio?

No dije nada. Sólo me acerqué a él, me senté en sus piernas y acerqué mi boca a su oído. Mi piel maquillada rozó su piel recién afeitada; mis labios brillantes de *rouge* derramaron un susurro a apenas medio centímetro del lóbulo de su oreja. Lo noté tensarse en cuanto notó mi cercanía.

—Has ganado tu premio, sí. Pero a lo mejor soy un regalo envenenado.

—Tal vez. Para comprobarlo, ahora necesito saber yo de ti. Te dejé en Tetuán siendo una joven modista llena de ternura e inocencia, y te reencontré en Lisboa convertida en una mujer plena adosada a alguien del todo inconveniente. Quiero saber qué pasó entre medias.

—Vas a saberlo en seguida. Y, para que no te quede duda, te vas a enterar por otra persona, alguien a quien creo que conoces ya. Ven conmigo.

Recorrimos amarrados el pasillo hasta el salón. Oí la voz fuerte de mi padre en la distancia y, una vez más, no pude evitar rememorar el día en que le conocí. Cuántas vueltas había dado mi vida desde entonces. Cuántas veces me había hundido hasta quedar sin aliento y cuántas había vuelto a sacar la cabeza después. Pero eso era ya pasado y los días de volver la vista atrás habían quedado a la espalda. Tan sólo era momento de concentrarnos en el presente. De afrontarlo de cara para enfocar el futuro.

Supuse que ya estaban allí los otros dos invitados y que todo transcurría según lo previsto. Al llegar a nuestro destino deshicimos el abrazo, aunque mantuvimos los dedos entrelazados. Hasta que vimos junto a quien nos esperaba. Y entonces yo sonreí. Y Marcus, no.

—Buenas noches, señora Hillgarth; buenas noches, capitán. Me alegro de verlos —dije interrumpiendo la conversación que mantenían.

La estancia se llenó de un silencio denso. Denso y tenso, electrizante.

—Buenas noches, señorita —replicó Hillgarth tras unos segundos que a todos se nos hicieron eternos. Su voz sonó como salida de una caverna. De una caverna oscura y fría por la que el jefe de los servicios secretos británicos en España, el hombre que todo lo sabía o debería saberlo, andaba a tientas—. Buenas noches, Logan —añadió después. Su mujer, sin la mascarilla del salón de belleza esta vez, quedó tan impactada al vernos juntos que fue incapaz de responder a mi saludo—. Creía que había vuelto de Lisboa —continuó el agregado naval dirigiéndose a Marcus. Dejó pasar otro soplo interminable de quietud y después añadió—: Y no tenía constancia de que se conocieran.

Noté que Marcus estaba a punto de hablar, pero no le dejé. Apreté con fuerza su mano aún agarrada a la mía y él me entendió. Tampoco le miré: no quise ver si compartía con los Hillgarth su perplejidad, ni quise comprobar su reacción al verlos sentados en aquel salón ajeno. Ya hablaríamos más tarde, cuando todo se hubiera calmado. Confiaba en que nos quedara para ello mucho tiempo.

En los grandes ojos claros de la esposa percibí una tremenda desorientación. Ella era quien me había dado las pautas para mi misión portuguesa, estaba completamente implicada en las acciones de su marido. Probablemente ambos estuvieran anudando a toda prisa los mismos cabos que yo terminé de atar la última vez que el capitán y yo nos vimos. Da Silva y Lisboa, la llegada intempestiva de Marcus a Madrid, la misma información aportada por los dos con apenas unas horas de diferencia. Todo aquello, obviamente, no era fruto del azar. Cómo se les podía haber escapado.

—El agente Logan y yo nos conocemos desde hace años, capitán, pero llevábamos bastante tiempo sin vernos y aún estamos terminando de ponernos al día sobre las actividades de cada uno de nosotros —aclaré entonces—. Yo ya estoy al tanto de sus circunstancias y responsabilidades; usted me ayudó enormemente hace muy poco. Por eso he pensado que tal vez tendría la amabilidad de colaborar también para informarle a él sobre las mías. Y de paso, también podrá así enterarse de ello mi padre. ¡Ah, perdón! Había olvidado decírselo: Gonzalo Alvarado es mi padre. Pierda cuidado: intentaremos dejarnos ver juntos en público lo menos posible, pero entienda que me resultará imposible romper mi relación con él.

Hillgarth no contestó: antes, desde debajo de sus cejas pobladas, volvió a observarnos a los dos con mirada de granito.

Imaginé el desconcierto de Gonzalo; probablemente fuera tan intenso como el de Marcus, pero ninguno de los dos pronunció siquiera una sílaba. Tan sólo, al igual que yo, se limitaron a esperar a que Hillgarth lograra digerir mi osadía. Su mujer, desconcertada, recurrió a un cigarrillo abriendo la pitillera con dedos nerviosos. Pasaron unos segundos incómodos en los que sólo se oyó el chasqueo repetido de su encendedor. Hasta que el agregado naval por fin habló.

—Si no lo aclaro yo, intuyo que lo hará usted de todas maneras...

—Me temo que no me dejará otra opción —dije regalándole la mejor de mis sonrisas. Una sonrisa nueva: plena, segura y levemente desafiante.

Sólo rompió el silencio el tintineo de los hielos contra el cristal al llevarse el whisky a la boca. Su mujer escondió la desorientación tras una potente calada a su Craven A.

—Imagino que éste es el precio que hay que pagar por lo que nos ha traído de Lisboa —dijo finalmente.

—Por eso y por todas las misiones venideras en las que volveré a dejarme la piel, le doy mi palabra. Mi palabra de modista y mi palabra de espía.

69

Lo que recibí esta vez no fue un sobrio ramo de rosas atadas con una cinta llena de trazos codificados como acostumbraba a enviarme Hillgarth cuando quería transmitirme algún mensaje. Tampoco se trató de flores exóticas como las que me hizo llegar Manuel da Silva antes de decidir que lo más conveniente para él era matarme. Lo que Marcus trajo a mi casa aquella noche fue tan sólo algo pequeño y casi insignificante, apenas un brote arrancado de cualquier rosal crecido como un milagro contra una tapia en aquella primavera que siguió al invierno atroz. Una flor menuda, escuálida casi. Digna en su simplicidad, sin subterfugios.

No le esperaba y sí le esperaba a la vez. Se había marchado de casa de mi padre junto con los Hillgarth unas horas antes, el agregado naval le invitó a acompañarle, probablemente quería hablar con él lejos de mi presencia. Yo regresé sola, sin saber en qué momento volvería a aparecer. Si es que volvía.

—Para ti —fue su saludo.

Cogí la pequeña rosa y le dejé entrar. Traía el lazo de la corbata flojo, como si voluntariamente hubiera decidido destensarse. Avanzó con paso lento hasta el centro del salón; parecía que con cada zancada enhebrara un pensamiento y calculara las palabras que tenía que decir. Por fin se giró y esperó a que me acercara hasta él.

—Sabes a lo que nos enfrentamos ¿verdad?

Lo sabía. Claro que lo sabía. Nos movíamos en pantanos de aguas turbias, en una jungla de mentiras y engranajes clandestinos con aristas capaces de cortar como el cristal. Un amor encubierto en tiempo de odios, carencia y traiciones, eso era lo que teníamos por delante.

—Sé a lo que nos enfrentamos, sí.

—No va a ser fácil —añadió.

—Nada es ya fácil —añadí.

—Puede ser duro.

—Quizá.

—Y peligroso.

—También.

Burlando trampas, sorteando riesgos. Sin planes, a contratiempo, entre las sombras: así habríamos de vivir. Aunando ganas y audacia. Con entereza, coraje y la fuerza de sabernos juntos frente a una causa común.

Nos miramos fijamente y me volvió el recuerdo de la tierra africana en donde todo empezó. Su mundo y mi mundo —tan lejanos antes, tan cercanos ya— por fin habían encajado. Y entonces me abrazó y, en el calor y la ternura de nuestra cercanía, tuve la certeza rotunda de que tampoco en esa misión íbamos a fracasar.

EPÍLOGO

Ésta fue mi historia o al menos así la recuerdo, barnizada tal vez con la pátina que las décadas y la nostalgia dan a las cosas. Ésta fue mi historia, sí. Trabajé a las órdenes del Servicio Secreto británico y a lo largo de cuatro años recopilé y transmití información sobre los alemanes en la península Ibérica con pleno rigor y puntualidad. Nunca nadie me instruyó sobre táctica militar, topografía del terreno de combate o manejo de explosivos, pero mis trajes sentaban como ninguno y la fama de mi taller me blindó de cualquier sospecha. Lo mantuve en funcionamiento hasta el 45 y me convertí en una virtuosa del doble juego.

Lo que pasó en España tras la guerra europea y el rastro de muchas de las personas que han circulado por este recuento de aquellos años se encuentra en los libros de historia, los archivos y las hemerotecas. No obstante, lo voy a sintetizar aquí, por si a alguien interesa saber qué fue de todos ellos. Intentaré hacerlo bien; al fin y al cabo, ése fue siempre mi trabajo: casar partes y componer piezas con armonía.

Empezaré por Beigbeder, quizá el más desafortunado de todos los personajes de este relato. Desde que acabó su arresto en Ronda, supe que había estado varias veces en Madrid, que incluso se instaló de manera permanente durante varios meses. A lo largo de ellos, mantuvo contacto constante con las embajadas inglesa y americana, y les ofreció mil planes que en algunas ocasiones fueron lúcidos y, en otras, del todo extravagantes. Él mismo contó que intentaron asesinarle en dos ocasiones, aunque también aseguró, paradójicamente, que aún mantenía interesantes contactos con el poder. Los viejos amigos le atendieron con cortesía, algunos hasta con verdadero afecto. Hubo también quien se lo quitó de encima sin escucharle siquiera; de qué iba a servirles ya aquel ángel caído.

En el patio de vecinas que era la España de entonces, donde todo se transmitía de boca a oreja, corrió poco después la voz de que su errático devenir por fin tenía un destino. A pesar de que casi todos consideraran que su carrera estaba muerta y rematada, en 1943, cuando empezaba a vislumbrarse que la victoria alemana era dudosa, Franco —contra todo pronóstico y con gran secretismo— volvió a requerir de sus servicios. Sin darle puesto oficial alguno, lo ascendió a general de la noche a la mañana y, con poderes de ministro plenipotenciario, le encargó una misión un tanto difusa que tendría Washington como destino. Desde que el Caudillo le encomendó la tarea hasta que salió de España para emprenderla, pasaron meses. Alguien me contó que él mismo, extrañamente, rogó a miembros de la embajada norteamericana que se demoraran todo lo posible para concederle un visado: sospechaba que lo único que Franco quería de él era sacarle de España con la intención de que no volviera más.

Lo que hizo Beigbeder en América nunca estuvo del todo claro y sobre ello corrieron rumores dispares. Según algunos, el Generalísimo lo mandó a restaurar relaciones, tender puentes y convencer a los estadounidenses de la absoluta neutralidad de España en la guerra, como si nunca hubiera tenido él la fotografía dedicada del Führer presidiendo la mesa de su despacho. Otras voces también fiables afirmaron, en cambio, que su labor fue mucho más militar que meramente diplomática: discutir el futuro del norte de África en su calidad de antiguo alto comisario y gran conocedor de la realidad marroquí. Hubo además quien dijo que el ex ministro había ido a la capital norteamericana a convenir con el gobierno de Estados Unidos las bases para la creación de una «España libre», paralela a la «Francia libre», en previsión de una posible entrada de los alemanes en la Península. Se oyó además la versión de que, tan pronto como aterrizó, dijo a todo el que quiso escucharle que sus relaciones con la España de Franco estaban rotas y se dedicó a buscar simpatías hacia la causa monárquica. Y hubo alguna voz calenturienta que sugirió que el objetivo de aquel viaje tan sólo respondió a su deseó personal de sumergirse en una vida disoluta y pecaminosa llena de vicio desenfrenado. Fuera cual fuera la naturaleza de la misión, el hecho es que el Caudillo no debió de quedar contento con la manera en que fue realizada: años después se encargó de decir sobre Beigbeder públicamente que era un degenerado muerto de hambre dedicado a dar sablazos a todo aquel que pillaba cerca.

Nunca, en fin, logró saberse del todo qué hizo con exactitud en Washington; lo único cierto es que su estancia se alargó hasta el final de la guerra mundial. En su camino de ida hizo escala en Lisboa y por fin se reunió con Rosalinda. Llevaban dos años y medio sin verse. Pasaron una semana juntos a lo largo de la cual intentó convencerla de que marcharan con él a América. No lo consiguió, nunca supe por qué. Ella justificó su decisión escudándose en el hecho de que no estaban casados, algo que, en su opinión, acabaría enturbiando el prestigio social de Juan Luis entre la élite diplomática norteamericana. No la creí e imagino que él tampoco: si había sido capaz de ponerse el mundo por montera en la pacata España surgida de la victoria, por qué no habría de hacerlo también al otro lado del Atlántico. A pesar de todo, nunca aclaró ella las verdaderas razones de aquella inesperada decisión suya.

A partir de su regreso a España en 1945, Beigbeder fue un miembro activo en el grupo de generales que pasaron años maquinando sin fruto para derrocar a Franco: Aranda, Kindelán, Dávila, Orgaz, Varela. Tuvo contactos con don Juan de Borbón y participó en mil conspiraciones, todas ellas infructuosas y algunas hasta un tanto patéticas, como la que capitaneó el general Aranda para pedir asilo en la embajada norteamericana y crear allí mismo un gobierno monárquico en el exilio. Algunos de sus compañeros llegaron a tacharle de traidor, de haber ido a El Pardo con el cuento de la conspiración. Ninguno de aquellos planes para acabar con el régimen llegó a cuajar y la mayoría de sus integrantes pagaron su insumisión con arrestos, destierros y destituciones. Tiempo después me dijeron que estos generales recibieron durante la guerra mundial millones de pesetas del gobierno inglés a través del financiero Juan March y de manos de Hillgarth, a fin de influir en el Caudillo para que España no entrara en la guerra del lado del Eje. Desconozco si eso fue verdad o no; puede que algunos de ellos aceptaran el dinero, tal vez se lo repartieron tan sólo entre unos cuantos. A Beigbeder, desde luego, no le llegó nada y acabó sus días «ejemplarmente pobre», como dijo de él Dionisio Ridruejo.

Oí también rumores acerca de sus aventuras amorosas, de sus supuestos romances con una periodista francesa, una falangista, una espía americana, una escritora madrileña y la hija de un general. Que le encantaban las mujeres no era ningún secreto: sucumbía a los encantos femeninos con una facilidad pasmosa y se enamoraba con el fervor de un cadete; yo lo vi con mis propios ojos en el caso de Rosalinda, imagino que a lo largo de su vida habría pasado por otras relaciones similares. Pero que fuera un depravado y su debilidad por el sexo acabara echando su carrera por los suelos es, a mi modo de ver, una afirmación tremendamente frívola que no le hace justicia.

Desde el momento en que puso un pie de vuelta en España, la vida le fue cuesta abajo. Antes de marchar a Washington vivió durante un tiempo en un piso alquilado en la calle Claudio Coello; a su regreso se instaló en el hotel París en la calle Alcalá; pasó después alguna temporada acogido en casa de una hermana y acabó sus días en una pensión. Entró y salió del gobierno sin un duro y murió sin más posesiones en el armario que un par de trajes gastados, tres viejos uniformes de los tiempos africanos y una chilaba. Y unos centenares de folios en los que había comenzado a escribir con letra menuda sus memorias. Se quedó más o menos en la época del Barranco del Lobo; nunca llegó siquiera en ellas al inicio de la guerra civil.

Pasó años esperando a que la baraka, la suerte, se pusiera de su lado. Confiaba ilusamente en que volverían a requerirle para algún puesto: para cualquier misión que volviera a llenar sus días de actividad y movimiento. Nada llegó nunca y en su hoja de servicios, desde su retorno de Estados Unidos, sólo figuró la frase «A las órdenes del excelentísimo ministro del Ejército», lo cual en la jerga militar equivale a estar de brazos cruzados. Nadie le quiso más y a él le fallaron las fuerzas: no tuvo brío para enderezar su destino, y su mente, otras veces brillante, se acabó encasquillando. Pasó a la reserva en abril de 1950; un antiguo amigo marroquí, Bulaix Baeza, le ofreció un trabajo que le mantuvo medianamente entretenido durante sus últimos años, un humilde puesto administrativo en su empresa inmobiliaria madrileña. Murió en junio de 1957; bajo su lápida en la Sacramental de San Justo descansaron sesenta y nueve años de vida turbulenta. Sus papeles quedaron olvidados en la pensión de la Tomasa; unos meses después los recogió un viejo conocido de Tetuán a cambio de hacerse cargo de la factura de unos cuantos miles de pesetas que él dejó pendiente. A día de hoy allí sigue su archivo personal, bajo la celosa custodia de alguien que le conoció y estimó en su Marruecos feliz.

Recopilo ahora lo que fue de Rosalinda, y lo hilo con retazos del devenir de Beigbeder que tal vez sirvan para completar la visión de los últimos tiempos del ex ministro. Al final de la guerra mi amiga decidió abandonar Portugal e instalarse en Inglaterra. Quería que su hijo se educara allí, así que su socio Dimitri y ella convinieron traspasar El Galgo. El Jewish Joint Committee les otorgó conjuntamente una condecoración con la Cruz de Lorraine de la Resistencia Francesa en reconocimiento a sus servicios a los refugiados judíos. La revista americana *Time* publicó un artículo en el que Martha Gellhorn, la esposa de Ernest Hemingway, hablaba de El Galgo y Mrs Fox como dos de las mejores atracciones de Lisboa. Aun así, ella se fue.

Con el dinero obtenido por el traspaso se instaló en Gran Bretaña. Todo funcionó bien en los primeros meses: la salud recuperada, libras abundantes en el banco, viejos amigos recobrados y hasta los muebles de Lisboa recibidos sanos y salvos, entre ellos diecisiete sofás y tres pianos de cola. Y entonces, cuando todo estaba calmado y la vida sonreía, Peter Fox desde Calcuta volvió a recordarle que aún tenía un marido. Y le pidió que lo intentaran de nuevo. Y, contra todo pronóstico, ella aceptó.

Buscó una casa de campo en Surrey y se preparó para asumir por tercera vez en su vida el papel de esposa. Ella misma resumió la aventura en una palabra: imposible. Peter era el mismo de siempre: seguía comportándose como si Rosalinda aún fuera la niña de dieciséis años con la que un día se casó, trataba al servicio a patadas, era desconsiderado, egocéntrico y antipático. A los tres meses de su reencuentro ella ingresó en el hospital. La operaron, pasó semanas de convalecencia y sólo una cosa salió clara de ellas: tenía que dejar a su marido como fuera. Regresó entonces a Londres, alquiló una casa en Chelsea y durante un breve tiempo abrió un club al que puso el pintoresco nombre de The Patio. Peter, entretanto, se quedó en Surrey, negándose a devolverle sus muebles lisboetas y a concederle el divorcio de una maldita vez. Tan pronto como ella se recuperó, comenzó a pelear por su libertad definitiva.

Jamás rompió el contacto con Beigbeder. A finales de 1946, antes de que Peter regresara a Inglaterra, pasaron juntos unas semanas en Madrid. En 1950 volvió para otra temporada. Yo no estaba allí, pero por carta me contó la pena inmensa que le causó encontrar a un Juan Luis roto ya para siempre. Disfrazó la situación con su habitual optimismo: me habló de las poderosas corporaciones que él dirigía, de la gran figura que era en el mundo empresarial. Entre líneas percibí que mentía.

A partir de aquel año, una nueva Rosalinda pareció emerger con sólo dos fijaciones en mente: divorciarse de Peter y acompañar a Juan Luis en los últimos tramos de su existencia a lo largo de estancias temporales en Madrid. Él, según ella, envejecía a pasos de gigante, cada día más desilusionado, más deteriorado. Su energía, la agilidad mental, su ímpetu y aquel dinamismo de los viejos tiempos de la Alta Comisaría se apagaban con las horas. Le gustaba que ella lo sacara en coche, que fueran a comer a cualquier pueblo de la sierra, a un vulgar mesón al pie de la carretera, lejos del asfalto. Cuando no tenían más remedio que quedarse, paseaban. A veces se encontraban con viejos dinosaurios con los que un día él compartió cuarteles y despachos. La presentaba como mi Rosalinda, lo más sagrado en el mundo después de la Virgen. Ella, entonces, reía.

Le costaba trabajo entender por qué él estaba tan derrotado cuando no era demasiado viejo en años. Andaría entonces aún por los sesenta y pocos, pero era ya un anciano acabado en espíritu. Estaba cansado, entristecido, defraudado. De todos, con todos. Y entonces se le ocurrió la última de sus genialidades: pasar sus últimos años mirando hacia Marruecos. No dentro del país, sino contemplándolo desde la distancia. Prefería no retornar: apenas quedaba ya allí nadie de aquellos con quienes compartió sus tiempos de gloria. El Protectorado había acabado el año anterior y Marruecos, recobrado su independencia. Los españoles se habían ido y de sus viejos amigos marroquíes quedarían ya pocos vivos. No quiso volver a Tetuán, pero sí terminar sus días con aquella tierra en el horizonte. Y así se lo pidió. Ve al sur, Rosalinda, busca un sitio para nosotros mirando al mar.

Y ella lo buscó. Guadarranque. Al sur del sur. En la bahía de Algeciras, frente al Estrecho, con vistas a África y Gibraltar. Compró casa y terreno, volvió a Inglaterra a cerrar asuntos, ver a su hijo y cambiar de coche. Su intención era regresar a España en dos semanas, recoger a Juan Luis y emprender rumbo a una nueva vida. Al décimo día de su estancia en Londres, un cable desde España le anunció que él había muerto. Lo sintió ella con un desgarro en el alma, tanto que para hacer pervivir su memoria decidió instalarse sola en el hogar que habían ansiado compartir. Y allí siguió viviendo hasta los noventa y tres años, sin abandonar jamás aquella capacidad suya para mil veces caer y otras mil levantarse, sacudiéndose el polvo del vestido y echando a andar de nuevo con paso resuelto, como si nada hubiera pasado. Por muy duros que fueran los tiempos, jamás se fue de su lado el optimismo con el que apuntaló todos los golpes y al que se acogió para ver siempre el mundo desde el lado por el que el sol luce con más claridad.

Tal vez se estén también preguntando qué acabó siendo de Serrano Suñer, déjenme que se lo cuente. Los alemanes invadieron Rusia en junio del 42 y él, dispuesto a seguir apoyando con todo su fervor a los buenos amigos del Tercer Reich, se encaramó al balcón de la Secretaría General del Movimiento en la calle Alcalá y, con su inmaculada sahariana blanca y la apariencia de un galán de cine, gritó feroz aquello de «¡Rusia es culpable!». Montó entonces esa caravana de voluntarios desgraciados que fue la División Azul, engalanó la Estación del Norte con banderas nazis, y mandó a miles de españoles amontonados en trenes a morir de frío o a jugarse la vida del lado del Eje en una guerra que no era la suya y para la que nadie le había pedido ayuda.

No sobrevivió políticamente, sin embargo, para ver cómo Alemania perdía la guerra. El 3 de septiembre de 1942, veintidós meses y diecisiete días más tarde que Beigbeder y exactamente con las mismas palabras, el Boletín Oficial del Estado anunció su cese en todos sus cargos.

La razón de la caída del cuñadísimo fue, supuestamente, un violento incidente en el que estuvieron mezclados carlistas, ejército y miembros de Falange. Hubo una bomba, decenas de heridos y dos bajas: la del falangista que la lanzó —que fue ejecutado— y la de Serrano, depuesto por ser el presidente de la Junta Política de Falange. Bajo cuerda, sin embargo, circularon otras historias.

El sostenimiento de Serrano estaba costando a Franco, al parecer, un precio excesivo. Era cierto que el brillante hermano político había cargado sobre sus espaldas con la puesta en marcha del entramado civil del régimen; cierto fue también que él mismo sacó adelante gran parte del trabajo sucio. Organizó la administración del nuevo Estado y atajó las insubordinaciones e insolencias de los falangistas contra Franco, a quien tenían, por cierto, en una muy baja consideración. Elucubró, organizó, dispuso y actuó en todos los flancos de la política interior y exterior, y tanto trabajó, tanto se implicó y con tanto empeño lo hizo que acabó hartando hasta a su sombra. Los militares le odiaban y en la calle resultaba tremendamente antipático, hasta el punto de que el pueblo volcaba en él la culpa de todos los males de España, desde la subida de los precios de los cines y espectáculos, hasta la sequía que asoló el campo aquellos años. Serrano fue muy útil a Franco, sí, pero llegó a acumular demasiado poder y excesivos odios. Su presencia se hizo cargante para todos y, además, el pronóstico de la victoria de Alemania que con tanto entusiasmo apoyó empezaba a tambalearse. Se dijo por eso que el Caudillo aprovechó el incidente de los falangistas violentos para librarse de él y, de paso, cargarle el muerto de ser el único responsable de toda la simpatía española hacia el Eje.

Aquélla fue, informalmente, la versión formal de los hechos. Y, más o menos, así se creyó. Pero yo me enteré de que hubo otra razón añadida, una razón que tal vez tuviera incluso más peso que las propias tensiones políticas internas, el hartazgo de Franco y la guerra europea. Supe de ello sin moverme de mi casa, en mi taller y a través de mis propias clientas, de las españolas de alcurnia que cada vez eran más abundantes en mis probadores. Según ellas, la verdadera artífice del descalabro de Serrano fue Carmen Polo, la señora. La movió, contaban, la indignación de saber que el 29 de agosto, la hermosa e insolente marquesa de Llanzol había dado a luz a su cuarta hija. A diferencia de los retoños anteriores, el padre de aquella niña de ojos de gato no era su propio marido, sino Ramón Serrano Suñer, su amante. La humillación que tal escándalo suponía no sólo para la esposa de Serrano —la hermana de doña Carmen, Zita Polo—, sino para la familia Franco Polo en sí rebasó todo lo que la esposa del Caudillo estaba dispuesta a soportar. Y apretó a su marido por donde más duele hasta que lo convenció para que prescindiera de su cuñado. El cese vengativo fue inminente. Tres días tardó Franco en comunicárselo en privado y uno más en hacerlo público. Rosalinda habría dicho que, a partir de entonces, Serrano quedó totally out. Candelaria la matutera lo habría formulado de una manera más resuelta: a la puta calle.

Se rumoreó que poco después le sería asignada la representación diplomática en Roma, que tal vez, transcurrido un tiempo, volviera a acercarse al poder. Nunca fue así. El ninguneo a su persona por parte de su cuñado no cesó jamás. En su descargo hay que decir, no obstante, que él mantuvo una larga vida con dignidad y discreción, ejerciendo la abogacía, participando en empresas privadas y escribiendo colaboraciones periodísticas y libros de memorias un tanto maquilladas. Desde la disidencia y utilizando siempre tribunas públicas, incluso se permitió sugerir de vez en cuando a su pariente la conveniencia de afrontar profundas reformas políticas. Nunca descendió de su complejo de superioridad, pero tampoco cayó en la tentación, como tantos otros, de declararse demócrata de toda la vida cuando las tornas cambiaron. Con el paso de los años, su figura fue ganando un relativo respeto en la opinión pública española, hasta que murió cuando sólo le restaban unos días para alcanzar los ciento dos años.

Más de tres décadas después de arrebatarle el puesto con tan mala saña, Serrano tendría para Beigbeder unas líneas de aprecio en sus memorias. «Era una persona extraña y singular, con cultura superior a la corriente, capaz de mil locuras», diría textualmente. Hombre honrado, fue su dictamen final. Llegó demasiado tarde.

Alemania se rindió el 8 de mayo de 1945. Horas después, su embajada en Madrid y el resto de sus dependencias fueron oficialmente clausuradas y entregadas a los ministerios de Gobernación y Exteriores. Sin embargo, los Aliados no tuvieron acceso a estos inmuebles hasta la firma del Acta de Rendición, el 5 de junio del mismo año. Cuando los funcionarios británicos y estadounidenses pudieron por fin acceder a los edificios desde los que los nazis habían actuado en España, no encontraron más que los restos de un saqueo laborioso: las paredes desnudas, los despachos sin muebles, los archivos quemados y las cajas de caudales abiertas y vacías. En su precipitado afán por no dejar ni rastro de lo que allí hubo, se llevaron hasta las lámparas. Y todo ello, ante los ojos consentidores de los agentes del Ministerio español de Gobernación encargados de su custodia. Con el tiempo, algunos bienes fueron localizados y embargados: alfombras, cuadros, tallas antiguas, porcelanas y objetos de plata. A muchos otros, sin embargo, se les perdió el rastro para siempre. Y de los documentos comprometedores que testimoniaban la íntima complicidad entre España y Alemania, no quedaron más que las cenizas. Sí parece, en cambio, que los Aliados consiguieron recuperar el botín más valioso de los nazis en España: dos toneladas de oro fundido en centenares de lingotes, sin cuño y sin inventariar, que durante un tiempo estuvieron tapados con mantas en el despacho del encargado de Política Económica del gobierno. En cuanto a los alemanes influyentes que tan activos se mantuvieron durante la guerra y cuyas esposas lucieron mi ropa en brillantes fiestas y recepciones, unos cuantos fueron deportados, otros evitaron la repatriación prestándose a colaborar, y muchos lograron esconderse, camuflarse, fugarse, nacionalizarse españoles, escurrirse como anguilas o reconvertirse misteriosamente en ciudadanos honrados con el pasado limpio como una patena. A pesar de la insistencia de los Aliados y de la presión para que España se adhiriera a las resoluciones internacionales, el régimen mostró escaso interés en participar activamente y mantuvo protegidos a bastantes de los colaboradores que integraban las listas negras.

En cuanto a España, hubo quien pensó que el Caudillo caería con la capitulación de Alemania. Muchos creyeron, ilusos, que poco faltaba ya para la restauración de la monarquía o la llegada de un régimen más aperturista. No fue así ni por lo más remoto. Franco hizo un lavado de cara al gobierno cambiando algunas carteras, cortó unas cuantas cabezas en la Falange, atornilló su alianza con el Vaticano y tiró para adelante. Y los nuevos amos del mundo, las intachables democracias que con tanto heroísmo y esfuerzo habían derrotado al nazismo y al fascismo, le dejaron hacer. A esas alturas, con Europa inmersa en su propia reconstrucción, a quién importaba ya aquel país ruidoso y destartalado; a quién interesaban sus hambres, sus minas, los puertos del Atlántico y el puño firme del general bajito que los gobernaba. Nos negaron la entrada en las Naciones Unidas, retiraron embajadores y no nos dieron ni un dólar del Plan Marshall, cierto. Pero tampoco intervinicron más. Allá ellos con su suerte. «Hands off», dijeron los Aliados en cuanto llegó la victoria. Manos fuera, muchachos, nos vamos. Dicho y hecho: el personal diplomático y los servicios secretos embalaron sus bártulos, se sacudieron la mugre y pusieron rumbo a casa. Hasta que, años después, a algunos les interesó volver y congraciarse, pero ésa ya es otra historia.

Alan Hillgarth tampoco llegó a vivir aquellos días en España en primera persona. Fue trasladado como jefe de inteligencia naval a la Far East Fleet en 1944. Se separó de su esposa Mary al terminar la guerra y volvió a casarse con una joven a la que no llegué a conocer. A partir de entonces vivió retirado en Irlanda, alejado de las actividades clandestinas a las que tan competentemente se dedicó durante años.

Con respecto al grandioso sueño imperial sobre el que se construyó la Nueva España, sólo se alcanzó a mantener el mismo Protectorado de siempre. Con la llegada de la paz mundial, las tropas españolas se vieron obligadas a abandonar el Tánger que habían ocupado arbitrariamente cinco años atrás, como anticipo de un fastuoso paraíso colonial que jamás llegó. Cambiaron los altos comisarios, creció Tetuán y allí siguieron conviviendo los marroquíes y los españoles a su ritmo y en armonía, bajo la paternal tutela de España. En los primeros años de la década de los cincuenta, sin embargo, los movimientos anticolonialistas de la zona francesa comenzaron a revolverse. Las acciones armadas llegaron a ser tan violentas en aquel territorio que Francia se vio obligada a abrir conversaciones para negociar la cesión de la soberanía. El 2 de marzo de 1956, Francia concedió a Marruecos su independencia. España, entretanto, pensó que eso no iba con ella. En la zona española no había existido jamás tensión: ellos habían apoyado a Mohamed V, se habían opuesto a los franceses y cobijado a los nacionalistas. Qué ingenuidad. Una vez libres de Francia, los marroquíes reclamaron inmediatamente la soberanía de la parte española. El 7 de abril de 1956, con prisa a la luz de las crecientes tensiones, el Protectorado llegaba a su fin. Y mientras se transfería la soberanía y los marroquíes reconquistaban su tierra, para decenas de miles de españoles comenzó el drama de la repatriación. Familias enteras de funcionarios y militares, de profesionales, empleados y dueños de negocios, desmantelaron sus casas y emprendieron rumbo a una España que muchos de ellos apenas conocían ya. Atrás dejaron sus calles, sus olores, memorias acumuladas y a sus muertos enterrados. Cruzaron el Estrecho con los muebles embalados y el corazón partido en trozos y, atenazados por la incertidumbre de no saber qué les depararía aquella nueva vida, se desparramaron por el mapa de la Península con la nostalgia de África siempre presente.

Éste fue el devenir de aquellos personajes y lugares que algo tuvieron que ver con la historia de esos tiempos turbulentos. Sus trajines, sus glorias y miserias constituyeron hechos objetivos que en su día llenaron los periódicos, las tertulias y los corrillos, y hoy pueden consultarse en las bibliotecas y en las memorias de los más viejos. Un tanto más difuso fue el futuro de todos los que supuestamente estuvimos junto a ellos a lo largo de esos años.

Acerca de mis padres, podrían escribirse varios desenlaces para este relato. En uno de ellos, Gonzalo Alvarado iría a Tetuán en busca de Dolores y le propondría que retornara con él a Madrid, donde recuperarían el tiempo perdido sin separarse más. En otra conclusión del todo diferente, mi padre nunca se movería de la capital mientras que mi madre conocería en Tetuán a un militar sosegado y viudo que se enamoraría de ella como un colegial, le escribiría cartas entrañables y la invitaría a merendar milhojas de La Campana y a pasear por el parque a la caída del sol. Con paciencia y empeño, lograría convencerla para acabar casándose una mañana de junio en una ceremonia madura y diminuta delante de todos sus hijos.

Algo también pudo pasar en la vida de mis viejos amigos de Tetuán.

Candelaria podría haber acabado instalándose en el gran piso de Sidi Mandri cuando mi madre cerró el taller; en él quizá montó la mejor pensión de todo el Protectorado. Tan sumamente bien le habrían ido las cosas que se acabaría quedando además con la vivienda vecina, la que dejó Félix Aranda cuando, una noche de tormenta en la que le estallaron los nervios, por fin remató a su madre con tres cajas de Optalidón diluidas en media botella de Anís del Mono. Pudiera ser que entonces volara por fin libre: tal vez optara por instalarse en Casablanca, abrir una tienda de antigüedades, tener mil amantes de cien colores y seguir entusiasmándose con sus acechos y fisgoneos.

En cuanto a Marcus y a mí, quizá nuestros senderos se separaron cuando la guerra acabó. Puede que, después del amor alborotado que vivimos durante los cuatro años restantes, él volviera a su país y yo terminara mis días en Madrid convertida en una altiva modista al mando de un taller mítico, accesible tan sólo para una clientela que yo elegiría caprichosamente según el humor del día. O a lo mejor me cansé de trabajar y acepté la propuesta de matrimonio de un cirujano dispuesto a retirarme y mantenerme entre algodones el resto de mis días. Pudiera ser, sin embargo, que Marcus y yo decidiéramos recorrer juntos el resto del camino y optáramos por regresar a Marruecos, buscar en Tánger una casa hermosa en el Monte Viejo, formar una familia y emprender un negocio real del que viviríamos hasta que, tras la independencia, nos instaláramos en Londres. O en algún lugar de la costa del Mediterráneo. O en el sur de Portugal. O, si lo prefieren, también pudiera ser que nunca acabáramos de asentarnos del todo y continuáramos durante décadas saltando de un país a otro a las órdenes del Servicio Secreto británico, camuflados los dos bajo la cobertura de un apuesto agregado comercial y su elegante esposa española.

Nuestros destinos pudieron ser éstos o pudieron ser otros del todo distintos porque lo que de nosotros fue en ningún sitio quedó recogido. Tal vez ni siquiera llegamos a existir. O quizá sí lo hicimos, pero nadie percibió nuestra presencia. Al fin y al cabo, nos mantuvimos siempre en el envés de la historia, activamente invisibles en aquel tiempo que vivimos entre costuras.

NOTA DE LA AUTORA

Las convenciones de la vida académica a la que llevo vinculada más de veinte años exigen a los autores reconocer sus fuentes de manera ordenada y rigurosa; por esta razón, he decidido incluir una lista con las referencias bibliográficas más significativas consultadas para escribir esta novela. No obstante, una gran parte de los recursos en los que me he apoyado a la hora de recrear los escenarios, perfilar algunos personajes y dotar de coherencia a la trama exceden los márgenes de los papeles impresos y, a fin de que quede constancia de ellos, quiero mencionarlos en esta nota de reconocimientos.

Para recomponer los rincones del Tetuán colonial me he servido de los numerosos testimonios recogidos en los boletines de la Asociación La Medina de Antiguos Residentes del Protectorado español en Marruecos, por lo que agradezco las colaboraciones de sus nostálgicos socios y la amabilidad de los directivos Francisco Trujillo y Adolfo de Pablos. Igualmente útiles y entrañables han sido los recuerdos marroquíes desempolvados por mi madre y mis tías Estrella Vinuesa y Paquita Moreno, así como las múltiples contribuciones documentales facilitadas por Luis Álvarez, entusiasmado con este proyecto casi tanto como yo misma. Muy valiosa también ha sido la referencia bibliográfica aportada por el traductor Miguel Sáenz acerca de una singular obra parcialmente ubicada en Tetuán, a partir de la cual surgió la inspiración para dos de los grandes personajes secundarios de esta historia.

En la reconstrucción de la escurridiza trayectoria vital de Juan Luis

Beigbeder me resultó de enorme interés la información suministrada por el historiador marroquí Mohamed Ibn Azzuz, celoso custodio de su legado. Por promover el encuentro con él y acogerme en la sede de la Asociación Tetuán-Asmir —la antigua y hermosa Delegación de Asuntos Indígenas— agradezco la atención de Ahmed Mgara, Abdeslam Chaachoo y Ricardo Barceló. Extiendo además mi reconocimiento a José Carlos Canalda por los detalles biográficos sobre Beigbeder; a José María Martínez-Val por atender mis consultas sobre su novela *Llegará tarde a Hendaya,* en la que el entonces ministro aparece como personaje; a Domingo del Pino por abrirme a través de un artículo la puerta a las memorias de Rosalinda Powell Fox —decisivas para la línea argumental de la novela—, y a Michael Brufal de Melgarejo por prestarse a ayudarme en la persecución de su pista difusa en Gibraltar.

Por proporcionarme datos de primera mano sobre Alan Hillgarth, los Servicios Secretos británicos en España y la tapadera de Embassy, deseo dejar constancia de la cordialidad personal de Patricia Martínez de Vicente, autora de *Embassy o la inteligencia de Mambrú* e hija de un activo miembro en aquellas actividades clandestinas. Al profesor David A. Messenger, de la Universidad de Wyoming, hago llegar mi agradecimiento por su artículo sobre las actividades del SOE en España.

Finalmente, quiero mostrar mi gratitud a todos aquellos que de una u otra manera han estado cercanos en el proceso de creación de esta historia leyendo el todo o las partes, alentando, corrigiendo, lanzando pitos y palmas o, simplemente, avanzando junto a mí en la marcha de los días. A mis padres, por su apoyo incondicional. A Manolo Castellanos, mi marido, y a mis hijos Bárbara y Jaime, por recordarme a diario con su vitalidad incombustible dónde están de verdad las cosas que importan. A mis muchos hermanos y sus muchas circunstancias, a mi familia periférica, a mis amigos de *in vino amicitia* y a mis entrañables colegas de la *crème* anglófila.

A Lola Gulias, de la Agencia Literaria Antonia Kerrigan, por ser la primera en apostar por mi escritura.

Y, de manera muy especial, a mi editora Raquel Gisbert por su formidable profesionalidad, su ilusión y su energía, y por haber soportado mis pulsos con humor y tesón inquebrantables.

BIBLIOGRAFÍA

ALCARAZ, Ignacio, *Entre España y Marruecos. Testimonio de una época: 1923-75*, Catriel, Madrid, 1999.

— *Retratos en la memoria*, Catriel, Madrid, 2002.

ALPERT, Michael, «Operaciones secretas inglesas en España durante la segunda guerra mundial», *Espacio, tiempo y forma, Serie V, Historia Contemporánea,* núm. 15, 2002.

ARMERO, José Mario, *La política exterior de Franco*, Planeta, Barcelona, 1978.

BARFOUR, Sebastián y Paul PRESTON, *España y las grandes potencias en el siglo XX*, Crítica, Barcelona, 1999.

BERDAH, Jean Francois, «La propaganda cultural británica en España durante la segunda guerra mundial a través de la acción del British Council: Un aspecto de las relaciones hispano-británicas 1939-46», en *El régimen de Franco: política y relaciones exteriores*, J. Tusell (ed.), UNED, Madrid, 1993.

CARDONA, Gabriel, *Franco y sus generales. La manicura del tigre*, Temas de Hoy, Madrid, 2001.

CARUANA, Leonardo, «A wolfram in sheep's clothing: Economic warfare in Spain, 1940-44», *Journal of Economic History* 16, 1, 2003.

COLLADO, Carlos, *España refugio nazi*, Temas de Hoy, Madrid, 2005.

ECCLES, David, *By Safe Hand: The Letters of Sybil & David Eccles, 1939-42*, The Bodley Head, Londres, 1983.

FRANCO SALGADO-ARAUJO, Francisco, *Mis conversaciones privadas con Franco*, Planeta, Barcelona, 1976.

HALSTEAD, Charles R., «Un africain méconnu: le colonel Juan Beigbeder», *Revue d'Histoire de la Deuxième Guerre Mondiale,* vol. 21, 1971.

— «A "Somewhat Machiavellian" Face: Colonel Juan Beigbeder as High Commissioner in Spanish Morocco, 1937-1939», *The Historian,* 37, 1, 1974.

HOARE, Samuel, *Ambassador on Special Mission*, Collins, Londres, 1946.

IBN AZUZ, Mohamed, «Una visión realista del protectorado ejercido por España en Marruecos», *Actas del encuentro España-Marruecos*, Publicaciones de la Asociación Tetuán-Asmir, Tetuán, 1998.

IGLESIAS-SARRIA, Manuel, *Mi suerte dijo sí*, San Martín, Madrid, 1987.

IRUJO, José María, *La lista negra. Los espías nazis protegidos por Franco y la Iglesia*, Aguilar, Madrid, 2003.

MADARIAGA, M.ª Rosa de, *Los moros que trajo Franco*, Martínez Roca, Madrid, 2002.

MARTÍNEZ DE VICENTE, Patricia, *Embassy o la inteligencia de Mambrú*, Velecío, Madrid, 2003.

MERINO, Ignacio, *Serrano Suñer. Historia de una conducta*, Planeta, Barcelona, 1996.

MESSENGER, David, «Against the grain: Special Operations Executive in Spain 1941-45», en *Special Issue on Special Operations Executive – New Approaches and Perspectives. Intelligence and National Security* 20, 1, N. Wylic (ed.), 2005.

MORADIELLOS, Enrique, *Franco frente a Churchill*, Península, Barcelona, 2005.

MORALES, Víctor, *España y el norte de África. El Protectorado español en Marruecos*, UNED, Madrid, 1986.

MORENO, Xavier, *Hitler y Franco. Diplomacia en tiempos de guerra*, Planeta, Barcelona, 2007.

NERÍN, Gustau, *La guerra que vino de África*, Crítica, Barcelona, 2005.

— y Alfred BOSCH, *El imperio que nunca existió. La aventura colonial discutida en Hendaya*, Plaza y Janés, Barcelona, 2001.

PALACIOS, Jesús, *Los papeles secretos de Franco*, Temas de Hoy, Madrid, 1996.

— *Las cartas de Franco*, La Esfera de los Libros, Madrid, 2005.

PHILLIPS, Lucas, *El pimpinela de la guerra española 1936/39*, Juventud, Barcelona, 1965.
PINO, Domingo del, «Rosalinda Powell Fox: ¿Espía, amante, aventurera aristocrática?», *AFKAR Ideas*, 6, 2005.
PLATÓN, Miguel, *Los militares hablan*, Planeta, Barcelona, 2001.
POWELL FOX, Rosalinda, *The Grass and the Asphalt*, Harter & Associates, Puerto de Sotogrande, 1997.
RIDRUEJO, Dionisio, *Casi unas memorias*, Península, Barcelona, 2007.
ROMERO, Ana, *Historia de Carmen. Memorias de Carmen Díez de Rivera*, Planeta, Barcelona, 2002.
ROJAS, Carlos, *Diez crisis del franquismo*, La Esfera de los Libros, Madrid, 2003.
ROS AGUDO, Manuel, *La guerra secreta de Franco*, Crítica, Barcelona, 2002.
— *La gran tentación. Franco, el imperio colonial y los planes de intervención española en la segunda guerra mundial*, Styria, Barcelona, 2008.
RUBIO, Javier, *Asilos y canjes durante la guerra civil española*, Planeta, Barcelona, 1979.
SALAS LARRAZÁBAL, Ramón, *El Protectorado español en Marruecos*, MAPFRE, Madrid, 1992.
SÁNCHEZ RUANO, Francisco, *Islam y guerra civil española*, La Esfera de los Libros, Madrid, 2004.
SAÑA, Heleno, *El franquismo sin mitos. Conversaciones con Serrano Suñer*, Grijalbo, Barcelona, 1982.
SERRANO SUÑER, Ramón, *Entre Hendaya y Gibraltar*, Ediciones y publicaciones españolas, Madrid, 1947.
— *Entre el silencio y la propaganda, la historia como fue. Memorias*, Planeta, Barcelona, 1977.
SCHULZE, Ingrid, «La propaganda alemana en España 1942-44», *Espacio, tiempo y forma, Serie V, Historia Contemporánea*, 7, 1994.
SMYTH, Denis, *Diplomacy and Strategy of Survival. British Policy and Franco's Spain*, Cambridge University Press, Cambridge, 1986.
STAFFORD, David, *Churchill and Secret Service*, John Murray, Londres, 1997.

SUÁREZ, Luis, *España, Franco y la segunda guerra mundial*, Actas Editorial, Madrid, 1997.

TUSSELL, Javier (ed.), *El régimen de Franco: política y relaciones exteriores*, UNED, Madrid, 1993.

— «Los cuatro ministros de asuntos exteriores de Franco durante la segunda guerra mundial», *Espacio, tiempo y forma, Serie V, Historia Contemporánea*, 7, 1994.

VELASCO, Carlos, «Propaganda y publicidad nazis en España durante la segunda guerra mundial: algunas características», *Espacio, tiempo y forma, Serie V, Historia Contemporánea*, 7, 1994.

VIÑAS, Ángel, *La Alemania nazi y el 18 de julio*, Alianza, Madrid, 1974.

— *Franco, Hitler y el estallido de la guerra civil*, Alianza, Madrid, 2001.

ÍNDICE

OCEANO ATLANTICO
ARCILA
TETUAN
Fondak
Cabo Mazeri
KELTY 1927
ALAN 1375
Sidi Ali
1 CT
ZONA DE PROTECTORADO ESPAÑOL EN MARRUECOS
M. BERTUCHI
ALCAZARQUIVIR
MARRUECOS
PROTECTORADO ESPAÑOL
CORRIENDO LA POLVORA